HEYNE<

Das Buch:
Trumble, ein Gefängnis in Florida, gilt als Geheimtipp unter den Kriminellen, ähnelt es doch eher einem Feriencamp als einem Hochsicherheitstrakt. Kleinkriminelle, Steuersünder und Wallstreet-Gauner sitzen dort ihre Strafe ab, aber auch drei ehemals angesehene Richter: Spicer, Yarber und Beech treten als »Bruderschaft« auf und machen die Gefängnisbibliothek kurzerhand zu ihrem neuen Arbeitsplatz. Dort übernehmen sie – selbstverständlich gegen Bezahlung – Rechtsangelegenheiten von Mitinsassen und sitzen regelmäßig zu Gericht über kleinere Verstöße innerhalb der Gefängnismauern. Allerdings verbringen sie dort auch Stunden damit, sich über lukrativere Einkünfte den Kopf zu zerbrechen. Mit scheinbar harmlosen Anzeigen locken sie zahlungskräftige Kandidaten an, die sie kurz darauf skrupellos erpressen. Und schon bald häufen sich beträchtliche Nebeneinkünfte auf ihren geheimen Konten. Bis sie eines Tages an den Falschen geraten, einen mächtigen Politiker mit äußerst gefährlichen Freunden ...

Der Autor:
John Grisham, geboren 1955, ist einer der meistgelesenen Bestsellerautoren weltweit. Mit seinem Roman *Die Firma* begann seine phänomenale Erfolgsgeschichte. Zahlreiche seiner Romane dienten als Vorlage zu Hollywoodfilmen, die allesamt zu Kassenschlagern wurden. Grisham war Abgeordneter im Parlament des US Bundesstaates Mississippi und führte lange Jahre eine eigene Anwaltskanzlei, bis er sich Mitte der Achtziger Jahre ganz dem Schreiben widmete. Er lebt mit seiner Familie in Virginia und Mississippi.

Im WILHELM HEYNE Taschenbuch sind erschienen:
Die Jury, Die Firma, Der Klient, Die Kammer, Die Akte,
Der Regenmacher, Das Urteil, Der Verrat, Das Testament,
Der Partner, Die Schuld, Die Liste, Der Coach, Die Farm.

EINS

Zur Verlesung der wöchentlichen Prozessliste trug der Gerichtsnarr sein übliches Kostüm, das aus einem abgetragenen, verblichenen dunkelroten Pyjama und lavendelfarbenen Frotteesandalen ohne Socken bestand. Er war nicht der einzige Insasse, der seine Arbeit im Pyjama verrichtete, wohl aber der Einzige, der es wagte, lavendelfarbene Schuhe zu tragen. Er hieß T. Karl und früher hatten ihm in Boston ein paar Banken gehört.

Weit beunruhigender als der Pyjama und die Schuhe war jedoch die Perücke. Sie hatte einen Mittelscheitel, und das Haar fiel schwer, dicht gelockt und in Kaskaden über seine Ohren und Schultern. Es war hellgrau, beinahe weiß, und das Ganze war den englischen Gerichtsperücken aus vergangenen Jahrhunderten nachempfunden. Ein Freund von draußen hatte sie in Greenwich Village in einem Laden für gebrauchte Kostüme entdeckt.

Bei den Gerichtsverhandlungen trug T. Karl sie mit großem Stolz, und mit der Zeit war sie, so seltsam sie auch wirkte, zu einem festen Bestandteil der Veranstaltung geworden. Trotzdem hielten die anderen Insassen Abstand zu T. Karl.

Er stand in der Gefängnis-Cafeteria, klopfte mit einem Plastikhammer auf seinen wackligen Klapptisch, räusperte sich und verkündete mit großer Würde: »Höret, höret, höret! Die Sitzung des Untersten Bundesgerichts von Nord-Florida ist eröffnet. Die Anwesenden mögen sich erheben.«

Niemand rührte sich – zumindest machte niemand Anstalten sich zu erheben. Dreißig Insassen saßen in den verschiedensten Haltungen auf den Plastikstühlen, musterten den Gerichtsnarren oder unterhielten sich, als existiere er gar nicht.

»Mögen alle, die Gerechtigkeit suchen, vortreten und beschissen werden«, fuhr T. Karl fort.

Keiner lachte. Vor Monaten, als T. Karl diesen Spruch zum ersten Mal losgelassen hatte, war er noch witzig gewesen, doch inzwischen war auch dies zu einem festen Bestandteil der Verhandlungen geworden. T. Karl nahm gemessen Platz, wobei er darauf achtete, dass die dichten Reihen von Locken, die ihm über die Schultern fielen, auch gut zu sehen waren, und schlug ein dickes, in rotes Leder gebundenes Buch auf, in dem die offiziellen Gerichtsprotokolle eingetragen wurden. Er nahm seine Aufgabe sehr ernst.

Drei Männer traten aus der Küche in die Cafeteria. Zwei von ihnen trugen Schuhe. Einer knabberte an einer Salzstange. Der barfüßige Mann hatte außerdem nur eine kurze Hose an, so dass unterhalb der Robe seine dünnen Beine zu sehen waren. Sie waren glatt, unbehaart und tief gebräunt. Auf der linken Wade prangte eine große Tätowierung. Er stammte aus Kalifornien.

Alle drei waren in alte Kirchenchorroben gekleidet – blassgrün mit goldfarbenen Verzierungen –, die aus demselben Laden stammten wie T. Karls Perücke. Er hatte sie den Richtern zu Weihnachten geschenkt und sich so seinen Job als Protokollführer gesichert.

Einige Zuschauer zischten und johlten, als die Richter in vollem Ornat und mit wehenden Roben über den gekachelten Boden zu einem langen Klapptisch schlenderten, nicht zu weit entfernt von T. Karl, aber auch nicht zu nah. Sie nahmen Platz und musterten die Männer, die sich zur wöchentlichen Verhandlung eingefunden hatten. Der Platz in der Mitte gehörte einem kleinen, rundlichen Mann. Er hieß Joe Roy Spicer und führte gewöhnlich den Vorsitz. Früher war Spicer ordnungsgemäß gewählter Friedensrichter in Mississippi gewesen, bis die Bundespolizei festgestellt hatte, dass er einen Teil der Bingoeinnahmen einer örtlichen Shriner-Loge einstrich.

»Die Anwesenden mögen sich setzen«, sagte er. Niemand stand.

Die Richter rückten ihre Klappstühle zurecht und arrangierten ihre Roben, bis sie mit dem Faltenwurf zufrieden waren. Etwas abseits standen, unbeachtet von den Gefangenen, der stellvertretende Gefängnisdirektor und ein uniformierter Wärter. Die Bruderschaft trat, mit Billigung der Anstaltsleitung, einmal wöchentlich zusammen. Sie entschied in Streitfällen, beseitigte Spannungen zwischen den Insassen, vermittelte zwischen den Kontrahenten und hatte sich insgesamt als stabilisierender Faktor erwiesen.

Spicer warf einen Blick auf die Prozessliste, ein von T. Karl sorgfältig mit Druckbuchstaben beschriftetes Blatt Papier, und sagte: »Die Verhandlung ist eröffnet.«

Zu seiner Rechten befand sich der sechzigjährige ehrenwerte Finn Yarber aus Kalifornien, der seit zwei Jahren hier einsaß und noch fünf Jahre vor sich hatte. Er war wegen Steuerhinterziehung verurteilt – ein Racheakt, wie er noch immer allen versicherte, die es hören wollten, ein Kreuzzug des republikanischen Gouverneurs, der es geschafft hatte, die Wähler zu mobilisieren und Oberrichter Yarber aus dem Obersten Gericht des Staates Kalifornien zu entfernen. Die Gründe waren Yarbers Ablehnung der Todesstrafe und seine eigenmächtigen Verzögerungen der Hinrichtungen gewesen. Die Leute hatten Blut sehen wollen, Yarber hatte das verhindert, und die Republikaner hatten einen Riesenzirkus veranstaltet. Seine Abwahl war ein voller Erfolg gewesen. Man hatte ihn also hinausgeworfen, und dann war die Steuerfahndung gekommen und hatte Fragen gestellt.

Er hatte in Stanford studiert, war in Sacramento angeklagt und in San Francisco verurteilt worden, und nun saß er seine Strafe in einem Bundesgefängnis in Florida ab.

Seit zwei Jahren war er nun schon hier, und noch immer kämpfte er gegen die Bitterkeit an. Er glaubte an seine Unschuld und träumte von einem Triumph über seine Feinde. Doch die Träume verblassten. Er verbrachte eine Menge Zeit allein auf der Aschenbahn, ließ sich von der Sonne bräunen und gab sich Phantasien von einem anderen Leben hin.

»Der erste Fall ist Schneiter gegen Magruder«, verkündete Spicer mit einer Stimme, als ginge es um ein bedeutendes Kartellrechtsverfahren.

»Schneiter ist nicht da«, sagte Beech.

»Wo ist er?«

»In der Krankenstation. Wieder mal Gallensteine. Ich komme gerade von dort.«

Hatlee Beech war der dritte Richter. Er verbrachte die meiste Zeit in der Krankenstation, wegen Hämorrhoiden, Kopfschmerzen oder geschwollenen Drüsen. Beech war mit sechsundfünfzig Jahren der jüngste der drei. Er hatte noch neun Jahre abzusitzen und war überzeugt, dass er im Gefängnis sterben würde. Er war Bundesrichter in Ost-Texas gewesen, ein in der Wolle gefärbter Konservativer, der sich in der Bibel bestens auskannte und in Verhandlungen gern daraus zitierte. Er hatte politische Ambitionen, eine nette Familie und Geld aus den Ölaktien der Familie seiner Frau gehabt. Außerdem war er mit einem Alkoholproblem geschlagen gewesen, von dem niemand etwas gewusst hatte, bis er im Yellowstone Park zwei Wanderer überfahren hatte. Beide waren ihren Verletzungen erlegen. Der Wagen, an dessen Steuer Beech gesessen hatte, war der einer jungen Frau gewesen, mit der er nicht verheiratet gewesen war. Sie hatte nackt auf dem Beifahrersitz gesessen, zu betrunken, um sich auf den Beinen zu halten.

Das hatte ihm zwölf Jahre eingebracht.

Joe Roy Spicer, Finn Yarber, Hatlee Beech, auch bekannt unter dem Namen »die Bruderschaft«: das Unterste Bundesgericht von Nord-Florida in Trumble, einem Bundesgefängnis ohne Maschendrahtzäune, Stacheldraht und Wachtürme. Wenn man schon in den Knast musste, saß man seine Zeit nach Möglichkeit in einem Bundesgefängnis wie Trumble ab.

»Sollen wir ein Versäumnisurteil ergehen lassen?« fragte Spicer Beech.

»Nein. Vertagen wir den Fall auf nächste Woche.«

»Na gut. Er wird uns schon nicht davonlaufen.«

»Ich erhebe Einspruch gegen eine Vertagung«, sagte Magruder, der irgendwo unter den Zuschauern saß.

»Tja, Pech«, erwiderte Spicer. »Der Fall ist auf nächste Woche vertagt.«

Magruder sprang auf. »Das ist jetzt schon das dritte Mal. Ich bin der Kläger. Ich hab ihn verklagt. Jedes Mal, wenn gegen ihn verhandelt werden soll, rennt er in die Krankenstation.«

»Worum geht's überhaupt?« fragte Spicer.

»Um siebzehn Dollar und zwei Magazine«, sagte T. Karl hilfsbereit.

»So viel, hm?« sagte Spicer. Siebzehn Dollar waren in Trumble eine ernste Angelegenheit.

Finn Yarber war bereits jetzt gelangweilt. Er strich sich den schütteren grauen Bart und zog seine langen Fingernägel über die Tischplatte. Dann ließ er seine Zehengelenke laut knacken, indem er sie fest gegen den Boden drückte – eine wirkungsvolle Übung, die an den Nerven der Anwesenden zerren konnte. In seinem früheren Leben, als er noch einen Titel gehabt hatte – Oberrichter am Obersten Gerichtshof von Kalifornien –, hatte er bei Verhandlungen oft Lederclogs ohne Socken getragen, damit er bei langweiligen mündlichen Ausführungen seine Zehen trainieren konnte. »Vertagen wir«, sagte er.

»Gerechtigkeit aufschieben heißt, Gerechtigkeit verweigern«, sagte Magruder salbungsvoll.

»Wie originell«, erwiderte Beech. »Wir vertagen auf nächste Woche. Wenn Schneiter dann nicht erscheint, ergeht ein Versäumnisurteil.«

»Beschlossen und verkündet«, sagte Spicer mit Entschiedenheit. T. Karl machte einen Vermerk im Protokoll und Magruder setzte sich verärgert. Er hatte seine Klage vor dem Untersten Bundesgericht eingereicht, indem er T. Karl eine einseitige Zusammenfassung seiner Behauptungen gegen Schneiter übergab. Nur eine Seite. Die Bruderschaft verabscheute Papierkram. Eine Seite, und man bekam einen Gerichtstermin. Schneiters Erwiderung hatte aus sechs Seiten voller Beschimpfungen bestanden, die T. Karl allesamt gestrichen hatte.

Die Regeln waren einfach: kurze Plädoyers, keine Offenlegung von Schriftstücken, schnelle Urteile, die für alle, die die Zuständigkeit des Gerichts anerkannten, bindend waren. Es gab keine Berufung – an wen hätte man sich auch wenden sollen? Zeugen wurden nicht vereidigt; man erwartete geradezu, dass sie logen. Immerhin befand man sich ja in einem Gefängnis.

»Wer ist als Nächstes dran?« fragte Spicer.

T. Karl zögerte kurz und sagte dann: »Ass.«

Für einen Augenblick war es totenstill, doch dann ertönte großer Lärm: Drängelnd und stoßend rückten die Gefangenen ihre Plastikstühle vor. »Das reicht jetzt!« rief T. Karl. Die Zuschauer waren weniger als sechs Meter vom Richtertisch entfernt.

»Die Würde des Gerichts wird gewahrt bleiben!« erklärte er.

Dieser Fall schwelte seit Monaten vor sich hin. Ass war ein junger Wall-Street-Gauner, der ein paar reiche Klienten betrogen hatte. Der Verbleib von vier Millionen Dollar war nie geklärt worden und Gerüchte besagten, dass Ass sie irgendwo im Ausland geparkt hatte und von Trumble aus verwaltete. Er hatte noch sechs Jahre vor sich und würde, wenn er zur Bewährung entlassen wurde, fast vierzig sein. Man nahm allgemein an, dass er vorhatte, seine Strafe in Ruhe abzusitzen, bis zu jenem herrlichen Tag, an dem er als noch junger Mann das Gefängnis verlassen und in einem Privatjet zu jener warmen Insel mit schönen Stränden fliegen würde, wo sein Geld ihn erwartete.

Hier im Gefängnis wurde die Geschichte noch ausgeschmückt, nicht zuletzt deshalb, weil Ass Abstand zu den anderen Gefangenen hielt, täglich stundenlang die Börsenkurse studierte und völlig unverständliche Wirtschaftszeitungen las. Selbst der Direktor hatte versucht, ihm ein paar Börsentipps zu entlocken.

Ein ehemaliger Rechtsanwalt namens Rook hatte sich an Ass herangemacht und ihn irgendwie überredet, einem Investmentclub, der sich einmal pro Woche in der Gefängniskapelle traf, hin und wieder ein paar Ratschläge zu geben. Im Namen dieses Clubs hatte Rook Ass wegen Betrugs verklagt.

Rook trat in den Zeugenstand und gab seine Version der Geschichte zum Besten. Die üblichen Verfahrensregeln waren aufgehoben, damit die Wahrheitsfindung schnell erfolgen konnte – ganz gleich, welche Form die Wahrheit annahm.

»Ich gehe also zu ihm und frage ihn, was er von ValueNow hält, dieser neuen Gesellschaft, von der ich in *Forbes* gelesen hab«, erklärte Rook. »Die wollten an die Börse gehen und mir gefiel ihre Firmenphilosophie. Ass sagte, er würde sich darum kümmern, aber dann hörte ich nichts mehr von ihm. Also gehe ich noch mal zu ihm und frage ihn: ›Was ist mit ValueNow?‹ Und er sagt, dass es seiner Meinung nach eine solide Gesellschaft ist und dass die Kurse steigen werden wie eine Rakete.«

»Das hab ich nicht gesagt«, unterbrach ihn Ass. Er saß weit hinten, abseits von den anderen, und hatte die verschränkten Arme auf die Lehne des Stuhls vor ihm gelegt.

»Hast du doch!«

»Hab ich nicht!«

»Jedenfalls hab ich die Clubmitglieder zusammengerufen und ihnen gesagt, dass Ass die Sache positiv beurteilt, und dann haben wir beschlossen, Anteile von ValueNow zu kaufen. Allerdings war das Zeichnungsangebot geschlossen, so dass Kleinanleger wie wir keine Chance hatten. Also gehe ich wieder zu Ass und sage: ›Hör mal, könntest du nicht mal mit ein paar von deinen alten Kumpels von der Wall Street sprechen und uns ein paar Anteile von ValueNow besorgen?‹ Und er sagt, klar, kann er machen.«

»Das ist gelogen«, rief Ass.

»Ruhe«, sagte Richter Spicer. »Du kommst auch noch dran.«

»Aber das ist gelogen«, sagte Ass, als gäbe es eine Regel, die Lügen verbot.

Wenn Ass Geld besaß, so war es ihm nicht anzumerken, jedenfalls nicht in Trumble. Bis auf die Stapel von Wirtschaftszeitschriften war seine zweieinhalb mal vier Meter große Zelle kahl und leer: keine Stereoanlage, kein Ventilator, keine Bücher oder Zigaretten – nichts von den Dingen, die alle anderen Gefangenen sich im Lauf der Zeit zulegten. Doch das nährte die Gerüchte nur noch mehr. Man hielt ihn für einen Geizhals, für einen komischen Vogel, der jeden Penny sparte und all sein Geld todsicher irgendwo im Ausland liegen hatte.

»Jedenfalls«, fuhr Rook fort, »beschlossen wir, das Risiko einzugehen und ein großes Paket von ValueNow-Anteilen zu kaufen. Wir wollten unsere anderen Papiere liquidieren und unsere Mittel konsolidieren.«

»Konsolidieren?« fragte Richter Beech. Rook klang, als jongliere er mit Wertpapieren in Milliardenhöhe.

12

»Genau, konsolidieren. Wir hatten uns von unseren Freunden und Familien so viel wie möglich geliehen und schließlich fast tausend Dollar zusammen.«

»Tausend Dollar«, wiederholte Richter Spicer. Nicht schlecht für ein paar Knastvögel. »Und dann?«

»Ich hab Ass gesagt, dass wir bereit sind, und ihn gefragt, ob er uns die Anteile besorgen kann. Das war an einem Dienstag. Die Zeichnungsfrist lief am Freitag darauf ab. Ass sagte, das wäre kein Problem. Er sagte, er hätte einen Freund bei Goldman Sux oder so ähnlich, der die Sache für uns regeln würde.«

»Das ist gelogen«, rief Ass von hinten.

»Jedenfalls, am Mittwoch treffe ich Ass auf dem Osthof und frage ihn nach den Anteilen. Er sagt, kein Problem.«

»Gelogen.«

»Ich hab einen Zeugen.«

»Wen?« fragte Richter Spicer.

»Picasso.«

Picasso saß hinter Rook, mitten unter den anderen sechs Mitgliedern des Investmentclubs, und hob zögernd die Hand.

»Stimmt das?« fragte Spicer.

»Ja«, antwortete Picasso. »Rook hat ihn nach den Aktien gefragt und Ass hat gesagt, er besorgt sie. Kein Problem.«

Picasso trat in vielen Verfahren als Zeuge auf und war öfter als die meisten anderen der Falschaussage überführt worden.

»Weiter«, sagte Spicer.

»Am Donnerstag war Ass nirgends zu finden. Er hat sich vor mir versteckt.«

»Hab ich nicht.«

»Am Freitag ging ValueNow an die Börse. Der Emissionswert lag bei zwanzig Dollar. Für den Preis hätten wir sie gekriegt, wenn Mr. Wall Street da drüben getan hätte, was er uns versprochen hatte. Die Aktie stieg auf sechzig, hielt sich den größten Teil des Tages auf achtzig und lag bei Börsenschluss bei siebzig. Wir hatten vorgehabt, so schnell wie möglich zu verkaufen. Wir hätten fünfzig Anteile kaufen und für achtzig Dollar verkaufen können – dann hätten wir dreitausend Dollar eingesackt.«

Gewalt kam in Trumble nur selten vor. Für 3000 Dollar wurde man nicht umgebracht, aber ein paar gebrochene Knochen lagen durchaus im Bereich des Möglichen. Ass hatte Glück gehabt. Bisher hatte man ihm nicht aufgelauert.

»Und ihr meint, Ass schuldet euch diesen euch entgangenen Profit?« fragte der ehemalige Oberrichter Finn Yarber und zupfte an seinen Augenbrauen.

»Verdammt richtig. Und was das Ganze noch übler macht, ist die Tatsache, dass dieser Kerl ValueNow-Anteile für sich selbst gekauft hat.«

»Das ist eine verdammte Lüge«, sagte Ass.

»Meine Herren, bitte achten Sie auf Ihre Ausdrucksweise«, sagte Richter Beech. Wer vor der Bruderschaft einen Fall verlieren wollte, brauchte nichts weiter zu tun, als Beech mit seiner Ausdrucksweise zu verärgern.

Das Gerücht, Ass habe ValueNow-Aktien für sich selbst gekauft, stammte von Rook und seinen Leuten. Es gab dafür keinerlei Beweise, aber die Geschichte war einfach unwiderstehlich und inzwischen so oft wiederholt worden, dass sie als Tatsache galt. Sie passte einfach zu gut.

»Ist das alles?« fragte Spicer Rook.

Rook hatte noch ein paar andere Vorwürfe, die er zu gern ausgeführt hätte, doch die Richter brachten für langatmige Kläger nur wenig Geduld auf. Besonders wenn es sich um ehemalige Rechtsanwälte handelte, die ihrer großartigen Vergangenheit nachtrauerten. Davon gab es in Trumble mindestens fünf und sie erschienen bei jeder sich bietenden Gelegenheit vor Gericht.

»Ich glaube schon«, sagte Rook.

»Was hast du dazu zu sagen?« fragte Spicer Ass.

Ass stand auf, ging ein paar Schritte auf den Richtertisch zu und warf den Anklägern, Rook und seiner Bande von Versagern, einen bösen Blick zu. Dann wandte er sich an das Gericht. »Wie sieht's eigentlich mit der Beweislast aus?«

Sogleich senkte Richter Spicer den Blick und wartete auf Unterstützung durch seine Kollegen. Als Friedensrichter hatte er keine juristische Ausbildung gehabt. Er hatte die Highschool abgebrochen und danach zwanzig Jahre im Kramladen seines Vaters gearbeitet. Die Kunden hatten ihn in sein Amt gewählt. Spicers Urteile basierten auf seinem gesunden Menschenverstand und der stand oft genug im Widerspruch zum Gesetz. Um irgendwelche juristischen Feinheiten mussten sich daher die beiden anderen Richter kümmern.

»Das bestimmen wir«, sagte Beech, der die Aussicht genoss, mit einem Börsenmakler über Verfahrensfragen zu debattieren.

»Klare und überzeugende Beweise?« fragte Ass.

»Möglich, allerdings nicht in diesem Fall.«

»Ohne jeden berechtigten Zweifel?«

»Wahrscheinlich nicht.«

»Überwiegendes Ergebnis der Beweisaufnahme?«

»Jetzt kommen wir der Sache schon näher.«

»Dann haben Sie also keinen Beweis«, sagte Ass und gestikulierte wie ein schlechter Schauspieler in einem schlechten Gerichtsfilm.

»Warum erzählst du uns nicht einfach deine Version der Geschichte?« sagte Beech.

»Aber gern. ValueNow war ein typisches Online-Angebot: jede Menge Promotion, jede Menge Schulden. Stimmt schon, Rook ist zu mir gekommen, aber bis ich meine Anrufe machen konnte, war die Zeichnungsfrist schon abgelaufen. Ich hab einen Freund angerufen und der sagte mir, es gebe keine Chance, an die Anteile heranzukommen. Nicht mal für die großen Bankhäuser.«

»Wie kann das sein?« fragte Yarber.

Es war ganz still. Ass sprach über Geldanlagen und alle lauschten aufmerksam.

»Bei IPOs passiert das andauernd. IPOs sind Neuemissionen.«

»Wir wissen, was IPOs sind«, sagte Beech.

Spicer hatte es nicht gewusst. In Mississippi, auf dem Land, kamen IPOs nur recht selten vor.

Ass entspannte sich ein wenig. Er würde sie für einen Augenblick blenden, diesen blödsinnigen Fall gewinnen und dann wieder in seine Zelle zurückkehren und die Idioten ignorieren.

»Die ValueNow-Neuemission wurde von der Investment-Bank Bakin-Kline betreut, einer kleinen Bank in San Francisco. Es gab fünf Millionen Anteile, und die wurden von Bakin-Kline an Freunde und Stammkunden verkauft. Die großen Investmentgesellschaften kamen da gar nicht ran. So was passiert andauernd.«

Richter und Zuschauer, ja sogar der Gerichtsnarr, hingen an seinen Lippen.

Ass fuhr fort: »Es ist albern zu denken, ein abgehalfterter Rechtsverdreher, der im Gefängnis sitzt und eine alte *Forbes*-Ausgabe gelesen hat, könnte für tausend Dollar irgendwie ein paar Anteile von ValueNow kaufen.«

In diesem Augenblick schien das tatsächlich sehr albern. Rook kochte innerlich. Die anderen Mitglieder seines Clubs begannen insgeheim bereits, ihn für den Fehlschlag verantwortlich zu machen.

»Hast du dir irgendwelche ValueNow-Anteile gekauft?« fragte Beech.

»Natürlich nicht. Die waren weit außerhalb meiner Reichweite. Und außerdem sind die meisten Hightech- und

Online-Firmen mit Geld finanziert, dessen Herkunft nicht ganz klar ist. Von denen lass ich lieber die Finger.«

»Und was ziehst du vor?« fragte Beech, der seine Neugier nicht bezähmen konnte, schnell.

»Ich kaufe Anteile, die auf lange Sicht im Wert steigen. Schließlich hab ich Zeit. Dieser Fall ist Quatsch. Ein paar Leute, die auf das schnelle Geld aus waren, wollten mir was ans Bein binden.« Er machte eine Geste in Richtung Rook, der in seinem Stuhl zusammensank. Ass klang sehr glaubwürdig und kompetent.

Rooks Klage basierte auf Hörensagen, Spekulationen und der Aussage von Picasso, einem notorischen Lügner.

»Hast du irgendwelche Zeugen?« fragte Spicer.

»Ich brauche keine Zeugen«, sagte Ass und setzte sich wieder.

Jeder der drei Richter kritzelte etwas auf ein Stück Papier. Die Beratungen dauerten gewöhnlich nicht lange, und Urteile wurden sofort gefällt. Yarber und Beech schoben ihre Zettel Spicer zu, der verkündete: »Die Klage wird mit zwei Stimmen zu einer Stimme abgewiesen. Wer ist der Nächste?«

In Wirklichkeit war die Entscheidung einstimmig gefallen, doch offiziell erging jedes Urteil mit einer Mehrheit von zwei zu eins – das gab den Richtern bei späteren Konfrontationen ein wenig Spielraum.

Aber die Richter genossen in Trumble einen guten Ruf. Ihre Urteile waren schnell und so fair wie möglich. Angesichts der zweifelhaften Zeugenaussagen waren sie sogar bemerkenswert gerecht. Spicer hatte jahrelang im Hinterzimmer des Kramladens seiner Familie über kleinere Fälle zu Gericht gesessen und konnte einen Lügner auf zwanzig Meter Entfernung erkennen. Beech und Yarber hatten ihr ganzes Berufsleben in Gerichtssälen verbracht und ließen die übliche Verzögerungstaktik aus zusätzlichen Beweisanträgen und langatmigen Plädoyers nicht durchgehen.

»Das war alles«, sagte T. Karl.

»Gut. Das Gericht vertagt sich auf nächste Woche.«

Die Locken wippten, als T. Karl aufsprang und verkündete: »Das Gericht hat sich vertagt. Alle Anwesenden mögen sich erheben.«

Niemand stand auf, niemand rührte sich, als die Richter den Raum verließen. Rook und seine Freunde steckten die Köpfe zusammen und planten vermutlich die nächste Klage. Ass eilte hinaus.

Der stellvertretende Direktor und der Wärter entfernten sich unbeachtet. Die wöchentliche Gerichtssitzung war eine der besten Veranstaltungen, die Trumble zu bieten hatte.

ZWEI

Obwohl er seit vierzehn Jahren Abgeordneter war, steuerte Aaron Lake seinen Wagen persönlich durch den Verkehr von Washington. Er brauchte keinen Chauffeur, keinen Kofferträger, keinen Leibwächter. Manchmal begleitete ihn ein Referent, der sich während der Fahrt Notizen machte, doch meist genoss Lake das gemächliche Tempo, das der Washingtoner Verkehr zuließ, und hörte klassische Gitarrenmusik. Viele seiner Freunde, besonders diejenigen, die es zum Vorsitzenden oder Stellvertretenden Vorsitzenden eines Komitees gebracht hatten, besaßen größere Wagen mit Chauffeur. Manche hatten sogar Luxuslimousinen.

Lake nicht. Er hielt dergleichen für eine Verschwendung von Zeit, Geld und Privatsphäre. Wenn er je ein höheres Amt anstreben sollte, würde er jedenfalls keinen Chauffeur haben wollen – so etwas war nur eine Belastung. Außerdem war er gern allein. In seinem Büro ging es zu wie in einem Irrenhaus. Fünfzehn Angestellte waren vollauf damit beschäftigt, Anrufe entgegenzunehmen, Akten anzulegen und den Wählern zu Hause in Arizona zu dienen, die ihn nach Washington geschickt hatten. Drei Referenten standen sich auf den schmalen Fluren gegenseitig im Weg und nahmen mehr Zeit in Anspruch, als sie verdienten.

Er war ein allein stehender Witwer mit einem kleinen, altmodischen Stadthaus in Georgetown, das er sehr mochte. Er lebte zurückgezogen und nahm nur selten an dem gesellschaftlichen Leben teil, das er und seine verstorbene Frau in den frühen Jahren ihrer Ehe so genossen hatten.

Leichter Schneefall ließ die Autofahrer auf dem Beltway langsam und vorsichtig fahren. In Langley passierte Lake nach kurzer Kontrolle die Sicherheitssperre der CIA und war sehr erfreut, dass man einen Vorzugsparkplatz für ihn frei gehalten hatte, wo ihn zwei Beamte in Zivil erwarteten.

»Mr. Maynard erwartet Sie«, sagte der eine ernst, während er ihm die Wagentür öffnete. Der andere nahm seine Aktentasche. Macht hatte gewisse Vorzüge.

Lake hatte den CIA-Direktor noch nie in Langley aufgesucht. Sie hatten zwei Unterredungen auf dem Capitol Hill gehabt, vor Jahren, als der arme Kerl noch hatte gehen können. Doch nun saß Teddy Maynard im Rollstuhl und hatte ständig Schmerzen, und selbst Senatoren ließen sich nach Langley hinausfahren, wenn er mit ihnen sprechen wollte. In vierzehn Jahren hatte er Lake ein halbes Dutzend Mal angerufen, doch Maynard war ein viel beschäftigter Mann. Mit weniger wichtigen Aufgaben betraute er gewöhnlich seine Assistenten.

Unbehindert drangen der Abgeordnete und seine beiden Begleiter durch alle Sicherheitskontrollen in die Tiefen des CIA-Hauptquartiers vor. Als Lake durch den Eingang von Maynards Bürosuite trat, ging er unwillkürlich ein wenig aufrechter und federnder als sonst. Macht war berauschend.

Teddy Maynard hatte nach ihm geschickt.

In einem großen, quadratischen, fensterlosen Raum, der von den Mitarbeitern »der Bunker« genannt wurde, saß der CIA-Direktor allein und starrte unverwandt auf eine große Leinwand, auf der das Gesicht des Abgeordneten Aaron Lake zu sehen war. Es war ein Foto, aufgenommen vor drei Monaten während eines Galadiners für wohltätige Zwecke. Lake hatte ein halbes Glas Wein getrunken, ein wenig gebratene Hähnchenbrust und kein Dessert gegessen, war allein nach Hause gefahren und vor elf Uhr zu Bett gegangen. Das Foto wirkte attraktiv, weil Lake so attraktiv war: rötlich-blondes, volles Haar, fast ohne Grau, ohne künstliche Färbung oder Tönung, dunkelblaue Augen, kantiges Kinn, sehr gute Zähne. Er war dreiundfünfzig und in hervorragender körperlicher Verfassung. Jeden Tag trainierte er eine halbe Stunde auf einer Rudermaschine und sein Cholesterinspiegel lag bei 160. Man hatte keine einzige schlechte Angewohnheit entdeckt. Er war gern in Gesellschaft von Frauen, besonders wenn es nützlich war, in Gesellschaft einer Frau gesehen zu werden. Bei solchen Gelegenheiten trat er in Begleitung einer sechzigjährigen Witwe aus Bethesda auf, deren Mann als Lobbyist ein Vermögen gemacht hatte.

Beide Eltern waren tot, und die einzige Tochter war Lehrerin in Santa Fe. 1996 war seine Frau, mit der er neunundzwanzig Jahre verheiratet gewesen war, an Eierstockkrebs gestorben. Ein Jahr darauf hatte auch sein Spaniel im Alter von dreizehn Jahren das Zeitliche gesegnet, und seitdem lebte der Abgeordnete Aaron Lake aus Arizona ganz allein. Er war Katholik, auch wenn das inzwischen keine Rolle mehr spielte, und ging mindestens einmal wöchentlich zur Messe. Teddy drückte auf einen Knopf und das Bild verschwand.

Außerhalb der politischen Klasse von Washington war Lake ein Unbekannter, und zwar hauptsächlich deshalb, weil er sein Ego im Griff hatte. Wenn er Ambitionen auf ein höheres Amt besaß, so ließ er sich davon nichts anmerken. Einmal war er als potenzieller Kandidat für das Amt des Gouverneurs von Arizona gehandelt worden, aber es gefiel ihm einfach zu gut in Washington. Er liebte Georgetown – das Gedränge auf den Straßen, die Anonymität, das Stadtleben. Dort gab es gute Restaurants, hervorragende Buchhandlungen und gemütliche Espressobars. Er mochte Musik und das Theater und er und seine verstorbene Frau hatten sich keine Veranstaltung im Kennedy Center entgehen lassen.

Auf dem Capitol Hill galt Lake als intelligenter, fleißiger Abgeordneter – wortgewandt, grundehrlich, loyal und äußerst gewissenhaft. In seinem Wahlbezirk gab es vier große Unternehmen, die Waffensysteme herstellten, und daher war er im Lauf der Zeit zu einem Experten für die Ausrüstung und Einsatzbereitschaft der Streitkräfte geworden. Er war Vorsitzender des Verteidigungskomitees. In dieser Eigenschaft hatte er Teddy Maynard kennen gelernt.

Teddy drückte erneut auf den Knopf und wieder erschien Lakes Gesicht. Der CIA-Direktor war seit 50 Jahren im Geheimdienstgeschäft und hatte nur selten ein ungutes Gefühl im Bauch. Er war beschossen worden, hatte sich unter Brücken verstecken müssen, war in den Bergen fast erfroren, er hatte zwei tschechische Spione vergiftet und in Bonn einen Verräter erschossen, er hatte sieben Sprachen gelernt, im Kalten Krieg gekämpft und sein Bestes getan, um den nächsten zu verhindern, er hatte mehr Abenteuer erlebt als zehn Agenten zusammen, und doch – beim Anblick von Aaron Lakes unschuldigem Gesicht hatte er eindeutig ein ungutes Gefühl.

Er – die CIA – war dabei, etwas zu tun, das der Geheimdienst noch nie getan hatte.

Sie hatten sich 100 Senatoren, 50 Gouverneure und 435 Abgeordnete vorgenommen – die üblichen Verdächtigen eben –, und nur einer war übrig geblieben: Aaron Lake aus Arizona.

Teddy tippte auf den Knopf, und das Bild verschwand. Seine Beine waren zugedeckt. Er trug dasselbe wie jeden Tag: einen Pullover mit V-Ausschnitt, ein weißes Hemd, eine Krawatte in gedeckten Brauntönen. Er fuhr den Rollstuhl zur Tür und bereitete sich darauf vor, seinen Kandidaten zu empfangen.

*

Während der acht Minuten, die Lake warten musste, bot man ihm Kaffee und ein Stück Kuchen an, das er dankend ablehnte. Er war einen Meter fünfundachtzig groß, wog sechsundsiebzig Kilo und achtete sehr auf sein Äußeres und Teddy wäre überrascht gewesen, wenn er den Kuchen gegessen hätte. Soweit man hier wusste, aß Lake nie Zucker. Nie.

Der Kaffee war stark, und während er ihn trank, ging er in Gedanken noch einmal die Ergebnisse seiner eigenen Nachforschungen durch. Der Zweck dieses Treffens war ein Gespräch über die beunruhigende Menge schwerer Waffen, die vom Schwarzen Markt stammten und an Balkanländer geliefert wurden. Lake hatte zwei Memoranden zu diesem Thema, achtzig eng beschriebene Seiten voller Daten, die er bis zwei Uhr morgens durchgegangen war. Er wusste nicht, warum Mr. Maynard ihn zur Besprechung dieser Angelegenheit nach Langley gebeten hatte, aber er war vorbereitet.

Ein leises Summen ertönte, die Tür öffnete sich, und der CIA-Direktor rollte auf ihn zu. Seine Beine waren unter einer Decke verborgen und man sah ihm seine vierundsiebzig Jahre an, doch sein Händedruck war fest – wahrscheinlich von der Kraftanstrengung, die es ihn kostete, sich mit dem Rollstuhl fortzubewegen. Lake folgte ihm in das Büro. Die beiden Bullterrier mit Universitätsabschluss blieben zurück und bewachten die Tür.

Maynard und Lake setzten sich einander gegenüber an einen sehr langen Tisch, an dessen Ende eine große weiße Wand als Projektionsfläche diente. Nach ein paar Begrüßungsworten drückte Teddy einen Knopf, und auf der Wand erschien ein Gesicht. Ein weiterer Knopfdruck, und es wurde dunkler im Raum. Lake gefiel das: Man drückte auf einen kleinen Knopf und sogleich flimmerten Hightech-Bilder. Zweifellos war dieser Raum mit elektronischen Geräten ausgestattet, die so empfindlich waren, dass man seinen Pulsschlag auf zehn Meter Entfernung messen konnte.

»Erkennen Sie ihn?« fragte Teddy.

»Vielleicht. Ich glaube, ich habe das Gesicht schon einmal gesehen.«

»Das ist Natli Tschenkow. Ehemaliger General. Jetzt ein Mitglied dessen, was vom russischen Parlament noch übrig ist.«

»Auch bekannt als Natty«, sagte Lake stolz.

»Genau. Ein Betonkommunist mit engen Verbindungen zum Militär. Brillanter Kopf mit einem gewaltigen Ego. Sehr ehrgeizig, rücksichtslos und im Augenblick der gefährlichste Mann der Welt.«

»Das wusste ich nicht.«

Ein Knopfdruck, ein anderes Gesicht. Dieses war wie aus Stein gemeißelt und darüber saß die Mütze einer Galauniform. »Das ist Juri Golzin, Stellvertretender Oberkommandierender dessen, was von der Roten Armee noch übrig ist. Tschenkow und Golzin haben große Pläne.« Ein weiterer Knopfdruck, und es erschien ein Kartenausschnitt, der einen Teil Russlands nördlich von Moskau zeigte. »In dieser Region ziehen sie Waffen zusammen«, sagte Teddy. »Zum Teil stehlen sie sie von ihrer eigenen Armee, aber zum Teil – und das ist das Bedeutsame – kaufen sie sie auch auf dem Schwarzen Markt.«

»Woher kommt das Geld?«

»Von überallher. Sie tauschen Öl gegen israelische Radarsysteme. Sie schmuggeln Drogen und kaufen dafür chinesische Panzer, auf dem Umweg über Pakistan. Tschenkow hat enge Verbindungen zur russischen Mafia und einer der Bosse hat kürzlich eine Fabrik in Malaysia gekauft, in der ausschließlich Sturmgewehre hergestellt werden. Die ganze Sache ist sehr verzweigt. Tschenkow ist gerissen und hat einen sehr hohen IQ. Wahrscheinlich ist er ein Genie.«

Teddy Maynard war ein Genie, und wenn er einem anderen dieses Prädikat verlieh, dann war der Abgeordnete

Aaron Lake der Letzte, der an der Richtigkeit dieser Aussage zweifelte. »Und wen wollen sie angreifen?«

Teddy überging die Frage. Er war noch nicht bereit, sie zu beantworten. »Sehen Sie die Stadt Wologda? Etwa 800 Kilometer östlich von Moskau. Letzte Woche haben wir 60 Wetrows bis zu einem Lagerhaus in Wologda verfolgt. Wie Sie wissen, ist die Wetrow –«

»Sie entspricht unserer Tomahawk Cruise Missile, ist aber einen halben Meter länger.«

»Genau. In den vergangenen 90 Tagen haben sie 300 von diesen Dingern dorthin verlegt. Sehen Sie die Stadt Rybinsk südwestlich von Wologda?«

»Dort wird Plutonium hergestellt.«

»Ja, tonnenweise. Genug für zehntausend Sprengköpfe. Tschenkow, Golzin und ihre Leute kontrollieren die gesamte Region.«

»Kontrollieren?«

»Ja, durch ein Netzwerk von örtlichen Mafiabossen und Armeeeinheiten. Tschenkow hat seine Leute überall.«

»Zu welchem Zweck.«

Teddy drückte erneut auf einen Knopf, und die Wand wurde wieder weiß. Das Licht blieb jedoch gedämpft, so dass seine Stimme, als er weitersprach, aus dem Schatten zu kommen schien. »Bis zum Putsch wird es nicht mehr lange dauern, Mr. Lake. Unsere schlimmsten Befürchtungen bewahrheiten sich. Alle Bereiche der russischen Gesellschaft und Kultur stehen vor dem Zusammenbruch. Die Demokratie ist ein Witz. Der Kapitalismus ist ein Alptraum. Wir dachten, wir könnten dieses verdammte Land mit Hilfe von McDonald umwandeln, aber das war eine Katastrophe. Die Arbeiter kriegen keinen Lohn und die können von Glück sagen, weil sie noch einen Arbeitsplatz haben. Zwanzig Prozent haben nämlich keinen. Kinder sterben, weil es keine Medikamente gibt. Viele Erwachsene ebenfalls. Zehn Prozent der Bevölkerung sind obdachlos.

Zwanzig Prozent hungern. Und mit jedem Tag wird es schlimmer. Das Land wird von organisierten Verbrecherbanden geplündert. Wir schätzen, dass mindestens 500 Milliarden Dollar außer Landes geschafft worden sind. Eine Besserung ist nicht in Sicht. Es ist der ideale Zeitpunkt für einen neuen starken Mann, einen neuen Diktator, der den Leuten Stabilität verspricht. Das Land sehnt sich nach einem Führer und Mr. Tschenkow ist zu dem Schluss gekommen, dass er dieser neue Führer ist.«

»Und die Armee steht hinter ihm.«

»Die Armee steht hinter ihm, und mehr braucht er nicht. Der Putsch wird unblutig verlaufen, weil das Volk bereit ist. Man wird Tschenkow zujubeln. Er wird an der Spitze der Armee auf den Roten Platz marschieren und uns, die Vereinigten Staaten, warnen, sich ihm nicht in den Weg zu stellen. Wir werden wieder der Feind sein.«

»Dann kehrt der Kalte Krieg also zurück«, sagte Lake nachdenklich.

»Er wird kein bisschen kalt sein. Tschenkow will expandieren und die alte Sowjetunion wiederherstellen. Er braucht dringend Geld und das wird er sich einfach nehmen, in Form von Land, Fabriken, Öl und Getreide. Er wird kleine, regionale Kriege vom Zaun brechen, die er mit Leichtigkeit gewinnen wird.« Eine weitere Karte erschien. Teddy fuhr fort und präsentierte Lake die erste Phase der neuen Weltordnung. »Ich vermute, dass er sich zunächst die baltischen Staaten vornehmen und die Regierungen in Estland, Lettland und Litauen stürzen wird. Dann wird er sich dem alten Ostblock zuwenden und sich mit den dortigen Kommunisten einigen.«

Der Abgeordnete sah sprachlos zu, wie Russland sich wieder ausdehnte. Teddys Prophezeiungen waren so selbstgewiss, so genau.

»Was ist mit den Chinesen?« fragte Lake.

Doch Teddy war mit Osteuropa noch nicht fertig. Er

drückte einen Knopf und präsentierte eine neue Karte. »Und hier werden wir dann hineingezogen.«

»In Polen?«

»Ja. So was gibt's. Polen ist jetzt aus irgendeinem verdammten Grund Mitglied der NATO. Das muss man sich mal vorstellen. Polen steigt in die NATO ein, um Europa und uns zu beschützen. Tschenkow konsolidiert also Russlands alten Einflussbereich und wirft begehrliche Blicke nach Westen. Genau wie Hitler, nur dass der nach Osten geblickt hat.«

»Warum sollte er Polen wollen?«

»Warum wollte Hitler Polen? Weil es zwischen ihm und Russland lag. Er hasste die Polen und war bereit, einen Krieg anzufangen. Tschenkow ist Polen vollkommen gleichgültig – er will es nur in seinem Machtbereich haben. Und er will die NATO zerschlagen.«

»Ist er wirklich bereit, einen dritten Weltkrieg zu riskieren?«

Knöpfe wurden gedrückt. Wo die Karte gewesen war, war nun wieder eine weiße Wand und das Licht wurde heller. Die audiovisuelle Präsentation war beendet – es war an der Zeit für eine ernsthafte Unterredung. Ein Schmerz durchfuhr Teddys Beine und er verzog unwillkürlich das Gesicht.

»Das kann ich nicht sagen«, erklärte er. »Wir wissen zwar eine Menge, aber nicht, was dieser Mann denkt. Er geht behutsam vor, er plant, er bringt seine Leute in Position. Das Ganze kommt nicht gerade unerwartet.«

»Natürlich nicht. Wir kennen diese Szenarien seit acht Jahren, aber es gab immer die Hoffnung, dass er nicht so weit gehen würde.«

»Aber jetzt passiert es. Während wir hier sitzen und uns unterhalten, eliminieren Tschenkow und Golzin ihre Gegner.«

»Wie sieht der Zeitplan aus?«

Teddy rutschte im Rollstuhl hin und her und suchte nach einer Haltung, die den Schmerz vergehen ließ. »Schwer zu sagen. Wenn er schlau ist – und das ist er mit Sicherheit –, wartet er, bis es zu Unruhen kommt. Ich glaube, in einem Jahr wird Natty Tschenkow der berühmteste Mann der Welt sein.«

»In einem Jahr«, sagte Lake mehr zu sich selbst, und es klang, als hätte er soeben sein eigenes Todesurteil gehört.

Es trat eine lange Pause ein, in der er über das Ende der Welt nachdachte. Teddy ließ ihm Zeit. Das ungute Gefühl im Bauch hatte deutlich nachgelassen. Lake gefiel ihm sehr. Er sah tatsächlich gut aus, er war wortgewandt und intelligent. Sie hatten die richtige Wahl getroffen.

Er war der ideale Kandidat.

Nach einer Tasse Kaffee und einem Anruf, den Teddy entgegennehmen musste – er kam vom Vizepräsidenten –, setzten sie ihre Unterhaltung fort. Aaron Lake war geschmeichelt, dass der CIA-Direktor sich so viel Zeit für ihn nahm. Die Russen kamen und doch schien Teddy ganz gelassen.

»Ich brauche Ihnen nicht zu sagen, wie unvorbereitet unsere Armee ist«, sagte er ernst.

»Unvorbereitet auf was? Auf einen Krieg?«

»Vielleicht. Wenn wir unvorbereitet sind, könnte ein Krieg daraus werden. Aber wenn wir stark sind, können wir ihn vermeiden. Im Augenblick wäre das Pentagon nicht imstande zu tun, was es 1991 im Golfkrieg getan hat.«

»Wir liegen bei siebzig Prozent«, sagte Lake entschieden. Auf diesem Gebiet kannte er sich aus.

»Siebzig Prozent bedeutet Krieg, Mr. Lake. Einen Krieg, den wir nicht gewinnen können. Tschenkow gibt jeden Cent, den er stehlen kann, für Material aus. Wir dagegen kürzen das Budget und reduzieren die Truppenstärke. Wir wollen auf Knöpfe drücken und intelligente Bomben ins Ziel schicken, damit kein amerikanisches Blut vergossen wird. Aber Tschenkow wird zwei Millionen hungrige Soldaten haben, die bereit sind zu kämpfen und, wenn es sein muss, zu sterben.«

Einen Augenblick lang war Lake stolz. Er hatte den Mut gehabt, gegen den letzten Haushaltsentwurf zu stimmen, weil dieser eine Senkung der Militärausgaben vorsah. Die Menschen in seinem Wahlkreis hatten für diese Kürzungen kein Verständnis gehabt. »Können wir nicht an die Öffentlichkeit gehen?« fragte er.

»Nein, auf keinen Fall. Wir haben sehr gute Informanten. Wenn wir jetzt reagieren, weiß er, wie viel wir wissen. Das ist das alte Geheimdienst-Spiel, Mr. Lake. Es ist noch zu früh, um zu enthüllen, was er vorhat.«

»Was also wollen Sie tun?« fragte Lake kurz entschlossen. Es war vermessen, Teddy zu fragen, was er tun wolle. Die Unterredung hatte ihren Zweck erfüllt: Ein weiterer Abgeordneter war ausreichend informiert worden. Jeden Augenblick konnte das Gespräch beendet sein, damit irgendein anderer Ausschussvorsitzender hereingebeten werden konnte.

Doch Teddy hatte große Pläne, und er brannte darauf, Lake einzuweihen. »In zwei Wochen sind Vorwahlen in New Hampshire. Zur Wahl stehen vier Republikaner und drei Demokraten und alle sagen dasselbe. Kein einziger Kandidat will die Militärausgaben erhöhen. Wir haben – Wunder über Wunder – einen Haushaltsüberschuss, und jeder hat viele schöne Ideen, wofür man dieses Geld ausgeben könnte. Ein Haufen Idioten. Noch vor ein paar Jahren hatten wir ein riesiges Defizit, und der Kongress hat das Geld schneller ausgegeben, als man es drucken konnte. Jetzt haben wir einen Überschuss, und der Kongress mästet sich daran.«

Der Abgeordnete Lake senkte den Blick und beschloss, nicht auf diese Bemerkung einzugehen.

Teddy besann sich. »Entschuldigung«, sagte er. »Der

Kongress als Ganzes handelt unverantwortlich, aber ich weiß, dass es viele gute Abgeordnete gibt.«

»Ich bin ganz Ihrer Meinung.«

»Jedenfalls sagen die Kandidaten alle dasselbe. Sehen Sie sich die Favoriten bei den Vorwahlen vor zwei Wochen an. Sie bewerfen sich mit Dreck und stoßen sich gegenseitig Messer in den Rücken, und all das nur, um die Vorwahlen in einem Staat zu gewinnen, der größenmäßig an vierundvierzigster Stelle steht. Es ist zum Verrücktwerden.« Teddy hielt inne, verzog das Gesicht und versuchte, die gelähmten Beine in eine bequemere Stellung zu bringen. »Wir brauchen jemand Neues, Mr. Lake, und wir glauben, dass Sie dieser Jemand sind.«

Lake unterdrückte ein Lachen, indem er erst lächelte und dann hustete. Er überspielte seine Verblüffung und sagte: »Sie scherzen.«

»Sie wissen, dass ich nicht scherze«, sagte Teddy ernst, und nun gab es keinen Zweifel mehr, dass Aaron Lake in eine geschickt gestellte Falle gegangen war.

Lake räusperte sich und fand seine Fassung wieder. »Also gut. Ich höre.«

»Es ist ganz einfach. Das Schöne an unserem Plan ist seine Einfachheit. Sie sind zu spät dran, um sich in New Hampshire zur Wahl zu stellen, aber das macht gar nichts. Sollen die anderen sich dort zerfleischen. Wir warten, bis die Vorwahl dort gelaufen ist, und dann überraschen Sie die Nation mit der Bekanntgabe Ihrer Kandidatur. Viele werden fragen: ›Wer zum Teufel ist eigentlich Aaron Lake?‹ Und das ist gut. Das ist genau das, was wir wollen. Sie werden nämlich sehr schnell erfahren, wer Sie sind.

Für den Anfang wird Ihr Programm nur aus einem einzigen Punkt bestehen: Ihrer Haltung zum Rüstungsbudget. Sie werden den Teufel an die Wand malen und allerlei düstere Aussagen darüber machen, wie sehr unsere Streitkräfte geschwächt werden. Und die allgemeine Aufmerksamkeit ist Ihnen gewiss, wenn Sie eine Verdoppelung der Rüstungsausgaben fordern.«

»Eine Verdoppelung?«

»Sehen Sie? Es funktioniert. Jetzt habe ich Ihre volle Aufmerksamkeit. Eine Verdoppelung im Verlauf einer Legislaturperiode.«

»Aber warum? Natürlich muss der Rüstungsetat vergrößert werden, aber eine Verdoppelung wäre zu viel.«

»Nicht, wenn wir vor einem neuen Krieg stehen, Mr. Lake. Einem Krieg, in dem wir Knöpfe drücken und Tausende von Cruise Missiles zu eine Million Dollar pro Stück abfeuern. Du meine Güte – letztes Jahr, bei diesem Balkan-Desaster, sind sie uns beinahe ausgegangen. Wir kriegen nicht genug Soldaten, Matrosen und Piloten, Mr. Lake. Das wissen Sie. Das Militär braucht jede Menge Geld, um junge Leute anzuwerben. Soldaten, Raketen, Panzer, Flugzeuge, Flugzeugträger – wir haben von allem zu wenig. Tschenkow ist dabei aufzurüsten. Wir nicht. Wir rüsten ab, und wenn das noch über eine Legislaturperiode so weiter geht, dann sind wir geliefert.«

Teddy erhob die Stimme und klang beinahe wütend, und als er sagte: »Dann sind wir geliefert«, hörte Aaron Lake schon die Explosionen und fühlte den Boden unter seinen Füßen wanken.

»Aber woher soll das Geld kommen?« fragte er.

»Das Geld für was?«

»Für die Rüstungsausgaben.«

Teddy schnaubte verächtlich und sagte: »Von dort, woher es immer kommt. Muss ich Sie daran erinnern, dass wir einen Haushaltsüberschuss haben, Sir?«

»Aber wir sind dabei, ihn auszugeben.«

»Natürlich. Hören Sie, Mr. Lake: Machen Sie sich keine Sorgen um das Geld. Kurz nachdem Sie Ihre Kandidatur bekannt gegeben haben, werden wir den Amerikanern eine Heidenangst einjagen. Anfangs werden die Leute denken,

Sie seien ein bisschen verrückt, irgendein durchgeknallter Typ aus Arizona, der noch mehr Bomben will. Aber wir werden sie wachrütteln. Wir werden auf der anderen Seite der Welt eine Krise heraufbeschwören und plötzlich wird Aaron Lake ein Visionär sein. Die zeitliche Abstimmung ist entscheidend. Sie werden eine Rede darüber halten, wie schwach unsere Position in Asien ist, und kaum jemand wird Ihnen zuhören. Dann schaffen wir dort eine Situation, dass die Welt den Atem anhält, und auf einmal wird jeder ein Interview mit Ihnen führen wollen. Und so wird es während des gesamten Wahlkampfs weitergehen. Wir bauen die Spannung auf. Wir lancieren Analysen, schaffen Situationen, manipulieren die Medien und stellen Ihre Konkurrenten bloß. Ehrlich gesagt, Mr. Lake – ich glaube nicht, dass es sehr schwierig sein wird.«

»Sie hören sich an, als wäre das nicht das erste Mal.«

»Nein. Wir haben ein paar ungewöhnliche Dinge getan, immer in dem Bestreben, unser Land zu schützen. Aber wir haben nie versucht, eine Präsidentschaftswahl zu beeinflussen«, sagte Teddy mit einem Anflug von Bedauern.

Lake schob langsam den Stuhl zurück, erhob sich, streckte Arme und Beine und ging am Tisch entlang zum anderen Ende des Raumes. Seine Füße fühlten sich schwerer an als zuvor. Sein Puls raste. Die Falle war zugeschnappt: Er war gefangen.

Langsam kehrte er zu seinem Platz zurück. »Ich habe nicht genug Geld«, wandte er ein, obgleich er wusste, dass sein Gegenüber sich bereits mit dieser Frage befasst hatte.

Teddy nickte lächelnd und tat, als dächte er darüber nach. Lakes Haus in Georgetown war 400 000 Dollar wert. Etwa die Hälfte dieser Summe hatte er in Investmentfonds angelegt, weitere 100 000 in Kommunalobligationen. Er hatte keine nennenswerten Schulden und in seiner Wahlkampfkasse befanden sich 40 000 Dollar.

»Ein reicher Kandidat wäre nicht attraktiv«, sagte Teddy

und drückte auf einen weiteren Knopf. Wieder erschienen Bilder an der Wand, gestochen scharf und in Farbe. »Geld wird kein Problem sein, Mr. Lake«, fuhr er fort und seine Stimme klang jetzt viel unbeschwerter. »Wir werden die Rüstungsunternehmen zahlen lassen. Sehen Sie sich das an.« Er machte eine Geste mit der Rechten, als wüsste Lake vielleicht nicht, wohin er sehen sollte. »Im letzten Jahr hat die Luftfahrt- und Rüstungsindustrie fast 200 Milliarden Dollar umgesetzt. Wir werden nur einen Bruchteil davon benötigen.«

»Einen wie großen Bruchteil?«

»So viel, wie Sie brauchen. Ich schätze, wir werden mit Leichtigkeit hundert Millionen kriegen können.«

»Aber man kann hundert Millionen Dollar nicht verstecken.«

»Darauf würde ich nicht wetten, Mr. Lake. Und machen Sie sich darüber keine Sorgen. Sie halten Ihre Reden, Sie machen Ihre Werbespots, Sie organisieren Ihren Wahlkampf. Das Geld wird schon kommen. Bis November werden die amerikanischen Wähler eine solche Angst vor der großen Katastrophe haben, dass es ihnen egal sein wird, wie viel Sie ausgegeben haben. Es wird ein Erdrutschsieg werden.«

Teddy Maynard bot ihm also einen Erdrutschsieg an. Lake saß benommen schweigend da und starrte auf die Statistiken an der Wand: 194 Milliarden für Luftfahrt und Rüstung. Im vergangenen Jahr hatte der Militärhaushalt eine Höhe von 270 Milliarden. Wenn man das innerhalb von vier Jahren auf 540 Milliarden verdoppelte, würden die Rüstungsunternehmen satte Gewinne einfahren. Und den Arbeitern würde es gut gehen. Die Löhne und Gehälter würden steil ansteigen. Vollbeschäftigung!

Die Arbeitgeber würden den Kandidaten Lake mit Geld unterstützen und die Gewerkschaften würden ihm Wählerstimmen verschaffen. Als er sah, wie schlicht und genial

33

Teddys Plan war, ließ der anfängliche Schock nach. Man kassierte das Geld von denen, die von seiner Wahl profitieren würden. Man jagte den Wählern eine solche Angst ein, dass sie zu den Urnen rannten. Man gewann mit überwältigender Mehrheit. Und rettete damit die Welt.

Teddy ließ ihn einen Augenblick lang nachdenken und sagte dann: »Wir werden das meiste über die Interessengruppen laufen lassen. Da gibt es die Gewerkschaften, die Verbände der Ingenieure und leitenden Angestellten, verschiedene Arbeitgebervereinigungen – wir haben jede Menge Auswahl. Und wir werden noch ein paar Verbände gründen.«

Lake war in Gedanken bereits dabei, sie zu gründen. Hunderte von Interessengruppen, allesamt ausgestattet mit Geld – er würde mehr Mittel zur Verfügung haben als je ein Kandidat zuvor. An die Stelle des Schocks war jetzt Begeisterung getreten. Unzählige Fragen schossen ihm durch den Kopf: Wer wird mein Vizepräsident sein? Wer leitet die Kampagne? Wen ernenne ich zu meinem Stabschef? Wo soll ich meine Kandidatur bekannt geben? Doch er beherrschte sich. »Es könnte funktionieren«, sagte er schließlich.

»Aber ja, Mr. Lake. Es wird funktionieren. Vertrauen Sie mir. Wir planen diese Sache schon seit einiger Zeit.«

»Wie viele Leute wissen davon?«

»Nur ein paar. Man hat Sie sorgfältig ausgewählt, Mr. Lake. Es gab viele potenzielle Kandidaten, und Ihr Name tauchte immer wieder ganz oben auf der Liste auf. Wir haben Ihren Hintergrund überprüft.«

»Ziemlich langweilig, was?«

»Ja. Nur Ihre Beziehung zu Ms. Valotti macht mir ein wenig Sorgen. Sie ist zweimal geschieden und hat eine Schwäche für Schmerztabletten.«

»Ich wusste gar nicht, dass ich eine Beziehung zu Ms. Valotti habe.«

»Sie sind in letzter Zeit öfter mit ihr gesehen worden.«

»Ihre Leute haben anscheinend ein wachsames Auge auf mich.«

»Haben Sie etwas anderes erwartet?«

»Nein, eigentlich nicht.«

»Sie sind mit ihr zu einem Wohltätigkeitsessen zugunsten unterdrückter Frauen in Afghanistan gegangen. Ich bitte Sie!« Teddys Stimme klang plötzlich scharf und sarkastisch.

»Ich wollte eigentlich gar nicht hingehen.«

»Dann gehen Sie nicht. Halten Sie sich fern von diesem Quatsch. Überlassen Sie das den Heulsusen aus Hollywood. Ihre Ms. Valotti bringt Ihnen nichts als Ärger.«

»Sonst noch jemand?« Lake war jetzt ein wenig unsicher. Seit dem Tod seiner Frau war sein Privatleben nicht gerade aufregend, doch auf einmal war er geradezu stolz auf diese Tatsache.

»Eigentlich nicht«, sagte Teddy. »Ms. Benchly ist eine attraktive Frau und macht einen stabilen Eindruck.«

»Oh, vielen Dank.«

»Man wird Sie nach Ihrer Haltung zum Abtreibungsgesetz befragen, aber da werden Sie nicht der Erste sein.«

»Das ist ein abgedroschenes Thema«, sagte Lake. Er war es leid, darüber zu debattieren. Er war für und gegen die Freigabe von Abtreibungen gewesen, hatte sich für die Selbstbestimmung der Frau und dann wieder für das Recht des ungeborenen Lebens stark gemacht und die Feministinnen hatten ihn abwechselnd unterstützt und bekämpft. In seinen vierzehn Jahren im Kongress war er kreuz und quer über dieses Minenfeld gejagt worden und hatte es nicht ein einziges Mal geschafft, heil hindurchzukommen.

Nein, die Abtreibungsfrage schreckte ihn nicht mehr, jedenfalls nicht im Augenblick. Weit mehr Sorgen machte ihm die Tatsache, dass die CIA in seinem Privatleben herumschnüffelte.

»Was ist mit GreenTree?« fragte er.

Teddy machte eine wegwerfende Handbewegung. »Das ist zweiundzwanzig Jahre her. Es wurde niemand verurteilt. Ihr damaliger Partner hat Bankrott gemacht und wurde angeklagt, aber die Geschworenen haben ihn freigesprochen. Man wird das ausgraben – man wird alles ausgraben –, aber wir, Mr. Lake, werden die Aufmerksamkeit auf andere Themen lenken. Das ist der Vorteil, wenn man seine Kandidatur in letzter Minute erklärt: Die Presse hat nicht genug Zeit, alte Geschichten hervorzukramen.«

»Ich bin allein stehend. Es hat bisher nur einen einzigen Präsidenten gegeben, der nicht verheiratet war.«

»Sie sind Witwer und waren mit einer wunderbaren Frau verheiratet, die hier und in Ihrer Heimat sehr angesehen war. Glauben Sie mir: Das wird kein Thema sein.«

»Was macht Ihnen dann Sorgen?«

»Nichts, Mr. Lake. Überhaupt nichts. Sie sind der ideale Kandidat. Überaus geeignet. Wir werden uns um die Themen kümmern, wir werden den Leuten Angst machen und wir werden Geld einsammeln.«

Lake erhob sich abermals, ging auf und ab, strich sich über das Haar, rieb sich das Kinn und versuchte, einen klaren Kopf zu bekommen. »Ich habe eine Menge Fragen«, sagte er.

»Vielleicht kann ich einige davon beantworten. Lassen Sie uns morgen noch einmal darüber sprechen, hier, um dieselbe Zeit. Überschlafen Sie es, Mr. Lake. Die Zeit drängt, aber ich finde, vor einer solchen Entscheidung sollte man vierundzwanzig Stunden Bedenkzeit haben.« Teddy rang sich ein Lächeln ab.

»Es ist ein faszinierendes Angebot. Ich werde darüber nachdenken. Morgen gebe ich Ihnen meine Antwort.«

»Und übrigens: Niemand weiß von unserer kleinen Unterhaltung.«

»Natürlich nicht.«

36

DREI

Die Abteilung für juristische Fachliteratur nahm genau ein Viertel der Fläche der gesamten Bibliothek in Trumble ein. Sie befand sich in einer Ecke, die mit Glas und einer unverputzten Ziegelsteinmauer abgetrennt war. Das Ganze war sehr geschmackvoll ausgeführt und mit Steuergeldern bezahlt worden. In dieser juristischen Bibliothek waren Regale voller häufig benutzter Bücher so dicht aneinander aufgestellt, dass man sich kaum dazwischen hindurchzwängen konnte. Entlang der Wände standen Tische mit Schreibmaschinen, Computern und so vielen Bergen von Papier, dass man sich in eine große Kanzlei versetzt fühlte.

In der juristischen Bibliothek regierte die Bruderschaft. Selbstverständlich stand der Raum allen Insassen zur Verfügung, doch es gab ein ungeschriebenes Gesetz, das besagte, dass man die Erlaubnis der Richter brauchte, um sich dort aufzuhalten. Nun ja, vielleicht musste man sie nicht gerade um Erlaubnis fragen – aber wenigstens in Kenntnis setzen.

Richter Joe Roy Spicer aus Mississippi bekam vierzig Cent pro Stunde dafür, dass er den Boden fegte und die Tische und Regale in Ordnung hielt. Er leerte auch die Papierkörbe und stand in dem Ruf, diese niederen Arbeiten äußerst nachlässig zu verrichten. Richter Hatlee Beech aus Texas war offiziell der Bibliothekar der juristischen Abteilung und wurde mit fünfzig Cent pro Stunde am besten bezahlt. Er wachte mit Argusaugen über »seine Bücher« und stritt sich oft mit Spicer über dessen Arbeitsauffassung. Richter Finn Yarber, ehemals Oberrichter am Obersten Gerichtshof von Kalifornien, bekam als Computertechniker zwanzig Cent pro Stunde. Sein Lohn war deshalb so niedrig, weil er so wenig von Computern verstand.

Gewöhnlich verbrachten die drei sechs bis acht Stunden täglich in der juristischen Bibliothek. Wenn einer der Insassen ein juristisches Problem hatte, vereinbarte er einfach einen Termin mit einem der Richter und suchte ihn dort auf. Hatlee Beech war Experte für Strafmaße und Berufungen. Finn Yarber kümmerte sich um Konkursverfahren, Scheidungen und Sorgerechtsfragen. Joe Roy Spicer besaß keine formale juristische Ausbildung und hatte daher auch kein Spezialgebiet. Er wollte kein Spezialgebiet. Er schrieb die Briefe.

Strenge Regeln verboten es den Richtern, für ihre Beratungen ein Honorar zu verlangen, doch strenge Regeln bedeuteten wenig. Immerhin waren sie ja alle verurteilte Verbrecher, und wen störte es schon, wenn sie ein bisschen nebenbei verdienten? Am meisten brachten die Strafmaße ein. Bei etwa einem Viertel der Neuankömmlinge in Trumble enthielt die Urteilsbegründung juristische Fehler. Beech konnte sich eine Akte über Nacht vornehmen und etwaige Schlupflöcher finden. Vor einem Monat war es ihm gelungen, für einen jungen Mann, der fünfzehn Jahre bekommen hatte, vier Jahre herauszuschinden. Dessen Familie hatte nur zu gern bezahlt, und so hatte die Bruderschaft ihr bisher höchstes Honorar verdient: 5000 Dollar. Spicer hatte über ihren Anwalt in Neptune Beach eine Überweisung auf ihr geheimes Konto arrangiert.

Am hinteren Ende der juristischen Bibliothek befand sich ein kleines Besprechungszimmer, dessen verglaste Tür hinter Regalen verborgen und daher vom Hauptsaal aus kaum zu sehen war. Es interessierte sich ohnehin niemand dafür, was dort geschah. In diesen Raum zogen sich die Richter zurück, wenn sie vertrauliche Dinge zu besprechen hatten. Sie nannten ihn das Richterzimmer.

Spicer hatte soeben Besuch von ihrem Anwalt gehabt, der ihm Post gebracht hatte – ein paar wirklich erfreuliche Briefe. Er schloss die Tür, zog einen Umschlag aus einem Schnellhefter und zeigte ihn Beech und Yarber. »Gelb«, sagte er. »Ist das nicht hübsch? Ein Brief für Ricky.«

»Von wem?« fragte Yarber.

»Von Curtis aus Dallas.«

»Ist das der Bankier?« fragte Beech aufgeregt.

»Nein. Curtis ist der mit den Schmuckgeschäften. Hört zu.« Spicer faltete den auf weichem, gelbem Papier geschriebenen Brief auseinander und las ihn vor: »›Lieber Ricky! Dein Brief vom 8. Januar hat mich zum Weinen gebracht. Ich habe ihn dreimal gelesen, bevor ich ihn aus der Hand legen konnte. Du armer Junge! Warum lassen sie dich nicht raus?‹«

»Wo ist Ricky?« fragte Yarber.

»Ricky sitzt in einer teuren Drogenklinik, die sein reicher Onkel bezahlt. Er ist jetzt seit einem Jahr da drin, clean und völlig geheilt, aber die bösen Leute von der Klinik wollen ihn erst im April rauslassen, weil sie 20 000 Dollar pro Monat von seinem Onkel kriegen, der ihn hinter Schloss und Riegel haben will und ihm kein Taschengeld schickt. Weißt du das etwa nicht mehr?«

»Jetzt fällt's mir wieder ein.«

»Wir haben doch gemeinsam an der Geschichte gefeilt. Darf ich jetzt weiterlesen?«

»Bitte.«

Spicer fuhr fort: »›Am liebsten würde ich auf der Stelle kommen und diese verbrecherischen Leute zur Rede stellen. Und deinen Onkel ebenfalls. Was für ein Versager! Reiche Leute wie er denken immer, wenn sie Geld schicken, brauchen sie sich nicht selbst zu kümmern. Ich habe dir ja schon geschrieben, dass mein Vater sehr reich war, aber zugleich war er auch der unglücklichste Mensch, den ich je gekannt habe. Er hat mir zwar alles Mögliche gekauft, aber das waren bloß Dinge, die irgendwann kaputtgingen und mir nichts bedeutet haben. Er hatte nie Zeit für mich. Er war ein kranker Mann, genau wie dein Onkel. Für den Fall, dass du irgendetwas aus dem Klinikladen brauchst, habe ich einen Scheck über 1000 Dollar beigelegt.

Ach, Ricky, ich kann es kaum erwarten, dich zu sehen. Ich habe meiner Frau gesagt, dass in Orlando im April eine internationale Diamantenschau stattfindet, und sie hat keine Lust, mich zu begleiten.‹«

»Im April?« fragte Beech.

»Ja, Ricky ist sicher, dass er im April entlassen wird.«

»Geht einem das nicht zu Herzen?« sagte Yarber lächelnd. »Und Curtis hat Frau und Kinder?«

»Curtis ist dreiundfünfzig und hat drei erwachsene Kinder und zwei Enkelkinder.«

»Wo ist der Scheck?« fragte Beech.

Spicer drehte den Briefbogen um und las weiter: »›Wir müssen uns unbedingt in Orlando treffen. Bist du sicher, dass sie dich im April rauslassen? Bitte sag, dass es so ist! Es vergeht keine Stunde, in der ich nicht an dich denke. Ich habe dein Foto in meinem Schreibtisch, und wenn ich in deine Augen sehe, weiß ich, dass wir füreinander bestimmt sind.‹«

»Krank«, sagte Beech, ebenfalls lächelnd. »Und so was kommt aus Texas.«

»In Texas gibt's bestimmt noch mehr von der Sorte«, sagte Yarber.

»Und in Kalifornien nicht?«

»Der Rest ist bloß Gelalle«, sagte Spicer, der den Brief rasch überflog. Sie würden ihn später eingehend studieren. Er hielt den Scheck über 1000 Dollar hoch, damit seine Kollegen ihn sehen konnten. Zu gegebener Zeit würde er von ihrem Anwalt hinausgeschmuggelt und auf ihr geheimes Konto eingezahlt werden.

»Wann lassen wir die Bombe platzen?« fragte Yarber.

»Lasst uns erst noch ein paar Briefe wechseln. Ricky muss sich ein bisschen ausweinen.«

»Vielleicht könnte einer der Wachmänner ihn verprügeln oder so«, schlug Beech vor.

»Es gibt dort keine Wachmänner«, antwortete Spicer. »Immerhin ist es eine teure Drogenklinik. Die haben keine Wachen, sondern Berater.«

»Aber es ist eine geschlossene Anstalt, oder nicht? Das heißt, es gibt Zäune und Tore und das wiederum heißt, dass sie ein paar Wachen haben. Und wenn Ricky nun beim Duschen oder im Umkleideraum von einem Finsterling überfallen wird, der es auf seinen schönen Körper abgesehen hat?«

»Nein, keine sexuellen Übergriffe«, sagte Yarber. »Das könnte Curtis abschrecken. Er könnte auf die Idee kommen, dass Ricky sich was Ansteckendes eingefangen hat.«

Und so bastelten sie noch ein paar Minuten an Rickys trauriger Geschichte. Sein Foto stammte von der Pinnwand eines anderen Gefängnisinsassen und war von ihrem Anwalt kopiert und inzwischen an mehr als ein Dutzend Brieffreunde in ganz Amerika verschickt worden. Es war das Foto eines lächelnden Universitätsstudenten mit dunkelblauer Robe und Doktorandenhut, der ein zusammengerolltes Diplom in der Hand hielt. Er war ein sehr gut aussehender junger Mann.

Man beschloss, Beech solle die Geschichte in den kommenden Tagen weiterentwickeln und einen groben Entwurf des nächsten Briefes an Curtis ausarbeiten. Beech war Ricky und im Augenblick hielt dieser arme, gequälte Junge acht Anteil nehmende Männer über sein Unglück auf dem Laufenden. Richter Yarber war Percy – ebenfalls ein junger Mann, der, mittlerweile geheilt, in einer Drogenklinik saß, auf seine baldige Entlassung wartete und einen älteren, wohlhabenden, verständnisvollen Mann suchte, um mit ihm eine wunderbare Zeit zu verbringen. Percy hatte fünf Angeln ausgeworfen, die er langsam einholte.

Richter Joe Roy Spicer besaß kein großes schriftstellerisches Talent. Er koordinierte alles, half beim Ausdenken der Geschichten, sorgte dafür, dass sie stimmig waren, und hielt den Kontakt zu dem Anwalt, der ihnen die Post brachte. Und er kümmerte sich um das Geld.

Er zog einen zweiten Brief hervor und verkündete: »Und dies, Eure Ehren, ist von Quince.«

Beech und Yarber erstarrten und sahen den Brief an. Aus den sechs Briefen, die Quince an Ricky geschrieben hatte, war hervorgegangen, dass er ein reicher Bankier aus einer kleinen Stadt in Iowa war. Wie alle anderen hatten sie ihn durch eine Kontaktanzeige in den Schwulenmagazinen gefunden, die jetzt in der juristischen Bibliothek versteckt waren. Er war der zweite, der angebissen hatte – der erste hatte Verdacht geschöpft und nicht mehr geantwortet. Quinces Foto war ein Schnappschuss am Ufer eines Sees und zeigte ihn im Kreis seiner Familie, mit nacktem Oberkörper und dem Schmerbauch, den dünnen Armen, dem schütteren Haar eines Einundfünfzigjährigen. Es war ein schlechtes Foto, das Quince zweifellos deshalb ausgesucht hatte, weil es nicht leicht sein würde, ihn zu identifizieren, sollte es jemand versuchen.

»Möchtest du ihn lesen, Ricky, mein Schöner?« fragte Spicer und reichte Beech den Brief. Der nahm ihn und betrachtete den Umschlag. Er war weiß und ohne Absender und die Adresse war mit der Maschine geschrieben.

»Hast du ihn schon gelesen?« fragte Beech.

»Nein. Nun mach schon.«

Beech zog langsam den Brief aus dem Umschlag. Es war ein einfacher weißer Bogen, der mit einer alten Schreibmaschine eng beschrieben war. Beech räusperte sich und las vor: »›Lieber Ricky! Ich hab's getan. Ich kann's noch gar nicht fassen, aber ich hab's wirklich getan. Ich bin in eine Telefonzelle gegangen und hab das Geld per Postanweisung überwiesen, so dass es nicht zurückverfolgt werden kann – ich glaube, ich habe keine Spuren hinterlassen. Die New Yorker Agentur, die du mir empfohlen hast, war hervorragend – sehr diskret und hilfsbereit. Ich will ehrlich sein, Ricky: Ich hatte eine Heidenangst. Bis vor ein paar Wochen wäre es mir nicht im Traum eingefallen, eine Kreuzfahrt mit lauter Homosexuellen zu buchen. Aber soll ich dir was sagen? Es war aufregend! Ich bin so stolz auf mich! Wir haben eine Luxuskabine für tausend Dollar die Nacht. Ich kann's kaum erwarten.‹«

Beech hielt inne und sah seine Kollegen über die tief auf der Nase sitzende Lesebrille hinweg an. Die beiden lächelten verträumt.

Er fuhr fort: »›Wir stechen am zehnten März in See und ich habe eine wunderbare Idee. Ich werde am neunten in Miami ankommen, so dass wir nur wenig Zeit haben werden, uns kennen zu lernen. Treffen wir uns doch auf dem Schiff, in unserer Kabine. Ich werde als Erster da sein, meine Sachen in die Kabine bringen lassen, den Champagner kalt stellen und auf dich warten. Ach, was werden wir für einen Spaß haben, Ricky! Drei Tage, nur für uns allein! Wenn es nach mir geht, werden wir die ganze Zeit im Bett verbringen.‹«

Beech konnte ein Lächeln nicht unterdrücken, doch irgendwie gelang es ihm, dabei angeekelt den Kopf zu schütteln.

»›Ich bin schon so aufgeregt. Endlich habe ich beschlossen, herauszufinden, wer ich wirklich bin, und du, Ricky, hast mir den Mut gegeben, den ersten Schritt zu tun. Obwohl wir uns bis jetzt nur brieflich kennen, kann ich dir gar nicht genug danken.

Bitte schreib mir so schnell wie möglich und gib auf dich Acht, mein Ricky. In Liebe, Quince.‹«

»Ich glaube, ich muss gleich kotzen«, sagte Spicer, aber es klang nicht überzeugend. Es gab zu viel zu tun.

»Wir sollten die Bombe platzen lassen«, sagte Beech. Die anderen stimmten ihm sogleich zu.

»Wie viel?« fragte Yarber.

»Mindestens hunderttausend«, sagte Spicer. »Seine Familie ist seit zwei Generationen im Bankgeschäft. Wir wissen, dass sein Vater sich noch nicht zur Ruhe gesetzt hat, und man kann sich vorstellen, wie der Alte ausrasten wird, wenn er hört, dass sein Sohn ein Schwuler ist. Quince kann es sich nicht leisten, vor die Tür gesetzt zu werden, also wird er zahlen, was wir verlangen. Es ist die ideale Situation.«

Beech machte sich bereits Notizen, ebenso wie Yarber. Spicer ging in dem kleinen Raum auf und ab wie ein Bär. Es dauerte eine Weile, bis sie ihre Strategie diskutiert, Ideen entwickelt und Formulierungen gefunden hatten, doch schließlich nahm ihr Antwortbrief Gestalt an.

Beech las den Entwurf vor. »›Lieber Quince! Über deinen Brief vom vierzehnten Januar habe ich mich sehr gefreut. Wie schön, dass du die Schwulen-Kreuzfahrt gebucht hast. Das klingt wirklich faszinierend. Es gibt nur ein einziges kleines Problem: Ich werde nicht dabei sein können, und das hat mehrere Gründe. Einer davon ist, dass ich erst in ein paar Jahren entlassen werde. Ich bin nämlich nicht in einer Drogenklinik, sondern im Gefängnis. Und ich bin alles andere als schwul. Ich habe eine Frau und zwei Kinder und denen geht es finanziell gar nicht gut, weil ich ja im Knast sitze und sie nicht unterstützen kann. Und das ist der Punkt, an dem du ins Spiel kommst, Quince: Ich brauche etwas von deinem Geld. Ich will hunderttausend Dollar. Nennen wir es einfach Schweigegeld. Du schickst es mir und ich vergesse diese ganze Ricky-Geschichte und die Schwulen-Kreuzfahrt und kein Mensch in Bakers,

Iowa, wird je etwas davon erfahren, weder deine Frau noch deine Kinder, dein Vater oder der Rest deiner reichen Familie. Wenn du kein Geld schickst, werden viele Leute in deiner kleinen Stadt Kopien deiner Briefe kriegen.

Das Ganze nennt sich Erpressung, Quince, und du bist in die Falle getappt. Es ist grausam, gemein und ein Verbrechen, aber das ist mir egal. Du hast Geld und ich brauche welches.‹«

Beech hielt inne und sah die anderen an.

»Wunderbar«, sagte Spicer, der in Gedanken bereits dabei war, seinen Anteil auszugeben.

»Übel«, sagte Yarber. »Was ist, wenn er sich umbringt?«

»Das ist reine Spekulation«, sagte Beech.

Sie lasen den Brief noch einmal und erörterten, ob der Zeitpunkt für diesen Schritt richtig war. Sie sprachen weder über die Gesetzeswidrigkeit dieser Sache noch über die Strafe, die sie erwartete, falls sie aufflogen. Das alles war vor Monaten geklärt worden, als Joe Roy Spicer die anderen beiden überzeugt hatte mitzumachen. Im Verhältnis zum möglichen Ertrag war das Risiko minimal. Die Männer, die ihnen in die Falle gingen, würden wohl kaum zur Polizei laufen und Anzeige wegen Erpressung erstatten.

Doch bisher hatten sie noch keinen erpresst. Sie standen in Briefkontakt mit rund einem Dutzend potenziellen Opfern – allesamt Männer in mittleren Jahren, die den Fehler begangen hatten, auf diese Kleinanzeige zu antworten:

Attr. Mann, weiß, Mitte 20, sucht Brieffreundschaft mit liebevollem, diskretem Herrn, Anf. 40 bis Ende 50

Eine einzige, klein gedruckte Anzeige auf den letzten Seiten eines Schwulenmagazins hatte sechzig Antworten gebracht. Spicer war die Aufgabe zugefallen, die Briefe durchzusehen und die reichen Opfer herauszusieben. Anfangs war er widerwillig gewesen, doch nach und nach hatte er Gefallen daran gefunden. Und jetzt war es auf einmal ein Geschäft, denn sie waren im Begriff, einen vollkommen unschuldigen Menschen um 100 000 Dollar zu erpressen.

Ihr Anwalt würde ein Drittel der Summe einstecken. Das war der übliche Tarif, aber dennoch ein frustrierend hoher Anteil. Doch es blieb ihnen keine andere Wahl. Er war für die Durchführung unerlässlich.

Sie feilten noch eine Stunde lang an dem für Quince bestimmten Brief und beschlossen dann, die Sache noch einmal zu überschlafen, bevor sie die Endfassung schrieben. Es war noch ein weiterer Brief gekommen, und zwar von einem Mann, der das Pseudonym Hoover gebrauchte. Es war sein zweiter Brief an Percy und er ließ sich seitenlang über Vogelbeobachtung aus. Yarber würde sich mit Ornithologie beschäftigen und großes Interesse dafür heucheln müssen. Offenbar war Hoover äußerst vorsichtig. Er verriet nichts Persönliches und erwähnte Geld mit keinem Wort.

Die drei beschlossen, ihm etwas mehr Zeit zu lassen. Sie würden von Vögeln schreiben und versuchen, das Thema körperliche Liebe anzuschneiden. Wenn Hoover den Wink ignorierte und nicht deutlicher wurde, was seine finanzielle Situation betraf, würden sie ihn fallen lassen.

In der Strafvollzugsbehörde des Justizministeriums wurde Trumble als »Camp« geführt, was bedeutete, dass es dort weder Zäune noch Stacheldraht, Wachtürme oder bewaffnete Wachen gab, die nur darauf warteten, Ausbrecher niederzuschießen. In einem Camp gab es nur ein Minimum an Sicherheitsmaßnahmen, so dass jeder Insasse einfach fliehen konnte, wenn er wollte. Es gab 1000 Gefangene in Trumble, aber nur wenige wollten fliehen.

Das Gefängnis war angenehmer als die meisten Schulen. Es gab klimatisierte Zellen, eine saubere Cafeteria mit täglich drei warmen Mahlzeiten, einen Fitnessraum, Billardtische, Kartenspiele, Squash, Basketball, Volleyball, eine Aschenbahn, eine Bibliothek, eine Kapelle, diverse Geistliche, Berater, Sozialarbeiter und unbegrenzte Besuchszeiten.

In Trumble hatte man es so gut, wie man es als Gefangener nur haben konnte. Alle Insassen galten als leichte Fälle. 80 Prozent saßen wegen Verstößen gegen die Drogengesetze. Etwa 40 hatten Banküberfälle begangen, ohne jemanden zu verletzen oder ernsthaft zu bedrohen. Der Rest waren Wirtschaftsverbrecher, deren Vergehen von kleinen Schwindeleien bis hin zu groß angelegtem Betrug reichten – unter anderem saß hier Dr. Floyd ein, ein Chirurg, der das staatliche Gesundheitsvorsorge-Programm im Lauf von zwei Jahrzehnten um sechs Millionen Dollar betrogen hatte.

Gewalt wurde in Trumble nicht geduldet und echte Drohungen waren selten. Es gab zahlreiche Regeln und die Gefängnisleitung hatte kaum Schwierigkeiten, sie durchzusetzen. Bei Verstößen wurde man in ein normales Gefängnis mit Stacheldraht und brutalen Wärtern geschickt.

Die Gefangenen in Trumble benahmen sich gut, zählten die Tage und hatten ein angenehmes Leben.

Bis zu Richter Joe Roy Spicers Einlieferung hatte es im Gefängnis keine ernsthaften kriminellen Handlungen gegeben. Vor seinem tiefen Fall hatte er von den berühmten Angola-Erpressungen gehört. In Angola, dem Staatsgefängnis von Louisiana, hatten einige Insassen die Erpressung von Homosexuellen derart perfektioniert, dass sie, bevor man ihnen auf die Schliche gekommen war, ihren Opfern rund 700 000 Dollar abgenommen hatten.

Spicer stammte aus einer ländlichen Gegend nicht weit von der Grenze zu Louisiana und die Angola-Sache wurde dort eifrig diskutiert. Nicht im Traum wäre ihm eingefallen, sie zu kopieren, doch dann erwachte er eines Tages im

Bundesgefängnis und beschloss, jeden Menschen auszunehmen, den er zu fassen bekommen konnte.

Jeden Tag um ein Uhr marschierte er um die Aschenbahn, gewöhnlich allein, immer mit einer Packung Marlboro in der Tasche. Vor seiner Verurteilung hatte er zehn Jahre nicht geraucht; jetzt war er wieder bei zwei Päckchen pro Tag. Also marschierte er, um den Schaden für seine Lunge zu minimieren. In vierunddreißig Monaten war er 1998 Kilometer gelaufen. Außerdem hatte er zwanzig Pfund abgenommen, wenn auch wahrscheinlich nicht durch diese tägliche Bewegung, wie er gern behauptete. Für den Gewichtsverlust war wohl eher das Bierverbot verantwortlich.

Vierunddreißig Monate marschieren und rauchen, und einundzwanzig Monate hatte er noch vor sich.

90 000 Dollar des gestohlenen Bingogeldes waren buchstäblich in seinem Garten vergraben, eine halbe Meile hinter seinem Haus, neben einem Geräteschuppen – eingeschlossen in einer Kammer aus gegossenem Beton, von der seine Frau nichts ahnte. Sie hatte ihm geholfen, den Rest der Beute zu verjubeln – insgesamt 180 000 Dollar, obgleich die Bundespolizei nur den Verbleib der Hälfte des Geldes hatte klären können. Sie hatten Cadillacs gekauft und waren erster Klasse von New Orleans nach Las Vegas geflogen und dort waren sie auf Casinokosten in Limousinen herumgefahren worden und hatten in Luxussuiten gewohnt.

Sofern er noch irgendwelche Träume hatte, war einer davon, Berufsspieler mit Hauptwohnsitz in Las Vegas zu werden, aber in Casinos in aller Welt bekannt und gefürchtet zu sein. Sein bevorzugtes Spiel war Blackjack, und obwohl er viel Geld verloren hatte, war er überzeugt, dass er jede Bank sprengen konnte. In der Karibik gab es Casinos, die er noch nicht kannte. Asien war groß im Kommen. Er würde um die Welt reisen, erster Klasse, mit seiner Frau oder ohne sie, er würde in teuren Hotels absteigen, sich

Essen und Drinks in seiner Suite servieren lassen und jeden Blackjack-Geber, der dumm genug war, ihm Karten auszuteilen, das Fürchten lehren.

Er würde die 90 000 in seinem Garten ausgraben, sie zu seinem Anteil aus den Erpressungen hinzufügen und nach Las Vegas ziehen. Mit seiner Frau oder ohne sie. Sie war seit vier Monaten nicht mehr in Trumble gewesen und dabei war sie früher alle drei Wochen gekommen. Er hatte Alpträume, in denen sie den Garten umpflügte und nach dem Geldversteck suchte. Er war beinahe überzeugt, dass sie nichts von dem Geld wusste, aber es blieben doch ein paar Zweifel. Zwei Tage vor seinem Strafantritt hatte er getrunken und die 90 000 Dollar erwähnt. Er konnte sich nicht mehr an den Wortlaut erinnern. Sosehr er sich auch das Hirn zermarterte – es fiel ihm nicht mehr ein, was er ihr erzählt hatte.

Nach dem ersten Kilometer zündete er sich noch eine Marlboro an. Möglicherweise hatte sie inzwischen einen Freund. Rita Spicer war eine attraktive Frau, an manchen Stellen vielleicht etwas mollig, aber das war nichts, über das 90 000 Dollar einen nicht hinwegsehen ließen. Was wäre, wenn sie und ihr Geliebter das Geld gefunden hatten und bereits dabei waren, es auf den Kopf zu hauen? Einer von Joe Roys übelsten und immer wiederkehrenden Alpträumen war eine Szene aus einem schlechten Film: Rita und ein ihm unbekannter Mann standen im strömenden Regen und gruben mit Schaufeln den Garten um. Warum es in seinem Traum regnete, wusste er nicht. Aber es war immer Nacht. Ein Gewitter tobte, und im Licht der Blitze konnte er sehen, wie sie gruben und dem Schuppen immer näher kamen.

In einem Traum saß ihr neuer Freund auf einem Bulldozer und schob Erde vor sich her, während Rita Spicer dabei stand und mit der Schaufel hierhin und dorthin zeigte.

Joe Roy sehnte sich nach Geld. Er fühlte es geradezu in

seinen Händen. Solange er in Trumble war, würde er aus den Opfern ihrer Erpressung so viel herausholen, wie er nur konnte, und dann würde er das vergrabene Geld holen und nach Las Vegas fliegen. Niemand in seiner Heimatstadt sollte das Vergnügen haben, mit dem Finger auf ihn zu zeigen und zu flüstern: »Da ist der alte Joe Roy. Sieht so aus, als hätten sie ihn aus dem Knast entlassen.« Nein, wirklich nicht.

Er würde das Leben genießen. Mit ihr oder ohne sie.

VIER

Teddy betrachtete die Pillenfläschchen. Sie waren am Rand des Tisches aufgereiht wie kleine Scharfrichter, die nur darauf warteten, ihn von seinen Schmerzen zu befreien. Ihm gegenüber saß York und las von seinem Notizblock ab.

»Er hat bis drei Uhr morgens telefoniert«, sagte York, »und zwar mit Freunden in Arizona.«

»Mit wem?«

»Bobby Lander, Jim Gallison, Richard Hassel – die üblichen eben. Seine Geldgeber.«

»Auch mit Dale Winer.«

»Ja, mit dem auch«, sagte York und staunte über Teddys Gedächtnis. Teddy hatte jetzt die Augen geschlossen und massierte seine Schläfen. Irgendwo zwischen ihnen, irgendwo tief in seinem Gehirn, waren die Namen von Lakes Freunden, Vertrauten und Geldgebern, seinen Wahlkampfhelfern und Highschool-Lehrern ordentlich gespeichert und bei Bedarf abrufbereit.

»Irgendwas Ungewöhnliches?«

»Nein, eigentlich nicht. Nur die üblichen Fragen, wie man sie von einem erwartet, der über einen so überraschenden Schritt nachdenkt. Seine Freunde waren verwundert, teilweise sogar schockiert und ein bisschen zurückhaltend, aber davon werden sie sich schon erholen.«

»Haben sie nach Geld gefragt?«

»Natürlich. Er hat ausweichend geantwortet und gesagt, das werde kein Problem sein. Sie waren skeptisch.«

»Hat er irgendwas ausgeplaudert?«

»Kein Wort.«

»War er besorgt, wir könnten mithören?«

»Ich glaube nicht. Er hat elf Anrufe von seinem Büro und acht von seinem Haus geführt. Keinen einzigen von seinem Handy.«

»Faxe? E-Mails?«

»Nein. Er hat zwei Stunden mit Schiara konferiert, seinem –«

»Seinem Stabschef.«

»Genau. Sie haben im Grunde die Kampagne geplant. Schiara will, dass er kandidiert. Sie wollen Nance aus Michigan als Vize.«

»Keine schlechte Wahl.«

»Es sieht nicht schlecht aus. Wir überprüfen ihn gerade. Er hat sich mit dreiundzwanzig scheiden lassen, aber das war vor dreißig Jahren.«

»Kein Problem. Ist Lake bereit?«

»Auf jeden Fall. Er ist ja schließlich Politiker. Man hat ihm den Schlüssel zum Königreich angeboten. Er schreibt bereits Reden.«

Teddy nahm eine Tablette aus einem der Fläschchen, schluckte sie ohne Flüssigkeit hinunter und zog die Augenbrauen zusammen, als wäre sie etwas Bitteres. Dann glättete er mit der Hand die Falten auf seiner Stirn und sagte: »Sagen Sie mir, dass wir nichts übersehen haben. Dass dieser Typ keine Leichen im Keller hat.«

»Keine Leichen. Wir haben ihn sechs Monate lang überwacht. Weit und breit nichts, was uns Sorgen machen müsste.«

»Er wird nicht irgendeine grässliche Frau heiraten?«

»Nein. Er ist mit verschiedenen Frauen ausgegangen, hat aber keine ernsten Absichten.«

»Kein Sex mit Angestellten?«

»Nein. Er hat wirklich eine reine Weste.«

Dieses Gespräch war die Wiederholung eines Gesprächs, das sie schon oft geführt hatten. Eine weitere Wiederholung konnte nicht schaden.

»Keine zweifelhaften Finanzgeschichten in seiner Vergangenheit?«

»Wir haben alles durchleuchtet. Nichts.«

»Alkohol, Drogen, Medikamente, Glücksspiele im Internet?«

»Nein, Sir. Er ist sauber, nüchtern, ordentlich, intelligent – ziemlich bemerkenswert.«

»Dann wollen wir ihn uns noch mal vorknöpfen.«

Abermals wurde Aaron Lake zu dem Raum tief in der Zentrale der CIA eskortiert, diesmal von drei gut aussehenden jungen Männern, die ihn bewachten, als könnte hinter jeder Ecke eine Gefahr lauern. Er ging noch schneller als am Tag zuvor und hielt sich noch aufrechter. Sein Rücken war kerzengerade. Er schien mit jeder Stunde zu wachsen.

Abermals begrüßte er Teddy und schüttelte ihm die schwielige Hand, bevor er dem Rollstuhl in den Bunker folgte und sich an den langen Tisch setzte. Man tauschte einige Höflichkeitsfloskeln aus. York war nicht weit von ihnen entfernt in einem anderen Raum, in dem drei mit versteckten Kameras verbundene Monitore jedes Wort, jede Bewegung wiedergaben. Neben ihm saßen zwei Männer, die ihr Geld damit verdienten, Filme auszuwerten. Sie beobachteten, wie die Menschen in diesen Filmen atmeten und ihre Hände und Augen, ihre Köpfe und Füße bewegten, um daraus Rückschlüsse darauf zu ziehen, was sie wirklich dachten.

»Haben Sie gestern Nacht gut geschlafen?« fragte Teddy und rang sich ein Lächeln ab.

»Ja, sehr gut«, log Lake.

»Gut. Darf ich daraus schließen, dass Sie unser Geschäftsangebot annehmen werden?«

»Geschäftsangebot? Ich wusste nicht, dass es sich dabei um ein Geschäft handelt.«

»Doch, Mr. Lake, genau darum handelt es sich: um ein Geschäft. Wir versprechen Ihnen, dass Sie gewählt werden, und Sie versprechen uns, dass Sie die Militärausgaben verdoppeln und den Russen Paroli bieten werden.«

»Gut, dann sind wir im Geschäft.«

»Ausgezeichnet, Mr. Lake. Das freut mich sehr. Sie werden einen hervorragenden Kandidaten und einen noch besseren Präsidenten abgeben.«

Die Worte hallten in Lakes Kopf wider – er konnte sie noch nicht ganz glauben: Präsident Aaron Lake. Er war bis fünf Uhr morgens auf und ab gegangen und hatte versucht, mit der Erkenntnis fertig zu werden, dass man ihm das Weiße Haus anbot. Es erschien ihm zu einfach.

Und so sehr er sich auch bemühte – er konnte den Verlockungen nicht widerstehen. Das Oval Office. All die Hubschrauber und Düsenflugzeuge. Er würde durch die ganze Welt reisen. Hundert Assistenten würden ihm zur Verfügung stehen. Staatsbankette mit den mächtigsten Männern der Welt.

Und vor allem: ein Platz in der Geschichte.

Oh ja, sie waren im Geschäft.

»Sprechen wir also über Ihren Wahlkampf«, sagte Teddy. »Ich glaube, es wird am besten sein, wenn Sie Ihre Kandidatur zwei Tage nach den Vorwahlen in New Hampshire bekannt geben. Wenn der Pulverdampf sich verzogen hat. Wenn die Gewinner ihre fünfzehn Minuten Fernsehzeit gehabt und die Verlierer mit Dreck um sich geworfen haben – dann kommen Sie und geben Ihre Kandidatur bekannt.«

»Das ist ziemlich bald.«

»Wir haben nicht viel Zeit zu verlieren. Wir werden New Hampshire ignorieren und uns auf die Vorwahlen in Arizona und Michigan am 22. Februar konzentrieren. Es ist unerlässlich, dass Sie in diesen beiden Staaten gewinnen. Damit präsentieren Sie sich nämlich als ernsthafter Kandidat und fahren mit vollen Segeln in den März.«

»Ich wollte meine Kandidatur eigentlich zu Hause verkünden, bei irgendeiner Gelegenheit in Phoenix.«

»Michigan ist besser. Es ist ein größerer Staat. 58 Delegierte, im Gegensatz zu 24 für Arizona. Außerdem kann man davon ausgehen, dass Sie in Ihrem Heimatstaat gewinnen. Wenn Sie aber am selben Tag auch in Michigan als Sieger hervorgehen, werden Sie ein Kandidat sein, mit dem man rechnen muss. Geben Sie Ihre Kandidatur in Michigan bekannt, und dann, ein paar Stunden später, noch einmal in Ihrem Wahlbezirk in Arizona.«

»Eine hervorragende Idee.«

»In Flint gibt es ein Hubschrauberwerk – D-L Trilling. Die haben einen großen Hangar, groß genug für 4000 Arbeiter. Ich kenne den Vorstandsvorsitzenden.«

»Dann machen Sie den Termin klar«, sagte Lake, der sicher war, dass Teddy bereits mit dem Vorstandsvorsitzenden gesprochen hatte.

»Können Sie übermorgen für die Dreharbeiten in Sachen Werbespots zur Verfügung stehen?«

»Ich kann alles«, sagte Lake und machte es sich auf dem Beifahrersitz bequem. Es wurde allmählich klar, wer hier am Steuer saß.

»Wenn Sie einverstanden sind, werden wir eine Werbeagentur beauftragen, die offiziell für die Anzeigen und die Öffentlichkeitsarbeit verantwortlich sein wird. Allerdings sind die Leute, die wir hier im Haus haben, weit besser und die werden Sie keinen Cent kosten. Nicht dass Geld ein Problem sein wird, wenn Sie verstehen, was ich meine.«

»Hundert Millionen dürften wohl reichen.«

»Das denke ich auch. Jedenfalls werden wir noch heute mit den Fernsehspots anfangen. Ich glaube, sie werden Ihnen gefallen. Sie werden sehr düster sein: der miserable

Zustand unserer Streitkräfte, alle möglichen Bedrohungen von außen. Die Apokalypse – so was in der Art. Die Dinger werden den Leuten eine Heidenangst einjagen. Wir schneiden Ihren Namen und Ihr Gesicht und ein paar kurze Worte rein und im Handumdrehen sind Sie der bekannteste Politiker im ganzen Land.«

»Aber Bekanntheit sichert noch keinen Wahlsieg.«

»Nein. Aber Geld. Geld sichert Fernsehzeit und Meinungsumfragen und mehr brauchen wir nicht.«

»Ich denke, das Wichtigste ist die Botschaft.«

»Natürlich, Mr. Lake. Und unsere Botschaft ist weit wichtiger als Steuersenkungen und Minderheitenförderung und Abtreibung und Vertrauen und Familie und all die anderen albernen Dinge, von denen wir so oft hören. Unsere Botschaft ist Leben oder Tod. Unsere Botschaft wird die Welt verändern und unseren Wohlstand sichern. Und das ist es, was uns wirklich bewegt.«

Lake nickte zustimmend. Die Leute würden jeden wählen, solange er der amerikanischen Wirtschaft Vorteile verschaffte und den Frieden bewahrte. »Ich habe einen guten Mann für die Kampagne«, sagte er. Er wollte ebenfalls etwas anbieten.

»Wen?«

»Mike Schiara, meinen Stabschef. Er ist mein engster Berater. Ich vertraue ihm vollkommen.«

»Hat er Erfahrung auf nationaler Ebene?« fragte Teddy, der natürlich wusste, dass das nicht der Fall war.

»Nein, aber er ist sehr fähig.«

»Gut. Immerhin ist es Ihre Kampagne.«

Lake lächelte und nickte. Das war gut zu hören. Er hatte schon begonnen, daran zu zweifeln

»Wen wollen Sie als Vizepräsidenten?«

»Da kämen ein paar in Betracht. Senator Nance aus Michigan ist ein alter Freund von mir. Gouverneur Guyce aus Texas wäre auch nicht schlecht.«

Teddy erwog die Vorschläge sorgfältig. Keine schlechten Kandidaten, wirklich, auch wenn Guyce nicht in Frage kam. Er war ein reiches Bürschchen, der sich durchs College gemogelt und seine Dreißiger mit Golfspielen verbracht hatte. Anschließend hatte er eine Menge Geld aus dem Vermögen seines Vaters ausgegeben, um vier Jahre lang Gouverneur von Texas zu sein. Außerdem hatten sie Texas so gut wie in der Tasche.

»Mir gefällt Nance besser«, sagte Teddy.

Dann also Nance, hätte Lake beinahe gesagt.

Sie sprachen eine Stunde lang über Geld: über die erste Welle, die von den Interessengruppen kommen würde, und wie man ihre Unterstützung annehmen konnte, ohne allzu viel Misstrauen zu erregen. Dann über die zweite Welle von der Rüstungsindustrie. Und schließlich über die dritte Welle, die aus Bargeld und anderen Mitteln bestehen würde, die keine Spur hinterließen.

Es sollte noch eine vierte Geldwelle geben, von der Lake nie erfahren würde. Je nach den Umfrageergebnissen würden Teddy Maynard und seine Organisation buchstäblich Kisten voller Geld in Gewerkschaftsbüros, schwarze Kirchengemeinden und weiße Veteranenverbände in Chicago, Detroit, Memphis und im tiefen Süden schaffen. In Zusammenarbeit mit Leuten vor Ort, die bereits ausgesucht wurden, würde man jede Stimme kaufen, die zu haben war.

Je länger Teddy über seinen Plan nachdachte, desto überzeugter war er, dass der nächste Präsident Aaron Lake heißen würde.

Trevors kleine Anwaltskanzlei war in Neptune Beach, ein paar Blocks von Atlantic Beach entfernt, obgleich niemand sagen konnte, wo das eine aufhörte und das andere anfing. Jacksonville lag einige Meilen weiter westlich und kroch unaufhaltsam in Richtung Küste. Die Kanzleiräume befanden sich in einem umgebauten Ferienhaus und von der durchhängenden hinteren Veranda aus konnte Trevor den Strand und das Meer sehen und die Schreie der Möwen hören. Er fand es beinahe unglaublich, dass er das Ding jetzt schon seit zwölf Jahren gemietet hatte. Anfangs hatte er gern auf der hinteren Veranda gesessen, wo ihn das Telefon und etwaige Mandanten nicht störten, und stundenlang auf die nur zwei Blocks entfernte Weite des Atlantiks gestarrt.

Er stammte aus Scranton, North Dakota, und wie alle, die sich aus der Kälte hierher geflüchtet hatten, war er es nach einer Weile leid geworden, aufs Meer zu sehen, barfuß am Strand entlang zu laufen und den Möwen Brotkrumen zuzuwerfen. Inzwischen schlug er die Zeit lieber in seinem verschlossenen Büro tot.

Trevor hatte eine Heidenangst vor Richtern und Gerichtssälen. Das war zwar ungewöhnlich und in gewissem Sinne sogar ehrenwert, engte ihn aber auch in seiner Berufsausübung ein. Er musste sich auf Schreibtischarbeit beschränken, auf Grundstücksüberschreibungen, Testamente, Kaufverträge und Bauanträge – all die kleinen, langweiligen, geisttötenden Vorgänge, von denen ihm während des Jurastudiums niemand erzählt hatte. Hin und wieder übernahm er einen kleinen Drogenfall, bei dem es nicht zu einem Prozess kam, und durch einen dieser unglücklichen Mandanten, der in Trumble einsaß, hatte er schließlich den Ehrenwerten Joe Roy Spicer kennen gelernt. Binnen kurzem war er der offizielle Anwalt der drei ehemaligen Richter Spicer, Beech und Yarber – der Bruderschaft, wie auch er sie nannte.

Er war nicht mehr und nicht weniger als ein Kurier und schmuggelte Briefe, die als anwaltliche Dokumente deklariert waren und somit nicht kontrolliert werden durften. Er gab ihnen keine fachlichen Ratschläge, und sie fragten ihn auch nicht danach. Er verwaltete ihre ausländischen Konten und nahm die Anrufe von Familienangehörigen ihrer in Trumble einsitzenden Mandanten entgegen. Er war der Verbindungsmann für ihre schmutzigen kleinen Geschäfte, und weil er dadurch Gerichtssälen, Richtern und gegnerischen Anwälten aus dem Weg gehen konnte, war Trevor damit ganz zufrieden.

Außerdem war er ein Komplize und konnte, wenn je etwas herauskam, leicht angeklagt werden, doch das machte ihm wenig Sorgen. Diese Angola-Sache war absolut brillant, denn die Opfer würden nie und nimmer zur Polizei gehen. Es war leicht verdientes Geld und der Ertrag ließ sich noch steigern. Trevor war bereit, das Risiko einzugehen.

Er schlich sich aus dem Büro, ohne von seiner Sekretärin gesehen zu werden, und fuhr in seinem restaurierten VW-Käfer – Baujahr 1970, keine Klimaanlage – davon. Zunächst fuhr er auf der First Street in Richtung Atlantic Boulevard. Zwischen den Häusern hindurch war das Meer zu sehen. Trevor trug eine alte Khakihose, ein weißes Hemd, eine gelbe Fliege und ein blaues Seersucker-Jackett – alles reichlich zerknittert. Bald kam er an Pete's Bar and Grill vorbei, der ältesten Bar am Strand, die zugleich seine Stammkneipe war, auch wenn sie inzwischen von den College-Studenten entdeckt worden war. Er hatte dort eine sehr alte Rechnung über 361 Dollar offen stehen, fast ausschließlich für Coors und Lemon Daiquiris, und er war fest entschlossen, diese Schulden zu bezahlen.

Am Atlantic Boulevard bog er nach Westen ab, kämpfte sich durch den Verkehr in Richtung Jacksonville und fluchte auf die wuchernde Stadt, die Staus und die Wagen mit kanadischen Nummernschildern. Dann kam er zu der Umgehungsstraße, die nördlich am Flughafen vorbeiführte, und bald war er im tiefsten flachen Florida.

Fünfzig Minuten später parkte er auf dem Parkplatz von Trumble. Bundesgefängnisse sind schon was Großartiges, dachte er nicht zum ersten Mal. Jede Menge Parkplätze in der Nähe des Haupteingangs, hübsch gestaltete, von den Insassen täglich gepflegte Grünflächen und moderne, saubere Gebäude.

Am Tor sagte er »Hallo, Mackey« zu dem weißen Wärter und begrüßte den schwarzen mit »Hallo, Vince«. Rufus saß am Empfang und durchleuchtete den Aktenkoffer, während Nadine den Papierkram für seinen Besuch erledigte. »Was machen die Barsche?« fragte er Rufus.

»Sie beißen nicht an.«

In Trumbles kurzer Geschichte gab es keinen Anwalt, der seine Mandanten so oft besuchte wie Trevor. Man machte noch ein Foto von ihm, drückte ihm einen Stempel mit unsichtbarer Farbe auf den Handrücken und führte ihn durch zwei Türen und einen kurzen Korridor. »Hallo, Link«, sagte er zu dem nächsten Wärter.

»Morgen, Trevor.« Link war für den Besuchsraum zuständig, einen großen Saal mit vielen gepolsterten Stühlen, zahlreichen Verkaufsautomaten entlang der einen Wand, einem Spielbereich für Kinder und einem kleinen Innenhof, in dem Paare sich an einen Picknicktisch setzen und für eine Weile ungestört sein konnten. Alles blitzte und blinkte und es war niemand zu sehen. Kein Wunder an einem Werktag. An den Wochenenden herrschte mehr Betrieb, aber für den Rest der Zeit bewachte Link einen leeren Raum.

Sie gingen zu einem der Anwaltszimmer. Dies waren kleine Kammern mit verschließbaren Türen, die mit Fenstern versehen waren, so dass Link die Männer dort drinnen im Auge behalten konnte, wenn er wollte. Joe Roy Spicer wartete in dem Zimmer und las die Sportseite der Tageszeitung, denn er wettete in letzter Zeit auf die Basketball-Ergebnisse der College-Liga. Trevor und Link traten in den Raum und Trevor steckte Link blitzschnell zwei 20-Dollar-Scheine zu. Die Überwachungskameras konnten sie hier, hinter der Tür, nicht erfassen. Wie immer tat Spicer so, als hätte er nichts gesehen.

Der Aktenkoffer wurde geöffnet, damit Link seinen Inhalt flüchtig untersuchen konnte. Er tat das, ohne etwas zu berühren. Trevor entnahm dem Koffer einen großen, braunen Umschlag, der versiegelt war und die Aufschrift *Anwaltliche Unterlagen* trug. Link nahm den Umschlag, bog ihn durch, um sich davon zu überzeugen, dass er keine Waffe oder ein Tablettenröhrchen enthielt, und gab ihn Trevor zurück. Sie hatten das bereits Dutzende Male gemacht.

Die Vorschriften besagten, dass beim Öffnen der Umschläge ein Aufseher anwesend sein musste, doch die beiden Zwanziger sorgten dafür, dass Link hinausging und Posten vor der Tür bezog, weil es im Augenblick einfach nichts anderes zu bewachen gab. Er wusste, dass Briefe ausgetauscht wurden, aber das war ihm egal. Solange Trevor keine Waffen oder Drogen ins Gefängnis schmuggelte, drückte Link ein Auge zu. Es gab hier ohnehin zu viele idiotische Vorschriften. Er lehnte sich mit dem Rücken an die Tür und es dauerte nicht lange, bis er halb eingedöst war, das eine Bein gestreckt, das andere leicht angewinkelt.

Im Anwaltsraum wurden keine juristischen Fragen erörtert. Spicer war noch immer in die Basketball-Ergebnisse vertieft. Die meisten anderen Insassen freuten sich über Besuch, Spicer dagegen nahm ihn lediglich in Kauf.

»Ich hab gestern Abend einen Anruf von dem Bruder von Jeff Daggett gekriegt«, sagte Trevor. »Der Junge aus Coral Gables.«

»Ich weiß, wer das ist«, sagte Spicer und ließ nun, da sich die Möglichkeit eröffnete, Geld zu verdienen, die Zeitung sinken. »Er hat zwölf Jahre für Beteiligung an organisiertem Drogenschmuggel gekriegt.«

»Genau. Sein Bruder sagt, in Trumble ist ein ehemaliger Bundesrichter, der sich die Unterlagen angesehen hat und möglicherweise ein paar Jahre Strafnachlass rausholen kann. Dieser Richter will dafür aber Geld sehen. Also hat Daggett seinen Bruder angerufen und der wiederum hat mich angerufen.« Trevor zog das zerknitterte Seersucker-Jackett aus und warf es auf einen Stuhl. Spicer fand die gelbe Fliege scheußlich.

»Wie viel kann er zahlen?«

»Habt ihr eine Honorarforderung gestellt?« fragte Trevor.

»Beech vielleicht. Ich weiß es nicht. Unser Tarif für eine Strafermäßigung nach Paragraph 2255 ist fünftausend Dollar.« Spicer sagte das so routiniert, als wäre er jahrelang Strafrichter an einem Bundesgericht gewesen. In Wirklichkeit hatte er nur ein einziges Mal einen Bundesgerichtssaal betreten, und zwar am Tag seiner Verurteilung.

»Ich weiß«, sagte Trevor. »Aber ich bin nicht sicher, ob sie fünftausend auftreiben können. Bei seiner Verhandlung hatte der Junge einen Pflichtverteidiger.«

»Dann quetsch aus ihnen heraus, so viel du kannst. Mindestens tausend, und zwar im Voraus. Er ist kein Verbrechertyp.«

»Du wirst weich, Joe Roy.«

»Nein, ich werde immer gemeiner.«

Das stimmte. Joe Roy war der Geschäftsführer der Bruderschaft. Yarber und Beech hatten das nötige Talent und eine juristische Ausbildung, doch ihr Absturz hatte sie so gedemütigt, dass sie keinen Ehrgeiz mehr besaßen. Spicer dagegen, der über wenig Talent und keinerlei juristische Ausbildung verfügte, wusste genug über Menschenführung, um seine Kollegen auf Kurs zu halten. Während sie trüben Gedanken nachhingen, träumte er von einem Comeback.

Joe Roy öffnete einen Schnellhefter und entnahm ihm einen Scheck. »Hier sind tausend Dollar. Von einem Brieffreund namens Curtis aus Texas.«

»Werden wir von dem noch mehr hören?«

»Sehr viel mehr, glaube ich. Quince aus Iowa ist jetzt fällig.« Joe holte einen hübschen, verschlossenen, lavendelfarbenen Umschlag hervor, der an Quince Garbe in Bakers, Iowa, adressiert war.

»Wie viel?« fragte Trevor und nahm den Umschlag an sich.

»Hunderttausend.«

»Donnerwetter.«

»Er hat das Geld und er wird bezahlen. Ich hab ihm geschrieben, wohin er das Geld überweisen soll. Sag der Bank Bescheid.«

In seinen dreiundzwanzig Jahren als Anwalt hatte Trevor nie ein Honorar erhalten, das auch nur entfernt an 33 000 Dollar herangereicht hatte. Auf einmal sah er das Geld vor sich und glaubte es schon in Händen zu haben, und obwohl er sich bemühte, nicht daran zu denken, begann er es bereits auszugeben. 33 000 Dollar für eine leichte Briefträgertätigkeit.

»Und du glaubst wirklich, dass das funktioniert?« fragte er. In Gedanken bezahlte er die Rechnung in Pete's Bar und schrieb einen Brief an MasterCard, in dem er sie aufforderte, sich ihre Mahnung an den Hut zu stecken. Er würde seinen geliebten Käfer behalten, sich aber vielleicht eine Klimaanlage spendieren.

»Natürlich funktioniert das«, sagte Spicer ohne den Hauch eines Zweifels.

Er hatte zwei weitere Briefe, beide geschrieben von Richter Yarber, der dazu in Percys Rolle geschlüpft war, des jungen Mannes in der Drogenklinik. Trevor nahm sie voller Vorfreude an sich.

»Arkansas spielt heute Abend gegen Kentucky«, sagte Spicer und wandte sich wieder der Zeitung zu. »Das letzte Mal hat Arkansas mit vierzehn Punkten Vorsprung gewonnen. Was meinst du?«

»Diesmal wird's viel knapper. Kentucky ist sehr heim-stark.«

»Bist du dabei?«

»Du denn?«

Trevor kannte einen Buchmacher, der häufig in Pete's Bar kam, und obwohl er nicht oft wettete, hatte er gelernt, dass es sich lohnte, Richter Spicers Tipps zu befolgen.

»Ich setze hundert auf Arkansas«, sagte Spicer.

»Dann werde ich dasselbe tun.«

Sie spielten noch eine halbe Stunde Blackjack. Link warf hin und wieder einen Blick durch das Fenster und runzelte missbilligend die Stirn. Kartenspiele während der Besuchs-zeit waren verboten, aber darum kümmerte sich ohnehin niemand. Joe Roy spielte hart und aggressiv, denn er wollte für seine bevorstehende Karriere trainieren. Im Aufent-haltsraum wurden bevorzugt Poker und Gin Rummy gespielt und Spicer hatte oft Schwierigkeiten, einen Black-jack-Partner zu finden.

Trevor war zwar nicht besonders gut, aber immer bereit zu einem Spielchen. In Spicers Augen war dies das Einzige, was für ihn sprach.

FÜNF

Die Bekanntgabe der Präsidentschaftskandidatur fand in der ausgelassenen Atmosphäre einer Siegesfeier statt: Von der Decke hingen rote, weiße und blaue Flaggen und Banner und Marschmusik dröhnte aus den Lautsprechern des Hangars. Die Teilnahme an der Veranstaltung war für alle 4000 Arbeiter und Angestellten von D-L Trilling obligatorisch, und um ihre Stimmung zu heben, hatte man ihnen einen Tag Extra-Urlaub versprochen. Das bedeutete acht bezahlte Stunden zu einem Durchschnittssatz von 22 Dollar 40, doch das kümmerte den Vorstand wenig. Sie hatten ihren Wunschkandidaten gefunden. Die eilig errichtete Bühne war ebenfalls mit Fähnchen geschmückt und mit allen verfügbaren Anzugträgern aus den mittleren und oberen Etagen besetzt, die allesamt breit lächelten und wild klatschten, während die Musik die Anwesenden in Schwung brachte. Noch vor drei Tagen hatte praktisch niemand hier gewusst, wer Aaron Lake eigentlich war. Jetzt war er ihr Retter.

Er sah jedenfalls aus, wie man sich einen Präsidentschaftskandidaten vorstellte. Ein neuer Berater hatte ihm einen neuen, schneidigeren Haarschnitt vorgeschlagen und er trug einen dunkelbraunen Anzug, zu dem ihn ein anderer Berater überredet hatte. Nur Reagan hatte braune Anzüge tragen können und der hatte immerhin zwei überwältigende Wahlsiege errungen.

Als Lake endlich energischen Schrittes auf die Bühne trat

und die Hände der leitenden Angestellten schüttelte, deren Gesichter er wenige Stunden später vergessen haben würde, brachen die Arbeiter in begeisterten Jubel aus. Der Tontechniker stellte die Lautstärke der Musik noch ein wenig höher. Lakes Leute hatten ihn und sein Team für 24 000 Dollar eigens für diesen Auftritt angeheuert. Geld spielte kaum eine Rolle.

Ballons fielen wie Manna von der Decke. Einige wurden von Arbeitern, die man zuvor dazu aufgefordert hatte, zum Platzen gebracht, so dass im Hangar eine Geräuschkulisse entstand, die an die erste Welle eines Sturmangriffs erinnerte. Macht euch bereit. Macht euch bereit für einen Krieg. Wählt Lake, bevor es zu spät ist.

Der Vorstandsvorsitzende umarmte Lake, als wären sie uralte Freunde – dabei waren sie sich zwei Stunden zuvor zum ersten Mal begegnet. Dann trat der Vorstandsvorsitzende ans Rednerpult und wartete, bis der Lärm sich gelegt hatte. Er zog ein Blatt mit Notizen hervor, die man ihm am Vortag gefaxt hatte, und begann mit einer weitschweifigen und ziemlich wohlwollenden Vorstellung Aaron Lakes, des zukünftigen Präsidenten. Auf Zeichen wurde er fünfmal durch Applaus unterbrochen.

Lake winkte wie ein siegreicher Held und wartete einige Sekunden, bevor er ans Mikrofon trat und verkündete: »Mein Name ist Aaron Lake und ich bewerbe mich um das Amt des Präsidenten.« Noch mehr donnernder Applaus. Noch mehr Marschmusik. Noch mehr Luftballons.

Als er lange genug gewartet hatte, begann er mit seiner Rede. Sein Thema, sein Programm, sein einziger Grund für die Kandidatur war die nationale Sicherheit und er schnurrte die bestürzenden Zahlen herunter, die bewiesen, wie gründlich die gegenwärtige Regierung das Militär vernachlässigt hatte. Kein anderes Thema sei von vergleichbarer Bedeutung, sagte er mit schonungsloser Offenheit. Das Land brauche nur in einen Krieg verwickelt zu werden, den es nicht gewinnen könne, und schon würden die alten Streitigkeiten über die Abtreibung, die Rassenfrage, die Waffenkontrolle, die Förderung von Minderheiten, die Steuergesetzgebung nebensächlich sein. Traditionelle Familienwerte seien in Gefahr? Sobald Soldaten im Kampf fielen, werde man Familien mit echten Problemen sehen.

Lake war sehr gut. Er hatte die Rede selbst geschrieben. Seine neuen Berater hatten sie bearbeitet, einige Spezialisten hatten daran gefeilt und gestern Abend hatte er sie dann Teddy Maynard im Bunker von Langley vorgetragen. Teddy hatte nur noch ein paar kleine Änderungen vorgenommen und sie abgesegnet.

Teddy saß zugedeckt im Rollstuhl und sah mit großem Stolz den Bericht über die Veranstaltung. York war bei ihm und schwieg wie gewöhnlich. Die beiden saßen oft allein im Bunker, starrten auf Leinwände und sahen zu, wie die Welt immer gefährlicher wurde.

Irgendwann sagte York leise: »Er ist gut.«

Teddy nickte und verzog das Gesicht sogar zu einem kleinen Lächeln.

Etwa in der Mitte seiner Rede wurde Lake herrlich wütend auf die Chinesen. »Im Verlauf der letzten zwanzig Jahre haben wir sie vierzig Prozent unseres geheimen atomaren Wissens stehlen lassen!« sagte er und die Arbeiter zischten.

»Vierzig Prozent!« rief er.

In Wirklichkeit waren es eher 50 Prozent, doch Teddy hatte beschlossen, die Zahl ein wenig niedriger anzusetzen. Die CIA hatte für die erfolgreiche chinesische Agententätigkeit bereits genug Prügel bekommen.

Fünf Minuten lang stellte Lake die Chinesen, ihre Spionagetätigkeit und ihre beispiellose Aufrüstung an den Pranger. Diese Strategie hatte Teddy sich ausgedacht: Er sollte nicht die Russen, sondern die Chinesen gebrauchen, um den amerikanischen Wählern Angst einzujagen. Der wahre Feind, die wahre Bedrohung sollte erst im Lauf des Wahlkampfs enthüllt werden.

Lakes Timing war nahezu perfekt. Am Schluss seiner Rede stand der Hangar Kopf. Als er versprach, den Militärhaushalt in den ersten vier Jahren seiner Amtszeit zu verdoppeln, brachen die 4000 Arbeiter und Angestellten des Unternehmens, das Kampfhubschrauber herstellte, in wilden Jubel aus.

Teddy sah schweigend zu und war sehr stolz auf seinen Kandidaten. Sie hatten es geschafft, den Vorwahlen in New Hampshire die Schau zu stehlen, indem sie sie einfach ignoriert hatten. Lakes Name hatte dort nicht auf der Liste gestanden und er war seit Jahrzehnten der erste Kandidat, der mit Genugtuung auf diese Tatsache hingewiesen hatte. »Wen interessiert denn schon die Vorwahl in New Hampshire?« wurde er zitiert. »Ich werde im ganzen Rest des Landes gewinnen.«

Lake verabschiedete sich von den jubelnden Arbeitern und schüttelte noch einmal die Hände der Bosse auf der Bühne. Der CNN-Reporter gab wieder zurück ins Studio, wo Journalisten und Kommentatoren die nächsten fünfzehn Minuten damit verbringen würden, den Zuschauern zu erklären, was sie gerade gesehen hatten.

Teddy drückte ein paar Knöpfe auf dem Tisch und auf der Leinwand erschien ein neues Bild. »Hier ist der fertige Spot«, sagte er. »Unser erster.«

Es war ein Fernsehwerbespot für den Kandidaten Lake. Er begann mit einer kurzen Einstellung, die eine Reihe grimmig blickender chinesischer Generäle zeigte. Sie nahmen eine Militärparade ab, und vor ihnen rollten Kolonnen mit schwerem Gerät vorbei. »Glauben Sie, dass die Welt sicherer geworden ist?« fragte eine tiefe, ernste Stimme aus dem Off. Dann kamen kurze Aufnahmen der aktuellen Bösewichter der Welt, die allesamt Militärparaden abnahmen: Saddam Hussein, Gaddhafi, Milosevic, Kim. Sogar Bilder des armen Castro und seiner zerlumpten Armee würden für eine Sekunde über Amerikas Bildschirme flimmern.

»Unsere Armee wäre im Augenblick nicht imstande, den Auftrag zu erfüllen, den sie 1991 im Golfkrieg erfüllt hat«, sagte die Stimme so unheilverkündend, als wäre bereits ein neuer Krieg ausgebrochen. Dann eine Explosion, gefolgt von einem Atompilz, und Tausende von Indern tanzten auf den Straßen. Eine zweite Explosion, und Tausende von Pakistanis taten dasselbe.

»China will Taiwan besetzen«, fuhr der Sprecher fort, während eine Million chinesischer Soldaten im Gleichschritt marschierten. »Nordkorea will in Südkorea einmarschieren«, sagte er, während Panzer durch die entmilitarisierte Zone rollten. »Und die Vereinigten Staaten sind immer ein leichtes Ziel.«

Eine neue Stimme war zu hören. Sie klang heller, und im Bild erschien ein mit zahlreichen Orden geschmückter General, der zu den Mitgliedern eines Kongressausschusses sprach. »Sie, die gewählten Vertreter dieses Volkes, geben mit jedem Jahr weniger für die Verteidigung aus. Das diesjährige Verteidigungsbudget ist niedriger als vor fünfzehn Jahren. Sie erwarten von uns, für einen Krieg in Korea, im Nahen Osten und jetzt auch auf dem Balkan gerüstet zu sein, aber die Ausgaben für das Militär sinken und sinken. Die Situation ist kritisch.« Der Bildschirm wurde dunkel und dann sagte die erste Stimme: »Vor zwölf Jahren gab es noch zwei Weltmächte. Jetzt gibt es keine mehr.« Dann erschien das gutaussehende Gesicht von Aaron Lake, und der Sprecher sagte: »Wählen Sie Lake, bevor es zu spät ist!«

»Ich bin mir nicht sicher, ob es mir gefällt«, sagte York nach kurzem Schweigen.

»Warum nicht?«

»Es ist so negativ.«

»Gut. Ihnen ist unbehaglich zumute, nicht?«

»Allerdings.«

»Umso besser. Wir werden das eine Woche lang zu allen möglichen Zeiten im Fernsehen laufen lassen, und ich nehme an, dass die bislang geringe Zustimmung für Lake noch mehr abnehmen wird. Dieser Spot erzeugt Unbehagen, und das wird den Leuten nicht gefallen.«

York kannte den Plan. Den Leuten würde tatsächlich unbehaglich zumute sein, und sie würden die Spots nicht mögen. Aber dann würde man ihnen Angst machen, und Lake würde auf einmal ein visionärer Führer sein. Teddy hatte vor, die Angst zu erzeugen.

In Trumble gab es in jedem Flügel zwei Fernsehzimmer – kleine, kahle Räume, in denen man rauchen und sich die Sendungen ansehen konnte, die die Wärter ausgesucht hatten. Es gab keine Fernbedienung. Das hatte man probiert, aber es hatte zu viel Ärger gegeben. Die bei weitem schlimmsten Streitigkeiten waren immer dann ausgebrochen, wenn die Männer sich nicht auf ein Programm hatten einigen können. Also lag die Programmgestaltung bei den Wärtern.

Die Gefangenen durften in ihren Zellen keine Fernsehgeräte haben.

Der Dienst habende Wärter hatte eine Vorliebe für Basketball. Auf dem Sportkanal lief ein Spiel zwischen College-Mannschaften, und der Raum war voller Gefangener, die zusahen. Hatlee Beech hasste Sport. Er saß allein in dem anderen Raum und sah sich eine seichte Familienkomödie nach der anderen an. Als er noch Richter mit einem Zwölf-Stunden-Tag gewesen war, hatte er nie ferngesehen. Dafür war einfach keine Zeit gewesen. Er hatte zu Hause ein Arbeitszimmer gehabt, in dem er bis spät in der Nacht Urteilsbegründungen auf ein Diktiergerät sprach, während alle anderen vor dem Fernseher klebten. Als er sich jetzt dieses geistlose Zeug ansah, begriff er, wie viel Glück er gehabt hatte. Und zwar in vielerlei Hinsicht.

Er zündete sich eine Zigarette an. Seit dem Studium hatte er nicht mehr geraucht und in den ersten zwei Monaten in Trumble hatte er der Versuchung noch widerstanden. Jetzt half ihm das Rauchen, die Langeweile zu ertragen, doch er beschränkte sich auf eine Schachtel täglich. Sein Blutdruck war mal zu hoch, mal zu niedrig. Herzkrankheiten waren in seiner Familie häufig. Er war sechsundfünfzig, hatte noch neun Jahre vor sich und war überzeugt, dass er Trumble in der Kiste verlassen würde.

Drei Jahre, einen Monat und eine Woche war er nun schon hier. Er zählte noch immer die Tage und er zählte auch die Tage bis zu seiner Entlassung. Vor kaum vier Jahren noch war er ein harter, frisch ernannter Bundesrichter gewesen, der eine glänzende Karriere vor sich hatte. Vor vier verdammten Jahren. Wenn er in Ost-Texas von einem Gericht zum anderen reiste, wurde er von einem Fahrer, einer Sekretärin, einem juristischen Berater und einem U. S. Marshal begleitet. Wenn er einen Gerichtssaal betrat, erhoben die Leute sich aus Respekt vor ihm. Bei den Anwälten erwarb er sich durch Fairness und Fleiß großes Ansehen. Seine Frau war nicht sehr liebenswert, aber angesichts ihres Vermögens, das aus dem familieneigenen Öltrust stammte, schaffte er es, friedlich mit ihr zusammenzuleben. Die Ehe war nicht gerade von Liebe erfüllt, aber immerhin stabil und drei gut geratene Kinder auf dem College waren etwas, auf das man stolz sein konnte. Seine Frau und er hatten stürmische Zeiten hinter sich und waren entschlossen, zusammen alt zu werden. Sie hatte das Geld und er hatte den Status. Gemeinsam hatten sie ihre Kinder großgezogen. Was sollte die Zukunft schon noch bereithalten?

Gewiss nicht das Gefängnis.

Vier beschissene Jahre.

Das Trinken kam aus dem Nichts. Vielleicht fing er wegen der Arbeitsbelastung damit an, vielleicht auch, um der Nörgelei seiner Frau zu entgehen. Nach dem Studium trank er jahrelang nur wenig und dann auch nur in Gesellschaft. Es war nichts Ernsthaftes und ganz gewiss keine Sucht. Einmal, als die Kinder noch klein waren, flog seine Frau mit ihnen für zwei Wochen nach Italien. Beech blieb allein zu Hause und das war ihm sehr recht. Aus irgendeinem Grund, an den er sich nicht erinnerte und den er auch nicht rekonstruieren konnte, begann er Bourbon zu trinken. Er trank viel und hörte nicht mehr auf. Der Whiskey wurde zu einem wichtigen Bestandteil seines Lebens. Er hatte immer eine Flasche in seinem Arbeitszimmer und genehmigte sich spät abends ein paar Gläser. Da er und seine Frau getrennte Schlafzimmer hatten, fiel ihr das nur selten auf.

Der Anlass für die Reise zum Yellowstone Park war eine Richtertagung. Er lernte die junge Frau in einer Bar in Jackson Hole kennen. Nachdem sie stundenlang Whiskey in sich hineingeschüttet hatten, kamen sie auf die verhängnisvolle Idee, eine Spritztour zu machen. Während Hatlee fuhr, zog sie sich ohne besonderen Grund aus. Sex stand nicht zur Debatte, und er war inzwischen so betrunken, dass er ohnehin keine Pläne in dieser Richtung verfolgte.

Die beiden Wanderer aus Washington, D. C., waren Studenten, die von einem Ausflug zurückkehrten. Beide starben am Unfallort, am Rand einer schmalen Straße, umgenietet von einem betrunkenen Fahrer, der sie nicht gesehen hatte. Den Wagen der jungen Frau fand man im Straßengraben. Am Steuer saß Hatlee, so betrunken, dass er nicht imstande war auszusteigen. Die Frau war nackt und bewusstlos.

Er konnte sich an nichts erinnern. Als er Stunden später erwachte, sah er zum ersten Mal in seinem Leben eine Gefängniszelle von innen. »Gewöhnen Sie sich schon mal daran«, sagte der Sheriff mit einem höhnischen Grinsen.

Beech setzte alle nur erdenklichen Hebel in Bewegung und forderte alle Gefallen ein, die er jemals jemandem erwiesen hatte, doch es war zwecklos. Zwei junge Leute waren gestorben. Er war in Begleitung einer nackten Frau gewesen. Sein Frau besaß das Geld aus dem Öltrust und seine Freunde ergriffen wie feige Hunde die Flucht. Niemand trat für den Ehrenwerten Hatlee Beech ein.

Er konnte von Glück sagen, dass er mit zwölf Jahren davongekommen war. Am ersten Verhandlungstag marschierten Bürgerinitiativen gegen Trunkenheit am Steuer vor dem Gerichtsgebäude auf. Sie forderten lebenslänglich. Lebenslänglich!

Er, der Ehrenwerte Hatlee Beech, wurde der zweifachen fahrlässigen Tötung angeklagt und hatte nichts zu seiner Verteidigung zu sagen. Die Alkoholmenge in seinem Blut hätte jeden anderen umgebracht. Ein Zeuge sagte aus, Beech sei mit überhöhter Geschwindigkeit auf der falschen Straßenseite gefahren.

Er konnte von Glück reden, dass der Unfall in einem Nationalpark stattgefunden hatte, denn sonst wäre er in einem Staatsgefängnis gelandet, wo die Verhältnisse weit unerfreulicher waren. Man konnte sagen, was man wollte, aber ein Bundesgefängnis hatte durchaus seine Vorzüge.

Allein saß er rauchend im Halbdunkel, als die von Zwölfjährigen geschriebene Familienkomödie für eine Wahlwerbung unterbrochen wurde, von der es in letzter Zeit so viele gab. Es war ein Spot, den Beech noch nie gesehen hatte, ein sinistres kleines Ding mit einer düsteren Stimme, die eine Katastrophe vorhersagte für den Fall, dass nicht sofort mehr Bomben gebaut würden. Es war sehr gut gemacht, dauerte anderthalb Minuten, hatte eine Stange Geld gekostet und transportierte eine Botschaft, die niemand hören wollte. Wählen Sie Lake, bevor es zu spät ist.

Wer zum Teufel war Aaron Lake?

Im politischen Geschehen kannte Beech sich aus. Damals, in seiner Vergangenheit, war Politik eine seiner Leidenschaften gewesen und in Trumble galt er als ein

Mann, der die Vorgänge in Washington verfolgte. Er war einer der wenigen, die sich dafür interessierten.

Aaron Lake? Beech hatte noch nie von ihm gehört. Was für eine seltsame Strategie, sich nach den Vorwahlen in New Hampshire als völlig Unbekannter in den Wahlkampf zu stürzen. Aber es gab ja nie einen Mangel an Narren, die Präsident werden wollten.

Beechs Frau hatte sich von ihm getrennt, bevor er sich schuldig bekannt hatte. Natürlich war sie über die nackte Frau aufgebrachter gewesen als über die beiden toten Wanderer. Die Kinder hatten sich auf ihre Seite geschlagen, weil sie das Geld besaß und weil er so unglaublichen Mist gebaut hatte. Die Entscheidung war ihnen nicht schwer gefallen. Eine Woche nach seiner Einlieferung in Trumble war die Scheidung rechtskräftig gewesen.

In diesen drei Jahren, einem Monat und einer Woche hatte ihn sein Jüngster zweimal besucht – heimlich, damit seine Mutter nichts davon erfuhr. Sie hatte den Kindern verboten, nach Trumble zu fahren.

Dann war er von den Familien der beiden Opfer auf Schadenersatz verklagt worden. Da keiner seiner Freunde bereit war, den Fall zu übernehmen, hatte er versucht, sich vom Gefängnis aus zu verteidigen. Allerdings hatte er zu seiner Verteidigung nicht viel vorbringen können. Er war zu fünf Millionen Dollar Schadenersatz verurteilt worden. Er hatte von Trumble aus Berufung eingelegt, die abgelehnt worden war, worauf er noch einmal Berufung eingelegt hatte.

Unter der Zigarettenschachtel lag auf dem Stuhl neben ihm ein Umschlag, den Trevor, der Anwalt, heute mitgebracht hatte. Seine Berufung war abermals vom Gericht abgelehnt worden. Das Urteil war damit rechtskräftig.

Das spielte eigentlich keine Rolle mehr, denn er hatte außerdem einen Insolvenzantrag gestellt. Er hatte das Schreiben in der Gefängnisbibliothek selbst aufgesetzt und zusammen mit der schriftlichen eidesstattlichen Versicherung an das Gericht in Texas geschickt, wo er einst ein Gott gewesen war.

Verurteilt, geschieden, von der Anwaltsliste gestrichen, eingesperrt, verklagt, bankrott.

Die meisten der Versager, die in Trumble saßen, kamen ganz gut damit zurecht, weil sie nicht besonders tief gefallen waren. Die meisten waren Wiederholungstäter, die sich ihre dritte oder vierte Chance vermasselt hatten. Die meisten waren sogar fast gern hier, weil dieses Gefängnis so viel besser war als die anderen, in denen sie gesessen hatten.

Doch Beech hatte so viel verloren und war so tief gefallen. Noch vor vier Jahren war er mit einer Frau verheiratet gewesen, die Millionen besaß, er hatte drei Kinder gehabt, die ihn liebten, und er hatte in einem großen Haus in einer kleinen Stadt gewohnt. Er war ein vom Präsidenten auf Lebenszeit ernannter Bundesrichter gewesen und hatte 140 000 Dollar im Jahr verdient – das war zwar weniger als die Einkünfte seiner Frau, aber alles andere als ein schlechtes Einkommen. Zweimal im Jahr hatte man ihn zu einer Konferenz ins Justizministerium nach Washington eingeladen. Beech war ein wichtiger Mann gewesen.

Ein Anwalt und alter Freund hatte ihn auf dem Weg nach Florida, wo seine Kinder lebten, zweimal besucht und ihm ein bisschen Klatsch erzählt. Das meiste davon war unbedeutend, aber es gab hartnäckige Gerüchte, dass die ehemalige Mrs. Beech einen neuen Freund hatte. Mit ein paar Millionen Dollar und schmalen Hüften war das wohl nur eine Frage der Zeit.

Noch eine Wahlkampfwerbung. Wieder: »Wählen Sie Lake, bevor es zu spät ist.« Dieser Spot begann mit körnigen Videoaufnahmen von Männern mit Sturmgewehren, die durch eine Wüstenlandschaft robbten, in Deckung gingen, feuerten und anscheinend irgendeine Art von militärischer Ausbildung erhielten. Dann das finstere Gesicht eines

Terroristen – dunkle Haut, schwarzes Haar, stechender Blick, offenbar irgendein radikaler Moslem –, der auf Arabisch mit englischen Untertiteln sagte: »Wir werden die Amerikaner töten, wo wir sie finden. Wir sind bereit, in unserem heiligen Krieg gegen den großen Satan zu sterben.« Danach kurze Einstellungen von brennenden Häusern, zerbombten Botschaften, einer Busladung Touristen und den auf einer Wiese verstreuten Trümmern eines Verkehrsflugzeugs.

Ein gut aussehendes Gesicht erschien: Mr. Aaron Lake persönlich. Er sah Hatlee Beech direkt an und sagte: »Ich bin Aaron Lake. Wahrscheinlich kennen Sie mich nicht. Ich bewerbe mich um die Präsidentschaft, weil ich mir Sorgen mache. Ich mache mir Sorgen wegen China und Osteuropa und dem Nahen Osten. Ich mache mir Sorgen um den Zustand unserer Streitkräfte. Im letzten Jahr hatte unser Haushalt einen gewaltigen Überschuss, doch für unsere Verteidigung haben wir weniger ausgegeben als vor fünfzehn Jahren. Wir sind leichtsinnig geworden, weil unsere Wirtschaft stark ist, aber die Welt ist weit gefährlicher, als wir glauben. Unsere Feinde sind zahlreich und wir können uns nicht vor ihnen schützen. Als Präsident werde ich in den vier Jahren meiner Amtszeit die Verteidigungsausgaben verdoppeln.«

Kein Lächeln, keine Wärme. Nur deutliche Worte von einem Mann, der das, was er sagte, auch zu meinen schien. Eine Stimme aus dem Off sagte: »Wählen Sie Lake, bevor es zu spät ist.«

Nicht schlecht, dachte Beech.

Er zündete sich noch eine Zigarette an, die letzte für heute Abend, und starrte den Briefumschlag auf dem leeren Stuhl an: Er schuldete den beiden Familien fünf Millionen Dollar. Und er hätte das Geld bezahlt, wenn er gekonnt hätte. Er hatte die beiden Studenten noch nie gesehen, nicht vor dem Unfall. Am Tag darauf waren ihre Fotos in der Zeitung gewesen. Ein Junge und ein Mädchen. Zwei Studenten, die den Sommer hatten genießen wollen.

Der Bourbon fehlte ihm.

Die Hälfte der Summe war mit seinem Insolvenzantrag erledigt. Die andere Hälfte war eine Schadenswiedergutmachung im Rahmen der Strafe und unterlag damit nicht dem Insolvenzrecht. Das bedeutete, dass diese Schulden ihm folgen würden, wohin er auch ging. Er glaubte jedoch, dass er nirgendwohin gehen würde. Am Ende seiner Strafe würde er fünfundsechzig sein, aber er würde schon vorher sterben. Man würde ihn im Sarg hinaustragen und nach Texas schaffen, wo man ihn hinter der kleinen ländlichen Kirche beerdigen würde, in der er getauft worden war. Vielleicht würde eines seiner Kinder ihm einen Grabstein spendieren.

Beech ging hinaus, ohne den Fernseher auszuschalten. Es war beinahe zehn Uhr, das Licht würde bald gelöscht werden. Er teilte seine Zelle mit Robbie, einem Jungen aus Kentucky, der in 240 Häuser eingebrochen war, bevor man ihn geschnappt hatte. Er hatte die Revolver, Mikrowellenherde und Stereoanlagen gegen Kokain eingetauscht. Robbie war seit vier Jahren in Trumble und somit ein alter Hase und als solcher hatte er sein Vorrecht geltend gemacht und sich das untere Bett ausgesucht. Beech kletterte in das obere Bett, sagte: »Gute Nacht, Robbie«, und schaltete das Licht aus.

»Nacht, Hatlee«, antwortete Robbie leise.

Manchmal unterhielten sie sich noch im Dunkeln. Die Wände waren aus Ziegelsteinen, die Tür war aus Stahl, und ihre Worte drangen nicht nach draußen. Robbie war fünfundzwanzig und würde bei seiner Entlassung fünfundvierzig sein. Vierundzwanzig Jahre – je ein Jahr für zehn Einbrüche.

Die Zeit zwischen dem Hinlegen und dem Einschlafen war die schlimmste des ganzen Tages. Die Vergangenheit holte Beech mit aller Macht ein: die Fehler, das Unglück, was hätte sein können und was hätte sein sollen. Sosehr er es auch versuchte – Beech konnte nicht einfach die Augen schließen und einschlafen. Zuvor musste er sich erst noch bestrafen. Es gab eine Enkeltochter, die er nie sehen würde, und mit ihr fing er immer an. Dann seine drei Kinder. An seine Frau dachte er nicht, wohl aber an ihr Geld. Und an seine Freunde. Ach, ja, seine Freunde. Wo waren sie jetzt?

Seit drei Jahren war er nun schon hier, und da er keine Zukunft hatte, blieb ihm nur die Vergangenheit. Selbst der arme Robbie träumte von einem Neuanfang mit 45. Beech tat das nicht. Manchmal sehnte er sich geradezu nach der warmen Erde von Texas, die hinter der kleinen Kirche seinen Leichnam bedecken würde.

Bestimmt würde jemand einen Grabstein bezahlen.

SECHS

Für Quince Garbe war der 3. Februar der schlimmste Tag seines Lebens. Es war auch beinahe der letzte seines Lebens, und hätte er seinen Arzt erreichen können, wäre es tatsächlich der letzte gewesen. Doch der Arzt war verreist und Quince sah keine Möglichkeit, sich ein Rezept für Schlaftabletten zu besorgen. Zum Selbstmord mit dem Revolver fehlte ihm der Mut.

Dabei hatte der Tag so angenehm begonnen: ein spätes Frühstück, bestehend aus einer Schale Haferflocken, allein am Kamin im Wohnzimmer. Seine Frau, mit der er seit sechsundzwanzig Jahren verheiratet war, hatte sich bereits auf den Weg in die Stadt gemacht, wo sie einen weiteren Tag mit Wohltätigkeitstees, Sammelaktionen und allerlei anderen philanthropischen Kleinstadtaktivitäten verbringen würde, die sie beschäftigt hielten und dafür sorgten, dass sie ihm nicht begegnete.

Es schneite, als er das große, protzige Bankiershaus am Rand von Bakers, Iowa, verließ und in seinem langen, schwarzen, elf Jahre alten Mercedes in die Stadt fuhr. Die Fahrt dauerte nur zehn Minuten. In Bakers war Quince ein bedeutender Mann, ein Garbe, ein Mitglied der Familie, der seit Generationen die Bank gehörte. Hinter der Bank, die an der Main Street lag, stellte er den Wagen auf dem reservierten Parkplatz ab und machte einen kurzen Umweg zum Postamt – etwas, das er zweimal pro Woche tat. Seit Jahren hatte er dort ein Postfach, um seine private Korrespondenz vor den Blicken seiner Frau und erst recht vor denen seiner Sekretärin zu verbergen.

Weil er, im Gegensatz zu den meisten Leuten in Bakers, Iowa, reich war, sprach er auf der Straße nur selten mit anderen. Was sie von ihm hielten, war ihm gleichgültig. Sie verehrten seinen Vater und das reichte, um das Bankgeschäft in Gang zu halten.

Doch wenn der Alte starb, würde er dann gezwungen sein, sich grundlegend zu ändern? Würde er bei jedem Gang durch Bakers nach rechts und links lächeln und dem Rotary Club beitreten müssen, den sein Großvater gegründet hatte?

Quince war es leid, von der wankelmütigen Sympathie seiner Mitbürger abhängig zu sein. Er war es leid, ständig mit der Nase darauf gestoßen zu werden, dass es der Einsatz seines Vaters war, der die Zufriedenheit der Kunden sicherte. Er war das Bankgeschäft leid, er war Iowa leid, er war den Schnee leid, er war seine Frau leid. Was Quince sich an diesem Februarmorgen mehr als alles andere wünschte, war ein Brief von seinem geliebten Ricky. Ein netter kleiner Brief, in dem Ricky ihr Rendezvous bestätigte.

Quince sehnte sich nach drei warmen Tagen voller Liebe und Leidenschaft, nach einer Kreuzfahrt mit Ricky. Vielleicht würde er nie zurückkehren.

Bakers hatte 18 000 Einwohner und daher herrschte im Hauptpostamt an der Main Street gewöhnlich viel Betrieb. Und am Schalter stand jedes Mal ein anderer Angestellter. So hatte Quince auch das Postfach gemietet: Er hatte gewartet, bis ein neuer Mitarbeiter Dienst hatte. Der offizielle Inhaber des Postfachs war CMT Investments. Quince ging schnurstracks zu seinem Fach, das sich zusammen mit Hunderten anderer Postfächer in der Wand eines Nebenraums befand.

Es waren drei Briefe darin, und als er sie herausnahm und

in die Manteltasche steckte, setzte sein Herz für einen Schlag aus, denn er sah, dass einer der Briefe von Ricky war. Er eilte hinaus und betrat wenige Minten später, um genau zehn Uhr, die Bank. Sein Vater war bereits seit vier Stunden da, doch sie hatten aufgehört, sich wegen Quinces Arbeitsauffassung zu streiten. Wie immer blieb er am Schreibtisch seiner Sekretärin stehen und streifte eilig die Handschuhe ab, als erwarteten ihn dringliche Aufgaben. Sie reichte ihm seine Post und zwei Zettel mit Telefonnachrichten und erinnerte ihn daran, dass er in zwei Stunden eine Verabredung zum Mittagessen mit einem örtlichen Immobilienmakler hatte.

Er verschloss seine Bürotür hinter sich, warf die Handschuhe auf einen Sessel, den Mantel auf einen anderen und riss den Umschlag von Rickys Brief auf. Dann setzte er sich auf das Sofa und holte die Lesebrille hervor. Er atmete schwer – nicht vor Anstrengung, sondern aus Vorfreude. Als er zu lesen begann, spürte er eine leichte sexuelle Erregung.

Die Worte trafen ihn wie Revolverkugeln. Nach dem zweiten Absatz stieß er ein eigenartiges, schmerzerfülltes »Ooohhh« aus. Dann sagte er ein paar Mal: »Oh Gott!« Und schließlich zischte er: »Dieser Hundesohn!«

Still, befahl er sich, die Sekretärin lauscht immer. Als er den Brief das erste Mal las, war er entsetzt, beim zweiten Mal war er ungläubig. Beim dritten Mal wurde ihm bewusst, dass dies, dieser Brief, die unbarmherzige Wirklichkeit war, und seine Unterlippe begann zu zittern. Verdammt, jetzt fang nicht an zu heulen, rief er sich zur Ordnung.

Er warf den Brief auf den Boden, ging im Kreis um seinen Schreibtisch herum und ignorierte die freundlichen Gesichter seiner Frau und seiner Kinder, so gut er konnte. Auf der Anrichte unter dem Fenster standen Klassenfotos und Familienporträts aus zwanzig Jahren. Er sah hinaus:

Es schneite jetzt heftiger und der Schnee blieb auf den Bürgersteigen liegen. Oh, wie er Bakers, Iowa, hasste! Er hatte geglaubt, er könne diesen verdammten Ort verlassen, er könne an einen warmen Strand entfliehen und sich dort mit einem hübschen jungen Gefährten vergnügen. Er hatte geglaubt, er werde vielleicht nie zurückkehren.

Nun würde er die Stadt unter anderen Umständen verlassen.

Er sagte sich, es sei ein Witz, ein Scherz – doch zugleich wusste er, dass es nicht so war. Die Schlinge saß zu eng, die Sache war zu perfekt. Er war einem Profi auf den Leim gegangen.

Sein Leben lang hatte er gegen seine Sehnsüchte angekämpft. Endlich hatte er den Mut aufgebracht, die Tür zu seiner Kammer einen Spaltbreit zu öffnen, und sofort hatte ein Betrüger ihn gepackt und ihm die Daumenschrauben angelegt. Dumm, dumm, dumm! Warum war das alles nur so schwierig?

Während er dem Schneetreiben zusah, drangen die Gedanken von allen Seiten auf ihn ein. Selbstmord war das Erste, das ihm einfiel, aber sein Hausarzt war verreist und eigentlich wollte er auch nicht sterben. Jedenfalls nicht jetzt. Er wusste nicht, wie er die 100 000 Dollar auftreiben sollte, ohne Verdacht zu erregen. Der alte Scheißer nebenan zahlte ihm ein miserables Gehalt und rückte keinen Cent heraus. Seine Frau bestand darauf, dass ihr gemeinsames Konto nicht überzogen wurde. Er hatte einiges Geld in Fonds angelegt, aber das konnte er nicht ohne ihr Wissen flüssig machen. Ein reicher Bankier in Bakers, Iowa, zu sein bedeutete, dass man einen Titel, einen Mercedes, ein hypothekenbelastetes Haus und eine Frau mit einem sozialen Gewissen hatte. Ach, wie sehr er sich danach sehnte, von hier zu verschwinden!

Er würde trotzdem nach Florida fahren, den Verfasser des Briefes irgendwie aufspüren, ihn zur Rede stellen, seinen Erpressungsversuch enthüllen und ihn der Gerechtigkeit zuführen. Er, Quince Garbe, hatte nichts Ungesetzliches getan. Dieser Brief dagegen war ein Verbrechen. Vielleicht konnte er einen Detektiv oder einen Rechtsanwalt engagieren, damit sie ihn beschützten. Sie würden dieser Sache auf den Grund gehen.

Selbst wenn er das Geld aufbrachte und es gemäß der Anweisung in dem Brief überwies, würde er damit ein Tor öffnen und Ricky – wer immer sich hinter diesem Namen verbarg – würde mehr Geld wollen. Was sollte ihn davon abhalten, Quince immer und immer wieder zu erpressen?

Wenn er Mumm hätte, würde er trotzdem fliehen, nach Key West oder irgendeinen anderen warmen Ort, wo es nie schneite, und so leben, wie es ihm gefiel. Sollten die jämmerlichen Spießer in Bakers, Iowa, sich doch in den nächsten fünfzig Jahren das Maul über ihn zerreißen. Aber so viel Mumm hatte er nicht und das war es, was Quince so traurig machte.

Seine Kinder starrten ihn an: lächelnde, sommersprossige Gesichter, blitzende Zahnspangen. Das Herz wurde ihm schwer und er wusste, dass er das Geld zusammenkratzen und überweisen würde, wie man es von ihm verlangte. Er musste seine Kinder schützen. Sie hatten nichts mit dieser Sache zu tun.

Die Aktien der Bank waren etwa zehn Millionen wert, aber die Anteile gehörten seinem Vater, der jetzt gerade auf dem Flur herumbrüllte. Der Alte war einundachtzig und noch sehr lebendig, aber eben einundachtzig. Wenn er tot war, würde Quince mit seiner Schwester teilen müssen, die in Chicago lebte, aber die Bank würde in seinen Besitz übergehen. Er würde das verdammte Ding so schnell wie möglich verkaufen und Bakers mit ein paar Millionen in der Tasche verlassen. Bis dahin würde er allerdings tun müssen, was er sein Leben lang getan hatte: den Alten zufrieden stellen.

Wenn Quinces wahre Neigungen von irgendeinem Betrüger ans Tageslicht gezerrt würden, wäre sein Vater am Boden zerstört. Von der Bank konnte Quince sich dann verabschieden. Seine Schwester würde alles bekommen.

Als das Gebrüll auf dem Flur verklungen war, ging Quince an seiner Sekretärin vorbei hinaus und holte sich eine Tasse Kaffee. Ohne sie weiter zu beachten, kehrte er in sein Zimmer zurück, verschloss die Tür, las den Brief zum vierten Mal und dachte nach. Er würde das Geld auftreiben und überweisen. Er hoffte und betete inständig, dass Ricky ihn danach in Ruhe lassen würde. Wenn er das nicht tat, wenn er mehr Geld forderte, würde Quince zu seinem Arzt gehen und sich Schlaftabletten verschreiben lassen.

Der Immobilienmakler, mit dem er zum Mittagessen verabredet war, galt als risikofreudig und war wahrscheinlich ein Gauner. Quince entwickelte einen Plan. Sie würden ein paar zweifelhafte Kredite beantragen, er würde den Wert des Baulands zu hoch einschätzen und den Kredit bewilligen, sie würden das Land an einen Strohmann verkaufen, und so weiter. Er wusste, wie man so was machte.

Quince würde das Geld auftreiben.

Die düsteren Werbespots für den Präsidentschaftskandidaten Lake erzeugten einen dumpfen Knall. Intensive Umfragen in der ersten Woche zeigten einen dramatischen Anstieg des Bekanntheitsgrads von zwei auf zwanzig Prozent, doch die Spots wurden allgemein abgelehnt. Sie waren beängstigend, und die Leute wollten nicht über Krieg, Terrorismus oder Atomraketen nachdenken, die heimlich, bei Nacht, über die Berge von einem Standort zum anderen geschafft wurden. Man sah die Werbespots (es war unmöglich, ihnen zu entgehen) und hörte die Botschaft, aber die meisten Wähler wollten nicht mit diesem Thema behelligt werden. Sie waren zu sehr damit beschäftigt, Geld zu verdienen und es auszugeben. Die Wirtschaft lief auf Hochtouren, und wenn es irgendwelche Fragen gab, die kontrovers diskutiert wurden, so beschränkten sie sich weitgehend auf die alten Dauerbrenner »Steuersenkungen« und »Verfall der moralischen Grundwerte«.

Die ersten Journalisten, die Lake interviewten, behandelten ihn, als wäre er bloß einer von vielen Spinnern, bis er in einer Livesendung erklärte, dass sein Wahlkampffonds in weniger als einer Woche bereits mehr als elf Millionen Dollar erhalten habe.

»Nach den ersten beiden Wochen werden wir wohl zwanzig Millionen haben«, sagte er, ohne zu prahlen, und diese Nachricht schlug ein wie eine Bombe. Teddy Maynard hatte ihm versichert, dass das Geld kommen würde.

Zwanzig Millionen in zwei Wochen – das hatte noch nie zuvor ein Kandidat geschafft und am Ende dieses Tages sprach man in Washington von nichts anderem mehr. Die Aufregung erreichte ihren Höhepunkt, als Lake – abermals live – in den Abendnachrichten von zwei der drei landesweiten Sender interviewt wurde. Er sah großartig aus: breites Lächeln, wohlgesetzte Worte, guter Anzug, gute Frisur. Dieser Mann war wählbar.

Die letzte Bestätigung, dass Aaron Lake ein ernst zu nehmender Kandidat für die Präsidentschaft war, kam später am Abend, als einer seiner Gegner ihn aufs Korn nahm. Senator Britt aus Maryland hatte seine Kandidatur vor einem Jahr bekannt gegeben und in New Hampshire einen guten zweiten Platz belegt. Er hatte neun Millionen Dollar aufgebracht, aber weit mehr als das ausgegeben, und war nun gezwungen, die Hälfte seiner Zeit mit dem Sammeln von Spenden zu verbringen – Zeit, die ihm im Wahlkampf fehlte. Er war es leid zu betteln, sein Team zu verkleinern und sich Sorgen über die Streuung seiner Fernsehspots zu machen, und als ein Reporter ihn nach seiner Meinung zu Lake und seinen zwanzig Millionen fragte, blaffte Britt ihn an: »Das ist schmutziges Geld. Kein ehrlicher Kandidat kann in so kurzer Zeit so viel Geld auftreiben.« Britt stand in Michigan am Eingang zu einem Chemiewerk im Regen und schüttelte Hände.

Die Presse ließ sich diese Bemerkung auf der Zunge zergehen und verbreitete sie im ganzen Land.

Aaron Lake hatte die Bühne betreten.

Senator Britt aus Maryland hatte noch andere Probleme, auch wenn er sich bemühte, sie zu vergessen.

Neun Jahre zuvor hatte er eine Informationsreise durch Südostasien unternommen. Wie immer flogen er und seine Kollegen aus dem Kongress erster Klasse, stiegen in gepflegten Hotels ab, aßen Hummer und ließen nichts unversucht, um sich ein Bild von der Armut in dieser Region zu machen und Material für die wütende Kontroverse um die Firma Nike und ihre Produktion in Billiglohnländern zu sammeln. Gleich zu Beginn der Reise, in Bangkok, lernte Britt eine junge Frau kennen und beschloss, eine Krankheit vorzutäuschen und zurückzubleiben, während seine Kollegen ihre Informationsreise nach Laos und Vietnam fortsetzten.

Ihr Name war Payka, und sie war keine Prostituierte. Sie war einundzwanzig Jahre alt und arbeitete als Sekretärin in der amerikanischen Botschaft in Bangkok, und weil sie im Dienst seines Landes stand, entwickelte Senator Britt ein gewisses arbeitgebermäßiges Interesse für sie. Er war weit entfernt von Maryland, seiner Frau, seinen fünf Kindern und seinem Wahlkreis. Payka war bildschön, und ihr größter Wunsch war es, in Amerika zu studieren.

Was als kleine Affäre begonnen hatte, entwickelte sich binnen kurzem zu einer regelrechten Liebesromanze, und Senator Britt musste sich losreißen, um nach Washington zurückzukehren. Zwei Monate später war er wieder in Bangkok, und zwar, wie er seiner Frau sagte, in einer dringlichen, aber streng geheimen Angelegenheit.

Innerhalb von neun Monaten unternahm er vier Reisen

nach Thailand, allesamt erster Klasse und auf Kosten der Steuerzahler. Selbst die Globetrotter im Senat begannen, hinter vorgehaltener Hand Bemerkungen zu machen. Britt sprach mit ein paar Leuten im Außenministerium und Paykas Einreise in die USA schien nichts mehr im Wege zu stehen.

Doch dazu kam es nicht mehr. Bei ihrem vierten und letzten Treffen gestand sie ihm, sie sei schwanger. Sie war Katholikin und eine Abtreibung kam nicht in Frage. Britt hielt sie hin und sagte, er brauche Zeit zum Nachdenken. Er verließ Bangkok überstürzt mitten in der Nacht. Es war das Ende seiner Informationsreisen nach Südostasien.

Zu Beginn seiner Senatskarriere hatte Britt, der stets für den sparsamen Umgang mit Steuergeldern eintrat, ein- oder zweimal Schlagzeilen gemacht, indem er die Verschwendung staatlicher Mittel durch die CIA angeprangert hatte. Teddy Maynard hatte sich nicht dazu geäußert, doch von dem öffentlichen Interesse, das diese Äußerungen hervorgerufen hatten, war er keineswegs erbaut gewesen. Die recht dünne Akte über Senator Britt wurde hervorgeholt und bekam Priorität, und als er das zweite Mal nach Bangkok flog, war die CIA dabei. Er wusste es natürlich nicht, doch einige Agenten saßen während des Fluges in seiner Nähe, selbstverständlich ebenfalls in der ersten Klasse, und auch in Bangkok setzte man einige Leute auf ihn an. Sie beobachteten das Hotel, in dem die beiden Turteltauben drei Tage verbrachten, und fotografierten sie beim Essen in teuren Restaurants. Sie sahen alles. Senator Britt war dumm und ahnungslos.

Später, als das Kind geboren war, verschaffte die CIA sich Kopien der Krankenhausunterlagen sowie Blutproben für eine DNA-Analyse. Payka behielt ihren Job in der Botschaft, so dass man sie leicht im Auge behalten konnte.

Als Britts Sohn ein Jahr alt war, machte man Fotos, auf denen er in einem Park in Bangkok auf dem Schoß seiner

Mutter saß. Weitere Fotos folgten und mit vier Jahren schließlich sah er Senator Dan Britt aus Maryland entfernt ähnlich.

Seinen Vater bekam er nie zu Gesicht. Britts Begeisterung für Informationsreisen nach Südostasien hatte stark nachgelassen – sein Interesse galt jetzt anderen Regionen. Irgendwann entwickelte er den Ehrgeiz, Präsident der Vereinigten Staaten zu werden, eine Berufskrankheit, die früher oder später jeden Senator befällt. Er hatte nie wieder etwas von Payka gehört und so war es ihm nicht schwer gefallen, diese unangenehme Episode zu vergessen.

Britt hatte fünf Kinder und eine Frau mit einer scharfen Zunge. Sie waren ein Team, der Senator und Mrs. Britt, und mit dem Slogan »Wir müssen unsere Kinder schützen!« führten sie gemeinsam den Kreuzzug zur Rettung der moralischen Grundwerte an. Obgleich ihr ältestes Kind erst dreizehn war, schrieben sie ein Buch darüber, wie man angesichts der allgemeinen Verkommenheit Kinder aufziehen sollte. Als der Präsident durch seine sexuellen Eskapaden in Bedrängnis kam, profilierte sich Senator Britt als der radikalste Saubermann von Washington.

Er und seine Frau trafen einen Nerv, und die Mittel aus dem konservativen Lager flossen reichlich. In Iowa hielt er sich gut, und in New Hampshire landete er nur knapp auf dem zweiten Platz, doch jetzt ging ihm langsam das Geld aus und seine Umfragewerte sanken.

Doch das Schlimmste stand ihm noch bevor. Nach einem harten Wahlkampftag fielen er und sein Team für eine kurze Nacht in einem Motel in Dearborn, Michigan, ein. Und hier wurde der Senator mit seinem sechsten Kind konfrontiert, auch wenn er ihm nicht persönlich begegnete.

Der Agent hieß McCord, war mit einem gefälschten Presseausweis ausgestattet und folgte Britt schon seit einer Woche. Angeblich arbeitete er für eine Zeitung in Tallahassee, doch in Wirklichkeit war er seit elf Jahren CIA-

Agent. Britt war ständig von so vielen Reportern umgeben, dass sich niemand die Mühe machte, ihre Angaben zu überprüfen.

McCord freundete sich mit einem von Britts Beratern an und gestand ihm bei einem späten Drink in der Bar des Holiday Inn, er besitze etwas, das Britt vernichten könne und das ihm von einem Mitarbeiter eines Konkurrenten, des Gouverneurs Tarry, zugespielt worden sei. Es handelte sich um ein Dossier. Jede Seite besaß die Sprengkraft einer Bombe: Da waren eine eidesstattliche Erklärung von Payka, in der sie Einzelheiten ihrer Affäre mit Britt schilderte, zwei Fotos des Kindes, von denen eines vor knapp einem Monat aufgenommen worden war und einen inzwischen siebenjährigen Jungen zeigte, der seinem Vater immer ähnlicher sah, diverse Blut- und DNA-Analysen, die Britts Vaterschaft unzweifelhaft belegten, sowie detaillierte Aufzeichnungen, die schwarz auf weiß bewiesen, dass Senator Britt 38 600 Dollar an Steuergeldern ausgegeben hatte, um auf der anderen Seite des Globus Ehebruch zu begehen.

Die Sache war ganz einfach: Wenn Britt sofort auf die Kandidatur verzichtete, würde niemand etwas von dieser Geschichte erfahren. McCord, der gewissenhafte Journalist, hatte moralische Bedenken und lehnte solche Machenschaften ab. Und Gouverneur Tarry würde schweigen, wenn Britt sich zurückzog. Nicht einmal Mrs. Britt würde etwas erfahren.

Um kurz nach ein Uhr morgens erhielt Teddy Maynard in Washington den Anruf von McCord. Das Päckchen war zugestellt worden. Britt würde am nächsten Mittag eine Pressekonferenz abhalten.

Teddy besaß brisante Unterlagen über Hunderte von Politikern aus Vergangenheit und Gegenwart. Sie waren gewöhnlich leichte Ziele. Man brauchte ihnen nur eine schöne junge Frau über den Weg laufen zu lassen und schon hatte man wieder etwas für die Akte. Und wenn Frauen nicht funktionierten, dann brachte Geld den gewünschten Erfolg. Es genügte, sie zu beobachten, wenn sie auf Reisen gingen, wenn sie sich mit Lobbyisten zusammentaten, wenn sie ausländischen Regierungen, die schlau genug waren, viel Geld nach Washington zu schaffen, diverse Gefallen taten, wenn sie in den Wahlkampf zogen und Spenden sammelten. Man brauchte sie nur zu beobachten und schon schwollen die Dossiers an. Teddy wünschte sich, bei den Russen wäre es ebenso leicht.

Obgleich er Politiker insgesamt verachtete, gab es doch einige, die er respektierte. Aaron Lake war einer von ihnen. Er hatte nie irgendwelchen Frauen nachgestellt, hatte nie getrunken oder andere schlechte Angewohnheiten entwickelt, hatte nie besonders viel Wert auf Geld gelegt oder um die Gunst der Öffentlichkeit gebuhlt. Je länger Teddy ihn beobachtete, desto besser gefiel er ihm.

Er nahm die letzte Tablette für diese Nacht und fuhr seinen Rollstuhl zum Bett. Britt war also erledigt. Gut so. Schade, dass er die Geschichte nicht trotzdem durchsickern lassen konnte. Dieser frömmlerische Heuchler hatte eine öffentliche Tracht Prügel verdient. Spar es dir für später auf, dachte er. Du kannst das Zeug noch mal verwenden. Falls Präsident Lake eines Tages Britts Unterstützung braucht, könnte sich dieser kleine Junge in Thailand als sehr nützlich erweisen.

SIEBEN

Picasso hatte eine einstweilige Verfügung gegen Sherlock und andere – unbekannte – Personen beantragt, um sie daran zu hindern, auf seine Rosen zu pinkeln. Ein bisschen fehlgeleiteter Urin konnte das Leben in Trumble zwar nicht wirklich aus dem Gleichgewicht bringen, aber Picasso wollte auch Schadenersatz in Höhe von 500 Dollar. Und 500 Dollar waren eine ernste Angelegenheit.

Der Streit schwelte seit dem vergangenen Sommer, als Picasso Sherlock auf frischer Tat ertappt hatte. Schließlich hatte der stellvertretende Direktor interveniert und die Bruderschaft gebeten, die Sache zu verhandeln. Die Klage war eingereicht worden und Sherlock hatte einen ehemaligen Anwalt namens Ratliff, der wegen Steuerhinterziehung saß, mit der Wahrnehmung seiner Interessen beauftragt. Dieser stellte irrelevante Anträge und tat sein Bestes, die Sache zu behindern und zu verzögern – die übliche Vorgehensweise derer, die draußen die hohe Kunst der Prozessführung praktizierten. Doch bei der Bruderschaft kam das nicht gut an, und weder Sherlock noch sein Anwalt hatten besonders gute Karten.

Picassos Rosengarten war ein sorgfältig gepflegtes Beet neben der Sporthalle. In einem dreijährigen zähen bürokratischen Kampf hatte er einen subalternen Sesselfurzer in Washington davon überzeugt, dass er, Picasso, an diversen Störungen litt und dass ein solches Hobby von altersher als therapeutisch galt. Sobald die Genehmigung aus

Washington vorlag, setzte der Gefängnisdirektor seine Unterschrift darunter, und Picasso machte sich mit Eifer an die Arbeit. Die Rosen bezog er von einer Gärtnerei in Jacksonville. Auch dafür hatte er zahlreiche Anträge stellen müssen.

Sein eigentlicher Job war Tellerwäscher in der Cafeteria, eine Tätigkeit, für die er 30 Cent pro Stunde bekam. Der Direktor lehnte seinen Antrag, als Gärtner beschäftigt zu werden, ab – die Rosen waren also sein Hobby. In der Wachstumszeit sah man Picasso früh und spät in seinem Beet knien, die Erde auflockern und seine Rosenstöcke gießen. Er sprach sogar mit den Blumen.

Die Sorte hieß Belinda's Dream und hatte blass rosafarbene Blüten. Die Rosen waren nicht besonders schön, aber Picasso liebte sie trotzdem. Als die Stöcke geliefert wurden, erfuhren alle Insassen von Trumble, dass die Belindas endlich gekommen waren. Er pflanzte sie liebevoll in die Mitte und an den vorderen Rand seines Beetes.

Sherlock begann aus purer Bosheit, auf das Beet zu pinkeln. Er konnte Picasso ohnehin nicht ausstehen, weil dieser ein bekannter Lügner war, und irgendwie erschien es ihm angebracht, auf die Rosen zu urinieren. Andere taten es ihm nach. Sherlock ermunterte sie, indem er ihnen sagte, das sei ein hervorragender Rosendünger.

Die Belindas verloren ihre rosige Farbe und welkten. Picasso war entsetzt. Ein Informant schob einen Zettel unter seiner Tür durch, und damit war das Geheimnis gelüftet: Sein geliebtes Rosenbeet war zum Pissoir geworden. Zwei Tage später legte Picasso sich auf die Lauer und ertappte Sherlock in flagranti und Sekunden später lieferten die beiden dicklichen Männer im mittleren Alter sich mitten auf dem Fußweg einen hässlichen Ringkampf.

Die Rosen verfärbten sich gelblich und Picasso reichte seine Klage ein.

Als es Monate später, nach zahlreichen Verzögerungen

durch Ratliff, endlich zur Verhandlung kam, hatten die Richter bereits genug von dieser Sache. Sie waren übereingekommen, dem Ehrenwerten Finn Yarber, dessen Mutter einst Rosen gezüchtet hatte, den Vorsitz zu überlassen, und dieser hatte den anderen nach einigen Recherchen, die nicht länger als ein paar Stunden gedauert hatten, mitgeteilt, dass menschlicher Urin keinerlei Verfärbung von Rosenblüten zur Folge hatte. Zwei Tage vor der Verhandlung stand ihre Entscheidung fest: Sie würden die beantragte Verfügung erlassen, die Sherlock und die anderen Schweine hinderte, auf Picassos Rosen zu pinkeln, aber ein Schadenersatz kam nicht in Frage.

Drei Stunden lang hörten sie sich an, wie erwachsene Männer darüber stritten, wer wann und wie oft wohin gepinkelt hatte. Picasso, der sich nicht durch einen Anwalt vertreten ließ, war den Tränen nahe, als er die von ihm vorgeladenen Zeugen anflehte, gegen ihre Freunde auszusagen. Ratliff, der Verteidiger, war grausam, verletzend und wiederholte sich ständig, und nach einer Stunde war deutlich, dass seine Streichung aus dem Anwaltsverzeichnis durchaus gerechtfertigt gewesen war – ganz gleich, welcher Vergehen er sich schuldig gemacht hatte.

Richter Spicer vertrieb sich die Zeit mit der Lektüre der Basketball-Ergebnisse in der College-Liga. Wenn er Trevor nicht beauftragen konnte, platzierte er Übungswetten auf jedes Spiel. Innerhalb von zwei Monaten hatte er damit – auf dem Papier – 3600 Dollar verdient. Er hatte eine Glückssträhne. Er gewann beim Kartenspielen, er gewann bei Sportwetten, und er schlief schlecht, denn er träumte von dem Leben, das auf ihn wartete und in dem er ein Profispieler sein würde, in Las Vegas oder auf den Bahamas. Mit seiner Frau oder ohne sie.

Richter Beech stellte stirnrunzelnd tief gehende juristische Überlegungen an und machte sich umfangreiche Notizen. In Wirklichkeit entwarf er seinen nächsten Brief an

Curtis in Dallas. Sie hatten beschlossen, ihn noch ein bisschen zu ködern. Als »Ricky« erklärte Beech ihm, ein brutaler Wachmann der Drogenklinik habe ihm alle möglichen schmerzhaften Konsequenzen für den Fall angedroht, dass er keine »Versicherung« abschloss. Ricky brauchte 5000 Dollar, um vor diesem Schläger sicher zu sein. Konnte Curtis ihm das Geld vielleicht leihen?

»Können wir jetzt fortfahren?« unterbrach Beech den ehemaligen Anwalt Ratliff zum wiederholten Male. Als er noch amtierender Richter gewesen war, hatte er die Kunst, während der nicht enden wollenden Ausführungen der Anwälte Zeitschriften zu lesen, zur Vollendung gebracht. Eine barsche Ermahnung zum rechten Zeitpunkt hielt alle Beteiligten auf Kurs.

Er schrieb: »Sie spielen hier so widerliche Spielchen. Als zerbrochene Menschen kommen wir hier an. Dann legt man uns trocken, hilft uns auf, setzt uns Stückchen für Stückchen wieder zusammen. Nach und nach lernen wir, wieder klar zu denken. Man bringt uns Disziplin bei, gibt uns neues Selbstvertrauen und bereitet uns auf die Rückkehr in die Gesellschaft vor. Die Ärzte sind wirklich fähig, aber sie lassen es zu, dass die brutalen Kerle, die das Gelände bewachen, uns, die wir noch so schwach und zerbrechlich sind, bedrohen und damit alles zerstören, was wir uns unter großen Mühen erarbeitet haben. Ich habe Angst vor diesem Mann. Ich sollte mich von der Sonne bräunen lassen oder an den Geräten trainieren, aber ich verstecke mich lieber in meinem Zimmer. Ich kann nicht schlafen. Ich sehne mich nach Alkohol und Drogen, um diesem Alptraum zu entfliehen. Bitte, Curtis, leih mir die 5000 Dollar, damit dieser Kerl mich in Ruhe lässt. Damit ich meine Entziehungskur abschließen kann und unversehrt hier rauskomme. Ich will gesund und in Form sein, wenn wir uns endlich sehen.«

Was würden seine Freunde von ihm denken? Der Ehren-

94

werte Bundesrichter Hatlee Beech schrieb Schwulenprosa und erpresste unschuldige Menschen.

Er hatte keine Freunde mehr. Es gab keine Regeln mehr. Das Gesetz, das er einst über alles gestellt hatte, hatte ihn hierher gebracht: in die Cafeteria eines Gefängnisses, wo er in der blassgrünen Robe eines schwarzen Kirchenchorsängers an einem Klapptisch saß und sich anhörte, wie ein Haufen wütender Knastbrüder sich über Urin stritten.

»Sie haben diese Frage bereits achtmal gestellt«, fuhr er Ratliff an, der offenbar zu viele schlechte Gerichtsdramen gesehen hatte.

Da Richter Yarber den Vorsitz führte, hätte er sich eigentlich wenigstens den Anschein geben sollen, als verfolge er das Geschehen aufmerksam. Das tat er jedoch keineswegs und auch der Anschein war ihm vollkommen gleichgültig. Wie gewöhnlich war er unter seiner Robe nackt. Er saß mit breit gespreizten Beinen da und säuberte seine langen Zehennägel mit einer Plastikgabel.

»Willst du vielleicht behaupten, deine Blumen wären braun geworden, wenn ich darauf geschissen hätte?« rief Sherlock Picasso zu und die ganze Cafeteria brach in schallendes Gelächter aus.

»Achten Sie auf Ihre Ausdrucksweise, meine Herren«, sagte Richter Beech.

»Ruhe!« rief T. Karl, der Gerichtsnarr mit der hellgrauen Perücke. Es gehörte nicht zu seinen Aufgaben, im Gerichtssaal für Ordnung zu sorgen, doch er machte seine Sache gut und die Richter ließen es ihm durchgehen. Er klopfte mit dem Plastikhammer auf den Tisch und rief nochmals: »Ruhe, meine Herren!«

Beech schrieb: »Bitte hilf mir, Curtis. Ich habe niemanden sonst, an den ich mich wenden könnte. Ich habe Angst zu zerbrechen. Ich habe Angst, ich könnte rückfällig werden. Ich habe Angst, dass ich nie mehr hier rauskomme. Bitte beeil dich.«

Spicer setzte je 100 Dollar auf Indiana gegen Purdue, Duke gegen Clemson, Alabama gegen Vandy und Wisconsin gegen Illinois. Er hatte keine Ahnung, wie stark Wisconsin im Basketball war, aber das spielte keine Rolle. Er war ein Profispieler, und zwar ein verdammt guter. Wenn die 90 000 Dollar noch hinter dem Geräteschuppen vergraben waren, würde er innerhalb eines Jahres eine Million daraus machen.

»Das reicht«, sagte Beech und hob die Hand.

»Mir reicht's ebenfalls«, sagte Yarber, hörte auf, sich seinen Zehennägeln zu widmen, und stützte die Arme auf den Tisch.

Die Richter steckten die Köpfe zusammen und berieten sich, als würde hier ein wichtiger Präzedenzfall verhandelt oder als hinge von ihrer Entscheidung die Zukunft der amerikanischen Rechtsprechung ab. Sie runzelten die Stirn, kratzten sich am Kopf und schienen die Implikationen des Falls zu diskutieren. Der arme Picasso, dem Ratliffs Prozesstaktik stark zugesetzt hatte, saß abseits und hatte Tränen in den Augen.

Richter Yarber räusperte sich. »Mit einer Mehrheit von zwei zu eins ergeht folgendes Urteil: Wir erlassen eine Verfügung gegen jeden, der auf die verdammten Rosen pinkelt. Wer dabei erwischt wird, zahlt fünfzig Dollar Strafe. Die Schadenersatzforderung ist abgewiesen.«

Sogleich schlug T. Karl mit seinem Hammer auf den Tisch und rief: »Das Gericht vertagt sich bis auf weiteres. Alle Anwesenden mögen sich erheben.«

Natürlich rührte sich niemand.

»Ich lege Berufung ein«, schrie Picasso.

»Ich auch«, rief Sherlock.

»Scheint ein gutes Urteil zu sein«, sagte Yarber, raffte seine Robe und stand auf. »Beide Parteien sind unzufrieden.«

Auch Beech und Spicer erhoben sich und dann verließen

die Richter die Cafeteria. Ein Wärter trat zu den Prozess-
parteien und Zeugen und sagte: »Die Sitzung ist beendet,
Jungs. Zurück an die Arbeit.«

Der Vorstandsvorsitzende von Hummand, einer in Seattle
ansässigen Gesellschaft, die Raketen und Radarstörsender
herstellte, war früher Kongressabgeordneter mit hervorragenden Kontakten zur CIA gewesen. Teddy Maynard kannte
ihn gut. Als der Vorstandsvorsitzende auf einer Pressekonferenz verkündete, seine Gesellschaft werde Lake fünf Millionen Dollar für seinen Wahlkampf spenden, unterbrach
CNN einen Beitrag über die Absaugung von Fettgewebe
und brachte die Story live! 5000 Hummand-Arbeiter hatten Schecks über je 1000 Dollar, die gesetzlich festgelegte
Höchstsumme, ausgestellt. Der Vorstandsvorsitzende hatte
die Schecks in einer Schachtel, die er den Kameras präsentierte, bevor er mit einem Firmenjet nach Washington flog,
um sie in Lakes Hauptquartier abzugeben.

Folge dem Geld und du findest den Sieger. Seit der
Bekanntgabe von Lakes Kandidatur hatten über 11 000 Arbeiter aus der Rüstungs- und Luftfahrtindustrie in 30 Staaten gut acht Millionen Dollar gespendet. Die Post stellte die
Briefe mit den Schecks körbeweise zu. Die Gewerkschaften
hatten fast ebenso viel beigesteuert und weitere zwei Millionen zugesagt. Lakes Leute mussten eine Buchhaltungs-
firma mit dem Zählen und Verbuchen des Geldes beauftragen.

Bei der Landung des Vorstandsvorsitzenden von Hummand in Washington waren so viele Presseleute anwesend,
wie man hatte zusammentrommeln können. Präsidentschaftskandidat Lake saß gerade in einem anderen Privatjet, den man für monatlich 400 000 Dollar geleast hatte.
In Detroit erwarteten ihn zwei nagelneue schwarze Limousinen, ebenfalls geleast, für 1000 Dollar pro Monat. Lake
hatte jetzt eine Eskorte, eine Gruppe von Leuten, die ihn

begleiteten, wohin er auch ging, und obgleich er sicher war, dass er sich daran gewöhnen würde, fand er das anfangs recht enervierend. Ständig war er von Fremden umgeben, von ernsten jungen Männern in schwarzen Anzügen, die kleine Ohrhörer und Schulterholster mit Revolvern trugen. Zwei Agenten des Secret Service hatten ihn auf dem Flug begleitet, drei weitere warteten bei den Limousinen.

Und dann war da noch Floyd, der sonst in Lakes Büro im Kongress arbeitete. Er war ein nicht besonders heller junger Mann aus einer prominenten Familie in Arizona, der lediglich zur Erledigung kleinerer Aufträge taugte. Jetzt war Floyd sein Fahrer. Er saß am Steuer einer der Limousinen. Lake nahm auf dem Beifahrersitz Platz, zwei Agenten und eine Sekretärin setzten sich in den Fond. Zwei Assistenten und drei weitere Agenten folgten in der anderen Limousine. Sie fuhren in die Innenstadt von Detroit, wo sie von wichtigen Journalisten örtlicher Fernsehstationen erwartet wurden.

Lake hatte keine Zeit, durch Wohngebiete zu stapfen oder Catfish zu essen oder im Regen vor Fabriktoren herumzustehen. Er konnte nicht für die Kameras wandern oder vor Stadtversammlungen sprechen oder inmitten verfallender Gettos stehen und eine verfehlte Politik anprangern. Er hatte nicht genug Zeit, um all die Dinge zu tun, die man von einem Präsidentschaftskandidaten erwartete. Er war spät angetreten, ohne Basisorganisation, ohne irgendwelche Unterstützung vor Ort. Lake hatte ein gut aussehendes Gesicht, eine angenehme Stimme, hervorragend geschnittene Anzüge, eine dringliche Botschaft und jede Menge Geld.

Wenn man mit gekaufter Fernsehzeit die Präsidentschaft kaufen konnte, dann war Lake auf dem besten Weg zu einem neuen Posten.

Er rief in Washington an, sprach mit seinem Finanzmanager und erfuhr von den fünf Millionen. Von Hummand hatte er noch nie gehört. »Ist das eine Aktiengesellschaft?« fragte er. Nein, hieß es, das Unternehmen sei in Privatbesitz. Jahresumsatz knapp unter einer Milliarde. Innovativ auf dem Sektor der Radarstöranlagen. Konnte Milliarden machen, wenn der richtige Mann sich des Militärs annahm und wieder anfing, Geld auszugeben.

Neunzehn Millionen waren bis jetzt zusammengekommen. Das war natürlich ein Rekord. Aber man würde die Erwartungen revidieren: Lake würde in den ersten zwei Wochen 30 Millionen Dollar Spenden sammeln.

So schnell konnte man das Geld gar nicht ausgeben.

Er klappte das Handy zusammen und reichte es Floyd, der sich anscheinend verfahren hatte. »Von jetzt an nehmen wir Hubschrauber«, sagte er über seine Schulter zu der Sekretärin, die die Anordnung tatsächlich sogleich notierte: Hubschrauber besorgen!

Lake verbarg seine Augen hinter einer Sonnenbrille und versuchte zu analysieren, was 30 Millionen Dollar bedeuteten. Die Verwandlung von einem um Ausgabenbegrenzung besorgten Konservativen in einen mit Dollars nur so um sich werfenden Präsidentschaftskandidaten war gewöhnungsbedürftig, aber das Geld war nun mal da und musste ausgegeben werden. Es war den Steuerzahlern nicht abgepresst worden – die Leute hatten es freiwillig gespendet. Er konnte vernünftige Gründe dafür finden. Wenn er erst einmal gewählt war, würde er sich weiterhin für die Belange des einfachen Mannes einsetzen.

Wieder dachte er an Teddy Maynard, der mit einer Decke über den Knien, mit schmerzverzerrtem Gesicht in Langley in einem abgedunkelten Raum saß und Drähte zog, die nur er ziehen konnte. Teddy Maynard, der das Geld auf Bäumen wachsen lassen konnte. Lake würde nie erfahren, was Teddy für ihn tat, und er wollte es auch gar nicht erfahren.

*

99

Der Leiter der Abteilung Naher Osten hieß Lufkin. Er war seit zwanzig Jahren bei der CIA und Teddy vertraute ihm absolut. Vierzehn Stunden zuvor war er noch in Tel Aviv gewesen. Jetzt saß er in Teddys Bunker und sah erstaunlich frisch und konzentriert aus. Die Nachrichten, die er für Teddy hatte, mussten persönlich überbracht werden, ohne Telefone, Drähte oder Satelliten. Und was hier gesprochen wurde, würde nie wiederholt werden. So hielten sie es seit vielen Jahren.

»Ein Angriff auf unsere Botschaft in Kairo steht jetzt unmittelbar bevor«, sagte Lufkin. Keine Reaktion von Teddy – kein Stirnrunzeln, kein Zeichen von Überraschung, kein Niederschlagen der Augen, nichts. Er hatte solche Nachrichten schon oft bekommen.

»Abu Yidal?«

»Ja. Sein wichtigster Unterführer wurde letzte Woche in Kairo gesehen.«

»Von wem?«

»Von den Israelis. Sie haben auch zwei Lastwagen mit Sprengstoff von Tripolis nach Kairo verfolgt. Es scheint alles bereit zu sein.«

»Wann?«

»Der Anschlag steht unmittelbar bevor.«

»Wie unmittelbar?«

»Innerhalb einer Woche, würde ich sagen.«

Teddy zupfte sich am Ohrläppchen und schloss die Augen. Lufkin versuchte, ihn nicht anzustarren, und er wusste, dass es besser war, keine Fragen zu stellen. Er würde bald in den Nahen Osten zurückkehren. Und er würde warten. Der Angriff auf die Botschaft würde wahrscheinlich ohne Vorwarnung erfolgen. Dutzende würden getötet und verstümmelt werden. Der Krater würde noch tagelang rauchen, und in Washington würde man mit den Fingern zeigen und Beschuldigungen äußern. Die CIA würde wieder mal verantwortlich gemacht werden.

Teddy Maynard würde das alles kalt lassen. Im Lauf der Zeit hatte Lufkin gelernt, dass Teddy manchmal Terror brauchte, um zu erreichen, was er erreichen wollte.

Vielleicht würde es aber auch keinen Angriff auf die Botschaft geben. Vielleicht würden ägyptische Kommandoeinheiten in Zusammenarbeit mit den Amerikanern rechtzeitig zugreifen. Die CIA würde für ihre ausgezeichnete geheimdienstliche Arbeit gelobt werden. Aber auch das würde Teddy kalt lassen.

»Und Sie sind sich sicher?« fragte er.

»So sicher, wie man sich unter diesen Umständen sein kann.«

Lufkin wusste natürlich nicht, dass der CIA-Direktor dabei war, eine Wahlkampagne zu steuern. Er hatte von Aaron Lake kaum jemals gehört. Und eigentlich war es ihm vollkommen egal, wer die Wahl gewann. Er war lange genug im Nahen Osten, um zu wissen, dass es im Grunde keine Rolle spielte, wer die Richtlinien der amerikanischen Nahostpolitik bestimmte.

In drei Stunden würde er in der Concorde nach Paris sitzen, wo er einen Tag verbringen würde, bevor er nach Jerusalem weiterflog.

»Gehen Sie nach Kairo«, sagte Teddy, ohne die Augen zu öffnen.

»Gut. Und was soll ich dort machen?«

»Warten.«

»Auf was?«

»Darauf, dass die Erde bebt. Und halten Sie sich von der Botschaft fern.«

Yorks erste Reaktion war Entsetzen. »Sie können diesen Spot nicht senden lassen, Teddy«, sagte er. »Sie kriegen keine Freigabe für Kinder und Jugendliche. Ich hab noch nie so viel Blut gesehen.«

»Mir gefällt das«, sagte Teddy und drückte einen Knopf

101

auf der Fernsteuerung. »Ein Wahlkampfspot, den Kinder und Jugendliche nicht sehen dürfen. So was hat es noch nie gegeben.«

Sie sahen ihn sich noch einmal an. Er begann mit einer Bombenexplosion und dann kamen Aufnahmen der Unterkünfte der Marines in Beirut: Rauch, Schutt, Chaos, Marines, die aus den Trümmern geborgen wurden, verstümmelte Körper, ordentlich aufgereihte Leichen. Präsident Reagan schwor vor versammelter Presse Rache. Doch die Drohung klang hohl. Dann das Foto eines amerikanischen Soldaten zwischen zwei maskierten Bewaffneten. Eine dunkle, unheildrohende Stimme aus dem Off sagte: »Seit 1980 sind Hunderte Amerikaner von Terroristen in aller Welt ermordet worden.« Eine weitere Explosion, blutverschmierte, verwirrte Überlebende, Rauch und Chaos. »Jedes Mal schwören wir Rache. Jedes Mal versprechen wir, die Verantwortlichen aufzuspüren und zu bestrafen.« Kurze Einstellungen von Präsident Bush, der bei zwei verschiedenen Gelegenheiten wütend Vergeltung gelobte – und wieder eine Explosion und noch mehr Leichen. Ein Terrorist in der Tür eines Verkehrsflugzeugs, der den Leichnam eines amerikanischen Soldaten auf das Rollfeld warf. Präsident Clinton, der mit brechender Stimme und den Tränen nahe sagte: »Wir werden nicht ruhen, bis wir die Verantwortlichen gefunden haben.« Und dann das gut aussehende, aber ernste Gesicht von Aaron Lake, der aufrichtig in die Kamera sah und jeden einzelnen Zuschauer persönlich ansprach: »Tatsache ist, dass wir keine Vergeltung üben. Wir reden, wir drohen, wir gebrauchen große Worte, aber in Wirklichkeit begraben wir die Toten und vergessen sie. Die Terroristen gewinnen ihren Krieg, weil wir nicht den Mumm hatten, zurückzuschlagen. Wenn ich Ihr Präsident bin, werden wir unsere neu ausgerüstete Armee einsetzen, um den Terrorismus zu bekämpfen, wo immer wir ihn sehen. Kein toter Amerikaner wird ungerächt bleiben. Das verspreche ich Ihnen. Wir werden uns nicht mehr von hergelaufenen kleinen Gruppen, die sich in den Bergen verstecken, erniedrigen lassen. Wir werden sie vernichten.«

Der Spot dauerte genau 60 Sekunden, hatte sehr wenig gekostet, weil Teddy bereits über das Fimmaterial verfügte, und würde in 48 Stunden zur Hauptsendezeit über die Bildschirme gehen.

»Ich weiß nicht«, sagte York. »Das Ding ist schrecklich.«

»Es ist eine schreckliche Welt.«

Teddy gefiel der Spot und das war alles, was zählte. Lake hatte Einwände gegen das viele Blut gehabt, sich jedoch schnell überzeugen lassen. Sein Bekanntheitsgrad lag jetzt bei 30 Prozent, doch seine Kampagne stieß noch immer auf Ablehnung.

Abwarten, dachte Teddy. Abwarten, bis es noch mehr Leichen gibt.

ACHT

Trevor trank einen doppelten Caffe latte aus einem Plastikbecher vom Beach Java Café am Strand und überlegte, ob er einen großzügigen Schuss Amaretto oder zwei hineingeben sollte, um dem Morgen ein bisschen Schwung zu geben, als der Anruf kam. Seine kleine Kanzlei hatte keine Gegensprechanlage – sie wäre auch überflüssig gewesen. Jan konnte einfach durch den Flur rufen und er konnte zurückrufen, wenn er wollte. Seit acht Jahren schrien er und diese Sekretärin sich nun schon an.

»Es ist eine Bank auf den Bahamas!« rief sie. Als er nach dem Hörer griff, hätte er beinahe seinen Kaffee verschüttet.

Es war ein Brite, dessen Akzent durch das Leben auf den Inseln gemildert worden war. Er teilte Trevor mit, dass ein beträchtlicher Betrag von einer Bank in Iowa eingegangen sei.

Wie beträchtlich, wollte Trevor wissen und hielt dabei eine Hand vor den Mund, damit Jan nichts hörte.

100 000 Dollar.

Trevor legte auf und gab Amaretto in den Kaffee, drei Schuss. Dann lehnte er sich zurück, trank das köstliche Gebräu und lächelte verträumt die Wand an. In seinem ganzen Berufsleben war er einem Honorar von 33 000 Dollar nie auch nur nahe gekommen. Einmal hatte er bei einem Autounfall 25 000 Dollar herausgeschlagen und 7500 Dollar kassiert, die er innerhalb von zwei Monaten ausgegeben hatte.

Jan hatte keine Ahnung von dem Konto auf den Bahamas und den Straftaten, die Geld dorthin leiteten, und darum war er gezwungen, eine Stunde zu warten, eine Menge unnötiger Anrufe zu machen und sich den Anschein eines beschäftigten Anwalts zu geben, bevor er verkündete, er habe in Jacksonville etwas Dringendes zu erledigen und werde anschließend nach Trumble fahren. Jan war das egal. Trevor verließ oft während der Bürostunden die Kanzlei und sie hatte genug Lesestoff, um sich zu beschäftigen.

Er raste zum Flughafen, verpasste um ein Haar das Flugzeug und trank während des dreißigminütigen Fluges nach Fort Lauderdale zwei Bier und während des Fluges nach Nassau zwei weitere. Dort angekommen, ließ er sich in den Fond eines Taxis sinken, eines 74er Cadillac, goldfarben gespritzt und ohne Klimaanlage. Der Fahrer hatte ebenfalls getrunken. Die Luft war heiß und stickig, der Verkehr war dicht, und als Trevor in der Innenstadt von Nassau vor dem Gebäude der Geneva Trust Bank ausstieg, klebte ihm das Hemd am Rücken.

Drinnen wurde er nach kurzem Warten von Mr. Brayshears empfangen, der ihn in sein kleines Büro führte. Brayshears legte ihm ein Papier vor, auf dem nur die nötigsten Einzelheiten verzeichnet waren: 100 000 Dollar waren von der First Iowa Bank in Des Moines überwiesen worden; der Auftraggeber war eine Gesellschaft namens CMT Investments, der Empfänger ebenfalls eine Gesellschaft, die sich Boomer Realty, Ltd., nannte. Boomer war der Name von Joe Roy Spicers Lieblings-Hühnerhund.

Trevor überwies 25 000 Dollar auf sein eigenes Konto bei Geneva Trust, wo das Geld lag, von dem das Finanzamt und seine Sekretärin nichts ahnten. Die restlichen 8000 Dollar seines Honorars ließ er sich in einem dicken Umschlag aushändigen. Er steckte ihn in die Tasche seiner khakifarbenen Hose, schüttelte Brayshears' weiche kleine Hand und eilte hinaus. Die Versuchung war groß, ein paar

Tage zu bleiben, ein Zimmer in einem Hotel am Strand zu mieten, sich in einen Liegestuhl am Pool zu legen und Rum zu trinken, bis man aufhörte, ihm noch welchen zu servieren. Am Flughafen wäre er beinahe wieder hinausgerannt und hätte sich ein Taxi genommen, doch er besann sich eines Besseren. Diesmal würde er das Geld nicht durchbringen.

Zwei Stunden später war er im Flughafen von Jacksonville, trank starken Kaffee ohne Alkohol und schmiedete Pläne. Er fuhr nach Trumble, wo er um halb fünf eintraf. Spicer ließ ihn fast eine halbe Stunde warten.

»Was für eine angenehme Überraschung«, sagte Spicer trocken, als er in den für Anwälte reservierten Besuchsraum trat. Da Trevor keinen Aktenkoffer dabei hatte, klopfte der Wärter nur seine Taschen ab und ging wieder hinaus. Das Geld hatte er unter der Fußmatte seines Käfers gelassen.

»Wir haben hunderttausend Dollar aus Iowa erhalten«, sagte Trevor und warf einen Blick zur Tür.

Spicer war auf einmal froh, Besuch von seinem Anwalt zu haben. Das »wir« in diesem Satz gefiel ihm zwar ebenso wenig wie die Tatsache, dass Trevor einen hübschen Batzen von der Summe einstrich, aber ohne Hilfe von draußen funktionierte die ganze Sache nicht, und darum war der Anwalt, wie gewöhnlich, ein notwendiges Übel. Und bis jetzt hatte Trevor sich als vertrauenswürdig erwiesen.

»Das Geld ist auf den Bahamas?«

»Ja. Ich komme gerade von dort. Es ist alles gebunkert. Siebenundsechzigtausend Dollar.«

Spicer holte tief Luft und genoss den Triumph. Ein Drittel – das hieß, dass er um etwas über 22 000 Dollar reicher war. Es war an der Zeit, noch ein paar Briefe zu schreiben!

Er griff in die Brusttasche seines olivgrünen Gefängnishemdes und zog einen zusammengefalteten Zeitungsausschnitt hervor. Er studierte ihn einen Augenblick lang mit ausgestreckten Armen und sagte dann: »Duke spielt heute

106

Abend gegen Tech. Setz fünftausend auf weniger als elf Punkte Differenz.«

»Fünftausend?«

»Ja.«

»Ich hab noch nie fünftausend auf ein Basketballspiel gesetzt.«

»Was für einen Buchmacher hast du?«

»Er macht keine großen Wetten.«

»Wenn er Buchmacher ist, kriegt er das geregelt. Ruf ihn an, sobald du kannst. Er muss vielleicht mit ein paar Leuten telefonieren, aber er wird das schon hinkriegen.«

»Na gut.«

»Kannst du morgen noch mal kommen?«

»Wahrscheinlich.«

»Wie viele Mandanten haben dir je dreiunddreißigtausend Dollar bezahlt?«

»Keiner.«

»Genau. Sei also morgen um vier Uhr hier. Ich hab dann ein paar Briefe für dich.«

Spicer erhob sich und ging hinaus. Als er das Verwaltungsgebäude verließ, nickte er einem Wärter hinter einem Fenster kurz zu. Zielstrebig ging er über den kurz geschnittenen Rasen. Selbst jetzt, im Februar, heizte die Sonne die asphaltierten Gehwege auf. Seine Kollegen widmeten sich in der kleinen Bibliothek ihren beschaulichen Tätigkeiten und waren wie immer allein und so konnte Spicer ihnen ohne weitere Vorkehrungen sagen: »Der gute alte Quince aus Iowa hat uns hunderttausend geschickt.«

Beechs Hände erstarrten über der Tastatur. Er spähte mit offenem Mund über seine Lesebrille hinweg und sagte: »Du machst Witze.«

»Nein. Ich hab gerade mit Trevor gesprochen. Das Geld ist genau nach unseren Instruktionen überwiesen worden und heute Morgen auf den Bahamas eingetroffen. Quincy-Baby hat's gebracht.«

»Dann lassen wir ihn noch mal bluten«, sagte Yarber, bevor ein anderer es sagen konnte.

»Quince?«

»Klar. Die ersten hunderttausend waren einfach. Jetzt probieren wir's noch mal: Was haben wir schon zu verlieren?«

»Nichts«, sagte Spicer grinsend. Er wünschte, er hätte diesen Vorschlag gemacht.

»Wie viel?« fragte Beech.

»Ich würde sagen, fünfzigtausend«, sagte Yarber. Er schüttelte die Zahl aus dem Ärmel, als wäre alles möglich.

Die anderen beiden nickten und dachten über die nächsten 50 000 nach. Spicer ergriff die Initiative und sagte: »Lasst uns mal sehen, wie die Dinge jetzt liegen. Ich glaube, Curtis in Dallas ist reif. Wir werden Quince ein zweites Mal anzapfen. Die Sache funktioniert und ich finde, wir sollten ein bisschen höher an den Wind gehen und aggressiver sein, wenn ihr versteht, was ich meine. Wir sollten uns jeden von unseren Brieffreunden vornehmen, ihn analysieren und den Druck erhöhen.«

Beech schaltete den Computer aus und griff nach einem Schnellhefter. Yarber räumte seinen Tisch frei. Ihre kleine Erpressungs-Nummer hatte gerade eine Kapitalspritze bekommen und der Geruch von unrechtmäßig erworbenem Geld hatte etwas Berauschendes.

Sie lasen die alten Briefe noch einmal und entwarfen neue. Es dauerte nicht lange, und sie kamen zu dem Schluss, dass sie neue Opfer brauchten. Auf den letzten Seiten gewisser Zeitschriften würden bald weitere Anzeigen erscheinen.

Trevor kam bis zu Pete's Bar and Grill und traf rechtzeitig zur Happy Hour ein, die bei Pete's von fünf Uhr bis zur ersten tätlichen Auseinandersetzung dauerte. Prep, ein zweiunddreißigjähriger Student an der University of North

Florida, spielte Poolbillard mit zwanzig Dollar Einsatz pro Spiel. Der Anwalt seiner Familie war gehalten, ihm aus einem stetig schrumpfenden Treuhandvermögen 2000 Dollar pro Monat auszuzahlen, solange Prep an einer Universität eingeschrieben war. Prep studierte mittlerweile im zweiundzwanzigsten Semester.

Prep war außerdem der gefragteste Buchmacher bei Pete's, und als Trevor ihm zuflüsterte, er wolle eine hübsche Summe auf das Spiel Duke gegen Tech setzen, fragte er: »Wie hübsch?«

»Fünfzehntausend«, sagte Trevor und nahm einen tiefen Schluck aus der Bierflasche.

»Kein Scheiß?« fragte Prep, kreidete sein Queue ein und sah sich in dem verrauchten Raum um. Trevor hatte noch nie mehr als 100 Dollar auf ein Spiel gesetzt.

»Kein Scheiß.« Noch ein tiefer Schluck aus der Flasche. Trevor hatte das Gefühl, dass eine Glückssträhne begonnen hatte. Wenn Spicer 5000 auf das Spiel setzen wollte, dann war Trevor bereit, doppelt so viel zu riskieren. Er hatte gerade 33 000 Dollar verdient – steuerfrei. Was machte es schon, wenn er 10 000 verlor? Das war der Betrag, den sonst das Finanzamt kassiert hätte.

»Da muss ich erst mal telefonieren«, sagte Prep und zog ein Handy hervor.

»Aber beeil dich. Das Spiel fängt in einer halben Stunde an.«

Der Barmann war aus Florida und hatte den Staat in seinem ganzen Leben noch nicht verlassen. Dennoch hatte er irgendwie eine Leidenschaft für australischen Football entwickelt. Im Augenblick lief ein Spiel der ersten australischen Liga und Trevor musste ihn mit zwanzig Dollar bestechen, damit er auf Basketball umschaltete.

Jetzt, da 15 000 Dollar auf weniger als elf Punkte Differenz gesetzt waren, machte Duke natürlich einen Punkt nach dem anderen, jedenfalls in der ersten Halbzeit. Trevor aß Pommes frites, trank eine Flasche Bier nach der anderen und versuchte, Prep zu ignorieren, der in einer dunklen Ecke beim Pooltisch stand und das Spiel verfolgte.

Während der zweiten Halbzeit hätte Trevor beinahe den Barmann bestochen, damit er wieder auf australischen Football umschaltete. Er wurde immer betrunkener und zehn Minuten vor Schluss verfluchte er Joe Roy Spicer vor jedem, der ihm zuhören wollte. Was verstand dieser Hinterwäldler schon von College-Basketball? Neun Minuten vor dem Abpfiff führte Duke mit zwanzig Punkten Vorsprung, aber dann drehte Georgia Techs Point Guard auf und machte vier Dreipunkttreffer hintereinander. Trevor hatte richtig gesetzt.

Eine Minute vor Schluss stand das Spiel unentschieden. Trevor war es egal, wer gewann. Die Sache war gelaufen. Er zahlte, gab dem Barmann 100 Dollar Trinkgeld und winkte Prep beim Hinausgehen fröhlich zu. Prep zeigte ihm den Mittelfinger.

In der kühlen Dunkelheit ließ Trevor die Lichter hinter sich und ging den Atlantic Boulevard entlang, vorbei an den billigen, dicht zusammengedrängten Ferienbungalows und den geschniegelten, immer frisch gestrichenen Rentnerhäusern mit den perfekt gepflegten Rasenflächen und bis zu der alten Holztreppe. Am Strand zog er die Schuhe aus und schlenderte am Wasser entlang. Die Temperatur lag bei knapp unter zehn Grad – nichts Ungewöhnliches für Jacksonville im Februar –, und binnen kurzem waren seine Füße kalt und nass.

Er spürte es eigentlich gar nicht. 43 000 Dollar an einem Tag, steuerfrei und gut versteckt. Im letzten Jahr hatte er nach Abzug aller Ausgaben 28 000 verdient und dafür hatte er schwer gearbeitet: Er hatte sich mit Mandanten herumgeschlagen, die zu arm oder zu unzuverlässig gewesen waren, um ihn zu bezahlen, hatte einen Bogen um Gerichtssäle gemacht, hatte sich mit kleinkarierten Immobilienmaklern und Bankiers gestritten, sich über seine Sekretärin geärgert und das Finanzamt betrogen.

Ach, die Freuden schnellen Geldes! Er hatte an das Ding, das die Bruderschaft drehte, nicht so recht glauben wollen, doch jetzt erschien es ihm brillant. Man brauchte bloß Leute zu erpressen, die nicht zur Polizei gehen konnten. Wirklich eine clevere Sache.

Und da es so gut funktionierte, würde Spicer die Schraube weiter anziehen. Die Briefe würden zahlreicher werden und er würde häufiger nach Trumble fahren. Aber wenn es sein musste, würde er mit Freuden täglich hinfahren, Briefe holen und abliefern und Wärter bestechen.

Während der Wind auffrischte und die Wellen brachen, planschte er mit den Füßen durchs Wasser.

Noch cleverer wäre es, den Erpressern einen noch größeren Anteil abzunehmen – immerhin waren es verurteilte Verbrecher, die ihn wohl kaum verklagen würden. Es war ein böser Gedanke, für den er sich beinahe schämte, aber dennoch war er einer Erwägung wert. Man musste sich alle Optionen offen halten. Seit wann hatten Diebe eine Ehre?

Er brauchte eine Million Dollar, nicht mehr und nicht weniger. Er hatte es oft ausgerechnet, wenn er nach Trumble gefahren war, wenn er bei Pete's herumgehangen und sich betrunken hatte, wenn er allein und hinter verschlossener Tür an seinem Schreibtisch gesessen hatte. Eine lausige Million, und er konnte seine jämmerliche kleine Kanzlei schließen, seine Zulassung zurückgeben, sich ein Segelboot kaufen und den Rest des Lebens damit verbringen, sich vom Wind durch die Karibik treiben zu lassen.

Er war diesem Ziel näher denn je.

Richter Spicer wälzte sich auf seinem Bett – dem unteren der beiden Betten – herum. Er schlief nur selten gut in diesem winzigen Bett, in dieser winzigen Zelle, die er mit einem kleinen, unangenehm riechenden Mann namens Alvin teilte. Alvin scharchte oben. Jahrzehntelang hatte er sich als Landstreicher durchgeschlagen, doch in vorgerücktem Alter hatte er begonnen, sich nach einem Dach über dem Kopf und regelmäßigen Mahlzeiten zu sehnen, und einen Landbriefträger in Oklahoma überfallen. Zu seiner Ergreifung hatte er maßgeblich beigetragen, indem er im FBI-Büro in Tulsa erschienen war und verkündet hatte: »Ich war's.« Die Beamten hatten sechs Stunden lang in Unterlagen kramen müssen, um die Anzeige zu finden. Selbst dem Richter war klar, dass Alvin alles genau geplant hatte. Er wollte kein Bett in einem Staatsgefängnis, sondern in einer Bundesvollzugsanstalt.

Heute fiel Spicer das Einschlafen noch schwerer als sonst, weil der Rechtsanwalt ihm Sorgen machte. Jetzt, da die Sache langsam in Schwung kam, ging es um größere Summen. Und es würde noch mehr Geld kommen. Je mehr sich auf dem Konto von Boomer Realty auf den Bahamas ansammelte, desto größer würde die Versuchung für Trevor werden. Er war in der Lage, ihnen ihr unrechtmäßig erworbenes Geld zu stehlen, ohne etwas befürchten zu müssen.

Doch ohne einen Komplizen außerhalb des Gefängnisses funktionierte die ganze Sache nicht. Jemand musste die Briefe hinein und hinaus schmuggeln. Und jemand musste das Geld einkassieren.

Es musste eine Möglichkeit geben, diesen Anwalt auszubooten, und Joe Roy war entschlossen, sie zu finden, auch wenn das bedeutete, dass er einen Monat lang kein Auge zutat. Kein schmieriger Anwalt sollte ein Drittel des Geldes einstreichen und sich dann auch noch mit dem Rest davonmachen.

NEUN

Der Interessenverband der Rüstungsindustrie – der IVR, wie er schon bald überall genannt wurde – betrat mit Trommeln und Fanfaren den schwankenden, morastigen Boden der Arena, in der mit Geld um politischen Einfluss gestritten wurde. Kein Interessenverband hatte in jüngerer Geschichte so viel Geld und Einfluss in die Waagschale geworfen.

Das Gründungskapital kam von einem Chicagoer Finanzier namens Mitzger, einem Amerikaner, der außerdem die israelische Staatsbürgerschaft besaß. Er spendete die erste Million, die nach etwa einer Woche verbraucht war. Andere jüdische Geldgeber waren schnell gefunden, auch wenn ihr Geld offiziell von Gesellschaften und ausländischen Konten stammte. Teddy Maynard wusste, welches Risiko er einging, wenn er zuließ, dass ein Haufen reicher Juden offen und organisiert für Lakes Wahlkampf spendete. Er griff auf alte Freunde in Tel Aviv zurück, die für ihn in New York Geld auftrieben.

Mitzger stand politisch eher links, doch nichts lag ihm so sehr am Herzen wie die Sicherheit Israels. In gesellschaftlichen Belangen fand er den Kandidaten viel zu konservativ, doch Lake trat eben auch für eine neu strukturierte und gerüstete Armee ein und nach Mitzgers Überzeugung konnte nur ein starkes Amerika die Stabilität im Nahen Osten garantieren.

Er mietete eine Suite im Willard Hotel in Washington,

113

D. C., und hatte am Mittag des folgenden Tages einen Mietvertrag für eine ganze Etage in einem Bürogebäude in der
Nähe des Flughafens. Sein Stab aus Chicago arbeitete rund
um die Uhr, um 3800 Quadratmeter Bürofläche mit dem
Neuesten auszurüsten, was Datenverarbeitungs- und Kom-
munikationstechnik zu bieten hatten. Um sechs Uhr morgens frühstückte er mit Elaine Tyner, einer Anwältin und
Lobbyistin, die mit eisernem Willen und den Ölgeldern
zahlreicher Mandanten eine gewaltige Firma aufgebaut
hatte. Tyner war sechzig Jahre alt und galt derzeit als die
einflussreichste Lobbyistin in Washington. Bei Bagels und
Orangensaft erklärte sie sich bereit, den IVR zu vertreten – für eine Anzahlung von 500 000 Dollar. Dafür würde
ihre Firma sofort zwanzig Mitarbeiter und ebenso viele
Bürokräfte zum neuen Sitz des IVR entsenden. Einer ihrer
Teilhaber würde die Leitung der Operation übernehmen.
Eine Gruppe würde ausschließlich damit beschäftigt sein,
neue Spender aufzutreiben. Eine zweite würde sich um die
Unterstützung durch Kongressabgeordnete kümmern und
die heikle Aufgabe übernehmen, zunächst sehr behutsam
zu sondieren, welche Senatoren, Abgeordneten und Gouverneure bereit waren, für Lake Partei zu ergreifen. Das
würde nicht leicht sein, denn die meisten hatten sich bereits
auf andere Kandidaten festgelegt. Eine weitere Gruppe
würde sich ausschließlich mit Recherchen befassen und
herausfinden, welches militärische Gerät gebraucht wurde,
was es kostete, welche neuen Apparate und futuristischen
Waffen es gab, welche Innovationen die Russen und Chinesen entwickelten – alles, was für Lake möglicherweise
von Belang war.

Tyner selbst würde sich um Geldspenden ausländischer
Regierungen bemühen – eine ihrer Spezialitäten. Sie hatte
gute Verbindungen zu den Südkoreanern, denn deren Interessen vertrat sie in Washington seit gut zehn Jahren. Sie
kannte südkoreanische Politiker, Diplomaten und Ge-

schäftsleute. Nur wenige Länder würden von einem aufge-
rüsteten Amerika mehr profitieren als Südkorea.

»Ich würde sagen, die werden mindestens fünf Millionen
beisteuern«, sagte sie zuversichtlich. »Für den Anfang.«

Aus dem Gedächtnis setzte sie eine Liste von zwanzig
französischen und britischen Unternehmen auf, die mehr
als ein Viertel ihrer Umsätze durch Geschäfte mit dem Pentagon erwirtschafteten. Mit diesen würde sie sich sogleich
in Verbindung setzen.

Tyner war der Prototyp des Washingtoner Anwalts. Seit
fünfzehn Jahren hatte sie keinen Gerichtssaal mehr betreten, und jedes weltbewegende Ereignis hatte innerhalb des
Regierungsviertels seinen Ursprung und irgendwie mit ihr
zu tun.

Einer solchen Herausforderung hatte sie sich noch nie
gestellt: Sie sollte einem Kandidaten, der erst im letzten
Augenblick in den Ring gestiegen war, der ein praktisch
unbeschriebenes Blatt war, dessen Bekanntheitsgrad bei
30 Prozent lag und der bei nur zwölf Prozent der Wahlbe-
rechtigten Zustimmung fand, zum Wahlsieg verhelfen. Im
Gegensatz zu den anderen Typen, die ihre Bewerbung
bekannt gaben und bald wieder zurückzogen, verfügte dieser Kandidat jedoch über anscheinend unbegrenzte Mittel.
Tyner hatte gegen fürstliche Honorare für Siege oder Nie-
derlagen von Dutzenden Politikern gesorgt und war der
festen Überzeugung, dass Geld letztlich immer den Ausschlag gab. Wenn man ihr genügend Geld zur Verfügung
stellte, konnte sie jedem zum Triumph verhelfen und jeden
Konkurrenten aus dem Feld schlagen.

In der ersten Woche seiner Existenz summte der IVR nur
so vor Energie. Das Büro blieb rund um die Uhr geöffnet
und Tyners Leute richteten sich ein und machten sich an
die Arbeit. Diejenigen, die mit der Akquisition von Spenden beauftragt waren, erstellten mit Computern eine Liste

mit den Namen von 310 000 Arbeitern, die in Rüstungs-
und Zuliefererfirmen beschäftigt waren; diese bekamen
wenig später einen nach allen Regeln der Kunst formulierten Brief, in dem sie um eine Spende gebeten wurden. Eine
andere Liste enthielt die Namen von 28 000 Angestellten
in der Rüstungsindustrie, die mehr als 50 000 Dollar pro
Jahr verdienten. Diese erhielten ein anderes Schreiben mit
der Bitte um eine finanzielle Zuwendung.

Die für politische Unterstützung zuständigen IVR-Bera-
ter machten die fünfzig Kongressabgeordneten ausfindig,
in deren Wahlbezirken sich die höchste Dichte von Rüs-
tungsfirmen befand. Siebenunddreißig von ihnen standen
demnächst zur Wiederwahl an – das machte die Einfluss-
nahme umso leichter. Der IVR würde sich an die Basis wenden, an die Rüstungsarbeiter und ihre Bosse, und eine
gezielte Telefonkampagne für Aaron Lake und einen ver-
größerten Militärhaushalt inszenieren. Sechs Senatoren
aus Bundesstaaten, in denen es zahlreiche Rüstungsfabri-
ken gab, hatten bei den Wahlen im November starke Ge-
genkandidaten. Elaine Tyner verabredete sich mit jedem
von ihnen zu einem Mittagessen.

Unbegrenzte Geldmittel bleiben in Washington nicht
lange verborgen. Ein Abgeordneter aus Kentucky, der zum
ersten Mal ins Repräsentantenhaus gewählt worden war
und sich in der Hierarchie des Kongresses mit einem der
untersten Plätze begnügen musste, brauchte dringend Geld
für einen scheinbar bereits verlorenen Wahlkampf. Der
arme Kerl war praktisch unbekannt. Während seiner ersten
zwei Jahre im Kongress hatte er nicht ein einziges Mal den
Mund aufgemacht und nun hatte die Gegenpartei in seinem Wahlkreis einen aussichtsreichen Kandidaten aufgestellt. Niemand war bereit, ihm Geld zu geben, doch er
hatte Gerüchte gehört und wandte sich an Elaine Tyner. Ihr
Gespräch verlief etwa so:

»Wie viel Geld brauchen Sie?«

»Hunderttausend Dollar.« Er verzog das Gesicht, sie nicht.

»Würden Sie Aaron Lakes Präsidentschaftskandidatur unterstützen?«

»Ich würde jeden unterstützen, wenn er nur genug bezahlt.«

»Gut. Wir geben Ihnen zweihunderttausend und managen Ihre Kampagne.«

»Ich bin Ihr Mann.«

Bei den meisten anderen war es nicht so einfach, aber immerhin gelang es dem IVR in den ersten zehn Tagen, Lake durch großzügige Geldgeschenke die Unterstützung von acht Abgeordneten zu sichern, die zusammen mit ihm im Kongress gesessen hatten und ihn einigermaßen sympathisch fanden. Es war geplant, sie ein oder zwei Wochen vor dem 7. März, dem so genannten Super Tuesday, an dem in zwanzig Bundesstaaten Vorwahlen abgehalten wurden, den Medien zu präsentieren. Und je mehr dabei mitmachen würden, desto schöner würde es werden.

Die meisten Abgeordneten hatten sich jedoch bereits für einen anderen Kandidaten entschieden.

Tyner eilte vom einen zum anderen und nahm an manchen Tagen drei Mittagessen zu sich. Die Rechnungen übernahm selbstverständlich der IVR. Ihr Ziel war es, die Stadt wissen zu lassen, dass ihr neuer Klient die Bühne betreten hatte, dass er über jede Menge Geld verfügte und dass er ein zwar bislang unbekannter, aber überaus fähiger Mann war, der seine Qualitäten demnächst unter Beweis stellen würde. In einer Stadt, in der es eine regelrechte Industrie für Gerüchte gab, hatte sie keine Schwierigkeiten, ihre Botschaft zu verbreiten.

Finn Yarbers Frau traf unangekündigt in Trumble ein. Es war ihr erster Besuch in zehn Monaten. Sie trug abgewetzte Ledersandalen, einen schmutzigen Jeansrock, eine weite, mit Perlen und Federn verzierte Bluse und allerlei alten Hippieschmuck an Kopf, Hals und Handgelenken. Sie hatte graues Haar, einen Pagenschnitt, und unrasierte Achselhöhlen und sah haargenau wie jenes müde, erschöpfte Überbleibsel der sechziger Jahre aus, das sie tatsächlich war. Finn war nicht gerade begeistert, als er erfuhr, dass seine Frau ihn im Besuchsraum erwartete.

Sie hieß Carmen Topolski-Yocoby, ein Name, den sie zeit ihres Erwachsenenlebens wie eine Waffe gebraucht hatte. Sie war eine radikal feministische Anwältin aus Oakland und vertrat hauptsächlich lesbische Frauen, die wegen sexueller Belästigung am Arbeitsplatz vor Gericht zogen. Jede ihrer Mandantinnen war eine wütende Frau, die gegen einen wütenden Arbeitgeber klagte. Es war eine anstrengende Arbeit.

Sie war seit dreißig Jahren mit Finn verheiratet, auch wenn sie nicht immer zusammen gelebt hatten. Beide hatten auch andere Partner gehabt. Einmal, als Frischverheiratete, hatten sie in einem Haus gelebt, das eine einzige Wohngemeinschaft gewesen war, und jede Woche eine neue Kombination ausprobiert. Beide hatten Affären gehabt, wie es ihnen beliebte. Sechs Jahre lang hatten sie in chaotischer Monogamie gelebt und zwei Kinder gezeugt, von denen keines es zu etwas gebracht hatte.

Sie hatten sich 1965 auf den Schlachtfeldern Berkeleys kennen gelernt. Beide studierten Jura, beide protestierten gegen den Krieg und alle anderen Übel dieser Welt, beide verschrieben sich der hohen Ethik gesellschaftlicher Veränderungen. Sie warben unablässig dafür, sich in die Wählerregister eintragen zu lassen. Sie setzten sich für die Würde der Wanderarbeiter ein. Sie wurden während der Tet-Offensive verhaftet. Sie ketteten sich an Redwoodbäume. Sie bekämpften den Einfluss der bibeltreuen Christen an den Schulen. Sie zogen im Namen der Wale vor Gericht. Sie marschierten durch die Straßen San Francis-

118

cos und machten bei Demonstrationen für oder gegen alles und jedes mit.

Und sie tranken viel, waren begeisterte Partygänger und stürzten sich kopfüber in die Drogenkultur. Sie wohnten mal hier, mal da und schliefen mit jedem, der ihnen gefiel, und das war auch in Ordnung, denn sie definierten ihre Moral selbst. Immerhin kämpften sie doch für die mexikanischen Einwanderer und die Redwoods! Sie *mussten* einfach gute Menschen sein!

Jetzt waren sie nur noch müde.

Es war ihr peinlich, dass ihr Mann, ein brillanter Jurist, der es irgendwie zum Oberrichter am Obersten Gerichtshof von Kalifornien gebracht hatte, in einem Bundesgefängnis saß. Er dagegen war ziemlich froh, dass dieses Gefängnis nicht in Kalifornien, sondern in Florida lag, denn sonst hätte sie ihn womöglich häufiger besucht. Seine erste Knast-Station war Bakersfield gewesen, aber irgendwie war es ihm gelungen, sich verlegen zu lassen.

Sie schrieben einander keine Briefe und telefonierten nie. Sie war auf der Durchreise zu einer Schwester in Miami.

»Du bist ganz schön braun«, sagte sie. »Gut siehst du aus.«

Und du siehst aus wie eine verschrumpelte alte Pflaume, dachte er. Verdammt, sie wirkte wirklich uralt und verbraucht.

»Wie geht's dir?« fragte er, obwohl es ihn eigentlich nicht interessierte.

»Ich hab viel zu tun. Ich arbeite zu viel.«

»Das ist gut.« Gut, dass sie arbeitete und genug verdiente. Das hatte sie im Lauf der Jahre immer wieder mal getan. Es würde noch fünf Jahre dauern, bis Finn den Staub Trumbles von den bloßen, hornhäutigen Füßen würde schütteln können. Er hatte nicht die Absicht, zu ihr oder auch nur nach Kalifornien zurückzukehren. Wenn er lebend hier rauskam – was er täglich bezweifelte –, würde er fünfundsechzig sein, und es war sein Traum, ein Land zu finden, wo FBI und CIA und all die anderen Gangster von den abgekürzten Regierungsorganisationen nichts zu sagen hatten. Finn hasste die Regierung so sehr, dass er vorhatte, seine Staatsbürgerschaft aufzugeben und eine andere anzunehmen.

»Trinkst du noch?« fragte er. Er selbst trank natürlich nicht mehr. Hin und wieder kaufte er einem der Wärter ein bisschen Gras ab.

»Im Augenblick bin ich noch nüchtern – danke der Nachfrage.«

Jede Frage war ein Affront, jede Antwort eine Spitze. Er fragte sich schon, warum sie überhaupt gekommen war. Da sagte sie es ihm.

»Ich will mich scheiden lassen.«

Er zuckte die Schultern, als wollte er sagen: Wozu die Mühe? Stattdessen lautete sein Kommentar: »Vielleicht keine schlechte Idee.«

»Ich habe jemanden kennen gelernt.«

»Mann oder Frau?« fragte er, mehr aus Neugier. Ihn konnte nichts mehr überraschen.

»Einen jüngeren Mann.«

Wieder zuckte er die Schultern und beinahe hätte er gesagt: Dann halt ihn gut fest.

»Nicht der Erste«, sagte er.

»Lass uns nicht davon anfangen.«

Sollte ihm recht sein. Er hatte ihre Vitalität, ihre überschäumende Sexualität immer bewundert, aber es fiel ihm schwer, sich vorzustellen, dass diese alte Frau immer noch regelmäßig Sex hatte. »Gib mir die Papiere«, sagte er. »Ich unterschreibe.«

»Sie werden in einer Woche hier sein. Da wir nicht mehr sehr viel besitzen, ist es eine glatte Sache.«

Auf dem Höhepunkt seiner Karriere hatten Richter Yarber und Carmen Topolski-Yocoby gemeinsam eine Hypothek auf ihr Haus im Marina-District von San Francisco aufgenommen. Das Dokument, aus dem jede Andeutung einer sprachlichen Diskriminierung bezüglich Geschlecht, Rasse oder Alter sorgsam getilgt war, eine mit dürren Worten formulierte Urkunde, aufgesetzt von traumatisierten kalifornischen Juristen, die nichts so sehr fürchteten wie die Klage einer gekränkten Seele, hatte zwischen Aktiva und Passiva eine Lücke von fast einer Million Dollar ausgewiesen.

Nicht dass eine Million Dollar ihnen den Schlaf geraubt hätte. Sie waren viel zu sehr damit beschäftigt gewesen, die Holzindustrie, rücksichtslose Farmer und andere Übeltäter zu bekämpfen. Eigentlich waren sie sogar stolz gewesen, so wenig zu besitzen.

In Kalifornien galt für Ehepaare die Gütergemeinschaft und das bedeutete, dass der gemeinsame Besitz bei einer Scheidung gleichmäßig verteilt wurde. Die Scheidungspapiere zu unterschreiben, würde – aus vielerlei Gründen – kein Problem sein.

Und es gab einen Grund für Finns Einverständnis, den er nicht erwähnte: Ihre kleine Erpressung brachte Geld, schmutziges Geld, das versteckt wurde und auf das keine gierige staatliche Stelle einen Zugriff haben würde. Und Carmen Topolski-Yocoby war die Letzte, die etwas davon erfahren sollte.

Finn war sich nicht sicher, ob die Tentakeln der Gütergemeinschaft bis zu einem geheimen Bankkonto auf den Bahamas reichten, aber er hatte nicht vor, es herauszufinden. Sobald die Papiere eintrafen, würde er sie mit Freuden unterschreiben.

Sie unterhielten sich noch ein paar Minuten lang über alte Freunde – es war ein kurzes Gespräch, denn die meisten alten Freunde hatten sie aus den Augen verloren. Als sie sich verabschiedeten, taten sie es ohne Trauer oder Reue.

Ihre Ehe war schon seit langem tot. Sie waren froh, dass es vorbei war.

Er umarmte sie nicht, wünschte ihr aber alles Gute und ging wieder zur Aschenbahn, wo er sich bis auf seine Boxershorts auszog und eine Stunde lang in der Sonne seine Runden drehte.

ZEHN

Lufkin ließ seinen zweiten Tag in Kairo mit einem Abendessen in einem Straßencafé an der Shari' el-Corniche ausklingen. Er trank starken schwarzen Kaffee und sah zu, wie die Straßenhändler ihre Sachen zusammenpackten: Teppiche, Messinggefäße, Ledertaschen, Leinenstoffe aus Pakistan – alles für die Touristen. Nur fünf Meter entfernt faltete ein uralter Händler sein Zelt penibel zusammen und verließ seinen Platz, ohne eine Spur zu hinterlassen.

Lufkin sah aus wie ein moderner Ägypter: weiße Hose, ein leichtes Khaki-Jackett, ein weißer Hut mit Lüftungslöchern, dessen breite Krempe er tief in die Stirn gezogen hatte. Er betrachtete die Welt unter der Hutkrempe hervor durch die Gläser einer Sonnenbrille. Er sorgte dafür, dass Gesicht und Arme immer gut gebräunt und sein dunkles Haar immer kurz geschnitten war. Er sprach perfekt Arabisch und kannte sich in Beirut und Damaskus ebenso gut aus wie in Kairo.

Er wohnte im Hotel El-Nil am Ufer des Nils, sechs belebte Blocks entfernt, und auf dem Weg dorthin tauchte neben ihm plötzlich ein hoch gewachsener, schlanker Ausländer unbestimmter Herkunft auf, der nur leidlich Englisch sprach. Sie kannten sich gut genug, um einander zu vertrauen, und setzten ihren Weg gemeinsam fort.

»Wir glauben, dass es heute Nacht passiert«, sagte der andere, dessen Augen ebenfalls hinter einer Sonnenbrille verborgen waren.

»Sprechen Sie weiter.«

»In der Botschaft ist ein Empfang.«

»Ich weiß.«

»Eine geeignete Situation. Viel Verkehr. Die Bombe wird in einem Lieferwagen sein.«

»Was für ein Lieferwagen?«

»Das wissen wir nicht.«

»Noch etwas?«

»Nein«, sagte der andere und verschwand in der Menge.

Lufkin trank eine Pepsi in der Hotelbar und überlegte, ob er Teddy anrufen sollte, doch es war nur vier Tage her, dass er in Langley mit ihm gesprochen hatte, und seitdem hatte Teddy keinen Kontakt mit ihm aufgenommen. Sie hatten das alles durchgesprochen. Teddy wollte nicht eingreifen. Kairo war in letzter Zeit ein gefährliches Pflaster für Amerikaner und niemand würde der CIA ernsthaft vorwerfen können, nichts gegen einen Anschlag unternommen zu haben. Es würde die übliche Empörung, die üblichen Schuldzuweisungen geben, doch dann würde die Sache in den hinteren Regionen des nationalen Bewusstseins verschwinden und schließlich vergessen werden. Der Wahlkampf war in vollem Gange und die Welt bewegte sich ohnehin in einem rasenden Tempo. Es gab so viele Anschläge, so viel sinnlose Gewalt, sowohl in den USA als auch im Ausland, dass die Amerikaner abgestumpft waren. Vierundzwanzig Stunden am Tag Nachrichten, ständig neue Brennpunkte, und immer kam es irgendwo auf der Welt zu einer Krise. Ein beständiger Strom von aktuellen Berichterstattungen und erschütternden Nachrichten, und ehe man sich's versah, wurde man davon überrollt.

Lufkin verließ die Bar und ging auf sein Zimmer in der dritten Etage. Von dort hatte er einen Ausblick über das Gewirr der Stadt, die jahrhundertelang wild gewuchert war. Genau vor ihm, etwa anderthalb Kilometer entfernt, konnte er das Dach der amerikanischen Botschaft sehen.

Er schlug ein Taschenbuch von Louis L'Amour auf und wartete auf das Feuerwerk.

Der Lieferwagen war ein Volvo Zweitonner, der bis unter das Dach mit 3000 Pfund Plastiksprengstoff aus rumänischer Produktion beladen war. Auf den Türen stand der Name eines bekannten Partydienstes, der die meisten westlichen Botschaften in Kairo belieferte. Er war im Untergeschoss des Gebäudes geparkt, nicht weit vom Lieferanteneingang.

Der Fahrer war ein dicker, freundlicher Ägypter gewesen, den die Marines, die die Botschaft bewachten, Shake nannten. Shake kam oft hierher, um die Speisen und Getränke zu liefern, die bei offiziellen Anlässen serviert wurden. Jetzt lag er mit einer Kugel im Kopf auf dem Boden des Lieferwagens.

Um 20 Minuten nach 10 wurde die Bombe von einem Terroristen, der auf der gegenüberliegenden Straßenseite stand, durch ein Funksignal gezündet. Sobald er die richtigen Knöpfe gedrückt hatte, ging er hinter einem geparkten Wagen in Deckung und wagte nicht, hinzusehen.

Die Explosion zerstörte einige tragende Pfeiler im Untergeschoss des Gebäudes, so dass es einknickte. Trümmer flogen einen ganzen Block weit durch die Luft. Die meisten der angrenzenden Häuser erlitten zum Teil beträchtliche Schäden. Im Umkreis von 400 Metern zerbrachen Fensterscheiben.

Lufkin war im Sessel eingenickt, als die Erde erbebte. Er sprang auf, trat auf den schmalen Balkon seines Zimmers und betrachtete die Staubwolke. Das Dach der Botschaft war nicht mehr zu sehen. Binnen kurzem loderten Flammen auf. Sirenen heulten. Er stellte den Sessel auf den Balkon und setzte sich. An Schlaf war nun nicht mehr zu denken. Sechs Minuten nach der Explosion fiel die Elektrizität im ganzen Viertel aus. Nur der orangerote Feuerschein der Botschaft leuchtete in der Dunkelheit.

125

Er rief Teddy an.

Nachdem der zuständige Techniker Lufkin bestätigt hatte, die Leitung sei abhörsicher, hörte er Teddys Stimme so klar und deutlich, als handele es sich um ein Gespräch von New York nach Boston. »Ja, Maynard hier.«

»Hallo, Teddy. Ich bin in Kairo und sehe gerade zu, wie unsere Botschaft in Flammen aufgeht.«

»Wann ist es passiert?«

»Vor weniger als zehn Minuten.«

»Wie stark –«

»Schwer abzuschätzen. Ich bin in einem Hotel, über einen Kilometer entfernt. Eine sehr starke Explosion, würde ich sagen.«

»Rufen Sie mich in einer Stunde noch einmal an. Ich bleibe heute Nacht hier im Büro.«

»In Ordnung.«

Teddy fuhr den Rollstuhl zu einem Computer und drückte ein paar Tasten. Sekunden später wusste er, wo Aaron Lake sich gerade aufhielt: Der Kandidat war an Bord seines hübschen neuen Flugzeugs, unterwegs von Philadelphia nach Atlanta, und in seiner Tasche hatte er ein abhörsicheres Digitaltelefon, so groß wie ein Feuerzeug.

Teddy gab ein paar Ziffern ein, das Telefon wurde angerufen, und Teddy sprach in den Monitor: »Hallo, Mr. Lake, hier ist Teddy Maynard.«

Wer sonst? dachte Lake. Er war der Einzige, der diese Nummer kannte.

»Sind Sie allein?« fragte Teddy.

»Einen Augenblick.«

Teddy wartete, bis Lake sich wieder meldete. »Ich bin jetzt in der Küche«, sagte er.

»Sie haben eine Küche an Bord?«

»Ja, eine kleine. Es ist ein sehr schönes Flugzeug, Mr. Maynard.«

»Gut. Tut mir leid, Sie stören zu müssen, aber ich habe neue Nachrichten. Vor fünfzehn Minuten hat es einen Bombenanschlag auf unsere Botschaft in Kairo gegeben.«

»Wer ist dafür verantwortlich?«

»Diese Frage sollten Sie lieber nicht stellen.«

»Tut mir leid.«

»Die Presse wird über Sie herfallen. Nehmen Sie sich einen Augenblick Zeit und bereiten Sie eine Erklärung vor. Es wäre angebracht, an die Opfer und ihre Familien zu erinnern. Beschränken Sie politische Aussagen auf ein Minimum, aber fahren Sie einen harten Kurs. Ihre Fernsehspots haben sich in Prophezeiungen verwandelt – darum werden Ihre Worte überall zitiert werden.«

»Ich mache mich sofort an die Arbeit.«

»Rufen Sie mich an, sobald Sie in Atlanta sind.«

»In Ordnung.«

Vierzig Minuten später landeten Lake und seine Begleiter in Atlanta. Die Presse war von seiner Ankunft informiert worden, und während sich in Kairo der Staub setzte, drängten sich in Atlanta die Journalisten. Es gab noch keine Bilder von der Botschaft, doch verschiedene Nachrichtenagenturen berichteten, »Hunderte« seien ums Leben gekommen.

In dem kleinen Terminal für Privatflugzeuge stand Lake vor einer Gruppe von Reportern, die mit Kameras und Mikrofonen, kleinen Kassettenrekordern und altmodischen Notizblocks auf seine Erklärung warteten. Er sprach ernst und ohne abzulesen. »In diesem Augenblick sollten wir für die beten, die bei diesem kriegerischen Akt verletzt oder getötet worden sind. Unsere Gedanken und Gebete sind bei ihnen und ihren Familien und auch bei den Rettungs- und Bergungsmannschaften. Ich will aus diesem barbarischen Anschlag kein politisches Kapital schlagen, sondern nur zum Ausdruck bringen, wie unerträglich ich es finde, dass unser Land abermals zur Zielscheibe von Terroristen geworden ist. Wenn ich Präsident der Vereinigten Staaten bin, werde ich dafür sorgen, dass kein getöteter amerikanischer Staatsbürger ungerächt bleibt. Ich werde unsere neu ausgerüstete Armee dafür einsetzen, jede terroristische Gruppe, die unschuldige Amerikaner auf dem Gewissen hat, aufzuspüren und zu vernichten. Das ist alles, was ich dazu zu sagen habe.«

Er ging davon, ohne auf die Zurufe und Fragen der Pressemeute zu reagieren.

Brillant, dachte Teddy, der die Liveübertragung in seinem Bunker verfolgt hatte. Kurz, mitfühlend und doch knallhart. Ausgezeichnet! Zum wiederholten Mal beglückwünschte er sich in Gedanken, einen so hervorragenden Kandidaten gefunden zu haben.

Als Lufkin noch einmal anrief, war es in Kairo nach Mitternacht. Das Feuer war gelöscht und man barg die Leichen, so schnell es ging. Viele waren unter den Trümmern begraben. Lufkin stand mit Tausenden von Schaulustigen einen Block entfernt hinter einer Armee-Absperrung. Es herrschte ein wildes Durcheinander und die Luft war von Rauch und Staub erfüllt. Lufkin hatte in seinem Leben mehrere Schauplätze von Bombenattentaten gesehen, und dieses war ein besonders übles gewesen. Er erstattete Teddy Bericht.

Teddy rollte durch den Raum und schenkte sich noch einen koffeinfreien Kaffee ein. Die Terror-Spots würden zur besten Sendezeit gebracht werden. Für drei Millionen Dollar würden sie noch heute Abend landesweit Furcht und Schrecken verbreiten. Morgen würde man die Spots – nach vorheriger Ankündigung – zurückziehen: Aus Respekt vor den Angehörigen der Opfer würde Lake seine kleinen Prophezeiungen für eine Weile einstellen. Und morgen Mittag würde man umfangreiche Umfragen veranstalten.

Es war höchste Zeit, dass die Zustimmung zu Lake wuchs. Bis zu den Vorwahlen in Arizona und Michigan war es nur noch eine Woche.

Die ersten Bilder aus Kairo zeigten einen abgehetzten Reporter, im Hintergrund Soldaten, die ihn musterten, als würden sie ihn erschießen, sollte er versuchen, die Absperrung zu durchbrechen. Sirenen wimmerten, überall blinkten blaue und rote Lichter. Doch der Reporter hatte wenig zu berichten. Um 10 Uhr 20, gegen Ende eines Empfangs in der Botschaft, sei im Untergeschoss des Gebäudes eine gewaltige Bombe explodiert; über die Zahl der Opfer sei noch nichts bekannt, doch es würden, wie er versprach, viele sein. Das Gebiet sei von der Armee weiträumig abgeriegelt worden, und zu allem Überfluss habe man auch den Luftraum gesperrt, so dass leider, leider keine Hubschrauberbilder verfügbar seien. Bis jetzt habe noch niemand die Verantwortung für den Anschlag übernommen. Der Einfachheit halber nannte er drei radikale Gruppen – die üblichen Verdächtigen.

»Es könnte eine davon gewesen sein, möglicherweise aber auch eine ganz andere«, vertraute er den Zuschauern an. Da es keine Fernsehbilder von der Katastrophe gab, war die Kamera gezwungen, den Reporter zu zeigen, und da er nichts zu berichten hatte, schwafelte er von den Gefahren des Nahen Ostens, als wäre das die neueste Nachricht und als wäre er der Mann vor Ort, der sie der Welt verkündete.

Lufkin rief gegen 20 Uhr Washingtoner Zeit an, um Teddy zu sagen, der amerikanische Botschafter in Ägypten sei nicht auffindbar, und man befürchte, dass er sich unter den Trümmern befinde. Das jedenfalls sei gerüchteweise durchgesickert. Während er mit Lufkin sprach, betrachtete Teddy den stummen Bildschirm mit dem hilflosen Reporter; auf einem zweiten Bildschirm lief Lakes Terror-Spot. Dort sah man die Trümmer, die Zerstörung, die Leichen, die Terroristen eines anderen Anschlags und dann Aaron Lake, der mit warmer, aber ernster Stimme Rache gelobte.

Was für ein perfektes Timing, dachte Teddy.

*

Gegen Mitternacht wurde Teddy von einem Assistenten geweckt, der ihm Zitronentee und ein vegetarisches Sandwich brachte. Wie so oft hatte er im Rollstuhl geschlafen. Die mit Bildschirmen bestückte Wand zeigte Fernsehbilder, doch der Ton war abgeschaltet. Als der Assistent gegangen war, drückte Teddy eine Taste und hörte zu.

Über Kairo war inzwischen die Sonne aufgegangen. Der Botschafter war noch nicht gefunden worden und man nahm an, dass er irgendwo unter den Trümmern begraben war.

Teddy hatte den Botschafter nie kennen gelernt. Der Mann war ohnehin vollkommen unbekannt, wurde jedoch von den aufgeregt berichtenden Reportern als großer Amerikaner verherrlicht. Sein Tod berührte Teddy nicht sonderlich, würde aber der Kritik an der CIA neuen Aufwind geben. Er war jedoch auch ein Beleg für die besondere Niedertracht dieses Anschlags und das wiederum konnte Aaron Lake nur recht sein.

Bislang waren einundsechzig Opfer geborgen worden. Die ägyptischen Behörden machten Yidal verantwortlich. Er war der Hauptverdächtige, weil seine kleine Armee in den vergangenen sechzehn Monaten drei westliche Botschaften in die Luft gesprengt und er offen zum Krieg gegen die Vereinigten Staaten aufgerufen hatte. Dem aktuellen CIA-Dossier über Yidal war zu entnehmen, dass er über dreißig Mann und etwa fünf Millionen Dollar jährlich verfügte, die hauptsächlich aus libyschen und saudiarabischen Quellen stammten. Der Presse gegenüber ließ man allerdings durchblicken, dass ihm tausend Mann und unbegrenzte Mittel zu Gebote standen. Außerdem sei er entschlossen, unschuldige Amerikaner zu terrorisieren.

Die Israelis wussten, was Yidal zum Frühstück aß und wo er es zu sich nahm. Sie hätten ihn ein Dutzend Mal fangen können, doch bisher hatte er seinen kleinen Krieg nicht gegen sie geführt. Solange er Amerikaner und Westeuro-

130

päer tötete, hatten die Israelis kein echtes Interesse daran, ihn auszuschalten. Immerhin profitierte Israel ja vom Hass des Westens auf radikale Muslims.

Teddy aß das Sandwich langsam und schlief dann noch ein wenig. Gegen Mittag Kairoer Zeit rief Lufkin an und berichtete, die Leichen des Botschafters und seiner Frau seien inzwischen geborgen worden. Die Zahl der Opfer war auf vierundachtzig gestiegen; bis auf elf waren es Amerikaner.

Die Kameras fanden Lake vor einer Fabrik in Marietta, Georgia, wo er vor Tagesanbruch den Arbeitern beim Schichtwechsel die Hände schüttelte. Als man ihn auf die Ereignisse in Kairo ansprach, sagte er: »Vor sechzehn Monaten haben dieselben Terroristen zwei unserer Botschaften in die Luft gesprengt und dreißig Amerikaner ermordet und wir haben nichts unternommen, um sie zur Rechenschaft zu ziehen. Sie sind ungeschoren davongekommen, weil wir nicht entschlossen zurückgeschlagen haben. Wenn ich Präsident der Vereinigten Staaten bin, werden wir diesen Verbrechern den Krieg erklären und dem Morden ein Ende setzen.«

Starke Worte. Sie wirkten ansteckend, und als Amerika erwachte und mit den schrecklichen Nachrichten aus Kairo konfrontiert wurde, bekam das Land aus dem Mund der anderen sieben Kandidaten einen aggressiven Chor von Drohungen und Ultimaten zu hören. Selbst die Gemäßigteren klangen jetzt wie Revolverhelden.

ELF

In Iowa schneite es wieder: ein beständiges Wirbeln von Schneeflocken, die sich auf den Straßen und Bürgersteigen in Matsch verwandelten und Quince Garbe mit neuerlicher Sehnsucht nach einem Strand erfüllten. Auf der Main Street zog er den Schal vor das Gesicht, wie um sich vor dem Schnee zu schützen, während er in Wirklichkeit bloß vermeiden wollte, mit jemandem sprechen zu müssen. Niemand sollte sehen, dass er schon wieder ins Postamt ging.

Im Postfach war ein Brief. Einer von diesen Briefen. Sein Mund stand offen und seine Hand erstarrte in der Bewegung, als er ihn dort zwischen den Reklamesendungen liegen sah, unschuldig, als wäre er der Brief eines alten Freundes. Quince warf einen Blick über seine Schulter – der schuldbewusste Dieb –, riss den Brief aus dem Postfach und stopfte ihn in die Brusttasche seines Mantels.

Seine Frau war im Krankenhaus, wo sie ein Fest zugunsten behinderter Kinder plante, und so war das Haus leer bis auf das Dienstmädchen, das den Tag in der Waschküche verschlief – es hatte ja auch seit acht Jahren keine Gehaltserhöhung bekommen. Er fuhr in gemächlichem Tempo, kämpfte sich durch Schneegestöber und Verwehungen, verfluchte den Erpresser, der sich in der Verkleidung eines liebebedürftigen Jungen in sein Leben geschlichen hatte, und dachte mit düsteren Vorahnungen an den Brief, der ihm mit jeder Minute schwerer auf dem Herzen lag.

Keine Spur von dem Hausmädchen, als er die Haustür öffnete und dabei so viel Lärm wie möglich machte. Er ging hinauf in sein Schlafzimmer und schloss die Tür ab. Unter der Matratze lag eine Pistole. Er warf Mantel, Handschuhe und Jackett auf einen Sessel, setzte sich auf die Bettkante und betrachtete den Umschlag. Dasselbe lavendelfarbene Papier, dieselbe Handschrift – alles wie zuvor. Der Brief war vor zwei Tagen in Jacksonville abgestempelt worden. Quince riss den Umschlag auf. Er enthielt nur einen Briefbogen.

Lieber Quince!

Vielen Dank für das Geld. Ich habe es meiner Frau und meinen Kindern geschickt – nur damit du nicht denkst, dass ich ein gemeiner Verbrecher bin. Es geht ihnen sehr schlecht. Seit ich eingesperrt bin, sind sie völlig verzweifelt. Meine Frau hat schwere Depressionen und kann nicht arbeiten, und wenn es keine Sozialhilfe und keine Lebensmittelmarken gäbe, müssten meine vier Kinder verhungern.

(Mit 100 000 Dollar müssten sie eigentlich aus dem Gröbsten raus sein, dachte Quince.)

Sie leben in einer Sozialwohnung und haben kein verlässliches Transportmittel. Also nochmals vielen Dank für deine Hilfe. Mit weiteren 50 000 Dollar wären sie schuldenfrei, und meine Kinder könnten studieren.

Es gelten dieselben Regeln wie beim ersten Mal. Du überweist das Geld auf dasselbe Konto und mein Versprechen gilt ebenfalls noch: Wenn das Geld nicht schnell eintrifft, werde ich deine geheimen Wünsche publik machen. Verlier keine Zeit, Quince. Ich schwöre, dass dies mein letzter Brief ist.

Nochmals vielen Dank, Quince!

Alles Liebe,
Ricky

Er ging ins Badezimmer, öffnete das Medizinschränkchen und fand die Valiumtabletten seiner Frau. Er nahm zwei und erwog kurz, den ganzen Inhalt des Fläschchens zu schlucken. Er musste sich hinlegen, doch er konnte das Bett nicht benutzen, denn er würde es zerwühlen, und dann würde irgendjemand Fragen stellen. Also streckte er sich auf dem Boden aus, auf dem abgetretenen, aber sauberen Teppich, und wartete darauf, dass die Tabletten wirkten.

Er hatte alles zusammengekratzt, er hatte gebettelt und sogar ein bisschen gelogen, um Ricky die 100 000 Dollar schicken zu können. Er konnte unmöglich weitere 50 000 aufbringen – sein Überziehungskredit war beinahe ausgereizt und er befand sich am Rande der Insolvenz. Auf seinem schönen, großen Haus lag eine dicke Hypothek, ausgestellt von seinem Vater, der auch seine Gehaltsschecks unterschrieb. Sein Wagen war groß und importiert, aber uralt und kaum noch etwas wert. Wer in Bakers, Iowa, würde schon einen elf Jahre alten Mercedes kaufen wollen?

Und wenn es ihm irgendwie gelang, das Geld zu stehlen? Der Verbrecher, der sich Ricky nannte, würde ihm herzlich danken und einfach mehr fordern.

Es war vorbei.

Zeit für die Tabletten. Zeit für die Pistole.

Das Telefon schreckte ihn auf. Ohne nachzudenken, rappelte er sich auf und griff nach dem Hörer. »Hallo?« grunzte er.

»Wo zum Teufel steckst du?« Es war sein Vater und er sprach in einem Ton, den Quince nur zu gut kannte.

»Ich, äh, ich fühle mich nicht wohl«, brachte er heraus. Er starrte auf seine Uhr und ihm fiel ein, dass er um halb elf eine Verabredung mit einem sehr wichtigen Inspektor von der Bankenaufsicht hatte.

»Ob du dich wohl fühlst oder nicht, ist mir völlig gleichgültig. Mr. Colthurst von der Bankenaufsicht wartet bereits seit einer Viertelstunde in meinem Büro.«

»Ich habe mich übergeben, Dad«, sagte er und krümmte sich bei dem Wort »Dad« zusammen. Er war einundfünfzig und gebrauchte noch immer diese Anrede.

»Du lügst mich an. Warum hast du nicht angerufen und dich krankgemeldet? Gladys hat mir erzählt, dass sie dich um kurz vor zehn zum Postamt hat gehen sehen. Was soll das Theater?«

»Entschuldige mich, ich muss wieder zur Toilette. Ich rufe dich später an.« Er legte auf.

Die Wirkung des Valiums setzte ein. Ein angenehmer Nebel umhüllte ihn und er ließ sich auf die Bettkante sinken und starrte auf die lavendelfarbenen Rechtecke, die vor ihm auf dem Boden lagen. Die Gedanken kamen langsam, gebremst durch die Tabletten.

Er konnte die Briefe verstecken und sich umbringen. Der Abschiedsbrief würde seinem Vater die Hauptschuld geben. Der Gedanke an den Tod war nicht ganz und gar unangenehm: keine Ehe mehr, keine Bank, kein Dad, kein Bakers, Iowa, kein Versteckspiel.

Aber seine Kinder und Enkel würden ihm fehlen.

Und was, wenn dieses Ungeheuer von Ricky nicht von seinem Selbstmord erfuhr und einen weiteren Brief schickte? Was, wenn Quinces wahre Neigungen doch noch ans Licht kamen, lange nach seiner Beerdigung?

Die nächste schlechte Idee erforderte eine kleine Verschwörung mit seiner Sekretärin, einer Frau, der er nur sehr begrenzt vertraute. Er würde ihr die Wahrheit sagen und sie bitten, einen Brief an Ricky zu schreiben, in dem sie ihn von Quince Garbes Selbstmord in Kenntnis setzte. Gemeinsam konnte es ihnen gelingen, eine solche Tat vorzutäuschen und vielleicht eine kleine Rache an Ricky zu nehmen.

Aber er wollte lieber tot sein, als seine Sekretärin ins Vertrauen zu ziehen.

Die dritte Idee kam ihm, als die Wirkung des Valiums voll eingesetzt hatte, und sie zauberte ein Lächeln auf sein Gesicht. Warum sollte er es nicht mit ein bisschen Aufrichtigkeit versuchen? Er konnte doch einen Brief an Ricky schreiben und gewissermaßen einen Offenbarungseid ablegen. Ihm 10 000 Dollar anbieten und sagen, das sei alles, was bei ihm noch zu holen sei. Wenn Ricky entschlossen sei, ihn zu vernichten, werde ihm, Quince, nichts anderes übrig bleiben, als zur Polizei zu gehen. Er werde das FBI informieren, das die Briefe und den Weg des Geldes verfolgen werde, und dann würden sie – er selbst und Ricky – gemeinsam untergehen.

Er schlief für eine halbe Stunde auf dem Boden, stand dann auf, zog Jackett, Mantel und Handschuhe an und ging hinaus, ohne dem Hausmädchen zu begegnen. Auf dem Weg in die Stadt, erfüllt von dem Wunsch, die Karten auf den Tisch zu legen, gestand er sich laut ein, dass nur Geld zählte. Sein Vater war einundachtzig. Die Aktien der Bank waren etwa zehn Millionen Dollar wert. Eines Tages würde er sie erben. Er musste sein Geheimnis wahren, bis das Geld ihm gehörte – dann würde er leben können, wie er wollte.

Er durfte das Geld nicht aufs Spiel setzen.

Coleman Lee gehörte eine Taco-Bude in einem Einkaufszentrum am Rand von Gary, Indiana, in einem Teil der Stadt, der von den Mexikanern übernommen worden war. Coleman war achtundvierzig und hatte vor Jahrzehnten zwei üble Scheidungen hinter sich gebracht. Keine Kinder, Gott sei Dank. Durch all die Tacos war er dick und langsam geworden. Er hatte einen Schmerbauch und Hängebacken. Coleman sah nicht gut aus und war ziemlich einsam.

Seine Angestellten waren hauptsächlich mexikanische Jungen, illegale Einwanderer, die er früher oder später zu belästigen oder verführen versuchte, wenn man seine unbeholfenen Avancen so nennen wollte. Er war selten erfolgreich, und die Fluktuation war groß. Das Geschäft ging schlecht, denn die Leute redeten und Coleman hatte einen üblen Ruf. Wer kaufte schon Tacos von einem Perversen?

Im Postamt am anderen Ende des Einkaufszentrums hatte er zwei Postfächer gemietet – eins für sein Geschäft und eins für sein Vergnügen. Er sammelte Pornomagazine, die er beinahe täglich vom Postamt abholte. Der Briefträger in dem Bezirk, wo Coleman wohnte, war ein ziemlich neugieriger Typ und es war besser, so wenig Aufsehen wie möglich zu erregen.

Er schlenderte den schmutzigen Bürgersteig am Rand des Parkplatzes entlang, vorbei an den Discountläden für Schuhe und Kosmetika, dem Videoverleih, wo er Hausverbot hatte, und dem Sozialamt, das ein verzweifelter Politiker auf Stimmenfang in diesen Außenbezirk gestellt hatte. Das Postamt war voller Mexikaner, die sich Zeit ließen, denn draußen war es kalt.

Die heutige Ausbeute bestand aus zwei Hardcore-Magazinen in neutralen braunen Umschlägen und einem Brief, der ihm entfernt bekannt vorkam. Es war ein gelbes Kuvert ohne Absender, abgestempelt in Atlantic Beach, Florida. Ach, ja, jetzt fiel es ihm wieder ein: der junge Percy, der in der Drogenklinik saß.

In seinem kleinen Büro zwischen der Küche und der

Besenkammer blätterte er die Magazine flüchtig durch, fand nichts Neues und legte sie auf den Stapel zu den hundert anderen. Dann öffnete er den Brief von Percy. Wie die beiden vorigen war er handgeschrieben und an Walt adressiert, den Namen, den er für seine Porno-Post benutzte. Walt Lee.

Lieber Walt!

Über deinen Brief habe ich mich sehr gefreut. Ich habe ihn viele Male gelesen. Du findest immer die richtigen Worte. Wie ich dir schon geschrieben habe, bin ich seit fast achtzehn Monaten hier und fühle mich sehr einsam. Ich bewahre deine Briefe unter meiner Matratze auf, und wenn die Einsamkeit zu groß wird, hole ich sie hervor und lese sie immer wieder. Wo hast du gelernt, so zu schreiben? Bitte schreib mir noch einen, so schnell wie möglich.

Mit ein bisschen Glück werde ich im April entlassen. Ich weiß noch nicht, was ich dann machen soll und wohin ich gehen werde. Der Gedanke, dass ich nach fast zwei Jahren in dieser Klinik einfach rausgehen kann, macht mir eigentlich Angst. Ich weiß ja nicht, wo ich hin soll. Ich hoffe, dass wir dann noch Brieffreunde sind.

Ich frage dich wirklich nicht gerne, aber da ich niemand sonst habe, an den ich mich wenden kann, tue ich es trotzdem, und wenn du nicht willst, dann sag es bitte, es wird unserer Freundschaft keinen Abbruch tun. Könntest du mir 1000 Dollar leihen? Es gibt hier in der Klinik einen kleinen Laden für Bücher und CDs. Dort kann man auch auf Kredit kaufen, und weil ich schon ziemlich lange hier bin, hat sich da eine ganz schöne Rechnung angesammelt.

Wenn du mir das Geld leihen könntest, wäre ich dir

138

wirklich sehr dankbar. Wenn nicht, kann ich das natürlich auch verstehen.

Danke, dass du da bist, Walt. Bitte schreib mir bald. Deine Briefe geben mir Kraft.

Liebe Grüße,
Percy

1000 Dollar? Was war das für ein kleiner Scheißer? Coleman roch eine Falle. Er zerriss den Brief in kleine Fetzen, die er in den Papierkorb warf.

»Tausend Dollar«, murmelte er und griff wieder nach den Magazinen.

Curtis war nicht der echte Name des Juweliers aus Dallas. So nannte er sich nur in seinen Briefen an Ricky in der Drogenklinik. In Wirklichkeit hieß er Vann Gates.

Mr. Gates war achtundfünfzig, oberflächlich betrachtet glücklich verheiratet, dreifacher Vater und zweifacher Großvater. Ihm und seiner Frau gehörten in Dallas sechs Juweliergeschäfte, die allesamt in Einkaufszentren lagen. Auf dem Papier besaßen sie zwei Millionen Dollar, und die hatten sie sich selbst verdient. Sie bewohnten ein sehr schönes Haus in Highland Park, mit getrennten Schlafzimmern an gegenüberliegenden Enden, und trafen sich nur in der Küche und im Wohnzimmer, wo sie vor dem Fernseher saßen oder mit den Enkelkindern spielten.

Hin und wieder öffnete Mr. Gates die Kammer, in der er seine wahre Neigung versteckte, allerdings nur unter äußersten Sicherheitsvorkehrungen. Niemand wusste davon. Sein Briefwechsel mit Ricky war sein erster Versuch, echte Liebe in den Kleinanzeigen zu finden, und bisher war er von dem Ergebnis begeistert. Er hatte in einem Postamt nicht weit von einem der Einkaufszentren ein Postfach gemietet und benutzte den Namen Curtis V. Cates.

Als Vann sich in seinen Wagen setzte und den lavendelfarbenen, an Curtis Cates adressierten Umschlag öffnete, ahnte er nichts Böses: Er hatte wieder einen schönen Brief von seinem geliebten Ricky bekommen. Doch schon die ersten Zeilen trafen ihn wie ein Blitz aus heiterem Himmel.

Lieber Vann Gates!

Schluss mit dem Schmus. Ich heiße nicht Ricky und du heißt nicht Curtis. Ich bin kein schwuler junger Mann auf der Suche nach Liebe. Du dagegen hast ein schreckliches Geheimnis, das du sicher bewahren willst. Dabei will ich dir helfen.

Hier ist mein Angebot: Du überweist 100 000 Dollar an die Geneva Trust Bank auf den Bahamas, Konto Nummer 144-DXN-9593. Der Empfänger heißt Boomer Realty, Ltd., die Bankleitzahl lautet 392844-22.

Verlier keine Zeit! Das ist kein Witz, sondern eine Erpressung, und du bist in die Falle gegangen. Wenn das Geld nicht innerhalb von zehn Tagen auf dem Konto eingegangen ist, schicke ich deiner Frau Glenda ein Päckchen mit den Kopien aller Briefe und Fotos.

Überweis das Geld und ich werde dich in Ruhe lassen.

Schöne Grüße,
Ricky

Nach einiger Zeit fand Vann die Abzweigung zur I-635 und etwas später fuhr er auf der I-820 im Bogen um Fort Worth und dann wieder zurück nach Dallas. Er blieb auf der rechten Spur und hielt sich genau an die Geschwindigkeitsbegrenzung von 55 Meilen pro Stunde, ohne auf die Schlange zu achten, die sich hinter ihm gebildet hatte. Wenn Weinen geholfen hätte, wäre er sicher in Tränen ausgebrochen. Er hatte keine Hemmungen zu weinen, jedenfalls nicht in der Abgeschlossenheit seines Jaguars.

Doch er war zu wütend, zu verbittert. Und er hatte zu viel Angst, Zeit mit der Sehnsucht nach einem Menschen zu verschwenden, der nicht existierte. Nein, er musste handeln – und zwar schnell, entschlossen und heimlich.

Schließlich überwältigte ihn jedoch der Schmerz und er fuhr auf den Seitenstreifen und blieb mit laufendem Motor stehen. All die schönen Träume von Ricky, die vielen Stunden, die er damit verbracht hatte, dieses hübsche Gesicht mit dem kleinen, schiefen Lächeln zu betrachten und die traurigen, witzigen, verzweifelten, hoffnungsvollen Briefe zu lesen. Wie konnten geschriebene Worte nur so viele Gefühle vermitteln? Er hatte diese Briefe praktisch auswendig gelernt.

Und er war doch nur ein Junge, so jung und voller männlicher Lebenskraft, und trotzdem so einsam und erfüllt von Sehnsucht nach einem reifen Partner. Der Ricky, in den er sich verliebt hatte, brauchte die liebevolle Umarmung eines älteren Mannes und Curtis/Vann hatte seit Monaten Pläne geschmiedet. Er hatte vorgetäuscht, er müsse, während seine Frau ihre Schwester in El Paso besuchte, zu einer Diamantenschau in Orlando. Alles war bis ins letzte Detail geplant – er hatte keine Spuren hinterlassen.

Schließlich begann er zu weinen. Der arme Vann vergoss Tränen und schämte sich ihrer nicht. Niemand konnte ihn sehen. Die anderen Wagen rasten mit 80 Meilen pro Stunde an ihm vorbei.

Und wie jeder enttäuschte Liebende schwor er Rache. Er würde dieses Schwein aufspüren, dieses Ungeheuer, das sich als Ricky ausgegeben und ihm das Herz gebrochen hatte.

Als das Schluchzen nachließ, dachte er an seine Frau und seine Familie und das half ihm sehr, die Fassung wieder zu gewinnen. Glenda würde die sechs Geschäfte, die zwei Millionen und das neue Haus mit getrennten Schlafzimmern bekommen und ihm würden bloß Spott, Verachtung und Gerede bleiben, und das in einer Stadt, die nichts so liebte wie den Klatsch. Seine Kinder würden die Partei dessen ergreifen, der das Geld hatte, und seine Enkel würden für den Rest ihres Lebens nur die bösartigen Geschichten über ihren Großvater hören.

Während er zum zweiten Mal mit 55 Meilen auf der rechten Spur durch Mesquite fuhr und die Sattelschlepper an ihm vorbei donnerten, las er nochmals den Brief.

Er hatte niemanden, an den er sich wenden konnte – keinen Bankier, der den Inhaber des Kontos auf den Bahamas herausfinden konnte, keinen Anwalt, den er um Rat fragen, keinen Freund, dem er die schreckliche Geschichte erzählen konnte.

Er hatte sein Doppelleben sorgfältig geheim gehalten und das Geld stellte kein unüberwindliches Problem dar. Seine Frau wachte mit Argusaugen über alle Ausgaben, sowohl zu Hause als auch im Geschäft, und darum hatte Vann schon vor langer Zeit damit begonnen, Geld zu verstecken. Er schaffte Halbedelsteine, Rubine, Perlen und manchmal kleine Diamanten auf die Seite und verkaufte sie später gegen Bargeld an andere Juweliere. In seiner Branche war das nichts Ungewöhnliches. Vann hatte Kartons voller Geld: Schuhkartons, die er in einem feuersicheren Safe aufbewahrte, der in einem gemieteten Lagerraum in Plano stand. Bargeld für die Zeit nach der Scheidung. Bargeld, das er für sein späteres Leben brauchte, wenn er und Ricky um die Welt fahren und es für eine Reise ohne Ende ausgeben würden.

»Dieser Scheißkerl!« sagte er mit zusammengebissenen Zähnen. Er sagte es immer wieder.

Warum schrieb er diesem Verbrecher nicht, dass er nicht so viel Geld hatte? Warum drohte er nicht damit, zur Polizei zu gehen? Warum kämpfte er nicht?

Weil dieser Scheißkerl genau wusste, was er tat. Er hatte Vann gut genug ausgekundschaftet, um seinen wirklichen Namen und den seiner Frau zu wisssen. Er wusste, dass Vann genug Geld hatte.

Er bog in die Garageneinfahrt ein, Glenda fegte den Fußweg. »Wo hast du denn gesteckt, Schatz?« fragte sie freundlich.

»Ich hatte was zu erledigen«, antwortete er lächelnd.

»Das hat aber ganz schön lange gedauert«, sagte sie und fegte.

Er war es so leid! Sie beobachtete alles, was er tat. Seit dreißig Jahren war er unter ihrer Fuchtel und in ihrer Hand tickte die Stoppuhr.

Aus Gewohnheit gab er ihr einen flüchtigen Kuss auf die Wange und dann ging er in den Keller, verschloss die Tür und begann wieder zu weinen. Dieses Haus war sein Gefängnis (wie sonst sollte er ein Haus nennen, das ihn jeden Monat 7800 Dollar an Hypothekentilgung kostete?), und sie war seine Wärterin, die Bewahrerin der Schlüssel. Sein einziger Fluchtweg war ihm gerade verstellt worden, und zwar durch einen kaltblütigen Erpresser.

ZWÖLF

Achtzig Särge brauchten eine Menge Platz. Sie waren ordentlich aufgereiht, alle gleich groß, alle hübsch verpackt in Rot, Weiß und Blau. Vor einer halben Stunde waren sie an Bord eines Transportflugzeugs der Air Force eingeflogen und mit großem Pomp zeremoniell entladen worden. An die 1000 Freunde und Verwandte saßen auf Klappstühlen, die auf dem Betonboden des Hangars aufgestellt worden waren, und starrten entsetzt auf das Meer aus amerikanischen Fahnen, das sich vor ihnen ausbreitete. Ihre Zahl wurde nur durch die der Journalisten übertroffen, die hinter der Absperrung der Militärpolizei standen.

Selbst für ein Land, das sich an die katastrophalen Folgen seiner Außenpolitik gewöhnt hatte, war dies ein beeindruckender Anblick. Achtzig Amerikaner, acht Briten, acht Deutsche – und keine Franzosen, weil diese die diplomatischen Empfänge westlicher Botschaften in Kairo boykottierten. Warum waren um zehn Uhr abends noch achtzig Amerikaner in der Botschaft gewesen? Das war die Frage, die sich jeder stellte, und bislang wusste niemand eine gute Antwort darauf. Die meisten von denen, die solche Entscheidungen trafen, lagen jetzt in diesen Särgen. In Washington kursierte das Gerücht, der Partyservice habe zu spät geliefert, und die Band sei noch später gekommen.

Doch die Terroristen hatten nur zu gut bewiesen, dass sie jederzeit zuschlagen konnten, und darum war es völlig gleichgültig, um welche Uhrzeit der Botschafter, seine Frau,

144

seine Kollegen und das Botschaftspersonal einen Empfang hatten veranstalten wollen.

Die zweite große Frage, die man sich stellte, lautete: Wieso waren eigentlich achtzig Menschen in der Botschaft in Kairo gewesen? Das Außenministerium wusste keine Antwort darauf.

Nachdem die Air Force Band einen Trauermarsch gespielt hatte, trat der Präsident an das Rednerpult. Er sprach mit brechender Stimme und rang sich sogar ein, zwei Tränen ab, aber nach acht Jahren solcher Darbietungen hatte sich diese Theatralik etwas abgenutzt. Er hatte bereits oft Rache geschworen und so konzentrierte er sich auf andere Themen: Trost, Opferbereitschaft und die Verheißung eines besseren Lebens im Jenseits.

Der Außenminister verlas die Namen der Opfer – eine morbide Rezitation, die die Feierlichkeit der Stunde unterstreichen sollte. Das Schluchzen wurde lauter. Dann noch etwas Musik. Die längste Rede hielt der Vizepräsident, der frisch aus dem Wahlkampf kam und von einer neu entdeckten Entschlossenheit erfüllt war, den Terrorismus vom Angesicht der Erde zu tilgen. Obgleich er nie eine Uniform getragen hatte, schien er darauf zu brennen, mit Granaten um sich zu werfen.

Lake hatte sie alle aufgeschreckt.

Aaron Lake verfolgte die Zeremonie während des Fluges von Tucson nach Detroit, wo er längst für eine weitere Serie von Interviews erwartet wurde. An Bord war sein persönlicher Demoskop, ein kürzlich angeheuerter Zauberer, der ihn seit neuestem überall hin begleitete. Während Lake und sein Team die Nachrichten verfolgten, arbeitete dieser Mann fieberhaft an dem kleinen Konferenztisch, der mit zwei Laptops, drei Telefonen und mehr Computerausdrucken beladen war, als zehn Leute verarbeiten konnten.

Die Vorwahlen in Arizona und Michigan würden in drei

Tagen stattfinden und Lakes Werte stiegen, besonders in seinem Heimatstaat, wo er sich ein Kopf-an-Kopf-Rennen mit dem Favoriten, Gouverneur Tarry aus Indiana, lieferte. In Michigan lag Lake um zehn Prozent zurück, aber die Leute hörten ihm aufmerksam zu. Die Katastrophe in Kairo arbeitete zu seinen Gunsten.

Gouverneur Tarry brauchte plötzlich dringend Geld. Aaron Lake nicht. Er bekam es schneller, als er es ausgeben konnte.

Als der Vizepräsident endlich fertig war, verließ Lake seinen Platz vor dem Fernseher, setzte sich in seinen Lederdrehsessel und griff nach einer Zeitung. Ein Mitarbeiter brachte ihm Kaffee, den er trank, während er auf die Ebene von Kansas zwölf Kilometer unter ihm hinabsah. Ein anderer Mitarbeiter reichte ihm eine Notiz, die angeblich eine sofortige Antwort des Kandidaten erforderte. Lake sah sich in der Flugzeugkabine um und zählte dreizehn Menschen, die Piloten nicht eingerechnet.

Als Mann, der ein zurückgezogenes Leben gewöhnt war und noch immer seiner Frau nachtrauerte, hatte Lake mit dem völligen Fehlen von Privatsphäre zu kämpfen. Er bewegte sich immer in Begleitung einer Gruppe. Jede halbe Stunde war verplant, jeder Auftritt wurde von einem Komitee koordiniert, jedes Interview wurde vorbereitet: Er bekam schriftliche Unterlagen über die Fragen, die man ihm vermutlich stellen würde, und vorformulierte Antworten. Jede Nacht hatte er sechs Stunden für sich allein, in seinem Hotelzimmer, und selbst dort würden die Männer vom Secret Service auf dem Boden schlafen, wenn er es ihnen erlauben würde. Und jede Nacht war er vollkommen erschöpft und schlief tief und fest wie ein kleines Kind. Nur im Badezimmer konnte er ruhig nachdenken, entweder unter der Dusche oder auf der Toilette.

Aber er täuschte sich nicht: Er, Aaron Lake, der ruhige Abgeordnete aus Arizona, war über Nacht zur Sensation geworden. Er stürmte voran und der Rest stolperte ihm nach. Das große Geld floss in seine Richtung. Die Reporter hingen an seinen Lippen. Seine Worte wurden zitiert. Er hatte sehr mächtige Freunde, alles lief nach Plan und der Gedanke, dass er nominiert werden würde, war nicht unrealistisch. Noch vor einem Monat hatte er davon nicht einmal geträumt.

Lake genoss den Augenblick. Der Wahlkampf war der reine Wahnsinn, aber wenn er den Job erst einmal hatte, würde er das Tempo bestimmen können. Reagan hatte täglich von neun bis fünf regiert und war weit effektiver gewesen als der arbeitswütige Carter. Wenn du erst mal im Weißen Haus bist, wird alles besser, sagte er sich immer wieder. Er musste nur all diese Leute ertragen, er musste lächelnd und schlagfertig die Vorwahlen überstehen und dann würde er sehr bald schon im Oval Office sitzen – allein, die Welt zu seinen Füßen.

Und dann würde er seine Privatsphäre haben.

Teddy saß mit York in seinem Bunker und sah die Liveübertragung vom Luftwaffenstützpunkt Andrews. Wenn es schwierig wurde, war er gern in Yorks Gesellschaft. Die Vorwürfe waren sehr hart gewesen. Man brauchte einen Sündenbock und viele der Idioten, die den Kameras nachliefen, schoben die Schuld auf die CIA, denn die war in ihren Augen ohnehin immer schuld.

Wenn sie nur wüssten.

Er hatte York schließlich von Lufkins Warnung erzählt, und York hatte vollkommen verstanden. Leider war so etwas nicht zum ersten Mal geschehen. Wenn man in der ganzen Welt für Recht und Ordnung sorgte, verlor man eine Menge Leute und Teddy und York hatten oft zusehen müssen, wie fahnengeschmückte Särge aus Transportmaschinen geladen wurden – Zeugnisse eines weiteren Debakels im Ausland. Der Wahlkampf von Aaron Lake würde Teddys letzter Versuch sein, das Leben von Amerikanern zu retten.

Ein Fehlschlag schien unwahrscheinlich. Der IVR hatte innerhalb von zwei Wochen mehr als zwanzig Millionen Dollar gesammelt und war dabei, das Geld in Washington zu verteilen. Einundzwanzig Abgeordnete waren bereit, Lakes Kandidatur zu unterstützen. Die Gesamtkosten dafür beliefen sich auf sechs Millionen. Der bislang größte Brocken war Senator Britt, der Vater des kleinen thailändischen Jungen. Als er seine Ambitionen auf das Weiße Haus aufgegeben hatte, war er mit fast vier Millionen Dollar verschuldet gewesen und hatte keinen realistischen Plan gehabt, wie er diesen Betrag zurückzahlen sollte. Das Geld folgte im Allgemeinen nicht denen, die ihre Sachen zusammenpackten und nach Hause gingen. Elaine Tyner, die Anwältin, die die Aktivitäten des IVR koordinierte, traf sich mit Senator Britt und brauchte nicht einmal eine halbe Stunde, um zu einer Vereinbarung zu kommen: Der IVR würde im Lauf von drei Jahren sämtliche durch Britts Wahlkampf entstandene Schulden tilgen und als Gegenleistung würde Britt Aaron Lakes Kandidatur lautstark unterstützen.

»Hatten wir eine Prognose, wie viele Opfer es sein würden?« fragte York.

Nach einer Weile antwortete Teddy: »Nein.«

Das Tempo ihrer Gespräche war immer gemächlich.

»Warum waren es so viele?«

»Jede Menge Alkohol. Das passiert in arabischen Ländern andauernd. Eine andere Kultur, das Leben ist langweilig, und wenn unsere Diplomaten dann ein Fest feiern, geht es richtig rund. Viele der Toten waren ziemlich betrunken.«

Es vergingen einige Minuten. »Wo ist Yidal?« fragte York.

»Im Augenblick im Irak. Gestern war er noch in Tunesien.«

»Wir sollten ihn wirklich aus dem Verkehr ziehen.«

»Werden wir auch. Nächstes Jahr. Es wird einer von Präsident Lakes großen Triumphen sein.«

Zwölf der sechzehn Abgeordneten, die Lakes Kandidatur unterstützten, trugen blaue Hemden, was Elaine Tyner nicht entging. Sie achtete auf solche Dinge. Wenn ein Politiker in Washington in die Nähe einer Kamera kam, konnte man darauf wetten, dass er sein bestes blaues Hemd angezogen hatte. Die anderen vier trugen weiße Hemden.

Sie reihte sie in einem Ballsaal des Willard Hotels vor den Reportern auf. Der älteste von ihnen, der Abgeordnete Thurman aus Florida, eröffnete die Veranstaltung, indem er die Presse bei diesem überaus bedeutenden Ereignis begrüßte. Er las eine Rede ab, in der er seine Meinung über den gegenwärtigen Zustand der Welt ausbreitete, die jüngsten Ereignisse in Kairo, China und Russland kommentierte und zu dem Schluss kam, die Welt sei weit gefährlicher, als sie zu sein scheine. Nach den bekannten Statistiken über den desolaten Stand der Ausrüstung und die mangelnde Einsatzbereitschaft der Armee leitete er zu einer langen Lobrede auf seinen Freund Aaron Lake über, den Mann, mit dem er nun schon seit zehn Jahren zusammenarbeite und den er besser kenne als die meisten. Lake habe eine Botschaft, die viele zwar nicht besonders gerne hören wollten, die aber dennoch äußerst wichtig sei.

Thurman hatte seine Unterstützung für Gouverneur Tarry aufgegeben, und obgleich er das, wie er sagte, nur sehr widerstrebend und mit einem Gefühl der Illoyalität getan habe, sei er nach reiflicher Überlegung zu der Überzeugung gelangt, dass die Sicherheit des Landes einen Präsidenten wie Aaron Lake erfordere. Thurman erwähnte nicht die neuesten Umfrageergebnisse, denen zufolge Lake im Wahlkreis Tampa-St. Pete an Popularität gewonnen hatte.

Als Nächster trat ein Abgeordneter aus Kalifornien ans Mikrofon. Er sagte nichts Neues, brauchte dafür aber zehn Minuten. In seinem Wahlkreis nördlich von San Diego wohnten 45 000 Arbeiter in der Rüstungs- und Flugzeugindustrie und anscheinend hatte jeder Einzelne von ihnen geschrieben oder angerufen. Der Abgeordnete war leicht zu überzeugen gewesen: ein bisschen Druck von der Basis und ein Scheck über 250 000 Dollar von Elaine Tyner und dem IVR, und schon hatte er seinen Marschbefehl.

Als die Journalisten begannen, ihre Fragen zu stellen, drängten sich die sechzehn dicht zusammen – jeder wollte antworten oder wenigstens irgendetwas sagen und jeder befürchtete, sein Gesicht könnte auf einem der Gruppenfotos fehlen.

Obwohl kein einziger Ausschussvorsitzender dabei war, bot die Gruppe einen recht überzeugenden Anblick. Die Abgeordneten vermittelten den Eindruck, Aaron Lake sei ein ernst zu nehmender Kandidat, ein Mann, den sie kannten und dem sie vertrauten. Ein Mann, den das Land brauchte. Ein Mann, den man wählen konnte.

Die Veranstaltung war gut inszeniert, die Vertreter der Presse waren zahlreich erschienen und dementsprechend ausführlich wurde darüber berichtet. Am nächsten Tag würde Elaine Tyner fünf weitere Abgeordnete präsentieren. Senator Britt sparte sie sich für den Tag vor dem Super Tuesday auf.

Der Brief in Neds Handschuhfach war von Percy, dem jungen Percy in der Drogenklinik, dessen Postadresse Laurel Ridge, P. O. Box 4585, Atlantic Beach, FL 32233 lautete.

Ned war in Atlantic Beach, seit zwei Tagen schon. Er hatte den Brief und er war entschlossen, Percy aufzuspüren, denn er witterte Unrat. Außerdem hatte er ohnehin nichts Besseres zu tun. Er war im Ruhestand, besaß jede Menge Geld, so gut wie keine Angehörigen und obendrein schneite

150

es in Cincinnati. Er hatte sich ein Zimmer am Strand, im Sea Turtle Inn, genommen und abends hatte er die Bars am Atlantic Boulevard erkundet und zwei ausgezeichnete Restaurants gefunden, gut besuchte kleine Lokale mit vielen hübschen jungen Frauen und Männern. Einen Block weit entfernt hatte er Pete's Bar and Grill entdeckt und gestern und vorgestern Nacht war er nach vielen kühlen Bieren betrunken von dort zu seinem Hotel gestolpert.

Tagsüber behielt Ned das Postamt im Auge, ein modernes Gebäude im Bundesbehördenstil – Ziegelstein und Glas. Es stand in der First Street, die parallel zum Strand verlief. Das kleine, fensterlose Postfach 4585 befand sich auf halber Höhe einer Wand mit etwa 80 anderen Postfächern, in einem Bereich, in dem nicht besonders viel Publikumsverkehr herrschte. Ned hatte das Fach inspiziert, hatte versucht, es mit Schlüsseln und Draht zu öffnen, und hatte sogar am Schalter Fragen gestellt, doch der Beamte war wenig hilfsbereit gewesen. Bevor er am ersten Tag wieder gegangen war, hatte Ned ein kurzes Stück schwarzen Faden in die untere Fuge der Tür geklemmt. Niemand sonst würde es bemerken, aber Ned würde sehen, ob Rickys Post abgeholt worden war.

Dort drinnen war ein Brief von Ned, ein knallroter Umschlag. Er hatte ihn vor drei Tagen in Cincinnati aufgegeben und war dann nach Süden gerast. In dem Umschlag befand sich ein Scheck über 1000 Dollar, die der Junge für Künstlerbedarf brauchte. In einem seiner Briefe hatte Ned verraten, dass er früher einmal eine Galerie für moderne Kunst im Greenwich Village gehabt hatte. Das war gelogen, aber er zweifelte auch an allem, was Percy schrieb.

Ned war von Anfang an misstrauisch gewesen. Bevor er sich auf den Briefwechsel eingelassen hatte, hatte er Erkundigungen über Laurel Ridge eingezogen, die teure Drogenklinik, in der Percy angeblich saß. Es gab dort ein Telefon, doch es war ein privater Anschluss und die Telefonauskunft war nicht berechtigt, die Nummer herauszugeben. Eine Postadresse mit Straße und Hausnummer hatte die Klinik nicht. In seinem ersten Brief hatte Percy erklärt, alles sei sehr geheim, weil dort so viele Wirtschaftsbosse und Politiker behandelt würden, die allesamt, auf die eine oder andere Art, den künstlichen Paradiesen verfallen seien. Das klang nicht schlecht. Der Junge konnte wirklich gut schreiben.

Und er hatte ein sehr hübsches Gesicht. Darum hatte Ned ja auch geantwortet. Es verging kein Tag, an dem er nicht das Foto bewunderte.

Die Bitte um Geld hatte ihn überrascht, und da er sich langweilte, hatte er beschlossen, nach Jacksonville zu fahren.

Er saß weit zurückgelehnt und halb verborgen hinter dem Lenkrad seines Wagens, mit dem Rücken zur First Street und konnte die Wand mit den Postfächern und das Kommen und Gehen der Kunden gut beobachten. Es war nicht mehr als ein Versuch, aber vielleicht war er es wert. Ned benutzte ein Taschenfernglas und wurde hin und wieder von einem Passanten kritisch gemustert. Nach zwei Tagen wurde die Sache langweilig, aber je länger er wartete, desto überzeugter war er, dass sein Brief bald abgeholt würde. Bestimmt kam mindestens alle drei Tage jemand, um nachzusehen. Eine Drogenklinik mit vielen Patienten musste doch viel Post bekommen. Oder war sie bloß eine Fassade, hinter der ein Betrüger steckte, der einmal pro Woche vorbeischaute, um die Fallen zu kontrollieren?

Der Betrüger erschien am späten Nachmittag des dritten Tages. Er parkte seinen Käfer neben Neds Wagen und schlenderte ins Postamt. Er trug eine verknitterte Khakihose, ein weißes Hemd mit Fliege sowie einen Strohhut und wirkte zerzaust wie ein Möchtegern-Strandbohemien.

Trevor hatte eine lange Mittagspause bei Pete's eingelegt und seinen Rausch am Schreibtisch ausgeschlafen und nun tat er sich ein bisschen um und machte seine Runde. Er steckte den Schlüssel in Postfach 4585 und zog eine Hand voll Briefe hervor. Die meisten waren Reklamesendungen, die er sogleich wegwarf, nachdem er die Umschläge auf dem Weg hinaus durchgeblättert hatte.

Ned ließ ihn nicht aus den Augen. Die drei Tage öden Wartens hatten sich gelohnt. Er folgte dem Käfer, und als dieser anhielt und der Fahrer in ein kleines, heruntergekommenes Haus mit einer Anwaltskanzlei ging, fuhr Ned weiter, kratzte sich am Kopf und fragte sich laut: »Ein Rechtsanwalt?«

Er fuhr immer weiter, auf dem Highway A1A, am Strand entlang, weg von Jacksonville, durch Vilano Beach und Crescent Beach und Beverly Beach und Flagler Beach, und landete schließlich in einem Holiday Inn bei Port Orange. Bevor er auf sein Zimmer ging, stattete er der Hotelbar einen Besuch ab.

Es war nicht das erste Mal, dass er einer Erpressung nur knapp entgangen war. Genau genommen war es das zweite Mal. Auch den anderen Versuch hatte er gewittert, bevor ein ernsthafter Schaden entstanden war. Bei seinem dritten Martini schwor er sich, dass dies das letzte Mal gewesen sein sollte.

DREIZEHN

Am Tag vor den Vorwahlen in Arizona und Michigan setzte Lakes Truppe eine Medienkampagne in Gang, wie es sie bei einem Präsidentschaftswahlkampf noch nie gegeben hatte. Achtzehn Stunden lang wurden die beiden Staaten mit Fernsehspots bombardiert. Manche davon waren harmlose Fünfzehn-Sekunden-Streifen, die nicht viel mehr als Lakes gut aussehendes Gesicht und sein Versprechen entschlossener Führungskraft und einer sichereren Welt brachten. Andere dauerten eine Minute und waren regelrechte Dokumentationen über die Gefahren, die seit dem Ende des Kalten Krieges in aller Welt lauerten. Wieder andere waren Drohgesten an die Adresse der Terroristen der Welt: Wenn ihr Menschen umbringt, nur weil sie Amerikaner sind, werdet ihr teuer dafür bezahlen. Da die Erinnerung an die Bilder aus Kairo war noch nicht verblasst war, trafen diese Spots ins Schwarze.

Es war eine kühne, kämpferische Kampagne, ausgearbeitet von hoch bezahlten Beratern, und das einzige Risiko war die Übersättigung. Doch Lake war zu neu, um irgendjemanden zu langweilen. Die Fernsehspots in den beiden Staaten kosteten zehn Millionen Dollar, eine Schwindel erregende Summe.

Am 22. Februar wurden die Spots in größeren Abständen gebracht, und als die Wahllokale schlossen, sagten die Meinungsforscher für Lake einen Sieg in seinem Heimatstaat und einen sehr guten zweiten Platz in Michigan voraus.

Immerhin war Gouverneur Tarry aus Indiana, das ebenfalls zum Mittleren Westen gehörte, und hatte in den vergangenen drei Monaten viel Zeit in Michigan verbracht.

Offenbar nicht genug. Die Wähler in Arizona entschieden sich für den Kandidaten aus ihrem eigenen Bundesstaat und denen in Michigan gefiel Lake anscheinend ebenfalls. In Arizona bekam er 60 Prozent und in Michigan, wo Gouverneur Tarry sich mit mageren 31 Prozent zufrieden geben musste, holte er 55 Prozent. Der Rest verteilte sich auf die anderen Kandidaten.

Zwei Wochen vor dem großen Super Tuesday und drei Wochen vor dem kleinen war das für Gouverneur Tarry ein vernichtender Schlag.

Lake sah die Wahlberichte an Bord seines Flugzeugs, unterwegs von Phoenix, wo er für sich selbst gestimmt hatte, nach Washington. Eine Stunde vor der Landung erklärte ihn CNN zum Überraschungssieger in Michigan und seine Mitarbeiter ließen die Korken knallen. Er genoss den Triumph und gestattete sich ebenfalls zwei Gläser Champagner.

Er erkannte die historische Dimension. Niemand war je so spät angetreten und so schnell so weit gekommen. In der abgedunkelten Kabine sahen sie die Analysen auf vier verschiedenen Fernsehkanälen. Die Experten staunten über diesen Lake und das, was er fertig gebracht hatte. Gouverneur Tarry gab sich als guter Verlierer, zeigte sich jedoch besorgt über die enormen Summen, die sein bislang unbekannter Gegner ausgegeben hatte.

Lake plauderte höflich mit der kleinen Gruppe von Reportern, die ihn am Reagan National Airport erwartete, und fuhr dann in einer weiteren schwarzen Limousine zu seinem Wahlkampf-Hauptquartier, wo er seinen hoch bezahlten Mitarbeitern dankte und ihnen sagte, sie sollten nach Hause gehen und sich einmal richtig ausschlafen.

Es war beinahe Mitternacht, als er in seinem altmodischen kleinen Reihenhaus in Georgetown ankam, in der Thirty-fourth Street, nicht weit von der Wisconsin Avenue. Zwei Agenten des Secret Service stiegen aus dem Wagen, der Lake gefolgt war, und zwei weitere erwarteten ihn auf den Eingangsstufen. Er hatte sich kategorisch geweigert, Leibwächter in seinem Haus postieren zu lassen.

»Ich will euch Burschen nicht hier herumschleichen sehen«, fuhr er die beiden Männer an der Haustür an. Ihre Anwesenheit störte ihn. Er kannte ihre Namen nicht, und es war ihm egal, ob sie ihn mochten oder nicht. Für ihn waren sie namenlose Gestalten, die er, so verächtlich wie möglich, mit »ihr Burschen« ansprach.

Sobald er die Tür hinter sich verschlossen hatte, ging er hinauf in sein Schlafzimmer und zog sich um. Er schaltete das Licht aus, als wäre er zu Bett gegangen, wartete eine Viertelstunde und schlich ins Wohnzimmer, um nachzusehen, ob das Haus beobachtet wurde, und dann weiter in den kleinen Keller. Dort stieg er durch ein Oberlicht neben der winzigen Terrasse hinaus in die kalte Nacht. Er hielt inne, horchte, hörte keinen Laut, öffnete das Gartentor und lief durch die schmale Gasse zwischen den beiden Häusern, die hinter seinem standen. Allein und im Schutz der Dunkelheit kam er an der Thirty-fifth Street heraus. Er war wie ein Jogger gekleidet und hatte eine Baseballkappe tief in die Stirn gezogen. Drei Minuten später war er auf der M Street und tauchte in der Menge unter. Er winkte ein Taxi heran und verschwand in der Nacht.

Als Teddy Maynard zu Bett ging, war er ziemlich zufrieden mit den beiden ersten Siegen seines Kandidaten, doch als man ihn weckte, erfuhr er, dass irgendetwas nicht in Ordnung war. Um 10 nach 6 Uhr morgens rollte er in seinen Bunker. Er war mehr besorgt als aufgebracht, auch wenn er in der vergangenen Stunde die ganze Gefühlsskala durchlebt hatte. York erwartete ihn zusammen mit einem Abteilungsleiter namens Deville, einem kleinen, nervösen Mann, der offenbar bereits seit vielen Stunden im Einsatz war.

»Ich höre«, knurrte Teddy noch im Rollen und sah sich nach einer Tasse Kaffee um.

»Gestern Nacht um zwei Minuten nach zwölf hat er sich von den Secret-Service-Männern verabschiedet und ist ins Haus gegangen«, begann Deville. »Um zwölf Uhr siebzehn hat er es durch ein kleines Fenster im Untergeschoss verlassen. Wir haben natürlich an allen Fenstern und Türen Kontakte und Bewegungsmelder angebracht. Außerdem haben wir ein Reihenhaus gegenüber gemietet und waren sowieso in erhöhter Alarmbereitschaft. Er war seit sechs Tagen nicht mehr zu Hause.« Deville hielt ein kleines Plättchen von der Größe einer Aspirin-Tablette hoch und fuhr fort: »Das hier ist ein so genanntes D-Tec. Die Dinger stecken in sämtlichen Sohlen seiner Schuhe, einschließlich der Joggingschuhe. Solange er nicht barfuß ist, wissen wir also immer, wo er ist. Sobald der Fuß auf dieses Gerät drückt, sendet es ein Signal, das auch ohne Transmitter noch in zweihundert Metern Entfernung empfangen werden kann. Wenn der Druck aufhört, sendet es noch eine Viertelstunde lang weiter. Wir haben uns sofort an die Verfolgung gemacht und ihn in der M Street eingeholt. Er trug einen Jogginganzug und hatte eine Kappe ins Gesicht gezogen. Zwei unserer Wagen waren in Bereitschaft, und als er sich ein Taxi nahm, folgten wir ihm zu einem Einkaufszentrum in Chevy Chase. Er ließ das Taxi warten und rannte in ein Ding namens Mailbox America – einen von diesen neuen Läden, wo man Post aufgeben und empfangen kann. In manchen von denen – und unter anderem in dem hier – kann man seine Post rund um die Uhr abholen. Er war nicht mal eine Minute da drin und hat bloß sein Fach geöffnet, die Post herausgeholt, sie durchgesehen und dann weggeworfen. Danach ist er wieder ins Taxi gestiegen. Einer unserer Wagen ist ihm bis zur M Street gefolgt, wo er ausgestiegen und nach Hause geschlichen ist. Der andere Wagen blieb bei der Postfach-Filiale. Wir haben den Mülleimer am Eingang durchsucht und sechs Reklamesendungen gefunden, die offenbar für ihn waren. Auf den Adressen steht: Al Konyers, P. O. Box 455, Mailbox America, 39380 Western Avenue, Chevy Chase.«

»Dann hat er also nicht gefunden, was er gesucht hat?« fragte Teddy.

»Sieht so aus, als hätte er alles weggeworfen, was in seinem Postfach war. Wir haben ein Video davon.«

Das Licht wurde gedämpft, und aus der Decke des Raums senkte sich eine Leinwand herab. Man sah einen Parkplatz, ein Taxi und Aaron Lake, der in einem ausgebeulten Jogginganzug die Stufen zu Mailbox America hinauf ging. Sekunden später erschien er wieder und blätterte das Bündel von Briefen durch, das er in der rechten Hand hielt. An der Tür blieb er kurz stehen und warf alles in einen hohen Mülleimer.

»Was für einen Brief erwartet er?« murmelte Teddy.

Lake verließ das Gebäude und stieg wieder in das Taxi. Der Film war zu Ende und das Licht wurde wieder heller.

»Wir sind sicher, dass wir die richtigen Briefe aus dem Mülleimer gefischt haben«, fuhr Deville fort. »Wir waren ein paar Sekunden später dort, und in der Zwischenzeit hat niemand anders das Gebäude betreten oder verlassen. Das war um 12 Uhr 58. Eine Stunde später sind wir reingegangen und haben einen Schlüssel für das Postfach 455 nachgemacht, so dass wir jetzt jederzeit Zugang dazu haben.«

»Seht jeden Tag nach«, sagte Teddy. »Ich will über jeden Brief informiert werden. Die Reklamesendungen interessieren mich nicht, aber wenn irgendetwas anderes kommt, will ich es wissen.«

»In Ordnung. Um ein Uhr zweiundzwanzig ist Mr. Lake

durch das Kellerfenster in sein Haus geklettert. Seitdem hat er es nicht mehr verlassen. Er ist jetzt dort.«

»Danke«, sagte Teddy. »Das ist alles.« Deville ging hinaus.

Eine Minute verging. Teddy rührte in seinem Kaffee. »Wie viele Adressen hat er?«

York hatte geahnt, dass diese Frage kommen würde. Er warf einen Blick auf seine Notizen. »Die meisten persönlichen Briefe sind an seine Adresse in Georgetown adressiert. Außerdem hat er noch zwei Adressen auf dem Capitol Hill – die eine ist sein Büro, die andere das Komitee für die Streitkräfte. In Arizona hat er drei Büros. Alles in allem sechs Adressen, von denen wir wissen.«

»Warum braucht er eine siebte?«

»Ich kenne den Grund nicht, aber es kann kein guter sein. Ein Mann, der nichts zu verbergen hat, braucht keinen falschen Namen oder eine geheime Adresse.«

»Wann hat er das Postfach gemietet?«

»Das werden wir noch herausfinden.«

»Möglicherweise, nachdem er sich zur Kandidatur entschlossen hat. Die CIA steuert seine Kampagne, also denkt er vielleicht, dass wir ihn ständig beobachten. Und er möchte ein bisschen Privatsphäre haben – darum das Postfach. Vielleicht hat er eine Freundin, die wir übersehen haben. Vielleicht lässt er sich Pornomagazine oder Videos schicken – irgendwas, das man per Post bekommen kann.«

Nach einer langen Pause sagte York: »Könnte sein. Aber was, wenn er das Postfach schon vor Monaten gemietet hat, lange bevor er sich zur Kandidatur entschieden hat?«

»Dann verbirgt er sich nicht vor uns. Dann verbirgt er etwas vor der Welt, und das muss ein wirklich schreckliches Geheimnis sein.«

Beide dachten schweigend über die Schrecklichkeit von Lakes Geheimnis nach. Keiner wollte Spekulationen anstellen. Sie beschlossen, die Überwachung zu intensivieren. Das Postfach sollte zweimal täglich überprüft werden. Lake würde in ein paar Stunden die Stadt wieder verlassen, um sich in den Wahlkampf für die nächsten Vorwahlen zu stürzen, und sie würden das Postfach ganz für sich allein haben.

Es sei denn, er beauftragte jemand anders, für ihn nachzusehen.

In Washington war Aaron Lake der Mann des Tages. In seinem Büro auf dem Capitol Hill gewährte er den Sendern für ihre morgendlichen Nachrichten großzügig Interviews. Er empfing Senatoren und Abgeordnete, Freunde und frühere Gegner, die ihm ihre freudigen Glückwünsche überbrachten. Er aß mit seinem Wahlkampfstab zu Mittag und hatte danach lange Strategiebesprechungen. Nach einem kurzen Abendessen mit Elaine Tyner, die gute Nachrichten für ihn hatte – beim IVR waren wieder Massen von Geld eingegangen –, verließ er die Stadt und flog nach Syracuse, um sich auf die Vorwahlen in New York vorzubereiten.

Er wurde von einer großen Menschenmenge begrüßt. Immerhin war er jetzt der Favorit.

VIERZEHN

Die Kater wurden häufiger, und als Trevor wieder einmal mühsam die Lider hob und einem neuen Tag ins Auge sah, sagte er sich, das müsse endlich aufhören. Du kannst nicht jede Nacht bei Pete's rumhängen, mit Studentinnen billiges Bier aus Flaschen trinken und dir blödsinnige Basketballspiele ansehen, bloß weil du tausend Dollar darauf gesetzt hast. Gestern Nacht Logan State gegen irgendeine Mannschaft in grünem Dress. Wen interessiert schon Logan State?

Joe Roy Spicer. Spicer hatte fünfhundert Dollar auf sie gesetzt, Trevor hatte tausend draufgelegt und Logan hatte gewonnen. In der vergangenen Woche hatte Spicer zehn von zwölf Gewinnern richtig getippt. Er hatte dreitausend Dollar verdient und Trevor, der sich an ihm orientiert hatte, war um fünftausendfünfhundert Dollar reicher. Die Sportwetten waren profitabler als seine Kanzlei. Und er brauchte sich nicht mal selbst den Kopf zu zerbrechen – jemand anders traf die Auswahl.

Er ging ins Badezimmer und wusch sich das Gesicht mit kaltem Wasser, ohne in den Spiegel zu sehen. Die Toilette war seit gestern verstopft, und als er auf der Suche nach einer Saugpumpe durch sein schmutziges Haus tappte, läutete das Telefon. Es war eine Frau aus seiner Vergangenheit, eine Frau die er hasste und die ihn hasste, und als er ihre Stimme hörte, wusste er, dass sie Geld wollte. Er sagte wütend nein, legte auf und ging unter die Dusche.

In der Kanzlei war es noch schlimmer. Scheidungsmandanten erschienen in getrennten Wagen, um die Verhandlungen über die Vermögensteilung abzuschließen. Die Dinge, über die sie sich stritten, waren praktisch wertlos – Töpfe, Pfannen, ein Toaster –, aber da sie sonst nichts hatten, stritten sie eben darum. Die schlimmsten Kämpfe werden um Nichtigkeiten geführt.

Ihr Anwalt kam eine Stunde zu spät und diese Zeit hatten sie genutzt, um vor sich hin zu kochen, bis Jan sie schließlich getrennt hatte. Als Trevor durch die Hintertür in sein Büro trat, saß dort die scheidungswillige Ehefrau.

»Wo zum Teufel haben Sie gesteckt?« rief sie, laut genug, dass ihr Mann es hören konnte. Dieser stürmte ungehindert an Jan vorbei und riss die Tür zu Trevors kleinem Büro auf.

»Wir warten jetzt schon seit einer Stunde!« verkündete er.

»Ruhe, alle beide!« brüllte Trevor. Jan verließ das Haus und die Mandanten schwiegen verdutzt.

»Setzen Sie sich!« brüllte er und sie ließen sich auf die beiden einzigen Stühle sinken. »Sie zahlen hier lumpige fünfhundert Dollar für eine kleine Scheidung und glauben, der Laden gehört Ihnen!«

Sie sahen seine geröteten Augen und sein gerötetes Gesicht und kamen zu dem Schluss, dass es ratsam war, sich nicht mit diesem Mann anzulegen. Das Telefon läutete, doch niemand nahm den Hörer ab. Wieder überkam Trevor Übelkeit und er rannte zur Toilette, wo er sich so leise wie möglich übergab. Die Spülung funktionierte nicht – das Metallventil im Tank klapperte nutzlos.

Noch immer läutete das Telefon. Trevor taumelte in den Flur, um Jan zu entlassen, und als er sie nirgends entdecken konnte, verließ er ebenfalls das Haus. Er ging zum Strand, zog Schuhe und Socken aus und badete seine Füße im kühlen Salzwasser.

*

Zwei Stunden später saß er wieder an seinem Schreibtisch. Die Tür war abgeschlossen, damit keine Mandanten herein konnten, und er hatte die Füße – zwischen deren Zehen noch Sand klebte – auf den Tisch gelegt. Er brauchte ein bisschen Schlaf und einen Drink und er starrte an die Decke und versuchte, sich über die Prioritäten klar zu werden, als das Telefon erneut läutete. Diesmal nahm Jan den Anruf entgegen. Sie war nicht entlassen, studierte aber heimlich die Stellenanzeigen.

Es war Brayshears, von den Bahamas. »Wir haben eine telegrafische Überweisung erhalten, Sir«, sagte er.

Trevor sprang auf. »Wie viel?«

»Hunderttausend, Sir.«

Trevor sah auf die Uhr. Ihm blieb noch eine Stunde, um einen Flug zu kriegen. »Haben Sie um halb vier Zeit?« fragte er.

»Selbstverständlich, Sir.«

Er legte auf und rief nach vorn: »Sagen Sie alle Termine für heute und morgen ab. Ich muss weg.«

»Sie haben keine Termine«, rief Jan zurück. »Sie geben das Geld schneller aus, als Sie es verdienen.«

Es hatte keinen Zweck, sich mit ihr zu streiten. Er warf die Hintertür zu und fuhr davon.

Die Maschine nach Nassau legte einen Zwischenstopp in Fort Lauderdale ein, aber davon bekam Trevor fast nichts mit. Nach zwei schnellen Bieren schlief er fest. Über dem Atlantik trank er noch zwei. Als die Flugbegleiterin ihn weckte, war das Flugzeug bereits leer.

Die Überweisung kam wie erwartet von Curtis in Dallas. Sie stammte von einer Bank in Texas; der Empfänger war Boomer Realty, Ltd., bei der Geneva Trust Bank in Nassau. Trevor nahm ein Drittel des Betrages, überwies wieder 25 000 Dollar auf sein eigenes Konto und ließ sich 8000 in bar auszahlen. Er dankte Mr. Brayshears und sagte, er hoffe ihn bald wieder zu sehen, und dann stolperte er hinaus.

163

An einen Rückflug dachte er nicht. Stattdessen steuerte er das Geschäftszentrum der Stadt an, wo Gruppen dicker amerikanischer Touristen die Bürgersteige verstopften. Er brauchte Shorts, einen Strohhut und eine Flasche Sonnenöl.

Trevor schaffte es schließlich bis zum Strand und nahm sich ein hübsches Zimmer in einem angenehmen Hotel – 200 Dollar pro Nacht, aber was machte das schon? Er rieb sich mit Sonnenöl ein und legte sich, nicht weit von der Bar, in einen Liegestuhl am Swimmingpool. Eine leicht bekleidete Kellnerin brachte ihm die Drinks.

Er erwachte erst, als es schon dunkel war, gebräunt und gründlich durchwärmt, aber nicht verbrannt. Ein Wachmann des Hotels brachte ihn zu seinem Zimmer, wo er sich sogleich auf das Bett sinken ließ und wieder ins Koma fiel. Als er die Augen aufschlug, war die Sonne bereits aufgegangen.

Nach so langem Schlaf war sein Kopf erstaunlich klar. Außerdem hatte Trevor großen Hunger. Er aß etwas Obst und dann ging er und sah sich Segelboote an. Nicht dass er vorgehabt hätte, auf der Stelle eins zu kaufen, aber er achtete auf Details. Eine 10-Meter-Yacht wäre genau richtig – groß genug, um darauf zu leben, und doch klein genug, um sie allein segeln zu können. Er würde keine Passagiere an Bord nehmen: der einsame Skipper, der von Insel zu Insel fuhr. Das billigste Boot, das er sah, sollte 90 000 Dollar kosten und musste gründlich überholt werden.

Gegen Mittag lag er wieder am Pool und versuchte per Handy, ein paar Mandanten zu beschwichtigen, doch er war nicht recht bei der Sache. Die Kellnerin von gestern brachte ihm einen neuen Drink. Er klappte das Handy zusammen, versteckte die Augen hinter einer Sonnenbrille und versuchte, alles noch einmal durchzurechnen, doch in dem Raum zwischen seinen Ohren herrschte eine wunderbare Trägheit.

In einem einzigen Monat hatte er 80 000 Dollar eingenommen, steuerfrei. Ob es so weiter gehen würde? Wenn ja, dann hatte er in einem Jahr eine Million. Dann konnte er seine Kanzlei und das, was von seiner Karriere übrig war, hinter sich lassen, ein kleines Boot kaufen und losfahren.

Zum ersten Mal schien es ihm, als könnte dieser Traum Wirklichkeit werden. Er sah sich am Ruder stehen, ohne Hemd, barfuß, ein kaltes Bier in Reichweite, wie er von St. Barts nach St. Kitts glitt, von Nevis nach St. Lucia, von einer Insel zu tausend anderen, das Großsegel vom Wind gebläht – und weit und breit nichts, über das er sich Sorgen machen müsste. Er schloss die Augen und seine Sehnsucht wurde noch größer.

Sein eigenes Schnarchen weckte ihn. Die leicht bekleidete Kellnerin stand in der Nähe. Er bestellte einen Rum und sah auf die Uhr.

Zwei Tage später war er, mit gemischten Gefühlen, wieder in Trumble. Einerseits wollte er die Post abholen, damit die Sache weiter lief und Geld hereinkam, andererseits war er reichlich spät dran und Richter Spicer würde ungehalten sein.

»Wo zum Teufel hast du gesteckt?« fuhr Spicer ihn an, sobald der Wärter das Anwaltszimmer verlassen hatte. Alle Welt schien Trevor diese Frage zu stellen. »Deinetwegen hab ich drei Spiele verpasst, und alle hätte ich richtig getippt.«

»Ich war auf den Bahamas. Wir haben hunderttausend von Curtis aus Dallas.«

Diese Nachricht verbesserte Spicers Stimmung deutlich. »Und du hast drei Tage gebraucht, um eine Überweisung auf die Bahamas zu checken?«

»Ich musste mich mal ein paar Tage ausruhen. Und ich wusste nicht, dass ich verpflichtet bin, jeden Tag hierher zu kommen.«

Spicers Laune wurde immer besser. Er war um 22 000

Dollar reicher und die Beute war gut versteckt, an einem sicheren Ort. Als er dem Anwalt das Bündel aus hübschen pastellfarbenen Umschlägen reichte, dachte er darüber nach, wie er das Geld ausgeben würde.

»Ihr wart ja ganz schön fleißig«, sagte Trevor und nahm die Briefe.

»Irgendwelche Beschwerden? Du verdienst an der Sache mehr als wir.«

»Ich hab ja auch mehr zu verlieren als ihr.«

Spicer reichte ihm einen Zettel. »Ich hab dir hier zehn Spiele aufgeschrieben. Setz fünfhundert Dollar auf jedes.«

Toll, dachte Trevor. Wieder ein langes Wochenende bei Pete's, wo er sich ein Spiel nach dem anderen würde ansehen müssen. Na ja, es gab Schlimmeres. Sie spielten Blackjack um einen Dollar pro Spiel, bis der Wärter kam und sagte, die Zeit sei um.

Trevors zunehmend häufigere Besuche waren Gegenstand von Besprechungen zwischen dem Gefängnisdirektor und seinen Vorgesetzten in der Strafvollzugsbehörde in Washington gewesen. Man hatte Aktenvermerke angelegt. Man hatte Einschränkungen erwogen und wieder verworfen. Schließlich waren die Besuche im Gefängnis vollkommen nutzlos und außerdem wollte der Direktor die Bruderschaft nicht gegen sich aufbringen. Wozu einen Streit vom Zaun brechen?

Der Anwalt war harmlos. Sie telefonierten mit ein paar Leuten in Jacksonville und kamen zu dem Schluss, dass Trevor im Grunde ein Niemand war und die Richter wahrscheinlich nur deshalb so oft besuchte, weil er nichts Besseres zu tun hatte.

Das Geld verlieh Beech und Yarber neuen Schwung. Aber es auszugeben setzte natürlich voraus, dass sie an das Geld herankamen, und das wiederum setzte voraus, dass sie das Gefängnis eines Tages als freie Männer verlassen würden,

166

die mit ihrem – im Augenblick rasch wachsenden – Vermögen tun und lassen konnten, was sie wollten.

Da er rund 50 000 Dollar auf der Bank hatte, befasste Yarber sich mit dem Problem, das Geld zweckmäßig anzulegen. Er sah keinen Sinn darin, nur fünf Prozent jährlich zu kassieren, auch wenn diese Renditen steuerfrei waren. Irgendwann demnächst würde er sein Geld in Papieren mit rapidem Wachstum anlegen, bevorzugt aus dem fernöstlichen Wirtschaftsraum. Asien würde wieder boomen und sein kleines Paket mit schmutzigem Geld würde dabei sein und an dem Segen teilhaben. Er hatte noch fünf Jahre, und wenn sein Geld ihm bis dahin zwölf bis fünfzehn Prozent brachte, würde er diese 50 000 Dollar fast verdoppelt haben. Kein schlechter Start für einen Mann von 65, der dann hoffentlich immer noch in guter gesundheitlicher Verfassung sein würde.

Doch wenn es ihm (und Percy und Ricky) gelang, das Kapital zu vermehren, konnte er bei seiner Entlassung tatsächlich reich sein. Fünf lausige Jahre – Monate und Wochen, vor denen ihm gegraust hatte. Jetzt fragte er sich mit einem Mal, ob die Zeit reichen würde, um alles Geld zu erpressen, das er brauchte. Als Percy unterhielt er Kontakte mit zwanzig Brieffreunden in ganz Amerika. Sie lebten allesamt in verschiedenen Städten. Es war Spicers Aufgabe, darauf zu achten, dass die Opfer einander nicht begegnen konnten. In der Gefängnisbibliothek beugte man sich über Karten, um sicher zu gehen, dass Percy oder Ricky keine Briefe an Männer schrieben, die nicht weit genug voneinander entfernt zu leben schienen.

Wenn er keine Briefe schrieb, dachte Yarber über das Geld nach. Die Scheidungsunterlagen waren gekommen; er hatte sie unterschrieben und zurückgeschickt. In ein paar Monaten war er offiziell geschieden, und wenn man ihn zur Bewährung entließ, hatte seine Frau ihn vermutlich längst vergessen. Er brauchte nicht zu teilen. Wenn er dieses

Gefängnis verließ, würde er keinerlei Verpflichtungen mehr haben.

Fünf Jahre, und noch so viel zu tun. Er beschloss, weniger Zucker zu essen und täglich ein paar Runden mehr zu laufen.

In schlaflosen Nächten hatte Hatlee Beech im Dunkeln auf seinem oberen Bett gelegen und dieselben Berechnungen angestellt wie seine Kollegen. Fünfzigtausend Dollar hatte er bereits, und die lagen irgendwo gut verzinst herum, und wenn sie es schafften, so viele Opfer wie möglich auszunehmen, würde irgendwann ein Vermögen da liegen. Beech hatte noch neun Jahre vor sich, einen Marathon, der ihm einst endlos lang vorgekommen war. Jetzt hatte er einen Hoffnungsschimmer. Das Todesurteil, das man, wie er glaubte, über ihn gesprochen hatte, verwandelte sich langsam in die Verheißung eines Tags der Ernte. Wenn er in den kommenden neun Jahren nur 100 000 Dollar pro Jahr einnahm und die mit einer ordentlichen Verzinsung anlegte, könnte er an dem Tag, an dem er hinaus in die Freiheit tanzte, mehrfacher Millionär sein.

Zwei, drei, vier Millionen waren nicht ausgeschlossen.

Er wusste genau, was er tun würde. Da er Texas liebte, würde er nach Galveston gehen, eins von diesen alten viktorianischen Häusern am Meer kaufen und alte Freunde einladen, damit sie sahen, wie reich er war. Er würde vergessen, dass er Richter gewesen war, und zwölf Stunden täglich daran arbeiten, das Geld zu vermehren. Er würde arbeiten und das Geld vermehren, bis er mit siebzig mehr hätte als seine Ex-Frau.

Zum ersten Mal seit Jahren hielt Hatlee Beech es für möglich, dass er seinen fünfundsechzigsten und vielleicht sogar seinen siebzigsten Geburtstag erleben würde.

Auch er aß keinen Zucker und keine Butter mehr und halbierte seine Zigaretten, mit dem Ziel, das Rauchen bald ganz aufzugeben. Er nahm sich vor, nicht mehr zur Krankenstation zu gehen und sich keine Tabletten verschreiben zu lassen. Er ging, zusammen mit seinem Kollegen aus Kalifornien, jeden Tag zwei Kilometer in der Sonne. Und er schrieb Briefe. Sie beide schrieben Briefe – er und Ricky.

Auch Richter Spicer, der bereits ausreichend motiviert war, fand keinen Schlaf. Er wurde nicht von Gefühlen der Schuld, der Einsamkeit, der Demütigung geplagt, ebenso wenig wie ihn die Umgebung, in der er sich hier befand, bedrückte. Er zählte einfach Geld, jonglierte mit Zinssätzen und Renditen und analysierte die Ergebnisse der Sportwetten. Er hatte noch einundzwanzig Monate vor sich – das Ende war in Sicht.

Seine süße Frau Rita hatte ihn in der vergangenen Woche besucht, und sie hatten im Verlauf von zwei Tagen vier Stunden miteinander verbracht. Ihr Haar war geschnitten, sie hatte aufgehört zu trinken und achtzehn Pfund abgenommen, und sie versprach, noch schlanker zu sein, wenn sie ihn in nicht einmal zwei Jahren vor dem Haupttor erwartete. Nach ihrem Besuch war Joe Roy überzeugt, dass seine 90 000 Dollar noch immer hinter dem Schuppen vergraben waren.

Sie würden nach Las Vegas ziehen, sich ein neues Haus kaufen und den Rest der Welt vergessen.

Jetzt, da die Percy-und-Ricky-Nummer so gut lief, hatte Spicer neue Sorgen. Er würde Trumble als Erster verlassen, freudig, glücklich, ohne sich noch einmal umzusehen. Aber was war mit dem Geld, das die anderen einnahmen, wenn er nicht mehr da war? Wenn die Sache dann noch lief, was geschah dann mit seinem Anteil, mit dem Geld, das ihm selbstverständlich zustand? Er hatte schließlich die Idee gehabt, auch wenn sie ursprünglich aus einem Gefängnis in Louisiana stammte. Beech und Yarber waren anfangs sehr zögerlich gewesen.

Er hatte genug Zeit, sich eine Strategie zu überlegen, und ihm würde auch einfallen, wie sie den Anwalt los werden konnten. Aber es würde ihn einigen Schlaf kosten.

Beech las den Brief von Quince Garbe aus Iowa vor: »›Lieber Ricky (oder wie zum Teufel du heißt) – ich habe kein Geld mehr. Die ersten 100000 habe ich mir mit Hilfe gefälschter Unterlagen von einer Bank geliehen. Ich weiß nicht, wie ich sie zurückzahlen soll. Unsere Bank und all ihr Geld gehört meinem Vater. Warum schreibst du *ihm* nicht mal ein paar Briefe, du Schuft? Ich könnte vielleicht 10000 zusammenkratzen, wenn ich sicher wäre, dass das die letzte Forderung ist. Ich spiele mit dem Gedanken an Selbstmord, also treib mich nicht zu sehr in die Enge. Du weißt, dass du ein Dreckskerl bist. Ich hoffe, sie schnappen dich! Mit freundlichen Grüßen, Quince Garbe.‹«

»Klingt ziemlich verzweifelt«, sagte Yarber und sah von seinen Briefen auf.

An Spicers Unterlippe wippte ein Zahnstocher. »Schreib ihm, dass wir uns mit fünfundzwanzigtausend zufrieden geben.«

»Ich werde ihm schreiben, dass er das Geld sofort überweisen soll«, sagte Beech und öffnete den nächsten Brief an Ricky.

FÜNFZEHN

In der Mittagszeit, wenn der Publikumsverkehr bei Mailbox Amerika erfahrungsgemäß zunahm, betrat ein Agent nonchalant hinter zwei anderen Kunden den Raum mit den Postfächern und öffnete zum zweiten Mal an diesem Tag das Fach Nummer 455. Es enthielt drei Reklamesendungen – Pizza-Service, Autowaschanlage und U. S. Post Service – und einen hell orangefarbenen länglichen Briefumschlag. Mit einer Pinzette, die an seinem Schlüsselbund befestigt war, zog der Agent den Brief aus dem Fach und ließ ihn in eine kleine lederne Aktenmappe gleiten. Die Reklamesendungen blieben unberührt.

In Langley wurde der Umschlag von Experten geöffnet. Man entnahm ihm zwei handgeschriebene Seiten und kopierte sie.

Eine Stunde später betrat Deville mit einem Aktenordner in der Hand Teddys Bunker. Deville war für das zuständig, was man in den Tiefen von Langley mittlerweile als »den Lake-Schlamassel« bezeichnete. Er reichte Teddy und York Kopien des Briefes und projizierte ihn dann auf die große Leinwand. Teddy und York starrten auf den Brief. Er war in leicht lesbaren Druckbuchstaben geschrieben, als hätte der Verfasser sich bei jedem Wort große Mühe gegeben.

Lieber Al!

Wo steckst du? Hast du meinen letzten Brief bekommen? Ich habe dir vor drei Wochen geschrieben und seitdem kein Wort von dir gehört. Du bist wahrscheinlich sehr beschäftigt, aber bitte vergiss mich nicht. Ich fühle mich hier sehr einsam und deine Briefe haben mir immer Kraft und Hoffnung gegeben, denn durch sie weiß ich, dass es da draußen jemanden gibt, der an mich denkt. Bitte lass mich nicht hängen, Al!

Mein Berater sagt, dass ich vielleicht in zwei Monaten entlassen werde. Es gibt ein Offenes Haus in Baltimore, nicht weit von da, wo ich aufgewachsen bin, und die Leute hier versuchen, dort einen Platz für mich zu bekommen. Ich kann 90 Tage bleiben, lange genug, um einen Job und ein paar Freunde zu finden und mich wieder an das Leben in der Gesellschaft zu gewöhnen. Nachts wird das Haus abgeschlossen, aber tagsüber kann ich tun und lassen, was ich will.

Ich hab nicht viele gute Erinnerungen, Al. Alle, die mich je geliebt haben, sind inzwischen tot und mein Onkel, der diese Klinik bezahlt, ist sehr reich, aber auch sehr grausam.

Ich brauche so dringend Freunde, Al.

Übrigens habe ich noch einmal fünf Pfund abgenommen, meine Taillenweite ist jetzt 80. Das Foto, das ich dir geschickt habe, ist langsam veraltet. Mir hat mein Gesicht darauf sowieso nicht so gut gefallen: zu viel Fleisch auf den Wangen.

Ich bin jetzt viel schlanker und braun gebrannt. Wir dürfen zwei Stunden am Tag in der Sonne liegen, wenn die Temperaturen es erlauben. Wir sind hier zwar in Florida, aber trotzdem ist es manchmal zu kühl. Ich schicke dir bald ein neues Foto, vielleicht mit nacktem Oberkörper. Ich trainiere wie ein Verrückter mit Hanteln. Ich glaube, das neue Foto wird dir gefallen.

Du hast doch geschrieben, dass du mir auch eins schicken würdest. Ich warte darauf. Bitte vergiss mich nicht, Al. Ich brauche deine Briefe.

Alles Liebe,
Ricky

Da York die Aufgabe gehabt hatte, jeden Aspekt von Aaron Lakes Leben unter die Lupe zu nehmen, hatte er das Gefühl, etwas sagen zu müssen, doch ihm fiel nichts ein. Schweigend lasen sie den Brief ein zweites und drittes Mal.

Schließlich brach Deville das Schweigen. »Und das ist der Umschlag«, sagte er und projizierte ihn auf die Leinwand. Er war an Mr. Al Konyers, Mailbox America, adressiert. Der Absender lautete: Ricky, Aladdin North, P. O. Box 44683, Neptune Beach, FL 32233.

»Das ist eine Deckadresse«, sagte Deville. »Es gibt keine Drogenklinik namens Aladdin North, nur einen Eintrag im Telefonbuch, aber wenn man dort anruft, meldet sich ein Auftragsdienst. Wir haben zehn Mal dort angerufen und nachgefragt, aber die Leute vom Auftragsdienst wissen von nichts. Wir haben in jeder Reha- und Drogenklinik in Nord-Florida angerufen, aber niemand hat je von Aladdin North gehört.«

Teddy starrte schweigend an die Wand.

»Wo liegt Neptune Beach?« knurrte York.

»Jacksonville.«

Deville durfte gehen, wurde aber angewiesen, sich in Bereitschaft zu halten. Teddy machte sich auf einem Block mit grünem Papier Notizen. »Es gibt noch andere Briefe und mindestens ein Foto«, sagte er, als wäre dieses Problem eine reine Routineangelegenheit. Panik war etwas, das Teddy Maynard unbekannt war.

»Wir müssen sie finden«, fügte er hinzu.

»Sein Haus ist zwei Mal gründlich durchsucht worden«, sagte York.

»Dann durchsucht es ein drittes Mal. Ich glaube kaum, dass er so was in seinem Büro aufbewahrt.«

»Und wann –«

»Jetzt. Lake ist auf Stimmenfang in Kalifornien. Es eilt, York. Es gibt vielleicht noch mehr geheime Postfächer, noch mehr Männer, die ihm schreiben, wie braun gebrannt sie sind und wie schlank ihre Taille ist.«

»Werden Sie ihn zur Rede stellen?«

»Noch nicht.«

Da man von Mr. Konyers' Handschrift keine Vorlage besaß, machte Deville einen Vorschlag, der Teddy sehr gefiel: Konyers sollte schreiben, er habe einen neuen Laptop mit eingebautem Drucker. Der erste Entwurf stammte von Deville und York und nach einer Stunde Arbeit und drei Änderungen las er sich so:

Lieber Ricky!

Ich habe deinen Brief vom 22. erhalten; bitte entschuldige, dass ich dir nicht früher geantwortet habe. Ich bin in letzter Zeit ständig unterwegs und habe entsetzlich viel zu tun. Diesen Brief schreibe ich übrigens in 10 000 Metern Höhe über dem Golf von Mexiko, unterwegs nach Tampa. Ich benutze einen neuen Laptop, der so klein ist, dass ich ihn fast in die Tasche stecken kann. Ein Wunder der Technik. Der Drucker lässt allerdings zu wünschen übrig. Ich hoffe, dass du alles gut lesen kannst.

Wunderbar, die Nachricht von deiner baldigen Entlassung und dem Offenen Haus in Baltimore. Ich habe dort einige geschäftliche Kontakte und bin sicher, dass ich dir helfen kann, einen Job zu finden.

Kopf hoch – es sind ja nur noch zwei Monate. Du bist jetzt viel stärker und kannst das Leben genießen. Lass dich nicht entmutigen.

Ich werde dir auf jede erdenkliche Weise helfen, und wenn du in Baltimore bist, werde ich dich besuchen und dir alles zeigen und so weiter.

Ich verspreche, dass ich das nächste Mal schneller antworten werde. Ich kann es kaum erwarten, von dir zu hören.

Alles Liebe,
Al

Al war in Eile gewesen und hatte den Brief nicht handschriftlich unterschrieben. Änderungen wurden besprochen und eingefügt – das Schriftstück wurde so sorgfältig ausgearbeitet wie ein Vertrag. Die Endversion wurde auf Briefpapier des Royal Sonesta Hotels in New Orleans gedruckt und in einen dicken, braunen Umschlag gesteckt, in dessen Bodenfalte ein dünner Draht eingearbeitet war. In einer Ecke, die beim Transport geknickt und beschädigt worden zu sein schien, steckte ein winziger Sender, nicht größer als ein Stecknadelkopf. Sobald er aktiviert war, sendete er drei Tage lang ein 100 Meter weit reichendes Signal aus.

Da Al unterwegs nach Tampa war, erhielt der Umschlag einen Poststempel von Tampa, datiert auf denselben Tag. Das dauerte nicht länger als eine halbe Stunde und wurde unten, in der ersten Etage, von ein paar sehr eigenartigen Leuten aus der Abteilung Dokumente erledigt.

Um vier Uhr nachmittags hielt ein alter, grüner Lieferwagen vor Aaron Lakes Haus in der Thirty-fourth Street, im Schatten eines der zahlreichen Bäume in dieser hübschen Gegend von Georgetown. Die Aufschrift auf der Tür verriet, dass es sich um einen örtlichen Installationsbetrieb handelte. Vier Installateure stiegen aus und luden ihr Werkzeug ab.

Nach ein paar Minuten begann die einzige Nachbarin, die die Männer bemerkt hatte, sich zu langweilen und kehrte zu ihrem Fernseher zurück. Lake war in Kalifornien und der Secret Service hatte ihn begleitet. Sein Haus wurde noch nicht rund um die Uhr bewacht, jedenfalls nicht vom Service. Das würde sich allerdings bald ändern.

Als Tarnung dienten Arbeiten an einem verstopften Abwasserrohr unter dem kleinen Vorgarten – es war etwas, das man reparieren konnte, ohne das Haus zu betreten. Das würde den Secret Service ablenken, falls der vorbei kam.

Doch zwei der Installateure betraten das Haus, und zwar mit eigenen Schlüsseln. Ein weiterer Lieferwagen derselben Firma kam, um Werkzeug zu bringen, und zwei Installateure gesellten sich zu den vier anderen und machten sich an die Arbeit.

Im Haus begannen vier der Agenten mit der mühseligen Suche nach verborgenen Papieren. Sie nahmen sich ein Zimmer nach dem anderen vor und durchsuchten nahe liegende Verstecke ebenso wie die geheimsten Winkel.

Der zweite Wagen fuhr davon und ein dritter kam aus einer anderen Richtung und parkte mit zwei Rädern auf dem Bürgersteig, wie Lieferwagen es oft tun. Vier weitere Installateure machten sich an die Arbeit und zwei von ihnen verschwanden bald im Haus. Nach Einbruch der Dunkelheit wurde im Vorgarten ein Scheinwerfer aufgestellt und so ausgerichtet, dass er durch die Fenster ins Haus leuchtete, so dass man das drinnen eingeschaltete Licht nicht bemerkte. Die vier Männer, die draußen geblieben waren, erzählten sich Witze, tranken Kaffee und versuchten, sich warm zu halten. Die Nachbarn, die vorbeigingen, hatten es eilig.

Nach sechs Stunden war das Rohr gereinigt, das Haus durchsucht. Man hatte nichts Ungewöhnliches gefunden, jedenfalls keine geheime Mappe mit Briefen von einem Ricky, der in einer Drogenklinik saß. Und auch kein Foto. Die Installateure schalteten den Scheinwerfer aus, packten ihr Werkzeug zusammen und waren wenig später spurlos verschwunden.

Am nächsten Morgen um halb neun, als das Postamt in Neptune Beach öffnete, betrat ein Agent namens Barr die Räumlichkeiten in großer Eile, als käme er zu spät zu einem Termin. Barr war Experte für Schlösser und hatte gestern Nachmittag in Langley fünf Stunden damit verbracht, verschiedene von der amerikanischen Post verwendete Schlosstypen zu studieren. Er hatte vier Passepartout-Schlüssel, von denen einer bestimmt auf das Fach mit der Nummer 44683 passen würde. Wenn nicht, würde Barr das Schloss knacken müssen. Das konnte bis zu einer Minute dauern und würde vielleicht Aufmerksamkeit erregen. Doch der dritte Schlüssel passte und Barr legte den braunen Umschlag mit dem Poststempel vom Vortag, adressiert an Ricky (kein Nachname) in Aladdin North, in das Postfach. Es enthielt bereits zwei andere Briefe und einen Prospekt, den Barr herausnahm. Er schloss die Tür des Fachs, knüllte die Reklamesendung zusammen und warf sie in den Papierkorb.

Barr und zwei Kollegen warteten geduldig in einem Lieferwagen auf dem Parkplatz. Sie tranken Kaffee und machten Videoaufnahmen von jedem Postkunden. Sie waren 70 Meter von dem Postfach entfernt. Das kleine Empfangsgerät fing das Signal aus dem Umschlag auf und piepte leise. Drüben herrschte ein Kommen und Gehen: eine Schwarze in einem kurzen braunen Kleid, ein Weißer mit Bart und Lederjacke, eine Weiße in einem Jogginganzug, ein Schwarzer in Jeans – allesamt CIA-Agenten, die das Postfach überwachten und nicht wussten, wer den Brief geschrieben hatte und an wen er adressiert war. Ihre Aufgabe war es, denjenigen zu finden, der das Postfach gemietet hatte.

Sie fanden ihn nach dem Mittagessen.

Trevor trank sein Mittagessen bei Pete's, beschränkte sich aber auf zwei kühle Biere vom Fass und ein paar Erdnüsse aus der großen Schale, während er bei einem Schlittenhundrennen in Calgary 50 Dollar verlor. Dann kehrte er in seine Kanzlei zurück, machte ein einstündiges Nickerchen und schnarchte dabei so laut, dass seine leidgeprüfte Sekretärin am Ende seine Tür schließen musste. Genau genommen schlug sie die Tür zu, allerdings nicht so laut, dass er aufwachte.

Von Segelbooten träumend machte er sich auf den Weg zum Postamt. Da es ein schöner Tag war, er nichts anderes zu tun hatte und sein Kopf ein bisschen ausgelüftet werden musste, beschloss er, zu Fuß zu gehen. Er war entzückt, vier von diesen kleinen Schätzen im Postfach von Aladdin North zu finden. Er steckte sie sorgfältig in die Innentasche des abgetragenen Seersucker-Jacketts, rückte seine Fliege zurecht und schlenderte in der Gewissheit, dass ein weiterer Zahltag kurz bevorstand, davon.

Er hatte nie die Versuchung verspürt, die Briefe zu lesen. Sollten die Jungs im Knast doch die schmutzige Arbeit tun. Er behielt saubere Hände, schmuggelte die Post hinein und wieder hinaus und kassierte ein Drittel. Außerdem würde Spicer ihm den Kopf abreißen, wenn er Briefe ablieferte, die bereits geöffnet worden waren.

Sieben CIA-Agenten sahen ihn zurück zu seiner Kanzlei schlendern.

Teddy schlief in seinem Rollstuhl, als Deville eintrat. York war nach Hause gegangen; es war nach 22 Uhr. York war verheiratet, Teddy nicht.

Deville erstattete Bericht, wobei er hin und wieder einen Blick auf seine Notizen warf. »Der Brief wurde um dreizehn Uhr fünfzig von einem ansässigen Rechtsanwalt namens Trevor Carson abgeholt. Wir sind ihm zu seiner Kanzlei in Neptune Beach gefolgt. Dort ist er achtzig Minuten geblieben. Es ist eine kleine Kanzlei – nur eine Sekretärin, nicht viele Mandanten. Carson ist ein kleiner Fisch, hängt am Strand herum, macht Scheidungen, Immobilienverträge, Kleinkram. Er ist achtundvierzig, mindestens zwei Mal geschieden, stammt aus Pennsylvania, sein College war Furman, studiert hat er an der Florida State. Vor elf Jahren wurde ihm wegen Unregelmäßigkeiten im Zusammenhang mit ihm anvertrauten Geldern die Zulassung entzogen, er hat sie inzwischen aber zurückerhalten.«

»Schon gut, schon gut«, sagte Teddy.

»Um fünfzehn Uhr dreißig hat er seine Kanzlei verlassen und ist zum Bundesgefängnis in Trumble gefahren. Das hat eine Stunde gedauert. Die Briefe hat er mitgenommen. Wir sind ihm gefolgt, haben aber das Signal verloren, als er reingegangen ist. Seitdem haben wir Material über Trumble zusammengetragen. Es ist ein Gefängnis mit minimaler Bewachung, ein so genanntes Camp. Keine Mauern, keine Zäune, ein Knast für leichte Fälle. Tausend Insassen. Laut einem Beamten in der Vollzugsbehörde hier in Washington ist Carson ein Dauerbesucher. Niemand, auch kein anderer Anwalt, ist so oft dort. Bis vor einem Monat war er ein Mal pro Woche da, inzwischen kommt er drei Mal pro Woche. Manchmal auch vier Mal. Alle Besuche sind offizielle Anwaltsbesuche.«

»Und wer ist sein Mandant?«

»Jedenfalls nicht Ricky. Carson ist der juristische Vertreter von drei Richtern.«

»Von drei Richtern?«

»Ja.«

»Drei Richtern, die im Gefängnis sitzen?«

179

»Ja. Sie nennen sich die Bruderschaft.«

Teddy schloss die Augen und massierte seine Schläfen. Deville schwieg kurz und fuhr dann fort: »Carson war 45 Minuten im Gefängnis, und als er wieder rauskam, haben wir kein Signal empfangen. Wir hatten inzwischen direkt neben seinem Wagen geparkt. Er ist anderthalb Meter neben unserem Empfänger vorbeigegangen und wir sind sicher, dass er den Brief nicht mehr hat. Dann sind wir ihm nach Jacksonville gefolgt, zurück zum Strand. Er hat in der Nähe einer Kneipe namens Pete's Bar and Grill geparkt und ist hineingegangen. Wir haben uns den Wagen angesehen und seine Aktentasche gefunden. Es waren acht Briefe an verschiedene Männer im ganzen Land darin. Keine eingehende Post, nur ausgehende. Offenbar schmuggelt Carson sie für seine Mandanten. Vor einer halben Stunde saß er noch immer ziemlich betrunken in der Kneipe und setzte auf College-Basketballspiele.«

»Ein Versager.«

»Ganz und gar.«

Der Versager stolperte hinaus, als irgendein Spiel an der Westküste in die zweite Verlängerung ging. Spicer hatte drei von vier Spielen richtig getippt, und da Trevor sich wie immer an ihm orientiert hatte, hatte er heute Abend 1000 Dollar verdient.

Er war zwar betrunken, aber klug genug, sich nicht in seinen Wagen zu setzen. Das Verfahren wegen Trunkenheit am Steuer, das er vor drei Jahren über sich hatte ergehen lassen müssen, war ihm noch in schmerzlicher Erinnerung, und außerdem wimmelte es hier von Cops. Die Restaurants und Bars in der Nähe des Sea Turtle Inn zogen die Jungen und Rastlosen und damit auch die verdammten Cops an.

Das Gehen bereitete ihm gewisse Schwierigkeiten, aber immerhin schaffte er es bis zu seiner Kanzlei. Dazu brauchte er sich bloß in südlicher Richtung zu halten, an den kleinen Sommerhäusern und Alterssitzen vorbei, die dunkel und friedlich dalagen. In der Hand hatte Trevor die Aktentasche mit den Briefen aus Trumble.

Er ging weiter und suchte nach seinem Haus. Ohne irgendeinen Grund überquerte er die Straße und tat dasselbe einen halben Block weiter noch einmal. Es herrschte kein Verkehr. Als Trevor wieder umkehrte, um sich neu zu orientieren, näherte er sich einem Agenten, der sich hinter einen geparkten Wagen ducken musste, bis auf zwanzig Meter. Die Armee der Schatten beobachtete ihn und musste auf einmal befürchten, dass dieser betrunkene Tölpel über einen der Ihren stolperte.

Irgendwannn gab er es auf und schaffte es, seine Kanzlei zu finden. Vor dem Eingang suchte er umständlich nach dem Schlüssel, stellte den Aktenkoffer ab und vergaß ihn sogleich. Kaum eine Minute später saß er in dem Drehsessel hinter seinem Schreibtisch und schlief tief und fest. Die Vordertür stand halb offen.

Die Hintertür war die ganze Zeit nicht abgesperrt gewesen. Gemäß den Anweisungen aus Langley hatten Barr und seine Kollegen das ganze Gebäude verdrahtet. Es gab weder eine Alarmanlage noch Schlösser an den Fenstern. Allerdings gab es auch nichts, was einen Einbrecher hätte reizen können. Es war ein Leichtes, die Abhörmikrofone und Transmitter in den Telefonen und an versteckten Stellen zu installieren, umso mehr, als sich offenbar keiner der Nachbarn dafür interessierte, was in den Räumlichkeiten von Rechtsanwalt L. Trevor Carson vor sich ging.

Man öffnete den Aktenkoffer und legte ein Verzeichnis des Inhalts an. In Langley wollte man genau wissen, an wen die Briefe gerichtet waren, die der Anwalt aus Trumble herausgeschmuggelt hatte. Als alles untersucht und fotografiert worden war, stellte man den Aktenkoffer im Flur vor Trevors Büro ab. Das Schnarchen war beeindruckend und unaufhörlich.

181

Gegen zwei Uhr morgens schloss Barr den VW Käfer kurz, der noch bei Pete's Bar and Grill stand. Er fuhr damit durch die leeren Straßen und parkte ihn vor der Kanzlei. In ein paar Stunden würde der betrunkene Anwalt sich die Augen reiben und sich auf die Schulter klopfen, weil er seinen Wagen so sicher nach Hause gefahren hatte. Vielleicht würde er aber auch entsetzt sein, weil er wieder einmal betrunken am Steuer gesessen hatte. Barr und seine Kollegen würden es jedenfalls hören.

SECHZEHN

Siebenunddreißig Stunden bevor die Wahllokale in Virginia und Washington geöffnet wurden, gab der Präsident in einer Livesendung bekannt, er habe einen Luftangriff auf Ziele in und bei der Stadt Thala in Tunesien angeordnet. Die von Yidal kommandierte Terroristengruppe wurde dort angeblich in einem gut ausgerüsteten Stützpunkt am Rand der Stadt ausgebildet.

Und so begab sich das Land in einen weiteren Mini-Krieg, bei dem Knöpfe gedrückt, »intelligente« Bomben abgeworfen und pensionierte Generäle bei CNN über die Vor- und Nachteile diverser Strategien befragt wurden. Da in Tunesien Dunkelheit herrschte, gab es keine Filmaufnahmen. Den pensionierten Generälen und ihren unbedarften Interviewern blieb nichts anderes übrig als zu spekulieren. Und zu warten. Man wartete auf den Sonnenaufgang, damit man der übersättigten Nation Bilder von rauchenden Trümmern zeigen konnte.

Doch Yidal hatte seine Informanten, höchstwahrscheinlich Israelis. Als die intelligenten Bomben fielen, befand sich niemand mehr auf dem Gelände. Die vorgegebenen Ziele wurden getroffen, die Wüste erbebte, das Lager wurde zerstört, aber kein einziger Terrorist büßte mit seinem Leben. Zwei der Bomben kamen allerdings vom Kurs ab; eine traf ein Krankenhaus im Zentrum von Thala, und eine andere zerstörte ein kleines Haus, in dem eine siebenköpfige Familie schlief. Immerhin brauchte sie nicht zu leiden.

Das tunesische Fernsehen brachte sofort Aufnahmen des brennenden Krankenhauses, und als an der amerikanischen Ostküste der Morgen graute, erfuhr das Land, dass die intelligenten Bomben doch nicht so intelligent waren. Man hatte mindestens fünfzig Tote geborgen – allesamt unschuldige Zivilisten.

Im Verlauf des frühen Morgens entwickelte der Präsident eine plötzliche, uncharakteristische Aversion gegen Reporter und war nicht bereit, irgendwelche Kommentare abzugeben. Der Vizepräsident, der den Mund recht voll genommen hatte, als der Angriff bekannt gegeben worden war, hatte sich mit seinen Beratern zurückgezogen.

Die Leichen stapelten sich, die Kameras surrten und am späten Morgen war die weltweite Reaktion schnell, hart und einmütig. Die Chinesen drohten mit Krieg. Frankreich schien geneigt, sich ihnen anzuschließen. Selbst die Briten bezeichneten die USA als schießwütig.

Da es sich bei den Opfern lediglich um tunesische Bauern, jedenfalls nicht um amerikanische Staatsbürger, handelte, waren die Politiker mit Schuldzuweisungen schnell bei der Hand. Noch vor Mittag wurden in Washington heftige öffentliche Vorwürfe und Rufe nach einer Untersuchung laut. Im Wahlkampf stellten diejenigen, die noch im Rennen waren, Überlegungen darüber an, wie es zu diesem Desaster hatte kommen können. Keiner der Kandidaten hätte, nach eigenem Bekunden, ohne genauere Informationen einen solchen Vergeltungsschlag geführt, keiner außer dem Vizepräsidenten, der sich jedoch mit seinen Beratern in Klausur befand. Man zählte noch die Leichen, als die Kandidaten bereits sagten, dieser Preis sei zu hoch gewesen. Sie alle verurteilten den Präsidenten.

Doch es war Aaron Lake, dem die meiste Aufmerksamkeit zuteil wurde. Er konnte keinen Schritt tun, ohne

184

über einen Kameramann zu stolpern. In freier Rede gab er eine sorgfältig formulierte Erklärung ab: »Wir sind unfähig. Wir sind hilflos. Wir sind schwach. Wir sollten uns schämen, weil wir nicht imstande sind, eine kleine Bande von weniger als fünfzig Feiglingen zu erledigen. Es reicht nicht, auf ein paar Knöpfe zu drücken und in Deckung zu gehen. Um einen Bodenkrieg zu führen, braucht man Mumm. Ich habe diesen Mumm. Wenn ich Präsident bin, wird kein Terrorist mehr sicher sein, an dessen Händen amerikanisches Blut klebt. Das verspreche ich feierlich.«

In der hellen Aufregung und dem Durcheinander des Morgens trafen Lakes Worte ins Schwarze. Dies war ein Mann, der das, was er sagte, ernst meinte und der genau wusste, was zu tun war. Wenn ein Mann mit Mumm die Entscheidungen traf, würden amerikanische Soldaten keine unschuldigen Bauern mehr töten. Und dieser Mann war Lake.

Im Bunker saß Teddy den nächsten Sturm aus. Für jede Katastrophe wurde die schlechte Arbeit des Geheimdienstes verantwortlich gemacht. Wenn ein Angriff erfolgreich war, klopfte man den Piloten, den tapferen Jungs vom Bodenpersonal, ihren Kommandeuren und den Politikern, die den Befehl gegeben hatten, auf die Schultern. Doch wenn ein Angriff schief ging – und das war ja meistens der Fall –, bekam die CIA Prügel.

Teddy hatte von einem Angriff abgeraten. Die Israelis hatten ein heikles und sehr geheimes Abkommen mit Yidal: Wenn ihr uns in Ruhe lasst, lassen wir euch in Ruhe. So lange die Opfer Amerikaner und gelegentlich Europäer waren, hielten sich die Israelis aus allem heraus. Teddy wusste das, hatte es aber für sich behalten. Vierundzwanzig Stunden vor dem Angriff hatte er dem Präsidenten schriftlich mitgeteilt, er habe Zweifel daran, dass die Terroristen

185

sich in dem Lager befänden. Außerdem bestehe wegen der Nähe des Zielgebietes zur Stadt Thala eine erhebliche Gefahr von Kollateralschäden.

Hatlee Beech öffnete den braunen Umschlag, ohne zu bemerken, dass eine Ecke etwas dicker und leicht beschädigt war. In letzter Zeit öffnete er so viele Umschläge, dass er nur einen Blick auf den Absender warf, um zu sehen, von wem der Brief stammte. Auch der Poststempel aus Tampa fiel ihm nicht auf.

Er hatte seit Wochen nichts mehr von Al Konyers gehört. Er las den Brief durch. Die Tatsache, dass Al einen neuen Laptop hatte, fand er nicht weiter interessant. Es war durchaus glaubwürdig, dass Rickys Freund ein paar Briefpapierbögen aus dem Royal Sonesta in New Orleans mitgenommen und diesen Brief in 10 000 Metern Höhe getippt hatte.

Ob er wohl erster Klasse geflogen war? Wahrscheinlich. In der Touristenklasse gab es vermutlich keine Anschlüsse für Computer. Al war geschäftlich in New Orleans gewesen, hatte in einem sehr schönen Hotel übernachtet und war dann erster Klasse weitergeflogen. Die Bruderschaft interessierte sich für die finanziellen Verhältnisse ihrer Brieffreunde. Alles andere spielte keine Rolle.

Nachdem er den Brief gelesen hatte, reichte er ihn Finn Yarber, der gerade dabei war, als armer Percy einen weiteren Brief zu schreiben. Sie arbeiteten in dem kleinen Raum, der zur juristischen Abteilung der Gefängnisbibliothek gehörte. Auf dem Tisch stapelten sich Schnellhefter, Briefe und ein hübsches Sortiment Briefpapier in sanften Pastellfarben. Spicer saß draußen, an seinem Tisch, bewachte die Tür und studierte Sportzeitungen.

»Wer ist Konyers?« fragte Yarber.

Beech blätterte in einem Schnellhefter. Sie führten ein Dossier über jeden Brieffreund, komplett mit allen Briefen und Kopien der Briefe, die sie geschrieben hatten.

»Viel wissen wir nicht über ihn«, sagte Beech. »Er lebt in Washington, D.C., und gebraucht einen falschen Namen, da bin ich sicher. Er hat ein Postfach bei einem privaten Anbieter gemietet. Das hier ist, glaube ich, sein dritter Brief.«

Er zog die ersten beiden Briefe aus dem Schnellhefter. Der oberste trug das Datum des 11. Dezembers.

Lieber Ricky!

Hallo, ich heiße Al Konyers und bin Mitte fünfzig. Ich mag Jazz, alte Filme, Humphrey Bogart und Biografien. Ich rauche nicht und mag keine Leute, die rauchen. Meine Vorstellung von einem schönen Abend ist: chinesisches Essen kommen lassen, eine Flasche Wein öffnen und mit einem guten Freund einen alten Schwarzweiß-Western ansehen. Schreib mir mal.

Al Konyers

Das war mit Schreibmaschine auf einfachem weißem Papier geschrieben, wie die meisten ersten Briefe. Zwischen den Zeilen stand Angst: Angst davor, entblößt zu werden, Angst vor einer Beziehung zu einem vollkommen Fremden. Jeder einzelne Buchstabe, ja sogar sein Name, war maschinengeschrieben.

Rickys erste Antwort war der Standardbrief, den Beech inzwischen hundert Mal geschrieben hatte: Ricky war achtundzwanzig, machte eine Entziehungskur in einer Spezialklinik, hatte eine schreckliche Familie und einen reichen Onkel, und so weiter. Und sie enthielt Dutzende begeisterter Fragen: Was machst du beruflich? Hast du eine Familie? Verreist du gern? Wenn Ricky sein Innerstes preisgab, konnte er umgekehrt dasselbe erwarten. Seit fünf Monaten schrieb Beech immer wieder denselben Mist. Er hätte diesen verdammten Brief am liebsten kopiert, aber das ging natürlich nicht. Stattdessen musste er jeden einzelnen mit der Hand schreiben, auf hübschem pastellfarbenem Papier. Und er hatte Al das Foto geschickt, das auch die anderen bekommen hatten. Dieses Foto war der Köder, den fast alle geschluckt hatten.

Drei Wochen waren vergangen. Am 8. Januar hatte Trevor einen zweiten Brief von Al Konyers gebracht. Er war so steril wie der erste gewesen. Wahrscheinlich hatte Al Gummihandschuhe angezogen, bevor er sich an die Maschine gesetzt hatte.

Lieber Ricky!

Vielen Dank für deinen Brief. Ich muss zugeben, dass du mir anfangs leid getan hast, aber anscheinend hast du dich gut eingefügt und weißt, was du willst. Ich hatte nie Probleme mit Alkohol oder Drogen und darum kann ich deine Situation schwer nachvollziehen. Es klingt allerdings so, als würdest du die denkbar beste Behandlung bekommen. Du solltest nicht so hart über deinen Onkel urteilen. Denk doch mal daran, wo du jetzt wärst, wenn er dir nicht geholfen hätte.

Du hast viele Fragen nach meinen Lebensumständen gestellt. Ich möchte jetzt noch nicht auf mein Privatleben eingehen, auch wenn ich deine Neugier verstehe. Ich war dreißig Jahre lang verheiratet, lebe in Washington, D.C., und arbeite für die Regierung. Meine Arbeit ist anspruchsvoll und erfüllend.

Ich lebe allein. Ich habe nur wenige Freunde und das ist mir auch ganz recht. Wenn ich reise, dann meist nach Asien. Besonders von Tokio bin ich begeistert.

Ich denke an dich,
Al Konyers

Über der maschinengeschriebenen Unterschrift stand mit dünnem schwarzem Filzstift »Al«.

Der Brief war aus drei Gründen höchst uninteressant. Erstens war Konyers unverheiratet – jedenfalls sprach er von seiner Ehe in der Vergangenheit. Eine Ehefrau war für die Erpressung jedoch unerlässlich. Man brauchte nur damit zu drohen, der Frau alles zu verraten und ihr Kopien aller Briefe ihres Mannes zu schicken, und schon kam das Geld.

Zweitens arbeitete Al für die Regierung und war darum vermutlich nicht allzu vermögend.

Und drittens hatte Al zu viel Angst. Man musste alles mit der Brechstange aus ihm herausholen. Leute wie Quince Garbe oder Curtis Cates waren da viel angenehmer – sie hatten ihre wahren Neigungen ein Leben lang verborgen und wollten sich nun endlich einmal richtig austoben. Ihre Briefe waren lang und ausführlich und enthielten all die kleinen schmutzigen Informationen, die ein Erpresser brauchte. Bei Al war das anders. Al war ein Langweiler, der nicht wusste, was er wollte.

Also erhöhte Ricky in seinem zweiten Standardbrief, an dem Beech lange gefeilt hatte, den Einsatz: Ricky hatte soeben erfahren, dass er in ein paar Monaten entlassen werden würde! Und er stammte aus Baltimore. Was für ein Zufall! Er würde vielleicht Hilfe brauchen, einen Job zu finden. Sein reicher Onkel war nicht bereit, noch mehr für ihn zu tun, und Ricky fürchtete, ohne Freunde mit dem Leben dort draußen nicht zurecht zu kommen. Seinen alten Freunden konnte er nicht trauen, denn die nahmen noch immer Drogen, und so weiter, und so weiter.

Der Brief blieb unbeantwortet und Beech nahm an, dass Al Konyers Angst bekommen hatte. Ricky würde nach Baltimore kommen, das nur eine Stunde von Washington entfernt war, und das war Al zu nah.

Während sie auf eine Antwort warteten, kam das Geld

von Quince Garbe, gefolgt von Curtis' Überweisung. Die Richter machten sich mit neuer Energie an die Arbeit. Ricky schrieb Al den Brief, der von der CIA abgefangen und in Langley analysiert worden war.

Al Konyers' dritter Brief hatte plötzlich einen ganz anderen Ton. Finn Yarber las ihn zwei Mal und verglich ihn mit dem zweiten. »Klingt wie ausgewechselt, nicht?« sagte er.

»Finde ich auch«, antwortete Beech und überflog die beiden Briefe noch einmal. »Mir scheint, der alte Junge möchte unseren Ricky endlich kennen lernen.«

»Ich denke, er arbeitet im Staatsdienst.«

»Das hat er geschrieben.«

»Wieso hat er dann geschäftliche Kontakte in Baltimore?«

»Wir waren doch auch im Staatsdienst, oder?«

»Klar.«

»Wie viel hast du da verdient?«

»Als Oberrichter hundertfünfzigtausend im Jahr.«

»Und ich hundertvierzigtausend. Manche Beamte verdienen sogar noch mehr. Außerdem ist er nicht verheiratet.«

»Das ist ein Problem.«

»Ja, aber wir sollten dran bleiben. Er hat einen hohen Posten, und das heißt, er ist bekannt, und sein Vorgesetzter ist ein wichtiger Mann. Der typische Washingtoner Karrierehengst. Wir werden schon was finden, wo wir ansetzen können.«

»Wir können's versuchen«, sagte Yarber.

Warum auch nicht? Was hatten sie zu verlieren? Was machte es schon, wenn sie ein wenig zu hart an den Wind gingen und Al Angst bekam oder wütend wurde und die Briefe fortwarf? Was man nicht hatte, konnte man auch nicht verlieren.

Hier war viel Geld zu holen und Zurückhaltung zahlte sich nicht aus. Ihre aggressive Taktik führte zu spektakulären Ergebnissen. Mit jeder Woche bekamen sie mehr Post und ihr Kontostand stieg. Die Sache war narrensicher, weil ihre Brieffreunde ein Doppelleben führten und niemanden hatten, bei dem sie sich beklagen konnten.

Die Verhandlungen verliefen zügig, denn der Markt war reif. In Jacksonville waren die Nächte noch kühl und das Meer war nicht warm genug, um darin zu baden. Es würde noch einen Monat dauern, bis die Saison begann. Hunderte kleiner Ferienhäuser standen leer und eines davon befand sich fast genau gegenüber von Trevors Kanzlei. Ein Mann aus Boston bot für zwei Monate 600 Dollar in bar und der Makler griff zu, ohne lange nachzudenken. Das Haus war mit Möbeln ausgestattet, die man auf keinem Flohmarkt hätte verkaufen können. Der alte, abgetretene Teppich verströmte einen muffigen Geruch. Es war das ideale Haus.

Als Erstes schafften die neuen Mieter Gardinen an. Das Haus hatte drei Fenster zur Straße und bereits in den ersten Stunden der Überwachung wurde deutlich, dass Trevor nicht gerade viele Mandanten hatte. So wenig Publikumsverkehr! Wenn es etwas zu tun gab, wurde es meist von Jan, der Sekretärin, erledigt, die im Übrigen viele Illustrierte las.

Andere zogen in aller Stille in das gemietete Haus ein – Männer und Frauen mit alten Koffern und großen Reisetaschen, in denen sich zahlreiche elektronische Geräte befanden. Die wackligen Möbel wurden weggeräumt und die Zimmer, die auf die Straße gingen, füllten sich rasch mit Monitoren und einem Dutzend verschiedener Abhörgeräte.

Trevor hätte eine interessante Fallstudie für Jurastudenten im sechsten Semester abgegeben: Er traf gegen neun Uhr ein und verbrachte die erste Stunde seines Arbeitstages damit, die Zeitung zu lesen. Sein erster Mandant schien nie vor halb elf zu kommen und nach einer anstrengenden halbstündigen Besprechung machte Trevor Mittagspause, und zwar immer in Pete's Bar and Grill. Er nahm stets sein Handy mit, um den Bedienungen seine Wichtigkeit zu demonstrieren, und machte gewöhnlich zwei oder drei unnötige Anrufe bei anderen Rechtsanwälten. Auch mit seinem Buchmacher telefonierte er oft.

Danach ging er zurück zu seiner Kanzlei, vorbei an dem Sommerhaus, in dem die CIA-Agenten saßen und jeden seiner Schritte beobachteten. An seinem Schreibtisch machte er erst einmal ein Nickerchen, aus dem er gegen drei erwachte. Dann kamen zwei Stunden harter Arbeit, nach denen er wieder ein Bier bei Pete's brauchte.

Als sie ihm das zweite Mal nach Trumble folgten, verließ er das Gefängnis nach einer Stunde und war gegen sechs Uhr wieder in seiner Kanzlei. Während er allein in einer Austernbar am Atlantic Boulevard zu Abend aß, schlich sich ein Agent in die Kanzlei und warf einen Blick in Trevors Aktenkoffer. Er enthielt fünf Briefe von Ricky und Percy.

Der Leiter der Aktion in Neptune Beach war ein Mann namens Klockner, der beste Spezialist für die Überwachung von Privatwohnungen, den Teddy hatte. Klockner hatte Anweisung, alle ein- und ausgehenden Postsendungen abzufangen.

Als Trevor von der Austernbar nach Hause ging, wurden die fünf Briefe aus seiner Kanzlei in das Haus gegenüber gebracht, wo sie geöffnet, kopiert, wieder verschlossen und in den Aktenkoffer gelegt wurden. Dieser wurde in Trevors Büro zurückgebracht. Keiner der Briefe war an Al Konyers gerichtet.

In Langley las Deville die Kopien der Briefe, die ihm gefaxt wurden. Die Graphologen, die sie untersuchten, waren sich einig, dass Percys und Rickys Briefe nicht von derselben Person geschrieben worden waren. Nach Vergleich mit Schriftproben aus den Prozessakten stellte man ohne große Mühe fest, dass Percy in Wirklichkeit der ehemalige Richter Finn Yarber war und dass es sich bei Ricky um den ehemaligen Bezirksrichter Hatlee Beech handelte.

Rickys Adresse war das von Aladdin North gemietete Postfach in Neptune Beach. Die an Percy adressierten Briefe dagegen gingen an ein Postfach in Atlantic Beach, das einer Firma namens Laurel Ridge gehörte.

SIEBZEHN

Bei seinem nächsten Besuch in Langley, dem ersten seit drei Wochen, traf der Kandidat mit einer Kolonne aus blitzblanken schwarzen Kleinbussen ein. Sie fuhren allesamt zu schnell, aber wer sollte sie schon belangen? Die Wagen wurden überprüft und durchgewinkt. Sie drangen immer tiefer ins Innere des Komplexes vor und hielten schließlich vor einer Tür, an der sie von etlichen jungen Männern mit muskulösen Nacken und grimmigen Gesichtern erwartet wurden. Lake trat in das Gebäude; die Leibwächter und Sicherheitsbeamten blieben an diversen Kontrollstellen zurück. Schließlich stand er nicht in dem Bunker, den er bereits kannte, sondern in Teddy Maynards offiziellem Büro, das einen Ausblick auf ein Wäldchen bot. Seine Begleiter warteten vor der Tür. Die beiden großen Männer begrüßten sich mit Handschlag und schienen sich aufrichtig zu freuen, einander zu sehen.

Das Wichtigste zuerst. »Ich gratuliere zum Erfolg in Virginia«, sagte Teddy.

Lake zuckte die Schultern, als wäre er sich noch nicht ganz sicher. »Danke, und nicht nur dafür.«

»Es war ein sehr beeindruckender Sieg, Mr. Lake«, sagte Teddy. »In Virginia hat sich Gouverneur Tarry ein Jahr lang abgerackert. Vor zwei Monaten hatte er Zusagen von den Leitern aller Polizeireviere im Staat. Es sah so aus, als wäre er unschlagbar. Aber jetzt ist sein Stern im Sinken begriffen. Es ist oft schlecht, zu früh Favorit zu sein.«

194

»In der Politik spielt die Dynamik eine eigenartige Rolle«, bemerkte Lake abgeklärt.

»Und Geld spielt eine noch viel eigenartigere Rolle, Mr. Lake. Im Augenblick kann Gouverneur Tarry keinen Cent auftreiben, weil alles Ihnen zufließt. Das Geld folgt der Dynamik.«

»Ich bin sicher, dass ich es noch oft sagen werde, Mr. Maynard, aber ich möchte Ihnen nochmals danken. Sie haben mir eine Chance gegeben, die ich mir nicht habe träumen lassen.«

»Und macht es Ihnen Spaß?«

»Noch nicht. Das kommt später, wenn wir gewonnen haben.«

»Der Spaß beginnt am nächsten Dienstag, Mr. Lake, am großen Super Tuesday. New York, Kalifornien, Massachusetts, Ohio, Georgia, Missouri, Maryland, Maine, Connecticut – alle an einem Tag. Beinahe 600 Delegierte!« Teddys Augen funkelten, als zählte er bereits die Stimmen. »Und in jedem Staat liegen Sie in Führung. Ist das nicht unglaublich?«

»Ja.«

»Aber es stimmt. In Maine sieht es aus irgendeinem Grund nach einer knappen Entscheidung aus und in Kalifornien ebenso, aber auf jeden Fall werden Sie am nächsten Dienstag der große Gewinner sein.«

»Wenn man den Umfragen glauben darf«, sagte Lake, als glaube er ihnen nicht. In Wirklichkeit war er, wie alle Kandidaten, geradezu süchtig nach Umfrageergebnissen. Und tatsächlich gewann er in Kalifornien, einem Staat mit hundertvierzigtausend Rüstungsarbeitern, an Boden.

»Ich glaube ihnen. Und ich glaube, dass Sie am kleinen Super Tuesday einen Erdrutschsieg erringen werden. Im Süden mag man Sie. Die Leute dort lieben Waffen und starke Worte und so weiter und im Augenblick verlieben sie sich in Sie, Mr. Lake. Der nächste Dienstag wird schön, aber der übernächste Dienstag wird ein Knaller.«

Teddy Maynard sagte einen Knaller voraus und Lake musste unwillkürlich lächeln. Die Umfrageergebnisse zeigten denselben Trend, aber aus Teddys Mund klang es noch besser. Er nahm einen Computerausdruck und studierte die letzten landesweiten Umfrageergebnisse. In jedem Staat führte er um mindestens fünf Prozent.

Für einige Minuten genossen sie den bevorstehenden Triumph. Dann wurde Teddy ernst. »Es gibt etwas, das Sie wissen sollten«, sagte er und sein Lächeln war wie weggewischt. Er nahm ein Blatt Papier, auf dem einige Notizen standen. »Vor zwei Tagen wurde eine mit Atomsprengköpfen bestückte russische Langstreckenrakete im Schutz der Dunkelheit mit Lastwagen über den Khyber-Pass von Afghanistan nach Pakistan geschafft. Sie ist jetzt unterwegs in den Iran, wo sie für Gott weiß was eingesetzt werden wird. Die Rakete hat eine Reichweite von viertausendfünfhundert Kilometern und kann vier Atombomben transportieren. Sie hat etwa dreißig Millionen Dollar gekostet, die die Iraner über eine Bank in Luxemburg bezahlt haben. Die dreißig Millionen sind noch dort, auf einem Konto, das angeblich Tschenkows Leuten gehört.«

»Ich denke, er hortet Waffen. Ich wusste nicht, dass er auch welche verkauft.«

»Er braucht Geld und er bekommt es. Er ist der einzige Mann, den wir kennen, dem das Geld schneller zufließt als Ihnen.«

Humor war nicht Teddys Stärke, doch Lake lachte höflich.

»Ist die Rakete einsatzfähig?« fragte er.

»Wir glauben ja. Sie stammt aus einem Silo bei Kiew und wir nehmen an, dass es sich um ein Modell neuerer Bauart handelt. Warum sollten die Iraner auch eine alte Rakete kaufen, wenn so viele neue herumliegen? Ja, ich glaube, wir müssen annehmen, dass sie einsatzfähig ist.«

»Und ist es die Erste?«

»Es sind vorher schon Raketenteile und Plutonium an Iran, Irak und Indien verkauft worden, aber ich glaube, dies ist die erste komplette Rakete.«

»Haben sie vor, sie bald einzusetzen?«

»Das glauben wir nicht. Wie es scheint, hat Tschenkow auf das Geschäft gedrängt. Er braucht Geld, um andere Waffen zu kaufen. Und er verkauft die Sachen, die er nicht braucht.«

»Wissen die Israelis davon?«

»Nein. Noch nicht. Bei denen muss man sich vorsehen. Eine Hand wäscht die andere. Eines Tages werden wir etwas von ihnen brauchen und dann werden wir ihnen vielleicht von dieser Transaktion erzählen.«

Einen Augenblick lang wünschte Lake sich, jetzt schon Präsident zu sein. Er wollte alles wissen, was Teddy wusste, doch dann wurde ihm klar, dass das wohl nie der Fall sein würde. Immerhin gab es ja einen amtierenden Präsidenten, auch wenn er wegen des bevorstehenden Endes seiner Amtszeit nicht mehr sehr handlungsfähig war, und mit ihm sprach Teddy Maynard nicht über Tschenkow und seine Raketen.

»Was halten die Russen von meinem Wahlkampf?« fragte er.

»Anfangs haben sie Sie nicht weiter beachtet, aber inzwischen verfolgen sie die Entwicklung sehr aufmerksam. Sie dürfen allerdings nicht vergessen, dass es *die* Stimme Russlands nicht mehr gibt. Alle, die ein Interesse an einem freien Markt haben, halten sehr viel von Ihnen, denn sie fürchten ein Wiedererstarken der Kommunisten. Und diejenigen, die einen harten Kurs fahren wollen, haben Angst vor Ihnen. Es ist eine sehr komplexe Situation.«

»Und Tschenkow?«

»Ich muss leider sagen, dass wir noch nicht nah genug an ihn herangekommen sind. Aber wir arbeiten daran. In Kürze werden wir jemanden haben, der uns über ihn berichten kann.«

Teddy warf die Unterlagen auf den Schreibtisch und rollte auf Lake zu. Die vielen Falten auf seiner Stirn zogen sich zusammen und die buschigen Brauen senkten sich über seine traurigen Augen. »Hören Sie, Mr. Lake«, sagte er und seine Stimme klang jetzt sehr ernst. »Sie haben diese Wahl in der Tasche. Es wird noch ein, zwei Schlaglöcher geben, Dinge, die wir nicht vorhersehen können, und selbst wenn wir es könnten, würden wir nicht imstande sein, sie zu verhindern. Wir werden sie also gemeinsam durchstehen und der Schaden wird sehr begrenzt sein. Sie sind neu, Mr. Lake, und die Leute mögen Sie. Sie machen das alles sehr gut und kommen hervorragend an. Ihre Botschaft muss einfach sein: Unsere Sicherheit ist in Gefahr und die Welt ist nicht so sicher, wie sie scheint. Ich werde mich um das Geld kümmern und dafür sorgen, dass die Leute Angst haben. Wir hätten diese Rakete auf dem Khyber-Pass in die Luft jagen können. Fünftausend Menschen wären dabei umgekommen, fünftausend Pakistanis. Aber wenn irgendwo in den Bergen eine Atombombe explodiert – glauben Sie, da wacht jemand auf und macht sich Sorgen um den Aktienmarkt? Nie im Leben. Ich werde den Leuten Angst machen, Mr. Lake. Und Sie werden sich aus allem Ärger heraushalten und sich anstrengen.«

»Ich strenge mich an, so sehr ich kann.«

»Strengen Sie sich noch mehr an. Und keine Überraschungen, okay?«

»Bestimmt nicht.«

Lake war sich nicht sicher, was Teddy mit Überraschungen gemeint hatte, fragte aber nicht nach. Vielleicht war es nur ein gut gemeinter väterlicher Rat gewesen.

Teddy rollte wieder zurück. Er drückte einen Knopf und von der Decke senkte sich eine Leinwand herab. Die nächsten zwanzig Minuten verbrachten sie damit, sich die Rohschnitte der kommenden Fernsehspots anzusehen. Dann verabschiedeten sie sich voneinander.

Abermals in Kolonne – zwei Kleinbusse vor seinem Wagen, einer hinter ihm – fuhr Lake eilends von Langley zum Reagan National Airport, wo sein Jet wartete. Er wollte eine ruhige Nacht in Georgetown verbringen, zu Hause, wo die Welt auf Distanz blieb und er in Ruhe ein Buch lesen konnte, ohne ständig beobachtet zu werden. Er sehnte sich nach der Anonymität der Straßen, nach den namenlosen Gesichtern, dem arabischen Bäcker in der M Street, der diese ausgezeichneten Bagels machte, nach dem Antiquar in der Wisconsin Avenue, nach dem Café, wo man afrikanische Kaffeebohnen röstete. Würde er je wieder wie ein normaler Mensch durch die Straßen schlendern und tun und lassen können, was er wollte? Ihm schwante, dass diese Zeiten vorbei waren, vielleicht für immer.

Als Lakes Flugzeug abgehoben hatte, trat Deville in den Bunker und informierte Teddy, Lake habe keinen Versuch unternommen, nach dem Inhalt seines Postfachs zu sehen. Es war Zeit für den täglichen Bericht über den Lake-Schlamassel. Teddy verbrachte mehr Zeit als geplant damit, sich Sorgen darüber zu machen, was sein Kandidat als Nächstes tun würde.

Die fünf Briefe, die Klockner und seine Leute abgefangen hatten, waren gründlich analysiert worden. Zwei waren von Yarber geschrieben worden, die drei anderen von Beech, der sich als Ricky ausgab. Die fünf Empfänger lebten in verschiedenen Bundesstaaten. Vier von ihnen gebrauchten erfundene Namen; nur einer war mutig genug, sich nicht hinter einem Alias zu verstecken. Die Briefe hatten mehr oder weniger denselben Inhalt: Percy und Ricky waren gefährdete junge Männer, die in einer Drogenklinik saßen und verzweifelt versuchten, ihr Leben wieder in geordnete Bahnen zu lenken. Sie waren talentiert und noch immer zu großen Träumen imstande, brauchten aber die moralische und tatkräftige Unterstützung neuer Freunde,

199

da ihr alter Freundeskreis noch im Drogenmilieu steckte und daher gefährlich war. Sie bekannten freimütig ihre Fehler und Missetaten, ihre Schwächen und Sehnsüchte. Sie malten sich ihr Leben nach der Entlassung aus und schilderten ihre Hoffnungen und Träume, die Dinge, die sie dann tun wollten. Sie waren stolz auf ihre Sonnenbräune und ihre Muskeln und schienen darauf zu brennen, den neuen Freunden ihre attraktiven Körper vorzuführen.

Nur in einem einzigen Brief war von Geld die Rede: Ricky fragte einen Brieffreund in Spokane, Washington, ob er ihm 1000 Dollar leihen könne. Er schrieb, er brauche das Geld, um einige Dinge zu bezahlen, für die sein Onkel nicht aufkommen wolle.

Teddy hatte die Briefe mehr als einmal gelesen. Die Bitte um Geld war bedeutsam, denn sie erhellte, worauf das kleine Spiel der Bruderschaft abzielte. Vielleicht war das Ganze eine kleine Sache, etwas, das ein anderer Gefangener, der seine Zeit in Trumble abgesessen hatte und jetzt wieder größere Dinger drehte, ihnen beigebracht hatte.

Doch die Größe der Beute spielte keine Rolle. Es ging um fleischliche Lust – schlanke Taillen, sonnengebräunte Haut starke Muskeln – und Teddys Kandidat war dabei, sich zu verstricken.

Es gab noch offene Fragen, doch Teddy war geduldig. Man würde die Post überwachen und nach und nach würde man die Antworten finden.

Während Spicer die Tür zum Besprechungszimmer bewachte und durch seine bloße Anwesenheit jeden daran hinderte, den juristischen Teil der Bibliothek zu betreten, machten sich Beech und Yarber an die Beantwortung der Post. An Al Konyers schrieb Beech:

Lieber Al!

Danke für deinen letzten Brief. Es bedeutet für mich so viel, einen Brief von dir zu bekommen. Ich fühle mich, als hätte ich monatelang in einem Kerker verbracht. Deine Briefe sind wie ein Lichtstrahl – sie öffnen mir eine Tür. Bitte schreib mir weiter.

Es tut mir leid, dass ich dich mit so viel persönlichem Zeug gelangweilt habe. Ich respektiere deine Privatsphäre und hoffe, dass ich nicht zu viele Fragen gestellt habe. Du bist ein sensibler Mann, der gern allein ist und die guten Dinge des Lebens zu schätzen weiß. Gestern Nacht habe ich *Gangster in Key Largo* mit Bogart und Bacall gesehen und an dich gedacht. Ich hatte beinahe den Geschmack von chinesischem Essen auf der Zunge. Das Essen hier ist ganz in Ordnung, aber chinesisch kochen können sie einfach nicht.

Ich habe eine tolle Idee: Wenn ich in zwei Monaten entlassen werde, könnten wir uns doch *Casablanca* und *African Queen* ausleihen, chinesisches Essen kommen lassen, eine Flasche alkoholfreien Wein aufmachen und einen gemütlichen Abend auf dem Sofa verbringen. Ich bin so aufgeregt, wenn ich an das Leben draußen denke und an all die Dinge, die ich dann wieder tun kann.

Entschuldige, wenn ich zu schnell bin, Al, aber ich muss hier auf vieles verzichten, und zwar nicht nur auf Alkohol und gutes Essen, wenn du verstehst, was ich meine.

Das Offene Haus in Baltimore nimmt mich auf, wenn ich es schaffe, irgendeinen Teilzeitjob zu finden. Du hast geschrieben, dass du dort geschäftliche Kontakte hast. Ich weiß, dass es eine große Bitte ist, denn schließlich kennst du mich ja noch gar nicht, aber könntest du mir einen Job verschaffen? Ich würde dir ewig dankbar sein.

Bitte schreib mir bald, Al. Deine Briefe und die Hoffnung und der Traum, in zwei Monaten hier rauszukom-

men und einen Job zu haben, geben mir die Kraft aus-
zuhalten.

Danke! Du bist ein Freund.

Alles Liebe,
Ricky

Der Brief an Quince Garbe war in einem ganz anderen Ton
gehalten. Beech und Yarber hatten tagelang daran gefeilt.
Die Endfassung las sich so:

Lieber Quince!

Deinem Vater gehört eine Bank und du behauptest, du
könntest nur 10 000 Dollar aufbringen. Ich glaube, dass
du lügst, Quince, und das macht mich wirklich wütend.
Ich bin in großer Versuchung, deinem Vater und deiner
Frau die Briefe zu schicken.

Also gut. Ich werde mich mit 25 000 Dollar zufrieden
geben, wenn du sie sofort überweist, auf dasselbe Konto
wie beim ersten Mal.

Und droh nicht mit Selbstmord. Mir ist ganz egal, was
du tust. Wir werden uns nie kennen lernen und außerdem finde ich, dass du pervers bist.

Schick das verdammte Geld, Quince, und zwar schnell!

Alles Liebe,
Ricky

Klockner war besorgt, dass Trevor eines Tages schon vor
Mittag nach Trumble fahren und die Briefe auf dem Rückweg zu seiner Kanzlei oder nach Hause in den Briefkasten
werfen könnte. Wenn sie erst einmal dort waren, konnte er
sie nicht mehr überprüfen. Trevor musste sie mitnehmen
und über Nacht in der Kanzlei lassen, damit man sie kopieren und lesen konnte.

Klockner war besorgt, doch Trevor erwies sich als Spätstarter. Er schien erst nach seinem Mittagsschläfchen zum Leben zu erwachen.

Als er also seiner Sekretärin sagte, er werde um elf Uhr nach Trumble fahren, kam Leben in das gemietete Haus gegenüber. Eine Frau mittleren Alters, die sich Mrs. Beltrone nannte, rief in der Kanzlei an und erklärte Jan, sie und ihr reicher Mann wollten sich so schnell wie möglich scheiden lassen. Jan bat sie, einen Augenblick zu warten, und rief Trevor diese Nachricht durch den Flur zu. Dieser war gerade dabei, einige Papiere in den Aktenkoffer zu legen. Die Kamera in der Decke fing seinen ungehaltenen Blick ein, als er erfuhr, eine neue Mandantin sei am Telefon.

»Sie sagt, sie ist reich!« rief Jan und Trevors Stirn glättete sich wieder. Er setzte sich und wartete.

Umständlich schilderte Mrs. Beltrone Jan den Fall. Sie sei Ehefrau Nummer drei, ihr Mann sei wesentlich älter als sie, sie besäßen ein Haus in Jacksonville, verbrächten jedoch den größten Teil ihrer Zeit in ihrem Haus auf Bermuda. Außerdem hätten sie noch ein Haus in Vail, Colorado. Sie hätten die Scheidung schon seit einiger Zeit geplant und sich über alles geeinigt, ohne großen Streit, im besten Einvernehmen, und jetzt bräuchten sie nur einen guten Anwalt, der den Papierkram erledigte. Mr. Carson sei ihnen sehr empfohlen worden, und sie hätten es überaus eilig.

Trevor übernahm das Gespräch und bekam dieselbe Geschichte zu hören. Mrs. Beltrone saß in dem Haus gegenüber und hielt sich an die Vorlage, die das Team eigens für diesen Zweck ausgearbeitet hatte.

»Ich muss sofort mit Ihnen sprechen«, sagte sie, nachdem sie fünfzehn Minuten auf ihn eingeredet hatte.

»Tja, ich bin leider furchtbar beschäftigt«, sagte Trevor, als wäre er dabei, in einem halben Dutzend Terminkalendern zu blättern. Mrs. Beltrone beobachtete ihn auf dem

Bildschirm. Seine Füße lagen auf der Schreibtischplatte. Er hatte die Augen geschlossen, und seine Fliege saß schief. Wirklich der Inbegriff eines furchtbar beschäftigten Anwalts.

»Bitte«, flehte sie. »Wir wollen diese Sache hinter uns bringen. Ich muss heute noch mit Ihnen sprechen.«

»Wo ist Ihr Mann?«

»In Frankreich, aber er wird morgen hier sein.«

»Tja, hm, wollen mal sehen«, murmelte Trevor und spielte an seiner Fliege herum.

»Wie hoch ist Ihr Honorar?« fragte sie und sogleich öffneten sich seine Augen.

»Tja, das ist offenbar komplizierter als eine simple einverständliche Scheidung. Ich müsste ein Honorar von zehntausend Dollar verlangen.« Er verzog bei diesen Worten das Gesicht und hielt den Atem an.

»Ich werde das Geld mitbringen«, sagte sie. »Kann ich um ein Uhr kommen?«

Er war aufgesprungen und beugte sich über das Telefon. »Halb zwei wäre besser«, brachte er heraus.

»Gut. Also um halb zwei.«

»Wissen Sie, wo meine Kanzlei ist?«

»Mein Fahrer wird sie schon finden. Danke, Mr. Carson.«

Nennen Sie mich einfach Trevor, hätte er beinahe gesagt. Aber sie hatte bereits aufgelegt.

Das CIA-Team sah zu, wie er in die Hände klatschte, sie zu Fäusten ballte, die Zähne zusammenbiss und »Ja!« rief. Er hatte einen dicken Fisch an der Angel.

Jan erschien in der Tür und fragte: »Und?«

»Sie kommt um halb zwei. Räumen Sie hier mal ein bisschen auf.«

»Ich bin keine Putzfrau. Können Sie sich einen Vorschuss geben lassen? Ich muss ein paar Rechnungen bezahlen.«

»Ich kriege das verdammte Geld schon noch.«

Trevor trat an das Bücherregal, richtete Bücher aus, die er seit Jahren nicht mehr in der Hand gehabt hatte, staubte die Bretter mit einem Papiertuch ab und stopfte Schnellhefter in Schubladen. Als er sich daran machte, seinen Schreibtisch aufzuräumen, verspürte Jan ein leises Schuldgefühl und begann im Empfangsbereich Staub zu saugen.

Sie ließen die Mittagspause ausfallen und arbeiteten durch. Ihr Gezanke sorgte gegenüber für große Heiterkeit.

Es wurde halb zwei. Mrs. Beltrone ließ sich nicht blicken.

»Wo zum Teufel bleibt sie?« rief Trevor gegen zwei Uhr durch den Flur.

»Vielleicht hat sie sich ein bisschen umgehört«, sagte Jan.

»Was haben Sie gesagt?« brüllte er.

»Nichts.«

»Rufen Sie sie an«, rief Trevor um halb drei.

»Sie hat keine Nummer hinterlassen.«

»Sie haben sich nicht ihre Telefonnummer geben lassen?«

»Das hab ich nicht gesagt. Ich hab gesagt, dass sie keine Nummer hinterlassen hat.«

Um halb vier stürmte Trevor aus der Kanzlei, noch immer bemüht, die Oberhand in einem Streit mit einer Frau zu behalten, die er in den vergangenen acht Jahren mindestens zehnmal entlassen hatte.

Sie folgten ihm nach Trumble. Er blieb 53 Minuten im Gefängnis, und als er zurückfuhr, war es nach fünf Uhr, zu spät, um die Post in Neptune Beach oder Atlantic Beach aufzugeben. Er kehrte zu seiner Kanzlei zurück und legte den Aktenkoffer auf den Schreibtisch. Dann ging er erwartungsgemäß zu Pete's Bar and Grill, um zu Abend zu essen und zu trinken.

ACHTZEHN

Die Männer flogen von Langley nach Des Moines, wo sie zwei Limousinen und einen Kleinbus mieteten. Die Fahrt nach Bakers, Iowa, dauerte 40 Minuten. Sie trafen zwei Tage vor dem Brief in der kleinen, verschneiten Stadt ein. Als Quince den Brief im Postamt abholte, kannten sie den Namen des Postmeisters, des Bürgermeisters, des Polizeipräsidenten und des Kochs im Pfannkuchenhaus neben dem Metallwarenladen. Doch niemand in Bakers wusste, wer sie waren.

Sie beobachteten Quince, als er vom Postamt zur Bank eilte. Eine halbe Stunde später erschienen zwei Agenten, die nur unter den Namen Wes und Chap bekannt waren, in dem Teil des Bankgebäudes, wo Mr. Garbe jun. sein Büro hatte, und stellten sich seiner Sekretärin als Inspektoren der Bundesbank vor. Sie wirkten tatsächlich sehr überzeugend: dunkle Anzüge, schwarze Schuhe, kurz geschnittenes Haar, lange Mäntel, knappe Ausdrucksweise, sachliches Auftreten.

Quince hatte seine Tür verschlossen und schien zunächst nicht geneigt, die beiden Männer zu empfangen. Sie legten seiner Sekretärin jedoch dar, ihr Anliegen sei äußerst dringlich, und nach fast 40 Minuten öffnete sich seine Tür einen Spaltbreit. Mr. Garbe sah aus, als hätte er geweint. Er war bleich und zittrig und gab sich nicht einmal den Anschein höflicher Freude über den Besuch. Dennoch bat er sie herein, war aber offenbar zu erschüttert, um sie nach ihren

Dienstausweisen zu fragen. Er konnte sich nicht einmal ihre Namen merken.

Er setzte sich an seinen großen Schreibtisch und sah die beiden Männer an, die ihm gegenübersaßen und sich glichen wie ein Ei dem anderen. »Was kann ich für Sie tun?« fragte er mit einem sehr schmalen Lächeln.

»Ist die Tür verschlossen?« fragte Chap.

»Natürlich.« Die beiden Zwillinge hatten den Eindruck, dass sich der größte Teil von Mr. Garbes Arbeitstag hinter verschlossenen Türen abspielte.

»Kann uns jemand hören?« fragte Wes.

»Nein.« Quince wurde immer verwirrter.

»Wir haben Sie angelogen«, sagte Chap. »Wir sind nicht von der Bundesbank.«

Quince wusste nicht, ob er wütend oder erleichtert oder noch ängstlicher sein sollte, als er ohnehin schon war, und so saß er einfach da, erstarrt, mit offenem Mund, und wartete auf den Gnadenschuss.

»Es ist eine lange Geschichte«, sagte Wes.

»Sie haben fünf Minuten.«

»Nein, wir haben so viel Zeit, wie wir wollen.«

»Sie sind hier in meinem Büro. Hinaus mit Ihnen.«

»Nicht so eilig. Wir wissen einiges.«

»Ich werde den Sicherheitsdienst rufen.«

»Nein, das werden Sie nicht.«

»Wir haben den Brief gelesen«, sagte Wes. »Den Brief, den Sie gerade aus Ihrem Postfach geholt haben.«

»In meinem Postfach waren mehrere Briefe.«

»Aber nur einer von Ricky.«

Quince ließ die Schultern hängen und schloss langsam die Augen. Dann öffnete er sie wieder und sah seine beiden Peiniger mit einem Ausdruck völliger Verzweiflung an. »Wer sind Sie?« murmelte er.

»Jedenfalls keine Feinde.«

»Sie arbeiten für ihn, stimmt's?«

»Für wen?«

»Für Ricky, wer immer das ist.«

»Nein«, sagte Wes. »Wir arbeiten gegen ihn. Sagen wir einfach, wir haben einen Klienten, der mehr oder weniger in derselben Situation ist wie Sie. Er hat uns beauftragt, ihn zu schützen.«

Chap zog einen dicken Umschlag aus der Manteltasche und warf ihn auf den Schreibtisch. »Hier sind fünfundzwanzigtausend Dollar in bar. Überweisen Sie die an Ricky.«

Quince starrte den Umschlag mit offenem Mund an. Ihm gingen so viele Gedanken durch den Kopf, dass ihm schwindelte. Also kniff er die Augen zusammen und versuchte vergeblich, sich zu konzentrieren. Es spielte keine Rolle, wer sie waren. Wie hatten sie den Brief gelesen? Warum boten sie ihm Geld? Wie viel wussten sie?

Er konnte ihnen jedenfalls nicht trauen.

»Das Geld gehört Ihnen«, sagte Wes. »Als Gegenleistung wollen wir einige Informationen.«

»Wer ist Ricky?« fragte Quince und öffnete die Augen einen Spaltbreit.

»Was wissen Sie über ihn?« fragte Chap.

»Dass er nicht Ricky heißt.«

»Stimmt.«

»Dass er im Gefängnis sitzt.«

»Stimmt«, sagte Chap abermals.

»Er behauptet, dass er Frau und Kinder hat.«

»Stimmt zum Teil. Seine Frau ist eine Ex-Frau. Sie haben gemeinsame Kinder.«

»Er behauptet, sie hätten kein Geld, und darum müsse er Leute erpressen.«

»Stimmt nicht ganz. Seine Frau ist ziemlich reich und die Kinder haben sich auf ihre Seite geschlagen. Wir wissen nicht, warum er Leute erpresst.«

»Aber wir wollen, dass er damit aufhört«, fügte Chap hinzu. »Und dazu brauchen wir Ihre Hilfe.«

208

Quince wurde plötzlich bewusst, dass er zum ersten Mal in den einundfünfzig Jahren seines Lebens zwei Menschen gegenübersaß, die wussten, dass er homosexuell war. Er war entsetzt. Einen Augenblick lang wollte er alles leugnen und eine Geschichte erfinden, wie es zu seinem Briefwechsel mit Ricky gekommen war, doch ihm fiel einfach nichts ein. Er war zu verängstigt, um irgendwelche Ideen zu haben.

Dann wurde ihm bewusst, dass diese beiden Unbekannten ihn ruinieren konnten. Sie kannten sein kleines Geheimnis und hatten die Macht, sein Leben zu zerstören.

Und doch boten sie ihm 25 000 Dollar in bar an.

Der arme Quince bedeckte die Augen mit den Händen und sagte: »Was wollen Sie?«

Chap und Wes dachten, er werde jeden Augenblick losheulen. Nicht dass sie das sehr gestört hätte, aber es bestand keine Notwendigkeit dazu. »Unser Angebot sieht so aus, Mr. Garbe«, sagte Chap. »Sie nehmen das Geld, das da auf Ihrem Schreibtisch liegt, und sagen uns alles, was Sie über Ricky wissen. Sie zeigen uns die Briefe. Sie zeigen uns alles. Wenn das Zeug in einem Schnellhefter oder einer Schachtel oder an irgendeinem geheimen Ort aufbewahrt ist, wollen wir es sehen. Wenn wir haben, was wir brauchen, werden wir so schnell, wie wir gekommen sind, wieder verschwinden und Sie werden nie erfahren, wer wir sind und wen wir schützen.«

»Und Sie werden das Geheimnis bewahren?«

»Absolut.«

»Wir haben keinen Grund, irgendjemandem von Ihnen zu erzählen«, sagte Wes.

»Können Sie ihn dazu bringen aufzuhören?« fragte Quince und starrte sie an.

Chap und Wes sahen einander an. Bisher war alles wie am Schnürchen gelaufen, doch auf diese Frage gab es keine eindeutige Antwort. »Wir können nichts versprechen, Mr. Garbe«, sagte Wes. »Aber wir werden unser Bestes tun, diesem Ricky Manieren beizubringen. Er belästigt, wie gesagt, auch unseren Klienten.«

»Sie müssen mich ebenfalls beschützen.«

»Wir werden tun, was wir können.«

Quince stand unvermittelt auf, beugte sich vor und legte die Hände flach auf den Tisch. »Dann bleibt mir wohl nichts anderes übrig«, sagte er. Er rührte den Umschlag mit dem Geld nicht an, sondern trat an einen antiken verglasten Schrank, in dem zahlreiche alte Bücher standen. Mit einem Schlüssel öffnete er den Schrank und mit einem anderen eine kleine, versteckte Kassette auf dem zweiten Brett von unten. Vorsichtig entnahm er ihr einen dünnen Schnellhefter, den er behutsam neben den Geldumschlag legte.

Gerade als er den Schnellhefter aufschlug, quäkte eine hohe, schrille Stimme durch die Gegensprechanlage. »Mr. Garbe, Ihr Vater möchte Sie sofort sprechen.«

Quince schrak entsetzt zusammen. Er erbleichte und sein Gesicht verzerrte sich in Panik.

»Äh, sagen Sie ihm, dass ich in einer Besprechung bin«, antwortete er und versuchte erfolglos, bestimmt zu klingen.

»Sagen *Sie* es ihm«, antwortete seine Sekretärin und schaltete die Sprechanlage ab.

»Entschuldigen Sie mich«, sagte er und rang sich ein Lächeln ab. Er nahm den Hörer, wählte eine dreistellige Nummer und wandte Chap und Wes den Rücken zu, damit sie nicht hörten, was er sagte.

»Dad, ich bin's. Was ist los?« fragte er mit gesenktem Kopf.

Es trat eine lange Pause ein, in der sein Vater ihm allerlei zu sagen hatte.

»Nein, nein, sie sind nicht von der Bundesbank. Sie sind, äh, Anwälte aus Des Moines und vertreten die Familie eines alten Kommilitonen.«

Eine kürzere Pause.

»Äh, Franklin Delaney. Du erinnerst dich wahrscheinlich nicht an ihn. Er ist vor vier Monaten gestorben, ohne ein Testament zu hinterlassen. Ein ziemliches Durcheinander. Nein, Dad, es hat nichts mit der Bank zu tun.«

Er legte auf. Nicht schlecht gelogen. Die Tür war verschlossen. Das war im Augenblick das Wichtigste.

Wes und Chap erhoben sich, traten gemeinsam an den Schreibtisch und beugten sich vor, als Quince den Schnellhefter aufschlug. Das Erste, worauf ihr Blick fiel, war das Foto, das mit einer Büroklammer an der Innenklappe befestigt war. Wes zog es vorsichtig heraus und sagte: »Und so sieht Ricky angeblich aus?«

»Ja«, sagte Quince. Er schämte sich, war aber entschlossen, diese Sache durchzustehen.

»Ein gut aussehender junger Mann«, sagte Chap, als betrachteten sie das Ausklappfoto in einer Ausgabe des *Playboy*. Alle drei fühlten sich sogleich sehr unbehaglich.

»Sie wissen, wer Ricky ist, nicht?« fragte Quince.

»Ja.«

»Sagen Sie es mir.«

»Nein, das gehört nicht zu unserer Abmachung.«

»Warum wollen Sie es mir nicht sagen? Ich gebe Ihnen doch alles, was Sie wollen.«

»Weil wir etwas anderes vereinbart haben.«

»Ich will den Scheißkerl umbringen.«

»Entspannen Sie sich, Mr. Garbe. Wir haben eine Abmachung. Sie kriegen das Geld, wir kriegen Ihre Briefe und keinem passiert etwas.«

»Fangen wir noch mal von vorn an«, sagte Chap und musterte den leidenden, mitgenommenen kleinen Mann in dem zu großen Drehsessel. »Wie hat diese Sache angefangen?«

Quince kramte in dem Schnellhefter und zog ein dünnes Magazin hervor. »Das habe ich in einer Buchhandlung in Chicago gekauft«, sagte er und drehte das Heft um, damit

211

sie den Titel lesen konnten. Es hieß *Out and About* und bezeichnete sich als Zeitschrift für erwachsene Männer mit besonderen Ansprüchen. Er ließ sie das Titelblatt betrachten und blätterte dann zu den hinteren Seiten. Wes und Chap berührten die Zeitschrift nicht, nahmen aber vom Inhalt so viel wie möglich auf. Sehr wenige Bilder, viel klein gedruckter Text. Es handelte sich keineswegs um Pornografie.

Auf Seite 46 befanden sich einige Kleinanzeigen. Eine davon war rot angestrichen. Sie lautete:

Attr. Mann, weiß, Mitte 20, sucht Brieffreundschaft mit liebevollem, diskretem Herrn, Anf. 40 bis Ende 50

Wes und Chap beugten sich vor, um sie zu lesen, und richteten sich dann gleichzeitig wieder auf. »Und auf diese Anzeige haben Sie geantwortet?« fragte Chap.

»Ja. Ich habe einen kurzen Brief geschrieben und zwei Wochen später bekam ich eine Antwort von Ricky.«

»Haben Sie eine Kopie Ihres Briefes?«

»Nein, ich mache keine Kopien. Nichts, was in diesem Schnellhefter ist, hat dieses Zimmer verlassen. Ich hatte Angst, hier in der Bank Kopien zu machen.«

Wes und Chap runzelten ungläubig und enttäuscht die Stirn. Mit was für einem Idioten hatten sie es hier zu tun?

»Tut mir Leid«, sagte Quince. Am liebsten hätte er das Geld eingesteckt, bevor sie es sich anders überlegten.

Um die Sache in Gang zu halten, nahm er Rickys ersten Brief und hielt ihnen den hin. »Legen Sie ihn einfach auf den Tisch«, sagte Wes und dann beugten sie sich wieder vor und lasen ihn, ohne ihn zu berühren. Quince fiel auf, dass sie sehr langsam und mit äußerster Konzentration lasen. Er konnte wieder klarer denken und sah einen leisen Hoffnungsschimmer. Wie schön, dass er das Geld hatte und nicht unter falschen Vorspiegelungen einen weiteren Kredit aufnehmen und einen Haufen Lügen erfinden musste, um den wahren Verwendungszweck zu verschleiern. Und außerdem hatte er jetzt Verbündete, nämlich Wes und Chap und alle möglichen anderen Leute, die Ricky unschädlich machen wollten. Sein Herz raste nicht mehr und er atmete langsamer.

»Den nächsten Brief, bitte«, sagte Chap.

Quince legte sie nacheinander auf den Tisch, einen neben den anderen: drei lavendelfarbene, einen hellblauen, einen gelben, allesamt in Druckbuchstaben geschrieben von jemandem, der viel Zeit hatte. Wenn sie eine Seite durchgelesen hatten, drehte Chap sie mit einer Pinzette um. Sie berührten das Papier kein einziges Mal.

Das Eigenartige an diesen Briefen, flüsterten Wes und Chap einander viel später zu, war, dass sie so überzeugend wirkten. Ricky war ein gequälter, leidender junger Mann, der sich nach jemandem sehnte, mit dem er sprechen konnte. Er war sympathisch und Mitleid erregend. Und er war voller Hoffnung, denn er hatte das Schlimmste hinter sich und würde bald in die Freiheit entlassen werden, wo er sich neue Freunde suchen würde. Die Briefe waren hervorragend geschrieben!

Nach einem langen Schweigen sagte Quince: »Ich muss mal telefonieren.«

»Mit wem?«

»Geschäftlich.«

Wes und Chap sahen einander zweifelnd an und nickten dann. Quince ging mit dem Telefonapparat zur Anrichte und sah hinaus auf die Main Street, während er mit einem anderen Bankier sprach.

Irgendwann begann Wes, sich Notizen zu machen – zweifellos für das Kreuzverhör, das sie anstellen wollten. Quince stand am Bücherschrank und versuchte, eine Zeitung zu lesen und die Tatsache zu ignorieren, dass dieser Fremde sich Notizen machte. Er war jetzt ganz ruhig und dachte so methodisch wie möglich nach. Er dachte darüber nach, was er tun würde, wenn diese beiden Typen gegangen waren.

»Haben Sie die hunderttausend Dollar überwiesen?« fragte Chap.

»Ja.«

Wes, derjenige mit dem grimmigeren Gesicht, sah ihn verächtlich an, als wollte er sagen: Was für ein Trottel!

Sie lasen weiter in den Briefen, machten sich Notizen und flüsterten miteinander.

»Wie viel Geld hat Ihr Klient ihm geschickt?« fragte Quince nur so zum Spaß.

Wes machte ein noch grimmigeres Gesicht. »Das können wir nicht sagen.«

Quince war nicht überrascht. Diese Burschen hatten keinen Sinn für Humor.

Nach einer Stunde setzten sie sich wieder und Quince nahm in seinem Bankiers-Drehsessel Platz.

»Nur noch ein paar Fragen«, sagte Chap und da wusste Quince, dass es jetzt noch mindestens eine Stunde dauern würde.

»Wie haben Sie diese Schwulen-Kreuzfahrt gebucht?«

»Das steht doch in dem Brief da. Der Kerl hat mir den Namen und die Telefonnummer eines Reisebüros in New York genannt. Ich hab dort angerufen und das Geld überwiesen. Es war ganz einfach.«

»Einfach? Haben Sie so was schon mal gemacht?«

»Wollen wir uns jetzt über mein Sexleben unterhalten?«

»Nein.«

»Dann wollen wir doch beim Thema bleiben«, sagte Quince affektiert und fühlte sich wieder besser. Für einen Augenblick kochte der Bankier in ihm. Dann fiel ihm etwas ein, das er einfach nicht für sich behalten konnte. Ohne den Anflug eines Lächelns sagte er: »Die Kreuzfahrt ist immer noch bezahlt. Wollen Sie die Tickets vielleicht übernehmen?«

Zum Glück lachten sie. Es war ein kurzes Aufblitzen von Humor, dann setzten sie die Vernehmung fort. »Haben Sie nicht daran gedacht, einen anderen Namen zu benutzen?«

»Doch, natürlich. Es war dumm, dass ich es nicht getan habe. Aber ich hatte so was noch nie gemacht. Ich dachte, der Typ sei ehrlich. Er ist in Florida und ich sitze hier tief in der Provinz, in Iowa. Der Gedanke, er könnte ein Betrüger und Erpresser sein, ist mir nie gekommen.«

»Wir müssen das ganze Zeug kopieren«, sagte Wes.

»Das könnte ein Problem sein.«

»Warum?«

»Wo wollen Sie das kopieren?«

»Gibt es in der Bank kein Kopiergerät?«

»Natürlich, aber Sie werden diese Briefe nicht hier kopieren.«

»Dann gehen wir eben in einen Copy Shop.«

»Wir sind in Bakers. Hier gibt es keinen Copy Shop.«

»Gibt es denn ein Geschäft für Büromaterial?«

»Ja, und der Besitzer schuldet der Bank achtzigtausend Dollar. Im Rotary Club ist er mein Tischnachbar. Sie werden diese Briefe nicht dort kopieren. Ich will nicht damit in Verbindung gebracht werden.«

Wes und Chap sahen erst einander und dann Quince an. »Na gut«, sagte Wes. »Ich bleibe hier bei Ihnen und Chap macht sich auf die Suche nach einem Kopierer.«

»Wo?«

»Im Drugstore.«

»Sie haben den Drugstore gefunden?«

»Ja. Wir brauchten Pinzetten.«

»Der Kopierer dort ist zwanzig Jahre alt.«

»Nein, die haben einen neuen.«

»Aber Sie müssen vorsichtig sein. Der Inhaber ist ein Cousin zweiten Grades meiner Sekretärin. Bakers ist eine kleine Stadt.«

Chap nahm den Schnellhefter und ging zur Tür. Es

klickte laut, als er sie aufschloss, und als er sie öffnete, richteten sich sogleich viele Augen auf ihn. Am Schreibtisch der Sekretärin standen mehrere ältere Frauen, die dort eigentlich gar nichts zu suchen hatten. Als Chap durch die Tür trat, erstarrten sie und musterten ihn. Auch der alte Mr. Garbe war in der Nähe, hielt ein Hauptbuch in der Hand und tat, als wäre er sehr beschäftigt. In Wirklichkeit trieb ihn die reine Neugier. Chap nickte ihnen freundlich zu und schlenderte hinaus, wobei er an praktisch jedem Angestellten der Bank vorbeikam.

Es klickte abermals laut, als Quince die Tür wieder verschloss, bevor irgendjemand hereinkommen konnte. Er und Wes unterhielten sich ein paar Minuten lang unbeholfen über dies und das. Das Gespräch stockte mehrmals, denn sie hatten so gut wie nichts gemeinsam. Verbotener Sex hatte sie zusammengeführt – ein Terrain, auf das sie sich nicht wagten. Das Leben in Bakers bot wenig Gesprächsstoff. Und nach Wes' Lebensumständen konnte Quince nicht fragen.

Schließlich sagte er: »Was sollte ich Ricky schreiben?«

Wes griff das Thema sogleich auf. »Tja, ich würde vor allem erst einmal warten. Warten Sie einen Monat. Lassen Sie ihn zappeln. Wenn Sie sich mit der Antwort und dem Geld zu sehr beeilen, könnte er finden, dass das Ganze zu leicht ist.«

»Und was, wenn er wütend wird?«

»Er wird nicht wütend werden. Er hat jede Menge Zeit und will in erster Linie das Geld.«

»Fangen Sie seine anderen Briefe auch ab?«

»Die meisten.«

Quinces Neugier war geweckt. Er unterhielt sich mit einem Mann, der sein größtes Geheimnis kannte, und hatte das Gefühl, als könnte er ihm Informationen entlocken. »Was wollen Sie gegen ihn unternehmen?«

Und aus irgendeinem Grund, den er nie verstehen würde,

216

sagte Wes: »Wir werden ihn wahrscheinlich einfach umbringen.«

Friede breitete sich auf Quince Garbes Gesicht aus, ein warmes, beruhigendes Gefühl, das die Qual linderte und die Falten glättete. Sein Mund verzog sich zu einem kleinen Lächeln. Sein Erbe war also doch gesichert, und wenn sein Vater erst tot war und das Geld ihm gehörte, würde er Bakers, Iowa, hinter sich lassen und leben, wie es ihm gefiel.

»Wie schön«, sagte er leise. »Wunderschön.«

Chap brachte den Schnellhefter in ein Motelzimmer, wo die anderen Mitglieder des Teams und ein geleaster Farbkopierer warteten. Sie machten jeweils drei Kopien und eine halbe Stunde später war er wieder in der Bank. Quince sah die Originale durch – es war alles in Ordnung. Sorgfältig verschloss er den Schnellhefter in der Kassette. Dann sagte er zu seinen Besuchern: »Ich glaube, Sie sollten jetzt gehen.«

Sie verließen ihn ohne Händedruck oder Abschiedsgruß. Was gab es schon zu sagen?

Am örtlichen Flughafen, dessen Startbahn gerade lang genug war, wartete ein Privatjet. Drei Stunden später meldeten sich Wes und Chap in Langley und erstatteten Bericht. Ihre Mission war ein voller Erfolg gewesen.

Gegen eine Zahlung von 40 000 Dollar an einen Bankmanager auf den Bahamas, auf den man bereits in früheren Fällen zurückgegriffen hatte, erhielt man eine Übersicht über die Bewegungen des Kontos bei der Geneva Trust Bank. Boomer Realty verfügte über 189 000 Dollar. Der Anwalt hatte etwa 68 000 Dollar auf seinem Konto. Die Übersicht verzeichnete sämtliche Überweisungen und Abhebungen. Devilles Leute setzten alles daran herauszufinden, von wem die Überweisungen stammten. Sie wussten von Mr. Garbes Anweisung aus Des Moines und sie wussten, dass weitere 100 000 Dollar von einer Bank in

Dallas überwiesen worden waren, doch es gelang ihnen nicht festzustellen, wer der Auftraggeber gewesen war.

Man war an vielen Fronten tätig, als Teddy Deville in den Bunker kommen ließ. York war bei ihm. Auf dem Tisch lagen die Kopien von Garbes Briefen und der Kontoübersicht.

Deville hatte den Boss noch nie so niedergedrückt erlebt. Auch York sagte nur wenig. Er trug die Hauptlast dieses Schlamassels, auch wenn Teddy sich selbst die Schuld gab.

»Die neuesten Entwicklungen, bitte«, sagte Teddy leise.

Deville nahm nie Platz, wenn er im Bunker war. »Wir versuchen noch immer, das Geld zurückzuverfolgen. Wir haben mit dem Magazin *Out and About* Kontakt aufgenommen. Es erscheint in einem sehr kleinen Verlag in New Haven und ich habe meine Zweifel, ob wir es schaffen werden, jemanden einzuschleusen. Unser Kontaktmann auf den Bahamas hat einen Vorschuss bekommen und wird uns informieren, wenn irgendwelche Überweisungen eintreffen. Ein Team steht bereit, um Lakes Büro auf dem Capitol Hill zu durchsuchen, aber das ist wohl nicht sehr Erfolg versprechend. Ich bin jedenfalls nicht optimistisch. Wir haben zwanzig Leute vor Ort in Jacksonville.«

»Wie viele beschatten Lake?«

»Ich habe die Einheit gerade von dreißig auf fünfzig aufgestockt.«

»Er muss rund um die Uhr beobachtet werden. Wir müssen scharf aufpassen. Er ist nicht der Mann, für den wir ihn gehalten haben, und wenn wir ihn nur für eine Stunde aus den Augen lassen, könnte er einen Brief aufgeben oder sich eins von diesen Magazinen kaufen.«

»Das wissen wir. Wir tun unser Bestes.«

»Diese Sache hat höchste Priorität.«

»Ich weiß.«

»Könnten wir jemanden in das Gefängnis einschleusen?« fragte Teddy. Das war ein neuer Gedanke, den York vor nicht einmal einer Stunde zur Sprache gebracht hatte.

Deville rieb sich die Augen und kaute an den Fingernägeln. Dann sagte er: »Ich werde mich darum kümmern. Wir werden ein paar Register ziehen müssen, die wir noch nie gezogen haben.«

»Wie viele Gefangene sitzen in Bundesgefängnissen?« fragte York.

»Ungefähr hundertfünfunddreißigtausend«, sagte Deville.

»Dann müsste es doch möglich sein, noch einen unterzubringen, oder nicht?«

»Ich werde sehen, was ich tun kann.«

»Haben wir einen Kontaktmann in der Vollzugsbehörde?«

»Das ist Neuland, aber wir werden uns darum kümmern. Wir haben einen alten Freund im Justizministerium. Ich glaube, es wird sich machen lassen.«

Deville ließ sie allein. In einer Stunde oder so würden sie ihn wieder kommen lassen und neue Fragen, neue Ideen, neue Aufgaben für ihn haben.

»Der Plan, sein Büro auf dem Capitol Hill zu durchsuchen, gefällt mir nicht«, sagte York. »Zu riskant. Und außerdem würden wir dafür eine Woche brauchen. Diese Kerle haben unzählige Akten.«

»Mir gefällt das auch nicht«, sagte Teddy leise.

»Die Abteilung Dokumente könnte doch einen Brief von Ricky an Lake schreiben. Wir verdrahten den Umschlag und verfolgen ihn. Vielleicht führt er uns zu dem Ort, wo Lake die anderen Briefe versteckt hat.«

»Ausgezeichnete Idee. Sagen Sie's Deville.«

York schrieb es auf einen Block, auf dem bereits zahlreiche Notizen standen. Die meisten waren durchgestrichen. Er kritzelte noch ein wenig herum und stellte dann die Frage, die ihn schon seit einiger Zeit beschäftigte: »Werden Sie ihn zur Rede stellen?«

»Noch nicht.«

»Wann werden Sie es tun?«

»Vielleicht nie. Wir sammeln Informationen, wir bringen so viel wie möglich in Erfahrung. Er scheint sein Doppelleben sehr diskret zu führen. Möglicherweise hat er erst damit angefangen, als seine Frau gestorben ist. Wer weiß? Vielleicht kann er es unter Kontrolle halten.«

»Aber er muss wissen, dass Sie im Bilde sind. Sonst versucht er es vielleicht noch mal. Wenn er weiß, dass wir ihn beobachten, wird er sich zurückhalten. Vielleicht.«

»Und inzwischen geht die Welt vor die Hunde. Atomwaffen werden verkauft und über Grenzen geschmuggelt. Wir beobachten sieben kleine Kriege, drei weitere stehen unmittelbar bevor. Allein im letzten Monat haben sich ein Dutzend neue terroristische Gruppen gebildet. Im Nahen Osten bauen Verrückte Armeen auf und horten Öl. Und wir sitzen hier und befassen uns stundenlang mit drei verurteilten Richtern, die in diesem Augenblick wahrscheinlich Rommé spielen.«

»Sie sind nicht dumm«, sagte York.

»Nein, aber ungeschickt. Sie haben den Falschen an der Angel.«

»Wahrscheinlich haben wir uns den Falschen ausgesucht.«

»Nein. *Die* haben sich den Falschen ausgesucht.«

NEUNZEHN

Die Aktennotiz kam per Fax vom Regionalabteilungsleiter der Strafvollzugsbehörde in Washington. Empfänger war der Gefängnisdirektor von Trumble, M. Emmitt Broon. In knappen, formelhaften Worten teilte der Abteilungsleiter dem Direktor mit, er habe bei der Durchsicht der Besucherliste von Trumble festgestellt, dass die Häufigkeit der Besuche eines gewissen Trevor Carson, der als Anwalt für drei der Insassen fungiere, Anlass zur Besorgnis gebe. Mr. Carson besuche seine Mandanten inzwischen fast täglich.

Zwar habe jeder Gefangene ein von der Verfassung garantiertes Recht auf Besuche seines Anwalts, doch stehe es andererseits im Ermessen der Gefängnisleitung, einer allzu exzessiven Inanspruchnahme dieses Rechts entgegenzuwirken. Mit sofortiger Wirkung seien Anwaltsbesuche daher nur noch dienstags, donnerstags und samstags zwischen 15 und 18 Uhr gestattet. Falls gute Gründe geltend gemacht würden, werde man selbstverständlich Ausnahmen gewähren.

Die neue Regelung werde zunächst für neunzig Tage gelten. Nach Ablauf dieser Zeit werde man eine Neueinschätzung der Situation vornehmen.

Dem Gefängnisdirektor war das sehr recht. Auch ihn hatten Trevors beinahe tägliche Besuche misstrauisch gemacht. Er hatte bereits die Wärter und die Beamten am Empfang befragt, in dem vergeblichen Versuch herauszufinden, wozu diese Besuche eigentlich dienen sollten. Link,

221

der Wärter, der Trevor gewöhnlich zum Anwaltszimmer begleitete und bei jedem Besuch zwei Zwanziger kassierte, sagte dem Direktor, der Anwalt und Mr. Spicer sprächen über Fälle und Berufungen und so weiter. »Juristisches Zeug eben«, sagte Link.

»Und Sie durchsuchen jedes Mal seinen Aktenkoffer?« fragte der Direktor.

»Jedes Mal«, sagte Link.

Höflichkeitshalber wählte der Direktor die Nummer des Anwalts in Neptune Beach. Es meldete sich eine Frau, die recht barsch sagte: »Anwaltskanzlei.«

»Ich möchte bitte Mr. Trevor Carson sprechen.«

»Und wer sind Sie?«

»Emmitt Broon.«

»Tja, Mr. Broon, Mr. Carson macht gerade ein Nickerchen.«

»Ich verstehe. Könnten Sie ihn vielleicht wecken? Ich bin der Direktor des Bundesgefängnisses in Trumble und muss ihn sprechen.«

»Einen Augenblick.«

Er musste lange warten, und als sie wieder an den Apparat kam, sagte sie: »Es tut mir leid – ich konnte ihn nicht wecken. Kann er sie später zurückrufen?«

»Nein. Ich schicke ihm ein Fax.«

Die Idee zu einem Gegenschlag kam York an einem Sonntag auf dem Golfplatz, und im Verlauf des Spiels, bei dem sein Ball hin und wieder auf dem Fairway, häufiger jedoch im Sand und zwischen den Bäumen landete, nahm der Plan Gestalt an und wurde geradezu brillant. Am vierzehnten Loch verabschiedete York sich von seinen Mitspielern und rief Teddy an.

Sie würden sich die Taktik ihrer Gegner aneignen und diese von Al Konyers ablenken. Sie hatten nichts zu verlieren.

York entwarf den Brief und beauftragte einen der fähigsten Fälscher in der Abteilung Dokumente damit, ihn handschriftlich auf einer weißen, aber teuren Briefkarte aufzusetzen. Der Absender wurde auf den Namen Brant White getauft.

Lieber Ricky!

Ich habe deine Anzeige gelesen – sie hat mir gefallen. Ich bin 55, in Topform und suche mehr als einen Brieffreund. Meine Frau und ich haben gerade ein Haus in Palm Valley gekauft, nicht weit von Neptune Beach. Wir werden in drei Wochen dorthin fahren und zwei Monate bleiben.

Wenn du interessiert bist, schick mir ein Foto. Wenn es mir gefällt, schreibe ich dir weitere Einzelheiten.

Brant

Der Absender lautete: Brant, P. O. Box 88645, Upper Darby, PA 19082.

Um zwei oder drei Tage zu sparen, wurde der Brief mit einem Stempel des Hauptpostamts von Philadelphia versehen und nach Jacksonville geflogen, wo Klockner ihn persönlich in Aladdin Norths kleinem Postfach in Neptune Beach deponierte. Es war ein Montag.

Am nächsten Tag holte Trevor nach seinem Mittagsschlaf die Post ab, verließ Jacksonville in westlicher Richtung und fuhr den gewohnten Weg nach Trumble. Dort wurde er am Empfang wie üblich von Mackey und Vince begrüßt und trug sich in die Besucherliste ein, die Rufus ihm hinschob. Er folgte Link zum Besucherraum. Spicer erwartete ihn in einem der kleinen Anwaltszimmer.

»Ich kriege hier langsam Druck«, sagte Link, als sie eintraten. Spicer sah nicht auf. Trevor hielt Link zwei Zwanziger hin, die dieser blitzschnell einsteckte.

»Wer macht Druck?« fragte Trevor und klappte den Aktenkoffer auf. Spicer las in einer Zeitung.

»Der Direktor.«

»Mann, er hat meine Besuchszeiten eingeschränkt. Was will er denn noch?«

»Kapierst du nicht?« sagte Spicer, ohne den Blick von der Zeitung zu heben. »Link ist sauer, weil er nicht genug kriegt. Stimmt's, Link?«

»Stimmt vollkommen. Ich weiß ja nicht, was ihr hier für seltsame Dinge treibt, aber wenn ich mal anfange, mir den Aktenkoffer da ein bisschen genauer anzusehen, steckt ihr ganz schön in der Scheiße.«

»Sie werden gut bezahlt«, sagte Trevor.

»Das finde ich nicht.«

»Wie viel willst du?« fragte Spicer und fixierte ihn.

»Tausend pro Monat, in bar«, sagte er und sah Trevor an. »Ich hol's mir in Ihrer Kanzlei ab.«

»Tausend Dollar und unsere Post wird nicht kontrolliert?« fragte Spicer.

»Genau.«

»Und keiner erfährt was davon?«

»Ja.«

»Gut. Und jetzt raus.«

Link lächelte ihnen zu und ging hinaus. Er postierte sich vor der Tür und sah, wohl wissend, dass die Überwachungskamera ihn im Bild hatte, hin und wieder durch das kleine Fenster.

Drinnen lief alles ab wie immer. Der Austausch der Briefe dauerte nur ein paar Sekunden. Aus stets demselben abgegriffenen braunen Umschlag zog Joe Roy Spicer die ausgehende Post und reichte sie Trevor, der die eingegangenen Briefe aus dem Aktenkoffer nahm und sie seinem Mandanten gab.

Diesmal waren es sechs. Manchmal waren es zehn, selten weniger als fünf. Obgleich Trevor weder eine Liste führte noch Kopien anfertigte oder irgendwelche Unterlagen hatte, die als Beweis hätten dienen können, dass er irgendetwas mit diesem krummen Ding der Bruderschaft zu tun hatte, wusste er, dass es im Augenblick zwanzig bis dreißig potenzielle Opfer gab. Er erkannte einige der Namen und Adressen wieder.

Nach Spicers genauen Unterlagen waren es einundzwanzig Opfer. Einundzwanzig Erfolg versprechende Opfer und weitere achtzehn, bei denen die Aussichten nicht so gut waren. Insgesamt beinahe vierzig Brieffreunde, die ihre wahren Neigungen verbargen. Einige fürchteten sich sogar vor ihrem eigenen Schatten, andere wurden von Woche zu Woche kühner, und einige waren drauf und dran, alles stehen und liegen zu lassen und sich in Rickys oder Percys Arme zu werfen.

Das Schwierigste war, die Geduld zu bewahren. Die Sache funktionierte, Geld wechselte den Besitzer, und die Versuchung war groß, zu schnell zu viel herauszupressen. Beech und Yarber waren bienenfleißig und arbeiteten stundenlang an ihren Briefen, während Spicer die Arbeit koordinierte. Es erforderte eine gewisse Disziplin, einen neuen Brieffreund – einen mit Geld – an den Haken zu bekommen und ihn mit so vielen schönen Worten zu bearbeiten, dass er einem vertraute.

»Wäre nicht bald mal wieder was fällig?« fragte Trevor.

Spicer betrachtete die neuen Briefe. »Erzähl mir nicht, dass du pleite bist«, sagte er. »Du verdienst mehr als wir.«

»Mein Geld ist genauso gebunkert wie eures. Ich hätte bloß gern mehr davon.«

»Ich auch.« Spicers Blick fiel auf den Umschlag mit Brants Absender in Upper Darby, Pennsylvania. »Ah, ein Neuer«, murmelte er und öffnete ihn. Er las den Brief und war überrascht von seinem Ton. Keine Angst, keine überflüssigen Worte, kein vorsichtiges Herantasten. Dieser Mann wollte was erleben.

225

»Wo ist Palm Valley?« fragte er.

»Fünfzehn Kilometer südlich der Strände. Warum?«

»Was für ein Ort ist das?«

»Eins von diesen eingezäunten Reservaten mit Golfplatz für reiche Pensionäre. Die kommen fast alle aus dem Norden.«

»Wie viel kosten die Häuser?«

»Tja, ich bin noch nie dort gewesen. Die haben ein verschlossenes Tor, und überall sind Wachmänner. Als könnte einer dort einsteigen und ihnen ihre Golfwagen klauen. Aber –«

»Wie viel kosten die Häuser?«

»Mindestens eine Million. Ich hab Anzeigen für welche gesehen, die drei Millionen kosten sollen.«

»Warte hier«, sagte Spicer, nahm den braunen Umschlag mit den Briefen und ging zur Tür.

»Wo gehst du hin?« fragte Trevor.

»Zur Bibliothek. Ich bin in einer halben Stunde zurück.«

»Ich hab was Besseres zu tun, als hier herumzusitzen.«

»Nein, hast du nicht. Lies die Zeitung.«

Spicer sagte etwas zu Link, der ihn durch den Besucherraum und aus dem Verwaltungsgebäude hinaus eskortierte. Er ging mit raschen Schritten den Weg zwischen den gepflegten Grünflächen entlang. Die Sonne schien, und die Gärtner verdienten sich ihre 50 Cents pro Stunde.

Wie übrigens auch die Bibliothekare. Beech und Yarber saßen in ihrem kleinen Besprechungszimmer, wo sie sich gerade bei einem Schachspiel von der Arbeit des Briefeschreibens erholten, als Spicer eilig und mit einem ganz untypischen Lächeln auf den Lippen eintrat. »Jungs, wir haben endlich einen dicken Fisch an der Angel«, verkündete er und warf Brants Brief auf den Tisch. Beech las ihn vor.

»Palm Valley ist eine von diesen Siedlungen für reiche Golfspieler«, erklärte Spicer stolz. »Die Häuser kosten so um die drei Millionen. Der Typ hat jede Menge Geld und will sich nicht lange mit Briefen aufhalten.«

»Er scheint es ziemlich eilig zu haben«, bemerkte Yarber.

»Wir dürfen keine Zeit verlieren«, sagte Spicer. »Er will in drei Wochen herkommen.«

»Wie sind die Entwicklungsmöglichkeiten?« fragte Beech. Es gefiel ihm, sich wie jemand auszudrücken, der vorhatte, Millionen zu investieren.

»Mindestens eine halbe Million«, sagte Spicer. »Lasst uns sofort einen Brief schreiben. Trevor wartet so lange.«

Beech schlug eine seiner zahlreichen Mappen auf und zeigte sein Sortiment: Briefpapier in vielen sanften Pastellfarben. »Ich glaube, da nehme ich Pfirsich«, sagte er.

»Unbedingt«, stimmte Spicer ihm zu. »Pfirsich muss es sein.«

Ricky schrieb eine Kurzfassung des Briefes zur ersten Kontaktaufnahme: achtundzwanzig Jahre alt, College-Absolvent, in einer geschlossenen Drogenklinik, aber mit Aussicht auf baldige Entlassung (wahrscheinlich bereits in zehn Tagen), sehr einsam, auf der Suche nach einem reifen Mann, mit dem er eine Beziehung beginnen konnte. Wie schön, dass Brant in der Nähe leben würde, denn Ricky hatte eine Schwester in Jacksonville, bei der er wohnen konnte. Es gab also keine Hürden und Hindernisse. Wenn Brant in den Süden kam, war er bereit. Aber auch er wollte erst ein Foto sehen. War Brant wirklich verheiratet? Und würde seine Frau auch in Palm Valley leben? Oder würde sie vielleicht in Pennsylvania bleiben? Wäre das nicht nicht großartig?

Sie legten dasselbe Farbfoto bei, das sie schon hundertmal verwendet hatten. Es hatte sich als unwiderstehlich erwiesen.

Spicer brachte den pfirsichfarbenen Umschlag in das Anwaltszimmer, wo Trevor ein Nickerchen machte. »Das hier muss sofort in den Briefkasten«, befahl Spicer ihm.

Sie verbrachten noch zehn Minuten mit der Besprechung der Basketball-Wetten und verabschiedeten sich dann ohne Händedruck.

Auf dem Rückweg nach Jacksonville rief Trevor seinen Buchmacher an. Jetzt, da er größere Summen einsetzte, hatte er einen neuen, größeren Buchmacher. Die digitale Verbindung war abhörsicher, doch der Apparat war es nicht. Klockner und seine Leute waren wie immer über alles informiert und führten über Trevors Wetten Buch. Er war recht erfolgreich: In den vergangenen zwei Wochen hatte er 4500 Dollar gewonnen. Seine Kanzlei hatte ihm im selben Zeitraum bloß 800 Dollar eingebracht.

Außer im Handy befanden sich noch vier weitere Mikrofone in Trevors Käfer. Die meisten davon waren von billiger Machart, taten jedoch ihren Dienst. Und unter jeder Stoßstange waren Sender montiert, die von der Batterie des Wagens gespeist und alle paar Nächte, wenn Trevor entweder schlief oder sich betrank, überprüft wurden. Mittels eines leistungsstarken Empfängers im Haus gegenüber der Kanzlei verfolgte man den Käfer, wohin er auch fuhr. Während Trevor auf der Landstraße dahintuckerte, per Handy mit Geld um sich warf wie ein Profi aus Las Vegas und dabei heißen Kaffee aus einem Schnellrestaurant trank, sandte er mehr Funksignale aus als die meisten Privatjets.

7. März, der große Super Tuesday. Tausende Anhänger jubelten, Musik schmetterte, und zahllose Ballons schwebten von der Decke, als Aaron Lake triumphierend und mit federnden Schritten zur Mitte der Bühne eines riesigen Ballsaals in einem Hotel in Manhattan ging. Er hatte im Staat New York 43 Prozent der Stimmen errungen, während Gouverneur Tarry nur auf recht schwache 29 Prozent gekommen war. Die anderen Kandidaten teilten sich den mageren Rest. Lake umarmte Leute, die er noch nie in seinem Leben gesehen hatte, winkte Leuten zu, die er nie in

seinem Leben wieder sehen würde, und hielt ohne schriftliches Konzept eine mitreißende Siegesrede.

Dann jettete er nach Los Angeles, wo ihn eine weitere Feier erwartete. Seine neue Boeing war groß genug für 100 Passagiere. Ihre monatliche Leasingrate betrug eine Million Dollar, und sie flog mit einer Reisegeschwindigkeit von 750 Stundenkilometern. Lake und seine Mitarbeiter verfolgten in 12 500 Meter Höhe die Sendungen mit den Ergebnissen aus den zwölf Bundesstaaten, in denen am großen Super Tuesday Vorwahlen stattgefunden hatten. An der Ostküste hatten die Wahllokale bereits geschlossen. In Maine und Connecticut hatte Lake nur knapp, in New York, Massachusetts, Maryland und Georgia jedoch sehr deutlich gesiegt. In Rhode Island hatten ihm 800 Stimmen gefehlt, in Vermont dagegen hatten 1000 Stimmen den Ausschlag zu seinen Gunsten gegeben. Während er Missouri überflog, erklärte CNN ihn mit vier Prozent Vorsprung vor Gouverneur Tarry zum Sieger in diesem Staat. In Ohio war die Entscheidung ähnlich knapp.

Als Lake in Kalifornien landete, war das Rennen so gut wie gelaufen. Von den 591 Delegiertenstimmen, über die an diesem Tag entschieden worden war, hatte er 390 errungen. Seine Dynamik hatte weiter zugenommen. Und das Wichtigste war: Aaron Lake hatte jetzt das Geld. Gouverneur Tarry befand sich im Sturzflug, während Lake sich höher und höher hinaufschwang.

ZWANZIG

Sechs Stunden nach seinem Sieg in Kalifornien hatte Lake einen anstrengenden Morgen vor sich. Innerhalb von zwei Stunden gab er achtzehn Live-Interviews, dann flog er nach Washington.

Er fuhr auf dem kürzesten Weg zu seinem Wahlkampf-Hauptquartier, das sich im Erdgeschoss eines großen Bürogebäudes in der H Street befand, nur einen Steinwurf vom Weißen Haus entfernt. Er dankte seinen Mitarbeitern, die fast ausnahmslos keine Freiwilligen waren, und arbeitete sich Hände schüttelnd durch die Menge, wobei er sich ständig fragte: Woher kommen all diese Leute eigentlich?

»Wir werden gewinnen«, sagte er immer wieder, und jeder glaubte ihm. Warum auch nicht?

Eine Stunde lang sprach er mit seinen wichtigsten Beratern. Er hatte 65 Millionen Dollar und keine Schulden. Tarry hatte weniger als eine Million und versuchte noch immer herauszufinden, wie hoch seine Schulden eigentlich waren. Tatsächlich hatte Tarrys Wahlkampfleitung den Termin für die Abgabe des Rechenschaftsberichtes an die Bundeswahlkommission überschritten, weil ihre Buchführung ein heilloses Durcheinander war. Alles Geld hatte sich in Luft aufgelöst. Die Spendenquellen waren versiegt. Jetzt war Lake derjenige, dem die Mittel zuflossen.

Drei potenzielle Vizepräsidenten wurden lebhaft diskutiert. Das war eine erfrischende Erfahrung, denn es bedeutete, dass Lake die Präsidentschaftskandidatur bereits in der Tasche hatte. Senator Nance aus Michigan, seine erste Wahl, stand wegen dubioser Geschäfte, in die er in der Vergangenheit verwickelt gewesen war, im Kreuzfeuer. Seine Detroiter Partner waren italienischer Abstammung gewesen, und Lake konnte sich mühelos vorstellen, wie die Presse über Nance herfallen würde. Es war bereits eine Untersuchungskommission einberufen worden, die Licht in die Angelegenheit bringen sollte.

Und es war ein Komitee gebildet worden, das Lakes Auftritt auf dem Parteikonvent in Denver vorbereiten sollte. Lake wollte einen neuen Ghostwriter, der sich sofort daran machen sollte, die Rede zu verfassen, mit der er die Präsidentschaftskandidatur annehmen würde.

Insgeheim staunte Lake über seine Personalkosten. Sein Wahlkampfleiter bekam ein Gehalt von 150 000 Dollar, und zwar nicht für zwölf Monate, sondern für den Zeitraum bis Weihnachten. Ferner gab es leitende Mitarbeiter für die Finanzplanung, für Politik, für die Öffentlichkeitsarbeit, für Wahlkampfauftritte und für strategische Planung, und alle hatten Verträge, die ihnen 120 000 Dollar für zehn Monate Arbeit zusicherten. Jeder von ihnen hatte drei direkte Untergebene, Leute, die Lake kaum kannte und die je 90 000 Dollar kassierten. Dann gab es noch die Wahlkampfassistenten, und dabei handelte es sich nicht, wie bei den meisten anderen Kandidaten, um Freiwillige, sondern um Angestellte, die 50 000 Dollar verdienten und die Wahlkampfbüros mit wilder Geschäftigkeit erfüllten. Es gab Dutzende von ihnen. Und es gab Dutzende von Angestellten und Sekretärinnen, die allesamt nicht weniger als 40 000 Dollar verdienten.

Als wäre das noch nicht Verschwendung genug, muss ich ihnen allen auch noch Jobs geben, wenn ich erst im Weißen Haus sitze, sagte er sich immer wieder. Jedem Einzelnen von ihnen. Irgendwelche Bürschchen, die jetzt einen Lake-Button am Revers tragen, werden erwarten, dass sie

Zugang zum Westflügel bekommen und 80 000 im Jahr verdienen.

Das spielt keine Rolle, rief er sich dann zur Ordnung. Reg dich nicht über diesen Kleinkram auf – es geht um viel mehr.

Negatives wurde am Ende der Konferenz zur Sprache gebracht und kurz abgehandelt. Ein Reporter der Washington Post hatte Nachforschungen über den Beginn von Lakes Karriere angestellt und war ohne große Mühe auf die GreenTree-Sache gestoßen, ein gescheitertes Bauentwicklungsgeschäft, das zweiundzwanzig Jahre zurücklag. Lake und ein Partner hatten mit GreenTree Bankrott gemacht und die Gläubiger damit um 800 000 Dollar gebracht. Der Partner war wegen betrügerischen Konkurses angeklagt, von den Geschworenen aber freigesprochen worden. Niemand hatte je mit dem Finger auf Lake gezeigt, und die Wähler von Arizona hatten ihn danach elfmal in den Kongress gewählt.

»Ich werde alle Fragen zu GreenTree beantworten«, sagte Lake. »Es war eben ein geschäftlicher Misserfolg.«

»Die Presse ist dabei, einen Gang höher zu schalten«, sagte der Leiter der Presseabteilung. »Immerhin sind Sie neu auf dieser Bühne, und man hat Sie noch nicht allzu genau unter die Lupe genommen. Die Presse findet, dass es an der Zeit ist, nach Leichen in Ihrem Keller zu suchen.«

»Sie hat schon damit angefangen«, sagte Lake. »Aber ich habe keine Leichen im Keller.«

Er wurde zu einem frühen Abendessen bei Mortimer's gefahren, einem Restaurant an der Pennsylvania Avenue, das im Augenblick en vogue war und wo er sich mit Elaine Tyner traf, der Anwältin, die alle Aktivitäten des IVR koordinierte. Bei Frischkäse und Obst erläuterte sie ihm die finanzielle Verfassung des Interessenverbandes: Das verfügbare Vermögen betrug 29 Millionen Dollar, es gab keine nennenswerten Verbindlichkeiten, und neues Geld kam rund um die Uhr herein, von überallher, aus aller Welt.

Das einzige Problem bestand darin, es auszugeben. Da es sich um »stilles« Geld handelte, das nicht direkt für Lakes Wahlkampf verwendet werden konnte, musste es anderswo eingesetzt werden. Tyner hatte verschiedene Vorschläge. Der erste war, damit eine Reihe von Fernsehspots zu finanzieren, die Ähnlichkeit mit den von Teddy produzierten Weltuntergangsszenarien hatten. Der IVR hatte bereits Sendezeit in den Werbeblöcken der Abendprogramme im Herbst gekauft. Der zweite Vorschlag, der Tyner überaus gut gefiel, zielte darauf ab, sich mit dem Geld in die Wahlkämpfe um die Sitze im Senat und im Repräsentantenhaus einzuschalten. »Die Jungs stehen geradezu Schlange«, sagte sie mit kaum verhohlener Belustigung. »Es ist schon erstaunlich, was ein paar Millionen Dollar bewirken können.«

Sie erzählte von einem Wahlkampf in einem Bezirk in Nord-Kalifornien. Der Abgeordnete, der diesen Wahlkreis seit zwanzig Jahren vertrat, war ein Mann, den Lake kannte und verabscheute. Anfang des Jahres hatte er noch einen Vorsprung von 40 Prozent vor seinem so gut wie unbekannten Herausforderer gehabt. Dieser war zum IVR gekommen und hatte seine unverbrüchliche Loyalität für Aaron Lake bekundet. »Wir haben seinen Wahlkampf praktisch übernommen«, sagte sie. »Wir schreiben seine Reden, geben Umfragen in Auftrag, schalten seine Zeitungsanzeigen und Fernsehspots, ja wir haben sogar ein neues Team für ihn angeheuert. Bis jetzt haben wir anderthalb Millionen ausgegeben, und der Vorsprung des anderen beträgt jetzt nur noch zehn Prozent. Und dabei sind es noch sieben Monate bis zur Wahl.«

Alles in allem hatten sich Tyner und der IVR in die Wahlkämpfe um 30 Sitze im Repräsentantenhaus und zehn Plätze im Senat eingeschaltet. Sie rechnete damit, insgesamt

60 Millionen Dollar einzunehmen, und war entschlossen, bis November jeden Cent davon auszugeben.

Der dritte Bereich, dem sie ihre »besondere Aufmerksamkeit« widmete, war die Befindlichkeit der Nation. Der IVR ließ fünfzehn Stunden täglich Umfragen vornehmen. Wenn die Arbeiter in West-Pennsylvania der Schuh drückte, wusste der IVR davon. Wenn der hispanische Bevölkerungsanteil in Houston mit der neuen Sozialpolitik einverstanden war, dann wusste der IVR auch dies. Und wenn Frauen in Chicago eine von Lakes Anzeigen mochten oder nicht mochten, dann wusste der IVR, warum, und kannte die prozentuale Verteilung von Zustimmung und Ablehnung. »Wir wissen Bescheid«, prahlte sie. »Wir sind wie der Große Bruder: Wir sehen alles.«

Die Umfragen kosteten 60 000 Dollar pro Tag – das war fast geschenkt. Niemand sonst war auch nur annähernd so gut informiert. In den wichtigen Fragen war die Zustimmung für Lake in Texas um neun Prozent höher als für Tarry. In Florida, einem Staat, den Lake noch besuchen würde, lagen die beiden gleichauf, und in Indiana, dem Heimatstaat des Gouverneurs, war Tarrys Vorsprung auf wenige Prozentpunkte zusammengeschmolzen.

»Tarry ist ausgebrannt«, sagte Tyner. »Die Moral ist auf einem Tiefpunkt. Er hat in New Hampshire gewonnen, und das Geld floss in seine Richtung. Dann kommen Sie aus dem Nichts, ein neues Gesicht, unbelastet, mit einer neuen Botschaft, und fangen an zu gewinnen – und auf einmal stopfen alle das Geld in Ihre Taschen. Tarry kriegt nicht mal mehr 50 Dollar bei einem kirchlichen Wohltätigkeitsfest zusammen. Er verliert entscheidende Leute, weil er sie nicht mehr bezahlen kann und weil sie ahnen, dass ein anderer gewinnen wird.«

Lake kaute auf einem Stück Ananas und lauschte ihren Worten. Die Aussage war nicht neu – er hatte sie bereits des Öfteren von seinen eigenen Leuten gehört –, aber aus dem

234

Mund einer mit allen Wassern gewaschenen Insiderin klangen sie noch beruhigender.

»Wie sind die Werte des Vizepräsidenten?« fragte er. Er kannte die Umfrageergebnisse, die seine Leute ihm vorgelegt hatten, doch aus irgendeinem Grund hatte er mehr Vertrauen zu Tyner.

»Er wird die Nominierung mit knapper Mehrheit kriegen«, antwortete sie und sagte ihm damit nichts Neues. »Aber der Parteitag wird ein blutiges Gemetzel werden. Im Augenblick liegen Sie in der wichtigsten Frage nur ein paar Prozent hinter ihm: Wen wird das Volk im November zum Präsidenten wählen?«

»Bis zum November ist noch viel Zeit.«

»Das stimmt und stimmt nicht.«

»Es kann sich noch alles Mögliche ändern«, sagte er. Er dachte an Teddy und fragte sich, wie die Krise aussehen würde, mit der er den Amerikanern Angst machen wollte.

Das Abendessen mit Tyner war kaum mehr als ein Imbiss. Von Mortimer's fuhr Lake zum Hay-Adams Hotel, wo er in einem kleinen Speisesaal mit zwei Dutzend seiner Kollegen aus dem Repräsentantenhaus ein ausgedehntes, spätes Abendessen einnahm. Nur wenige von ihnen hatten seine Kandidatur befürwortet, als er seinen Entschluss bekannt gegeben hatte, doch nun waren sie regelrecht begeistert von ihm. Die meisten hatten eigene Umfragen in Auftrag gegeben. Die Welle rollte.

Lake hatte seine alten Freunde noch nie so froh gesehen, in seiner Nähe sein zu dürfen.

Der Brief wurde in der Abteilung Dokumente geschrieben, und zwar von einer Frau namens Bruce, die zu den drei besten Fälschern der CIA gehörte. An der Pinnwand über dem Tisch in ihrem kleinen Arbeitszimmer hingen die Kopien der Briefe, die Ricky geschrieben hatte. Ausgezeichnete Vorlagen, viel mehr, als sie brauchte. Sie hatte keine Ahnung, wer Ricky war, aber es war deutlich, dass er seine Handschrift verstellte. Sie war ziemlich gleichmäßig, und die neueren Briefe verrieten eine Flüssigkeit, die nur der Übung zu verdanken war. Sein Wortschatz war nicht bemerkenswert, doch wahrscheinlich hatte der Verfasser sich zurückgehalten. Er machte nur wenige syntaktische Fehler. Bruce nahm an, dass er zwischen vierzig und sechzig Jahre alt war und mindestens ein College-Studium absolviert hatte.

Aber derlei Rückschlüsse gehörten nicht zu ihrem Job, wenigstens nicht in diesem Fall. Mit dem gleichen Stift und auf dem gleichen Papier wie Ricky schrieb sie ein kleines Briefchen an Al. Wer den Text entworfen hatte, wusste sie nicht. Es war ihr auch egal.

Er lautete: »Hallo, Al! Was machst du so? Warum schreibst du nicht? Vergiss mich nicht.« Diese Art von Brief eben, aber mit einer netten kleinen Überraschung. Da Ricky nicht telefonieren konnte, schickte er Al eine Kassette mit den neuesten Nachrichten aus der Drogenklinik.

Bruce schrieb den Brief und arbeitete dann eine Stunde lang an dem Umschlag. Der Poststempel lautete: Neptune Beach, Florida.

Sie ließ den Umschlag unverschlossen. Ihr Werk wurde begutachtet und in eine andere Abteilung gebracht. Die Kassette wurde von einem jungen Agenten besprochen, der an der Northwestern University Schauspielunterricht gehabt hatte. Mit leiser, akzentloser Stimme sagte er: »Hallo, Al, hier ist Ricky. Ich hoffe, du bist angenehm überrascht, meine Stimme zu hören. Man lässt uns hier nicht das Telefon benutzen, aber aus irgendeinem Grund dürfen wir Kassetten verschicken. Ich kann's gar nicht erwarten, hier rauszukommen.« So ging es fünf Minuten lang weiter: über die Entziehungskur und darüber, wie sehr er seinen Onkel und die Leute hasste, die in Aladdin North das Sagen hatten. Er musste allerdings zugeben, dass sie ihn von seiner Sucht geheilt hatten. Er war sicher, dass er die Klinik später, im Rückblick, nicht mehr so negativ beurteilen würde.

Es war alles nur Geplauder. Er sprach nicht über irgendwelche Pläne für die Zeit nach seiner Entlassung und gab keinen Hinweis darauf, wohin er sich dann wenden und was er tun würde. Dass er sich gern eines Tages mal mit Al treffen würde, erwähnte er nur beiläufig.

Man war noch nicht so weit, Al Konyers zu ködern. Die Kassette diente nur einem einzigen Zweck: einen Sender aufzunehmen, der sie zu dem Versteck führen sollte, in dem Lake Rickys Briefe aufbewahrte. Ein präparierter Umschlag war zu riskant – Al hätte den Sender vielleicht entdeckt.

Bei Mailbox America in Chevy Chase hatte die CIA mittlerweile acht Postfächer, ordnungsgemäß gemietet von acht verschiedenen Personen, von denen jeder, wie Al Konyers, 24 Stunden täglich Zugang hatte. Sie kamen und gingen zu allen Tages- und Nachtzeiten, sahen in ihren Postfächern nach, holten die Briefe ab, die sie an sich selbst geschickt hatten, und kontrollierten, wenn niemand hinsah, auch Als Post.

Da sie seinen Terminkalender besser kannten als er selbst, warteten sie geduldig auf ihn. Sie waren sicher, dass er sich, wie zuvor, in Joggingkleidung aus dem Haus schleichen würde, und so hielten sie den Brief mit der Kassette bis zu einem bestimmten Abend um kurz vor zehn Uhr zurück. Dann steckten sie ihn in das Postfach.

Vier Stunden später sprang Lake, als Jogger verkleidet, unter den wachsamen Blicken von einem Dutzend Agenten aus einem Taxi, das vor Mailbox America hielt, trabte, das Gesicht halb vom langen Schild einer Joggingmütze verborgen, hinein, holte seine Post ab und eilte wieder zum Taxi.

Sechs Stunden später verließ er Georgetown, um an

einem Gebetsfrühstück im Hilton teilzunehmen. Man wartete. Um neun Uhr sprach er zu einer Gruppe von Polizeichefs und um elf Uhr zu tausend Schuldirektoren. Er aß mit dem Präsidenten des Repräsentantenhauses zu Mittag. Um drei Uhr erschien er in einem Fernsehstudio, wo eine anstrengende Befragung durch drei Intellektuelle aufgezeichnet wurde. Danach kehrte er in sein Haus zurück, um die Koffer zu packen. Er musste um acht Uhr am Reagan National Airport sein, um nach Dallas zu fliegen.

Sie folgten ihm zum Flughafen, sahen die Boeing 707 abheben und riefen in Langley an. Als die beiden Agenten des Secret Service eintrafen, um die Umgebung von Lakes Haus zu überwachen, hatten sich die Leute der CIA bereits Zugang verschafft.

Die Suche endete nach zehn Minuten in der Küche. Ein transportabler Empfänger hatte das Signal des Senders in der Kassette aufgefangen. Sie fanden sie im Mülleimer, zusammen mit einer halb leeren Milchtüte, zwei zerrissenen Haferflockenpackungen, ein paar schmutzigen Papiertüchern und der aktuellen Ausgabe der *Washington Post*. Die Putzfrau kam zweimal pro Woche. Lake hatte den Abfall stehen gelassen, damit sie ihn in die Mülltonne warf.

Sie hatten das Versteck nicht finden können, weil es keins gab. Er war so klug, alle Beweismittel sofort zu vernichten.

Teddy war fast erleichtert, als er es erfuhr. Das CIA-Team war noch in Lakes Haus und wartete darauf, dass die Secret-Service-Agenten abzogen. Wie immer Lakes geheimes Doppelleben aussah – er gab sich alle Mühe, keine Spuren zu hinterlassen.

Die Kassette machte Aaron Lake nervös. Rickys Briefe und das Foto seines gut aussehenden Gesichts hatten ihn erregt. Der junge Mann war weit weg – sie würden sich wahrscheinlich nie begegnen. Sie konnten Brieffreunde sein, sie konnten auf die Entfernung miteinander spielen und sich einander vielleicht langsam nähern – das war es jedenfalls, was Lake ursprünglich vorgeschwebt hatte.

Doch durch den Klang seiner Stimme war Ricky ihm mit einem Mal viel näher, und das machte Lake unruhig. Was vor ein paar Monaten als ein eigenartiges kleines Spiel begonnen hatte, barg jetzt ein schreckliches Risiko. Es war viel zu gefährlich. Lake zitterte bei dem Gedanken, ertappt zu werden.

Das erschien ihm allerdings unmöglich. Er war gut hinter der Maske von Al Konyers verborgen. Ricky hatte keine Ahnung. Auf der Kassette war immer nur vom »lieben Al« die Rede. Das Postfach war sein Schutz.

Aber er musste diese Sache beenden. Jedenfalls bis auf weiteres.

Die Boeing war voll besetzt mit Lakes gut bezahlten Leuten. Es gab kein Flugzeug, das groß genug gewesen wäre, um all seine Mitarbeiter aufzunehmen. Hätte er eine 747 geleast, dann hätten sich binnen kurzem Wahlkampfassistenten, Berater und Umfrageexperten darin gedrängt, ganz zu schweigen von seinen immer zahlreicheren Leibwächtern vom Secret Service.

Je mehr Vorwahlen er gewann, desto schwerer wurde sein Flugzeug. Es wäre vielleicht nicht unklug, in ein paar Bundesstaaten zu verlieren – und sei es nur, um ein wenig Ballast loszuwerden.

In der abgedunkelten Flugzeugkabine nippte Lake an einem Tomatensaft und beschloss, einen letzten Brief an Ricky zu schreiben. Al würde ihm alles Gute wünschen und den Briefwechsel beenden. Was sollte der Junge schon dagegen unternehmen?

Er war in Versuchung, den Brief auf der Stelle zu schreiben, hier, in dem bequemen Sessel mit der ausgefahrenen Fußstütze. Doch jeden Augenblick konnte irgendein Assistent mit einem atemlos vorgetragenen Bericht auftauchen, den der Kandidat unverzüglich hören musste. Er besaß keine Privatsphäre mehr. Er hatte keine Muße, um nachzudenken, einfach herumzuschlendern oder sich Tagträumen hinzugeben. Jeder einzelne angenehme Gedanke wurde sogleich von einem Umfrageergebnis unterbrochen, von einer soeben verbreiteten Nachricht, von einem Ereignis, das eine sofortige Reaktion erforderte.

Wenn er erst im Weißen Haus residierte, würde er seine Ruhe haben. Er war schließlich nicht der erste Einzelgänger, der dort einzog.

EINUNDZWANZIG

Der Fall des gestohlenen Handys faszinierte die Insassen von Trumble schon seit einem Monat. Mr. T-Bone, ein drahtiger Bursche aus einem Ghetto in Miami, der für Drogenvergehen zwanzig Jahre bekommen hatte, war auf nicht ganz geklärte Art und Weise zu einem Handy gekommen. Sie waren in Trumble streng verboten, und über die Methode, wie er sich eins verschafft hatte, kursierten mehr Gerüchte als über T. Karls Sexleben. Die wenigen, die es zu Gesicht bekommen hatten, beschrieben es – nicht vor der Bruderschaft, sondern gegenüber anderen Insassen – als etwa so groß wie eine Stoppuhr. Man hatte Mr. T-Bone in dunklen Ecken gesehen, wo er, der Welt den Rücken zukehrend, gebeugt und das Kinn auf die Brust drückend, in sein Handy murmelte. Offenbar steuerte er noch immer die Aktivitäten seiner Leute in Miami.

Und dann war es mit einem Mal verschwunden. Mr. T-Bone verkündete, er werde den Dieb umbringen, und als diese Drohung nichts nützte, setzte er eine Belohnung in Höhe von 1000 Dollar aus. Der Verdacht fiel auf Zorro, einen anderen jungen Drogendealer, der aus einem Viertel von Atlanta stammte, in dem es nicht weniger hart zuging als in Mr. T-Bones Heimat. Es schien, als stünde ein Mord kurz bevor, und so schalteten sich die Wärter und die Anzugträger von der Gefängnisverwaltung ein und machten den beiden unmissverständlich klar, dass man sie verlegen werde, sollte die Sache aus dem Ruder laufen. Gewalt

241

wurde in Trumble nicht geduldet. Die Strafe dafür war, dass man seine restliche Zeit in einem stärker gesicherten Gefängnis absitzen musste, dessen Insassen mit Gewalt bestens vertraut waren.

Jemand erzählte Mr. T-Bone von den wöchentlich stattfindenden Gerichtsverhandlungen, und binnen kurzem hatte er T. Karl kontaktiert und eine Klage eingereicht. Er wollte sein Handy zurück und forderte eine Million Dollar Schadenersatz.

Beim ersten anberaumten Termin erschien der stellvertretende Direktor in der Cafeteria, um die Verhandlung zu verfolgen, die von den Richtern jedoch sogleich vertagt wurde. Dasselbe geschah beim zweiten Termin. Niemand würde in Anwesenheit eines Beamten der Verwaltung Aussagen darüber machen, wer möglicherweise im Besitz eines verbotenen Handys war. Was die Wärter betraf, die die wöchentlichen Verhandlungen verfolgten, so konnte man sicher sein, dass sie nichts ausplaudern würden.

Richter Spicer konnte schließlich einen der Gefängnispsychologen davon überzeugen, dass die Jungs einen privaten Streit zu regeln hatten und Zeugen aus dem Verwaltungstrakt dabei unerwünscht waren. »Wir versuchen, die Angelegenheit zu regeln«, flüsterte er, »aber das wird nur funktionieren, wenn wir ungestört bleiben.«

Die Bitte wurde nach oben weitergegeben, und beim dritten Termin war die Cafeteria bis auf den letzten Platz mit Zuschauern besetzt, von denen die meisten auf ein Blutvergießen hofften. Der einzige Vertreter der Strafvollzugsbehörde war ein Wärter, der dösend in der letzten Reihe saß.

Beide Parteien besaßen umfassende Erfahrungen mit Gerichten, und so war es nicht weiter überraschend, dass sowohl Mr. T-Bone als auch Zorro ohne Anwalt erschienen waren. Richter Beech versuchte fast eine Stunde lang, eine der Würde des Gerichts angemessene Ausdrucksweise durchzusetzen, gab seine Bemühungen aber schließlich auf. Der Kläger gab wilde Beschuldigungen von sich, die er nicht einmal mit Hilfe von tausend FBI-Beamten hätte beweisen können, und die Verteidigung des Beklagten war nicht weniger laut und absurd. Mr. T-Bone machte Punkte, indem er zwei schriftliche Aussagen vorlegte, unterschrieben von Zeugen, deren Namen nur den Richtern enthüllt wurden und die erklärten, sie hätten gesehen, wie Zorro versucht habe, sich zu verstecken, während er in ein winziges Handy gesprochen habe.

In seiner wütenden Antwort bezeichnete Zorro diese Aussagen und diejenigen, die sie gemacht hatten, mit Wörtern, die die Richter noch nie gehört hatten.

Der K.-o.-Schlag kam aus heiterem Himmel. In einem Antrag, um den ihn der geschickteste Anwalt beneidet hätte, legte Mr. T-Bone schriftliche Beweise vor. Jemand hatte seine Telefonrechnung ins Gefängnis geschmuggelt, und aus dieser ging schwarz auf weiß hervor, dass genau 54 Gespräche mit Teilnehmern im Südosten von Atlanta geführt worden waren. Seine Anhänger, die bei weitem in der Mehrheit waren – auch wenn ihre Loyalität sich im Handumdrehen in nichts auflösen konnte –, brachen in lauten Jubel aus, bis T. Karl seinen Plastikhammer schwang und wieder Ruhe herstellte.

Zorro hatte Schwierigkeiten, sich auf die veränderte Situation einzustellen, und sein Zögern besiegelte sein Schicksal. Er wurde verurteilt, den Richtern das Handy innerhalb von 24 Stunden auszuhändigen und Mr. T-Bone die Ferngesprächsgebühren in Höhe von 450 Dollar zu erstatten. Sollte das Handy nicht vor Ablauf der gesetzten Frist bei den Richtern abgegeben werden, würde der Gefängnisdirektor davon informiert werden, dass Zorro nach Ansicht des Gerichts im Besitz eines illegalen Telefons sei.

Außerdem wurde angeordnet, dass die beiden Kontrahenten stets – auch bei den Mahlzeiten – einen Abstand von fünfzehn Metern voneinander einzuhalten hatten.

T. Karl schlug mit dem Hammer auf den Tisch, und die Zuschauer drängten lautstark zu den Ausgängen. Er rief den nächsten Fall auf – einen Streit, bei dem es um kleine Spielschulden ging – und wartete darauf, dass sich die Menge entfernte. »Ruhe!« rief er, doch der Lärm nahm nur noch zu. Die Richter wandten sich wieder ihren Zeitungen und Magazinen zu.

»Ruhe!« rief er noch einmal und schlug mit dem Hammer auf den Tisch.

»Nun sei doch endlich still!« schrie Spicer T. Karl an. »Du machst ja mehr Krach als sie!«

»Das ist meine Aufgabe«, gab T. Karl zurück, und die Locken seiner Perücke hüpften in alle Richtungen.

Als die Cafeteria sich geleert hatte, war nur noch ein Gefangener anwesend. T. Karl sah sich um und fragte ihn schließlich: »Sind Sie Mr. Hooten?«

»Nein, Sir«, sagte der junge Mann.

»Sind Sie Mr. Jenkins?«

»Nein, Sir.«

»Hab ich mir gedacht. Der Fall Hooten gegen Jenkins ist hiermit wegen Nichterscheinens der beiden Parteien abgewiesen«, verkündete T. Karl und nahm mit großer Gebärde einen entsprechenden Eintrag im Protokoll vor.

»Wer bist du?« fragte Spicer den jungen Mann, der allein da saß und sich umsah, als wäre er nicht sicher, ob er hier willkommen war. Die drei Männer in den blassgrünen Roben sahen ihn jetzt an, ebenso der Narr mit der grauen Perücke, dem dunkelroten Pyjama und den lavendelfarbenen Frotteesandalen, die er ohne Socken trug. Wer waren diese Leute?

Er stand langsam auf und trat schüchtern vor, bis er vor dem Richtertisch stand. »Ich brauche Hilfe«, sagte er so leise, dass man ihn kaum verstehen konnte.

»Haben Sie dem Gericht einen Fall vorzutragen?«
knurrte T. Karl ihn von der Seite an.

»Nein, Sir.«

»Dann müssen Sie sich –«

»Ruhe!« sagte Spicer. »Das Gericht hat sich vertagt. Verschwinde.«

T. Karl klappte das Protokollbuch zu, schob seinen Stuhl zurück und stürmte hinaus. Die Frotteesandalen schlurften über die Fliesen, und die Locken seiner Perücke hüpften auf und ab.

»Was können wir für dich tun?« fragte Yarber.

Der junge Mann schien den Tränen nahe. Er hielt eine Pappschachtel in den Händen, und die drei wussten aus Erfahrung, dass sie die Papiere enthielt, die ihn hierher gebracht hatten. »Ich brauche Hilfe«, wiederholte er. »Ich bin letzte Woche eingeliefert worden, und mein Zellengenosse hat gesagt, dass Sie mir bei meiner Berufung helfen können.«

»Hast du keinen Anwalt?« fragte Beech.

»Ich hatte einen. Aber der war nicht gut. Das ist einer der Gründe, warum ich hier bin.«

»Und warum bist du hier?«

»Ich weiß es nicht. Wirklich nicht.«

»Hast du einen Prozess gehabt?«

»Ja. Einen langen.«

»Und die Geschworenen haben dich schuldig gesprochen?«

»Ja. Mich und einen Haufen andere. Sie sagten, wir hätten eine Verschwörung gebildet.«

»Eine Verschwörung, um was zu tun?«

»Um Kokain zu schmuggeln.«

Also noch ein Drogentäter. Sie hatten es plötzlich eilig, wieder zu ihren Briefen zu kommen. »Wie viel hast du gekriegt?« fragte Yarber.

»Achtundvierzig Jahre.«

»Achtundvierzig Jahre! Wie alt bist du?«

»Dreiundzwanzig.«

Die Briefe waren für den Augenblick vergessen. Sie sahen sein trauriges junges Gesicht und versuchten sich auszumalen, wie es in fünfzig Jahren aussehen würde. Bei seiner Entlassung würde er einundsiebzig sein – es war fast unvorstellbar. Jeder der drei Richter würde, wenn er Trumble verließ, jünger sein als dieser Junge.

»Nimm dir einen Stuhl«, sagte Yarber. Der junge Mann zog einen Stuhl heran und setzte sich vor den Tisch. Selbst Spicer empfand jetzt ein wenig Mitgefühl für ihn.

»Wie heißt du?« fragte Yarber.

»Alle nennen mich Buster.«

»Also gut, Buster. Was hast du getan, um dir achtundvierzig Jahre einzuhandeln?«

Die Geschichte brach wie ein Sturzbach aus ihm heraus. Er balancierte die Schachtel auf den Knien, sah zu Boden und begann zu erzählen. Weder er selbst noch sein Vater waren je mit dem Gesetz in Konflikt geraten. Sie hatten in Pensacola eine kleine Werft gehabt. Sie hatten das Meer geliebt, sie waren hinausgefahren und hatten gefischt, und sie waren glücklich gewesen, eine Werft zu haben. Eines Tages verkauften sie ein gebrauchtes Fischerboot, ein 50-Fuß-Boot, an einen Amerikaner aus Fort Lauderdale, der 95 000 Dollar in bar bezahlte. Das Geld ging auf das Firmenkonto, oder jedenfalls nahm Buster das an. Ein paar Monate später war der Mann wieder da und kaufte ein zweites Boot, diesmal ein 38-Fuß-Boot für 80 000 Dollar. In Florida war es nichts Ungewöhnliches, ein Boot bar zu bezahlen. Sie verkauften auch ein drittes und viertes Boot an diesen Mann. Buster und sein Vater wussten, wo sie gute gebrauchte Fischerboote fanden, die sie überholen und renovieren konnten. Sie arbeiteten gern zusammen. Nach dem fünften Boot kamen Beamte von der Drogenfahndung. Sie stellten Fragen, gaben unbestimmte Drohungen von sich und wollten die Bücher einsehen. Busters Vater weigerte sich zunächst, fragte aber dann einen Rechtsanwalt, der ihnen riet, die Bücher nicht herauszugeben. Monatelang geschah gar nichts.

Buster und sein Vater wurden an einem Sonntagmorgen um drei Uhr von einem Pulk von Kerlen verhaftet, die kugelsichere Westen trugen und genug Waffen hatten, um ganz Pensacola als Geisel zu nehmen. Sie wurden halb bekleidet aus ihrem Haus am Meer gezerrt. Überall blitzten rote und blaue Lichter. Die Anklageschrift umfasste 160 Seiten und war drei Zentimeter dick. Sie enthielt 81 Anklagepunkte und besagte, sie hätten sich verschworen, um Kokain ins Land zu schmuggeln. Buster hatte eine Kopie davon in seiner Schachtel. Er und sein Vater wurden darin kaum erwähnt. Dennoch waren sie angeklagt, zusammen mit dem Käufer der Boote und fünfundzwanzig anderen Leuten, von denen sie noch nie gehört hatten. Elf davon waren Kolumbianer. Drei waren Anwälte. Alle außer Buster und seinem Vater lebten in Süd-Florida.

Der Staatsanwalt bot ihnen einen Deal an: Sie würden je zwei Jahre bekommen, wenn sie sich schuldig bekannten und gegen die anderen Angeklagten aussagten. Aber wessen sollten sie sich schuldig bekennen? Sie hatten doch nichts Unrechtes getan. Sie kannten nur einen einzigen der anderen sechsundzwanzig Angeklagten. Sie hatten noch nie im Leben Kokain gesehen.

Busters Vater nahm eine neue Hypothek auf das Haus auf, um 20 000 Dollar für einen Anwalt aufzubringen, traf aber eine schlechte Wahl. Beim Prozess waren sie entsetzt, am selben Tisch zu sitzen wie die Kolumbianer und die wirklichen Drogenschmuggler. Alle Angeklagten saßen auf einer Seite des Gerichtssaals, als hätten sie einst ein gut funktionierendes Syndikat gebildet. Auf der anderen Seite, bei den Geschworenen, saßen die Staatsanwälte, aufgeblasene Scheißkerle in dunklen Anzügen, die sich ständig

Notizen machten und ihnen finstere Blicke zuwarfen, als wären sie Kinderschänder. Auch die Geschworenen blickten finster.

Der Prozess dauerte sieben Wochen, und Buster und sein Vater wurden praktisch ignoriert. Dreimal wurden ihre Namen erwähnt. Der Hauptvorwurf gegen sie lautete, sie hätten Fischerboote instand gesetzt und mit stärkeren Motoren ausgerüstet, damit Drogen von Mexiko zu verschiedenen Punkten an der Küste von Florida gebracht werden konnten. Ihr Anwalt, der sich beklagte, er habe nicht genug Geld für eine siebenwöchige Verhandlung bekommen, war nicht imstande, diesen unhaltbaren Vorwurf zu entkräften. Andererseits konzentrierten die Staatsanwälte sich auch mehr auf die Kolumbianer.

Allerdings brauchten sie auch gar nicht allzu viel zu beweisen, denn bei der Auswahl der Geschworenen hatten sie ganze Arbeit geleistet. Nach achttägiger Beratung befanden die offensichtlich müden und verärgerten Geschworenen sämtliche Angeklagten in allen Punkten für schuldig. Einen Monat nach der Verurteilung brachte Busters Vater sich um.

Am Ende seiner Geschichte sah der Junge aus, als würde er gleich in Tränen ausbrechen, doch er biss die Zähne zusammen und sagte: »Ich hab nichts verbrochen.«

Er war nicht der erste Insasse von Trumble, der seine Unschuld beteuerte. Beech sah ihn an, hörte zu und dachte an einen jungen Mann in Texas, den er wegen Drogenschmuggels zu vierzig Jahren Gefängnis verurteilt hatte. Er hatte eine schreckliche Kindheit gehabt, so gut wie keine Schulbildung, ein langes Jugendstrafregister – ein Junge, der eigentlich keine Chance gehabt hatte. Und er, Beech, hatte auf der Richterbank gesessen und ihm von dort oben einen langen Vortrag gehalten, und er hatte sich gut dabei gefühlt, eine so drakonische Strafe zu verhängen. Wir müssen diese verdammten Dealer von der Straße holen!

Ein Liberaler ist ein Konservativer, den man ins Gefängnis gesteckt hat. Nach drei Jahren Knast dachte Hatlee Beech an viele der Leute, die er verurteilt hatte, mit tiefer Reue. An Leute, die weit schuldiger gewesen waren als Buster. Junge Leute, die bloß eine Chance gebraucht hätten.

Finn Yarber hörte Buster zu und empfand tiefes Mitleid mit ihm. Jeder in Trumble hatte eine traurige Geschichte zu erzählen, und nach ein, zwei Monaten hatte Yarber gelernt, fast nichts davon zu glauben. Doch Buster war glaubwürdig. In den kommenden achtundvierzig Jahren würde er langsam verkümmern, und zwar auf Kosten der Steuerzahler. Drei Mahlzeiten täglich, nachts ein warmes Bett – neuesten Schätzungen zufolge kostete ein Gefangener den Staat pro Jahr 31 000 Dollar. Was für eine Verschwendung! Die Hälfte der Insassen von Trumble hatten hier eigentlich nichts verloren. Sie hatten keine Gewalttaten begangen und hätten zu einer saftigen Geldstrafe und gemeinnütziger Arbeit verurteilt werden sollen.

Joe Roy Spicer hörte Busters herzzerreißende Geschichte und überlegte, wie er aus diesem Jungen Nutzen schlagen konnte. Es gab zwei Möglichkeiten. Erstens war nach Spicers Meinung das Telefon bisher nicht optimal genutzt worden. Die Richter waren alte Männer, die versuchten, Briefe zu schreiben, als wären sie jung. Es wäre beispielsweise zu riskant, Quince Garbe in Iowa anzurufen und sich als Ricky, als robuster Achtundzwanzigjähriger, auszugeben. Wenn Buster jedoch mitmachte, würden sie jedes potenzielle Opfer überzeugen können. In Trumble gab es jede Menge junger Burschen, und Spicer hatte mehrere von ihnen in Erwägung gezogen, doch sie waren Kriminelle, und er traute ihnen nicht. Buster dagegen kam frisch von der Straße, war anscheinend unschuldig und hatte sich an sie um Hilfe gewandt. Der Junge war manipulierbar.

Die zweite Möglichkeit war ein Ableger der ersten. Wenn

Buster sich beteiligte, würde er bei Spicers Entlassung dessen Platz einnehmen können. Die Sache war zu einträglich, um sang- und klanglos aufgegeben zu werden. Beech und Yarber schrieben hervorragende Briefe, aber sie besaßen keinerlei Geschäftssinn. Vielleicht war es möglich, den Jungen anzulernen, so dass der Spicers Part übernehmen und seinen Anteil nach draußen transferieren konnte.

Nur so ein Gedanke.

»Hast du Geld?« fragte Spicer.

»Nein, Sir. Wir haben alles verloren.«

»Keine Onkel, Tanten, Cousins, Freunde, die das Honorar bezahlen könnten?«

»Nein, Sir. Was für ein Honorar?«

»Normalerweise kriegen wir was dafür, dass wir uns um einen Fall kümmern und bei der Berufung helfen.«

»Ich bin völlig blank, Sir.«

»Ich glaube, wir können was für dich tun«, sagte Beech. Spicer hatte mit Berufungen ohnehin nichts zu tun. Der Mann hatte ja nicht mal einen Highschool-Abschluss.

»Eine Art Pro-bono-Fall, würde ich sagen«, bemerkte Yarber zu Beech.

»Ein Pro was?« fragte Spicer.

»Ein Pro-bono-Fall.«

»Was ist das?«

»Eine Anwaltstätigkeit ohne Honorar«, sagte Beech.

»So so, eine Anwaltstätigkeit ohne Honorar. Und wer macht die?«

»Anwälte«, erklärte Yarber. »Jeder Anwalt soll ein paar Stunden seiner Zeit in den Dienst von Leuten stellen, die sich keinen Anwalt leisten können.«

»Das ist ein Teil des alten englischen Rechtssystems«, fügte Beech hinzu und machte die Sache damit nicht deutlicher.

»Hat sich hier aber nie so recht durchgesetzt, oder?« fragte Spicer.

250

»Wir werden uns deinen Fall vornehmen«, sagte Yarber zu Buster. »Sei aber nicht allzu optimistisch.«

»Danke.«

Gemeinsam verließen sie die Cafeteria: drei ehemalige Richter in grünen Chorroben, gefolgt von einem verängstigten jungen Häftling. Von einem verängstigten, aber auch sehr neugierigen Häftling.

ZWEIUNDZWANZIG

Brants Antwort aus Upper Darby, Pa., war in einem dringlichen Ton gehalten:

Lieber Ricky!

Donnerwetter, was für ein Foto! Ich komme noch früher, als ich ursprünglich vorhatte, und zwar am 20. April. Können wir uns dann treffen? Wir hätten das Haus für uns, weil meine Frau noch zwei Wochen länger hier bleiben muss. Die Arme! Wir sind seit 22 Jahren verheiratet, und sie hat noch immer keine Ahnung.

Ich lege ein Foto von mir bei. Das im Hintergrund ist mein Learjet, eins meiner Lieblingsspielzeuge. Wenn du willst, können wir ein bisschen damit herumdüsen.

Schreib mir bitte sofort.

Schöne Grüße
Brant

Seinen Nachnamen hatte er auch diesmal nicht angegeben, aber das war kein Problem. Sie würden ihn schnell genug herausfinden.

Spicer betrachtete den Poststempel und wunderte sich einen Augenblick lang, wie kurz die Laufzeit eines Briefes von Philadelphia nach Jacksonville war. Doch das Foto lenkte ihn von diesem Gedanken ab. Es war ein Schnappschuss im Format 10 mal 15 und hatte große Ähnlichkeit mit den Bildern in Anzeigen für Investmentfonds, die einen angeblich im Handumdrehen zu einem reichen Mann machten. Dort sah man immer einen Glücksritter, der mit stolzgeschwellter Brust neben seinem Jet, seinem Rolls-Royce und seiner möglicherweise neuesten Ehefrau posierte. Brant stand lächelnd und modisch gekleidet in Tennis-Shorts und Pullover vor einem Flugzeug. Ein Rolls war nirgends zu sehen, aber er hatte den Arm um eine attraktive Frau mittleren Alters gelegt.

Es war das erste Foto in ihrer wachsenden Sammlung, auf dem die Frau eines ihrer Brieffreunde zu sehen war. Eigenartig, dachte Spicer. Andererseits hatte Brant sie in beiden Briefen erwähnt. Spicer konnte nichts mehr überraschen. Diese Sache würde ewig weiterlaufen, weil es ein unerschöpfliches Reservoir von potenziellen Opfern gab, die bereit waren, alle Gefahren zu ignorieren.

Brant war durchtrainiert und braun gebrannt. Er hatte kurzes, dunkles, grau meliertes Haar und einen Schnurrbart. Besonders gut sah er zwar nicht aus, aber das konnte Spicer egal sein.

Warum war ein Mann, der so viel besaß, derart unvorsichtig? Weil er immer Risiken eingegangen war und nie einen Rückschlag erlebt hatte. Weil es seinem Lebensstil entsprach. Wenn sie ihm die Daumenschrauben angelegt und einiges Geld abgenommen hatten, würde er für eine Weile kürzer treten und einen Bogen um Kleinanzeigen und anonyme Liebhaber machen, doch ein aggressiver Typ wie Brant würde bald wieder zu seinen alten Gewohnheiten zurückkehren.

Der Kitzel, den jemand empfand, wenn er sich wahllos Liebhaber ins Bett holte, glich die Risiken, denen er sich dabei aussetzte, vermutlich aus. Spicer störte es immer noch, dass ausgerechnet er jeden Tag ein paar Stunden lang versuchte, wie ein Homosexueller zu denken.

Beech und Yarber lasen den Brief und betrachteten das Foto. In dem beengten Raum herrschte vollkommene Stille. War das ihr dicker Fisch?

»Was meint ihr, was dieser Jet kostet?« fragte Spicer, und alle drei lachten. Es war ein nervöses Lachen, als könnten sie es noch immer nicht ganz glauben.

»Ein paar Millionen«, sagte Beech. Da er aus Texas stammte und mit einer reichen Frau verheiratet gewesen war, nahmen die anderen beiden an, dass er mehr von Flugzeugen verstand als sie. »Das ist ein kleiner Learjet.«

Spicer hätte sich auch mit einer kleinen Cessna zufrieden gegeben, wenn er nur hätte einsteigen und von hier verschwinden können. Yarber wollte kein Flugzeug. Er wollte ein Flugticket, und zwar erster Klasse, wo man Champagner bekam und zwei Menüs und die Wahl zwischen mehreren Filmen hatte. Einen Erster-Klasse-Flug über den Ozean, weit weg von diesem Land.

»Lassen wir die Bombe platzen«, sagte Yarber.

»Wie viel?« fragte Beech, der noch immer auf das Foto starrte.

»Mindestens eine halbe Million«, sagte Spicer. »Und wenn wir die haben, fordern wir noch mehr.«

Schweigend saßen sie da. Jeder berechnete seinen Anteil von einer halben Million Dollar. Trevors Drittel erwies sich plötzlich als störend. Er würde 167 000 Dollar einstreichen, und jedem von ihnen blieben dann noch 111 000 Dollar. Nicht schlecht für einen Knastvogel, aber es hätte bedeutend mehr sein können. Warum sollte der Anwalt eigentlich so viel kassieren?

»Wir werden Trevors Honorar kürzen«, verkündete Spicer. »Ich denke schon seit einiger Zeit darüber nach. Von jetzt an werden wir das Geld durch vier teilen, und jeder bekommt den gleichen Anteil.«

»Darauf wird er sich nicht einlassen«, sagte Yarber.

»Es wird ihm wohl nichts anderes übrig bleiben.«

»Es ist nur gerecht«, sagte Beech. »Wir machen die ganze Arbeit, und er kriegt mehr als einer von uns. Ich finde auch, wir sollten seinen Anteil kürzen.«

»Ich werd's ihm am Donnerstag sagen.«

Zwei Tage später traf Trevor um kurz nach vier in Trumble ein. Er hatte einen besonders schlimmen Kater, der sich nicht einmal nach der zweistündigen Mittagspause und dem daran anschließenden einstündigen Nickerchen verziehen wollte.

Joe Roy schien heute besonders reizbar. Er reichte Trevor die ausgehende Post, hielt aber einen großformatigen roten Umschlag zurück. »Wir sind drauf und dran, diesen Typen hochgehen zu lassen«, sagte er und klopfte mit dem Umschlag auf den Tisch.

»Wer ist er?«

»Brant Soundso, aus der Nähe von Philadelphia. Er versteckt sich hinter seinem Postfach. Du wirst also Nachforschungen anstellen lassen müssen.«

»Wie viel?«

»Eine halbe Million.«

Trevor kniff die roten Augen zusammen. Der Mund stand ihm offen. Er rechnete im Kopf: 167 000 Dollar in seine Tasche. Sein Leben als Skipper rückte immer näher. Vielleicht brauchte er gar keine volle Million, um seine Bürotür verschließen und in der Karibik verschwinden zu können. Vielleicht würde eine halbe Million reichen. Und bis dahin war es nicht mehr weit.

»Du machst Witze«, sagte er, obgleich er wusste, dass das kein Witz war. Spicer hatte keinen Sinn für Humor, und besonders, wenn es um sein Geld ging, verstand er keinen Spaß.

»Nein. Und wir verkleinern deinen Anteil.«

»Ohne mich. Wir haben eine Abmachung.«

»Abmachungen kann man ändern. Von jetzt an kriegst du genau so viel wie wir. Ein Viertel.«

»Kommt nicht in Frage.«

»Dann bist du gefeuert.«

»Ihr könnt mich nicht feuern.«

»Ich hab's gerade getan. Glaubst du vielleicht, wir finden keinen anderen geldgierigen Anwalt, der unsere Post rein- und rausschmuggelt?«

»Ich weiß zu viel«, sagte Trevor. Seine Wangen röteten sich, und sein Mund war mit einem Mal ganz ausgetrocknet.

»Überschätz dich nicht. So wertvoll bist du auch wieder nicht.«

»Doch, bin ich. Ich weiß alles, was hier läuft.«

»Genau wie wir, mein Lieber. Der einzige Unterschied ist, dass wir schon im Gefängnis sitzen. Du bist derjenige, der am meisten zu verlieren hat. Wenn du uns dumm kommst, sitzt du sehr bald auf dieser Seite des Tisches.«

Trevor spürte ein Stechen in der Stirn und schloss die Augen. Er war nicht in der Verfassung zu streiten. Warum war er gestern Nacht so lange bei Pete's geblieben? Wenn er mit Spicer sprach, musste er auf Draht sein. Stattdessen war er müde und halb betrunken.

Ihm war schwindlig, und er hatte das Gefühl, als müsste er sich wieder übergeben. Wieder rechnete er im Kopf. Sie stritten sich um die Differenz zwischen 167000 und 125000 Dollar. In Trevors Ohren klang beides eigentlich nicht schlecht. Er konnte es sich nicht leisten, aus dieser Sache ausgeschlossen zu werden, denn die wenigen Mandanten, die ihm geblieben waren, hatte er mittlerweile verloren. Er verbrachte immer weniger Zeit in der Kanzlei, und wenn jemand eine Nachricht für ihn hinterließ, rief er nicht zurück. Er hatte eine bessere Einkommensquelle gefunden und legte keinen Wert mehr auf die kleinen Fische, die er an Land ziehen konnte.

Und er war Spicer nicht gewachsen. Der Mann hatte kein

Gewissen. Er war hinterhältig und berechnend und hatte es einzig und allein darauf abgesehen, so viel Geld wie möglich auf die Seite zu schaffen.

»Sind Beech und Yarber damit einverstanden?« fragte Trevor, obwohl er die Antwort bereits kannte. Und selbst wenn sie nicht damit einverstanden waren, würde er es nie erfahren.

»Natürlich. Sie machen die ganze Arbeit. Warum solltest du mehr bekommen als sie?«

Es kam Trevor tatsächlich ein bisschen ungerecht vor. »Na gut, na gut«, sagte er. Die Kopfschmerzen ließen nicht nach. »Es hat schon seinen Grund, dass ihr im Gefängnis seid.«

»Du trinkst zu viel.«

»Nein! Wie kommst du darauf?«

»Ich habe schon viele Säufer erlebt. Sehr viele. Du siehst wie ausgekotzt aus.«

»Herzlichen Dank. Kümmere du dich um deinen Kram, und ich kümmere mich um meinen.«

»Gern. Aber niemand will einen Säufer als Anwalt. Du hast Vollmachten über unser Konto, und das bei einem Geschäft, das sehr illegal ist. Wenn du in einer Bar herumhängst und ein bisschen zu viel redest, wird sehr bald irgendjemand anfangen, Fragen zu stellen.«

»Ich kann auf mich aufpassen.«

»Gut. Dann pass auch auf, was hinter deinem Rücken passiert. Wir erpressen Leute, und das tut ihnen weh. Wenn ich am anderen Ende säße, würde ich vielleicht mal herkommen und versuchen, auf verschiedene Fragen ein paar Antworten zu kriegen, bevor ich anfange, Geld auszuspucken.«

»Dazu haben die zu viel Angst.«

»Halt trotzdem die Augen offen. Es ist wichtig, dass du nüchtern und hellwach bist.«

»Vielen Dank für den guten Rat. Sonst noch was?«

»Ja, ich hab ein paar Spiele für dich.« Auf zu wichtigeren Dingen. Spicer schlug die Zeitung auf und diktierte Trevor seine Tipps.

Am Ortsausgang von Trumble hielt Trevor an und kaufte in einem Lebensmittelladen eine Flasche Bier, die er auf dem Rückweg nach Jacksonville langsam austrank. Er bemühte sich, nicht an das Geld zu denken, aber sein Kopf tat, was er wollte. Auf seinem Konto und dem der Bruderschaft lagen insgesamt 250 000 Dollar, über die er jederzeit verfügen konnte. Wenn jetzt 500 000 hinzukamen – er konnte gar nicht mehr aufhören zu rechnen –, dann hatte er 750 000 Dollar!

Das Schöne war, dass ihm nichts passieren konnte, wenn er dieses schmutzige Geld stahl. Die Opfer der Richter unternahmen nichts, weil ihnen das Ganze peinlich war. Sie verstießen zwar gegen kein Gesetz, aber sie hatten Angst. Die Richter dagegen begingen Verbrechen. Bei wem sollten sie sich beklagen, wenn ihr Geld verschwunden war?

Er musste aufhören, an solche Dinge zu denken.

Aber wie sollten sie, die Richter, ihn kriegen? Er würde auf einem Segelboot zwischen Inseln kreuzen, deren Namen sie noch nie gehört hatten. Und wenn sie endlich entlassen waren, würden sie dann noch die Energie, die Willenskraft und die Mittel haben, seine Verfolgung aufzunehmen? Natürlich nicht. Sie waren alte Männer. Beech würde wahrscheinlich in Trumble sterben.

»Hör auf damit«, schrie er sich an.

Er ging zum Beach Java Café am Strand, um einen Caffe latte mit einem dreifachen Schuss zu trinken, und kehrte dann in seine Kanzlei zurück, entschlossen, etwas Produktives zu tun. Im Internet fand er die Namen und Adressen verschiedener Privatdetektive in Philadelphia. Es war fast sechs, als er zum Telefonhörer griff. Bei den ersten beiden erreichte er nur den Anrufbeantworter.

Der dritte Detektiv hieß Ed Pagnozzi und kam selbst an den Apparat. Trevor erklärte ihm, er sei Rechtsanwalt in Florida und habe einen kleinen Auftrag für ihn.

»Okay. Was für einen Auftrag?«

»Ich versuche, den Empfänger gewisser Briefsendungen aufzuspüren«, sagte Trevor routiniert. Er hatte solche Gespräche schon oft geführt. »Ich habe hier einen ziemlich großen Scheidungsfall. Ich vertrete die Frau, und ich glaube, dass ihr Mann Geld versteckt. Jedenfalls brauche ich jemanden, der den Mieter eines bestimmten Postfachs herausfindet.«

»Sie machen wohl Witze.«

»Nein. Es ist mir völlig ernst.«

»Sie wollen, dass ich mich in einem Postamt auf die Lauer lege?«

»Es ist ganz normale Detektivarbeit.«

»Hören Sie, ich bin ziemlich beschäftigt. Versuchen Sie's bei einem anderen.« Pagnozzi legte auf, vermutlich, um sich wichtigeren Aufgaben zu widmen. Trevor fluchte leise und wählte eine andere Nummer. Bei den beiden nächsten Detekteien meldete sich nur der Anrufbeantworter. Er beschloss, es morgen noch einmal zu versuchen.

Gegenüber hörte Klockner sich die Aufzeichnung von Trevors kurzem Gespräch mit Pagnozzi ein zweites Mal an und telefonierte dann mit Langley. Soeben waren sie auf das letzte Puzzlestück gestoßen, und Mr. Deville wollte sicher sofort informiert werden.

Die Erpressung basierte auf schönen, wohlkalkulierten Worten und verführerischen Fotos, lief aber im Grunde ganz einfach ab. Sie machte sich menschliche Begierden und schiere Angst zunutze. Mr. Garbes Unterlagen, die anderen abgefangenen Briefe und die geglückte Täuschung durch die Kontaktaufnahme von »Brant White« hatten den Mechanismus enthüllt.

Nur eine Frage war geblieben: Wie fanden die Erpresser die Identität derjenigen heraus, die unter einem falschen Namen ein Postfach gemietet hatten? Die Anrufe nach Philadelphia hatten diese Frage soeben beantwortet. Trevor beauftragte einfach einen Privatdetektiv vor Ort, vermutlich einen, der weniger ausgelastet war als Mr. Pagnozzi.

Es war beinahe zehn Uhr, als Deville zu Teddy vorgelassen wurde. Die Nordkoreaner hatten in der entmilitarisierten Zone wieder einmal einen amerikanischen Soldaten erschossen, und Teddy war seit Mittag damit beschäftigt, die Folgen abzuschätzen. Er aß Käse und Cracker und nippte an einer Diät-Cola, als Deville den Bunker betrat.

Nachdem Deville kurz Bericht erstattet hatte, sagte Teddy: »Genau so hatte ich es mir vorgestellt.«

Sein Instinkt war untrüglich – besonders im Nachhinein.

»Das bedeutet natürlich, dass der Anwalt einen Detektiv in Washington mit Nachforschungen beauftragen und auf diesem Weg möglicherweise Al Konyers' wirkliche Identität herausfinden könnte«, sagte Deville.

»Und wie könnte er das anstellen?«

»Es gibt verschiedene Möglichkeiten. Die erste ist Überwachung. Auf diese Weise haben wir ja herausgefunden, dass Lake ein Postfach hat. Der Detektiv müsste die Postfächer beobachten. Das ist ein bisschen riskant, denn dabei könnte man ihn bemerken. Die zweite Möglichkeit ist Bestechung. 500 Dollar dürften reichen. Die dritte ist, die Computerdatei zu knacken. Es geht dabei ja nicht um streng geheimes Material. Einer von unseren Jungs hat sich in das Hauptpostamt von Evansville, Indiana, gehackt und eine Liste sämtlicher Mieter von Postfächern ausdrucken lassen. Es war nur ein Test. Er hat ungefähr eine Stunde gebraucht. Das ist die Hightech-Lösung. Die Lowtech-Lösung wäre, einfach nachts in das Büro der Mailbox-America-Filiale einzubrechen und sich dort umzusehen.«

»Wie viel bezahlt dieser Anwalt dafür?«

»Das wissen wir nicht. Wir werden es herausfinden, wenn er einen Detektiv anheuert.«

»Er muss neutralisiert werden.«

»Eliminiert?«

»Noch nicht. Ich würde ihn lieber kaufen. Er ist unser Fenster. Wenn er für uns arbeitet, sind wir über alles auf dem Laufenden und können ihn von Konyers fern halten. Entwerfen Sie einen entsprechenden Plan.«

»Und seine Eliminierung?«

»Die können Sie ebenfalls planen. Aber das hat keine Eile. Bis jetzt jedenfalls nicht.«

DREIUNDZWANZIG

Der Süden fand tatsächlich Gefallen an Aaron Lake und seiner Leidenschaft für Waffen, Bomben, starke Worte und militärische Einsatzbereitschaft. Er überschwemmte Florida, Mississippi, Tennessee, Oklahoma und Texas mit Werbespots, die noch provozierender waren als seine ersten. Und Teddys Leute überschwemmten dieselben Staaten mit mehr Geld, als je am Vorabend einer Wahl den Besitzer gewechselt hatte.

Das Ergebnis war ein weiterer überwältigender Sieg. Von den Delegierten, die am kleinen Super Tuesday gewählt wurden, bekam Lake 260 von insgesamt 312. Als die Stimmen am 14. März ausgezählt waren, standen 1301 der insgesamt 2066 Delegierten fest, und Lake lag mit 801 zu 390 weit vor Gouverneur Tarry in Führung.

Sofern nicht eine unvorhergesehene Katastrophe eintrat, war das Rennen gelaufen.

Busters erster Job in Trumble bestand darin, das Gras am Rand der Grünflächen mit einem Elektro-Rasentrimmer kurz zu halten. Dafür bekam er einen Anfangslohn von zwanzig Cent pro Stunde. Die Alternative wäre gewesen, den Boden der Cafeteria zu wischen. Er hatte sich für den Rasentrimmer entschieden, weil er gern in der Sonne war und sich geschworen hatte, dass er nicht so bleich werden würde wie einige der Häftlinge, die er gesehen hatte. Und so dick wollte er auch nicht werden. Das hier ist ein Gefängnis, dachte er immer wieder – wie können sie da so dick sein?

Er arbeitete im hellen Sonnenlicht, erhielt sich seine Bräune, war fest entschlossen, nicht zuzunehmen, und versuchte, alles richtig zu machen. Doch schon nach zehn Tagen war ihm klar, dass er keine achtundvierzig Jahre durchstehen würde.

Achtundvierzig Jahre! Er konnte sich eine solche Zeitspanne nicht mal vorstellen. Wer konnte das schon?

In den ersten beiden Tagen im Gefängnis hatte er fast ununterbrochen geweint.

Vor dreizehn Monaten hatten er und sein Vater noch in ihrer Werft gearbeitet und Boote repariert. Und zweimal pro Woche waren sie hinausgefahren und hatten gefischt.

Er arbeitete sich langsam am Rand des Basketballfelds entlang, wo ein hart umkämpftes Spiel im Gange war. Dann ging er weiter zu der großen Sandfläche, wo manchmal Volleyball gespielt wurde. In der Entfernung drehte ein älterer Mann in strammem Schritt seine Runden um die Aschenbahn. Er hatte das lange, graue Haar zu einem Pferdeschwanz gebunden, trug kein Hemd und kam Buster irgendwie bekannt vor. Buster nahm sich die Ränder eines Gehwegs vor und näherte sich langsam der Aschenbahn.

Der einsame Geher war Finn Yarber, einer der Richter, die ihm helfen wollten. Er bewegte sich in einem steten Tempo um die Bahn, hoch aufgerichtet, mit steifen Schultern und erhobenem Kopf, nicht gerade das Bild eines Athleten, aber nicht schlecht für einen sechzigjährigen Mann. Er war barfuß, und Schweiß strömte über die ledrige Haut seines nackten Oberkörpers.

Buster schaltete den Rasentrimmer ab und legte ihn auf den Boden. Als Yarber näher kam und ihn erkannte, sagte er: »Hallo, Buster. Wie geht's?«

»Ich bin immer noch hier. Was dagegen, wenn ich Sie ein Stück begleite?«

263

»Überhaupt nicht«, sagte Yarber, ohne den Schritt zu verlangsamen.

Erst nach 200 Metern fand Buster den Mut zu fragen: »Was macht meine Berufung?«

»Richter Beech kümmert sich darum. Das Strafmaß scheint in Ordnung zu sein – da sieht es also nicht so gut aus. Bei einer Menge Leute, die hier eingeliefert werden, stimmt das Strafmaß nicht. Normalerweise formulieren wir dann ein, zwei Anträge und ersparen ihnen ein paar Jahre. In deinem Fall wird das leider nicht gehen.«

»Das macht nichts. Was machen ein paar Jahre aus, wenn man achtundvierzig Jahre bekommen hat? Ob achtundzwanzig, achtunddreißig oder achtundvierzig Jahre – was macht das schon für einen Unterschied?«

»Aber du hast ja noch die Berufung. Da besteht die Chance, dass das Urteil aufgehoben wird.«

»Eine winzige Chance.«

»Du darfst die Hoffnung nicht aufgeben, Buster«, sagte Yarber ohne eine Spur von Überzeugung. Die Hoffnung behalten, bedeutete, den Glauben an das System nicht aufzugeben, und den hatte Yarber ganz und gar verloren. Er war mit Hilfe eben jenes Rechtssystems, für das er einst eingetreten war, ans Messer geliefert worden.

Aber Yarber hatte wenigstens Feinde, und er konnte beinahe verstehen, dass sie ihn fertig machen wollten.

Dieser Junge dagegen hatte nichts verbrochen. Yarber hatte genug von seiner Akte gelesen, um davon überzeugt zu sein, dass Buster vollkommen unschuldig war – ein weiteres Opfer eines übereifrigen Staatsanwaltes.

Aus den Unterlagen ließ sich schließen, dass der Vater vielleicht ein bisschen Geld an der Steuer vorbeigeschmuggelt hatte – allerdings keine größeren Beträge. Nichts, was eine Anklageschrift von 160 Seiten gerechtfertigt hätte.

Hoffnung! Wenn er dieses Wort auch nur in Gedanken aussprach, kam er sich vor wie ein Heuchler. Die Berufungsgerichte waren inzwischen mit rechtsgerichteten Saubermännern besetzt, und Urteile gegen Drogentäter wurden ohnehin nur selten kassiert. Man würde einen »Abgelehnt«-Stempel auf den Berufungsantrag des Jungen drücken und sich einreden, dass man damit die Straßen wieder etwas sicherer gemacht hatte.

Der größte Feigling war der Richter gewesen. Von Staatsanwälten erwartete man ja, dass sie alle Welt anklagten, doch Richter waren dazu da, die weniger belasteten Angeklagten auszusortieren. Das Verfahren gegen Buster und seinen Vater hätte von dem gegen die Kolumbianer und ihre Komplizen abgetrennt und eingestellt werden müssen.

Jetzt war der eine tot, und das Leben des anderen war ruiniert. Und niemand im ganzen Strafverfolgungssystem kümmerte sich darum. Es war ja bloß ein Drogendelikt.

An der ersten Kurve des Ovals wurde Yarber langsamer und blieb dann stehen. Er blickte über eine lange Wiese zum Rand eines Waldes. Auch Buster sah in diese Richtung. Seit zehn Tagen war sein Blick immer wieder über die Umgebung des Gefängnisses geschweift, und er hatte gesehen, was es dort nicht gab: Zäune, Stacheldraht, Wachtürme.

»Der Letzte, der abgehauen ist«, sagte Yarber und starrte ins Leere, »ist in dem Wald da verschwunden. Nach ungefähr fünf Kilometern kommt man an eine Landstraße.«

»Und wer war das?«

»Ein Typ namens Tommy Adkins. Er war mal Bankier in North Carolina gewesen und hatte sich beim Griff in die Kasse erwischen lassen.«

»Was ist aus ihm geworden?«

»Er wurde verrückt und ist eines Tages einfach losmarschiert. Es hat sechs Stunden gedauert, bis irgendjemand was gemerkt hat. Einen Monat später ist er in einem Motelzimmer in Cocoa Beach gefunden worden. Allerdings nicht von den Bullen, sondern vom Zimmermädchen. Er lag nackt und zusammengekrümmt auf dem Boden und nuckelte am Daumen. Völlig gaga. Sie haben ihn in eine Klapsmühle gesteckt.«

»Sechs Stunden, hm?«

»Ja. Das passiert ungefähr einmal pro Jahr. Irgendeiner geht einfach weg. Dann benachrichtigen sie die Bullen in deinem Heimatort und geben deinen Namen in den Fahndungscomputer ein – das Übliche eben.«

»Und wie viele werden geschnappt?«

»Fast alle.«

»Fast?«

»Ja, aber die werden geschnappt, weil sie blöde Sachen machen. Sie besaufen sich in Bars. Fahren Wagen mit kaputten Rücklichtern. Besuchen ihre Freundin.«

»Wenn man schlau genug ist, kann man es also schaffen?«

»Klar. Sorgfältige Planung, ein bisschen Kleingeld, und das Ganze ist kein Problem.«

Sie gingen weiter, etwas langsamer jetzt. »Eine Frage, Mr. Yarber«, sagte Buster. »Wenn Sie achtundvierzig Jahre vor sich hätten, würden Sie dann abhauen?«

»Ja.«

»Ich habe aber keinen Cent.«

»Ich schon.«

»Würden Sie mir helfen?«

»Mal sehen. Lass dir erst mal Zeit. Leb dich hier ein. Im Augenblick haben sie ein Auge auf dich, weil du neu bist, aber in ein paar Wochen ist das vorbei.«

Buster lächelte. Seine Strafe war soeben drastisch reduziert worden.

»Du weißt, was passiert, wenn sie dich erwischen?« fragte Yarber.

»Ja, sie brummen mir noch ein paar Jahre auf. Was soll's? Vielleicht kriege ich dann achtundfünfzig Jahre. Nein, wenn sie mich erwischen, bringe ich mich um.«

»Das würde ich auch tun. Aber du musst dich darauf gefasst machen, das Land zu verlassen.«

266

»Und wohin soll ich dann gehen?«

»Irgendwohin, wo du wie ein Einheimischer aussiehst und man dich nicht an die USA ausliefert.«

»Wie zum Beispiel?«

»Argentinien oder Chile. Sprichst du Spanisch?«

»Nein.«

»Dann fang an, es zu lernen. Du kannst hier Spanischunterricht nehmen. Frag mal ein paar von den Jungs aus Miami.«

Sie gingen schweigend eine Runde. Buster überdachte seine Zukunft. Seine Füße waren leichter, er ging aufrechter, und auf seinem Gesicht lag ein Lächeln.

»Warum helfen Sie mir?« fragte er Yarber.

»Weil du dreiundzwanzig bist. Zu jung und zu unschuldig. Das System hat dich einfach überrollt, und du hast das Recht, dich auf jede nur mögliche Art zu wehren. Hast du eine Freundin?«

»Irgendwie schon.«

»Vergiss sie. Sie wird dich nur in Schwierigkeiten bringen. Außerdem: Glaubst du im Ernst, dass sie achtundvierzig Jahre warten wird?«

»Das hat sie gesagt.«

»Dann hat sie gelogen. Sie sieht sich schon nach einem anderen um. Wenn du nicht geschnappt werden willst, vergiss sie.«

Wahrscheinlich hat er recht, dachte Buster. Er hatte noch keinen Brief von ihr bekommen, und obwohl sie nur vier Stunden entfernt lebte, hatte sie ihn noch nicht besucht. Sie hatten zweimal miteinander telefoniert, aber sie schien sich nur dafür zu interessieren, ob er von anderen Häftlingen angegriffen worden war.

»Hast du Kinder?« fragte Yarber.

»Nicht dass ich wüsste.«

»Und was ist mit deiner Mutter?«

»Sie ist gestorben, als ich noch ganz klein war. Mein

Vater hat mich aufgezogen. Wir haben ganz allein gelebt.«

»Dann bist du der ideale Ausbruchskandidat.«

»Ich würde am liebsten sofort abhauen.«

»Hab Geduld. Das muss sorgfältig geplant werden.«

Sie gingen noch eine Runde, und Buster spürte den Drang
loszurennen. Ihm fiel nichts ein, was er in Pensacola ver-
passen würde. Auf der Highschool hatte er in Spanisch gute
Noten gehabt. Er hatte zwar alles wieder vergessen, doch
das Lernen war ihm immer leicht gefallen. Er würde keine
Probleme damit haben. Er würde den Spanischkurs bele-
gen und möglichst viel Zeit mit den Latinos verbringen.

Je länger er ging, desto mehr wünschte er sich, dass sein
Urteil bestätigt wurde. Je eher, desto besser. Wenn sein
Urteil kassiert würde, müsste er eine neue Verhandlung
durchstehen, und in die Geschworenen, die dann über seinen Fall entscheiden würden, setzte er kein Vertrauen.

Buster wollte losrennen, quer über die Wiese zum Wald
und dann weiter zur Landstraße. Was er dort tun würde,
wusste er noch nicht. Aber wenn ein verrückter Bankier
fliehen und es bis nach Cocoa Beach schaffen konnte,
konnte er das auch.

»Warum sind Sie nicht geflohen?« fragte er Yarber.

»Ich hab daran gedacht. Aber in fünf Jahren komme ich
raus. So lange halte ich es schon noch aus. Dann bin ich
fünfundsechzig und in guter körperlicher Verfassung, und
statistisch habe ich dann noch sechzehn Jahre vor mir. Und
dafür lebe ich, Buster, für diese sechzehn Jahre. Ich will
nicht ständig über meine Schulter sehen müssen.«

»Und wohin werden Sie dann gehen?«

»Das weiß ich noch nicht. Vielleicht lasse ich mich in
einem kleinen Dorf in Italien nieder. Vielleicht auch in Peru,
irgendwo in den Bergen. Die ganze Welt wird mir offen stehen. Es vergeht kein Tag, an dem ich nicht ein paar Stunden davon träume.«

»Dann haben Sie also eine Menge Geld?«

»Nein, aber ich arbeite daran.«

Das warf eine Reihe von Fragen auf, aber Buster hielt sich zurück. Er war dabei zu lernen, dass man im Gefängnis lieber nicht zu viele Fragen stellte.

Als er genug gelaufen war, blieb er bei seinem Rasentrimmer stehen. »Vielen Dank, Mr. Yarber«, sagte er.

»Nichts zu danken. Aber behalt das alles für dich.«

»Klar. Wenn es so weit ist, bin ich bereit.«

Yarber ging weiter und drehte die nächste Runde. Seine Shorts waren schweißgetränkt, und auch aus dem grauen Pferdeschwanz tropfte der Schweiß. Buster sah ihm nach und ließ den Blick dann über die Wiese zum Waldrand schweifen.

Er hatte das Gefühl, als könnte er bis nach Südamerika sehen.

VIERUNDZWANZIG

Aaron Lake und Gouverneur Tarry hatten zwei lange, anstrengende Monate damit verbracht, durch das Land zu reisen und 26 Bundesstaaten mit beinahe 25 Millionen Stimmen zu beackern. Dafür hatten sie 18-Stunden-Tage und einen Termin nach dem anderen auf sich genommen – den typischen Wahnsinn einer Präsidentschaftskandidatur.

Doch ebenso große Mühen hatten sie darauf verwendet, einer direkten Debatte aus dem Weg zu gehen. Während der ersten Vorwahlen hatte Tarry keine gewollt, weil er als Favorit galt. Er verfügte über Geld und die nötige Organisation, und die Umfrageergebnisse sprachen für ihn. Warum hätte er seinen Gegner aufwerten sollen? Lake wollte keine Debatte, weil er in diesem Präsidentschaftswahlkampf ein Neuling war, und außerdem war es weit angenehmer, sich hinter einem Drehbuch und einer freundlichen Kamera zu verstecken und Werbespots zu machen, wenn es nötig war. Die Risiken einer live übertragenen Auseinandersetzung waren viel zu hoch.

Auch Teddy gefiel dieser Gedanke gar nicht.

Doch Wahlkämpfe entwickeln eine eigene Dynamik. Favoriten verblassen, unbedeutende Themen werden bedeutend, und die Presse kann aus purer Langeweile Kleinigkeiten zu einer Krise hochstilisieren.

Tarry fand, dass er eine Debatte brauchte, weil seine Mittel erschöpft waren und er eine Vorwahl nach der anderen verlor. »Aaron Lake versucht, diese Wahl zu kaufen«, sagte er immer wieder. »Und ich will ihn zur Rede stellen, von Mann zu Mann.« Das klang gut, und die Presse walzte es genüsslich breit.

»Er läuft vor einer direkten Auseinandersetzung davon«, erklärte Tarry, und auch das gefiel der Meute.

»Der Gouverneur ist mir seit Michigan konsequent aus dem Weg gegangen«, war Lakes stereotype Antwort.

Und so spielten sie drei Wochen lang das Er-läuft-vor-mir-davon-Spiel, bis ihre Mitarbeiter die Einzelheiten ausgearbeitet hatten.

Lake zögerte, aber auch er brauchte ein Forum. Zwar gewann er Woche um Woche, doch gegen einen Konkurrenten, der schon seit geraumer Zeit immer schwächer wurde. Sowohl die von ihm selbst als auch die vom IVR in Auftrag gegebenen Umfragen zeigten, dass die Wähler sich ziemlich stark für ihn interessierten, allerdings hauptsächlich, weil er neu war, gut aussah und anscheinend die Qualifikationen für ein hohes Amt besaß.

Und was nur Eingeweihte wussten: Die Umfrageergebnisse enthüllten auch einige Bereiche, in denen Lake nicht sehr gut aussah. Der erste betraf Lakes Beschränkung auf ein einziges Thema. Der Rüstungsetat war für die Wähler nur für eine begrenzte Zeit von Interesse, und die Umfragen zeigten, dass viele wissen wollten, welche Haltung er zu anderen Fragen einnahm.

Zweitens lag Lake bei einer hypothetischen Gegenüberstellung noch immer fünf Prozent hinter dem Vizepräsidenten. Dem waren die Wähler zwar nicht sonderlich zugeneigt, doch immerhin wussten sie, wer er war. Lake dagegen war den meisten ein Rätsel. Außerdem würden Lake und der Vizepräsident vor den Wahlen im November einige Male aufeinander treffen. Lake, dessen Nominierung schon beinahe sicher war, brauchte Übung.

Tarry verschlimmerte die Sache, indem er ständig fragte:

»Wer ist Aaron Lake?« Mit einem Teil seines verbleibenden Geldes ließ er Aufkleber drucken, auf denen diese mittlerweile viel zitierte Frage stand: Wer ist Aaron Lake?

(Es war eine Frage, die auch Teddy sich inzwischen fast
stündlich stellte, wenn auch aus anderen Gründen.)

Die Debatte sollte in einem kleinen lutheranischen College in Pennsylvania stattfinden, das über ein Auditorium
mit guter Akustik und Beleuchtung verfügte. Die Zahl der
Zuschauer würde begrenzt bleiben. Die Mitarbeiter der
gegnerischen Kandidaten stritten sich über die winzigsten
Details, doch weil beide eine öffentliche Auseinandersetzung brauchten, einigte man sich schließlich. Bei der Fest-
legung des genauen Ablaufs wäre es fast zu Handgreiflich-
keiten gekommen, doch als alles besprochen und geregelt
war, war für jeden etwas dabei. Die Medien durften drei
Journalisten auf die Bühne schicken, die beide Kandidaten
gezielt befragen sollten. Die Zuschauer bekamen zwanzig
Minuten, um unzensierte Fragen zu jedem beliebigen
Thema zu stellen. Tarry, der eigentlich Anwalt war, forderte
fünf Minuten Redezeit als Einleitung und zehn Minuten für
eine Schlusserklärung. Lake wollte eine halbstündige,
unmoderierte Diskussion mit Tarry: keine Regeln, kein
Schiedsrichter – nur die beiden Kandidaten, die einander
Zunder gaben. Das hatte Tarrys Leute hellauf entsetzt, und
um ein Haar wäre die Vereinbarung daran gescheitert.

Der Moderator war ein örtlicher Rundfunkjournalist,
und als er sagte: »Guten Abend, meine Damen und Herren, und herzlich willkommen zu der ersten und einzigen
Debatte zwischen Gouverneur Wendell Tarry und dem
Kongressabgeordneten Aaron Lake«, sahen etwa 18 Millionen Menschen zu.

Tarry trug einen dunkelblauen Anzug, den seine Frau
ihm ausgesucht hatte, dazu das übliche hellblaue Hemd
und die übliche rot-blau gestreifte Krawatte. Lake trug
einen schicken hellbraunen Anzug, ein weißes Hemd mit

Haifischkragen und eine Krawatte, in der ein halbes Dutzend Farben vorkamen, vornehmlich aber Rot und Rotbraun. Das Ganze war von einem Modeberater zusammengestellt und auf die Farben des Sets abgestimmt worden. Man hatte Lakes Haar getönt und seine Zähne gebleicht. Er hatte Stunden auf einer Sonnenbank gelegen. Er wirkte frisch und durchtrainiert und schien es eilig zu haben, auf die Bühne zu kommen.

Auch Gouverneur Tarry war ein gut aussehender Mann. Obgleich er nur vier Jahre älter als Lake war, forderte der Wahlkampf von ihm einen schweren Tribut. Seine Augen waren müde und gerötet. Er hatte ein paar Pfund zugenommen, und das zeigte sich vor allem im Gesicht. Bei seiner Einleitung erschienen Schweißperlen auf seiner Stirn und glitzerten im Scheinwerferlicht.

Man war allgemein der Ansicht, dass für Tarry mehr auf dem Spiel stand, weil er bereits so viel verloren hatte. Anfang Januar hatten so unfehlbare Propheten wie die Redakteure des *Time Magazine* bereits verkündet, seine Nominierung sei zum Greifen nah. Seit drei Jahren strebte er die Präsidentschaftskandidatur an. Sein Wahlkampf basierte auf Laufarbeit und Präsenz an der Basis. Jeder Wahlkampfhelfer, jeder Revierleiter in Iowa und New Hampshire hatte schon Kaffee mit ihm getrunken. Seine Organisation war perfekt.

Und dann kam Lake mit seinen abgefeimten Werbespots und seiner Beschränkung auf ein einziges Thema.

Tarry brauchte entweder einen beeindruckenden Auftritt oder einen schlimmen Patzer von Lake.

Er bekam weder das eine noch das andere. Man warf eine Münze, und er bekam den Vortritt. Bei seiner Einleitung geriet er ins Schwimmen. Er spazierte unbeholfen auf der Bühne herum und bemühte sich verzweifelt, locker zu wirken, vergaß aber, was auf seinen Notizkärtchen stand. Vor seinem Eintritt in die Politik hatte er zwar eine Anwalts-

kanzlei gehabt, doch sein Spezialgebiet waren Bürgschaf-
ten gewesen. Er vergaß einen Punkt nach dem anderen und
kehrte zu seinem bekannten Argument zurück: Mr. Lake
will diese Wahl kaufen, weil er nichts zu sagen hat. Tarrys
Ton wurde gehässig, während Lake munter lächelte und die
Worte an sich abperlen ließ.

Die schwache Eröffnung seines Gegners gab Lake Ober-
wasser. Sein Selbstvertrauen wuchs. Er blieb hinter seinem
Podium, wo er die Notizen in Reichweite hatte. Er sagte,
er sei nicht gekommen, um seinen Gegner mit Dreck zu
bewerfen. Er respektiere Gouverneur Tarry, doch dieser
habe soeben fünf Minuten und elf Sekunden lang kein einziges positives Wort gesagt.

Dann ging er nicht weiter auf Tarry ein, sondern brachte
drei Themen zur Sprache, die seiner Meinung nach diskutiert werden müssten: Steuersenkungen, die Reform der
Sozialausgaben, der Abbau der negativen Handelsbilanz.
Kein Wort über den Verteidigungsetat.

Die erste Frage der Journalisten war an Lake gerichtet
und betraf den Haushaltsüberschuss. Was sollte mit diesem
Geld geschehen? Es war weniger eine Frage als vielmehr ein
freundliches Stichwort, und Lake griff es eifrig auf. Man
müsse das soziale Netz retten, war seine Antwort, und dann
schilderte er in einer beeindruckenden Zurschaustellung
finanzpolitischer Kompetenz, wie dieses Geld eingesetzt
werden solle. Ohne einen einzigen Blick in sein Konzept zu
werfen, nannte er Zahlen, Prozentangaben und Prognosen.

Gouverneur Tarrys Antwort lautete einfach: Steuersenkungen. Man solle das Geld den Leuten zurückgeben, die
es verdient hätten.

Bei der Befragung durch die Journalisten punktete keiner der Kandidaten besonders. Beide waren gut vorbereitet. Die einzige Überraschung war, dass Lake – der Mann,
der das Pentagon mästen wollte – in anderen Themenbe-
reichen so kompetent war.

274

Die Debatte entwickelte sich zu dem üblichen Hin und Her. Die Fragen aus dem Publikum waren durchweg vorhersehbar. Brisant wurde es erst, als die Kandidaten begannen, einander zu befragen. Tarry bekam auch hier den Vortritt, und wie nicht anders zu erwarten fragte er Lake, ob er vorhabe, die Wahl zu kaufen.

»Als Sie noch mehr hatten als alle anderen, hat Ihnen das Geld nicht so viel Kopfzerbrechen bereitet«, gab Lake zurück, und das Publikum war mit einem Mal hellwach.

»Ich hatte keine 50 Millionen Dollar«, sagte Tarry.

»Das habe ich auch nicht«, erwiderte Lake. »Es sind eher 60 Millionen, und die Spenden kommen schneller herein, als wir sie zählen können. Hauptsächlich von Arbeitern und Leuten mit mittlerem Einkommen. 81 Prozent der Spender verdienen weniger als 40 000 Dollar im Jahr. Wollen Sie diesen Leuten irgendwelche Vorwürfe machen, Gouverneur Tarry?«

»Die Wahlkampfausgaben der Kandidaten sollten begrenzt werden.«

»Das finde ich auch. Und ich habe bei verschiedenen Abstimmungen im Kongress achtmal für eine solche Begrenzung gestimmt. Sie dagegen sprechen erst von einer Begrenzung, seit Ihnen das Geld ausgegangen ist.«

Gouverneur Tarry sah mit dem erschrockenen Blick eines vom Scheinwerferlicht geblendeten Rehs in die Kamera. Ein paar Lake-Anhänger im Publikum lachten, gerade so laut, dass man sie hören konnte.

Als der Gouverneur in seinen zu großen Notizkarten blätterte, erschienen wieder Schweißperlen auf seiner Stirn. Er war zwar eigentlich kein amtierender Gouverneur, ließ sich aber trotzdem gern so nennen. Vor neun Jahren hatten die Wähler in Indiana ihn nach nur einer Amtszeit wieder nach Hause geschickt, doch diese Information sparte Lake sich für später auf.

Als Nächstes fragte Tarry, warum Lake in seinen vierzehn Jahren als Abgeordneter in vierundfünfzig Fällen für neue Steuern gestimmt habe.

»Ich kann mich nicht an vierundfünfzig Steuerfälle erinnern«, sagte Lake. »Aber einige davon betrafen Alkohol, Tabak und Glücksspiele. Ich habe gegen eine Erhöhung von Einkommensteuern, Körperschaftssteuern, Quellensteuern und Steuern auf Sozialhilfe gestimmt, und ich schäme mich dessen nicht. Aber da wir gerade von Steuern sprechen: In Ihren vier Jahren als Gouverneur von Indiana sind die Steuersätze dort um durchschnittlich sechs Prozent gestiegen. Haben Sie dafür eine Erklärung?«

Da Tarry nicht sogleich antwortete, fuhr Lake fort: »Sie wollen die Bundesausgaben senken, doch in Ihren vier Jahren als Gouverneur von Indiana sind die staatlichen Ausgaben dort um achtzehn Prozent gestiegen. Sie wollen die Körperschaftssteuer senken, doch in Ihren vier Jahren als Gouverneur von Indiana ist die Körperschaftssteuer dort um drei Prozent gestiegen. Sie wollen die Sozialhilfe einstellen, doch in Ihren vier Jahren als Gouverneur von Indiana hat die Zahl der Sozialhilfeempfänger dort um 40 000 zugenommen. Wie erklären Sie sich das?«

Jeder Verweis auf Indiana war ein harter Schlag, und Tarry hing in den Seilen. »Ich kann Ihre Zahlen nicht bestätigen«, brachte er heraus. »Wir haben in Indiana Stellen geschaffen.«

»Tatsächlich?« fragte Lake boshaft, nahm ein Papier von seinem Podium und hielt es in die Höhe, als wäre es eine Anklageschrift gegen Gouverneur Tarry. »Das mag schon sein, aber in Ihrer vierjährigen Amtszeit haben sich fast sechzigtausend Menschen arbeitslos gemeldet«, verkündete er, ohne einen Blick auf das Papier zu werfen.

Es stimmte, dass Tarrys vier Jahre nicht gerade erfolgreich gewesen waren, doch in seiner Amtszeit war die Gesamtwirtschaft den Bach runtergegangen. Das hatte er bereits des Öfteren erklärt, und er hätte es gern noch einmal getan, aber – verdammt! – ihm blieben nur noch ein paar Minuten landesweite Sendezeit, und er beschloss, keine Zeit mit Haarspaltereien über Vergangenes zu verschwenden. »Bei dieser Wahl geht es aber nicht um Indiana«, sagte er und rang sich ein Lächeln ab. »Bei dieser Wahl geht es um alle 50 Bundesstaaten. Es geht um die Menschen in unserem Land, die mehr Steuern zahlen sollen, um Ihre sündhaft teuren Rüstungsprojekte zu finanzieren, Mr. Lake. Sie können doch nicht im Ernst wollen, dass das Budget des Pentagons verdoppelt wird.«

Lake sah seinen Gegner fest an. »Oh doch, das will ich. Und wenn Ihnen die Verteidigung unseres Landes am Herzen läge, dann würden Sie es auch wollen.« Und dann rasselte er Statistiken herunter, eine nach der anderen, und jede baute auf der vorhergehenden auf. Insgesamt bewiesen sie überzeugend die mangelnde Einsatzbereitschaft der Streitkräfte, und als Lake schließlich fertig war, hatte er dargelegt, dass »unsere Jungs im Augenblick nicht mal zu einer Invasion Bermudas imstande wären«.

Doch Tarry hatte eine Studie, die das Gegenteil bewies. Es handelte sich um ein dickes, auf Hochglanzpapier gedrucktes Manuskript, das von ehemaligen Admiralen verfasst worden war. Er schwenkte es vor den Kameras und sagte, eine Aufrüstung sei vollkommen unnötig. Abgesehen von einigen regional begrenzten Auseinandersetzungen und Bürgerkriegen, bei denen keine nationalen Interessen der USA gefährdet seien, herrsche weltweit Frieden. Amerika sei die einzige verbliebene Supermacht. Der Kalte Krieg sei vorüber, und China sei Jahrzehnte davon entfernt, auch nur annähernd gleich stark zu sein. Warum also solle man den Steuerzahler mit zweistelligen Milliardenbeträgen für neue Rüstungsprojekte belasten?

Sie diskutierten eine Weile darüber, wie dieses Geld aufzubringen sei, und Tarry machte ein paar Punkte wett. Doch sie bewegten sich auf Lakes Territorium, und bald war deutlich, dass dieser auch hier weit kompetenter war als der Gouverneur.

Lake sparte sich das Beste für den Schluss auf. In seiner zehnminütigen Zusammenfassung wandte er sich wieder dem Thema Indiana zu und zählte die Misserfolge auf, die Tarry in seiner einzigen Amtszeit zu verantworten gehabt hatte. Seine Argumentation war einfach und sehr wirkungsvoll: Wie sollte Tarry das Land regieren, wenn er es nicht einmal geschafft hatte, einen Bundesstaat zu regieren?

»Ich mache den Menschen in Indiana wirklich keinen Vorwurf«, sagte er, »denn sie sind klug genug gewesen, Mr. Tarry nach nur einer Amtszeit wieder nach Hause zu schicken. Sie haben erkannt, dass er seine Arbeit nicht gut gemacht hat. Darum hat er, als er sich zur Wiederwahl stellte, auch nur 38 Prozent der Stimmen bekommen. 38 Prozent! Wir sollten den Einwohnern von Indiana vertrauen. Sie kennen diesen Mann. Sie haben gesehen, was er unter Regieren versteht. Sie haben einen Fehler begangen und diesen Fehler wieder gutgemacht. Es wäre doch ein Jammer, wenn der Rest des Landes denselben Fehler begehen würde.«

Den sofort nach der Sendung vorgenommenen Umfragen zufolge lag Lake weit in Führung. Der IVR rief unmittelbar nach der Debatte 1000 Wähler an. Beinahe 70 Prozent fanden, Lake sei der bessere Kandidat.

An Bord von Lakes Maschine, die am späten Abend von Pittsburgh nach Wichita gestartet war, knallten die Korken, und eine kleine Party begann. Nach und nach wurden die Umfrageergebnisse – eins besser als das andere – durchgegeben, und es herrschte Siegesstimmung.

Alkohol war an Bord der Boeing zwar nicht verboten, aber auch nicht erwünscht. Wenn einer von Lakes Mitarbeitern einen Drink nehmen wollte, musste er es schnell und diskret tun. Doch gewisse Augenblicke musste man einfach feiern. Auch Lake trank zwei Gläser Champagner. Nur seine engsten Vertrauten waren anwesend. Er dankte und gratulierte ihnen, und während die nächste Flasche geöffnet wurde, sahen sie sich noch einmal die Höhepunkte der Debatte an. Das Video wurde jedes Mal angehalten, wenn Gouverneur Tarry besonders verwirrt aussah, und jedes Mal wurde das Gelächter lauter.

Die kleine Feier dauerte jedoch nicht lange. Nach und nach wurden alle von ihrer Müdigkeit eingeholt. Diese Leute hatten wochenlang nur fünf Stunden pro Nacht geschlafen, die meisten in der Nacht vor der Debatte sogar noch weniger. Auch Lake war erschöpft. Er trank sein drittes Glas Champagner aus – es war das erste Mal seit vielen Jahren, dass er so viel getrunken hatte –, setzte sich in den Ledersessel mit der verstellbaren Lehne und deckte sich mit einer Steppdecke zu. Auch die anderen hatten sich auf den Liegesitzen in der abgedunkelten Kabine ausgestreckt.

Im Flugzeug konnte er meist nicht schlafen. Auch jetzt tat er es nicht. Es gab zu viele Dinge zu bedenken und zu erwägen, und er genoss seinen Sieg in der Fernsehdebatte. Während er die Decke zurechtstrich, wiederholte er in Gedanken noch einmal seine besten Sätze. Er war brillant gewesen, auch wenn er das niemandem gegenüber zugegeben hätte.

Die Nominierung war ihm sicher. Auf dem Parteitag würde man ihn wählen, und dann würden er und der Vizepräsident sich nach bester amerikanischer Tradition ein viermonatiges Duell liefern.

Er schaltete das kleine Leselicht ein, das über seinem Sitz montiert war. Weiter vorn, in der Nähe des Cockpits, leuchtete ein zweites Leselicht. Noch ein Schlafloser. Die anderen schnarchten unter ihren Decken und schliefen den Schlaf junger Leute, die mit hochoktanigem Treibstoff angetrieben wurden.

Lake öffnete seinen Aktenkoffer und holte eine kleine Ledermappe hervor, in der sich seine privaten Briefkarten befanden. Sie waren zehn mal fünfzehn Zentimeter groß, aus handgeschöpftem, leicht getöntem Bütten und links oben in einer halbfetten Antiquaschrift mit dem Namen »Aaron Lake« bedruckt. Mit einem dicken, altmodischen Füller schrieb Lake einige Zeilen an seinen Zimmergenossen aus Collegezeiten, der jetzt an einer kleinen Universität in Texas Professor für Latein war. Er schrieb eine Dankeskarte an den Moderator der Fernsehdebatte und eine an seinen Wahlkampfkoordinator in Oregon. Lake liebte die Romane von Tom Clancy. Er hatte kürzlich das neueste und bislang dickste Buch von ihm gelesen und schrieb einen kurzen Glückwunsch an den Autor.

Manchmal reichte eine Karte nicht aus, und darum hatte er noch andere von derselben Größe und Farbe, jedoch ohne Namensaufdruck. Auf eine dieser Karten schrieb er, nachdem er sich mit einem kurzen Blick vergewissert hatte, dass seine Mitarbeiter fest schliefen:

Lieber Ricky!

Ich glaube, es ist am besten, wenn wir unseren Briefwechsel beenden. Ich wünsche dir alles Gute.

Herzliche Grüße,
Al

Die Adresse in Aladdin North hatte er im Kopf. Er schrieb sie auf einen ebenfalls unbedruckten Umschlag. Dann nahm er einige mit seinem Namen versehene Karten und formulierte Dankschreiben an Leute, die größere Summen gespendet hatten. Nach zwanzig Karten übermannte ihn die Müdigkeit. Die Karten lagen vor ihm auf dem Tischchen, und das Licht brannte noch, als er sich

zurücklehnte. Innerhalb weniger Minuten war er einge-
schlafen.

Nach nicht einmal einer Stunde wurde er von panischen
Schreien geweckt. Die Kabinenbeleuchtung war eingeschaltet, Menschen eilten umher, und überall war Rauch.
Aus dem Cockpit drang ein lautes Alarmsignal, und als
Lake den Schlaf abgeschüttelt hatte, wurde ihm bewusst,
dass die Boeing sich in einem steilen Sinkflug befand. Die
Panik vergrößerte sich noch, als die Klappen in der Decken-
verkleidung sich öffneten und die Sauerstoffmasken he-
rausfielen. Nachdem man jahrelang gelangweilt zugesehen
hatte, wie Flugbegleiter vor dem Start die Handhabung dieser Masken demonstrierten, sollten die verdammten Dinger nun tatsächlich benutzt werden. Lake legte seine Maske
an und atmete tief ein.

Der Pilot verkündete, man werde eine Notlandung in St.
Louis machen. Das Licht flackerte, und jemand schrie.
Lake wollte von einem zum anderen gehen und die Leute
beruhigen, doch seine Sauerstoffmaske hinderte ihn daran,
sich von seinem Platz zu entfernen. Hinter ihm, in einem
abgetrennten Teil der Maschine, befanden sich zwei Dutzend Reporter und etwa ebenso viele Secret-Service-Män-
ner.

Vielleicht hat der Mechanismus, der die Sauerstoffmasken freigibt, dort versagt, dachte er und fühlte sich
schuldig.

Der Rauch wurde dicker, und die Beleuchtung erlosch.
Nach der ersten Panik gelang es Lake – wenn auch nur für
einen kurzen Augenblick –, einen klaren Gedanken zu fassen. Rasch sammelte er die Briefkarten und Umschläge ein.
Die Karte an Ricky schob er in den Umschlag mit der
Adresse in Aladdin North. Er verschloss ihn und tat ihn in
die Ledermappe, die er in den Aktenkoffer legte. Wieder
flackerte das Licht, dann erlosch es ganz.

Der Rauch brannte in den Augen und wärmte die Gesichter. Das Flugzeug verlor schnell an Höhe. Aus dem Cockpit ertönten Warnsignale und Sirenen.

Das kann nicht sein, dachte Lake und umklammerte die Armlehnen. Ich bin doch dabei, Präsident der Vereinigten Staaten zu werden. Er dachte an Rocky Marciano, Buddy Holly, Otis Redding, Thurman Munson, den texanischen Senator Tower und an seinen Freund Mickey Leland aus Houston. Und an John F. Kennedy jr. und Ron Brown.

Plötzlich wurde die Luft kalt, und der Rauch verschwand schnell. Sie waren jetzt unterhalb von 3000 Metern Höhe, und der Pilot hatte es irgendwie geschafft, die Kabine zu lüften. Das Flugzeug sank jetzt nicht mehr, und durch die Fenster konnten sie unter sich Lichter sehen.

»Bitte behalten Sie die Masken auf«, sagte die Stimme des Piloten in der Dunkelheit. »Wir werden in wenigen Minuten landen. Wir glauben, dass es keine Probleme geben wird.«

Keine Probleme? Sollte das ein Witz sein? dachte Lake. Er musste auf die Toilette.

Zögernd machte sich Erleichterung breit. Kurz vor der Landung sah Lake die Blinklichter von hundert Einsatzfahrzeugen. Beim Aufsetzen hüpfte die Maschine, wie bei fast jeder Landung, ein wenig, und als sie am Ende der Bahn zum Stehen kam, flogen die Türen der Notausgänge auf.

Es entstand ein Gedränge, und innerhalb weniger Minuten wurden die Passagiere von Rettungssanitätern in Empfang genommen und zu den wartenden Krankenwagen geführt. Das Feuer im Frachtraum hatte sich während der Landung noch weiter ausgebreitet. Als Lake sich im Laufschritt von der Maschine entfernte, rannten Feuerwehrleute mit Gerät darauf zu. Unter den Flügeln quoll Rauch hervor.

Ein paar Minuten länger, dachte Lake, und wir wären allesamt tot gewesen.

»Das war knapp, Sir«, sagte ein Sanitäter, der neben ihm her rannte. Lake umklammerte den Aktenkoffer mit den Briefkarten. Zum ersten Mal überkam ihn blankes Entsetzen.

Die Tatsache, dass er einer Katastrophe nur um Haaresbreite entgangen war, sowie die unvermeidliche Berichterstattung der Medien trug vermutlich nur wenig dazu bei, Lakes Popularität zu steigern. Allerdings schadete es ihm auch nicht. In den Morgennachrichten war er landesweit zu sehen: Er sprach über seinen entscheidenden Sieg in der Debatte mit Gouverneur Tarry und schilderte Einzelheiten dessen, was sein letzter Flug hätte sein können.

»Ich glaube, ich nehme in nächster Zeit lieber den Bus«, sagte er lachend. Er setzte allen Humor ein, der ihm zur Verfügung stand, und versuchte, den Zwischenfall mannhaft abzutun. Seine Mitarbeiter erzählten eine andere Geschichte: von Sauerstoffmasken und vom Warten in der Dunkelheit, während der Rauch dichter und heißer wurde. Und die Journalisten, die mitgeflogen waren, gaben natürlich nur zu gern detaillierte Beschreibungen der Angst an Bord zum Besten.

Teddy Maynard verfolgte alles von seinem Bunker aus. Drei seiner Männer waren dabei gewesen, und einer von ihnen hatte ihn aus dem Krankenhaus in St. Louis angerufen.

Es war ein eigenartiges Ereignis gewesen. Einerseits glaubte Teddy noch immer daran, dass es von entscheidender Bedeutung war, dass Lake Präsident wurde: Die Sicherheit des Landes hing davon ab.

Andererseits wäre ein Absturz keine Katastrophe gewesen. Lake und sein Doppelleben wären verschwunden, und ein gewaltiges Problem wäre erledigt gewesen. Gouverneur Tarry hatte am eigenen Leib erfahren, welche überragende Bedeutung unbegrenzte finanzielle Mittel spielten. Teddy hätte noch rechtzeitig eine Abmachung mit ihm treffen können, um den Wahlsieg im November zu sichern.

Aber Lake war unversehrt geblieben und dominierte die politische Landschaft noch mehr als zuvor. Sein sonnengebräuntes Gesicht war auf den Titelseiten aller Zeitungen, und wohin er auch ging, war eine Fernsehkamera nicht weit. Sein Wahlkampf war erfolgreicher, als Teddy es sich hatte träumen lassen.

Warum also diese Angst im Bunker? Warum feierte Teddy nicht?

Weil das Rätsel um die Richter noch immer nicht gelöst war. Und weil er diese Leute nicht einfach umbringen konnte.

FÜNFUNDZWANZIG

Das Team in der Abteilung Dokumente benutzte denselben Laptop wie für den letzten Brief an Ricky. Der Brief war von Deville persönlich entworfen und von Mr. Maynard gutgeheißen worden.

Lieber Ricky!

Ich habe mich gefreut, als ich las, dass du demnächst in ein Offenes Haus in Baltimore entlassen wirst. Gib mir ein paar Tage Zeit – ich werde mich um einen Vollzeitjob für dich kümmern. Der Arbeitgeber ist eine Kirchengemeinde, und du wirst nicht sehr viel verdienen, aber für einen Neuanfang ist es genau das Richtige.

Ich schlage vor, dass wir uns ein bisschen mehr Zeit lassen. Vielleicht treffen wir uns erst einmal zum Mittagessen und sehen dann weiter. Ich bin nicht der Typ, der die Dinge überstürzt.

Ich hoffe, es geht dir gut. Ich lasse dich nächste Woche die Einzelheiten über den Job wissen. Halt die Ohren steif.

Liebe Grüße,
Al

Nur das »Al« war handgeschrieben. Der Umschlag wurde mit einem Washingtoner Poststempel versehen und dann per Kurier an Klockner in Neptune Beach weitergeleitet.

Trevor war in Fort Lauderdale, wo er erstaunlicherweise normale anwaltliche Dinge zu erledigen hatte, und so lag der Brief zwei Tage lang im Postfach von Aladdin North. Als Trevor erschöpft nach Neptune Beach zurückkehrte, blieb er nur lange genug in seiner Kanzlei, um einen heftigen Streit mit Jan vom Zaun zu brechen; dann stürmte er hinaus, setzte sich in seinen Wagen und fuhr zum Postamt. Zu seiner Freude war das Postfach voll. Er sortierte die Reklamesendungen aus, fuhr zum einen Kilometer entfernten Postamt von Atlantic Beach und sah im Postfach von Laurel Ridge nach, der teuren Drogenklinik, in der Percy saß.

Nachdem er die Post abgeholt hatte, fuhr Trevor, sehr zu Klockners Enttäuschung, direkt nach Trumble. Unterwegs telefonierte er nur einmal, und zwar mit seinem Buchmacher. Er hatte innerhalb von drei Tagen 2500 Dollar beim Eishockey verloren, einem Sport, für den Spicer sich nicht interessierte. Trevor hatte seine Favoriten selbst ausgesucht – mit vorhersehbarem Ergebnis.

Spicer wurde zwar ausgerufen, erschien aber nicht, und so kam Beech ins Anwaltszimmer und tauschte mit Trevor die Post aus: Acht Briefe gingen hinaus, und vierzehn Briefe kamen herein.

»Was ist mit Brant in Upper Darby?« fragte Beech und sah die Umschläge durch.

»Was soll mit ihm sein?«

»Wer ist er? Wir wollen ihn bluten lassen.«

»Ich hab's noch nicht rausgekriegt. Ich war ein paar Tage weg.«

»Beeil dich damit. Der Typ könnte der bislang dickste Fisch sein.«

»Ich werde mich morgen darum kümmern.«

Beech hatte keine Quoten aus Las Vegas zu bedenken und wollte nicht Karten spielen. Trevor ging nach zwanzig Minuten.

*

Lange nach dem Abendessen, das sie hatten ausfallen lassen, und lange nach der Schließungszeit der Bibliothek saßen die Richter hinter verschlossener Tür in ihrem kleinen Zimmer. Sie sprachen wenig, sahen einander nicht an und starrten, tief in Gedanken versunken, an die Wand.

Auf dem Tisch lagen drei Briefe. Einer war mit Als Laptop geschrieben und vor zwei Tagen in Washington abgestempelt worden. Der zweite war Als handgeschriebene Karte, mit der er den Kontakt zu Ricky abbrach. Der dazugehörige Umschlag war vor drei Tagen in St. Louis abgestempelt worden. Diese beiden Nachrichten widersprachen sich und stammten offensichtlich von verschiedenen Leuten. Jemand hatte ihre Post manipuliert.

Der dritte Brief jedoch hatte sie wirklich alarmiert. Sie hatten ihn immer wieder gelesen, einzeln, gemeinsam, stumm und unisono. Sie hatten die Karte an den Ecken hochgehoben, sie gegen das Licht gehalten, ja sogar daran gerochen. Ihr haftete ein ganz leichter Rauchgeruch an, ebenso wie dem Umschlag und der Karte an Ricky.

Sie war mit der Hand geschrieben, trug das Datum 18. April, 1 Uhr 20, und war an eine Frau namens Carol gerichtet.

Liebe Carol!

Was für ein großartiger Abend! Die Debatte hätte nicht besser laufen können, und das verdanke ich nicht zuletzt Ihnen und den anderen freiwilligen Helfern aus Pennsylvania. Vielen Dank! Wir werden uns noch mehr anstrengen und gewinnen. In Pennsylvania liegen wir in Führung, und dort wollen wir auch bleiben. Bis nächste Woche.

Unterschrieben war sie: Aaron Lake. Derselbe Name war oben links aufgedruckt. Und die Handschrift war identisch mit der auf der Karte, die Al an Ricky geschickt hatte.

Der Umschlag war an Ricky in Aladdin North adressiert, und als Beech ihn geöffnet hatte, war ihm die zweite Karte, die hinter der ersten gesteckt hatte, nicht aufgefallen. Sie war herausgerutscht, und als er sie aufgehoben hatte, war ihm der Name »Aaron Lake« ins Auge gesprungen.

Das war gegen vier Uhr gewesen, kurz nachdem Trevor gegangen war. Fast fünf Stunden lang hatten sie über den Briefen gebrütet, und nun waren sie sicher, dass a) der Laptop-Brief eine Fälschung war und von jemandem stammte, der sich auf so etwas verstand, dass b) die gefälschte Unterschrift »Al« praktisch identisch war mit dem Original, was wiederum bedeutete, dass der Fälscher zu irgendeinem Zeitpunkt Einblick in den Briefwechsel zwischen Ricky und Al genommen hatte, dass c) die Karten an Ricky und Carol von Aaron Lakes Hand stammten und dass d) die Karte an Carol versehentlich bei ihnen gelandet war.

Vor allem aber: Al Konyers war in Wirklichkeit Aaron Lake. Der berühmteste Politiker des Landes war ihnen in die Falle gegangen.

Auch andere, weniger bedeutsame Hinweise ließen auf Lake schließen. Sein bei einer privaten Firma gemietetes Postfach befand sich in Washington, D. C., einem Ort, wo ein Abgeordneter den größten Teil seiner Zeit verbrachte. Als bekannter Volksvertreter, der vom Wohlwollen seiner Wähler abhängig war, verbarg er sich natürlich hinter einem falschen Namen. Und um nicht auf Grund seiner Handschrift identifizierbar zu sein, würde so jemand seine Briefe selbstverständlich auf einem Computer schreiben. Al hatte kein Foto geschickt – auch dies ein Zeichen dafür, dass er viel zu verbergen hatte.

Sie studierten die Zeitungen der letzten Tage, um die Daten nachzuprüfen. Die handgeschriebenen Briefe waren am Tag nach der Fernsehdebatte aufgegeben worden, in St. Louis, wo Lake gewesen war, nachdem sein Flugzeug in Brand geraten war.

Es schien der gegebene Zeitpunkt gewesen zu sein, den Briefwechsel abzubrechen. Lake hatte ihn begonnen, bevor er sich in den Wahlkampf gestürzt hatte. Innerhalb von drei Monaten hatte er das Land im Sturm erobert und war sehr berühmt geworden. Er hatte jetzt sehr viel zu verlieren.

Langsam und ohne auf die Zeit zu achten, sammelten sie Beweismaterial. Als alles wasserdicht zu sein schien, versuchten sie, ihre eigene Beweisführung zu erschüttern. Der überzeugendste Einwand kam von Finn Yarber.

»Und wenn einer von Lakes Mitarbeitern Zugang zu seinem Briefpapier hatte?« gab er zu bedenken. Keine schlechte Frage. Sie diskutierten sie eine Stunde lang. Würde Al Konyers nicht genau das tun, um seine wahre Identität zu verbergen? Was, wenn er in Washington lebte und für Lake arbeitete? Mal angenommen, Lake war ein sehr beschäftigter Mann und vertraute einem Assistenten genug, um ihn seine private Korrespondenz erledigen zu lassen. Yarber konnte sich nicht erinnern, damals, als er noch Oberrichter gewesen war, einem Assistenten so viel Handlungsfreiheit gegeben zu haben. Beech hatte nie private Mitteilungen von einem anderen schreiben lassen. Und Spicer hatte ohnehin keine privaten Mitteilungen geschrieben. Dafür gab es schließlich Telefone.

Aber Yarber und Beech hatten nie unter einer Belastung gestanden, die auch nur annähernd der ähnelte, die ein Präsidentschaftskandidat auf sich nehmen musste. Sie waren, dachten sie wehmütig, sehr beschäftigte Männer gewesen, aber nicht im Entferntesten so beschäftigt, wie Lake es sein musste.

Angenommen also, es steckte einer von Lakes Mitarbeitern dahinter. Bis jetzt hatte dieser Mann die perfekte Tarnung, denn er hatte ihnen so gut wie nichts verraten. Kein Foto. Nur sehr unbestimmte Andeutungen über Familie und Beruf. Er mochte alte Filme und chinesisches Essen – das war schon so gut wie alles, was sie wussten. Konyers stand auf der Liste der Brieffreunde, die sie demnächst fallen lassen wollten, weil sie zu zurückhaltend waren. Warum wollte er den Kontakt zu diesem Zeitpunkt abbrechen?

Ihnen fiel keine überzeugende Antwort ein.

Und das Argument war ohnehin an den Haaren herbeigezogen. Beech und Yarber fanden, dass kein Mann in Lakes Position, ein Mann, der gute Chancen hatte, der nächste Präsident der Vereinigten Staaten zu werden, irgendjemandem erlauben würde, in seinem Namen persönliche Briefe zu schreiben und zu unterzeichnen. Lake hatte hundert Mitarbeiter, die Briefe und Vermerke für ihn tippten, damit er sie dann nacheinander unterschreiben konnte.

Spicer hatte eine bessere Frage: Warum sollte Lake das Risiko eingehen, Ricky eine handschriftliche Karte zu schicken? Seine anderen Briefe waren mit der Maschine auf einfachem weißem Briefpapier geschrieben worden und hatten in einem ebenso einfachen weißen Umschlag gesteckt. Sie konnten einen Feigling an der Wahl seines Briefpapiers erkennen, und Lake war einer der ängstlichsten Männer gewesen, die auf ihre Anzeige geantwortet hatten. Sein Wahlkampfapparat verfügte über viel Geld und jede Menge Laptops und Schreibmaschinen, vermutlich allesamt auf dem neuesten Stand der Technik.

Um die Antwort auf diese Frage zu finden, wandten sie sich wieder dem wenigen zu, das sie hatten. Die Karte an Carol war um 1 Uhr 20 geschrieben worden. Laut einem Zeitungsbericht war die Notlandung um 2 Uhr 15 erfolgt, also weniger als eine Stunde später.

»Er hat die Karte im Flugzeug geschrieben«, sagte Yarber. »Es war spät, die Maschine war voller Leute – in der Zeitung steht was von sechzig Personen. Die waren allesamt müde, und wahrscheinlich hatte er keinen Computer zur Hand.«

»Warum hat er dann nicht gewartet?« fragte Spicer. Er hatte eine große Begabung dafür, Fragen zu stellen, die niemand, am allerwenigsten er selbst, beantworten konnte.

»Er hat einen Fehler begangen. Er dachte, er wäre schlau, und wahrscheinlich ist er das auch. Aber irgendwie ist diese Karte an Carol in den falschen Umschlag geraten.«

»Ihr müsst den großen Zusammenhang sehen«, sagte Beech. »Die Nominierung ist ihm sicher. Er hat gerade in einer landesweit ausgestrahlten Sendung seinen einzigen Konkurrenten fertig gemacht und ist endlich davon überzeugt, dass sein Name im November auf dem Wahlzettel stehen wird. Aber er hat ein Geheimnis. Er hat Ricky, und er denkt seit Wochen darüber nach, was er mit ihm machen soll. Der Junge wird demnächst entlassen und will sich mit ihm treffen und so weiter. Lake spürt den Druck von beiden Seiten: Da ist einerseits Ricky und andererseits die Erkenntnis, dass er, Aaron Lake, möglicherweise Präsident werden wird. Also beschließt er, Ricky abzuservieren. Er schreibt einen Brief, und die Chancen, dass irgendetwas schief geht, stehen eins zu einer Million – aber dann gerät das Flugzeug in Brand. Lake macht einen kleinen Fehler, aber dieser Fehler verwandelt sich in ein Monster.«

»Und er weiß es nicht«, fügte Yarber hinzu. »Noch nicht.«

Beechs Theorie klang überzeugend. In der lastenden Stille ihres kleinen Zimmers betrachteten sie sie von allen Seiten. Die Tragweite ihrer Entdeckung ließ sie verstummen. Die Stunden vergingen, und langsam begriffen sie.

Die nächste große Frage betraf die beunruhigende Tatsache, dass jemand Einblick in ihre Post genommen hatte. Wer? Warum sollte irgendjemand so etwas tun? Und wie hatte er die Briefe abgefangen? Das Rätsel erschien ihnen unlösbar.

Wieder erwogen sie die Theorie, es müsse sich um jemanden handeln, der Lake sehr nahe stand – ein Assistent vielleicht, der Zugang zu privaten Unterlagen hatte und über die Briefe gestolpert war. Möglicherweise wollte er Lake vor Ricky beschützen, indem er sich mit dem Ziel, die Beziehung eines Tages irgendwie zu beenden, in den Briefwechsel einmischte.

Doch letztlich wussten sie zu wenig, um sich ein genaues Bild machen zu können. Sie kratzten sich am Kopf, kauten an den Fingernägeln und mussten schließlich zugeben, dass es wohl besser war, alles noch einmal zu überschlafen. So lange sie sich mehr Fragen als Antworten gegenübersahen, konnten sie keine konkreten Pläne machen.

Sie schliefen nur wenig. Unrasiert und mit geröteten Augen kamen sie kurz nach sechs Uhr morgens wieder zusammen und tranken dampfenden schwarzen Kaffee aus Styroporbechern. Sie verschlossen die Tür, holten die Briefe hervor, legten sie wie am Tag zuvor nebeneinander auf den Tisch und dachten nach.

»Ich finde, wir sollten rausfinden, wer das Postfach in Chevy Chase gemietet hat«, sagte Spicer. »Das ist leicht, sicher und geht meist ganz schnell. Trevor hat das bisher fast immer hingekriegt. Wenn wir wissen, wem das Ding gehört, haben wir eine Antwort auf viele Fragen.«

»Schwer zu glauben, dass jemand wie Aaron Lake ein Postfach mietet, um sich solche Briefe schicken zu lassen«, sagte Beech.

»Er ist nicht mehr derselbe Aaron Lake«, sagte Yarber. »Als er das Postfach gemietet und den Briefwechsel mit

Ricky angefangen hat, war er bloß Abgeordneter, einer von 435. Kaum einer hatte je von ihm gehört. Aber das hat sich jetzt gründlich geändert.«

»Und das ist genau der Grund, warum er versucht, diesen Briefwechsel zu beenden«, ergänzte Spicer. »Er ist in einer völlig anderen Situation, denn er hat auf einmal viel mehr zu verlieren.«

Der erste Schritt musste also sein, Trevor damit zu beauftragen, den Mieter des Postfachs in Chevy Chase zu ermitteln.

Der zweite Schritt war schon schwieriger. Sie machten sich Sorgen, Aaron Lake – sie nahmen an, dass Al Konyers in Wirklichkeit Lake war – könnte das Versehen bemerkt haben. Ihm standen zweistellige Millionenbeträge zur Verfügung (eine Tatsache, die ihnen durchaus bewusst war), und er würde mit Leichtigkeit einen Teil davon einsetzen können, um Ricky aufzuspüren. Angesichts des enormen Einsatzes, der auf dem Spiel stand, konnte Lake, falls er seinen Fehler bemerkte, alles Mögliche tun, um Ricky zu neutralisieren.

Und so diskutierten sie, ob sie ihm einen Brief schreiben sollten, in dem Ricky Al anflehte, ihn nicht einfach fallen zu lassen. Ricky brauchte seine Freundschaft, seine väterliche Unterstützung, und so weiter. Damit würden sie den Eindruck erwecken, dass alles ganz normal war. Lake würde den Brief lesen und sich fragen, was eigentlich aus dieser verdammten Karte an Carol geworden war.

Doch sie kamen zu dem Schluss, dass es unklug wäre, einen solchen Brief zu schreiben, denn irgendjemand las ihre Post, und solange sie nicht wussten, wer es war, konnten sie keinen weiteren Kontakt mit Al riskieren.

Sie tranken ihren Kaffee aus und gingen zur Cafeteria. Sie aßen allein, Müsli und Obst und Joghurt – gesundes Zeug, denn nun erwartete sie ein Leben in Freiheit. Danach drehten sie in gemächlichem Tempo vier zigarettenlose

Runden um die Aschenbahn, kehrten in ihr Besprechungszimmer zurück und versanken für den Rest des Morgens in
tiefe Gedanken.

Armer Lake. Er eilte mit fünfzig Leuten im Schlepptau
von einem Bundesstaat zum anderen, war stets in Zeit-
druck, und ein Dutzend Assistenten flüsterte ihm unablässig Ratschläge und Anweisungen ins Ohr. Er hatte keine
Zeit, einen klaren Gedanken zu fassen.

Die Richter dagegen konnten den ganzen Tag, Stunde um
Stunde damit verbringen, Pläne zu schmieden und bis ins
Kleinste zu durchdenken. Es war ein ungleicher Kampf.

SECHSUNDZWANZIG

In Trumble gab es zwei Arten von Telefonen: überwachte und nicht überwachte. Theoretisch saßen bei allen Gesprächen, die von überwachten Apparaten aus geführt wurden, kleine Heinzelmännchen in der Leitung, die nichts anderes taten, als sich unzählige Stunden sinnlosen Geplauders anzuhören. In Wirklichkeit wurde nur knapp die Hälfte der Gespräche aufgezeichnet, und etwa fünf Prozent wurden tatsächlich von irgendwelchen Gefängnisangestellten überwacht. Nicht einmal die Regierung verfügte über so viele Heinzelmännchen, wie nötig gewesen wären, um alle Gespräche abzuhören.

Drogendealer hatten auf überwachten Leitungen Geschäfte abgewickelt. Mafiabosse hatten Morde an Rivalen in Auftrag gegeben. Die Chancen, erwischt zu werden, waren gering.

Die Zahl der nicht überwachten Apparate war kleiner. Es gab eine gesetzliche Vorschrift, der zufolge diese nicht angezapft werden durften, denn sie waren für Gespräche mit Anwälten reserviert. In der Nähe dieser Telefone war jedoch immer ein Wärter postiert.

Als Spicer schließlich an der Reihe war, entfernte sich der Wärter diskret.

»Anwaltskanzlei«, lautete die unwirsche Begrüßung aus der Freiheit.

»Hier ist Joe Roy Spicer. Ich rufe aus dem Gefängnis in Trumble an und muss Trevor sprechen.«

»Der schläft.«

Es war halb zwei nachmittags. »Dann wecken Sie den Mistkerl gefälligst!« knurrte Spicer.

»Einen Augenblick.«

»Würden Sie sich bitte beeilen? Ich spreche von einem Gefängnisapparat aus.«

Joe Roy Spicer sah sich um und fragte sich – nicht zum ersten Mal –, was für einen Anwalt sie da eigentlich an Land gezogen hatten.

»Warum rufst du mich an?« waren Trevors erste Worte.

»Das wirst du schon noch erfahren. Setz deinen Arsch in Bewegung, und mach dich an die Arbeit. Du musst etwas erledigen, und zwar schnell.«

Inzwischen herrschte in dem Haus gegenüber der Kanzlei hektische Aktivität. Es war der erste Anruf aus Trumble.

»Worum geht's?«

»Wir müssen herauskriegen, wer der Mieter eines bestimmten Postfachs ist. Es eilt. Und wir wollen, dass du die Aktion überwachst. Du bleibst dort, bis alles geklärt ist.«

»Warum ich?«

»Weil wir es dir sagen. Das könnte der dickste Fisch überhaupt sein.«

»Und wo ist dieses Postfach?«

»In Chevy Chase, Maryland. Schreib's dir auf: Al Konyers, Box 455, Mailbox America, 39380 Western Avenue, Chevy Chase. Sei äußerst vorsichtig – dieser Typ könnte Freunde haben, und es ist möglich, dass jemand anders das Ding bereits im Auge behält. Nimm ein bisschen Bargeld mit, und setz ein paar gute Detektive darauf an.«

»Ich bin hier gerade ziemlich beschäftigt.«

»Ja, tut mir leid, dass ich dich geweckt habe. Verlier keine Zeit, Trevor. Mach dich heute noch auf den Weg. Und komm nicht zurück, bevor du nicht weißt, wem das Postfach gehört.«

»Na gut, na gut.«

Spicer legte auf, und Trevor legte die Füße wieder auf den Schreibtisch und sah aus, als wollte er sein Nickerchen fortsetzen. In Wirklichkeit dachte er nach. Wenig später rief er Jan zu, sie solle ihm einen Flug nach Washington heraussuchen.

In seinen vierzehn Jahren an der Front hatte Klockner es noch nie erlebt, dass so viele Leute jemanden überwachten, der so wenig tat. Er führte ein kurzes Gespräch mit Deville in Langley. Danach kam Leben in die Agenten. Es war Zeit für die Wes-und-Chap-Show.

Wes ging hinüber, öffnete die quietschende Tür, von der die Farbe abblätterte, und betrat die Kanzlei von Rechtsanwalt L. Trevor Carson. Wes trug eine Khakihose, einen Baumwollpullover, Slipper und keine Socken, und als Jan ihn mit ihrem üblichen schiefen Grinsen begrüßte, wusste sie nicht, ob er ein Einheimischer oder ein Tourist war.

»Was kann ich für Sie tun?« fragte sie.

»Ich muss dringend mit Mr. Carson sprechen«, sagte Wes mit Verzweiflung in der Stimme.

»Haben Sie einen Termin?« fragte sie, als wäre ihr Chef so beschäftigt, dass sie nicht imstande war, den Überblick zu behalten.

»Äh, nein, es ist gewissermaßen ein Notfall.«

»Er hat sehr viel zu tun«, sagte sie, und Wes konnte beinahe das Gelächter im Haus gegenüber hören.

»Bitte. Ich muss einfach mit ihm sprechen.«

Sie verdrehte die Augen und gab sich eisern. »Um was geht es denn?«

»Ich komme gerade von der Beerdigung meiner Frau«, sagte er, den Tränen nahe, und endlich zeigten sich Risse in Jans Abwehr. »Das tut mir sehr leid«, sagte sie. Armer Kerl.

»Sie ist bei einem Unfall auf der I-95, ein kleines Stück nördlich von Jacksonville, ums Leben gekommen.«

Jan war inzwischen aufgestanden und wünschte, sie hätte frischen Kaffee gekocht. »Wie schrecklich. Wann ist das passiert?«

»Vor zwölf Tagen. Ein Freund hat mir Mr. Carson empfohlen.«

Das konnte kein guter Freund gewesen sein. »Möchten Sie einen Kaffee?« fragte sie und schraubte den Deckel auf das Nagellackfläschchen. Vor zwölf Tagen. Wie alle guten Anwaltssekretärinnen las sie täglich die Zeitung und achtete auf Unfallmeldungen. Es war ja immerhin möglich, dass ein Unfallopfer zur Tür hereinmarschiert kam.

Allerdings nicht durch Trevors Tür. Bis jetzt.

»Nein, danke«, sagte Wes. »Es war ein Tankwagen. Der Fahrer war betrunken.«

»Oh Gott!« rief sie und schlug die Hand vor den Mund. Bei so einem Fall konnte nicht einmal Trevor etwas falsch machen.

Viel Geld, ein dickes Honorar, und der Typ stand direkt vor ihr, während ihr blöder Chef in seinem Zimmer saß und seinen Mittagsrausch ausschlief.

»Er nimmt gerade eine eidesstattliche Erklärung auf«, sagte sie. »Ich will mal sehen, ob ich ihn stören kann. Nehmen Sie doch Platz.« Am liebsten hätte sie die Eingangstür abgeschlossen, damit er nicht entkommen konnte.

»Mein Name ist Yates. Yates Newman«, sagte er hilfsbereit.

»Gut.« Sie eilte durch den Korridor, klopfte höflich an Trevors Tür und trat ein. »Wachen Sie auf, Sie Penner!« zischte sie mit zusammengebissenen Zähnen, allerdings laut genug, dass Wes es hören konnte.

»Was ist los?« sagte Trevor, sprang auf und nahm die Fäuste hoch, als müsste er sich gegen einen Angriff verteidigen. Er hatte nicht geschlafen, sondern in einem alten Magazin geblättert.

»Stellen Sie sich vor: Sie haben einen Mandanten.«

»Wer ist es?«

»Ein Mann, dessen Frau vor zwölf Tagen von einem Tankwagen überfahren worden ist. Er will sofort mit Ihnen sprechen.«

»Er ist hier?«

»Ja. Kaum zu glauben, was? Es gibt 3000 Anwälte in Jacksonville, und der arme Kerl kommt ausgerechnet zu Ihnen. Er behauptet, ein Freund hätte Sie ihm empfohlen.«

»Und was haben Sie ihm gesagt?«

»Dass er bei der Wahl seiner Freunde vorsichtiger sein sollte.«

»Nein, im Ernst, was haben Sie ihm gesagt?«

»Dass Sie gerade eine eidesstattliche Erklärung aufnehmen.«

»Ich hab seit acht Jahren keine eidesstattliche Erklärung mehr aufgenommen. Schicken Sie ihn rein.«

»Nur die Ruhe. Ich werde ihm einen Kaffee machen. Tun Sie so, als hätten Sie hier noch ein paar wichtige Sachen zu erledigen. Vielleicht sollten Sie hier schnell noch ein bisschen aufräumen.«

»Sorgen Sie dafür, dass er nicht weggeht.«

»Der Tankwagenfahrer war betrunken«, sagte sie und öffnete die Tür. »Versauen Sie's nicht.«

Trevor erstarrte mit offenem Mund und glasigem Blick. Seine Gedanken überschlugen sich. Ein Drittel von zwei, vier, ach was, zehn Millionen, wenn der Fahrer wirklich betrunken gewesen war und man erhöhten Schadenersatz geltend machen konnte. Er wollte wenigstens auf seinem Schreibtisch ein wenig Ordnung schaffen, doch er konnte sich nicht rühren.

Wes starrte aus dem Fenster auf das Haus gegenüber, wo seine Kollegen saßen und zurückstarrten. Er hatte

Trevors Büro den Rücken zugekehrt, weil es ihn Mühe kostete, sein Gesicht nicht zu verziehen. Er hörte Schritte und dann Jans Stimme. »Mr. Carson wird Sie gleich empfangen.«

»Danke«, sagte er leise, ohne sich umzudrehen.

Der arme Kerl ist noch nicht darüber hinweg, dachte sie und ging in die schmutzige Küche, um Kaffee zu kochen.

Die Aufnahme der eidesstattlichen Erklärung war im Nu erledigt, und die anderen Beteiligten waren wie durch ein Wunder spurlos verschwunden. Wes folgte Jan in Mr. Carsons unaufgeräumtes Büro. Man stellte sich einander vor. Jan brachte frischen Kaffee, und als sie endlich gegangen war, hatte Wes eine ungewöhnliche Bitte.

»Gibt es hier irgendwo ein Lokal, wo man einen starken Caffe latte bekommen kann?«

»Aber ja, na klar«, sagte Trevor. Seine Worte sprangen geradezu über den Tisch. »Ein paar Blocks von hier ist ein Café namens Beach Java.«

»Könnten Sie Ihre Sekretärin hinschicken und mir einen holen lassen?«

Selbstverständlich! Was für eine Frage!

»Natürlich. Mittel oder groß?«

»Mittel, bitte.«

Trevor hüpfte hinaus, und wenige Sekunden später schlug Jan die Haustür hinter sich zu und rannte fast die Straße hinunter. Als sie außer Sicht war, ging Chap hinüber in Trevors Kanzlei und öffnete die Tür mit seinem eigenen Schlüssel. Drinnen legte er die Sicherheitskette vor, so dass Jan mit einem Becher heißem Caffe latte auf der Veranda stehen würde.

Chap schlenderte durch den Flur und riss die Tür zu Trevors Büro auf.

»Würden Sie bitte draußen –«, begann Trevor.

»Ist schon in Ordnung«, sagte Wes. »Er gehört zu mir.«

Chap verriegelte die Tür, zog eine 9-mm-Pistole aus der

300

Jackentasche und zielte in Richtung Trevor, dessen Augen sich weiteten, während ihm das Herz in die Hose rutschte.

»Was –«, stieß er mit hoher, halberstickter Stimme hervor.

»Halten Sie den Mund«, sagte Chap und reichte die Pistole Wes, der noch immer vor dem Schreibtisch saß. Trevors entsetzter Blick folgte der Waffe, bis sie in Wes' Jackentasche verschwand. Was habe ich getan? Wer sind diese Kerle? Ich hab doch alle meine Spielschulden bezahlt.

Er war sehr damit einverstanden, den Mund zu halten. Er würde tun, was immer sie sagten.

Chap lehnte sich an die Wand, ziemlich nahe bei Trevor, als wollte er sich jeden Augenblick auf ihn stürzen. »Wir haben einen Klienten«, sagte er. »Einen reichen Mann, der sich in der Schlinge gefangen hat, die Ricky und Sie ausgelegt haben.«

»Oh Gott!« murmelte Trevor. Sein schlimmster Alptraum wurde wahr.

»Eine wunderbare Idee«, sagte Wes. »Man erpresst Geld von reichen Männern, die ihre Veranlagung geheim halten wollen. Die können sich schließlich nicht wehren. Und Ricky ist ja schon im Knast und hat also nichts zu verlieren.«

»Fast perfekt«, ergänzte Chap. »Es sei denn, ihr kriegt den falschen Fisch an den Haken, und genau das ist jetzt passiert.«

»Ich hab mir das nicht ausgedacht«, sagte Trevor. Seine Stimme war noch immer zwei Oktaven höher als sonst, und seine Augen suchten nach der Pistole.

»Ja, aber ohne Sie würde die Sache nicht funktionieren, oder?« fragte Wes. »Ohne einen kriminellen Anwalt, der die Post rein- und rausschmuggelt, geht es nicht. Und Ricky braucht jemanden, der das Geld weiterleitet und ein bisschen Detektivarbeit leistet.«

»Sie sind keine Cops, oder?« fragte Trevor.

»Nein. Wir sind private Ermittler«, antwortete Chap.

»Denn wenn Sie Cops sind, sage ich lieber nichts mehr.«

»Wir sind keine Cops.«

Trevor bekam wieder Luft und dachte nach. Das Atmen fiel ihm leichter als das Denken, doch seine Routine half ihm. »Ich glaube, ich werde das hier lieber aufnehmen«, sagte er. »Nur für den Fall, dass Sie doch Cops sind.«

»Ich sagte, wir sind keine Cops.«

»Ich traue den Cops nicht, besonders dem FBI. Irgendwelche FBI-Typen würden hier genau so reinspaziert kommen wie Sie. Sie würden mit einer Kanone herumfuchteln und Stein und Bein schwören, dass sie nicht vom FBI sind. Ich mag einfach keine Cops. Also werde ich das hier aufnehmen.«

Am liebsten hätten sie gesagt: Keine Sorge, alter Freund, das erledigen wir bereits. Es wurde alles aufgezeichnet, live und mit einer hochauflösenden Digital-Farbkamera, die in der Decke, ein paar Meter hinter ihnen, angebracht war. Und rings um Trevors unaufgeräumten Schreibtisch waren so viele Mikrofone montiert, dass er nicht schnarchen, rülpsen oder seine Knöchel knacken lassen konnte, ohne dass irgendjemand im Haus gegenüber es hörte.

Die Pistole wurde wieder hervorgeholt. Wes hielt sie in den Händen und betrachtete sie nachdenklich.

»Sie werden hier gar nichts aufnehmen«, stellte Chap fest. »Wie ich schon sagte: Wir sind private Ermittler. Und wir bestimmen die Regeln.« Er trat einen Schritt näher. Trevor behielt ihn im Auge und versuchte, keine unbedachte Bewegung zu machen.

»Und wir sind in friedlicher Absicht hier«, fuhr Chap fort.

»Wir haben Geld für Sie dabei«, ergänzte Wes und steckte das verdammte Ding wieder ein.

»Geld für was?« fragte Trevor.

»Wir wollen Sie zur Zusammenarbeit überreden. Wir würden gern Ihre Dienste in Anspruch nehmen.«

»Und was soll ich tun?«

»Uns helfen, unseren Klienten zu schützen«, sagte Chap. »Wir sehen die Sache so: Sie sind Mitglied einer kriminellen Vereinigung. Sie arbeiten mit jemandem zusammen, der im Gefängnis sitzt und von dort aus Leute erpresst, und wir haben Sie aufgespürt. Wir könnten jetzt zur Polizei gehen und Sie und Ihren Kumpel hochgehen lassen. Sie würden zweieinhalb Jahre Knast kriegen und wahrscheinlich nach Trumble kommen, wohin Sie übrigens gut passen würden. Man würde Ihnen die Anwaltszulassung entziehen, und das würde bedeuten, dass Sie all das hier verlieren.« Chap machte eine lässige Handbewegung, die das Durcheinander, den Staub und die seit Jahren unberührten Akten einschloss.

Wes nahm den Gedanken auf. »Wir könnten zur Polizei gehen und die Erpresserbriefe aus Trumble stoppen. Unserem Klienten würde die Bloßstellung wahrscheinlich erspart bleiben. Aber es bleibt ein Restrisiko, das unser Klient nicht eingehen will. Was ist, wenn Ricky in Trumble oder draußen noch einen anderen Helfer hat, von dem wir nichts wissen und der das Geheimnis unseres Klienten lüften könnte?«

Chap schüttelte den Kopf. »Zu riskant. Wir fänden es viel besser, wenn Sie mit uns zusammenarbeiten würden, Trevor. Wir würden Sie lieber kaufen und die Sache von diesem Büro aus beenden.«

»Ich bin nicht käuflich«, sagte Trevor mit nicht sehr viel Überzeugung.

»Dann mieten wir Sie eben für eine Weile. Was halten Sie davon?« fragte Wes. »Soviel ich weiß, werden Anwälte doch sowieso stundenweise gemietet.«

»Das stimmt wohl. Aber Sie erwarten von mir, dass ich meinen Mandanten verkaufe.«

303

»Ihr Mandant ist ein Verbrecher, der im Gefängnis sitzt und täglich weitere Verbrechen begeht. Und Sie sind genauso schuldig wie er. Sie sollten Ihre Scheinheiligkeit also auf ein Minimum begrenzen.«

»Als Krimineller haben Sie das Recht, sich im Recht zu fühlen, verwirkt, Trevor«, sagte Chap ernst. »Also halten Sie uns keine Predigten. Wir wissen, dass es hier nur um die Höhe der Summe geht.«

Trevor vergaß für einen Augenblick nicht nur die Pistole, sondern auch seine Zulassung als Anwalt, die ein wenig schief hinter ihm an der Wand hing. Und wie so oft in letzter Zeit, wenn er mit den unangenehmen Seiten des Anwaltsberufs konfrontiert war, schloss er die Augen und träumte von einem Segelboot, das im warmen, ruhigen Wasser einer verborgenen Bucht vor Anker lag; am hundert Meter entfernten Ufer tummelten sich hübsche Mädchen mit nacktem Busen, und er selbst saß spärlich bekleidet an Deck und nippte an einem Drink. Er roch das Salzwasser, er spürte die leise Brise, er schmeckte den Rum, er hörte das Lachen der Mädchen.

Schließlich schlug er die Augen auf und versuchte, sich auf Wes, der ihm gegenübersaß, zu konzentrieren. »Wer ist Ihr Klient?« fragte er.

»Immer schön langsam«, sagte Chap. »Erst müssen wir uns einig werden.«

»Worüber?«

»Wir geben Ihnen Geld, und Sie arbeiten als Doppelagent. Wir bekommen Einblick in alles. Wenn Sie mit Ricky reden, werden Sie verdrahtet. Wir kontrollieren die Post. Sie unternehmen nichts, ohne sich mit uns abzustimmen.«

»Warum bezahlen Sie nicht einfach das geforderte Geld?« fragte Trevor. »Das wäre doch viel unkomplizierter.«

»Darüber haben wir auch schon nachgedacht«, sagte Wes. »Aber Ricky spielt nicht fair. Wenn wir das Geld bezahlen würden, wäre er im Nu wieder da und würde mehr fordern. Und noch mehr und noch mehr.«

»Nein, würde er nicht.«

»Tatsächlich? Und was ist mit Quince Garbe in Bakers, Iowa?«

Oh Gott, dachte Trevor. Beinahe hätte er es laut ausgesprochen. Wie viel wussten sie? Alles, was er herausbrachte, war ein schwaches: »Wer ist das?«

»Also bitte, Trevor«, sagte Chap. »Wir wissen, dass das Geld auf den Bahamas ist. Wir wissen von Boomer Realty und Ihrem Konto, auf dem im Augenblick nicht ganz siebzigtausend Dollar liegen.«

»Wir haben so tief gegraben, wie wir konnten, Trevor«, sagte Wes. Die beiden waren perfekt aufeinander eingespielt. Trevor hatte das Gefühl, einem Tennismatch zuzusehen: hin und her, hin und her. »Aber dann sind wir auf gewachsenen Fels gestoßen, und darum brauchen wir Sie.«

Trevor hatte Spicer noch nie gemocht. Er war ein kalter, böser, rücksichtsloser Mann, der die Frechheit besessen hatte, seinen Anteil zu kürzen. Beech und Yarber waren in Ordnung, aber das spielte keine große Rolle. Trevor blieben nicht sehr viele Möglichkeiten. »Wie viel?« fragte er.

»Unser Klient ist bereit, hunderttausend Dollar in bar zu zahlen«, sagte Chap.

»Natürlich in bar«, sagte Trevor. »Und hunderttausend Dollar – das soll wohl ein Witz sein. Das wäre Rickys erste Forderung. Meine Selbstachtung ist ein ganzes Stück mehr wert als hunderttausend Dollar.«

»Zweihunderttausend«, sagte Wes.

»Gehen wir die Sache doch lieber von der anderen Seite an«, sagte Trevor und versuchte, sein Herzklopfen zu unterdrücken. »Wie viel wäre es Ihrem Klienten wert, wenn sein kleines Geheimnis bewahrt würde?«

»Und Sie wären bereit, es zu bewahren?« fragte Wes.

»Ja.«

»Einen Augenblick«, sagte Chap und zog ein Handy aus der Tasche. Er öffnete die Tür, trat in den Flur und tippte dabei eine Nummer ein. Dann murmelte er etwas, das Trevor nicht verstehen konnte. Wes starrte an die Wand. Die Pistole lag friedlich neben seinem Stuhl. Trevor konnte sie nicht sehen, obwohl er es versuchte.

Chap kehrte zurück und starrte Wes an, als könnten dessen Augenbrauen und Falten eine wichtige Botschaft übermitteln. Während er noch zögerte, ergriff Trevor das Wort. »Ich finde, das ist eine Million wert«, sagte er. »Das könnte mein letzter Fall sein. Ich soll vertrauliche Informationen über einen Mandanten preisgeben – für einen Anwalt eine ziemlich ungeheuerliche Sache. Das kann mich ganz schnell meine Zulassung kosten.«

Wes und Chap ließen es dahingestellt sein, ob das ein großer Verlust wäre. Bei einer Diskussion über den Wert seiner Anwaltszulassung konnte nichts Gutes herauskommen.

»Unser Klient ist bereit, eine Million Dollar zu zahlen«, sagte Chap.

Trevor lachte. Er konnte nicht anders. Er lachte, als hätte er gerade einen unglaublich komischen Witz gehört, und im Haus gegenüber lachte man, weil Trevor lachte.

Trevor fasste sich wieder. Er unterdrückte das Lachen, doch ein Grinsen blieb auf seinem Gesicht. Eine Million. In bar. Steuerfrei. Auf einem Auslandskonto, bei einer anderen Bank natürlich, sicher vor dem Zugriff des Finanzamts und aller anderen amerikanischen Behörden.

Dann setzte er ein anwaltsgerechtes Stirnrunzeln auf. Es war ihm ein wenig peinlich, dass er so unprofessionell reagiert hatte. Er wollte gerade etwas Bedeutsames sagen, als jemand an das Fenster der Vordertür klopfte. »Ach ja«, sagte er, »das wird wohl der Caffe latte sein.«

»Sie muss verschwinden«, sagte Chap.

»Ich werde sie heimschicken«, sagte Trevor und erhob sich. Ihm war ein bisschen schwindlig.

»Nein. Sie muss ganz verschwinden. Schmeißen Sie sie raus.«

»Wie viel weiß sie?« fragte Wes.

»Sie ist dumm wie Bohnenstroh«, sagte Trevor fröhlich.

»Das ist ein Bestandteil unserer Abmachung«, sagte Chap. »Sie muss verschwinden, und zwar sofort. Wir haben eine Menge zu besprechen, und sie darf nichts davon wissen.«

Das Klopfen wurde lauter. Jan hatte die Tür aufgeschlossen, konnte sie aber wegen der Sicherheitskette nicht öffnen. »Trevor! Ich bin's!« rief sie durch den Spalt.

Trevor ging langsam zur Tür, kratzte sich am Kopf und suchte nach der richtigen Formulierung. Als er sie durch das Fenster in der Tür ansah, machte er ein sehr verwirrtes Gesicht.

»Machen Sie auf«, fuhr sie ihn an. »Der Kaffee ist heiß.«

»Gehen Sie nach Hause«, sagte er.

»Warum?«

»Warum?«

»Ja, warum?«

»Weil, äh…« Ihm fiel nichts ein. Dann dachte er an das Geld. Ihre Entlassung war eine der Bedingungen. »Sie sind gefeuert«, sagte er.

»Was?«

»Sie sind gefeuert!« rief er so laut, dass seine neuen Freunde es hören konnten.

»Sie können mich nicht feuern! Sie schulden mir zu viel Geld!«

»Ich schulde Ihnen gar nichts.«

»Sie schulden mir noch tausend Dollar Gehalt!«

Ihre Stimmen hallten in der ruhigen Straße wider. Die Spiegelfolie an den Fenstern des Hauses gegenüber verbarg die Gesichter der Zuschauer.

»Sie sind verrückt!« rief Trevor. »Ich schulde Ihnen keinen Cent!«

307

»Tausendvierzig Dollar, um genau zu sein.«

»Sie haben nicht alle Tassen im Schrank.«

»Sie Schwein! Acht Jahre hab ich's bei Ihnen ausgehalten! Sie haben mir einen Hungerlohn gezahlt, und jetzt, wo Sie endlich einen großen Fall kriegen, wollen Sie mich entlassen. So ist es doch, oder, Trevor?«

»So ungefähr. Und jetzt verschwinden Sie!«

»Machen Sie die Tür auf, Sie mieser Feigling!«

»Hauen Sie ab, Jan!«

»Erst wenn ich meine Sachen habe!«

»Die können Sie sich morgen abholen. Ich habe jetzt eine Besprechung mit Mr. Newman.« Trevor drehte sich um. Als sie sah, dass er keine Anstalten machte, die Tür zu öffnen, verlor sie den letzten Rest ihrer Fassung. »Schwein!« schrie sie noch lauter und warf den Caffè latte gegen die Tür. Das dünne Glas des Fensters zerbrach nicht, und die braune Flüssigkeit rann daran herab.

Obgleich er hinter der Tür geschützt war, zuckte Trevor zurück und sah entsetzt, wie die Frau, die er so gut kannte, den Verstand verlor. Fluchend und mit hochrotem Kopf stürmte sie davon. Nach einigen Schritten fiel ihr Blick auf einen großen Stein. Er war von einem Landschaftsgärtner, den Trevor vor langer, langer Zeit auf ihr Drängen mit der sehr preisgünstigen Verschönerung des Vorgartens beauftragt hatte, dort platziert worden. Sie packte den Stein, biss die Zähne zusammen, stieß noch ein paar Flüche aus und schleuderte ihn gegen die Tür.

Wes und Chap hatten sich bislang auf bewundernswerte Weise beherrscht, doch als der Stein durch das Fenster krachte, lachten sie laut auf. Trevor rief: »Verdammte Schnepfe!« Wieder mussten sie lachen. Sie vermieden es, einander anzusehen, und gaben sich redlich Mühe, einen unbeteiligten Eindruck zu machen.

Es wurde still, und im Empfangsbereich kehrte wieder Frieden ein.

Unversehrt und ohne sichtbare Verletzungen erschien Trevor in der Tür seines Büros. »Tut mir leid«, sagte er leise und ging zu seinem Drehsessel.

»Alles in Ordnung?« fragte Chap.

»Ja. Kein Problem. Wie wär's mit Filterkaffee?« fragte er Wes.

»Bemühen Sie sich nicht.«

Die Einzelheiten wurden während des Mittagessens ausgehandelt, das sie – darauf bestand Trevor – in Pete's Bar and Grill einnahmen. Sie setzten sich an einen Tisch im hinteren Teil des Restaurants, in der Nähe der Flipper-Automaten. Wes und Chap waren darauf bedacht, nicht belauscht zu werden, merkten jedoch bald, dass niemand es versuchte, weil niemand zu Pete's kam, um über Geschäftliches zu sprechen.

Trevor aß Pommes frites und trank drei Flaschen Bier. Das Mittagessen der beiden anderen bestand aus Burgern und Limonade.

Trevor wollte das Geld haben, bevor er seinen Mandanten verriet. Man kam überein, dass er am Nachmittag 100 000 Dollar in bar erhalten würde – der Rest sollte unverzüglich telegrafisch angewiesen werden. Trevor wollte das Geld zu einer anderen Bank transferiert haben, doch sie bestanden darauf, dass er sein Konto bei der Geneva Trust Bank in Nassau behielt, und versicherten ihm, es sei ihnen lediglich gelungen, eine Auskunft über die Höhe seines Guthabens zu bekommen – jeder Zugang zu seinem Konto sei ihnen selbstverständlich verwehrt. Außerdem werde das Geld am späten Nachmittag dort eintreffen; dagegen werde es, wenn er die Bank wechsle, ein bis zwei Tage länger dauern. Beiden Seiten war sehr daran gelegen, das Geschäft so schnell wie möglich abzuwickeln: Wes und Chap wollten ihren Klienten beschützen, und Trevor wollte das Geld. Nach drei Bieren war er in Gedanken bereits dabei, es auszugeben.

Chap machte sich auf den Weg, um das Geld zu besorgen. Die beiden anderen stiegen, nachdem Trevor noch eine Flasche Bier zum Mitnehmen bestellt hatte, in Wes' Wagen und fuhren ein wenig in der Gegend herum. Chap wollte sich mit ihnen an einem bestimmten Ort treffen und Trevor das Geld übergeben. Während sie auf der A1A am Strand entlang in Richtung Süden fuhren, begann Trevor ein Gespräch.

»Ist das nicht erstaunlich?« sagte er. Sein Kopf lehnte an der Kopfstütze, die Augen hinter einer billigen Sonnenbrille verborgen.

»Was ist erstaunlich?«

»Welche Risiken manche Leute eingehen. Ihr Klient, zum Beispiel. Ein reicher Mann. Er hat offenbar so viel Geld, dass er jeden hübschen Jungen haben könnte, der ihm gefällt, und doch reagiert er auf eine Kleinanzeige und schreibt einem vollkommen Unbekannten.«

»Ich verstehe das auch nicht«, sagte Wes. Für einen Augenblick waren die beiden Heteros Verbündete. »Aber es gehört nicht zu meinem Job, Fragen zu stellen.«

»Es muss wohl der Reiz des Unbekannten sein«, sagte Trevor und trank einen Schluck aus der Flasche.

»Ja, wahrscheinlich. Wer ist Ricky?«

»Das sage ich Ihnen, wenn ich das Geld habe. Und wer ist Ihr Klient?«

»Welcher? Wie viele Leute haben Sie denn an der Angel?«

»Ricky war in letzter Zeit ziemlich fleißig. Ich schätze, so um die zwanzig.«

»Und wie viele haben Sie erpresst?«

»Zwei oder drei. Es ist ein übles Geschäft.«

»Wie sind Sie da hineingeraten?«

»Ich bin Rickys Anwalt. Er ist sehr intelligent, er langweilt sich sehr, und irgendwie hat er sich diesen Plan ausgedacht, um reiche Typen zu erpressen, die ihre wahren

310

Neigungen verbergen wollen. Und wider besseres Wissen hab ich mitgemacht.«

»Ist er selbst schwul?« fragte Wes. Er kannte die Namen von Beechs Enkeln. Er wusste, welche Blutgruppe Yarber hatte. Er kannte den Namen des Geliebten, den Spicers Frau in Mississippi hatte.

»Nein«, sagte Trevor.

»Dann ist er ein Psychopath.«

»Nein, er ist ein netter Kerl. Und wer ist Ihr Klient?«

»Al Konyers.«

Trevor nickte und versuchte, sich zu erinnern, wie viele Briefe von Ricky an Al durch seine Hände gegangen waren. »So ein Zufall. Ich wollte gerade nach Washington fahren, um rauszukriegen, wer sich hinter diesem Namen verbirgt. Al Konyers ist natürlich nicht sein wirklicher Name.«

»Natürlich nicht.«

»Kennen Sie seinen wirklichen Namen?«

»Nein. Wir sind von seinen Leuten angeheuert worden.«

»Interessant. Dann kennt also keiner von uns Al Konyers.«

»Genau. Und dabei wird es auch bleiben.«

Trevor zeigte auf eine Tankstelle. »Halten Sie mal kurz – ich brauche ein Bier.«

Wes wartete in der Nähe der Zapfsäulen. Man hatte sich darauf geeinigt, Trevors Trinkgewohnheiten erst anzusprechen, wenn man ihm das Geld übergeben und er ihnen alles gesagt hatte. Wes und Chap würden ein Vertrauensverhältnis aufbauen und ihn dann sanft zu mehr Nüchternheit drängen. Das Letzte, was sie brauchten, war ein Trevor, der sich allabendlich in Pete's Bar and Grill betrank und zu viel redete.

Chap erwartete sie in einem identischen Mietwagen vor einem Waschsalon acht Kilometer südlich von Ponte Vedra Beach. Er übergab Trevor einen schmalen, billigen Aktenkoffer und sagte: »Es ist alles da drin. Hunderttausend Dollar. Wir sehen uns dann in der Kanzlei.«

Trevor hörte kaum, was er sagte. Er öffnete den Aktenkoffer und begann, das Geld zu zählen. Wes wendete den Wagen und fuhr in Richtung Norden. Es waren zehn Bündel à 10 000 Dollar in 100-Dollar-Scheinen.

Trevor klappte den Koffer zu und wechselte die Seiten.

SIEBENUNDZWANZIG

Chaps erste Aufgabe als Trevors Gehilfe bestand darin, den Empfangstisch aufzuräumen und alle weiblichen Spuren zu tilgen. Er packte Jans Sachen in einen Pappkarton: Lippenstift, Nagelfeilen, Schokoriegel mit Erdnussfüllung, diverse Liebesromane mit pornografischen Passagen. Dabei stieß er auch auf einen Umschlag mit etwas über 80 Dollar, den sein neuer Boss mit der Begründung, das sei die Portokasse, einsteckte.

Chap wickelte Jans Bilderrahmen in alte Zeitungen und legte sie zusammen mit den zerbrechlichen Kleinigkeiten, wie man sie auf den meisten Schreibtischen von Sekretärinnen findet, vorsichtig in eine zweite Schachtel. Dann kopierte er den Terminkalender, so dass man wusste, wer wann erscheinen würde. Der Besucherverkehr würde sich in Grenzen halten, was ihn nicht erstaunte. Weit und breit kein einziger Gerichtstermin. Zwei Kanzleitermine in dieser und zwei in der nächsten Woche, dann nichts mehr. Während Chap den Terminkalender studierte, wurde deutlich, dass Trevor ungefähr zu der Zeit, als das Geld von Quince Garbe eingegangen war, sein Arbeitspensum noch einmal verringert hatte.

Sie wussten, dass Trevor in den letzten Wochen mehr gespielt und vermutlich auch mehr getrunken hatte. Jan hatte ihren Freundinnen am Telefon des Öfteren erzählt, dass Trevor mehr Zeit bei Pete's als in der Kanzlei verbrachte.

Chap schuf Ordnung auf dem Schreibtisch, wischte Staub, saugte den Fußboden und warf alte Magazine weg. Gelegentlich läutete das Telefon. Da es zu seinem Job gehörte, Anrufe entgegenzunehmen, blieb er in der Nähe des Apparats. Die meisten waren für Jan, und er erklärte höflich, sie arbeite nicht mehr in der Kanzlei. Die meisten Anrufer schienen das für eine gute Nachricht zu halten.

Früh am Morgen erschien ein als Schreiner verkleideter Agent, um die Vordertür zu reparieren. Trevor staunte über Chaps Tüchtigkeit. »Wie haben Sie so schnell einen Handwerker aufgetrieben?« fragte er.

»Man muss bloß im Branchenbuch nachsehen.«

Ein anderer Agent, der sich als Schlosser ausgab, wechselte sämtliche Schlösser im Haus aus.

Die Vereinbarung sah vor, dass Trevor in den nächsten dreißig Tagen keine neuen Mandanten annehmen würde. Er hatte sich so lange und vehement dagegen gewehrt, als hätte er einen Ruf als Prominentenanwalt zu verlieren. Wenn man an all die Leute dachte, die ihn vielleicht brauchen würden! Doch Wes und Chap wussten, wie wenig er im vergangenen Monat getan hatte, und bestanden darauf, bis er schließlich nachgab. Sie wollten die Kanzlei für sich haben. Chap rief die Mandanten an, die bereits einen Termin hatten, und erklärte ihnen, Mr. Carson habe an dem entsprechenden Tag einen Gerichtstermin. Im Augenblick sei es sehr schwierig, einen neuen Termin zu vereinbaren, doch er werde sie anrufen, sobald Mr. Carson nicht mehr so stark in Anspruch genommen sei.

»Ich dachte, er ist nie bei Gericht«, sagte einer von ihnen.

»Manchmal schon«, sagte Chap. »Es ist ein wirklich großer Fall.«

Als die Mandantenliste so weit wie möglich reduziert war, blieb nur noch ein Fall, der ein persönliches Gespräch in der Kanzlei erforderte: Es ging um Unterhaltszahlungen für ein Kind, und Trevor vertrat die Mutter nun schon seit drei Jahren. Er konnte ihren Fall nicht einfach abgeben.

Jan kam vorbei, um ihrem Ärger Luft zu machen, und hatte eine Art Freund mitgebracht, einen drahtigen jungen Mann mit einem Spitzbärtchen, Polyesterhose, weißem Hemd und Krawatte. Chap nahm an, dass er Gebrauchtwagen verkaufte. Er hätte Trevor mit Leichtigkeit verprügeln können, doch Chap war für ihn eine Nummer zu groß.

»Ich will mit Trevor sprechen«, sagte Jan und musterte ihren aufgeräumten ehemaligen Schreibtisch.

»Tut mir leid, er ist in einer Besprechung.«

»Wer sind Sie überhaupt?«

»Sein neuer Anwaltsgehilfe.«

»Ich gebe Ihnen einen guten Rat: Lassen Sie sich Ihr Gehalt im Voraus zahlen.«

»Danke. Ihre Sachen sind in den beiden Kartons da drüben«, sagte er.

Sie bemerkte, dass der Zeitschriftenständer aufgeräumt, der Papierkorb geleert, das Mobiliar geputzt war. Es lag ein antiseptischer Geruch in der Luft, als hätte man den Platz, wo sie einst gesessen hatte, desinfiziert. Sie wurde hier nicht mehr gebraucht.

»Sagen Sie Trevor, dass er mir noch 1000 Dollar Gehalt schuldet.«

»Werde ich tun«, antwortete Chap. »Sonst noch was?«

»Ja. Dieser neue Mandant, der gestern gekommen ist. Yates Newman. Sagen Sie Trevor, dass ich in den Zeitungen nachgelesen habe. In den letzten zwei Wochen hat es auf der I-95 keine tödlichen Unfälle gegeben. Und es stand auch nirgends was davon, dass eine Frau namens Newman ums Leben gekommen ist. Irgendwas ist da faul.«

»Danke. Ich werd's ihm sagen.«

Sie sah sich noch ein letztes Mal um und grinste schief, als sie die reparierte Tür sah. Ihr Freund starrte Chap an, als wollte er doch noch auf ihn losgehen und ihm das

Genick brechen, ließ es aber bei einem Blick bewenden. Die beiden gingen hinaus, ohne etwas zu zerbrechen. Jeder trug einen Karton zum Wagen.

Chap sah ihnen nach und bereitete sich dann auf die Nervenprobe vor, die ihn in der Mittagspause erwartete.

Das gestrige Abendessen hatten sie in der Nähe eingenommen, in einem gut besuchten neuen Fischrestaurant, das zwei Blocks vom Sea Turtle Inn entfernt lag. Die Höhe der Preise stand in keinem Verhältnis zur Größe der Portionen, und eben das war der Grund, warum Trevor, der neueste Millionär von Jacksonville, darauf bestanden hatte, dorthin zu gehen. Der Abend ging natürlich auf ihn, und er scheute keine Kosten. Nach den ersten Martinis war er betrunken und wusste nicht mehr, was er bestellt hatte. Wes und Chap erklärten ihm, ihr Auftraggeber erlaube ihnen keinen Alkohol. Sie tranken Mineralwasser und sorgten dafür, dass sein Weinglas immer gefüllt war.

»Ich an eurer Stelle würde mir einen neuen Klienten suchen«, sagte Trevor und lachte über seinen Witz.

»Tja, dann muss ich wohl für drei trinken«, verkündete er mitten im Hauptgang und machte sich daran, seine Ankündigung wahr zu machen.

Zu ihrer Erleichterung stellten sie fest, dass er ein friedfertiger Betrunkener war. Sie schenkten ihm immer wieder nach, um herauszufinden, wann er genug haben würde. Er wurde immer stiller und sank in sich zusammen, und lange nach dem Dessert gab er dem Kellner ein 300-Dollar-Trinkgeld und ließ sich von ihnen zum Wagen helfen. Sie fuhren ihn nach Hause.

Als Wes das Licht ausschaltete, lag Trevor in seiner verknitterten Hose und dem weißen Baumwollhemd schnarchend auf dem Bett. Seine Fliege war aufgebunden, doch die Schuhe hatte er nicht ausgezogen. Er drückte den neuen Aktenkoffer mit beiden Armen an die Brust.

Das Telegramm mit der Benachrichtigung, das Geld sei auf seinem Konto eingegangen, war um kurz vor fünf Uhr gekommen. Klockner hatte Wes und Chap angewiesen, Trevor betrunken zu machen, um zu sehen, wie er sich unter diesen Umständen verhielt, und ihn am nächsten Morgen in die Mangel zu nehmen.

Um halb acht öffneten sie seine Haustür mit ihrem Schlüssel und stellten fest, dass Trevor sich seit gestern Abend offenbar kaum bewegt hatte. Er hatte einen Schuh ausgezogen und sich auf die Seite gedreht, presste den Koffer aber immer noch an sich, als wäre es ein Football.

»Aufstehen, los, los!« schrie Chap, während Wes das Licht anschaltete, die Rollos hochzog und so viel Lärm wie möglich machte. Trevor rappelte sich auf, verschwand im Badezimmer, duschte rasch und erschien zwanzig Minuten später in gebügelten Kleidern und mit ordentlich gebundener Fliege in seinem Wohnzimmer. Seine Augenlider waren leicht geschwollen, doch er lächelte und schien entschlossen, den Tag mit frischen Kräften zu beginnen.

Die eine Million Dollar half ihm enorm. Eigentlich hatte er noch nie einen Kater so schnell überwunden.

Im Beach Java tranken sie starken Kaffee und aßen einen Muffin, und dann fuhren sie zur Kanzlei. Chap setzte sich an den Empfang, während Wes und Trevor sich im Büro an die Arbeit machten.

Manches hatten sie bereits im Verlauf des Abendessens erfahren. Trevor hatte schließlich die Namen seiner Komplizen ausgespuckt, und Wes und Chap hatten sehr überzeugend große Überraschung geheuchelt.

»Drei Richter?« hatten beide ungläubig wiederholt.

Trevor hatte gelächelt und stolz genickt, als hätte er allein sich diesen meisterhaften Plan ausgedacht. Er wollte, dass sie glaubten, er sei intelligent und gerissen genug, um drei ehemalige Richter dazu zu bringen, Briefe an einsame homosexuelle Männer zu schreiben, damit er ein Drittel des erpressten Geldes einstreichen konnte. Tja, er war im Grunde ein Genie.

Andere Teile des Rätsels waren noch ungelöst, und Wes war entschlossen, Trevor so lange unter Verschluss zu behalten, bis er mit den Antworten herausrückte.

»Unterhalten wir uns mal über Quince Garbe«, sagte er. »Sein Postfach war von einer nicht existenten Firma gemietet. Wie haben Sie rausgekriegt, wer er ist?«

»Das war ganz einfach«, sagte Trevor und war abermals sehr stolz auf sich. Er war nicht nur ein Genie, sondern auch sehr reich. Gestern Morgen war er mit Kopfschmerzen aufgewacht, hatte sich eine halbe Stunde im Bett herumgewälzt und sich Sorgen über seine Spielverluste, den Niedergang seiner Kanzlei und seine zunehmende Abhängigkeit von der Bruderschaft und ihren Erpressungen gemacht. 24 Stunden später war er mit noch schlimmeren Kopfschmerzen aufgewacht, aber die eine Million Dollar hatte sich als ein wirksamer Balsam erwiesen.

Er war euphorisch und zappelig und hatte es eilig, diese Sache hinter sich zu bringen, damit er sein erträumtes Leben beginnen konnte.

»Ich habe einen Privatdetektiv in Des Moines beauftragt«, sagte er, nahm einen Schluck Kaffee und legte seine Füße auf den Schreibtisch, wo sie hingehörten. »Ich hab ihm einen Scheck über 1000 Dollar geschickt. Er hat zwei Tage in Bakers verbracht – sind Sie schon mal in Bakers gewesen?«

»Ja.«

»Ich hatte schon Angst, ich müsste selbst dorthin fahren. Die Sache läuft am besten, wenn man einen erwischt, der bekannt ist und viel Geld hat. Der zahlt jeden Preis, damit nur nichts herauskommt. Jedenfalls hat der Detektiv eine Postangestellte gefunden, die in Geldnöten war. Allein erziehende Mutter, jede Menge Kinder, ein altes Auto, eine kleine Wohnung – Sie können sich's vorstellen. Er hat sie abends angerufen und ihr gesagt, er würde ihr 500 Dollar geben, wenn sie ihm verraten würde, wer im Namen von CMT Investments das Postfach 788 gemietet hatte. Am nächsten Morgen rief er sie im Postamt an. Sie trafen sich in der Mittagspause auf dem Parkplatz. Sie gab ihm einen Zettel, auf dem der Name Quince Garbe stand, und er gab ihr einen Umschlag mit fünf 100-Dollar-Scheinen. Sie hat ihn nicht mal gefragt, wer er eigentlich war.«

»Ist das die typische Methode?«

»Bei Garbe hat sie jedenfalls gut funktioniert. Bei Curtis Cates, dem Typen in Dallas, dem zweiten, den wir erpresst haben, war es ein bisschen komplizierter. Der Detektiv, den wir beauftragt hatten, konnte keinen bestechlichen Postangestellten finden und musste sich drei Tage lang auf die Lauer legen. Das hat uns 1800 Dollar gekostet, aber schließlich hat er ihn gesehen und sich die Nummer seines Wagens notiert.«

»Und wer ist der Nächste?«

»Wahrscheinlich ein Typ aus Upper Darby in Pennsylvania. Er nennt sich Brant White und scheint ein dicker Fisch zu sein.«

»Haben Sie diese Briefe je gelesen?«

»Nie. Ich weiß nicht, was in den Briefen steht, die hin und her gehen, und ich will es auch gar nicht wissen. Wenn die so weit sind, dass sie einen hochgehen lassen wollen, sagen sie mir, dass ich den Inhaber des Postfachs herausfinden soll. Natürlich nur in dem Fall, dass ihr Brieffreund einen falschen Namen benutzt, wie Ihr Klient, Mr. Konyers. Sie würden sich wundern, wie viele Männer ihren richtigen Namen angeben. Unglaublich.«

»Wissen Sie Bescheid, wenn ein Erpresserbrief rausgeht?«

»Ja, die sagen es mir, damit ich die Bank auf den Bahamas informieren kann, dass demnächst wahrscheinlich eine Überweisung kommt. Die Bank wiederum informiert mich, sobald das Geld da ist.«

»Erzählen Sie mir von diesem Brant in Upper Darby«, sagte Wes. Er machte sich zahlreiche Notizen, als fürchtete er, etwas zu vergessen. Jedes Wort, das sie sagten, wurde im Haus gegenüber von vier verschiedenen Geräten aufgezeichnet.

»Ich weiß nur, dass Sie ihn zur Kasse bitten wollen. Er scheint ganz wild darauf zu sein, sich mit Ricky zu treffen, denn sie haben sich erst ganz wenige Briefe geschrieben. Bei einigen von diesen Typen dagegen kommen sie, nach der Zahl der Briefe zu urteilen, nur ziemlich langsam voran.«

»Aber Sie führen nicht Buch über die Briefe?«

»Ich habe keine Unterlagen hier. Ich hatte immer Angst, dass eines Tages die FBI-Typen mit einem Durchsuchungsbefehl auftauchen, und wollte keine Beweise im Haus haben.«

»Sehr schlau.«

Trevor lächelte und war stolz auf seine Gerissenheit. »Tja, na ja, ich hab ja eine Menge Strafrecht gemacht. Nach einer Weile fängt man an, wie ein Krimineller zu denken. Jedenfalls ist es mir bis jetzt nicht gelungen, einen Detektiv im Raum Philadelphia aufzutreiben. Ich arbeite noch daran.«

Da Brant White eine Erfindung der CIA war, hätte Trevor jeden beliebigen Detektiv im Nordosten beauftragen können, ohne je herauszufinden, wer der Inhaber des Postfachs in Upper Darby war.

»Eigentlich«, fuhr er fort, »wollte ich mich gerade selbst auf den Weg machen, als ich einen Anruf von Spicer bekam, der mir sagte, ich solle nach Washington fahren und Al Konyers aufspüren. Und dann sind Sie gekommen, und der Rest ist Geschichte, wie man so sagt.« Er verstummte und dachte wieder einmal an das Geld. Es war natürlich ein großer Zufall, dass Wes und Chap ausgerechnet in dem Augenblick aufgetaucht waren, als er sich auf die Spur ihres Klienten hatte setzen wollen, aber das war ihm gleichgültig. Er hörte schon die Schreie der Möwen und spürte den warmen Sand unter den Füßen. Er hörte den Reggae der Karibik-Bands und spürte, wie die Wellen sein Boot wiegten.

»Gibt es noch einen anderen Kontaktmann außerhalb des Gefängnisses?«

»Aber nein«, sagte Trevor eitel. »Ich brauche keine Hilfe. Je weniger Leute beteiligt sind, desto besser funktioniert die Sache.«

»Sehr schlau«, sagte Wes abermals.

Trevor lehnte sich noch weiter in seinem Sessel zurück. Von der Decke über ihm blätterte die Farbe ab – sie hätte dringend neu gestrichen werden müssen. Vor ein paar Tagen hätte ihm das vielleicht noch Sorgen gemacht, doch jetzt wusste er, dass sie nie gestrichen werden würde, jedenfalls nicht, wenn er die Rechnung bezahlen sollte. Sobald Wes und Chap mit den Richtern fertig wären, also sehr bald schon, würde er diese Kanzlei aufgeben, seine Akten und Unterlagen in Kartons verpacken – aus Gründen übrigens, die ihm selbst nicht ganz klar waren – und seine unbenutzten und veralteten Fachbücher verschenken. Er würde einen jungen Anwalt finden, der frisch von der Uni kam und hoffte, bei Gericht ein paar kleine Fälle zu ergattern, und ihm das Mobiliar und den Computer zu einem sehr günstigen Preis verkaufen. Und wenn das alles erledigt war, würde er, Rechtsanwalt L. Trevor Carson, seine Kanzlei verlassen, ohne sich noch einmal umzusehen.

Das würde ein herrlicher Tag sein!

Chap riss ihn mit einer Tüte Tacos und ein paar Dosen Limonade aus seinem Tagtraum. Über die Mittagspause war noch gar nicht gesprochen worden, und Trevor hatte bereits mehrmals auf die Uhr gesehen und freute sich schon auf ein weiteres ausgedehntes Mahl bei Pete's. Nun nahm er grummelnd ein Taco. Er brauchte einen Drink.

»Ich glaube, es ist besser, in der Mittagspause keinen

Alkohol zu trinken«, sagte Chap, als sie an Trevors Schreibtisch saßen und versuchten, nicht alles mit Hackfleisch und schwarzen Bohnen vollzukleckern.

»Das können Sie machen, wie Sie wollen«, sagte Trevor.

»Ich habe Sie gemeint«, erwiderte Chap. »Jedenfalls die nächsten dreißig Tage.«

»Das gehörte aber nicht zu unserer Abmachung.«

»Jetzt gehört es dazu. Sie müssen nüchtern und hellwach sein.«

»Warum?«

»Weil unser Klient es so will. Und er ist derjenige, der Ihnen eine Million Dollar zahlt.«

»Will er auch, dass ich mir zweimal am Tag die Zähne putze und meinen Spinat esse?«

»Ich werde ihn fragen.«

»Dann können Sie ihm auch gleich sagen, dass er mich am Arsch lecken kann.«

»Nun mal langsam, Trevor«, sagte Wes. »Trinken Sie einfach mal ein bisschen weniger. Das wird Ihnen gut tun.«

Das Geld hatte ihn befreit, doch diese beiden begannen ihn einzuengen. Sie hatten jetzt vierundzwanzig Stunden zusammen verbracht, und sie machten keine Anstalten zu gehen. Im Gegenteil: Sie schienen hier einziehen zu wollen.

Chap machte sich früh auf den Weg, um die Post abzuholen. Sie hatten Trevor davon überzeugt, dass er sehr nachlässig gewesen sei und sie ihn darum sehr leicht gefunden hätten. Und wenn da draußen nun noch andere Opfer der Erpressung lauerten? Trevor hatte kaum Probleme gehabt, die Inhaber der Postfächer herauszufinden. Warum sollten andere nicht dasselbe tun und den Inhaber der Postfächer von Aladdin North und Laurel Ridge herausfinden? Von nun an würden Wes und Chap abwechselnd die Post abholen. Sie würden Umwege machen, die Postämter zu unterschiedlichen Zeiten aufsuchen und sich verkleiden – wie im Kriminalfilm.

Trevor war schließlich einverstanden. Die beiden schienen sich auszukennen.

Im Postamt von Neptune Beach warteten vier Briefe an Ricky und in Atlantic Beach waren zwei Briefe für Percy. Chap holte sie ab, beschattet von einem Team, das auf Leute achtete, die ihn möglicherweise beobachteten. Die Briefe wurden zu dem gemieteten Haus gebracht, geöffnet, kopiert und dann wieder verschlossen.

Die Kopien wurden von Agenten, die sich danach sehnten, etwas zu tun zu haben, gelesen und analysiert. Auch Klockner las die Briefe. Von den sechs Namen waren ihnen fünf bereits bekannt. Die Absender waren allesamt einsame Männer mittleren Alters, die den Mut aufzubringen versuchten, den nächsten Schritt zu tun. Keiner von ihnen machte einen besonders draufgängerischen Eindruck.

An einer weiß gestrichenen Wand eines Schlafzimmers des Hauses hatte man mit Reißzwecken eine Landkarte der Vereinigten Staaten befestigt. Rote Fähnchen markierten die Wohnorte von Rickys Brieffreunden, grüne die der Männer, die sich für Percy interessierten. Ihre Namen standen auf Aufklebern, die unter den Fähnchen befestigt waren.

Das Netz wurde immer größer. Dreiundzwanzig Männer schrieben Briefe an Ricky, achtzehn an Percy. Sie stammten aus insgesamt dreißig Bundesstaaten. Mit jeder Woche verfeinerten die Richter ihre Methode. Soviel Klockner wusste, erschienen ihre Kleinanzeigen inzwischen in drei verschiedenen Magazinen. Sie hielten sich an ihr Schema und wussten gewöhnlich nach dem dritten Brief, ob ihr Opfer Geld hatte und verheiratet war.

Es war faszinierend, diesem Spiel zuzusehen, und jetzt, da man sich Trevors Mitarbeit gesichert hatte, ging jeder Brief durch die Hände der CIA-Agenten.

Der Inhalt der heutigen Post wurde auf zwei Seiten zusammengefasst. Diese wurden per Kurier nach Langley geschickt und lagen Deville noch am selben Abend um sieben Uhr vor.

Der erste Anruf des Nachmittags kam um zehn nach drei, als Chap gerade die Fenster putzte. Wes war noch immer im Büro und stellte Trevor eine Frage nach der anderen. Trevor war müde. Er brauchte seinen Mittagsschlaf, und vor allem brauchte er einen Drink.

»Anwaltskanzlei«, sagte Chap.

»Spreche ich mit Trevors Büro?« fragte der Anrufer.

»Ja. Wer ist dort?«

»Wer sind Sie?«

»Ich bin Chap, der neue Anwaltsgehilfe.«

»Was ist aus der Sekretärin geworden?«

»Sie arbeitet nicht mehr hier. Was kann ich für Sie tun?«

»Hier ist Joe Roy Spicer. Ich bin ein Mandant von Trevor und rufe aus Trumble an.«

»Von wo?«

»Trumble. Das ist ein Bundesgefängnis. Kann ich mit Trevor sprechen?«

»Nein, Sir. Er ist in Washington und wird voraussichtlich erst in ein paar Stunden zurück sein.«

»Gut. Sagen Sie ihm, ich rufe um fünf noch mal an.«

»Ja, Sir.«

Chap legte auf und atmete tief durch. Klockner im Haus gegenüber tat dasselbe. Die CIA hatte soeben den ersten direkten Kontakt mit einem Mitglied der Bruderschaft gehabt.

Der zweite Anruf kam um Punkt fünf Uhr. Chap nahm ihn entgegen und erkannte die Stimme sogleich. Trevor wartete in seinem Büro. »Hallo?«

»Trevor? Hier ist Joe Roy Spicer.«

»Hallo, Richter.«

»Was hast du in Washington rausgefunden?«

»Wir arbeiten noch daran. Es wird nicht leicht werden, aber wir finden ihn schon noch.«

Es trat eine lange Pause ein. Trevor hatte den Eindruck, dass Spicer diese Nachricht nicht gefiel und er nicht wusste, wie viel er sagen konnte. »Kommst du morgen?«

»Ja, um drei Uhr.«

»Bring fünftausend Dollar in bar mit.«

»Fünftausend Dollar?«

»Du hast mich verstanden. Bring das Geld mit. Aber nur Zwanziger und Fünfziger.«

»Was wollt ihr –«

»Stell keine dummen Fragen, Trevor. Bring das Geld mit. Steck es mit den anderen Briefen in den Umschlag. Es ist ja nicht das erste Mal.«

»Na gut.«

Ohne ein weiteres Wort legte Spicer auf. Trevor erklärte den anderen beiden eine Stunde lang die Gepflogenheiten in Trumble. Bargeld war verboten. Jeder Häftling hatte eine Arbeit, und sein Lohn wurde ihm auf einem Konto gutgeschrieben. Ausgaben für Ferngespräche, Artikel aus dem Gefängnisladen, Kopien und Briefmarken wurden von diesem Konto abgebucht.

Dennoch gab es Bargeld, auch wenn man es nur selten zu sehen bekam. Es wurde hineingeschmuggelt und diente dazu, Spielschulden zu bezahlen und Wärter für kleinere Dienste zu bestechen. Trevor hatte Angst, Geld ins Gefängnis zu bringen. Wenn er als Anwalt dabei erwischt wurde, würde sein Besuchsrecht für immer widerrufen werden. Er hatte zweimal Geld hineingeschmuggelt, beide Male einen Betrag von 500 Dollar in 10- und 20-Dollar-Scheinen.

Er konnte sich nicht vorstellen, wozu die Richter 5000 Dollar brauchten.

ACHTUNDZWANZIG

Nachdem er drei Tage lang auf Schritt und Tritt über Wes und Chap gestolpert war, brauchte Trevor eine Pause. Sie frühstückten mit ihm, sie aßen mit ihm zu Mittag und zu Abend. Sie brachten ihn nach Hause und holten ihn früh morgens wieder ab. Sie führten das, was von seiner Kanzlei noch übrig war – Chap als Anwaltsgehilfe, Wes als Büroleiter –, und weil es so wenig anwaltliche Tätigkeiten zu erledigen gab, quälten sie ihn mit ihren endlosen Fragen.

Er war daher nicht sonderlich überrascht, als sie verkündeten, sie würden ihn nach Trumble fahren. Er erklärte, er brauche keinen Fahrer. Er sei oft genug allein in seinem kleinen Käfer dorthin gefahren und gedenke auch diesmal wieder allein zu fahren. Das ärgerte sie, und sie drohten, ihren Klienten anzurufen.

»Dann tun Sie das doch, verdammt noch mal!« rief er. »Ihr blöder Klient bestimmt nicht über mein Leben.«

Sie gaben zwar nach, doch ihr Klient bestimmte sehr wohl über Trevors Leben, und sie alle wussten es. Das Einzige, was jetzt zählte, war das Geld. Trevor war zum Verräter geworden.

Er verließ Neptune Beach, allein in seinem Käfer, gefolgt von Wes und Chap in ihrem Mietwagen sowie einem weißen Lieferwagen, in dem Leute saßen, die Trevor nie zu sehen bekommen würde und die er auch gar nicht sehen wollte. Nur so zum Spaß bog er unvermittelt auf den Parkplatz eines Supermarkts ein, um einen Sechserpack Bier zu kaufen, und lachte, als die anderen scharf bremsten und nur mit Mühe einen Unfall vermeiden konnten. Außerhalb der Stadt fuhr er enervierend langsam, nippte hin und wieder an einer Bierdose und genoss es, endlich allein zu sein. Er würde die nächsten dreißig Tage irgendwie überstehen. Für eine Million Dollar konnte er alles ertragen.

Als er sich der Ortschaft Trumble näherte, verspürte er Gewissensbisse. Konnte er das wirklich durchziehen? In wenigen Minuten würde er Spicer gegenübertreten, einem Mandanten, der ihm vertraute, einem Häftling, der ihn brauchte, einem Komplizen. Würde er, Trevor, so tun können, als wäre alles in Ordnung, während in Wirklichkeit ein Hochfrequenzmikrofon in seinem Aktenkoffer versteckt war? Konnte er Spicer die Briefe übergeben wie immer, obwohl er wusste, dass sie kontrolliert wurden? Obendrein ließ er seine Karriere als Anwalt sausen, und sie war etwas, für das er hart gearbeitet hatte und auf das er einst stolz gewesen war.

Er hatte seine moralischen Grundsätze für Geld verkauft. War seine Seele eine Million Dollar wert? Für solche Überlegungen war es jetzt zu spät. Das Geld lag auf seinem Konto. Er ertränkte seine Gewissensbisse mit einem großen Schluck Bier.

Spicer war ein Verbrecher. Beech und Yarber ebenfalls. Und er, Trevor Carson, war ebenso schuldig wie sie. Unter Dieben gibt es keine Ehre, sagte er sich in Gedanken immer wieder.

Als sie durch den Korridor zum Besuchsraum gingen, roch Link Trevors Bieratem. Trevor warf einen Blick in das Anwaltszimmer. Er sah Spicer, der eine Zeitung las, und wurde auf einmal nervös. Wie tief musste ein Anwalt gesunken sein, der zu einem vertraulichen Gespräch mit einem Mandanten ein elektronisches Abhörgerät mitnahm? Das Schuldgefühl traf ihn wie ein Keulenschlag, doch jetzt führte kein Weg mehr zurück.

Das Mikrofon war beinahe so groß wie ein Golfball und von Wes sorgfältig am Boden von Trevors altem, verkratztem schwarzem Aktenkoffer montiert worden. Es war äußerst leistungsfähig und würde jeden Laut zu den gesichtslosen Männern in dem weißen Lieferwagen übertragen, in dem auch Wes und Chap saßen. Sie hatten Kopfhörer aufgesetzt und lauschten begierig auf jedes Wort.

»Hallo, Joe Roy«, sagte Trevor.

»Hallo«, antwortete Spicer.

»Ich muss den Koffer kontrollieren«, sagte Link. Er warf einen flüchtigen Blick hinein. »Sieht okay aus.« Trevor hatte Wes und Chap gesagt, dass Link hin und wieder den Inhalt des Koffers überprüfte. Das Mikrofon war unter einem Stapel Papiere verborgen.

»Hier ist die Post«, sagte Trevor.

»Wie viele?« fragte Link.

»Acht.«

»Hast du auch Briefe?« fragte Link Spicer.

»Nein, heute nicht«, antwortete der.

»Ich warte draußen«, sagte Link.

Die Tür wurde geschlossen, und plötzlich herrschte Stille. Es war eine sehr lange Stille. Man hörte nichts, nicht ein einziges Wort. Die Männer in dem weißen Lieferwagen lauschten angestrengt, bis klar war, dass irgendetwas schief gegangen war.

Als Link den kleinen Raum verließ, stellte Trevor den Aktenkoffer rasch draußen auf den Boden, wo er für den Rest des Gesprächs zwischen Anwalt und Mandant blieb. Link bemerkte den Koffer, dachte sich aber nichts dabei.

»Wieso hast du ihn draußen hingestellt?« wollte Spicer wissen.

»Er ist leer«, sagte Trevor schulterzuckend. »Da draußen ist er im Blickfeld der Überwachungskameras. Wir haben nichts zu verbergen.« Trevor hatte einen letzten kurzen Anfall von Gewissensbissen gehabt. Den nächsten Besuch würde er vielleicht abhören lassen, aber diesen hier nicht. Er würde Wes und Chap einfach sagen, der Wärter habe den Koffer mit hinaus genommen – so etwas geschehe manchmal.

»Egal«, sagte Spicer. Er musterte nacheinander die Umschläge, bis er an zwei kam, die etwas dicker waren als die anderen. »Ist das das Geld?«

»Ja. Es sind ein paar Hunderter dabei.«

»Warum? Habe ich mich nicht deutlich ausgedrückt? Ich hab doch gesagt: Zwanziger und Fünfziger.«

»Es ging nicht anders. Ich hab nicht damit gerechnet, dass ich so schnell so viel Bargeld brauchen würde.«

Spicer las die Absenderangaben auf den anderen Briefen. Dann fragte er mit spöttischem Unterton: »Und was war in Washington?«

»Al Konyers ist eine harte Nuss. Mailbox America ist sieben Tage die Woche rund um die Uhr geöffnet. Es ist immer eine Aufsicht da, und es gibt viel Publikumsverkehr. Die Sicherheitsmaßnahmen sind gründlich. Es wird wohl eine Weile dauern.«

»Wen hast du darauf angesetzt?«

»Einen Detektiv aus Chevy Chase.«

»Sag mir den Namen.«

»Wie meinst du das: Sag mir den Namen?«

»Sag mir den Namen von dem Detektiv.«

Trevor war ratlos – seine Phantasie ließ ihn im Stich. Spicer hatte irgendwelche Hintergedanken, seine dunklen Augen funkelten. »Ich weiß ihn nicht mehr«, sagte Trevor.

»In welchem Hotel bist du abgestiegen?«

»Was soll das, Joe Roy?«

»Sag mir den Namen von deinem Hotel.«

»Warum?«

»Ich habe das Recht, es zu wissen. Ich bin dein Mandant.

Ich zahle deine Spesen. In welchem Hotel bist du abgestiegen?«

»Im Ritz-Carlton.«

»In welchem?«

»Weiß ich nicht. Im Ritz-Carlton eben.«

»Es gibt zwei davon in Washington. Welches war es?«

»Ich weiß es nicht. Nicht in der Innenstadt.«

»Welchen Flug hast du genommen?«

»Jetzt komm schon, Joe Roy – was soll das?«

»Welche Fluggesellschaft?«

»Delta.«

»Und die Flugnummer?«

»Weiß ich nicht mehr.«

»Du bist gestern zurückgekommen. Vor weniger als vierundzwanzig Stunden. Was war deine Flugnummer?«

»Ich weiß es nicht mehr.«

»Und du bist ganz sicher, dass du wirklich in Washington warst?«

»Natürlich war ich in Washington«, sagte Trevor, aber die Lüge ließ seine Stimme ein wenig zittern. Er hatte sich nicht vorbereitet, und seine Ausreden brachen schneller in sich zusammen, als er sie erfinden konnte.

»Du weißt die Flugnummer nicht, du hast vergessen, wie das Hotel heißt, in dem du abgestiegen bist, und du kannst dich nicht an den Namen des Detektivs erinnern, mit dem du zwei Tage lang zusammen warst. Du hältst mich anscheinend für ziemlich dumm.«

Trevor gab keine Antwort. Er dachte an das Mikrofon in seinem Aktenkoffer und daran, was für ein Glück es war, dass der Koffer vor der Tür stand. Dieser Wortwechsel war etwas, das Wes und Chap lieber nicht hören sollten.

»Du hast getrunken, stimmt's?« sagte Spicer angriffslustig.

»Ja«, antwortete Trevor. Das war zur Abwechslung mal nicht gelogen. »Ich hab mir unterwegs eine Dose Bier gekauft.«

330

»Oder zwei.«

»Ja, zwei.«

Spicer stützte die Ellbogen auf den Tisch und beugte sich vor, bis sein Kopf über der Mitte des Tisches war. »Ich hab schlechte Nachrichten für dich, Trevor. Du bist gefeuert.«

»Was?«

»Entlassen. Rausgeschmissen. Weg vom Fenster.«

»Du kannst mich nicht feuern.«

»Ich hab's gerade getan. Gemäß einer einstimmigen Entscheidung der Bruderschaft. Wir werden den Direktor davon in Kenntnis setzen, damit dein Name von der Anwaltsliste gestrichen wird. Das ist dein letzter Besuch, Trevor.«

»Aber warum?«

»Weil du lügst, weil du trinkst, weil du unzuverlässig bist, weil deine Mandanten dir nicht mehr vertrauen.«

Das entsprach den Tatsachen, doch es traf Trevor hart. Er war nie auf den Gedanken gekommen, sie könnten den Mut haben, ihn zu feuern. Er biss die Zähne zusammen und sagte: »Und was ist mit unserem kleinen Geschäft?«

»Wir machen einen sauberen Schnitt. Du behältst dein Geld, und wir behalten unseres.«

»Und wer soll euer Verbindungsmann draußen sein?«

»Das lass unsere Sorge sein. Du kannst jetzt wieder einem ehrbaren Beruf nachgehen, wenn du dazu imstande bist.«

»Was weißt du von einem ehrbaren Beruf, Joe Roy?«

»Geh einfach, Trevor. Steh auf und verschwinde! Hat mich sehr gefreut.«

»Na gut«, murmelte er. Seine Gedanken waren ein einziges Durcheinander, doch zwei schoben sich in den Vordergrund. Erstens: Spicer hatte diesmal, zum ersten Mal in vielen Wochen, keine Briefe mitgebracht. Zweitens: Wozu brauchten sie die 5000 Dollar? Wahrscheinlich war es das Bestechungsgeld für ihren neuen Anwalt. Sie hatten diesen Überraschungsangriff gut geplant. In dieser Hinsicht

331

waren sie immer im Vorteil – sie hatten so viel Zeit. Drei hochintelligente Männer, die jede Menge Zeit hatten. Es war einfach nicht gerecht.

Sein Stolz gebot ihm aufzustehen. Er streckte die Hand aus und sagte: »Tut mir Leid, dass es so gekommen ist.«

Spicer schüttelte ihm widerwillig die Hand. Am liebsten hätte er gesagt: Mach, dass du rauskommst.

Als sie einander zum letzten Mal ins Auge sahen, sagte Trevor beinahe im Flüsterton: »Konyers ist euer Mann. Sehr reich. Sehr mächtig. Er weiß von euch.«

Spicer sprang auf wie eine Katze. Ihre Gesichter waren nur Zentimeter voneinander entfernt. Er flüsterte: »Lässt er dich beobachten?«

Trevor nickte und zwinkerte ihm zu. Dann öffnete er die Tür. Ohne ein Wort an Link nahm er den Aktenkoffer. Was hätte er dem Wärter auch sagen sollen? Tut mir leid, alter Freund, aber mit den 1000 Dollar, die du jeden Monat unter der Hand kriegen solltest, ist es jetzt vorbei. Das findest du schade? Dann frag doch mal Joe Roy Spicer nach den Gründen.

Aber er sagte nichts. Er war verwirrt, ihm schwindelte beinahe, und der Alkohol war keine große Hilfe. Was sollte er Wes und Chap sagen? Das war die Frage, die ihn im Augenblick am meisten beschäftigte. Sie würden ihm zusetzen, sobald sie ihn zu fassen bekamen.

Wie immer, aber nun zum letzten Mal, verabschiedete er sich von Link und dann von Vince, Mackey und Rufus am Empfang und trat hinaus in die glühende Sonne.

Wes und Chap hatten ihren Wagen drei Parklücken von seinem Käfer entfernt geparkt. Sie wollten mit ihm reden, gingen aber kein Risiko ein. Trevor beachtete sie nicht, warf den Aktenkoffer auf den Beifahrersitz und setzte sich ans Steuer. Die beiden anderen Wagen folgten ihm auf der Landstraße nach Jacksonville.

*

Ihre Entscheidung, sich von Trevor zu trennen, war nach sorgfältigsten Erwägungen gefällt worden. Sie hatten sich stundenlang in ihrem kleinen Zimmer verkrochen und die Konyers-Unterlagen studiert, bis sie jeden Brief auswendig kannten. Sie hatten zu dritt Runde um Runde um die Aschenbahn gedreht und ein Szenario nach dem anderen entworfen. Sie hatten gemeinsam gegessen und Karten gespielt und die ganze Zeit im Flüsterton Theorien darüber entwickelt, wer ihre Post überwachte.

Trevor war der nächstliegende Schuldige und der Einzige, über den sie verfügen konnten. Wenn ihre Opfer nachlässig wurden, dann konnten sie, die Richter, nichts daran ändern. Doch wenn ihr Anwalt zu leichtsinnig war, mussten sie ihm das Mandat entziehen. Er war ohnehin kein Mensch, der viel Vertrauen verdiente. Wie viele gute, viel beschäftigte Anwälte wären wohl bereit, für eine Erpressung schwuler Männer ihre Karriere aufs Spiel zu setzen?

Der einzige Grund, warum sie zögerten, Trevor einen Tritt in den Hintern zu geben, war die Angst, er könnte ihnen ihr Geld stehlen. Wenn er das tat, würden sie ihn nicht daran hindern können, doch sie waren bereit, dieses Risiko einzugehen, denn Aaron Lake versprach einen höheren Ertrag. Sie hatten das Gefühl, dass sie Trevor ausbooten mussten, um an Lake heranzukommen.

Spicer erzählte ihnen von seinem Gespräch mit dem Anwalt. Trevors geflüsterte Warnung verblüffte sie. Konyers ließ Trevor beschatten. Konyers wusste von der Bruderschaft. Hieß das, dass Lake ebenfalls Bescheid wusste? Wer war Konyers in Wirklichkeit? Warum hatte Trevor geflüstert, und warum hatte er seinen Aktenkoffer vor die Tür gestellt?

Mit einer Gründlichkeit, zu der nur drei gelangweilte Richter imstande waren, gingen sie diesen und zahllosen weiteren Fragen auf den Grund. Und dann entwarfen sie ihre Strategie.

*

Trevor stand in seiner neuerdings sauberen, blitzenden Küche und kochte Kaffee, als Wes und Chap leise eintraten, um ihn zu verhören.

»Was war los?« fragte Wes. Die beiden runzelten die Stirn und machten einen ziemlich besorgten Eindruck.

»Was meinen Sie damit?« antwortete Trevor, als wäre alles in schönster Ordnung.

»Was war mit dem Mikro?«

»Ach, das. Der Wärter hat den Koffer mitgenommen und draußen abgestellt.«

Sie sahen sich stirnrunzelnd an. Trevor goss das Wasser in die Kaffeemaschine. Die Tatsache, dass es bereits fünf Uhr war und Trevor Kaffee kochte, entging den Agenten nicht.

»Warum hat er das getan?«

»Eine Routinesache. Ungefähr einmal im Monat behält der Wärter den Koffer während des Besuchs.«

»Hat er ihn durchsucht?«

Trevor sah zu, wie der Kaffee durch den Filter lief. Absolut kein Grund zur Unruhe. »Er hat wie immer einen kurzen Blick hineingeworfen – wahrscheinlich hat er nicht mal richtig hingesehen. Dann hat er die Briefe an Spicer herausgenommen und den Koffer vor die Tür gestellt. Das Mikro hat er nicht bemerkt.«

»Sind ihm die dicken Briefumschläge aufgefallen?«

»Natürlich nicht. Nur keine Aufregung.«

»Und das Gespräch lief gut?«

»Es war alles wie immer, nur dass Spicer keine Briefe für mich hatte. Das ist in letzter Zeit ein bisschen ungewöhnlich, aber es kommt vor. Ich fahre in zwei Tagen wieder hin, und dann wird er mir ein Bündel Briefe übergeben, und der Wärter wird den Aktenkoffer nicht mal anrühren. Sie werden jedes Wort hören. Wollen Sie einen Kaffee?«

Die beiden entspannten sich. »Danke, aber wir gehen jetzt lieber«, sagte Chap. Sie hatten Berichte zu schreiben und Fragen zu beantworten. Als sie zur Tür gingen, hielt Trevor sie auf.

»Hören Sie«, sagte er sehr höflich, »ich bin durchaus imstande, mich selbst anzuziehen und zum Frühstück eine Schale Cornflakes zu essen, und zwar allein. Das kann ich schon seit vielen Jahren. Und ich will meine Kanzlei erst um neun Uhr öffnen, und da es meine Kanzlei ist, *werde* ich sie auch erst um neun öffnen und keine Minute früher. Wenn Sie um diese unchristliche Zeit hier sein wollen, sind Sie herzlich willkommen – aber erst um neun, nicht um acht Uhr neunundfünfzig. Halten Sie sich bis um neun fern von meinem Haus und meiner Kanzlei. Verstanden?«

»Klar«, sagte einer von ihnen, und dann waren sie verschwunden. Für sie spielte das keine Rolle. Die ganze Kanzlei, das Haus, der Wagen, ja selbst der Aktenkoffer – alles war verwanzt. Sie wussten sogar, wo Trevor seine Zahnpasta kaufte.

Trevor trank eine ganze Kanne Kaffee und wurde langsam wieder nüchtern. Dann begann er, seinen sorgfältig ausgearbeiteten Plan umzusetzen. Er hatte an nichts anderes gedacht, seit er Trumble verlassen hatte. Er nahm an, dass sie ihn beobachteten, zusammen mit den Jungs in dem weißen Lieferwagen. Sie hatten die Geräte, die Mikrofone und Wanzen, und Wes und Chap wussten bestimmt, wie man damit umging. Geld spielte keine Rolle. Er hielt es für das Beste, seiner Phantasie die Zügel schießen zu lassen und zu glauben, dass sie alles wussten, dass sie jedes Wort hörten, ihm überallhin folgten und stets genauestens darüber informiert waren, wo er sich gerade befand.

Je paranoider er war, desto besser standen seine Chancen, ihnen zu entkommen.

Er fuhr 25 Kilometer zu einem Einkaufszentrum bei Orange Park, einem südlichen Vorort von Jacksonville. Dort schlenderte er herum, betrachtete die Auslagen in den

335

Schaufenstern und aß in einem fast leeren Restaurant eine Pizza. Es fiel ihm schwer, nicht in irgendeinem Laden hinter einen Kleiderständer zu springen und zu warten, bis seine Verfolger vorbeigingen, doch er widerstand der Versuchung. In einem Elektronikgeschäft kaufte er ein kleines Mobiltelefon. Die Grundgebühr für den ersten Monat war im Kaufpreis bereits enthalten.

Es war nach neun, als er nach Hause zurückkehrte. Er war sicher, dass sie ihm gefolgt waren. Zunächst stellte er den Fernseher auf volle Lautstärke und kochte noch eine Kanne Kaffee. Im Badezimmer stopfte er sich Geld in die Taschen.

Nach Mitternacht – das Haus war dunkel und still, und Trevor lag scheinbar in tiefem Schlaf – schlich er zur Hintertür hinaus. Die Luft war kühl, der Vollmond stand am Himmel, und Trevor gab sich redlich Mühe, den Eindruck zu erwecken, als wolle er bloß einen kleinen Strandspaziergang machen. Er trug eine Cargo-Hose mit vielen Taschen, zwei Jeanshemden und eine weite Windjacke, in deren Futter er Geldbündel gestopft hatte. Während er ziellos am Wasser entlang Richtung Süden ging, hatte Trevor insgesamt 80 000 Dollar bei sich – ein harmloser Tourist, der einen Mitternachtsspaziergang machte.

Nach anderthalb Kilometern beschleunigte er seine Schritte. Nach fünf Kilometern war er müde, behielt sein Tempo jedoch bei. Ausruhen konnte er sich später.

Er bog vom Strand ab und ging zu einem heruntergekommenen Motel. Auf der A1A war kein Verkehr; nur das Motel und eine etwas weiter entfernte Raststätte hatten geöffnet.

Die Tür quietschte laut genug, um den Nachtportier zu wecken. Irgendwo weiter hinten lief ein Fernseher. Ein dicklicher Junge von kaum zwanzig Jahren erschien und sagte: »Guten Abend. Brauchen Sie ein Zimmer?«

»Nein«, sagte Trevor und zog langsam ein dickes Bündel 100-Dollar-Scheine aus der Tasche. Er zählte zehn Scheine ab und legte sie nebeneinander auf den Tresen. »Ich brauche jemanden, der mir einen Gefallen tut.«

Der Nachtportier starrte auf das Geld und verdrehte die Augen. Hier am Strand trieben sich wirklich alle möglichen schrägen Vögel herum. »Unsere Zimmer sind nicht so teuer«, sagte er.

»Wie heißt du?« fragte Trevor.

»Ach, ich weiß nicht. Sagen wir mal: Sammy Sosa.«

»Okay, Sammy. Hier sind tausend Dollar. Die gehören dir, wenn du mich nach Daytona Beach fährst. Das dauert bloß anderthalb Stunden.«

»Drei Stunden. Ich muss ja auch wieder zurückfahren.«

»Na gut, also drei Stunden. Das macht mehr als dreihundert Dollar die Stunde. Wann hast du zuletzt dreihundert Dollar pro Stunde verdient?«

»Ist schon eine Weile her. Aber ich kann nicht. Ich hab die Nachtschicht und muss von zehn bis acht hier sein.«

»Wer ist dein Chef?«

»Der ist in Atlanta.«

»Und wann war er das letzte Mal hier?«

»Ich hab ihn noch nie gesehen.«

»Natürlich nicht. Wenn du der Besitzer von so einer Bruchbude wärst, würdest du dann vorbeikommen und nach dem Rechten sehen?«

»So schlimm sind die Zimmer nun auch wieder nicht. Wir haben Farbfernseher ohne Extragebühr, und die meisten Klimaanlagen funktionieren.«

»Es ist eine Bruchbude, Sammy. Du kannst abschließen, wegfahren, drei Stunden später wieder da sein, und keiner wird irgendwas merken.«

Sammys Blick ruhte auf dem Geld. »Sind Sie auf der Flucht vor den Bullen oder so?«

»Nein. Und ich bin unbewaffnet. Ich hab's bloß eilig.«

»Warum?«

»Ich stecke gerade in einer üblen Scheidung, und ich hab ein bisschen Geld. Meine Frau will alles haben, und sie hat einen sehr gerissenen Anwalt. Ich muss einfach verschwinden.«

»Sie haben Geld, aber keinen Wagen?«

»Also, Sammy – willst du oder willst du nicht? Wenn du nein sagst, gehe ich zu der Raststätte da drüben und finde jemanden, der schlau genug ist, mein Geld zu nehmen.«

»Zweitausend.«

»Du machst es für zweitausend?«

»Ja.«

Der Wagen war klappriger, als er befürchtet hatte. Es war ein alter Honda, den weder Sammy noch die fünf Vorbesitzer jemals gewaschen hatten. Doch die A1A war frei, und die Fahrt nach Daytona Beach dauerte genau 98 Minuten.

Um 3 Uhr 20 hielt der Honda vor einem die ganze Nacht geöffneten Waffelgrill. Trevor stieg aus, dankte Sammy und sah ihm nach, als er davonfuhr. Drinnen trank er einen Kaffee, unterhielt sich mit der Kellnerin und bat sie um das Telefonbuch. Dann bestellte er Pfannkuchen und machte mit seinem neuen Handy ein paar Anrufe.

Der nächste Flughafen war Daytona Beach International. Kurz nach vier hielt Trevors Taxi vor dem Terminal für Privatflugzeuge. Dutzende kleiner Maschinen standen ordentlich aufgereiht auf der Rollbahn. Sicher konnte man eine von ihnen kurzfristig chartern. Trevor brauchte nur eine, vorzugsweise eine zweimotorige.

NEUNUNDZWANZIG

Das hintere Schlafzimmer des Hauses war zu einem Konferenzraum umfunktioniert worden. Man hatte vier Klapptische zusammengeschoben, um eine große Tischfläche zu erhalten, die mit Zeitungen, Magazinen und Doughnut-Schachteln bedeckt war. Jeden Morgen um halb acht trafen sich Klockner und seine Leute hier, um bei Kaffee und Frühstücksgebäck die Ereignisse der Nacht zu besprechen und den Tag zu planen. Wes und Chap waren immer anwesend, außerdem sechs oder sieben andere Agenten, je nachdem, wer gerade aus Langley hierher abkommandiert war. Auch die Techniker aus dem vorderen Zimmer nahmen manchmal an diesen Besprechungen teil, obwohl Klockner nicht darauf bestand. Jetzt, wo Trevor auf ihrer Seite war, brauchten sie nicht mehr so viele Leute, um ihn zu überwachen.

Das dachten sie jedenfalls. Vor halb acht war keine Bewegung in seinem Haus auszumachen, was bei einem Mann, der sich abends oft betrank und morgens spät aufstand, nichts Ungewöhnliches war. Um acht Uhr, als Klockner im hinteren Zimmer seine Lagebesprechung abhielt, rief einer der Techniker unter dem Vorwand, eine falsche Nummer gewählt zu haben, bei Trevor an. Nach dreimaligem Läuten schaltete sich der Anrufbeantworter ein, und Trevors Stimme sagte, er sei nicht da, und man solle bitte eine Nachricht hinterlassen. Das kam gelegentlich vor, wenn Trevor verschlief, doch normalerweise weckte ihn ein solcher Anruf auf.

Um 8 Uhr 30 wurde Klockner davon informiert, dass im Haus alles still war: keine Dusche, kein Fernseher, keine Musik, kein Geräusch, das auf die normale Frühstücksroutine hindeutete.

Es war durchaus möglich, dass er sich gestern Abend allein, zu Hause, betrunken hatte. Sie wussten, dass er nicht bei Pete's, sondern in einem Einkaufszentrum gewesen und anscheinend nüchtern nach Hause gekommen war.

»Vielleicht schläft er noch«, sagte Klockner. Er war nicht sonderlich beunruhigt. »Wo ist sein Wagen?«

»In der Einfahrt.«

Um neun klopften Wes und Chap an Trevors Tür und öffneten sie, als drinnen alles ruhig blieb, mit ihrem eigenen Schlüssel. Als sie meldeten, Trevor sei verschwunden und sein Wagen sei unbenutzt, setzten sich die anderen Agenten in Bewegung. Klockner geriet nicht in Panik. Er schickte seine Leute an den Strand, zu den Cafés in der Nähe des Sea Turtle, ja sogar zu Pete's Bar and Grill, das um diese Zeit noch gar nicht geöffnet hatte. Zu Fuß und mit ihren Wagen suchten sie die Umgebung von Trevors Haus und seiner Kanzlei ab – ohne Ergebnis.

Um zehn benachrichtigte Klockner Deville in Langley davon, dass der Anwalt verschwunden sei.

Jeder Flug nach Nassau wurde überprüft, doch Trevor Carson war wie vom Erdboden verschluckt. Deville konnte den Kontaktmann bei der Passkontrolle auf den Bahamas nicht erreichen, ebenso wenig wie den Bankangestellten, den die CIA bestochen hatte.

Teddy Maynard war mitten in einer Besprechung über nordkoreanische Truppenbewegungen, als er die dringende Nachricht erhielt, Trevor Carson, der trunksüchtige Anwalt aus Neptune Beach, Florida, sei verschwunden.

»Wie könnt ihr einen Idioten wie ihn entwischen lassen?« fuhr Teddy Deville in einer seltenen Anwandlung von Zorn an.

»Ich weiß es nicht.«

»Das ist doch nicht zu glauben!«

»Es tut mir Leid.«

Teddy verlagerte sein Gewicht und verzog vor Schmerz das Gesicht. »Findet ihn, verdammt!« zischte er.

Das Flugzeug war eine zweimotorige Beech Baron, die einigen Ärzten gehörte und von Eddie, dem Piloten, den Trevor um sechs Uhr morgens aus dem Bett geholt hatte, verchartert wurde. Trevor hatte ihm Bargeld und einen satten Aufpreis versprochen. Der offizielle Preis war 2200 Dollar für einen Flug von Daytona Beach nach Nassau und zurück, bei einer Flugzeit von jeweils zwei Stunden. Eine Flugstunde kostete 400 Dollar, hinzu kamen die Lande- und Zollgebühren sowie die bezahlte Bodenzeit des Piloten. Trevor war bereit, 2000 Dollar zusätzlich zu zahlen, wenn sie sofort starten würden.

Die Geneva Trust Bank in Nassau öffnete um neun Uhr, und als der Pförtner aufschloss, stand Trevor vor der Tür. Er stürmte in Brayshears Büro. Auf seinem Konto befanden sich beinahe eine Million Dollar: 900 000 von Mr. Al Konyers und etwa 68 000 aus seiner Tätigkeit für die Bruderschaft.

Ohne die Tür aus den Augen zu lassen, drängte er Brayshears, ihm zu helfen, das Geld schnell zu transferieren. Da es Trevor Carson gehörte, hatte Brayshears keine andere Wahl. Es gab eine Bank auf Bermuda, deren Direktor ein Freund von ihm war. Das passte Trevor gut. Er traute Brayshears nicht und hatte vor, das Geld so lange von einer Bank zur anderen zu überweisen, bis er sich sicher fühlte.

Einen Augenblick lang dachte Trevor begehrlich an das Konto von Boomer Realty, derzeit mit einem Haben-Saldo von etwas über 189 000 Dollar. Er besaß eine Vollmacht und hätte auch dieses Geld weiterleiten können. Beech, Yarber und dieser ekelhafte Spicer waren doch nur Verbrecher. Und sie hatten die Frechheit besessen, ihn zu feuern, und ihn somit gezwungen zu fliehen. Er versuchte, genug Hass aufzubringen, um ihr Geld zu nehmen, doch während er mit sich kämpfte, merkte er, dass er Mitleid mit ihnen hatte: drei alte Männer, die im Gefängnis verrotteten.

Eine Million war genug. Außerdem hatte er keine Zeit. Es hätte ihn nicht gewundert, wenn Wes und Chap plötzlich mit Pistolen in den Händen hereingestürmt wären. Er dankte Brayshears und eilte hinaus.

Als die Beech Baron von der Startbahn des Nassau International Airport abhob, musste Trevor einfach lachen. Er lachte über den Coup, über seine gelungene Flucht, über sein Glück, über Wes und Chap und ihren reichen Klienten, der jetzt um eine Million ärmer war, und er lachte über seine schäbige Kanzlei, in die er nun nie mehr einen Fuß setzen würde. Er lachte über seine Vergangenheit und seine herrliche Zukunft.

Aus 1000 Metern Höhe sah er hinab auf das ruhige, blaue Wasser der Karibik. Eine einsame Segelyacht durchpflügte die Wellen. Der Kapitän stand am Ruder, auf dem Deck räkelte sich eine spärlich bekleidete Frau. Das war er – in ein paar Tagen.

In einer Kühltasche entdeckte er eine Dose Bier. Er trank sie aus und schlief ein. Sie landeten auf der Insel Eleuthera. Trevor hatte in einem Reisemagazin davon gelesen, das er in der Nacht zuvor gekauft hatte. Dort gab es Strände und Hotels und alle möglichen Wassersportarten. Er bezahlte Eddie in bar und wartete eine Stunde lang vor dem kleinen Flughafengebäude, bis ein Taxi vorbeikam.

In einem Geschäft am Governor's Harbour kaufte er einige Kleidungsstücke, und dann ging er zu Fuß zu einem der Hotels am Strand. Es amüsierte ihn, wie schnell er aufhörte, über etwaige Verfolger nachzudenken. Natürlich hatte Mr. Konyers jede Menge Geld, doch wer konnte sich schon eine geheime Armee leisten, die groß genug war, um alle Inseln der Bahamas zu überwachen? Vor ihm lag eine wunderbare Zukunft, und er würde sie sich nicht verderben, indem er ständig über seine Schulter sah.

Im Hotel legte er sich an den Pool und trank den Rum so schnell, wie die Bedienung ihn bringen konnte. Trevor Carson war achtundvierzig Jahre alt und begann sein neues Leben mehr oder weniger genau so, wie er sein altes beendet hatte.

Trevor Carsons Kanzlei öffnete pünktlich, und alles lief wie immer. Der Besitzer hatte die Flucht ergriffen, doch sein Gehilfe und der Büroleiter waren bereit, sich aller unvermutet auftauchenden Probleme anzunehmen. Sie hörten sich in den einschlägigen Kneipen um, erfuhren aber nichts. Zweimal läutete am Vormittag das Telefon – Anfragen von potentiellen Mandanten, die sich im Branchenbuch verirrt hatten. Niemand brauchte Trevors fachlichen Beistand. Kein einziger Freund rief an, um ein wenig zu plaudern. Wes und Chap nahmen sich die wenigen Schubladen und Unterlagen vor, die sie noch nicht durchsucht hatten, stießen aber auf keinen Hinweis.

Ein anderes Team nahm Trevors Haus unter die Lupe und suchte in erster Linie nach dem Geld, das er erhalten hatte. Wie nicht anders zu erwarten, fanden sie nichts. Der billige Aktenkoffer lag leer in einem Wandschrank. Es gab keine einzige Spur. Trevor war einfach davonmarschiert und hatte das Geld mitgenommen.

Der Angestellte der Bank auf den Bahamas wurde in New York aufgespürt, wo er sich im Auftrag seiner Regierung befand. Zunächst war er wenig geneigt, von dort aus Nachforschungen anzustellen, erklärte sich schließlich jedoch bereit, ein paar Anrufe zu tätigen. Gegen 13 Uhr informierte er Deville, das Geld sei transferiert worden. Der Besitzer sei persönlich erschienen und habe die Überweisung angeordnet – mehr könne er nicht sagen.

Wohin war das Geld verschwunden? Alles, was Deville aus ihm herausbekommen konnte, war, dass das Geld telegrafisch überwiesen worden war. Die Reputation der Banken seines Landes basierte auf der strikten Wahrung des Bankgeheimnisses. Er war zwar korrupt, doch nur bis zu einem gewissen Punkt.

Nach anfänglichem Zögern war der amerikanische Zoll zur Kooperation bereit. Trevors Pass war frühmorgens am Nassau International Airport registriert worden, und bis jetzt hatte er die Bahamas nicht verlassen, jedenfalls nicht offiziell. Sein Pass stand auf der Fahndungsliste. Wenn er ihn benutzte, um in ein anderes Land einzureisen, würde die Zollbehörde es innerhalb von zwei Stunden erfahren.

Deville erstattete Teddy und York zum vierten Mal an diesem Tag Bericht und erwartete weitere Instruktionen.

»Er wird einen Fehler machen«, sagte York. »Irgendwann wird er irgendwo seinen Pass vorlegen, und dann haben wir ihn. Er weiß nicht, wer hinter ihm her ist.«

Teddy kochte vor Wut, sagte aber nichts. Die CIA hatte Regierungen gestürzt und Könige ermordet, und doch staunte er immer wieder, wie viele Kleinigkeiten schief gehen konnten. Ein dummer, tölpelhafter Anwalt aus Neptune Beach, der von zwölf Agenten überwacht wurde, war ihnen durch die Lappen gegangen. Und Teddy hatte gedacht, ihn könne nichts mehr überraschen.

Dieser Anwalt hatte ihre Verbindung ins Gefängnis sein sollen. Sie hatten ihm eine Million Dollar gegeben und gedacht, sie könnten ihm vertrauen. Es gab keinen Notplan für den Fall seiner Flucht. Jetzt mussten sie in aller Eile einen entwickeln.

»Wir brauchen jemanden im Gefängnis«, sagte Teddy.

»Wir sind fast so weit«, sagte Deville. »Es gibt Kontakte zum Justizministerium und zur Strafvollzugsbehörde.«

»Wie lange wird das dauern?«

»Tja, nach dem, was heute passiert ist, können wir wahrscheinlich innerhalb von achtundvierzig Stunden einen Mann nach Trumble einschleusen.«

»Wer ist es?«

»Er heißt Argrow. Neununddreißig Jahre, seit elf Jahren bei uns, gute Beurteilungen.«

»Seine Legende?«

»Er wird von einem Bundesgefängnis auf Virgin Islands nach Trumble verlegt. Die Papiere werden von der Vollzugsbehörde in Washington bearbeitet – der Gefängnisdirektor wird also keine Fragen stellen. Er ist bloß ein Gefangener, der eine Verlegung beantragt hat.«

»Und er ist bereit?«

»Fast. In achtundvierzig Stunden.«

»Sorgen Sie dafür, dass er sofort eingewiesen wird.«

Deville ging hinaus, auf den Schultern wieder einmal die Last einer schwierigen Aufgabe, die plötzlich auf der Stelle erledigt werden musste.

»Wir müssen herausfinden, wie viel sie wissen«, murmelte Teddy.

»Ja, aber wir haben keinen Grund zu der Annahme, dass sie irgendeinen Verdacht hegen«, sagte York. »Ich habe all ihre Briefe gelesen. Es deutet nichts darauf hin, dass sie Konyers besonders ins Visier genommen haben. Er ist nur eines von mehreren potentiellen Opfern. Und wir haben den Anwalt bezahlt, damit er aufhört, dem Inhaber von Konyers' Postfach nachzuschnüffeln. Der Typ ist jetzt irgendwo auf den Bahamas und freut sich über seinen Reichtum. Er stellt keine Bedrohung mehr dar.«

»Trotzdem müssen wir ihn erledigen«, sagte Teddy. Es war eine Feststellung.

»Natürlich.«

»Ich werde mich besser fühlen, wenn er weg ist«, sagte Teddy.

*

Am Nachmittag betrat ein unbewaffneter Wärter in Uniform die juristische Abteilung der Gefängnisbibliothek. Joe Roy Spicer saß neben der Tür des Besprechungszimmers.

»Der Direktor will euch sprechen«, sagte der Wärter. »Dich und Yarber und Beech.«

»Und wieso?« fragte Spicer. Er blätterte in einer alten Ausgabe von *Field & Stream.*

»Das geht mich nichts an. Er will euch sprechen. In seinem Büro.«

»Sag ihm, wir sind beschäftigt.«

»Gar nichts sag ich ihm. Los, bewegt euch!«

Sie folgten ihm zum Verwaltungsgebäude. Andere Wärter schlossen sich ihnen an, so dass die Gruppe, die aus dem Aufzug trat und vor dem Tisch der Sekretärin des Direktors stehen blieb, einer regelrechten Entourage glich. Der Sekretärin gelang es irgendwie, die drei Richter allein in das geräumige Büro zu führen, wo Emmitt Broon sie erwartete. Als sie hinausgegangen war, sagte er barsch: »Das FBI hat mich davon in Kenntnis gesetzt, dass Ihr Anwalt verschwunden ist.«

Keiner der drei zeigte eine Reaktion, doch jeder von ihnen dachte sofort an das Geld, das auf dem Konto auf den Bahamas lag.

Der Direktor fuhr fort: »Er ist heute Morgen verschwunden und mit ihm offenbar einiges Geld. Über die Einzelheiten bin ich nicht informiert.«

Wessen Geld? Niemand wusste von ihrem geheimen Konto. Hatte Trevor jemand anders bestohlen?

»Warum erzählen Sie uns das?« fragte Beech.

Der wirkliche Grund war, dass das Justizministerium in Washington Broon angewiesen hatte, die drei über die neueste Entwicklung zu informieren. Der Grund, den er selbst angab, lautete jedoch: »Ich dachte, Sie sollten das wissen, für den Fall, dass Sie mit ihm sprechen wollen.«

Es war erst einen Tag her, dass sie Trevor gefeuert hatten, und sie hatten der Gefängnisverwaltung noch nicht mitgeteilt, dass sie ihrem Anwalt das Mandat entzogen hatten.

»Woher sollen wir jetzt einen Anwalt nehmen?« fragte Spicer, als wäre soeben eine Katastrophe über ihn hereingebrochen.

»Das ist Ihr Problem. Offen gestanden habe ich den Eindruck, dass die anwaltliche Beratung, die Sie in letzter Zeit in Anspruch genommen haben, Ihnen für viele Jahre reichen dürfte.«

»Und was ist, wenn er sich mit uns in Verbindung setzt?« fragte Yarber, der sehr wohl wusste, dass sie nie wieder von Trevor hören würden.

»Dann sollten Sie mich auf der Stelle davon in Kenntnis setzen.«

Sie versicherten ihm, dass sie das tun würden. Was immer der Direktor sagte. Damit waren sie entlassen.

Busters Flucht war unkomplizierter als ein Gang zum Supermarkt. Sie warteten bis zum nächsten Morgen nach dem Frühstück, als die meisten Häftlinge mit ihren Arbeiten begonnen hatten. Beech und Yarber waren auf der Aschenbahn. Sie gingen mit einer halben Runde Abstand, so dass einer immer den Gefängniskomplex im Auge behalten konnte, während der andere den Waldrand beobachtete. Spicer saß in der Nähe des Basketballfelds und hielt nach Wärtern Ausschau.

Es gab in Trumble weder Zäune noch Wachtürme oder einschneidende Sicherheitsmaßnahmen, und auch die Wärter stellten keine große Gefahr dar. Spicer sah keinen einzigen.

Buster hatte sich den jaulenden Rasentrimmer umgehängt und arbeitete sich langsam in Richtung Aschenbahn vor. Dort legte er eine Pause ein und wischte sich den Schweiß vom Gesicht. Aus 50 Metern Entfernung hörte Spicer, wie das Motorengeräusch erstarb. Er drehte sich um und hob einen Daumen – das Zeichen für Buster, schnell zu handeln. Buster trat auf die Aschenbahn und ging für ein paar Schritte neben Yarber her.

»Bist du sicher, dass du es machen willst?« fragte Yarber.

»Ja, ganz sicher.« Der Junge machte einen ruhigen, entschlossenen Eindruck.

»Dann tu es jetzt. Bleib ruhig. Nicht rennen.«

»Danke, Finn.«

»Und lass dich nicht erwischen.«

»Auf keinen Fall.«

An der Kurve verließ Buster die Bahn und ging über das frisch gemähte Gras. Nach 100 Metern war er in einem Gebüsch am Waldrand verschwunden. Beech und Yarber sahen ihm nach, drehten sich dann um und beobachteten das Gefängnis. Spicer schlenderte zu ihnen. Auf den Grünflächen und in den Gebäuden des Komplexes blieb alles ruhig. Weit und breit war kein Wärter in Sicht.

In gemächlichem Tempo gingen sie zwölf Runden, knapp fünf Kilometer, und nach nicht ganz einer Stunde begaben sie sich in die Kühle der Bibliothek und warteten auf die Nachricht von Busters Flucht. Es sollte Stunden dauern, bis irgendjemand etwas merkte.

Busters Tempo war schneller. Sobald er den Wald erreicht hatte, begann er zu rennen. Er orientierte sich am Stand der Sonne und hielt sich eine halbe Stunde lang in südlicher Richtung. Der Wald war nicht dicht, und das Unterholz war spärlich und behinderte ihn kaum. Er kam an einem Hochsitz vorbei, der in sieben Metern Höhe an einer Eiche befestigt war, und stieß kurz darauf auf einen Pfad, der nach Südwesten führte.

In seiner linken Hosentasche hatte er 2000 Dollar, die Finn Yarber ihm gegeben hatte. In der anderen Tasche befand sich eine von Beech gezeichnete Karte. Und in der hinteren Hosentasche hatte er einen gelben Umschlag, der an einen Mann namens Al Konyers in Chevy Chase,

Maryland, adressiert war. Alles drei war wichtig, doch der Umschlag schien den Richtern am wichtigsten zu sein.

Nach einer Stunde blieb Buster stehen, um zu rasten und zu lauschen. Die Landstraße 30 war sein erstes Ziel. Sie verlief in ostwestlicher Richtung, und Beech hatte geschätzt, dass er etwa zwei Stunden brauchen würde, um sie zu erreichen. Buster hörte nichts und begann wieder zu rennen.

Er durfte sich nicht zu sehr verausgaben. Es bestand die Möglichkeit, dass sein Fehlen nach dem Mittagessen bemerkt werden würde, wenn die Wärter gelegentlich eine sehr oberflächliche Inspektion durchführten. Wenn einer von ihnen auf die Idee kam, nach Buster Ausschau zu halten, würde er vielleicht Fragen stellen. Doch nachdem sie die Wärter zwei Wochen lang beobachtet hatten, glaubten weder Buster noch die Richter, dass diese Gefahr besonders groß war.

Er hatte also mindestens vier Stunden Vorsprung, wahrscheinlich sogar mehr, denn sein Arbeitstag endete erst um fünf Uhr. Um diese Zeit musste er den Rasentrimmer zurückgeben, und wenn er nicht auftauchte, würden sie auf dem Gefängnisgelände nach ihm suchen. Nach weiteren zwei Stunden würden sie die umliegenden Polizeistationen darüber informieren, dass wieder einmal ein Gefangener aus Trumble ausgebrochen war. Da diese Ausbrecher nie bewaffnet oder gefährlich waren, regte sich niemand allzu sehr darüber auf. Keine Suchtrupps. Keine Spürhunde. Keine Hubschrauber über dem Wald. Der Sheriff und seine Männer würden die Hauptstraßen abfahren und die Leute auffordern, die Türen verschlossen zu halten.

Der Name des Ausbrechers würde in eine landesweite Fahndungsdatei eingegeben werden. Man würde sein Haus und seine Freundin überwachen und darauf warten, dass er eine Dummheit beging.

Nach anderthalb Stunden in Freiheit blieb Buster für einen Augenblick stehen und hörte das Summen eines Lastwagens, der in der Nähe vorbeifuhr. Der Wald hörte abrupt an einem

Straßengraben auf – vor ihm lag die Landstraße. Laut Beechs Karte lag die nächste Ortschaft ein paar Kilometer weiter westlich. Buster hatte vor, an der Straße entlang zu gehen und sich vor nahenden Fahrzeugen im Graben oder unter Brücken zu verstecken, bis er die ersten Häuser erreichte.

Er trug die Gefängniskleidung, die aus einer khakifarbenen Hose und einem olivgrünen, kurzärmligen Hemd bestand – beides war inzwischen vom Schweiß dunkel gefärbt. Die Leute in der Gegend wussten, was die Gefangenen trugen, und jeder, der ihn auf der Landstraße 30 sah, würde den Sheriff benachrichtigen. »Du musst in die Stadt und dir andere Kleider besorgen«, hatten Beech und Spicer ihm gesagt. »Und dann kaufst du dir einen Fahrschein für den Bus und bleibst in Bewegung.«

Drei Stunden lang duckte er sich hinter Bäume und in den Straßengraben, dann sah er die ersten Häuser. Er verließ die Straße und ging über eine Wiese. Als er auf eine Straße stieß, zu deren Seiten große Wohnwagen aufgereiht standen, knurrte ihn ein Hund an. Hinter einem der Wohnwagen war eine Leine gespannt, an der Wäsche in der unbewegten Luft hing. Er nahm sich einen rot-weißen Pullover und warf das olivgrüne Hemd fort.

Das Zentrum des Ortes bestand aus zwei Häuserblocks mit Geschäften, ein paar Tankstellen, einer Bank, einer Art Rathaus und einem Postamt. Buster kaufte sich eine kurze Jeans, ein T-Shirt und ein Paar Wanderstiefel und zog sich auf der Toilette um. Das Postamt befand sich im Rathaus. Er lächelte und dankte im Stillen seinen Freunden in Trumble, als er ihren kostbaren Briefumschlag hervorzog und in den Schlitz für die überregionale Post schob.

Er fuhr mit dem Bus nach Gainesville, wo er sich für 480 Dollar einen Fahrschein kaufte, der ihn berechtigte, in den nächsten sechzig Tagen jeden beliebigen Bus innerhalb der Vereinigten Staaten zu benutzen. Sein Ziel lag im Westen. Er wollte in Mexiko untertauchen.

DREISSIG

Bei den Vorwahlen in Pennsylvania am 25. April raffte sich Gouverneur Tarry zu einer letzten gewaltigen Anstrengung auf. Unbeeindruckt von seinem misslungenen Auftritt in der Fernsehdebatte zwei Wochen zuvor, betrieb er seinen Wahlkampf mit großem Einsatz, aber wenig Geld. »Lake hat alles eingesackt«, erklärte er bei jeder Gelegenheit und tat, als wäre er stolz darauf, über so wenige Mittel zu verfügen. Elf Tage reiste er durch den Staat. Er war gezwungen, in einem großen Wohnmobil zu fahren, aß bei den Familien seiner Unterstützer, stieg in billigen Motels ab, ging zu Fuß durch Wohnviertel und schüttelte bis zur Erschöpfung Hände.

»Lassen Sie uns über Sachthemen reden und nicht über Geld«, bat er.

Auch Lake strengte sich in Pennsylvania an. Sein Jet war zehnmal schneller als Tarrys Wohnmobil. Lake schüttelte mehr Hände und hielt mehr Reden, und er gab auch mehr Geld aus.

Das Ergebnis war vorhersehbar. Lake erhielt 71 Prozent der Stimmen. Es war ein Erdrutschsieg, der für Tarry so beschämend war, dass er öffentlich darüber nachdachte, die Kandidatur niederzulegen. Dennoch beschloss er, noch wenigstens eine Woche weiterzumachen, bis auch die Vorwahl in Indiana stattgefunden hatte. Seine Mitarbeiter hatten ihn verlassen. Er war mit 11 Millionen Dollar verschuldet. Der Vermieter seines Wahlkampf-Hauptquartiers in Arlington hatte ihn vor die Tür gesetzt.

Trotzdem wollte er den braven Leuten von Indiana die Gelegenheit geben, ihr Kreuz hinter seinen Namen zu setzen.

Und vielleicht würde Lakes blitzendes neues Flugzeug ja in Flammen aufgehen wie das vorige.

Tarry leckte also seine tiefen Wunden und versprach am Tag nach den Vorwahlen in Pennsylvania, den Kampf nicht aufzugeben.

Lake hatte beinahe Mitleid mit Tarry und bewunderte seine Entschlossenheit, bis zum Parteitag durchzuhalten, doch wie alle anderen konnte auch er zwei und zwei zusammenzählen. Lake brauchte für seine Nominierung nur noch 40 Delegierte, und fast 500 mussten noch gewählt werden. Das Rennen war entschieden.

Nach der Vorwahl in Pennsylvania betrachteten die Zeitungen des Landes seine Nominierung als Tatsache. Sein gut aussehendes, lächelndes Gesicht war überall. Es war ein politisches Wunder geschehen. Viele priesen ihn als Symbol dafür, dass das System noch immer funktionierte: Ein Unbekannter mit einer Mission war aus dem Nichts gekommen und hatte die Aufmerksamkeit der Wähler errungen. Lakes Wahlkampf erfüllte jeden, der davon träumte, eines Tages Präsident der Vereinigten Staaten zu werden, mit Hoffnung. Man brauchte nicht monatelang durch die Kleinstädte von Iowa zu reisen, um Stimmen zu gewinnen. Man konnte New Hampshire getrost ignorieren – es war ja ohnehin nur ein kleiner Bundesstaat.

Doch zugleich wurde er auch angefeindet, weil er seine Nominierung mit Geld erkauft hatte. Vor den Wahlen in Pennsylvania hatte er laut Schätzungen 40 Millionen Dollar verbraucht. Genaue Zahlen waren schwierig zu ermitteln, weil das Geld an so vielen Fronten ausgegeben wurde. Weitere 20 Millionen hatten der IVR und ein halbes Dutzend anderer Interessengruppen unters Volk gebracht.

Kein anderer Kandidat hatte je auch nur annähernd so viel Geld zur Verfügung gehabt.

Die Kritik verletzte Lake. Sie ließ ihm keine Ruhe. Doch eine Nominierung mit Hilfe von Geld war ihm lieber als die Alternative.

Reichtum war keineswegs tabu. Online-Unternehmen setzten Milliarden um. Der Haushalt der Bundesregierung, in der gewiss etliche Stümper saßen, wies einen Überschuss aus. Beinahe jeder hatte einen Job, zahlte annehmbare Hypothekenzinsen und besaß zwei Wagen. Die unaufhörlich eingeholten Umfrageergebnisse bestätigten Lake in seiner Überzeugung, dass das Thema Geld bei den Wählern im Augenblick keine große Rolle spielte. Die Antworten auf die – noch hypothetische – Frage, wie sie bei den Präsidentschaftswahlen im November entscheiden würden, zeigten, dass Lake den Vorsprung des Vizepräsidenten beinahe aufgeholt hatte.

Wieder einmal kehrte er aus dem Krieg im Westen als triumphierender Held nach Washington zurück. Aaron Lake, der ehemals weithin unbekannte Abgeordnete aus Arizona, war der Mann der Stunde.

Bei einem ruhigen, sehr ausgedehnten Frühstück lasen die Richter die Tageszeitung aus Jacksonville, die einzige, die in Trumble erlaubt war. Sie freuten sich sehr für Aaron Lake, ja sie waren regelrecht begeistert von seiner Nominierung. Inzwischen gehörten sie zu seinen eifrigsten Anhängern. Los, Aaron, du schaffst es!

Die Nachricht von Busters Flucht hatte keine hohen Wellen geschlagen. Gut für ihn, sagten die anderen Häftlinge. Er war bloß ein Junge mit einer langen Haftstrafe. Los, Buster, du schaffst es!

In der Zeitung stand nichts über seine Flucht. Sie tauschten die Teile aus und lasen jedes Wort bis auf die Stellen- und Todesanzeigen. Sie warteten. Es würden keine Briefe mehr geschrieben werden, und jetzt, da sie ihren Kurier verloren hatten, würden sie auch keine mehr bekommen. Alle Aktionen waren gestoppt, bis sie Nachricht von Mr. Lake hatten.

Wilson Argrow traf in einem grünen Kleinbus ohne Aufschrift in Trumble ein. Er war mit Handschellen gefesselt, und zwei Marshals hielten ihn an den Armen. Er war mit ihnen von Miami nach Jacksonville geflogen, selbstverständlich auf Kosten der Steuerzahler.

Laut den Unterlagen hatte er vier Monate einer fünfjährigen Haftstrafe wegen Bankbetrugs abgesessen. Aus Gründen, die nicht ganz klar waren, hatte er eine Verlegung beantragt, aber seine Gründe interessierten in Trumble ohnehin niemanden. Er war nur einer von vielen Insassen in Bundesgefängnissen ohne besondere Sicherheitsvorkehrungen, und dass die sich verlegen ließen, war nichts Besonderes.

Er war neununddreißig Jahre alt, geschieden, hatte ein College besucht, und seine Heimatadresse war den Unterlagen zufolge in Coral Gables, Florida. Sein wirklicher Name war Kenny Sands, und er arbeitete seit elf Jahren für die CIA. Zwar war er noch nie in einem Gefängnis gewesen, aber er hatte schon weit schwierigere Aufträge als diesen erledigt. Er würde ein, zwei Monate bleiben und dann eine weitere Verlegung beantragen.

Bei der Aufnahme gab Argrow sich als erfahrener Knastbruder, doch in Wirklichkeit war er beklommen. Man hatte ihm versichert, in Trumble gebe es keine gewalttätigen Übergriffe, und er war auch durchaus imstande, auf sich selbst aufzupassen, aber ein Gefängnis war ein Gefängnis. Er ließ die einstündige Einweisung durch den stellvertretenden Direktor über sich ergehen. Anschließend zeigte man ihm die Räumlichkeiten. Als er sah, dass die Wärter unbewaffnet waren und die meisten Häftlinge einen recht harmlosen Eindruck machten, war er einigermaßen beruhigt.

Sein Zellengenosse war ein alter Mann mit schütterem weißem Bart, ein altgedienter Krimineller, der schon viele Gefängnisse gesehen hatte und dem es in Trumble so gut gefiel, dass er, wie er Argrow erzählte, vorhatte, hier zu sterben. Er nahm Argrow mit zum Mittagessen und erklärte ihm die Feinheiten des Menüplans. Danach zeigte er ihm das Spielzimmer, in dem dicke Männer mit qualmenden Zigaretten im Mund um Klapptische saßen und die Karten in ihren Händen studierten. »Um Geld spielen ist verboten«, sagte sein Zellengenosse und zwinkerte ihm zu.

Sie gingen nach draußen, wo die jüngeren Häftlinge mit Gewichten trainierten, in der Sonne schwitzten und sich bräunen ließen. Er wies auf die Aschenbahn und sagte: »Die Bundesregierung sorgt für uns wie eine Mutter.«

Anschließend zeigte er Argrow die Bibliothek, einen Ort, den er nie aufsuchte, und sagte mit einer Handbewegung in Richtung einer Ecke: »Und da hinten ist die juristische Abteilung.«

»Wer benutzt die denn?«

»Wir haben meistens einige Anwälte hier. Im Augenblick auch ein paar Richter.«

»Richter?«

»Drei.«

Der Alte interessierte sich nicht für die Bibliothek. Argrow folgte ihm zur Kapelle und dann durch den Rest des Komplexes.

Zum Schluss bedankte er sich für die Führung und kehrte zur Bibliothek zurück, die, bis auf einen Häftling, der den Boden wischte, verlassen war. Argrow ging in die juristische Abteilung und öffnete die Tür des Besprechungszimmers.

Joe Roy Spicer blickte von seiner Zeitschrift auf und sah einen Mann, der ihm noch nie begegnet war. »Suchst du was Bestimmtes?« fragte er, ohne irgendwelche Anstalten zu machen, ihm zu helfen.

Argrow erkannte Spicers Gesicht – er hatte es in den Akten gesehen. Ein ehemaliger Friedensrichter, der Bingogewinne abgesahnt hatte. Was für ein armseliger Wicht!

»Ich bin neu hier«, sagte er und zwang sich zu einem Lächeln. »Gerade eingeliefert worden. Ist das hier die juristische Abteilung der Bibliothek?«

»Ja.«

»Und jeder kann sie benutzen?«

»Sieht so aus«, sagte Spicer. »Bist du Anwalt?«

»Nein, Banker.«

Vor ein paar Monaten noch hätte Spicer versucht, ein bisschen juristische Arbeit herauszuholen, unter der Hand selbstverständlich. Aber das war jetzt vorbei – diese Kinkerlitzchen brauchten sie nicht mehr. Argrow sah sich um und konnte Beech und Yarber nirgends entdecken. Er nickte Spicer zu und kehrte in seine Zelle zurück.

Der erste Kontakt war hergestellt.

Lakes Plan, alle Erinnerungen an Ricky und ihren unseligen Briefwechsel hinter sich zu lassen, erforderte eine zweite Person. Er, Lake, war viel zu vorsichtig und mittlerweile auch viel zu bekannt, um mitten in der Nacht verkleidet in ein Taxi zu steigen und durch die Vororte zu fahren, um in einer durchgehend geöffneten Postfachstelle nachzusehen, ob ein Brief für ihn gekommen war. Das Risiko war zu groß; außerdem hatte er ernsthafte Zweifel, ob es ihm noch einmal gelingen würde, die Leute vom Secret Service abzuschütteln. Er wusste nicht, wie viele Männer zu seinem Schutz abgestellt waren. Er wusste nicht einmal, wo sie waren.

Die junge Frau hieß Jayne. Sie war in Wisconsin zu seinem Wahlkampfteam gestoßen und hatte sich rasch in den engeren Kreis seiner Vertrauten emporgearbeitet. Anfangs war sie eine freiwillige Helferin gewesen, doch inzwischen verdiente sie 55 000 Dollar im Jahr als persönliche Assistentin für Mr. Lake, der ihr vollkommen vertraute. Sie wich selten von seiner Seite, und sie hatten bereits ein- oder zweimal ein kleines Gespräch über ihre zukünftige Tätigkeit im Weißen Haus geführt.

Im rechten Augenblick würde Lake ihr den Schlüssel zu dem von Al Konyers gemieteten Postfach geben und sie anweisen, etwaige Briefe abzuholen, den Mietvertrag zu kündigen und keine Nachsendeadresse zu hinterlassen. Er würde ihr sagen, er habe das Postfach gemietet, um den Verkäufern von geheimen Rüstungsplänen auf die Schliche zu kommen – damals, als er überzeugt gewesen sei, dass die Iraner Informationen kauften, die sie unter keinen Umständen hätten bekommen dürfen. Oder eine ähnliche Geschichte. Sie würde ihm glauben, weil sie ihm glauben wollte.

Wenn er großes, unglaublich großes Glück hatte, würde kein Brief von Ricky da sein. Das Postfach würde nicht mehr ihm gehören. Und wenn ein Brief darin war und Jayne eine Frage nach dem Absender stellte, würde er ihr einfach sagen, er habe keine Ahnung, wer dieser Mensch sei. Und damit wäre das Thema erledigt. Blinde Gefolgstreue war eine ihrer Stärken.

Er wartete auf den rechten Augenblick. Er wartete zu lange.

EINUNDDREISSIG

Der Brief traf zusammen mit einer Million anderer Briefe in Washington ein – Tonnen von Papier, die die Hauptstadt einen weiteren Tag beschäftigen würden. Er wurde anhand der Postleitzahl weitergeleitet und landete im Fach des Zustellers. Drei Tage nachdem Buster ihn in den Briefkasten geworfen hatte, war Rickys letzter Brief an Al Konyers in Chevy Chase. Bei einer Routineüberprüfung entdeckten ihn die Agenten, die die Mailbox-America-Filiale überwachten. Der Umschlag wurde untersucht und sogleich nach Langley gebracht.

Teddy hatte sich zwischen zwei Besprechungen in sein Büro zurückgezogen, als Deville hereinkam und einen dünnen Schnellhefter schwenkte. »Das hier ist vor einer halben Stunde gekommen«, sagte er und reichte Teddy drei Seiten Papier. »Das sind die Kopien. Die Originale sind im Hefter.«

Teddy rückte seine Zweistärkenbrille zurecht und musterte die Kopien, bevor er zu lesen begann. Der Umschlag trug wie immer einen Stempel aus Florida. Die Handschrift war ihm zu vertraut. Noch bevor er zu lesen begann, wusste er, dass es ernste Probleme gab.

Lieber Al!

In deinem letzten Brief hast du versucht, unseren Briefwechsel zu beenden. Tut mir leid, aber so einfach wird das nicht sein. Ich will gleich zur Sache kommen: Ich heiße nicht Ricky, und du heißt nicht Al. Ich bin nicht in irgendeiner teuren Drogenklinik, sondern im Gefängnis.

Ich weiß also, wer Sie sind, Mr. Lake. Ich weiß auch, dass dies ein sehr erfolgreiches Jahr für Sie ist, dass Sie die Nominierung praktisch in der Tasche haben und von allen Seiten jede Menge Geld auf Ihr Konto strömt. Wir kriegen hier Zeitungen und haben Ihren kometenhaften Aufstieg mit großem Stolz verfolgt.

Jetzt, da ich weiß, wer Al Konyers ist, werden Sie sicher wollen, dass ich mein kleines Geheimnis für mich behalte. Ich bin auch bereit, Ihrem Wunsch zu entsprechen – allerdings wird Sie das viel Geld kosten.

Ich will Geld, und ich will hier raus. Ich kann Geheimnisse bewahren, und ich weiß, wie man verhandelt.

Das Geld ist das kleinere Problem, denn davon haben Sie, wie ich weiß, genug. Meine Entlassung wird ein bisschen komplizierter werden. Aber Sie haben ja jetzt viele mächtige Freunde, und ich bin sicher, Ihnen wird etwas einfallen.

Ich habe nichts zu verlieren, und wenn Sie sich weigern, mit mir zu verhandeln, mache ich Sie fertig.

Ich heiße Joe Roy Spicer, und ich bin Häftling im Bundesgefängnis in Trumble. Finden Sie einen Weg, sich mit mir in Verbindung zu setzen, und verlieren Sie dabei keine Zeit.

Ich werde Sie nicht in Ruhe lassen.

Mit freundlichen Grüßen
Joe Roy Spicer

Die anstehende Besprechung wurde abgesagt. Deville benachrichtigte York, und zehn Minuten später saßen sie im Bunker und berieten sich.

Die Ermordung der Richter war die erste Option, die sie erwogen. Mit den adäquaten Mitteln – Tabletten, Gift und so weiter – konnte Argrow das erledigen. Yarber würde im Schlaf sterben. Spicer würde auf der Aschenbahn einem Herzanfall erliegen. Und der Hypochonder Beech würde ein falsches Medikament einnehmen. Alle drei waren nicht sonderlich gesund und durchtrainiert, und Argrow würde leicht mit ihnen fertig werden. Ein böser Sturz, ein gebrochenes Genick – es gab viele Möglichkeiten, einen natürlichen Tod oder einen Unfall vorzutäuschen.

Es würde schnell geschehen müssen, noch während sie auf eine Antwort von Lake warteten.

Aber es würde zu viel Aufsehen erregen und unnötig kompliziert sein. Drei Leichen auf einmal, und das in einem harmlosen kleinen Gefängnis wie Trumble. Und die drei waren eng befreundet und verbrachten den größten Teil ihrer Zeit gemeinsam. Alle drei würden innerhalb kurzer Zeit auf verschiedene Weise sterben. Das würde gewaltigen Verdacht erregen. Und was, wenn dieser Verdacht auf Argrow fiel? Seine Legende war nicht sonderlich gut abgesichert.

Und Trevor machte ihnen Sorgen. Wo immer er auch war – es bestand die Möglichkeit, dass er vom Tod der drei Richter erfuhr. Diese Nachricht würde ihm noch mehr Angst einjagen, aber sie konnte ihn auch unberechenbar machen. Vielleicht wusste er mehr, als sie annahmen.

Deville würde Pläne zu ihrer Beseitigung ausarbeiten, aber Teddy hatte große Bedenken. Nicht dass er Skrupel gehabt hätte, die drei umbringen zu lassen – er war nur nicht überzeugt, dass er Lake dadurch würde schützen können.

Was, wenn die Richter noch jemanden eingeweiht hatten?

Es gab zu viele unbekannte Faktoren. Deville wurde angewiesen, die entsprechenden Pläne zu entwickeln; sie würden jedoch erst umgesetzt werden, wenn es keine anderen Optionen mehr gab.

Alle Szenarien wurden erörtert. Theoretisch, sagte York, konnten sie den Brief ja wieder in das Postfach legen, damit Lake ihn dort fand.

»Aber dann wird er nicht wissen, was er tun soll«, sagte Teddy.

»Wissen wir es denn?«

»Noch nicht.«

Der Gedanke daran, wie Aaron Lake auf diesen Angriff reagieren würde, wie er versuchen würde, die drei Richter zum Schweigen zu bringen, war fast belustigend und entbehrte nicht einer gewissen Gerechtigkeit. Lake hatte einen Fehler gemacht – sollte er doch sehen, wie er ihn wieder aus der Welt schaffte.

»Eigentlich sind wir es, die einen Fehler begangen haben«, sagte Teddy. »Und wir werden ihn wieder ausbügeln.«

Sie konnten nicht vorhersehen, was Lake tun würde, und deshalb konnten sie ihn auch nicht steuern. Irgendwie war er ihnen lange genug entschlüpft, um Ricky eine Nachricht zukommen zu lassen. Und was er geschrieben hatte, war so dumm gewesen, dass die Richter nunmehr wussten, wer er war.

Ganz zu schweigen von dem, was offensichtlich war: Lake war jemand, der einen geheimen Briefwechsel mit einem Schwulen unterhielt. Er führte ein Doppelleben und verdiente nicht allzu viel Vertrauen.

Sie diskutierten die Möglichkeit, ihn mit den Tatsachen zu konfrontieren. York hatte das bereits nach dem ersten Brief aus Trumble befürwortet, doch Teddy hatte sich nicht überzeugen lassen. Das Problem hatte ihm den Schlaf geraubt; er hatte gehofft, diesen Briefwechsel unterbinden zu können. Er wollte die Sache diskret aus der Welt schaffen und sich dann in aller Ruhe mit dem Kandidaten unterhalten.

Ach, wie würde er es genießen, Lake zur Rede zu stellen. Er würde ihn in dem Sessel da drüben Platz nehmen lassen und Kopien dieser verdammten Briefe auf die Leinwand projizieren. Und eine Kopie der Kleinanzeige in *Out and About*. Er würde ihm von Quince Garbe in Bakers, Iowa, erzählen, einem anderen Idioten, der auf diese Sache hereingefallen war, und von Curtis Vann Gates in Dallas. »Wie konnten Sie nur so dumm sein?« würde er Aaron Lake anschreien.

Aber Teddy konzentrierte sich auf das große Ganze. Die Probleme mit Lake waren klein im Vergleich zu der Dringlichkeit der Aufstockung der Rüstungsausgaben. Die Russen entwickelten sich zu einer Gefahr, und wenn Natty Tschenkow und seine Leute erst einmal erfolgreich geputscht hatten, würde sich die Welt drastisch und dauerhaft verändern.

Teddy hatte weit mächtigere Männer kaltgestellt als diese drei kriminellen Richter, die in einem Bundesgefängnis saßen. Sorgfältige Planung war seine Stärke. Mühselige, geduldige Planung.

Die Besprechung wurde durch eine Meldung aus Devilles Büro unterbrochen: Trevor Carsons Pass war bei der Ausreisekontrolle am Flughafen von Hamilton auf Bermuda registriert worden. Er hatte die Insel mit einer Maschine nach San Juan in Puerto Rico verlassen und würde in 50 Minuten dort eintreffen.

»Wussten wir, dass er auf Bermuda ist?« fragte York.

»Nein, das wussten wir nicht«, antwortete Deville. »Offenbar ist er dort eingereist, ohne seinen Pass vorzulegen.«

»Vielleicht ist er nicht der Säufer, für den wir ihn halten.«

»Haben wir jemanden in Puerto Rico?« fragte Teddy. Seine Stimme klang nur eine Spur erregter als sonst.

»Natürlich«, sagte York.

»Dann soll er die Spur aufnehmen.«

»Neue Pläne mit dem guten alten Trevor?« wollte Deville wissen.

»Nein, ganz und gar nicht«, sagte Teddy. »Ganz und gar nicht.«

Deville verließ sie, um sich mit der neuesten Entwicklung in Sachen Trevor zu befassen. Teddy rief einen Assistenten und bestellte Pfefferminztee. York las noch einmal Spicers Brief. Als sie allein waren, fragte er: »Und wenn wir sie trennen?«

»Daran habe ich auch schon gedacht. Wir müssten schnell handeln, bevor sie Zeit haben, sich zu beraten. Wir würden sie in drei weit auseinander liegende Gefängnisse verlegen lassen, sie für eine gewisse Zeit isolieren und dafür sorgen, dass sie keine Post erhalten und keine Gelegenheit haben, ein Telefon zu benutzen. Aber was würde uns das bringen? Sie hätten noch immer ihr Geheimnis. Jeder von ihnen könnte Lake fertig machen.«

»Und ich bin nicht sicher, ob wir die erforderlichen Kontakte zur Strafvollzugsbehörde haben.«

»Es wäre zu machen. Wenn nötig, könnte ich mit dem Justizminister sprechen.«

»Seit wann sind Sie mit dem Justizminister befreundet?«

»Es geht hier um die nationale Sicherheit.«

»Drei kriminelle Richter in einem Bundesgefängnis in Florida stellen eine Gefahr für die nationale Sicherheit dar? Bei dem Gespräch wäre ich gern dabei.«

Teddy hielt die Tasse in beiden Händen und nippte mit geschlossenen Augen an seinem Tee. »Es ist zu riskant«, flüsterte er. »Wenn wir sie reizen, werden sie nur noch unberechenbarer. Wir dürfen es nicht darauf ankommen lassen.«

»Nehmen wir mal an, Argrow findet ihre Unterlagen«, sagte York. »Diese Männer sind Verbrecher, verurteilte Kriminelle. Niemand wird ihnen ihre Geschichte über Lake abnehmen, wenn sie keine Beweise vorlegen können. Und diese Beweise müssen schriftlich sein: Dokumente, Kopien und Originale des Briefwechsels. Diese Beweise existieren irgendwo. Wenn wir sie finden und beschlagnahmen, wird ihnen niemand glauben.«

Teddy nippte abermals mit geschlossenen Augen an seinem Tee und schwieg lange. Er verlagerte sein Gewicht und biss die Zähne zusammen. »Stimmt«, sagte er. »Aber meine Befürchtung ist, dass sie jemanden draußen haben, jemanden, von dem wir nichts wissen. Diese Burschen sind uns immer einen Schritt voraus, und daran wird sich nichts ändern. Wir versuchen herauszufinden, was sie schon seit einiger Zeit wissen. Ich bin nicht sicher, ob es uns jemals gelingen wird, ihren Vorsprung einzuholen. Vielleicht haben sie schon Vorkehrungen für den Fall getroffen, dass sie ihre Unterlagen verlieren. Im Gefängnis gibt es bestimmt Regeln, die den Besitz von schriftlichen Unterlagen verbieten, und das bedeutet, dass sie diese Papiere gut versteckt haben. Die Briefe von Lake sind viel zu wertvoll – sie haben mit Sicherheit Kopien gemacht und sie irgendwo außerhalb des Gefängnisses deponieren lassen.«

»Trevor war ihr Postbote. Wir haben jeden Brief gesehen, den er in den letzten vier Wochen aus dem Gefängnis geschmuggelt hat.«

»Das glauben wir. Aber wir wissen es nicht mit Sicherheit.«

»Aber wer könnte es außerdem gewesen sein?«

»Spicer hat eine Frau, und sie hat ihn besucht. Yarber lässt sich scheiden, aber wer weiß, was die beiden miteinander abgesprochen haben? Seine Frau hat ihn in den vergangenen drei Monaten besucht. Vielleicht haben die Richter auch ein paar Wärter bestochen, damit sie Unterlagen für sie rausbringen. Diese Männer langweilen sich, und sie sind gerissen und sehr einfallsreich. Wir können nicht einfach annehmen, dass wir genau wissen, was sie vorhaben. Und wenn wir hier einen Fehler machen, wenn wir nicht alle Möglichkeiten in Betracht ziehen, steht Mr. Aaron Lake auf einmal in der Unterhose da.«

»Aber wie? Wie würden sie es an die Öffentlichkeit bringen?«

»Wahrscheinlich, indem sie mit einem Reporter Kontakt aufnehmen und ihm einen Brief nach dem anderen zukommen lassen, so lange, bis er überzeugt ist. Das würde funktionieren.«

»Die Presse würde durchdrehen.«

»Das darf nicht geschehen, York. Wir dürfen es nicht zulassen.«

Deville kam hereingestürmt. Der amerikanische Zoll war zehn Minuten nach dem Start der Maschine nach San Juan von den Behörden auf Bermuda informiert worden. Trevor würde in achtzehn Minuten landen.

Trevor folgte seinem Geld. Er hatte das Prinzip der telegrafischen Überweisung schnell begriffen und war nun dabei, diese Kunst zur Perfektion zu entwickeln. Von Bermuda hatte er die Hälfte der Summe auf ein Schweizer Konto überwiesen, die andere Hälfte an eine Bank in Grand Cayman. Sollte er nun nach Osten oder Westen fliegen? Das war die große Frage. Der schnellste Flug ging nach London, aber der Gedanke an die Einreisekontrollen in Heathrow machte ihm Angst. Er wurde nicht gesucht, jedenfalls nicht von den amerikanischen Behörden. Es lag keine Anklage gegen ihn vor. Aber der britische Zoll war so gründlich. Trevor entschied sich für Westen – er würde sein Glück in der Karibik versuchen.

Nach der Landung in San Juan ging er in eine Bar, bestellte ein großes Bier vom Fass und studierte den Flugplan. Er hatte keine Eile, er stand nicht unter Druck und hatte die Taschen voller Geld. Er konnte überallhin fliegen, er konnte tun, was er wollte, und sich so viel Zeit nehmen, wie er wollte. Beim zweiten Bier beschloss er, für ein paar Tage nach Grand Cayman zu fahren, wo die Hälfte seines Geldes war. Am Air-Jamaica-Schalter kaufte er ein Ticket;

danach setzte er sich wieder in die Bar, denn es war kurz vor fünf, und er hatte noch eine halbe Stunde Zeit.

Natürlich flog er erster Klasse. Er bestieg die Maschine als einer der Ersten, damit er noch etwas trinken konnte, und als die anderen Passagiere an seinem Platz vorbeigingen, fiel ihm ein Gesicht auf, das er vorher schon einmal gesehen hatte.

Wo war das gewesen? Vor ein paar Minuten, irgendwo im Flughafen. Ein langes, schmales Gesicht mit einem grau melierten Spitzbart und kleinen, schlitzartigen Augen hinter einer eckigen Brille. Der Mann sah Trevor ganz kurz an und wendete dann den Blick ab, als wäre nichts gewesen.

Es war in der Nähe des Air-Jamaica-Schalters gewesen, als Trevor sein Ticket gekauft und sich zum Gehen gewandt hatte. Der Mann hatte ihn beobachtet. Er hatte in der Nähe gestanden und so getan, als studiere er die Abflugzeiten.

Wenn man auf der Flucht ist, erscheinen einem die Aufmerksamkeit und die zufälligen Blicke anderer verdächtig. Man sieht ein Gesicht, und es ist das irgendeines Fremden. Doch wenn man es eine halbe Stunde später noch einmal sieht, ist man auf einmal davon überzeugt, dass man auf Schritt und Tritt verfolgt wird.

Hör auf zu trinken, befahl Trevor sich selbst. Nach dem Start bestellte er einen Kaffee und stürzte ihn hinunter. In Kingston war er der erste Passagier, der die Maschine verließ. Mit schnellen Schritten ging er durch die Zollkontrolle. Der Mann aus dem Flugzeug war nirgends zu sehen.

Trevor nahm seine beiden kleinen Reisetaschen und rannte zum Taxistand.

ZWEIUNDDREISSIG

Die Zeitung aus Jacksonville traf jeden Morgen gegen sieben Uhr in Trumble ein. Vier Exemplare wurden im Spielzimmer ausgelegt, wo die Häftlinge, die die Vorgänge in der Welt dort draußen noch verfolgen wollten, sie lesen konnten. Meist war Joe Roy Spicer einer der wenigen, die um sieben warteten, und normalerweise nahm er eine Zeitung mit, weil er sich im Lauf des Tages eingehend mit den Quoten aus Las Vegas befassen wollte. Es war immer derselbe Anblick: Einen großen Styroporbecher Kaffee in der Hand, die Füße auf dem Tisch, saß Spicer da und wartete auf Roderick, den Wärter, der die Zeitungen brachte.

Und darum war Spicer der Erste, der die Meldung las. Sie stand ganz unten auf der Titelseite: Der seit einiger Zeit verschwundene Trevor Carson, Anwalt aus Neptune Beach, war gestern Abend, kurz nach Einbruch der Dunkelheit, vor einem Hotel in Kingston auf Jamaika mit zwei Kugeln im Kopf tot aufgefunden worden. Spicer fiel auf, dass kein Foto von Trevor abgedruckt war. Aber warum hätte die Zeitung auch ein Foto von ihm haben sollen? Und warum war Trevors Tod ihr eine Meldung wert?

Laut der jamaikanischen Polizei war Carson ein Tourist. Offensichtlich war er ausgeraubt worden. Ein nicht namentlich genannter Gewährsmann hatte Mr. Carson, dessen Brieftasche gefehlt hatte, identifiziert. Der Gewährsmann schien eine Menge zu wissen.

Der Absatz, in dem Trevors beruflicher Werdegang geschildert wurde, war recht kurz. Jan Soundso, seine ehemalige Sekretärin, wollte keinen Kommentar abgeben. Die Geschichte war schnell zusammengeschustert und nur deshalb auf der Titelseite gedruckt worden, weil das Opfer ein Rechtsanwalt aus der Gegend von Jacksonville war.

Yarber war gerade am anderen Ende der Aschenbahn und marschierte in einem strammen Tempo. Die Luft war feucht, und er hatte sein Hemd bereits ausgezogen. Spicer wartete auf ihn und reichte ihm wortlos die Zeitung.

Sie fanden Beech in der Cafeteria, wo er, das Plastiktablett in der Hand, in der Schlange an der Ausgabe stand und trübselig die Warmhaltepfanne mit Bergen von Rührei betrachtete. Sie setzten sich in eine Ecke, abseits von den anderen, stocherten in ihrem Essen herum und diskutierten die Angelegenheit in gedämpftem Ton.

»Wenn er auf der Flucht war, vor wem ist er dann geflohen?«

»Vielleicht war Lake hinter ihm her.«

»Er wusste ja nicht, dass es Lake war. Er hatte doch keine Ahnung.«

»Na gut, dann ist er eben vor Konyers geflohen. Als er zum letzten Mal hier war, hat er gesagt, Konyers sei ein ganz dicker Fisch. Er hat gesagt, Konyers wüsste über uns Bescheid, und am nächsten Tag war er weg.«

»Vielleicht hatte er bloß Angst. Konyers hat ihn zur Rede gestellt und damit gedroht, seine Rolle in unserem kleinen Spiel aufzudecken, und Trevor mit seinen schlechten Nerven hat beschlossen, alles Geld zusammenzuraffen, das er kriegen konnte, und abzuhauen.«

»Ich würde gern wissen, wessen Geld er zusammengerafft hat.«

»Niemand weiß von unserem Geld. Warum sollte es also verschwunden sein?«

»Trevor hat wahrscheinlich alle beklaut, die er beklauen

konnte. So was passiert andauernd. Anwälte geraten in Schwierigkeiten und flippen aus. Sie räumen die Treuhandkonten ihrer Mandanten ab und tauchen unter.«

»Tatsächlich?« fragte Spicer.

Beech wusste von drei Fällen, und auch Yarber hatte mehrmals von so etwas gehört.

»Wer hat ihn dann umgebracht?«

»Gut möglich, dass er einfach im falschen Stadtviertel herumspaziert ist.«

»Beim Sheraton Hotel? Glaube ich nicht.«

»Okay, und wenn Konyers ihn hat umlegen lassen?«

»Das wäre möglich. Konyers hat Trevor irgendwie aufgespürt und rausgekriegt, dass er Rickys Kontaktmann war. Er hat Trevor in die Mangel genommen und ihm gedroht, ihn hinter Gitter zu bringen oder so, und Trevor ist in die Karibik abgehauen. Aber er wusste nicht, dass Konyers in Wirklichkeit Lake war.«

»Und Lake ist mit Sicherheit reich und mächtig genug, um einen Anwalt aufzuspüren, der zu viel trinkt.«

»Aber was ist mit uns? Lake weiß inzwischen, dass Ricky nicht Ricky ist, sondern Joe Roy, und dass er diese Sache mit ein paar Freunden, die ebenfalls im Knast sitzen, durchzieht.«

»Die Frage ist: Kann er uns was anhaben?«

»Wenn er's kann, bin ich wahrscheinlich der Erste, der es erfährt«, sagte Spicer mit einem nervösen Lachen.

»Und es besteht immer noch die Möglichkeit, dass Trevor sich in der falschen Gegend von Kingston herumgetrieben hat, wahrscheinlich betrunken. Vielleicht hat er versucht, eine Frau anzumachen, und sich dabei ein paar Kugeln eingefangen.«

Sie waren sich einig, dass Trevor der Typ für so etwas war.

Mochte er in Frieden ruhen. Allerdings nur, wenn er sich nicht an ihrem Geld vergriffen hatte.

Sie trennten sich wieder. Yarber kehrte zur Aschenbahn zurück, um seine Runden zu drehen und dabei nachzudenken. Beech machte sich daran, für zwanzig Cent pro Stunde einen Computer im Büro des Gefängnispfarrers zu reparieren. Spicer ging in die Bibliothek, wo Argrow an einem Tisch saß und in juristischen Fachbüchern blätterte.

Die juristische Abteilung der Bibliothek stand allen Häftlingen offen, doch eine ungeschriebene Regel besagte, dass man wenigstens einen der Richter fragen musste, bevor man die Bücher benutzte. Argrow war neu und kannte diese Regel offenbar noch nicht. Spicer beschloss, es durchgehen zu lassen.

Sie nickten sich zu, und Spicer begann, die Tische aufzuräumen und Bücher in die Regale zu sortieren.

»Es geht das Gerücht, dass ihr juristische Beratungen macht«, sagte Argrow vom anderen Ende des Raumes. Sie waren allein in der Bibliothek.

»Hier gibt's viele Gerüchte.«

»Ich will in Berufung gehen.«

»Und was war bei deiner Verhandlung?«

»Die Geschworenen haben mich in drei Fällen schuldig gesprochen: Bankbetrug, Bunkern von Geld im Ausland, auf den Bahamas. Der Richter hat mich zu fünf Jahren verknackt. Vier Monate hab ich abgesessen, aber ich weiß nicht, ob ich die restlichen sechsundfünfzig überstehe. Ich brauche ein bisschen Hilfe im Berufungsverfahren.«

»Vor welchem Gericht ist die Sache verhandelt worden?«

»Virgin Islands. Ich hab für eine große Bank in Miami gearbeitet. Jede Menge Drogengelder.«

Argrows Antworten kamen sehr schnell, und er schien etwas zu eifrig. Das irritierte Spicer, aber nur ein wenig. Die Erwähnung der Bahamas hatte ihn aufhorchen lassen.

»Irgendwie hab ich meine Leidenschaft für Geldwäsche entdeckt. Jeden Tag gingen Millionen durch meine Hände, und das war regelrecht berauschend. Ich konnte schmutziges Geld schneller waschen als jeder andere Banker in Süd-Florida. Kann ich immer noch. Aber leider hab ich mich mit den falschen Leuten eingelassen und ein paar falsche Entscheidungen getroffen.«

»Hast du dich schuldig bekannt?«

»Klar.«

»Damit gehörst du hier zu einer kleinen Minderheit.«

»Nein, ich hatte ja wirklich einen Fehler gemacht, aber die Strafe war zu hart. Jemand hat mir gesagt, dass ihr eine Strafmilderung rausholen könnt.«

Spicer vergaß die Unordnung auf den Tischen und in den Regalen. Er zog einen Stuhl heran und hatte plötzlich Zeit für eine Unterhaltung. »Wir können ja mal einen Blick in die Unterlagen werfen«, sagte er, als hätte er schon bei Tausenden von Berufungsverfahren geholfen.

Du Trottel, wollte Argrow sagen. Du bist in der zehnten Klasse von der Highschool abgegangen und hast mit neunzehn ein Auto geklaut. Dein Vater hat seine Beziehungen spielen lassen und dafür gesorgt, dass es nicht zur Anklage kam. Du bist mit gefälschten Briefwahlscheinen und den Stimmen von Toten zum Friedensrichter gewählt worden, und jetzt sitzt du in einem Bundesgefängnis und willst das große Ding abziehen.

Und, räumte Argrow ein, du hast die Macht, den nächsten Präsidenten der Vereinigten Staaten fertig zu machen.

»Was wird das kosten?« fragte er.

»Wie viel hast du?« erwiderte Spicer, ganz wie ein echter Anwalt.

»Nicht viel.«

»Ich denke, du weißt, wie man Geld auf Auslandskonten versteckt.«

»Ja, das weiß ich, das kannst du mir glauben. Ich hatte mal eine hübsche Summe beisammen, aber davon ist nichts mehr übrig.«

»Dann kannst du also nichts bezahlen?«

»Nicht viel. Vielleicht zweitausend.«

»Was ist mit deinem Anwalt?«

»Der hat mir dieses Urteil eingebracht. Und für einen neuen hab ich nicht genug Geld.«

Spicer dachte nach. Ihm wurde bewusst, dass Trevor ihm tatsächlich fehlte. Alles war viel einfacher gewesen, als sie ihn als Kontaktmann zur Außenwelt gehabt hatten, der das Geld weitergeleitet hatte. »Hast du deine Kontakte auf den Bahamas noch?«

»Ich habe Kontakte in der ganzen Karibik. Warum?«

»Weil du uns das Geld überweisen lassen musst. Bargeld ist hier verboten.«

»Du willst, dass ich euch zweitausend Dollar überweise?«

»Nein, ich will, dass du uns fünftausend Dollar überweist. Das ist unser Mindesthonorar.«

»Und wo ist eure Bank?«

»Auf den Bahamas.«

Argrow kniff die Augen zusammen. Er runzelte die Stirn und dachte ebenso gründlich nach wie Spicer. Ihre Gedankengänge kamen einander näher.

»Warum auf den Bahamas?« fragte Argrow.

»Aus demselben Grund, aus dem du das Geld auf die Bahamas geschafft hast.«

Beiden Männern ging allerhand durch den Kopf. »Eine Frage«, sagte Spicer. »Du hast gesagt, du könntest Geld schneller waschen als jeder andere.«

Argrow nickte und sagte: »Kein Problem.«

»Kannst du das noch immer?«

»Du meinst, von hier aus?«

»Ja. Von hier aus.«

Argrow lachte und zuckte die Schulter, als wäre das die leichteste Sache der Welt. »Klar. Ich hab ein paar Freunde.«

»Wir treffen uns in einer Stunde wieder hier. Vielleicht hab ich da was für dich.«

Eine Stunde später kehrte Argrow in die Bibliothek zurück. Die drei Richter saßen an einem Tisch, auf dem so viele Papiere und Gesetzbücher lagen, dass es aussah, als wäre der Oberste Gerichtshof von Florida zusammengetreten. Spicer stellte ihm Beech und Yarber vor. Argrow nahm ihnen gegenüber Platz. Außer ihnen war niemand in der Bibliothek.

Sie sprachen kurz über seine Berufungsverhandlung, wobei er bei den Details recht unbestimmt blieb. Seine Akte war von dem vorigen Gefängnis hierher unterwegs, und ohne sie konnten sie nichts unternehmen.

Das Thema der Berufungsverhandlung war, wie alle Beteiligten wussten, nur die Einleitung zu diesem Gespräch.

»Spicer hat uns erzählt, dass du ein Experte auf dem Gebiet der Geldwäsche bist«, sagte Beech.

»Bis sie mich geschnappt haben«, sagte Argrow bescheiden. »Ich schließe daraus, dass ihr schmutziges Geld habt.«

»Wir haben ein kleines Auslandskonto. Das Geld haben wir mit Rechtsberatungen und anderen Dingen verdient, die hier nichts weiter zur Sache tun. Wie du weißt, dürfen wir für Beratungen kein Honorar berechnen.«

»Tun wir aber trotzdem«, sagte Yarber. »Und wir kriegen es auch.«

»Wie viel ist auf dem Konto?« fragte Argrow, der den Kontostand vom Tag zuvor auf den Cent genau kannte.

»Dazu kommen wir später«, sagte Spicer. »Es kann gut sein, dass das Geld verschwunden ist.«

Argrow schwieg einen Augenblick und machte ein verwirrtes Gesicht. »Wie bitte?« sagte er.

»Wir hatten einen Anwalt«, sagte Beech langsam und betonte jedes Wort. »Er ist verschwunden und hat vielleicht unser ganzes Geld mitgenommen.«

»Ich verstehe. Und dieses Konto ist auf einer Bank auf den Bahamas?«

»Da war es jedenfalls. Wir wissen nicht, ob es noch dort ist.«

»Wir haben große Zweifel daran«, sagte Yarber.

»Aber wir möchten es gern genau wissen«, fügte Beech hinzu.

»Wie heißt die Bank?« fragte Argrow.

»Es ist die Geneva Trust Bank in Nassau«, antwortete Spicer und wechselte einen Blick mit seinen Kollegen.

Argrow nickte wissend, als wären ihm die kleinen schmutzigen Geheimnisse dieser Bank bestens bekannt.

»Du kennst diese Bank?« fragte Beech.

»Klar«, sagte er und ließ sie etwas zappeln.

»Und?« fragte Spicer.

Argrow platzte fast vor Selbstgefälligkeit und Insiderwissen. Er runzelte die Stirn, erhob sich und ging, tief in Gedanken versunken, in der kleinen Bibliothek auf und ab. Dann trat er wieder an den Tisch. »Also gut, reden wir nicht lange um den heißen Brei herum. Was soll ich für euch tun?«

Die drei sahen erst ihn und dann einander an. Es war offensichtlich, dass sie sich über zwei Dinge im Zweifel waren: wie weit sie diesem Mann, den sie gerade erst kennen gelernt hatte, trauen konnten und was genau sie eigentlich von ihm wollten.

Da das Geld wahrscheinlich ohnehin weg war, hatten sie jedoch nicht viel zu verlieren. Yarber sagte: »Wenn es darum geht, schmutziges Geld zu waschen, kennen wir uns nicht besonders gut aus. Das war ja schließlich auch nicht unser Beruf. Entschuldige also unseren Mangel an Wissen, aber gibt es eine Möglichkeit herauszufinden, ob das Geld noch da ist?«

»Wir wissen nicht genau, ob unser Anwalt es geklaut hat«, fügte Beech hinzu.

»Ihr wollt, dass ich den Stand eines geheimen Kontos herausfinde?« fragte Argrow.

»Ja, genau«, sagte Yarber.

»Wir könnten uns vorstellen, dass du noch ein paar

Freunde in der Branche hast«, sagte Spicer unschuldig, »und wir sind einfach neugierig, ob es möglich ist, den Kontostand herauszukriegen.«

»Ihr habt Glück«, sagte Argrow und machte eine Pause, um seine Worte wirken zu lassen.

»Wie meinst du das?« fragte Yarber.

»Ihr habt euch die Bahamas ausgesucht.«

»Genau genommen hat sich unser Anwalt die Bahamas ausgesucht«, sagte Spicer.

»Jedenfalls nehmen es die Banken auf den Bahamas nicht so genau. Viele Geheimnisse werden ausgeplaudert, viele Angestellte lassen sich bestechen. Die meisten Profi-Geldwäscher machen einen Bogen um die Bahamas. Panama ist der heiße Tipp, und die Banken auf Grand Cayman sind natürlich auch immer noch sehr zuverlässig.«

Natürlich, natürlich. Die drei nickten. Auslandskonto war Auslandskonto? Ein weiteres Beispiel dafür, wie dumm sie gewesen waren, einem Trottel wie Trevor zu vertrauen.

Argrow sah ihre verwirrten Gesichter und dachte daran, wie ahnungslos sie waren. Für drei Männer, die es in der Hand hatten, die Präsidentschaftswahl entscheidend zu beeinflussen, erschienen sie ihm erstaunlich naiv.

»Du hast die Frage noch nicht beantwortet«, sagte Spicer.

»Auf den Bahamas ist alles möglich.«

»Dann kannst du es also tun?«

»Ich kann's versuchen. Ohne Garantie.«

»Wir haben folgenden Vorschlag«, sagte Spicer. »Wenn du den Kontostand herauskriegen kannst, machen wir deinen Berufungsantrag umsonst.«

»Der Vorschlag ist nicht schlecht«, sagte Argrow.

»Das finden wir auch. Einverstanden?«

»Einverstanden.«

Für einen kurzen Augenblick sahen sie einander verlegen an. Sie waren stolz auf ihre Übereinkunft, wussten aber nicht genau, wie es jetzt weitergehen sollte. Schließlich sagte Argrow: »Ich brauche noch ein paar Informationen über das Konto.«

»Wie zum Beispiel?« fragte Beech.

»Wie zum Beispiel eine Nummer und einen Namen.«

»Der Inhaber ist Boomer Realty, Ltd. Die Nummer ist 144-DXN-9593.«

Argrow schrieb die Angaben auf einen Zettel.

Die drei sahen ihm interessiert zu. »Nur so aus Neugier«, sagte Spicer. »Wie willst du dich eigentlich mit deinen Freunden da draußen in Verbindung setzen?«

»Per Telefon«, sagte Argrow, ohne aufzusehen.

»Aber nicht mit diesen Telefonen«, sagte Beech.

»Die werden abgehört«, sagte Yarber.

»Die kannst du nicht benutzen«, sagte Spicer mit Nachdruck.

Argrow nickte lächelnd, sah über die Schulter und zog einen kleinen Apparat, nicht viel größer als ein Taschenmesser, aus der Hosentasche. Er hielt ihn zwischen Daumen und Zeigefinger und sagte: »Dies, meine Herren, ist ein Telefon.«

Sie starrten ihn ungläubig an und sahen zu, wie er den Apparat oben und unten und an einer Seite aufklappte. Auch als er betriebsbereit war, wirkte er nicht wie etwas, mit dem man tatsächlich telefonieren konnte. »Digital«, sagte Argrow. »Vollkommen abhörsicher.«

»Wer kriegt die Rechnung?« wollte Beech wissen.

»Ich habe einen Bruder in Boca Raton. Er hat mir das Ding und den Vertrag dazu geschenkt.« Er klappte den Apparat wieder zusammen und ließ ihn vor ihren Augen in der Tasche verschwinden. Dann zeigte er auf das kleine Besprechungszimmer hinter ihnen, auf das Richterzimmer. »Was ist da drin?« fragte er.

»Das ist ein Besprechungszimmer«, sagte Spicer.

»Es hat keine Fenster, oder?«

»Nein, nur das kleine in der Tür.«

»Gut. Dann gehe ich jetzt da rein und hänge mich ans Telefon. Ihr bleibt hier und passt auf. Wenn jemand kommt, klopft ihr an die Tür.«

Die Richter waren einverstanden, auch wenn sie nicht glaubten, dass Argrow es schaffen würde.

Der Anruf ging an den weißen Kleinbus, der drei Kilometer von Trumble entfernt an einem gelegentlich vom Landkreis instand gesetzten Feldweg geparkt war. Der Weg verlief an einer Wiese entlang, deren Besitzer sich noch nicht hatte blicken lassen. Die Grenze des Grundstücks, auf dem das Gefängnis stand, war einen halben Kilometer entfernt, doch von dort, wo der Kleinbus stand, war nichts von den Gebäuden zu sehen.

In dem Wagen waren nur zwei Techniker. Der eine schlief tief und fest auf dem Fahrersitz, der andere saß hinten, hatte Kopfhörer aufgesetzt und döste. Als Argrow die Ruftaste auf seinem kleinen Apparat drückte, ertönte im Bus ein Summen. Beide Männer fuhren hoch.

»Hallo«, sagte er. »Hier ist Argrow.«

»Ja, Argrow – hier ist Chevy eins. Schieß los«, sagte der Techniker mit den Kopfhörern.

»Ich hab Kontakt mit den drei Vögeln aufgenommen und spule das Programm ab. Angeblich telefoniere ich gerade mit Freunden draußen, um festzustellen, wie viel Geld auf ihrem Auslandskonto liegt. Bis jetzt läuft es noch besser, als ich gehofft habe.«

»Scheint mir auch so.«

»Alles klar. Ich melde mich später wieder.« Argrow drückte die »Ende«-Taste, hielt sich aber weiterhin das Telefon ans Ohr und tat, als wäre er in ein Gespräch vertieft. Er setzte sich auf die Tischkante, ging dann auf und ab und warf gelegentlich einen Blick auf die Richter und die Bibliothek.

Spicer konnte sich nicht beherrschen und sah verstohlen durch das kleine Fenster in der Tür. »Er telefoniert«, sagte er aufgeregt.

»Was hast du denn gedacht?« fragte Yarber, der gerade das Rundschreiben mit den neuesten Gerichtsentscheidungen studierte.

»Krieg dich wieder ein, Joe Roy«, sagte Beech. »Das Geld ist zusammen mit Trevor verschwunden.«

Es vergingen zwanzig Minuten, die so ereignislos waren wie immer. Während Argrow telefonierte, vertrieben sich die Richter die Zeit. Anfangs warteten sie einfach, doch dann wandten sie sich dringenderen Dingen zu. Sechs Tage waren vergangen, seit Buster mit ihrem Brief geflohen war. Sie hatten nichts von ihm gehört, und das bedeutete, dass alles gut gegangen war. Er hatte den Brief an Konyers in den Briefkasten geworfen und war inzwischen über alle Berge. Der Brief müsste nach etwa drei Tagen in Chevy Chase eingetroffen sein, und Mr. Aaron Lake überlegte jetzt wahrscheinlich verzweifelt, was er tun sollte.

Das Gefängnis hatte sie Geduld gelehrt. Es gab nur einen Termin, der ihnen Sorgen machte. Lake hatte die Nominierung in der Tasche, und das hieß, dass er vielleicht nur bis zur Wahl im November verwundbar war. Wenn er sie gewann, konnten sie ihn vier Jahre lang unter Druck setzen, doch wenn er verlor, würde er, wie alle Verlierer, bald vergessen sein. »Wer spricht heute noch von Dukakis?« hatte Beech gefragt.

Sie hatten nicht vor, bis November zu warten. Geduld war schön und gut, aber hier ging es um ihre Freilassung. Lake war ihre einzige Chance, freizukommen, und zwar mit so viel Geld, dass sie ein angenehmes Leben führen konnten.

Sie wollten eine Woche warten und dann den nächsten Brief an Al Konyers in Chevy Chase schicken. Wie sie ihn hinausschmuggeln sollten, wussten sie zwar noch nicht, aber ihnen würde schon etwas einfallen. Link, der Wärter am Empfang, den Trevor monatelang geschmiert hatte, war ihr erstes Ziel.

Argrows Telefon eröffnete eine neue Möglichkeit. »Wenn er uns das Ding benutzen lässt«, sagte Spicer, »können wir Lake anrufen. Oder sein Wahlkampf-Hauptquartier, sein Büro im Kongress – jede verdammte Nummer, die wir über die Auskunft kriegen können. Wir hinterlassen die Nachricht, dass Ricky aus der Drogenklinik sich unbedingt mit Mr. Lake treffen will. Das wird ihm eine Heidenangst machen.«

»Aber Argrow – oder jedenfalls sein Bruder – sieht auf der Rechnung, wer mit dem Apparat angerufen worden ist«, gab Yarber zu bedenken.

»Na und? Wir bezahlen ihm die Gebühren. Dann weiß er eben, dass wir Lake angerufen haben – und wenn schon. Im Augenblick versucht alle Welt, ihn anzurufen. Argrow hat keine Ahnung, warum wir mit Lake sprechen wollten.«

Es war eine hervorragende Idee. Sie durchdachten sie von allen Seiten. Ricky konnte von der Drogenklinik aus anrufen und Nachrichten hinterlassen – Spicer konnte dasselbe tun. Der arme Lake würde nicht mehr aus noch ein wissen.

Der arme Lake. Er bekam das Geld schneller, als er es zählen konnte.

Nach einer Stunde kam Argrow aus dem Besprechungszimmer und verkündete, er sei ein gutes Stück weitergekommen. »Ich muss jetzt eine Stunde warten und dann noch ein paar Anrufe machen«, sagte er. »Gehen wir doch erst mal Mittag essen.«

Sie waren begierig, ihr Gespräch fortzusetzen, und taten das bei Hamburgern und Salat.

DREIUNDDREISSIG

Jayne hielt sich an Mr. Lakes genaue Anweisungen und fuhr allein nach Chevy Chase. Sie fand das Einkaufszentrum an der Western Avenue und parkte vor der Mailbox-America-Filiale. Mit Mr. Lakes Schlüssel öffnete sie das Postfach, entnahm ihm acht Reklamesendungen und legte sie in eine Mappe. Es waren keine persönlichen Briefe dabei. Dann ging sie zum Schalter und sagte dem Angestellten, sie wolle den Mietvertrag im Auftrag ihres Chefs Mr. Al Konyers kündigen.

Der Angestellte gab etwas in den Computer ein. Das Postfach war vor etwa sieben Monaten von einem Aaron L. Lake auf den Namen Al Konyers gemietet worden. Er hatte die Miete für zwölf Monate im Voraus bezahlt – es war also kein Rechnungsbetrag mehr offen.

»Ist das der Typ, der Präsident werden will?« fragte der Angestellte, als er ihr das Formular zuschob.

»Ja«, sagte sie und unterschrieb hinter dem Kreuz.

»Keine Nachsendeadresse?«

»Nein.«

Sie ging, die Mappe unter dem Arm, hinaus und fuhr zurück in die Innenstadt. Keinen Augenblick hatte sie an Lakes Geschichte gezweifelt, er habe das Postfach gemietet, um Machenschaften im Pentagon aufzudecken. Seine Gründe gingen sie nichts an, und sie hatte ohnehin keine Zeit, viele Fragen zu stellen. Lake hielt seine Mitarbeiter achtzehn Stunden am Tag auf Trab, und es gab weit Wichtigeres als gemietete Postfächer.

Er erwartete sie im Hauptquartier, wo er, was selten genug vorkam, abseits und für sich allein saß. Die Büros und Korridore ringsum wimmelten von allen möglichen Assistenten, die hin und her eilten, als stünde ein Kriegsausbruch unmittelbar bevor. Lake genoss seine augenblickliche Ruhe. Jayne reichte ihm die Mappe und ließ ihn allein.

Lake zählte acht Reklamesendungen: Taco-Heimdienst, Telefongesellschaft, Autowaschanlage, Gutscheine für dies und das. Kein Brief von Ricky. Das Postfach war ohne Hinterlassung einer Nachsendeadresse gekündigt worden. Der arme Junge würde einen anderen finden müssen, der ihm beim Start in ein neues Leben half. Lake schob die Reklamesendungen und die Kündigungsbestätigung in einen kleinen Shredder, der unter seinem Schreibtisch stand, lehnte sich zurück und genoss diesen Augenblick. Er trug nur wenig Ballast mit sich herum und hatte in seinem Leben nicht viele Fehler gemacht. An Ricky zu schreiben war ausgesprochen dumm gewesen, doch er war heil aus dieser Sache herausgekommen. Was für ein Glück!

Er lächelte, er kicherte beinahe in sich hinein. Dann sprang er auf, nahm sein Jackett und rief seine Begleiter zusammen. Der Kandidat hatte wichtige Besprechungen, und anschließend war er mit einigen Rüstungslieferanten zum Mittagessen verabredet.

Ach, was für ein Glück!

Im Besprechungszimmer der Bibliothek, in der seine neuen Freunde wie schläfrige Wärter Wache hielten, hantierte Argrow so lange mit seinem Telefon, bis sie überzeugt waren, dass er all seine Kontakte zu der dunklen, trüben Welt der Geldwäsche nutzte. Zwei Stunden lang ging er, das Telefon ans Ohr gepresst, auf und ab wie ein hektischer Börsenmakler und sprach hinein. Schließlich kam er aus dem Zimmer.

»Gute Nachrichten«, verkündete er mit einem erschöpften Lächeln.

Sie sahen ihn erwartungsvoll an.

»Es ist noch da«, sagte er.

Und dann kam die große Frage, deren Antwort darüber entscheiden würde, ab Argrow ein Betrüger oder ein Experte war.

»Wie viel?« sagte Spicer.

»Hundertneunzigtausend und ein bisschen Kleingeld«, sagte er, und sie atmeten gemeinsam auf. Spicer lächelte. Beech blickte zu Boden. Yarber sah Argrow mit einem fragenden, aber erfreuten Stirnrunzeln an.

Laut ihren Unterlagen sollte der Kontostand 189 000 Dollar betragen, zuzüglich der mageren Zinsen, die die Bank zahlte.

»Er hat's nicht geklaut«, murmelte Beech, und alle drei dachten mit Wärme an ihren toten Anwalt zurück, der auf einmal nicht mehr der Schurke war, für den sie ihn gehalten hatten.

»Ich frage mich, warum«, sagte Spicer halblaut.

»Jedenfalls ist es immer noch da«, sagte Argrow. »Ihr müsst eine Menge Beratungen gemacht haben.«

So schien es, und da ihnen auf die Schnelle keine andere Erklärung einfiel, gingen sie auf seine Bemerkung nicht weiter ein.

»Wenn ich einen Vorschlag machen dürfte: Ich an eurer Stelle würde das Geld transferieren«, sagte Argrow. »Diese Bank steht in dem Ruf, nicht gerade diskret zu sein.«

»Transferieren? Wohin?« fragte Beech.

»Wenn es mein Geld wäre, würde ich es sofort nach Panama überweisen.«

Das war ein neues Thema, mit dem sie sich noch nicht befasst hatten. Sie hatten bisher nur an Trevor und das Geld gedacht, das er, wie sie glaubten, gestohlen hatte. Dennoch taten sie so, als hätten sie schon oft darüber gesprochen.

»Warum anderswohin überweisen?« fragte Beech. »Da, wo das Geld jetzt ist, kann doch nichts passieren, oder?«

»Wahrscheinlich nicht«, sagte Argrow schnell. Im Gegensatz zu ihnen wusste er, worauf er hinaus wollte. »Aber ihr seht ja, dass es mit dem Bankengeheimnis auf den Bahamas nicht weit her ist. Ich würde mich nicht darauf verlassen, besonders bei dieser Bank nicht.«

»Und wir wissen nicht, ob Trevor irgendjemandem davon erzählt hat«, sagte Spicer, der wie immer bestrebt war, kein gutes Haar an dem Anwalt zu lassen.

»Wenn ihr wollt, dass das Geld sicher ist, müsst ihr es woanders unterbringen«, sagte Argrow. »Das dauert nicht mal einen Tag, und danach braucht ihr euch keine Sorgen mehr zu machen. Und lasst euer Geld für euch arbeiten. Jetzt liegt es doch bloß herum und bringt euch nur ein paar Dollar Zinsen ein. Gebt es lieber einem Fondsmanager – dann bringt es fünfzehn bis zwanzig Prozent. Ihr werdet es ja sowieso in nächster Zeit nicht brauchen.«

Das glaubst du, dachten sie. Aber was er sagte, klang vernünftig.

»Und ich nehme an, du kannst das Geld verschieben«, sagte Yarber.

»Na klar. Habt ihr daran jetzt noch irgendwelche Zweifel?«

Sie schüttelten den Kopf. Nein, sie hatten keine Zweifel.

»Ich habe ein paar gute Kontakte nach Panama. Denkt mal darüber nach.« Argrow sah auf seine Uhr, als hätte er das Interesse an ihrem Geld verloren und dringend hundert andere Dinge zu erledigen. Er hatte noch ein Ass im Ärmel und wollte sie nicht zu sehr drängen.

»Na gut«, sagte Spicer. »Dann schaff unser Geld nach Panama.«

Argrow sah ihnen in die Augen. »Das kostet natürlich was«, sagte er, ganz wie ein gewiegter Geldwäscher.

»Was kostet es?« fragte Spicer.

383

»Zehn Prozent für den Transfer.«

»Und wer kriegt die?«

»Ich.«

»Das ist eine ganze Menge«, sagte Beech.

»Der Prozentsatz richtet sich nach der Höhe der Summe. Alles unter einer Million kostet zehn Prozent, alles über hundert Millionen ein Prozent. Das sind die üblichen Sätze, und das ist übrigens der Grund, warum ich keinen 1000-Dollar-Anzug, sondern diese Gefängnismontur trage.«

»Ganz schön happig«, sagte Spicer, der Mann, der einen Wohltätigkeitsverein um einen Teil seiner Bingoeinnahmen gebracht hatte.

»Haltet mir keine Predigten. Hier geht es um einen kleinen Anteil von Geld, das nicht ganz sauber ist. Mein Angebot steht – nehmt es an oder lasst es bleiben.« Sein Ton war gleichgültig. Er war ein abgebrühter Veteran der Geldmärkte.

Es waren nur 19 000 Dollar, und die wurden von einer Summe Geld abgezogen, das sie schon verloren geglaubt hatten. Danach würden sie immer noch 170 000 Dollar haben, das waren rund 60 000 für jeden. Es wäre mehr gewesen, wenn der heimtückische Trevor nicht so viel eingesteckt hätte. Außerdem waren sie überzeugt, dass der richtige warme Regen unmittelbar bevorstand. Die Beute auf den Bahamas war bloß Taschengeld.

»Abgemacht«, sagte Spicer und sah Yarber und Beech um Zustimmung heischend an. Die beiden nickten langsam. Alle drei dachten dasselbe: Wenn die Sache mit Aaron Lake sich so entwickelte, wie sie es sich ausgedacht hatten, würden sie bald um ein Vielfaches reicher sein. Sie würden einen Ort brauchen, wo sie das Geld verstecken konnten, und vielleicht jemanden, der ihnen half. Sie wollten diesem Argrow vertrauen. Na los, geben wir ihm eine Chance.

»Und außerdem kümmert ihr euch um meine Berufung«, sagte Argrow.

»Ja, wir kümmern uns um deine Berufung.«

Argrow lächelte und sagte: »Kein schlechtes Geschäft. Dann werde ich mich mal ans Telefon hängen.«

»Es gibt noch etwas, das du wissen solltest«, sagte Beech.

»Ja?«

»Der Anwalt hieß Trevor Carson. Er hat das Konto eröffnet und das Geld dorthin geleitet. Eigentlich hat er sich um den ganzen Finanzkram gekümmert. Und er ist vorgestern Abend in Kingston auf Jamaika ermordet worden.«

Argrow sah forschend in ihre Gesichter. Yarber reichte ihm die gestrige Zeitung. Er las die Meldung sehr sorgfältig. »Warum war er verschwunden?« fragte er nach langem Schweigen.

»Wissen wir nicht«, sagte Beech. »Er ist abgehauen – das haben wir durch das FBI erfahren. Wir dachten natürlich, er hätte unser Geld geklaut.«

Argrow gab Yarber die Zeitung zurück. Er verschränkte die Arme, legte den Kopf schief, kniff die Augen zusammen und sah sie misstrauisch an. Sie sollten ruhig ein bisschen schwitzen.

»Wie schmutzig ist das Geld?« fragte er, als wollte er vielleicht doch lieber nichts damit zu tun haben.

»Es ist kein Drogengeld«, sagte Spicer schnell, als wäre alles andere Geld sauber.

»Wir können's dir nicht sagen«, antwortete Beech.

»Du hast unser Angebot«, sagte Yarber. »Nimm es oder lass es bleiben.«

Nicht schlecht, mein Freund, dachte Argrow. »Das FBI ermittelt also?« fragte er.

»Das FBI interessiert sich nur für Trevors Verschwinden«, sagte Beech. »Die wissen nichts von diesem Konto.«

»Habe ich das richtig verstanden? Wir reden hier von einem toten Anwalt, dem FBI und einem Auslandskonto, auf dem schmutziges Geld herumliegt, stimmt's? Woher stammt das eigentlich?«

385

»Es ist besser, wenn du's nicht weißt«, sagte Beech.

»Scheint mir auch so.«

»Niemand zwingt dich mitzumachen«, sagte Yarber.

Es stand also eine Entscheidung an. Argrow war gewarnt, das Minenfeld war markiert. Wenn er weiterging, dann in dem Wissen, dass seine neuen Freunde gefährlich werden konnten. Das ließ ihn ziemlich kalt. Doch für Beech, Spicer und Yarber bedeutete diese Öffnung ihrer Partnerschaft, so winzig sie auch sein mochte, dass sie bereit waren, einen Mitverschwörer aufzunehmen. Sie würden ihn niemals in ihre Erpressung einweihen und ihm ganz gewiss nichts von Aaron Lake erzählen, und er würde nur dann einen Anteil von der Beute bekommen, wenn er ihn sich durch geschickte Transaktionen verdient hatte. Doch er wusste bereits mehr, als er wissen sollte. Sie hatten keine Wahl.

Ihre Zwangslage spielte eine wichtige Rolle. Durch Trevor hatten sie eine Verbindung nach draußen gehabt. Sie hatten sich daran gewöhnt und es selbstverständlich gefunden, und nun, da es diese Verbindung nicht mehr gab, war ihre Welt erheblich geschrumpft.

Obgleich sie es nicht zugeben wollten, war es ein Fehler gewesen, sich von ihm zu trennen. Jetzt, im Nachhinein, war ihnen klar, dass sie ihn hätten warnen und ihm von Lake und der manipulierten Post hätten erzählen sollen. Er hatte durchaus seine Fehler gehabt, doch sie brauchten jede Hilfe, die sie bekommen konnten.

Vielleicht hätten sie ihn ein oder zwei Tage später wieder an Bord genommen, doch diese Gelegenheit hatte sich nicht mehr geboten. Trevor war einfach abgehauen, und nun war er fort für immer.

Argrow hatte eine Verbindung nach draußen. Er hatte Freunde und ein Telefon, er hatte Mumm und wusste, wie man ein Problem anging. Vielleicht würden sie ihn brauchen, aber sie hatten es nicht eilig, ihn einzuweihen.

386

Er kratzte sich am Kopf und runzelte die Stirn, als bekäme er Kopfschmerzen. »Erzählt mir lieber nichts«, sagte er. »Ich will es gar nicht wissen.«

Er ging wieder in das Besprechungszimmer, schloss die Tür hinter sich, setzte sich auf die Tischkante und tat, als würde er kreuz und quer durch die Karibik telefonieren.

Zweimal lachte er, wahrscheinlich über einen alten Freund, der sich wunderte, seine Stimme zu hören, und einmal fluchte er, doch sie wussten nicht, über wen und warum. Seine Stimme hob und senkte sich, und sosehr sie sich auch bemühten, sich auf Gerichtsentscheidungen, Wettquoten aus Las Vegas und das Abstauben von Büchern zu konzentrieren – es gelang ihnen nicht, die Geräusche aus dem Besprechungszimmer zu ignorieren.

Argrow zog alle Register der Schauspielkunst, und nach einer Stunde sinnlosen Geplappers kam er aus dem Zimmer und sagte: »Ich glaube, ich kann das morgen arrangieren, aber wir brauchen noch eine eidesstattliche Erklärung von einem von euch, aus der hervorgeht, dass ihr die alleinigen Besitzer von Boomer Realty seid.«

»Und wer kriegt die zu sehen?« fragte Beech.

»Nur die Bank auf den Bahamas. Die erhält eine Kopie des Berichtes über Carson, und sie will eine schriftliche Erklärung über die Besitzverhältnisse des Unternehmens und des Kontos.«

Der Gedanke daran, dass sie eine Erklärung unterschreiben sollten, in der stand, dass sie in irgendeiner Weise mit schmutzigem Geld zu tun hatten, machte ihnen Angst. Andererseits erschien ihnen diese Bedingung logisch.

»Gibt es hier ein Fax-Gerät?« fragte Argrow.

»Für uns nicht«, antwortete Beech.

»Der Direktor hat bestimmt eins«, sagte Spicer. »Geh doch einfach zu ihm und sag, du musst deiner Bank auf den Bahamas ein Fax schicken.«

Das war ein unnötiger Sarkasmus. Argrow sah ihn

wütend an, ging aber nicht weiter darauf ein. »Gut, dann sagt mir, wie ich die Erklärung von hier auf die Bahamas schicken kann. Wie habt ihr das bisher gemacht?«

»Das hat immer unser Anwalt erledigt«, sagte Yarber. »Alle andere Post wird kontrolliert.«

»Und wie genau werden anwaltliche Schriftstücke kontrolliert?«

»Sie werfen einen kurzen Blick darauf«, sagte Spicer. »Aber sie dürfen die Umschläge nicht öffnen.«

Argrow ging tief in Gedanken versunken auf und ab. Dann trat er, um sein Publikum zu beeindrucken, zwischen zwei Regale, so dass er vom Eingang zur Bibliothek nicht zu sehen war, klappte routiniert sein Mobiltelefon auf, gab eine Nummer ein und hielt sich den Apparat ans Ohr. »Ja, hier ist Wilson Argrow«, sagte er. »Ist Jack da? Gut. Sagen Sie ihm, es ist wichtig.«

»Wer zum Teufel ist Jack?« fragte Spicer, der am anderen Ende des Raums stand. Beech und Yarber hörten ebenfalls zu und hielten nach etwaigen Lauschern Ausschau.

»Mein Bruder in Boca«, sagte Argrow. »Er ist Rechtsanwalt, macht allerdings hauptsächlich Grundstücksgeschäfte. Er kommt mich morgen besuchen.« Dann sagte er in das Telefon: »Hallo, Jack, ich bin's. Du kommst doch morgen? Gut. Kannst du am Vormittag kommen, so gegen zehn? Du müsstest einen Brief von mir mitnehmen. Gut. Wie geht's Mom? Grüß sie von mir. Wir sehen uns dann morgen.«

Die Richter waren von der Aussicht, wieder unkontrolliert Briefe verschicken zu können, sehr angetan. Argrow hatte also einen Bruder, der Anwalt war. Und er besaß ein Telefon, war intelligent und hatte Mumm.

Er steckte den Apparat in die Tasche und trat zwischen den Regalen hervor. »Ich werde die Erklärung morgen früh meinem Bruder geben, und er faxt sie dann an die Bank. Übermorgen gegen Mittag ist das Geld in Panama, wo ihm nichts passieren kann, und bringt euch fünfzehn Prozent. War ganz einfach.«

»Wir können deinem Bruder doch trauen?« fragte Yarber.

»Absolut«, antwortete Argrow und machte ein Gesicht, als sei er beinahe gekränkt. Er ging zur Tür. »Wir sehen uns später. Ich brauche ein bisschen frische Luft.«

VIERUNDDREISSIG

Trevors Mutter traf aus Scranton ein, zusammen mit ihrer Schwester, Trevors Tante Helen. Sie waren beide über siebzig und in relativ guter gesundheitlicher Verfassung. Auf dem Weg vom Flughafen nach Neptune Beach verfuhren sie sich viermal und irrten dann eine Stunde lang kreuz und quer durch das Städtchen, bis sie durch Zufall Trevors Haus fanden, das seine Mutter vor sechs Jahren zum letzten Mal gesehen hatte. Trevor hatte sie seit zwei Jahren nicht gesehen. Helen hatte ihn seit zehn Jahren nicht mehr gesehen, ihn allerdings auch nicht sehr vermisst.

Seine Mutter parkte den Mietwagen hinter dem VW-Käfer und musste sich erst einmal ausweinen, bevor sie aussteigen konnte.

Was für eine Bruchbude, dachte Tante Helen.

Die Vordertür war unverschlossen. Das Haus war verlassen, doch lange bevor sein Besitzer verschwunden war, hatte sich in der Spüle das schmutzige Geschirr gestapelt. Der Mülleimer in der Küche war nicht geleert, und der Staubsauger war lange nicht benutzt worden.

Der Gestank trieb Helen als Erste ins Freie, und Trevors Mutter folgte ihr bald. Sie wussten nicht, was sie tun sollten. Sein Leichnam war noch in einer voll belegten Leichenhalle auf Jamaika, und laut dem unfreundlichen Mann im Außenministerium, mit dem Trevors Mutter gesprochen hatte, würde es 600 Dollar kosten, ihn nach Hause zu überführen. Die Fluggesellschaft war bereit, den Transport zu übernehmen, doch die nötigen Papiere waren noch in Kingston.

Nach einer halben Stunde durch üblen Verkehr hatten sie Trevors Kanzlei gefunden. Bis dahin hatte Chap bereits die Nachricht von ihrer bevorstehenden Ankunft erhalten. Er saß am Empfangstisch und bemühte sich, traurig und beschäftigt zugleich auszusehen. Wes, der Büroleiter, war in einem der hinteren Räume, um die Szene zu verfolgen. Als Trevors Tod bekannt geworden war, hatte das Telefon ununterbrochen geläutet, aber nachdem einige Kollegen und ein, zwei Mandanten ihre Betroffenheit zum Ausdruck gebracht hatten, war es wieder verstummt.

An der Vordertür hing ein billiger Kranz, bezahlt von der CIA. »Ist das nicht schön?« sagte Trevors Mutter, als sie auf die Tür zugingen.

Noch eine Bruchbude, dachte Tante Helen.

Chap begrüßte sie und stellte sich als Trevors Anwaltsgehilfe vor. Er sei dabei, die Kanzlei zu schließen, was sich allerdings als äußerst schwierig erweise.

»Wo ist die Sekretärin?« fragte die Mutter. Ihre Augen waren vom vielen Weinen gerötet.

»Trevor hat sie vor einiger Zeit entlassen, weil er sie beim Stehlen erwischt hat.«

»Oje.«

»Möchten Sie einen Kaffee?«

»Das wäre nett, ja.« Sie setzten sich auf das staubige, bucklige Sofa, während Chap drei Tassen Kaffee aus einer zufällig gerade frisch bereiteten Kanne einschenkte. Er nahm ihnen gegenüber in einem wackligen Korbsessel Platz. Die Mutter war verwirrt, die Tante neugierig. Sie ließ ihren Blick durch den Raum schweifen und suchte nach Anzeichen von Wohlstand. Die beiden waren nicht arm, doch zu Reichtum würden sie es in ihrem Alter nicht mehr bringen.

»Tut mir leid, die Sache mit Trevor«, sagte Chap.

»Es ist schrecklich«, sagte Mrs. Carson. Ihre Unterlippe zitterte, ebenso wie ihre Hand. Sie verschüttete etwas Kaffee auf ihr Kleid, merkte es aber nicht.

»Hatte er viele Mandanten?« fragte Tante Helen.

»Ja, er war sehr beschäftigt. Ein guter Anwalt. Einer der besten, die ich kenne.«

»Und Sie waren sein Sekretär?« fragte Mrs. Carson.

»Nein, ich bin Anwaltsgehilfe. Und abends studiere ich Jura.«

»Kümmern Sie sich auch um den Nachlass?« fragte Tante Helen.

»Eigentlich nicht«, sagte Chap. »Ich hatte gehofft, dass Sie das übernehmen würden.«

»Ach, dafür sind wir zu alt«, sagte Mrs. Carson.

»Wie viel Geld hat er hinterlassen?« fragte die Tante.

Chap war auf der Hut. Diese alte Hexe hatte etwas gerochen. »Ich habe keine Ahnung. Mit seinen Geldangelegenheiten hatte ich nichts zu tun.«

»Wer hatte denn dann damit zu tun?«

»Sein Steuerberater wahrscheinlich.«

»Und wer ist das?«

»Ich weiß es nicht. In den meisten Dingen war Trevor sehr verschlossen.«

»Das stimmt«, sagte seine Mutter traurig. »Schon als Junge.« Wieder verschüttete sie Kaffee, diesmal auf das Sofa.

»Aber Sie bezahlen die Rechnungen, oder?« sagte die Tante.

»Nein, das hat Trevor immer selbst getan.«

»Also hören Sie, junger Mann, die wollen sechshundert Dollar, um ihn von Jamaika nach Hause zu fliegen.«

»Warum war er überhaupt in Jamaika?« fiel Mrs. Carson ihr ins Wort.

»Er wollte dort einen Kurzurlaub machen.«

»Und sie hat keine sechshundert Dollar«, fuhr Helen fort.

»Doch, hab ich wohl.«

»Na ja, es ist ein bisschen Bargeld da«, sagte Chap. Die Tante sah gleich viel zufriedener aus.

»Wie viel?« fragte sie.

»Etwas über neunhundert Dollar. Trevor hatte immer eine ziemlich große Portokasse.«

»Geben Sie sie mir«, verlangte Tante Helen.

»Dürfen wir das denn?« fragte Mrs. Carson.

»Sie sollten das Geld lieber nehmen«, sagte Chap ernst. »Sonst geht es in den Nachlass ein, und das würde bedeuten, dass das Finanzamt es kassiert.«

»Was geht außerdem in den Nachlass ein?« wollte Helen wissen.

»Das alles«, sagte Chap, während er zum Empfangstisch ging, und machte eine ausladende Gebärde. Er nahm einen zerknitterten, mit vielen kleinen und großen Geldscheinen voll gestopften Briefumschlag aus einer Schublade, der vor wenigen Minuten vom Haus gegenüber hierher gebracht worden war. Er reichte den Umschlag Helen, die ihn ihm aus der Hand riss und sich sogleich daran machte, das Geld zu zählen.

»Neunhundertzwanzig und ein bisschen Kleingeld«, sagte Chap.

»Bei welcher Bank hatte er sein Konto?« fragte Helen.

»Ich habe keine Ahnung. Wie ich schon sagte: Er war in Geldangelegenheiten sehr eigen.« Und das war nicht gelogen. Trevor hatte die 900 000 Dollar von den Bahamas auf die Bermudas überwiesen, und dort verlor sich die Spur. Das Geld befand sich jetzt auf irgendeinem Nummernkonto, über das nur Trevor Carson verfügen konnte. Man wusste, dass er nach Grand Cayman hatte fahren wollen, doch die Banken dort waren berühmt für ihre Diskretion. Zwei Tage intensiver Recherchen hatten nichts zutage

393

gebracht. Der Mörder hatte Trevors Brieftasche und Zimmerschlüssel an sich genommen, und noch während die Polizei mit der Spurensicherung am Tatort beschäftigt gewesen war, hatte er das Hotelzimmer gründlich durchsucht. In einer Schublade hatte er 8000 Dollar in bar gefunden, aber auf weitere Hinweise war er nicht gestoßen. Niemand wusste, wohin Trevor das Geld verschoben hatte.

In Langley war man zu der Erkenntnis gelangt, dass Trevor aus irgendeinem Grund den Verdacht gehabt hatte, er werde beschattet: Der größte Teil des Bargelds war verschwunden – möglicherweise in einem Bankschließfach auf den Bahamas deponiert –, und er hatte das Hotelzimmer nicht im Voraus reserviert, sondern war einfach zur Rezeption gegangen und hatte in bar für eine Übernachtung bezahlt.

Jemand, der auf der Flucht war und einer Summe von 900 000 Dollar von einer Insel zur anderen folgte, musste doch irgendwo Unterlagen über seine Bankverbindungen haben. Bei Trevor fand sich nichts dergleichen.

Während Trevors Tante das einzige Geld zählte, das aus seinem Nachlass zu erwarten war, dachte Chap an das Vermögen, das irgendwo in der Karibik verschollen war.

»Was sollen wir jetzt tun?« fragte Mrs. Carson.

Chap zuckte die Schultern und sagte: »Ich nehme an, Sie werden ihn beerdigen müssen.«

»Können Sie uns helfen?«

»Eigentlich nicht. Ich –«

»Sollen wir ihn nach Scranton bringen lassen?« fragte Helen.

»Das liegt bei Ihnen.«

»Wie viel würde das kosten?«

»Ich habe keine Ahnung. So etwas habe ich noch nie gemacht.«

»Aber alle seine Freunde leben hier«, sagte Trevors Mutter und tupfte ihre Augen mit einem Taschentuch ab.

»Er ist vor langer Zeit von Scranton hierhergezogen«, sagte Helen und sah hierhin und dorthin, als sei diesem Umzug eine lange Geschichte vorausgegangen. Was zweifellos der Fall war, dachte Chap.

»Seine Freunde hier in Neptune Beach wollen sicher eine Gedenkfeier veranstalten«, sagte Mrs. Carson.

»Es ist bereits eine geplant«, bestätigte Chap.

»Tatsächlich?« fragte sie erfreut.

»Ja, für morgen um vier Uhr.«

»Wo?«

»Bei Pete's. Das ist nur ein paar Blocks von hier entfernt.«

»Bei Pete's?« sagte Helen.

»Das ist so eine Art Restaurant.«

»In einem Restaurant? Warum nicht in einer Kirche?«

»Ich glaube, er war kein Kirchgänger.«

»In seiner Kindheit schon«, sagte seine Mutter wie zur Verteidigung.

Zum Gedenken an Trevor würde die Happy Hour bereits um vier Uhr beginnen und bis Mitternacht dauern, und Trevors Lieblingsbier würde nur 50 Cent pro Flasche kosten.

»Sollten wir hingehen?« fragte Helen. Sie hatte dabei kein gutes Gefühl.

»Lieber nicht.«

»Warum nicht?« fragte Mrs. Carson.

»Es könnte ein bisschen laut werden. Lauter Anwälte und Richter, Sie wissen schon.« Er sah die Tante stirnrunzelnd an, und sie begriff.

Sie erkundigten sich nach Beerdigungsinstituten und Grabstellen, und Chap stellte fest, dass er immer tiefer in ihre Probleme hineingezogen wurde. Die CIA hatte Trevor getötet. Sollte sie nun auch für ein ordentliches Begräbnis sorgen?

Klockner war nicht dieser Ansicht.

Nachdem die Damen gegangen waren, entfernten Chap

und Wes die letzten Kameras, Mikrofone, Telefonwanzen und Antennen. Anschließend räumten sie auf, und als sie zum letzten Mal die Tür abschlossen, war Trevors Kanzlei so ordentlich wie nie zuvor.

Die Hälfte von Klockners Team hatte bereits die Stadt verlassen. Die andere Hälfte stand für Argrow bereit. Man wartete.

Als die Fälscher in Langley mit Argrows Gerichtsakte fertig waren, wurde sie in einen Pappkarton gelegt und mit drei Agenten an Bord eines kleinen Jets nach Jacksonville geflogen. Die Unterlagen enthielten unter anderem die einundfünfzig Seiten umfassende Anklageschrift, die einer Grand Jury in Dade County vorgelegen hatte, eine Korrespondenzmappe mit Briefen der Staatsanwaltschaft und des Verteidigers, einen dicken Ordner mit Anträgen und vorgerichtlichen Gesuchen, Aktennotizen für die Beweiserhebung, eine Liste von Zeugen und Zusammenfassungen ihrer Aussagen, Informationen für den Prozessanwalt, das Protokoll der Geschworenenüberprüfung, eine Zusammenfassung des Verhandlungsverlaufs, psychologische Gutachten und schließlich das Urteil sowie die Urteilsbegründung. Das Ganze war einigermaßen ordentlich, jedoch nicht so ordentlich, dass es Misstrauen hätte wecken können. Es gab unscharfe Kopien, hier und da fehlte eine Seite, und Heftklammern waren ausgerissen – kleine Tupfer Realität, die die fleißigen Mitarbeiter der Abteilung Dokumente eingefügt hatten, um der Akte Authentizität zu verleihen. Den größten Teil würden Beech und Yarber ohnehin nicht brauchen, doch der schiere Umfang war beeindruckend. Selbst der Pappkarton war alt und abgegriffen.

Jack Argrow, ein Bruder des Häftlings Wilson Argrow, überbrachte die Akte nach Trumble. Er war Anwalt in Boca Raton, Florida, und hatte eine Kopie seiner Zulassung im Staat Florida per Fax an den zuständigen Beamten in

Trumble geschickt. Sein Name stand jetzt auf der Liste der Rechtsanwälte, die ein Besuchsrecht hatten.

Jack Argrow war Roger Lyter. Er hatte ein Jurastudium in Texas absolviert und arbeitete seit dreizehn Jahren für die CIA. Wilson Argrow, dessen wirklicher Name Kenny Sands war, hatte er noch nie in seinem Leben gesehen. Die beiden schüttelten sich die Hände und begrüßten einander, während Link den Pappkarton, der auf dem Tisch stand, misstrauisch beäugte.

»Was ist da drin?« wollte er wissen.

»Meine Gerichtsakte«, sagte Wilson.

»Papierkram«, sagte Jack.

Link hob den Deckel ab und blätterte flüchtig in den Unterlagen. Die Überprüfung war nach wenigen Sekunden beendet, und er verließ den Raum.

Wilson schob ein Blatt Papier über den Tisch und sagte: »Das ist die Erklärung. Überweis das Geld an die Bank in Panama und bring mir die schriftliche Bestätigung, damit ich sie ihnen zeigen kann.«

»Abzüglich zehn Prozent.«

»Ja, das sollen sie glauben.«

Man hatte sich nicht an die Geneva Trust Bank in Nassau gewendet. Das wäre nicht nur sinnlos, sondern auch riskant gewesen. Keine Bank der Welt hätte unter diesen Umständen einen Transfer vorgenommen, und hätte Argrow versucht, die Überweisung zu veranlassen, so hätte man mit Sicherheit peinliche Fragen gestellt.

Das Geld, das nach Panama unterwegs war, stammte aus den Kassen der CIA.

»Langley macht Druck«, sagte der Anwalt.

»Ich bin dem Zeitplan voraus«, sagte der Banker.

Der Karton wurde auf dem Tisch in der juristischen Abteilung der Bibliothek ausgepackt. Beech und Yarber sahen den Inhalt durch, während Argrow, ihr neuer Mandant, mit gespieltem Interesse dabei stand. Spicer hatte Besseres zu tun. Er war mitten in seinem wöchentlichen Pokerspiel.

»Wo ist die Urteilsbegründung?« fragte Beech und blätterte in dem Stapel.

»Ich brauche die Anklageschrift«, murmelte Yarber.

Sie fanden, was sie gesucht hatten, und machten es sich für einen langen Nachmittag in ihren Sesseln bequem. Beechs Wahl war langweilig, Yarbers Lektüre dagegen erwies sich als ausgesprochen interessant.

Die Anklageschrift las sich wie ein Kriminalroman. Argrow hatte zusammen mit sieben anderen Bankangestellten, fünf Buchhaltern, fünf Börsenmaklern, zwei Anwälten, elf Männern, die nur als Drogenhändler bezeichnet wurden, sowie sechs Herren aus Kolumbien ein kompliziertes Unternehmen organisiert und unterhalten, mit dem aus Drogengeschäften stammendes Bargeld in legale Geldanlagen umgewandelt worden war. Mindestens 400 Millionen Dollar waren gewaschen worden, bevor es gelungen war, den Ring zu infiltrieren, und es hatte den Anschein, als sei Argrow eine der Schlüsselfiguren gewesen. Yarber bewunderte seine Gerissenheit. Wenn auch nur die Hälfte der Anschuldigungen stimmte, war Argrow ein sehr findiger und talentierter Finanzjongleur.

Die Stille begann Argrow zu langweilen, und er verließ den Raum und machte einen Spaziergang über das Gefängnisgelände. Als Yarber mit seiner Lektüre fertig war, unterbrach er Beech und ließ ihn die Anklageschrift lesen. Auch Beech war angetan. »Er muss irgendwo etwas von diesem Geld gebunkert haben«, sagte er.

»Klar«, stimmte Yarber ihm zu. »Vierhundert Millionen Dollar – und das ist nur der Teil, den sie aufgespürt haben. Was meinst zu seinem Berufungsantrag?«

»Sieht nicht gut aus. Der Richter hat den Ermessensspielraum nicht überschritten. Ich kann keinen Fehler finden.«

»Armer Kerl.«

»Ach was, armer Kerl! Er kommt vier Jahre früher raus als ich!«

»Das glaube ich nicht, Mr. Beech. Wir haben unser letztes Weihnachtsfest im Gefängnis verbracht.«

»Meinst du wirklich?« fragte Beech.

»Allerdings.«

Beech legte die Anklageschrift auf den Tisch, stand auf, reckte sich und begann auf und ab zu gehen. »Die Antwort müsste schon längst hier sein«, sagte er leise, obgleich außer ihnen niemand im Raum war.

»Geduld.«

»Aber die Vorwahlen sind fast vorbei. Er ist die meiste Zeit wieder in Washington. Er hat den Brief schon seit einer Woche.«

»Er kann ihn nicht ignorieren. Er überlegt, was er tun soll, das ist alles.«

Die nächste Aktennotiz von der Strafvollzugsbehörde in Washington verblüffte den Gefängnisdirektor. Wer von diesen Sesselfurzern da oben hatte eigentlich nichts Besseres zu tun, als auf die Karte der Bundesgefängnisse zu sehen und sich zu überlegen, welchen Direktor er denn heute mal ärgern könnte? Er hatte einen Bruder, der als Gebrauchtwagenhändler 150 000 Dollar im Jahr nach Hause brachte, während er als Gefängnisdirektor nur die Hälfte bekam und dafür die idiotischen Aktennotizen irgendeines Bürokraten lesen musste, der 100 000 im Jahr verdiente und nichts Produktives tat. Er hatte es so satt!

BETRIFFT: Besuchszeiten für Anwälte, Bundesgefängnis Trumble

Die bisher geltende Anweisung, derzufolge Anwaltsbesuche auf Dienstag, Donnerstag und Samstag von 15 bis 18 Uhr zu beschränken sind, ist hiermit aufgehoben.

Ab sofort sind Anwaltsbesuche täglich von 9 bis 19 Uhr gestattet.

»Erst muss ein Anwalt sterben, bevor die Regeln geändert werden«, murmelte der Direktor.

FÜNFUNDDREISSIG

In der Tiefgarage schoben sie Teddy Maynards Rollstuhl
in den Kleinbus und schlossen die Türen. York und
Deville setzten sich zu ihm. Der Fahrer und ein Leibwächter stiegen vorn ein. Der Wagen war mit einem Fernseher,
einer Stereoanlage und einer kleinen Bar ausgestattet, die
mit Sodawasser und Limonade bestückt war – alles Dinge,
die Teddy ignorierte. Seine Stimmung war gedrückt, denn
ihm graute vor der nächsten Stunde. Er war es leid – er war
es leid zu arbeiten, zu kämpfen, sich Tag für Tag zu quälen.
Halt noch sechs Monate aus, sagte er sich immer wieder,
und dann tritt zurück und lass einen anderen sich den Kopf
darüber zerbrechen, wie die Welt gerettet werden kann. Er
würde sich auf seine kleine Farm in West Virginia zurückziehen. Er würde am Teich sitzen, zusehen, wie die Blätter
ins Wasser fielen, und auf das Ende warten. Er war die
Schmerzen so leid.

Vor ihnen war ein schwarzer Wagen, hinter ihnen ein
grauer. Der kleine Konvoi fuhr auf dem Beltway, dann über
die Roosevelt-Brücke und schließlich die Constitution Avenue hinunter.

Teddy schwieg, und darum schwiegen York und Deville
ebenfalls. Sie wussten, wie sehr er verabscheute, was er jetzt
tun musste.

Er sprach einmal pro Woche mit dem Präsidenten,
gewöhnlich am Mittwochvormittag, und zwar, wenn es
nach Teddy ging, per Telefon. Ihre letzte persönliche Begeg-
nung hatte vor neun Monaten stattgefunden, als Teddy im

Krankenhaus lag und der Präsident über einen wichtigen Sachverhalt informiert werden musste.

Auch hier war es normalerweise so, dass eine Gefälligkeit durch eine andere ausgeglichen wurde, doch Teddy war es verhasst, auf derselben Stufe zu stehen wie ein Präsident. Seine Bitte würde natürlich erfüllt werden, doch er fand es erniedrigend, bitten zu müssen.

In dreißig Jahren hatte er sechs Präsidenten kommen und gehen sehen, und die Gefälligkeiten, die er ihnen erwiesen hatte, waren seine Geheimwaffe gewesen. Sammle Informationen, horte sie, sage dem Präsidenten nur selten alles und verpacke hin und wieder ein kleines Wunder in Geschenkpapier und gib es im Weißen Haus ab.

Der gegenwärtige Präsident schmollte im Augenblick noch wegen der demütigenden Niederlage in der Abstimmung über einen Atomtestvertrag, bei dessen Torpedierung Teddy kräftig geholfen hatte. Am Tag vor der Ablehnung des Vertrags durch den Senat hatte die CIA einen geheimen Bericht durchsickern lassen, in dem rechtliche Bedenken gegen den Vertrag geäußert wurden, und in der Debatte hatte der Präsident auf verlorenem Posten gestanden. Das Ende seiner Amtszeit war in Sicht – er war ein Präsident auf Abruf, dem sein Nachruhm mehr am Herzen lag als wichtige politische Entscheidungen.

Teddy kannte diese Situation zur Genüge. Vor dem Ausscheiden aus dem Amt waren Präsidenten unerträglich. Da sie sich nicht noch einmal dem Votum der Wähler stellen mussten, konzentrierten sie sich auf den Gesamteindruck, den sie hinterlassen würden. Sie reisten gern mit vielen Freunden in ferne Länder, wo sie an Gipfeltreffen mit anderen Staatsführern auf Abruf teilnahmen. Sie dachten an die Bibliothek, die zu ihrem Gedenken eröffnet werden würde. Sie dachten an ihr Porträt, das noch gemalt werden musste. Sie dachten an die Biografien, die in Arbeit waren, und verbrachten viel Zeit mit Historikern. Und während die Uhr tickte, wurden sie immer weiser und philosophischer, und ihre Reden wurden immer pathetischer. Sie sprachen über die Zukunft, über die Herausforderungen, vor denen das Land stand, und darüber, wie die Welt sein sollte, und vergaßen die Tatsache, dass sie acht Jahre Zeit gehabt hatten, die Dinge zu tun, die hätten getan werden müssen.

Es gab nichts Schlimmeres als einen Präsidenten kurz vor Ablauf seiner Amtszeit. Und bei Lake würde es nicht anders sein – vorausgesetzt, es gelang ihm, Präsident zu werden.

Lake. Er war der Grund, warum Teddy sich als Bittsteller ins Weiße Haus fahren ließ.

Sie betraten es durch den Eingang im Westflügel, wo ein Secret-Service-Agent zu Teddys Erbitterung den Rollstuhl untersuchte. Dann wurde er in einen kleinen Raum neben dem Kabinettssaal geschoben. Eine gehetzte Mitarbeiterin erklärte ihm – ohne Entschuldigung –, der Präsident werde sich ein wenig verspäten. Teddy lächelte, machte eine unbestimmte Handbewegung und murmelte, dieser Präsident sei noch nie bei irgendetwas rechtzeitig zur Stelle gewesen. Er hatte ein Dutzend konfuse Sekretärinnen wie sie erlebt. Sie hatten dieselbe Position bekleidet und waren einfach ausgewechselt worden. York, Deville und Teddys andere Begleiter wurden in den Speisesaal geführt, wo sie allein essen würden.

Teddy wartete. Er hatte geahnt, dass man ihn würde warten lassen, und las in einem umfangreichen Bericht, als spielte Zeit keine Rolle. Zehn Minuten vergingen. Man brachte ihm Kaffee. Vor zwei Jahren hatte der Präsident ihn in Langley aufgesucht, und Teddy hatte ihn einundzwanzig Minuten warten lassen. Der Präsident hatte ihn damals um einen Gefallen gebeten – eine bestimmte Sache sollte nicht an die Öffentlichkeit dringen.

Der einzige Vorteil eines Lebens im Rollstuhl war, dass

man nicht aufspringen musste, wenn der Präsident den Raum betrat. Er kam schließlich in Eile hereingestürmt, ein Rudel Assistenten im Schlepptau, als könnte das Teddy Maynard irgendwie beeindrucken. Sie schüttelten sich die Hand und tauschten die erforderlichen Begrüßungsfloskeln aus, während die Assistenten sich entfernten. Ein Diener erschien und servierte ihnen kleine Teller mit grünem Salat.

»Schön, Sie zu sehen«, sagte der Präsident mit leiser Stimme und einem öligen Lächeln. Spar dir das fürs Fernsehen auf, dachte Teddy und brachte es nicht über sich, die Lüge zu erwidern. »Sie sehen gut aus«, sagte er stattdessen, und das stimmte wenigstens teilweise. Der Präsident hatte das Haar getönt und sah jünger aus als sonst. Sie aßen schweigend ihren Salat.

Keiner von beiden wollte dieses Treffen allzu lange ausdehnen. »Die Franzosen verkaufen den Nordkoreanern mal wieder Spielzeug«, sagte Teddy als Eröffnung.

»Was für Spielzeug?« fragte der Präsident, obgleich er über diese geheimen Geschäfte informiert war. Und Teddy wusste, dass er es wusste.

»Die französische Version des Stealth-Radars, was ziemlich dumm ist, denn sie haben es noch nicht perfektioniert. Aber die Nordkoreaner sind noch dümmer, weil sie dafür Geld ausgeben. Sie würden den Franzosen alles abkaufen, besonders Sachen, die die Franzosen geheim halten wollen. Die Franzosen wissen das natürlich, darum ist das Ganze eigentlich eine Schmierenkomödie. Aber die Nordkoreaner bezahlen Höchstpreise.«

Der Präsident drückte auf einen Knopf, und ein Diener erschien und räumte die Salatteller ab. Ein anderer trug Pasta mit gebratener Hähnchenbrust auf.

»Wie steht's um Ihre Gesundheit?« fragte der Präsident.

»Wie immer. Wenn Sie gehen, werde ich wohl ebenfalls in den Ruhestand gehen.«

Die Aussicht, die Karriere des anderen beendet zu sehen, erfreute sie beide. Aus keinem ersichtlichen Grund begann der Präsident einen langatmigen Monolog über den Vizepräsidenten und darüber, was für ein großartiger Nachfolger er sein würde. Er vergaß sein Essen und erklärte mit sehr ernster Stimme, der Vizepräsident sei ein wunderbarer Mensch, ein brillanter Denker und ein hervorragender Führer. Teddy schob die Hähnchenbrust auf seinem Teller hin und her.

»Was denken Sie? Wie wird das Rennen ausgehen?« fragte der Präsident.

»Es ist mir wirklich gleichgültig«, sagte Teddy und log schon wieder. »Ich werde Washington, wie gesagt, zur selben Zeit verlassen wie Sie. Ich werde mich auf meine kleine Farm zurückziehen, ohne Fernseher, ohne Zeitungen, und nur ein bisschen angeln und mich ausruhen. Ich bin müde, Sir.«

»Aaron Lake macht mir Sorgen«, sagte der Präsident.

Und dabei weißt du nicht mal die Hälfte, dachte Teddy. »Warum?« fragte er und nahm einen Bissen. Iss und lass ihn reden.

»Er hat nur ein einziges Thema: die Verteidigungsbereitschaft. Wenn man den Leuten im Pentagon freie Hand lässt, geben die so viel aus, dass man damit die gesamte Dritte Welt ernähren könnte. Und all das Geld macht mir Sorgen.«

Das ist ja was ganz Neues, dachte Teddy. Aber das Letzte, was er wollte, war eine lange, sinnlose Diskussion über Politik. Sie verschwendeten nur ihre Zeit. Je schneller er zur Sache kam, desto schneller konnte er wieder in die Geborgenheit seines Bunkers zurückkehren. »Ich bin gekommen, um Sie um einen Gefallen zu bitten«, sagte er langsam.

»Ja, ich weiß. Was kann ich für Sie tun?« Der Präsident lächelte und kaute. Er genoss sowohl das Essen als auch die

Tatsache, dass er zur Abwechslung einmal die Oberhand hatte.

»Meine Bitte ist ein bisschen ungewöhnlich. Ich möchte Sie um die Begnadigung von drei Häftlingen in einem Bundesgefängnis bitten.«

Der Präsident hörte auf zu kauen und zu lächeln – nicht vor Schreck, sondern aus Verwirrung. Eine Begnadigung war gewöhnlich eine simple Angelegenheit, es sei denn, es handelte sich um einen Spion, einen Terroristen oder einen straffällig gewordenen Politiker. »Spione?« fragte der Präsident.

»Nein, Richter. Einer ist aus Kalifornien, einer aus Texas und einer aus Mississippi. Sie sitzen ihre Strafe in einem Bundesgefängnis in Florida ab.«

»Richter?«

»Ja, Mr. President.«

»Kenne ich sie?«

»Ich bezweifle es. Der aus Kalifornien war früher Oberrichter am dortigen Obersten Gerichtshof. Er wurde abgewählt und hatte ein bisschen Ärger mit dem Finanzamt.«

»Ich glaube, ich erinnere mich.«

»Er wurde wegen Steuerhinterziehung zu sieben Jahren Gefängnis verurteilt, von denen er zwei abgesessen hat. Der aus Texas war ein von Reagan eingesetzter Bundesrichter. Er ist betrunken mit seinem Wagen durch den Yellowstone Park gefahren und hat zwei Wanderer überfahren und getötet.«

»Ich kann mich dunkel daran erinnern.«

»Das war vor mehreren Jahren. Der aus Mississippi war Friedensrichter und hat Einnahmen aus Bingospielen veruntreut.«

»Das muss mir irgendwie entgangen sein.«

Sie schwiegen lange und bedachten die Implikationen. Der Präsident war verwundert und wusste nicht, was er sagen sollte. Teddy hingegen wusste nicht, was nun kam, und so beendeten sie das Mahl schweigend. Keiner von beiden wollte ein Dessert.

Die Bitte war leicht zu erfüllen, jedenfalls für den Präsidenten. Die Häftlinge und ihre Opfer waren praktisch unbekannt. Etwaige Folgen der Begnadigung würden kurz und schmerzlos sein, besonders für einen Politiker, der in weniger als sieben Monaten aus dem Amt scheiden würde. Man hatte ihn schon zu weit problematischeren Begnadigungen gedrängt. Die Russen machten eigentlich ständig Druck, damit ein paar Spione freigelassen wurden. In Idaho saßen zwei mexikanische Geschäftsleute wegen Drogenhandels ein, und jedes Mal wenn irgendein Vertrag verhandelt wurde, kam das Thema Begnadigung auf den Tisch. Und es gab einen kanadischen Juden, der wegen Spionage lebenslänglich bekommen hatte und den die Israelis unbedingt freibekommen wollten.

Drei unbekannte Richter? Der Präsident konnte drei Unterschriften leisten, und die Sache wäre erledigt. Und Teddy wäre ihm etwas schuldig.

Es war im Grunde ganz einfach, aber das war kein Grund, es Teddy zu leicht zu machen.

»Ich bin sicher, es gibt gute Gründe für diese Bitte«, sagte der Präsident.

»Natürlich.«

»Berührt diese Sache die nationale Sicherheit?«

»Eigentlich nicht. Es geht um einen Gefallen, den ich alten Freunden schulde.«

»Alten Freunden? Kennen Sie diese drei Männer?«

»Nein. Aber ihre Freunde.«

Das war so offensichtlich gelogen, dass der Präsident beinahe nachgehakt hätte. Wie konnte Teddy Freunde von drei Richtern kennen, die zufällig im selben Gefängnis saßen?

Aber wenn er versuchte, Teddy Maynard ins Kreuzver-

407

hör zu nehmen, würde dabei nichts herauskommen. Diese Blöße wollte der Präsident sich nicht geben. Er würde nicht um Informationen betteln, die er nie bekommen würde. Was immer Teddys Motive waren – er würde sie mit ins Grab nehmen.

»Das Ganze ist ein bisschen verwirrend«, sagte der Präsident schulterzuckend.

»Ich weiß. Lassen wir es einfach dabei.«

»Und die Folgen?«

»Geringfügig. Die Familien der beiden Studenten, die im Yellowstone Park überfahren wurden, werden sich vielleicht beschweren, und das könnte man ihnen nicht mal verdenken.«

»Wann war das?«

»Vor dreieinhalb Jahren.«

»Sie wollen, dass ich einen republikanischen Bundesrichter begnadige?«

»Er ist kein Republikaner mehr, Mr. President. Bundesrichter dürfen sich nach ihrer Ernennung nicht mehr politisch betätigen. Und seit seiner Verurteilung darf er nicht mal mehr wählen. Ich bin sicher, wenn Sie ihn begnadigen, haben Sie einen großen Fan gewonnen.«

»Das kann ich mir vorstellen.«

»Wenn es die Sache vereinfacht, sind die drei bereit, das Land für mindestens zwei Jahre zu verlassen.«

»Warum?«

»Wenn sie nach Hause zurückkehren, könnte es Gerede geben. Die Leute würden wissen, dass sie irgendwie früher freigekommen sind. Und das lässt sich auf diese Weise vermeiden.«

»Hat der Richter aus Kalifornien die hinterzogenen Steuern bezahlt?«

»Ja.«

»Und hat der aus Mississippi das gestohlene Geld ersetzt?«

»Ja, Sir.«

All diese Fragen waren im Grunde nebensächlich. Aber irgendetwas musste er ja schließlich fragen.

Der letzte Gefallen hatte etwas mit Atomspionage zu tun gehabt. Die CIA hatte einen Bericht erstellt, demzufolge das amerikanische Atomwaffenprogramm auf praktisch allen Ebenen von chinesischen Spionen infiltriert war. Der Präsident hatte von diesem Bericht nur wenige Tage vor einem hochkarätig besetzten Gipfeltreffen in China erfahren. Er hatte Teddy zum Mittagessen eingeladen und ihn bei Hähnchenbrust und Pasta gebeten, den Bericht noch einige Wochen zurückzuhalten. Teddy hatte es zugesagt. Später hatte der Präsident vorgeschlagen, den Bericht zu ändern, so dass es aussehen würde, als sei diese Infiltration während der Amtszeit seines Vorgängers erfolgt. Teddy hatte die Änderungen eigenhändig vorgenommen. Als der Bericht schließlich veröffentlicht worden war, hatte der Präsident die meisten Vorwürfe abwehren können.

Chinesische Spionage und nationale Sicherheit gegen drei unbekannte ehemalige Richter. Teddy wusste, dass er die Begnadigungen bekommen würde.

»Wenn sie das Land verlassen, wohin werden sie dann gehen?« fragte der Präsident.

»Das wissen wir noch nicht.«

Der Kaffee wurde serviert. Als der Diener gegangen war, fragte der Präsident: »Kann diese Sache dem Vizepräsidenten in irgendeiner Weise schaden?«

Mit ausdruckslosem Gesicht antwortete Teddy: »Nein. Wie sollte sie das?«

»Das will ich ja von Ihnen wissen. Ich habe keine Ahnung, was dahintersteckt.«

»Sie brauchen sich keine Sorgen zu machen, Sir. Ich bitte Sie nur um einen kleinen Gefallen. Mit ein bisschen Glück wird es noch nicht einmal eine kleine Meldung in den Zeitungen geben.«

Sie tranken ihren Kaffee. Beide wollten das Gespräch beenden. Der Präsident freute sich auf einen Nachmittag voller angenehmer Termine, und Teddy wollte sich ausruhen. Der Präsident war erleichtert, dass der CIA-Direktor ihn um eine solche Kleinigkeit bat, und Teddy dachte: Wenn du wüsstest.

»Geben Sie mir ein paar Tage, um die Hintergründe zu erforschen«, sagte der Präsident. »Wie Sie sich vorstellen können, werde ich laufend um irgendetwas gebeten. Alle Welt scheint zu denken, dass jetzt, da meine Tage gezählt sind, der rechte Augenblick dafür ist.«

»Ihr letzter Monat wird der schönste sein«, sagte Teddy und lächelte – ein seltener Anblick. »Ich habe genug Präsidenten gehen sehen, um das beurteilen zu können.«

Nach vierzig Minuten schüttelten sie sich die Hand und vereinbarten, in einigen Tagen noch einmal zu telefonieren.

Es gab in Trumble fünf ehemalige Anwälte, und der neueste saß in der Bibliothek, als Argrow eintrat. Der arme Kerl hatte zahllose Notizen vor sich ausgebreitet und arbeitete fieberhaft. Offenbar unternahm er einen letzten Versuch, ein Berufungsverfahren zu bekommen.

Spicer ordnete juristische Fachbücher ein und schaffte es, einen einigermaßen beschäftigten Eindruck zu machen. Beech saß im Besprechungszimmer und schrieb etwas. Yarber war nirgends zu sehen.

Argrow zog ein zusammengefaltetes Stück Papier aus der Tasche und gab es Spicer. »Ich hab gerade mit meinem Anwalt gesprochen«, flüsterte er.

»Was ist das?« fragte Spicer und drehte das Papier hin und her.

»Eine Überweisungsbestätigung. Euer Geld ist jetzt in Panama.«

Spicer warf einen Blick auf den Anwalt, der am anderen Ende des Raums saß, doch der war in seine Notizen vertieft. »Danke«, flüsterte er. Argrow ging wieder hinaus, und Spicer brachte die Bestätigung zu Beech, der sie sorgfältig durchlas.

Ihr Geld befand sich jetzt in der Obhut der First Coast Bank of Panama.

SECHSUNDDREISSIG

Joe Roy hatte weitere acht Pfund abgenommen, rauchte nur noch zehn Zigaretten täglich und legte pro Woche 40 Kilometer auf der Aschenbahn zurück. Dort marschierte er mit ausgreifenden Schritten, als Argrow kam.

»Wir müssen miteinander reden«, sagte Argrow.

»Noch zwei Runden«, sagte Spicer, ohne das Tempo zu verlangsamen.

Argrow sah ihm nach und trabte dann los, bis er ihn eingeholt hatte. »Was dagegen, wenn ich mitkomme?«

»Überhaupt nicht.«

Sie gingen nebeneinander in die Kurve. »Ich habe gerade mit meinem Anwalt gesprochen«, sagte Argrow.

»Mit deinem Bruder?« fragte Spicer schnaufend. Seine Schritte sahen nicht annähernd so elegant aus wie die von Argrow, aber der war schließlich auch zwanzig Jahre jünger.

»Ja. Er hat mit Aaron Lake gesprochen.«

Spicer blieb stehen, als wäre er gegen eine Wand gelaufen. Er starrte Argrow an und sah dann in die Ferne.

»Wie gesagt: Wir müssen reden.«

»Sieht so aus.«

»In einer Stunde in der Bibliothek«, sagte Argrow und spazierte davon. Spicer sah ihm nach, bis er verschwunden war.

Im Branchenverzeichnis von Boca Raton gab es keinen Rechtsanwalt Jack Argrow. Das machte sie misstrauisch.

Finn Yarber hatte eines der abgehörten Telefone mit Beschlag belegt und sprach mit der Auskunft für Süd-Florida. In Pompano Beach wurde man fündig, und Yarber lächelte. Er notierte die Nummer, wählte sie und hörte eine Ansage: »Sie sind mit der Kanzlei von Jack Argrow verbunden. Mr. Argrow ist nur nach Vereinbarung zu sprechen. Bitte hinterlassen Sie Ihren Namen, Ihre Telefonnummer und eine kurze Beschreibung des Grundstücks, an dem Sie interessiert sind. Wir rufen Sie dann so bald wie möglich zurück.« Yarber legte auf und ging mit raschen Schritten quer über den Rasen zur Bibliothek, wo seine Kollegen ihn erwarteten. Argrow war bereits um zehn Minuten verspätet.

Kurz bevor er erschien, betrat der neu eingewiesene Anwalt den Raum. Er trug einen dicken Aktenordner unter dem Arm und schien entschlossen, die nächsten Stunden mit dem Versuch seiner Rettung zu verbringen. Wenn sie ihn baten zu gehen, würde es nur Streit geben, und außerdem würde es ihn misstrauisch machen – er wirkte ohnehin nicht wie einer jener Anwälte, die Respekt vor Richtern hatten. Darum zogen sie sich einer nach dem anderen in das Besprechungszimmer zurück, wo Argrow sich zu ihnen gesellte. Wenn Beech und Yarber ihre Briefe schrieben, war es in diesem Raum schon eng genug. Jetzt, da mit Argrow noch ein vierter Mann anwesend war, der zudem einen gehörigen Druck auf sie ausübte, kam ihnen das Zimmer noch kleiner vor. Als sie sich an den Tisch setzten, konnte jeder die anderen drei berühren.

»Ich weiß bloß, was man mir gesagt hat«, begann Argrow. »Mein Bruder ist Anwalt in Boca Raton und übernimmt nur noch Fälle, die ihn interessieren. Er hat einiges Geld und mischt seit Jahren bei den Republikanern in Süd-Florida mit. Gestern sind ein paar Leute, die für Aaron Lake arbeiten, an ihn herangetreten. Sie hatten einige Nachforschungen angestellt und herausgefunden, dass ich sein Bruder bin und im selben Gefängnis sitze wie Joe Roy Spicer. Sie haben ihm dies und das versprochen und ihn zur Geheimhaltung verpflichtet. Und er wiederum hat mich zur Geheimhaltung verpflichtet. Und jetzt, wo wir hier so schön und vertraulich zusammensitzen, könnt ihr zwei und zwei zusammenzählen.«

Spicer hatte noch nicht geduscht. Sein Gesicht und sein Hemd waren schweißnass, aber sein Atem ging ruhiger. Beech und Yarber sagten keinen Ton. Die Richter waren wie in Trance. Sprich weiter, sagten ihre Blicke.

Argrow sah in die Runde und spulte sein Programm ab. Er zog ein Stück Papier aus der Tasche, faltete es auseinander und legte es auf den Tisch. Es war eine Kopie ihres letzten Briefes an Al Konyers, des Erpresserbriefes, in dem sie die Bombe hatten platzen lassen, unterschrieben von Joe Roy Spicer, Bundesgefängnis Trumble. Sie kannten ihn auswendig und brauchten ihn nicht noch einmal zu lesen. Sie sahen die Handschrift des armen kleinen Ricky, und ihnen wurde bewusst, dass sich der Kreis geschlossen hatte: von ihnen zu Mr. Lake, von Mr. Lake zu Argrows Bruder, von Argrows Bruder wieder zu ihnen – alles in dreizehn Tagen.

Spicer hob ihn schließlich auf und betrachtete ihn. »Na, dann bist du ja im Bilde, oder?« sagte er.

»Ich weiß nicht, ob ich alles weiß.«

»Was haben sie dir erzählt?«

»Ihr drei habt da eine Sache laufen. Ihr inseriert in Schwulenmagazinen, baut Brieffreundschaften mit älteren Männern auf, bringt irgendwie ihren wirklichen Namen in Erfahrung und erpresst sie dann um Geld.«

»Eine ziemlich genaue Zusammenfassung«, sagte Beech.

»Und Mr. Lake hat den Fehler begangen, auf eine von euren Anzeigen zu antworten. Ich weiß nicht, wann er das getan hat, und ich weiß auch nicht, wie ihr herausgekriegt habt, wer euch da geschrieben hat. Aus meiner Sicht gibt es da noch ein paar Lücken.«

»Es ist für alle Beteiligten auch besser, wenn das so bleibt«, sagte Yarber.

»Na gut. Ich hab mich nicht freiwillig für diesen Job gemeldet.«

»Was haben sie dir denn versprochen?« fragte Spicer.

»Vorzeitige Entlassung. Ich bleibe noch ein paar Wochen hier, und dann werde ich verlegt. Bis Ende des Jahres komme ich auf Bewährung raus, und wenn Lake gewählt wird, kriege ich eine volle Begnadigung. Kein schlechtes Geschäft. Und mein Bruder hat bei unserem nächsten Präsidenten einen riesigen Stein im Brett.«

»Dann bist du also unser Verhandlungspartner?« fragte Beech.

»Nein, ich bin nur der Bote.«

»Wo sollen wir anfangen?«

»Ihr macht den ersten Zug.«

»Du hast den Brief gelesen. Wir wollen Geld. Und wir wollen hier raus.«

»Wie viel Geld?«

»Zwei Millionen für jeden«, sagte Spicer, und es war offensichtlich, dass sie über diesen Punkt schon oft gesprochen hatten. Alle drei beobachteten Argrow und warteten auf das Zucken, das Stirnrunzeln, das Erschrecken. Aber er zeigte keine Reaktion, sondern erwiderte nur ihren Blick. »Ich habe keine Vollmachten. Ich kann zu euren Forderungen nichts sagen. Ich gebe sie bloß an meinen Bruder weiter.«

»Wir lesen jeden Tag die Zeitung«, sagte Beech. »Lake hat mehr Geld als er ausgeben kann. Sechs Millionen tun ihm nicht weh.«

»Er hat achtundsiebzig Millionen zur Verfügung und keine Schulden«, fügte Yarber hinzu.

»Mir egal«, sagte Argrow. »Ich bin bloß der Kurier, der Postbote, wie Trevor.«

Bei der Erwähnung ihres ermordeten Anwalts erstarrten

415

sie. Sie musterten Argrow, der seine Fingernägel betrachtete, und fragten sich, ob das eine Warnung gewesen war. Wie tödlich war das Spiel geworden? Der Gedanke an Geld und Freiheit beflügelte sie, aber waren sie jetzt noch sicher? Würden sie je sicher sein?

Sie würden immer Lakes Geheimnis kennen.

»Und wie soll das Geld zu euch kommen?« fragte Argrow.

»Ganz einfach«, sagte Spicer. »Alles im Voraus, und zwar überwiesen an einen sicheren Ort, wahrscheinlich Panama.«

»Gut. Und jetzt zu eurer Entlassung.«

»Was ist damit?« fragte Beech.

»Irgendwelche Vorschläge?«

»Eigentlich nicht. Das wollten wir Lake überlassen. Er hat ja seit neuestem jede Menge Freunde.«

»Ja, aber er ist noch nicht Präsident. Er kann noch keinen Druck auf die richtigen Leute ausüben.«

»Wir haben nicht vor, bis zu seiner Amtseinführung im Januar zu warten«, sagte Yarber. »Wir wollen noch nicht mal bis zum November warten, um zu sehen, ob er gewählt wird.«

»Dann wollt ihr also sofort entlassen werden?«

»So schnell wie möglich«, sagte Spicer.

»Spielt es eine Rolle, wie ihr entlassen werdet?«

Sie dachten einen Augenblick nach, und dann sagte Beech: »Es muss sauber sein. Wir wollen nicht für den Rest unseres Lebens über die Schulter sehen müssen.«

»Wollt ihr gemeinsam entlassen werden?«

»Ja«, sagte Yarber. »Und wir haben auch schon einen genauen Plan, wie das laufen soll. Aber zunächst müssen wir uns über die wichtigen Dinge einigen: über das Geld und den genauen Zeitpunkt unserer Entlassung.«

»Klingt vernünftig. Die anderen werden eure Unterlagen wollen – sämtliche Briefe und Notizen über eure Erpressungen. Verständlicherweise will Lake sicher sein, dass sein Geheimnis geheim bleibt.«

»Wenn wir kriegen, was wir wollen, hat er nichts zu befürchten«, sagte Beech. »Wir werden mit Vergnügen vergessen, dass wir je einen Brief von Aaron Lake gekriegt haben. Aber wir müssen dich warnen, damit du Lake warnen kannst: Wenn uns irgendwas passiert, wird die Geschichte an die Öffentlichkeit gelangen.«

»Wir haben draußen einen Kontaktmann«, sagte Yarber.

»Das ist wie bei einem Zeitzünder«, fügte Spicer hinzu, als wollte er das Unerklärliche erklären. »Wenn uns was passiert – zum Beispiel so etwas wie das, was Trevor passiert ist –, dann geht ein paar Tage später unsere Zeitbombe hoch und Lake steht ohne Unterhose da.«

»Es wird nichts passieren«, sagte Argrow.

»Du bist der Bote. Du weißt nicht, was passieren wird und was nicht«, belehrte ihn Beech. »Das sind dieselben Leute, die Trevor auf dem Gewissen haben.«

»Das könnt ihr nicht wissen.«

»Nein, aber wir haben so unsere Vermutungen.«

»Wir wollen uns nicht über Dinge streiten, die wir nicht beweisen können«, sagte Argrow und brachte das Gespräch zu einem Abschluss. »Mein Bruder besucht mich morgen früh um neun. Wir treffen uns um zehn Uhr hier.«

Argrow ging hinaus. Die Richter saßen benommen da, tief in Gedanken versunken. Sie zählten bereits das Geld und fürchteten doch, es könnte etwas schief gehen. Argrow steuerte auf die Aschenbahn zu, doch als er dort einige Häftlinge sah, änderte er die Richtung und fand eine geschützte Stelle hinter der Cafeteria. Von dort aus rief er Klockner an.

Kaum eine Stunde später wurde Teddy unterrichtet.

SIEBENUNDDREISSIG

Um sechs Uhr morgens läutete die Weckglocke. Sie schrillte durch die Korridore der Zellentrakte, über die Rasenflächen, hallte von den Gebäuden wider und verklang in dem Wald, der das Gelände umgab. Es dauerte, wie die meisten Häftlinge wussten, genau 35 Sekunden, bis sie verstummte, und dann schlief niemand mehr. Sie riss die Männer aus dem Schlaf, als stünden bedeutende Ereignisse bevor und als müssten sie sich beeilen, um sie nicht zu versäumen. Dabei war das einzige bedeutende Ereignis, das bevorstand, das Frühstück.

Die Glocke ließ Beech, Yarber und Spicer hochschrecken, doch sie weckte sie nicht. Sie hatten – aus nahe liegenden Gründen – nicht geschlafen. Zwar waren sie in verschiedenen Trakten untergebracht, doch um 10 Minuten nach 6 trafen sie sich in der Schlange vor der Kaffeeausgabe. Wortlos gingen sie mit ihren großen Styroporbechern zum Basketballfeld, setzten sich auf eine Bank und tranken Kaffee. Ihre Blicke schweiften über das Gelände; die Aschenbahn lag in ihrem Rücken.

Wie lange würden sie noch die olivgrünen Hemden tragen, in der Sonne Floridas sitzen, ein paar Cents pro Stunde fürs Nichtstun bezahlt bekommen und nur warten, träumen und zahllose Becher Kaffee trinken? Noch einen Monat, noch zwei? Oder nur noch Tage? Die Ungewissheit raubte ihnen den Schlaf.

»Es gibt nur zwei Möglichkeiten«, sagte Beech. Er war der Bundesrichter, und sie hörten ihm aufmerksam zu, auch wenn diese Frage bereits oft erörtert worden war. »Die erste ist: Man wendet sich an das Gericht, das einen verurteilt hat, und stellt einen Antrag auf Straferlass. Unter ganz bestimmten Umständen kann der Richter einem Häftling die Reststrafe erlassen. Das geschieht allerdings nur sehr selten.«

»Hast du es je getan?« fragte Spicer.

»Nein.«

»Arschloch.«

»Unter welchen Umständen?« wollte Yarber wissen.

»Wenn der Häftling neue Aussagen über alte Verbrechen macht. Wenn er den Behörden hilft, neue, bedeutsame Erkenntnisse zu gewinnen, kann er ein paar Jahre Straferlass kriegen.«

»Nicht sehr ermutigend«, sagte Yarber.

»Und die zweite Möglichkeit?« fragte Spicer.

»Die zweite Möglichkeit ist, uns in ein Offenes Haus zu verlegen, in ein richtig nettes, wo man nicht erwartet, dass wir uns an die Regeln halten. Nur die Strafvollzugsbehörde ist berechtigt, Häftlinge in ein solches Haus zu verlegen. Wenn unsere neuen Freunde in Washington den richtigen Druck ausüben, könnte uns die Behörde verlegen und praktisch vergessen.«

»Kann man so ein Offenes Haus denn einfach verlassen?« fragte Spicer.

»Kommt darauf an. Die sind alle verschieden. Manche werden abends abgeschlossen und haben strenge Regeln. In anderen geht es sehr entspannt zu – man meldet sich einmal am Tag oder einmal pro Woche per Telefon. Die Entscheidung liegt bei der Strafvollzugsbehörde.«

»Aber wir sind immer noch verurteilte Verbrecher«, sagte Spicer.

»Das ist mir egal«, sagte Yarber. »Ich will sowieso nie mehr wählen.«

»Ich habe eine Idee«, sagte Beech. »Ist mir gestern Abend

419

gekommen. Wir könnten doch die Bedingung stellen, dass Lake uns begnadigt, sobald er Präsident ist.«

»Daran hab ich auch schon gedacht«, bemerkte Spicer.

»Ich auch«, sagte Yarber. »Wen interessiert denn, ob wir vorbestraft sind? Das Einzige, was zählt, ist, dass wir rauskommen.«

»Es könnte nicht schaden, mal zu fragen«, sagte Beech. Sie schwiegen für ein paar Minuten und tranken ihren Kaffee.

»Argrow macht mich nervös«, sagte Yarber schließlich.

»Wie meinst du das?«

»Na ja, er taucht auf einmal hier auf und ist im Nu unser bester Freund. Er führt uns ein kleines Zauberkunststück vor und überweist unser Geld an eine sicherere Bank. Und jetzt ist er plötzlich der Verhandlungsführer für Aaron Lake. Vergesst nicht: Irgendjemand hat unsere Post gelesen. Und das war nicht Aaron Lake.«

»Mich stört er nicht«, sagte Spicer. »Lake musste jemanden finden, der mit uns redet. Er hat ein paar Verbindungen spielen lassen und sich umgehört, und so hat er rausgefunden, dass Argrow hier ist und einen Bruder hat, mit dem man sich in Verbindung setzen kann.«

»Sehr praktisch, findest du nicht?« sagte Beech.

»Du traust ihm auch nicht?«

»Vielleicht. Finn hat Recht. Und wir wissen, dass noch irgendjemand bei dieser Sache mitmischt.«

»Das kann uns doch egal sein«, sagte Spicer. »Wenn Lake uns hier rausholen kann, ist doch alles prima. Und wenn uns jemand anders hier rausholen kann, ist mir das auch recht.«

»Denk an Trevor«, sagte Beech. »Er hat zwei Kugeln in den Kopf gekriegt.«

»Dieser Knast ist vielleicht sicherer, als wir dachten.«

Spicer war nicht überzeugt. Er trank seinen Kaffee aus und sagte: »Glaubt ihr wirklich, dass Aaron Lake, der

420

Mann, der Präsident der Vereinigten Staaten werden will, einen Mord an einem miesen kleinen Anwalt wie Trevor in Auftrag geben würde?«

»Nein«, antwortete Yarber. »Das würde er nicht tun. Viel zu riskant. Und er würde uns auch nicht umbringen lassen. Aber der geheimnisvolle Unbekannte würde das sehr wohl tun. Der Typ, der unsere Post gelesen hat, ist derselbe Typ, der Trevor umgebracht hat.«

»Das glaube ich nicht.«

Sie waren dort, wo Argrow sie zu finden hoffte – in der Bibliothek –, und sie schienen ihn zu erwarten. Er trat eilig ein, und als er sah, dass sie allein waren, sagte er: »Mein Bruder war gerade da. Wir müssen uns unterhalten.«

Sie gingen in das kleine Besprechungszimmer, schlossen die Tür und setzten sich an den Tisch.

»Es wird alles sehr schnell gehen«, sagte Argrow nervös. »Lake will das Geld bezahlen. Es wird überwiesen werden, wohin ihr wollt. Wenn ihr dabei Hilfe braucht, kann ich euch helfen. Wenn nicht, könnt ihr bestimmen, wie es laufen soll.«

Spicer räusperte sich. »Das heißt also zwei Millionen für jeden?«

»Das war doch eure Forderung. Ich kenne Lake nicht, aber offenbar ist er ein Mann schneller Entscheidungen.« Argrow sah auf seine Uhr und blickte über die Schulter zur Tür. »Es sind ein paar Leute aus Washington da, die mit euch reden wollen. Hohe Tiere.« Er zog einige Papiere aus der Tasche, faltete sie auseinander und legte sie vor den dreien auf den Tisch. »Das sind Gnadenerlasse des Präsidenten, gestern unterschrieben.«

Misstrauisch nahmen sie die Papiere und versuchten sie zu lesen. Die Kopien sahen sehr offiziell aus. Sie starrten auf die fett gedruckten Buchstaben des Briefkopfes, lasen die in verschlungener Bürokratensprache formulierten

Sätze und die kompakte Unterschrift des Präsidenten und brachten kein Wort heraus. Sie waren wie vor den Kopf geschlagen.

»Wir sind begnadigt?« fragte Yarber schließlich mit belegter Stimme.

»Ja. Vom Präsidenten der Vereinigten Staaten.«

Sie lasen die Erlasse. Sie rutschten hin und her, kauten auf der Unterlippe, bissen die Zähne zusammen und versuchten, ihre Überraschung zu verbergen.

»Man wird euch ins Büro des Direktors holen, wo die Jungs aus Washington euch die frohe Botschaft überbringen werden. Ihr müsst überrascht sein.«

»Kein Problem.«

»Das wird ganz leicht sein.«

»Wie bist du an diese Kopien gekommen?« wollte Yarber wissen.

»Mein Bruder hat sie mir gegeben. Ich weiß nicht, woher er sie hat. Lake hat mächtige Freunde. Dies ist jedenfalls das Angebot: Ihr werdet nach Jacksonville gefahren, in ein Hotel, wo mein Bruder euch erwartet. Dort wartet ihr, bis die Überweisungen bestätigt sind. Anschließend übergebt ihr eure Unterlagen. Sämtliche Unterlagen. Verstanden?«

Sie nickten. Für zwei Millionen Dollar konnte Lake alles haben.

»Ihr seid einverstanden, das Land sofort und für mindestens zwei Jahre zu verlassen.«

»Wie sollen wir das Land verlassen?« fragte Beech. »Wir haben keine Pässe und keine Papiere.«

»Die kriegt ihr von meinem Bruder. Ihr erhaltet neue Identitäten und die dazugehörigen Papiere, inklusive Kreditkarten. Es liegt alles für euch bereit.«

»Für zwei Jahre?« sagte Spicer. Beech sah ihn an, als hätte er den Verstand verloren.

»Genau. Für zwei Jahre. Das ist eine der Bedingungen. Einverstanden?«

»Ich weiß nicht.« Spicers Stimme zitterte. Er hatte die Vereinigten Staaten noch nie verlassen.

»Sei kein Idiot«, fuhr Yarber ihn an. »Eine vollständige Begnadigung und eine Million Dollar für jedes Jahr, das du im Ausland verbringst. Na klar, wir nehmen das Angebot an.«

Ein plötzliches Klopfen an der Tür ließ sie zusammenzucken. Zwei Wärter sahen durch das Fenster. Argrow raffte die Kopien zusammen und stopfte sie in die Tasche. »Dann ist also alles klar?«

Sie nickten und schüttelten ihm die Hand.

»Gut«, sagte er. »Und nicht vergessen: Ihr müsst überrascht sein.«

Sie folgten den Wärtern zum Büro des Direktors, wo sie von zwei sehr streng dreinblickenden Männern erwartet wurden. Der eine war vom Justizministerium, der andere von der Strafvollzugsbehörde. Der Gefängnisdirektor stellte sie einander vor, ohne die Namen zu verwechseln, und reichte den drei Richtern je ein Papier. Es waren die Originale der Dokumente, die Argrow ihnen soeben gezeigt hatte.

»Meine Herren«, sagte der Direktor so dramatisch, wie er konnte, »der Präsident der Vereinigten Staaten hat Sie begnadigt.« Er lächelte herzlich, als wäre er persönlich für diese gute Nachricht verantwortlich.

Sie starrten auf die Gnadenerlasse. Noch immer waren sie vollkommen verwirrt, und tausend Fragen gingen ihnen durch den Kopf. Die größte davon war: Wie hatte Argrow es geschafft, dem Direktor zuvorzukommen und ihnen diese Dokumente zu zeigen, bevor Broon sie ihnen aushändigte?

»Ich weiß nicht, was ich sagen soll«, stammelte Spicer, und die beiden anderen murmelten etwas Ähnliches.

Der Mann vom Justizministerium sagte: »Der Präsident hat Ihre Fälle überprüft und ist zu dem Schluss gekommen, dass Sie lange genug im Gefängnis gesessen haben. Er findet, dass Sie Ihrem Land und Ihren Mitbürgern besser dienen können, indem Sie wieder zu nützlichen Mitgliedern der Gesellschaft werden.«

Sie starrten ihn ausdruckslos an. Wusste dieser Trottel nicht, dass sie neue Identitäten erhalten und sich für mindestens zwei Jahre von ihrem Land und ihren Mitbürgern fern halten würden? Was wurde hier eigentlich gespielt?

Und warum begnadigte sie der Präsident, wenn sie doch genug gegen Aaron Lake in der Hand hatten, um Aaron Lake, den aussichtsreichsten Konkurrenten des Vizepräsidenten, zu vernichten? Es war doch Lake, der sie zum Schweigen bringen wollte, und nicht der Präsident, oder?

Wie hatte Lake den Präsidenten überreden können, sie zu begnadigen?

Wie hatte Lake den Präsidenten überreden können, in diesem Stadium des Wahlkampfs irgendetwas zu unternehmen?

Sie umklammerten die Gnadenerlasse und saßen sprachlos und mit ausdruckslosen Gesichtern da, während ihnen diese Fragen durch den Kopf gingen.

Der Mann von der Strafvollzugsbehörde sagte: »Sie sollten sich geehrt fühlen. Begnadigungen werden sehr selten gewährt.«

Yarber nickte, während er sich fragte: Wer erwartet uns da draußen?

»Ich glaube, wir müssen diese Nachricht erst noch verarbeiten«, sagte Beech.

Sie waren die ersten Häftlinge in Trumble, die für so wichtig erachtet wurden, dass der Präsident persönlich beschlossen hatte, sie zu begnadigen. Der Direktor war stolz auf sie, wusste aber nicht recht, wie man diesen Augenblick feiern sollte. »Wann möchten Sie uns verlassen?« fragte er, als könnten sie den Wunsch haben, noch ein wenig zu bleiben.

424

»Sofort«, sagte Spicer.

»Gut. Wir werden Sie nach Jacksonville bringen.«

»Nein, danke. Wir lassen uns abholen.«

»Na schön. Es gibt noch ein bisschen Papierkram zu erledigen.«

»Dann wollen wir das möglichst schnell hinter uns bringen«, sagte Spicer.

Jeder erhielt eine Reisetasche, um seine persönliche Habe einzupacken. Als sie rasch, im Gleichschritt und dicht beieinander, gefolgt von einem Wärter, über den Hof gingen, sagte Beech leise: »Wer hat uns diese verdammte Begnadigung verschafft?«

»Jedenfalls nicht Lake«, sagte Yarber kaum hörbar.

»Natürlich nicht Lake«, sagte Beech. »Der Präsident würde Lake keine Bitte erfüllen.«

Sie beschleunigten ihre Schritte.

»Aber was macht das schon?« fragte Spicer.

»Es ergibt einfach keinen Sinn«, sagte Yarber.

»Und was willst du jetzt tun?« sagte Spicer, ohne ihn anzusehen. »Noch ein paar Tage hier bleiben und über alles nachdenken? Und dann, wenn du endlich rausgefunden hast, wer die Begnadigung veranlasst hat, nimmst du sie vielleicht an? Du musst verrückt sein.«

»Es steckt irgendjemand anders dahinter«, sagte Beech.

»Na und? Dann liebe ich eben diesen Jemand«, antwortete Spicer. »Ich hab jedenfalls nicht vor, hier zu bleiben und lange Fragen zu stellen.«

Sie packten eilig ihre Sachen ein und nahmen sich nicht die Zeit, sich von irgendjemandem zu verabschieden. Die meisten ihrer Freunde waren ohnehin irgendwo auf dem Gelände.

Sie wollten draußen sein, bevor der Traum vorbei war oder der Präsident es sich anders überlegte.

*

Um 11 Uhr 15 gingen sie durch die große Tür des Verwaltungsgebäudes ins Freie, durch dieselbe Tür, durch die sie vor Jahren das Gefängnis betreten hatten. Auf dem heißen Vorplatz warteten sie darauf, abgeholt zu werden. Keiner der drei sah zurück.

Im Kleinbus saßen Wes und Chap, die allerdings andere Namen angaben – sie hatten so viele.

Joe Roy Spicer legte sich auf eine der Rückbänke und bedeckte die Augen mit einem Unterarm. Er war entschlossen, erst hinauszusehen, wenn sie weit vom Gefängnis entfernt waren. Er wollte weinen, und er wollte schreien, aber er war wie betäubt vor Freude, vor reiner, klarer Freude, und er schämte sich ihrer nicht. Er bedeckte seine Augen, und auf seinem Gesicht lag ein verklärtes Lächeln. Er wollte ein Bier und eine Frau, am liebsten seine Frau. Er würde sie bald anrufen. Der Wagen hatte sich in Bewegung gesetzt.

Die Plötzlichkeit ihrer Entlassung verwirrte sie. Die meisten Häftlinge zählten die Tage und wussten daher einigermaßen genau, wann es so weit sein würde. Sie wussten, was sie tun würden und wer auf sie warten würde.

Doch die Richter wussten nur sehr wenig. Und das Wenige, das sie wussten, konnten sie nicht so recht glauben. Die Begnadigungen waren eine Falle. Das Geld war nur ein Köder. Sie wurden an einen Ort gebracht, wo man sie ermorden würde, genau wie Trevor. Jeden Augenblick konnte der Wagen anhalten. Die beiden Typen auf den Vordersitzen würden ihre Taschen durchsuchen, die Briefe finden und sie am Straßenrand erschießen.

Vielleicht. Im Augenblick jedoch vermissten sie die Sicherheit, die Trumble ihnen geboten hatte, nicht.

Finn Yarber saß hinter dem Fahrer und sah auf die Straße vor ihnen. Er hielt den Gnadenerlass in der Hand, bereit, ihn jedem zu zeigen, der sie anhalten würde, um ihnen zu sagen, dass der Traum vorbei sei. Neben ihm saß Hatlee

Beech, der nach einigen Minuten zu weinen begann – nicht laut, sondern mit fest geschlossenen Augen und zitternden Lippen.

Er hatte allen Grund zu weinen. Er hätte noch beinahe achteinhalb Jahre abzusitzen gehabt, und für ihn bedeutete diese Begnadigung mehr als für seine beiden Kollegen zusammen.

Niemand sagte etwas. Als sie sich der Stadt näherten, wurden die Straßen breiter und der Verkehr dichter. Die drei betrachteten alles mit großer Neugier. Menschen saßen in ihren Wagen und fuhren herum. Über ihnen flogen Flugzeuge. Auf dem Fluss waren Schiffe unterwegs. Alles war wieder normal.

Sie krochen im Stau den Atlantic Boulevard entlang, und die drei genossen jeden Augenblick. Es war heiß, Touristen liefen umher, Frauen mit langen, sonnengebräunten Beinen. Sie sahen Fischrestaurants und Bars, deren Schilder kühles Bier und billige Austern anpriesen. Die Straße endete am Strand, und der Wagen hielt unter dem Vordach des Sea Turtle Inn. Die Richter folgten einem der Männer durch die Eingangshalle, wo sie der eine oder andere neugierige Blick traf, weil sie noch immer die gleiche Kleidung trugen. In der vierten Etage traten sie aus dem Aufzug, und Chap sagte: »Ihre Zimmer sind diese drei hier.« Er zeigte den Korridor entlang. »Mr. Argrow möchte so schnell wie möglich mit Ihnen sprechen.«

»Wo ist er?« fragte Spicer.

Chap wies auf eine Tür. »Da drüben, in der Ecksuite. Er erwartet Sie.«

»Na dann«, sagte Spicer, und sie folgten Chap. Ihre Reisetaschen stießen aneinander.

Jack Argrow sah seinem Bruder kein bisschen ähnlich. Er war viel kleiner, und sein Haar war blond und wellig, während das seines Bruder dunkel und schütter gewesen war. Es war nur ein flüchtiger Gedanke, der jedem der drei kam und über den sie später sprachen. Er schüttelte ihnen rasch die Hand, doch nur aus Höflichkeit. Argrow war nervös und sprach sehr schnell. »Wie geht's meinem Bruder?« fragte er.

»Ganz gut«, sagte Beech.

»Wir haben heute Morgen noch mit ihm gesprochen«, fügte Yarber hinzu.

»Ich will ihn da raushaben«, sagte Argrow, als wären sie dafür verantwortlich, dass er in Trumble war. »Das kommt für mich bei dieser Sache heraus: Mein Bruder wird aus dem Knast entlassen.«

Sie sahen einander an. Dazu gab es nichts zu sagen.

»Setzen Sie sich«, sagte Argrow. »Also, ich weiß nicht, wie und warum ich in diese Sache hineingeraten bin. Das alles macht mich sehr nervös. Ich vertrete hier Mr. Aaron Lake, einen Mann, der, wie ich glaube, ein großer Präsident werden wird. Ich schätze, wenn er gewählt ist, kann ich meinen Bruder da rausholen. Allerdings habe ich Mr. Lake noch nicht persönlich kennen gelernt. Ein paar seiner Leute sind vor einer Woche an mich herangetreten und haben mich gebeten, in einer sehr geheimen und delikaten Angelegenheit tätig zu werden. Darum bin ich jetzt hier. Ich tue jemandem einen Gefallen, aber ich weiß nicht alles.« Er sprach schnell und abgehackt. Sein Mund und seine Hände waren ständig in Bewegung – er konnte sie nicht ruhig halten.

Die Richter sagten nichts – es gab darauf nichts zu antworten.

Zwei versteckte Kameras fingen die Szene ein und übertrugen sie nach Langley, wo Teddy, York und Deville sie auf einer breiten Leinwand im Bunker verfolgten. Die ehemaligen Richter, jetzt ehemalige Häftlinge, wirkten wie eben in die Freiheit entlassene Kriegsgefangene: schüchtern, verwirrt, noch immer in Uniform, noch immer ungläubig. Sie saßen nebeneinander und sahen Agent Lyter zu, der eine hervorragende Vorstellung gab.

Nachdem er drei Monate lang versucht hatte, sie auszu-
manövrieren und zu überlisten, fand Teddy es faszinierend,
die drei endlich vor sich zu sehen. Er studierte ihre Gesichter und musste sich widerwillig eingestehen, dass er sie ein
wenig bewunderte. Sie waren schlau und hatten das Glück
gehabt, das richtige Opfer zu erwischen; jetzt waren sie frei,
und ihre Raffinesse würde reich belohnt werden.

»Also gut, zunächst mal das Geld«, knurrte Argrow.
»Zwei Millionen für jeden. Wohin wollen Sie es überwiesen haben?«

Das war nicht die Art von Frage, mit der sie viel Erfahrung hatten. »Welche Möglichkeiten gibt es?« fragte
Spicer.

»Es muss irgendwohin überwiesen werden«, gab Argrow
zurück.

»Wie wär's mit London?« fragte Yarber.

»London?«

»Wir wollen, dass das Geld – die ganze Summe, also
sechs Millionen – auf ein Konto bei einer Londoner Bank
überwiesen wird«, sagte Yarber.

»Wir können es überallhin überweisen. Welche Bank?«

»Vielleicht könnten Sie uns bei den Einzelheiten helfen«,
sagte Yarber.

»Man hat mir gesagt, dass man auf Ihre Wünsche eingehen wird. Ich muss nur ein paar Anrufe machen. Ich
schlage vor, Sie gehen inzwischen in Ihre Zimmer, duschen
und ziehen sich um. Ich brauche nur ein Viertelstunde.«

»Aber wir haben nichts anderes anzuziehen«, sagte
Beech.

»In Ihren Zimmern liegen Kleider für Sie bereit.«

Chap führte sie durch den Korridor und gab ihnen die
Zimmerschlüssel.

Spicer streckte sich auf dem Doppelbett aus und starrte
an die Decke. Beech stand am Fenster seines Zimmers und
sah nach Norden, wo sich kilometerweit der Strand

erstreckte und die blauen Wellen sanft gegen den weißen Sand schlugen. Kinder spielten in der Nähe ihrer Mütter. Paare gingen Hand in Hand. Ein Fischerboot schob sich über den Horizont. Endlich frei, dachte er. Endlich frei.

Yarber nahm eine lange, heiße Dusche – ganz allein, ohne zeitliche Begrenzung. Verschiedene Seifen und dicke, weiche Handtücher lagen bereit. Auf der Ablage vor dem Spiegel stand eine Auswahl von Toilettenartikeln: Deodorant, Rasierseife, Rasierapparat, Zahnpasta, Zahnbürste, Zahnseide. Er ließ sich Zeit und zog dann Bermuda-Shorts, ein weißes T-Shirt und Sandalen an. Er würde so bald wie möglich die Umgebung des Hotels erkunden und ein Geschäft für Herrenoberbekleidung ausfindig machen.

Zwanzig Minuten später fanden sie sich wieder in Argrows Suite ein. Ihre Briefe und Unterlagen brachten sie mit, eingewickelt in einen Kopfkissenbezug. Argrow war so nervös wie zuvor. »Es gibt in London eine große Bank namens Metropolitan Trust. Wir können das Geld dorthin schicken, und dann können Sie damit machen, was Sie wollen.«

»Gut«, sagte Yarber. »Das Konto soll auf meinen Namen laufen.«

Argrow sah Beech und Spicer an. Die beiden nickten. »Na schön. Ich nehme an, Sie haben sich die Sache gut überlegt.«

»Haben wir«, sagte Spicer. »Mr. Yarber wird heute Nachmittag nach London fliegen, zu dieser Bank fahren und das Geld weiterleiten. Wenn alles in Ordnung ist, werden wir ihm folgen.«

»Ich versichere Ihnen, dass alles nach Ihren Wünschen erledigt werden wird.«

»Das glauben wir Ihnen. Wir sind nur vorsichtig.«

Argrow reichte Yarber zwei Formulare. »Ich brauche Ihre Unterschriften, um das Konto eröffnen und das Geld überweisen zu können.« Yarber unterschrieb.

»Haben Sie schon gegessen?« fragte Argrow.

Sie schüttelten den Kopf. Ja, sie waren hungrig, hatten aber nicht gewusst, wie sie dieses Thema zur Sprache bringen sollten.

»Sie sind jetzt freie Männer. Einige Blocks von hier entfernt gibt es ein paar gute Restaurants. Suchen Sie sich was Nettes aus und lassen Sie sich's schmecken. Ich brauche eine Stunde für die Überweisung. Wir treffen uns um halb drei wieder hier.«

Spicer hielt den Kopfkissenbezug in der Hand. Er schwenkte ihn und sagte: »Hier sind die Unterlagen.«

»Ach ja. Legen Sie sie einfach auf das Sofa da drüben.«

ACHTUNDDREISSIG

Sie verließen das Hotel zu Fuß, ohne Begleitung, ohne Auflagen, aber mit ihren Begnadigungen in der Tasche – für alle Fälle. Obgleich es hier am Strand wärmer war als in Trumble, war die Luft frischer. Der Himmel war blauer. Die Welt war wieder schön. Die Luft war voller Hoffnung. Sie lächelten und freuten sich über alles, was sie sahen. Sie schlenderten den Atlantic Boulevard entlang und waren von den Touristen nicht zu unterscheiden.

Ihr Mittagessen bestand aus Steak und Bier in einem Straßencafé, wo sie unter einem Sonnenschirm saßen und den Passanten zuschauen konnten. Es wurde nur wenig gesagt, aber umso mehr gesehen – vor allem die jungen Frauen in Shorts und dünnen Oberteilen. Im Gefängnis waren die Richter alte Männer gewesen – jetzt hatten sie das Bedürfnis, etwas zu erleben.

Besonders Hatlee Beech hatte dieses Bedürfnis. Er hatte Reichtum, Status und Ehrgeiz gehabt, und darüber hinaus als Bundesrichter etwas, das man eigentlich unmöglich verlieren konnte: eine Ernennung auf Lebenszeit. Er war tief gefallen, hatte alles verloren, und in seinen ersten beiden Jahren in Trumble hatte er sich beinahe ununterbrochen im Würgegriff einer Depression befunden. Er hatte sich schließlich damit abgefunden, dass er dort sterben würde, und ernsthaft an Selbstmord gedacht. Jetzt, im Alter von sechsundfünfzig Jahren, trat er geradezu triumphierend aus der Dunkelheit ins Licht. Er hatte fünfzehn Pfund abgenommen, war gebräunt und in guter körperlicher Verfassung, war von einer Frau geschieden, die zwar Geld besaß, darüber hinaus aber nicht viel zu bieten hatte, und würde in Kürze ein Vermögen sein Eigen nennen können. Nicht schlecht für einen Mann in mittleren Jahren, dachte er. Seine Kinder fehlten ihm, doch sie hatten sich auf die Seite des Geldes geschlagen und ihn vergessen.

Hatlee Beech sehnte sich nach Spaß.

Auch Spicer freute sich auf ein bisschen Spaß, und dabei dachte er vor allem an den Spaß, den ihm die Betriebsamkeit eines Casinos bereiten würde. Seine Frau besaß keinen Pass – es würde also ein paar Wochen dauern, bis er sie in London oder irgendwo anders wieder sehen würde. Gab es in Europa Casinos? Beech glaubte ja. Yarber wusste es nicht, und es war ihm auch gleichgültig.

Yarber war der Zurückhaltendste der drei. Er trank kein Bier, sondern Mineralwasser, und interessierte sich nicht für die nackte Haut der jungen Frauen, die vorbeigingen. In Gedanken war er bereits in Europa. Er würde dort bleiben und nie wieder in sein Heimatland zurückkehren. Er war 60 und sehr fit. Er würde demnächst viel Geld haben und gedachte die nächsten zehn Jahre in Italien und Griechenland zu verbringen.

Gegenüber dem Straßencafé war eine kleine Buchhandlung, wo sie diverse Reiseführer kauften. In einem Geschäft für Freizeitkleidung fanden sie Sonnenbrillen, die ihnen gefielen. Und dann wurde es Zeit, zu Jack Argrow zu gehen und das Geschäft zum Abschluss zu bringen.

Klockner und seine Leute beobachteten sie, als sie zum Sea Turtle Inn zurückgingen. Klockner und seine Leute waren Neptune Beach, Pete's Bar and Grill, das Sea Turtle Inn und ihr gemietetes, beengtes Ferienhaus leid. Sechs Agenten, darunter Wes und Chap, waren noch hier und konnten es kaum erwarten, irgendwo anders eine neue Aufgabe zu übernehmen. Sie hatten die Richter entdeckt, sie aus dem Gefängnis geholt und hierher an den Strand gebracht, und nun wollten sie nur noch, dass die drei endlich das Land verließen.

Jack Argrow hatte die Unterlagen nicht angerührt – jedenfalls lagen sie, noch immer in den Kissenbezug gewickelt, genau so auf dem Sofa, wie Spicer sie hingelegt hatte.

»Die Überweisung ist unterwegs«, sagte Argrow, als sie in seiner Suite Platz genommen hatten.

In Langley sah Teddy noch immer zu. Die drei trugen jetzt alle möglichen Strandklamotten. Yarber hatte eine Anglermütze mit einem fünfzehn Zentimeter langen Schirm auf. Spicer trug einen Strohhut und ein gelbes T-Shirt, und Beech, der Republikaner, erschien in Khaki-Shorts, einem Baumwollpullover und einer Golfmütze.

Argrow reichte jedem der Richter einen der großen Briefumschläge, die auf dem Tisch lagen. »Hier sind Ihre neuen Identitäten. Geburtsurkunden, Kreditkarten, Sozialversicherungsausweise.«

»Und was ist mit den Pässen?« fragte Yarber.

»Nebenan ist eine Kamera aufgebaut. Wir brauchen Fotos für die Pässe und Führerscheine. Das dauert nur eine halbe Stunde. In den kleinen Umschlägen finden Sie außerdem je 5000 Dollar in bar.«

»Ich bin also Harvey Moss?« fragte Spicer nach einem Blick auf seine Geburtsurkunde.

»Ja. Gefällt Ihnen Harvey nicht?«

»Jetzt schon.«

»Du siehst aus wie ein Harvey«, sagte Beech.

»Und wer bist du?«

»James Nunley.«

»Freut mich sehr, dich kennen zu lernen, James.«

Argrow verzog keine Miene und wirkte so angespannt wie zuvor. »Ich muss jetzt Ihre Reiseziele wissen. Die Leute in Washington wollen, dass Sie das Land so schnell wie möglich verlassen.«

»Ich muss die Flugverbindungen nach London erfragen«, sagte Yarber.

»Das haben wir bereits getan. In zwei Stunden geht eine Maschine von Jacksonville nach Atlanta. Von dort können Sie heute Abend um neunzehn Uhr zehn nach Heathrow fliegen. Sie werden morgen früh in London sein.«

»Können Sie mir einen Platz reservieren?«

»Ist bereits geschehen. Erster Klasse.«

Yarber schloss die Augen und lächelte.

»Und was ist mit Ihnen?« fragte Argrow und sah die beiden anderen an.

»Mir gefällt's hier ganz gut«, sagte Spicer.

»Tut mir Leid. Das gehört zu unserer Abmachung.«

»Wir nehmen den gleichen Flug morgen Nachmittag«, sagte Beech. »Vorausgesetzt, Mr. Yarber meldet uns, dass alles in Ordnung ist.«

»Wollen Sie, dass wir die Reservierungen vornehmen?«

»Ja, bitte.«

Chap trat geräuschlos ein, nahm den Kissenbezug mit den Unterlagen an sich und verließ den Raum wieder.

»Dann wollen wir mal die Fotos machen«, sagte Argrow.

Finn Yarber, der jetzt William McCoy aus San Jose, Kalifornien, war, flog ohne besondere Zwischenfälle nach Atlanta. Dort schlenderte er eine Stunde lang durch den Flughafen, fuhr mit der Monorailbahn, die die Terminals verband, und genoss es, unter Tausenden von Menschen zu sein, die es eilig hatten.

Sein Sitz in der ersten Klasse war mit Leder bezogen und ließ sich in Liegestellung bringen. Nach zwei Gläsern Champagner schloss Yarber die Augen und begann zu träumen. Er wollte nicht einschlafen, denn er fürchtete sich vor dem Erwachen. Er war sicher, dass er dann wieder in seiner Zelle sein, an die Decke starren und seine verbleibenden Tage im Gefängnis zählen würde.

Von einer Telefonzelle neben dem Beach Java Café rief Spicer seine Frau an. Anfangs dachte sie, es handle sich um einen schlechten Scherz, und wollte die Gebühren nicht übernehmen. »Wer ist da?« fragte sie.

»Ich bin's, Schatz. Ich bin nicht mehr im Knast.«

»Joe Roy?«

»Ja. Hör zu – ich bin draußen. Bist du noch da?«

»Ich glaube schon. Wo bist du?«

»Ich wohne in einem Hotel in Jacksonville, Florida. Ich bin heute Morgen entlassen worden.«

»Entlassen? Aber wie –«

»Stell jetzt keine Fragen – ich erkläre dir alles später. Ich fliege morgen nach London. Geh gleich morgen früh zum Postamt und stell einen Antrag auf einen Pass.«

»London? Hast du London gesagt?«

»Ja.«

»In England?«

»Genau. Ich muss für eine Weile dorthin. Das gehört zu der Abmachung.«

»Für wie lange?«

»Zwei Jahre. Hör zu – ich weiß, das klingt unglaublich, aber ich bin frei, und wir werden jetzt eine Zeitlang im Ausland leben.«

»Was für eine Abmachung? Bist du geflohen, Joe Roy? Du hast gesagt, das wäre ganz einfach.«

»Nein. Ich bin entlassen worden.«

»Aber du hattest noch mehr als zwanzig Monate abzusitzen.«

»Jetzt nicht mehr. Stell morgen einen Antrag auf einen Pass und tu, was ich dir sage.«

436

»Wozu brauche ich einen Pass?«

»Damit wir uns in Europa treffen können.«

»Und da müssen wir ein paar Jahre bleiben?«

»Zwei Jahre, ja.«

»Aber Mutter ist krank. Ich kann sie nicht einfach allein lassen.«

Er dachte an einige Dinge, die er über ihre Mutter hätte sagen können, schwieg aber, holte tief Luft und sah die Straße hinunter. »Ich muss weg«, sagte er dann. »Ich habe keine andere Wahl.«

»Komm nach Hause.«

»Das kann ich nicht. Ich erklär's dir später.«

»Das wäre schön.«

»Ich rufe dich morgen an.«

Beech und Spicer aßen Fisch in einem Restaurant, in dem die Mehrzahl der Gäste weit jünger war als sie. Dann schlenderten sie ein wenig herum und landeten schließlich in Pete's Bar and Grill, wo sie sich ein Baseballspiel im Fernsehen ansahen und den Trubel genossen.

Yarber war irgendwo über dem Atlantik, auf der Spur ihres Geldes.

Der Zollbeamte in Heathrow warf nur einen kurzen Blick auf Yarbers Pass, der ein Wunderwerk der Fälschungskunst war. Der Pass trug deutliche Gebrauchsspuren und hatte Mr. William McCoy rund um die Welt begleitet. Aaron Lake hatte tatsächlich mächtige Freunde.

Yarber nahm ein Taxi zum Hotel Basil Street in Knightsbridge, wo er das kleinste verfügbare Zimmer nahm und bar bezahlte. Er und Beech hatten dieses Hotel beim Blättern in einem Reiseführer aufs Geratewohl ausgesucht. Es war altmodisch, voll gestopft mit Antiquitäten und erstreckte sich über mehrere Etagen. In dem kleinen Speisesaal in der ersten Etage bestellte er sich Kaffee, Spiegeleier und Blutwurst zum Frühstück. Anschließend machte er einen Spaziergang. Um zehn Uhr hielt sein Taxi vor dem Gebäude der Metropolitan Trust Bank in der City. Der Dame am Empfang gefiel seine Aufmachung nicht – er trug Jeans und einen Pullover –, doch als sie merkte, dass er Amerikaner war, zuckte sie die Schultern und schien sich damit abzufinden.

Man ließ ihn eine Stunde lang warten, doch das machte ihm nichts aus. Er war nervös, ließ es sich aber nicht anmerken. Wenn es sein musste, würde er tage-, wochen-, monatelang warten. Er hatte gelernt, geduldig zu sein. Mr. McGregor, der die Überweisung bearbeitet hatte, bat ihn schließlich in sein Büro, entschuldigte sich für die Verzögerung und sagte, das Geld sei gerade eingetroffen. Die sechs Millionen Dollar hatten den Atlantik sicher überquert und befanden sich nun auf britischem Boden.

Allerdings nicht lange. »Ich möchte das Geld in die Schweiz überweisen«, sagte Yarber. Er besaß nicht nur das nötige Selbstbewusstsein, sondern mittlerweile auch die erforderliche Erfahrung.

Am selben Nachmittag flogen Beech und Spicer nach Atlanta. Wie Yarber schlenderten sie, während sie auf den Anschlussflug nach London warteten, durch das Flughafengebäude. Im Flugzeug nahmen sie ihre Plätze in der ersten Klasse ein, genossen ein ausgedehntes Mahl mit den dazugehörigen Getränken, sahen sich einen Film an und versuchten zu schlafen.

Zu ihrer Überraschung erwartete Yarber sie in Heathrow. Er überbrachte ihnen die erfreuliche Nachricht, dass das Geld bereits in die Schweiz weitergeleitet worden war. Die nächste Überraschung war sein Vorschlag, sofort weiterzureisen.

»Die wissen, dass wir hier sind«, sagte er, während sie in einer Flughafenbar Kaffee tranken. »Wir müssen sie abschütteln.«

438

»Glaubst du, dass sie uns verfolgen?« fragte Beech.

»Damit müssen wir rechnen.«

»Aber warum?« fragte Spicer.

Sie diskutierten den Plan eine halbe Stunde lang und machten sich daran, eine Wahl zu treffen. Schließlich entschieden sie sich für einen Alitalia-Flug nach Rom. Selbstverständlich erster Klasse.

»Spricht man in Rom englisch?« fragte Spicer beim Einchecken.

»Eigentlich spricht man dort italienisch«, sagte Yarber.

»Meinst du, der Papst wird uns empfangen?«

»Der ist wahrscheinlich zu beschäftigt.«

NEUNUNDDREISSIG

Buster fuhr tagelang im Zickzack in Richtung Westen, bis er in San Diego endgültig den Bus verließ. Das Meer zog ihn an – es war die erste große Wasserfläche, die er seit Monaten zu Gesicht bekam. Er hielt sich oft am Hafen auf, fragte nach Handlangerjobs und unterhielt sich mit Hafenarbeitern und Matrosen. Ein Charterbootkapitän heuerte ihn als Schiffsjungen an, und in dem mexikanischen Städtchen Los Cabos am südlichen Ende der Baja California ging er von Bord. Der Hafen dort war voller teurer Fischerboote – sie waren viel schöner als die, die sein Vater und er verkauft hatten. Er lernte ein paar Kapitäne kennen, und innerhalb von zwei Tagen hatte er einen Job als Matrose. Die Kunden waren reiche Amerikaner aus Kalifornien und Texas, die mehr am Trinken als am Angeln interessiert waren. Buster bekam keine Heuer, strich aber Trinkgelder ein, die umso größer waren, je mehr die Kunden getrunken hatten. An einem schlechten Tag waren es 200 Dollar, an einem guten 500, und alles in bar. Er wohnte in einem billigen Hotel, und nach ein paar Tagen hörte er auf, über seine Schulter zu sehen. Binnen kurzem war Los Cabos seine neue Heimat geworden.

Wilson Argrow wurde ganz plötzlich von Trumble in ein Offenes Haus in Milwaukee verlegt, wo er genau eine Nacht verbrachte, bevor er einfach verschwand. Da er eigentlich nicht existierte, konnte man ihn auch nicht finden. Jack Argrow erwartete ihn am Flughafen, und gemeinsam flogen sie nach Washington, D. C. Zwei Tage nachdem sie Florida verlassen hatten, meldeten sich die Gebrüder Argrow – Kenny Sands und Roger Lyter – in Langley zurück und erhielten einen neuen Auftrag.

Drei Tage vor seiner Abreise zum Parteitag in Denver kam Aaron Lake nach Langley, um mit dem CIA-Direktor zu Mittag zu essen. Es war ein erfreulicher Anlass: Der erfolgreiche Kandidat wollte sich noch einmal bei dem politischen Genie bedanken, das ihn aufgefordert hatte, sich um das Amt des Präsidenten zu bewerben. Die Rede, mit der Lake die Nominierung annehmen würde, war bereits seit einem Monat fertig, aber Teddy hatte noch ein paar Vorschläge, die er erörtern wollte.

Lake wurde in Teddys Büro eskortiert, wo der alte Mann ihn, die Beine wie immer unter einer Decke verborgen, erwartete. Er sah müde und blass aus, fand Lake. Die Assistenten gingen hinaus, die Tür wurde geschlossen, und Lake bemerkte, dass der Tisch nicht gedeckt war. Sie nahmen einander gegenüber und mit wenig Abstand Platz.

Die Rede gefiel Teddy, und er machte nur einige allgemeine Bemerkungen darüber. »Ihre Reden werden zu lang«, sagte er leise. Doch Lake hatte in letzter Zeit so viel zu sagen.

»Wir sind noch dabei, sie zu bearbeiten«, antwortete er.

»Sie haben die Wahl in der Tasche, Mr. Lake«, sagte Teddy ohne große Begeisterung.

»Ich habe ein gutes Gefühl, aber es wird ein harter Kampf werden.«

»Sie werden mit fünfzehn Prozent Vorsprung gewinnen.«

Lake horchte auf. Das Lächeln verschwand von seinem Gesicht. »Das ist, äh, ganz schön viel.«

»Sie liegen in den Umfragen knapp vorn. Nächsten Monat wird der Vizepräsident knapp vorn liegen. So wird es hin und her gehen, bis Mitte Oktober. Dann wird es einen atomaren Zwischenfall geben, der die Welt in Angst und Schrecken versetzen wird. Und Sie, Mr. Lake, werden der Messias sein.«

Diese Aussicht erschreckte selbst den Messias. »Ein Krieg?« fragte Lake leise.

»Nein. Es wird Tote geben, aber es werden keine Amerikaner sein. Man wird Natty Tschenkow die Schuld geben, und die Wähler dieses Landes werden zu den Urnen drängen. Es könnte sein, dass Ihr Vorsprung sogar zwanzig Prozent betragen wird.«

Lake holte tief Luft. Er wollte Fragen stellen, vielleicht auch Einwände gegen das Blutvergießen erheben, doch er wusste, dass das sinnlos war. Was Teddy für Oktober geplant hatte, wurde bereits vorbereitet, und nichts, was Lake sagen oder tun konnte, würde daran etwas ändern.

»Hämmern Sie es den Leuten ein, Mr. Lake. Bringen Sie Ihre Botschaft rüber: Die Welt wird immer verrückter, und wir müssen militärisch stark sein, um unsere Lebensart zu bewahren.«

»Diese Botschaft hat bislang ja auch gut funktioniert.«

»Ihr Gegner wird zu verzweifelten Mitteln greifen. Er wird Ihnen vorwerfen, Sie hätten außer diesem einen Thema nichts zu bieten, und er wird auf dem Geld herumreiten, das Ihnen zur Verfügung steht. Er wird ein paar Punkte gutmachen, aber das ist kein Grund zur Panik. Im Oktober wird die Welt nicht mehr so sein, wie sie bis dahin war. Vertrauen Sie mir.«

»Das tue ich.«

»Sie haben die Wahl in der Tasche, Mr. Lake. Sie müssen nur immer dieselbe Botschaft verbreiten.«

»Das werde ich.«

»Gut.« Teddy schloss die Augen, als wollte er ein kleines Nickerchen machen. Dann öffnete er sie wieder und sagte: »Und jetzt zu etwas ganz anderem. Ich bin ein bisschen neugierig, was Sie tun werden, wenn Sie im Weißen Haus sind.«

Lake war verwirrt – sein Gesicht verriet es.

Teddy setzte seine Attacke fort. »Sie brauchen eine Partnerin, Mr. Lake, eine First Lady, eine Frau, die dem Weißen Haus durch ihre Anwesenheit eine Atmosphäre von Anmut und Eleganz verleiht. Eine Frau, die die Räume gestaltet, die eine Gastgeberin ist, eine schöne Frau, die jung genug ist, um Kinder zu bekommen. Es ist so lange her, dass Kinder im Weißen Haus waren, Mr. Lake.«

»Sie machen Scherze.« Lake war entsetzt.

»Mir gefällt diese Jayne Cordell aus Ihrem Mitarbeiterstab. Sie ist achtunddreißig, intelligent und wortgewandt und sieht recht gut aus, obwohl sie fünfzehn Pfund abnehmen muss. Ihre Scheidung liegt zwölf Jahre zurück und ist längst vergessen. Ich glaube, sie würde eine gute First Lady abgeben.«

Lake legte den Kopf schief und war auf einmal wütend. Er wollte Teddy die Meinung sagen, doch ihm fehlten die Worte. »Sie müssen verrückt sein«, war alles, was er herausbrachte.

»Wir wissen von Ricky, Mr. Lake«, sagte Teddy sehr kühl und mit bohrendem Blick.

Es wurde Lake eng um die Brust. Er atmete aus und sagte: »O Gott!« Er richtete den Blick auf seine Füße. Sein Körper war vor Schreck erstarrt.

Um es noch schlimmer zu machen, reichte ihm Teddy ein Platt Papier. Lake nahm es und sah sogleich, dass es sich um eine Kopie seines letzten Briefes an Ricky handelte:

Lieber Ricky!

Ich glaube, es ist am besten, wenn wir unseren Briefwechsel beenden. Ich wünsche dir alles Gute.

Herzliche Grüße,
Al

Beinahe hätte Lake gesagt, er könne alles erklären – der Schein trüge. Doch er beschloss, fürs Erste nichts zu sagen. Fragen wirbelten ihm durch den Kopf: Wie viel wussten sie? Wie hatten sie seine Post abgefangen? Wer wusste sonst noch davon?

Teddy ließ ihn zappeln. Es gab keinen Grund zur Eile.

Als er wieder klarer denken konnte, meldete sich der Politiker in Lake zurück. Teddy bot ihm einen Ausweg: Spiel nach meinen Regeln, und alles wird gut.

Und so schluckte Lake hart und sagte: »Sie gefällt mir auch.«

»Natürlich gefällt sie Ihnen. Sie ist die ideale Frau für einen Präsidenten.«

»Ja. Sie ist sehr loyal.«

»Haben Sie schon mit ihr geschlafen?«

»Nein. Noch nicht.«

»Dann fangen Sie bald damit an. Halten Sie auf dem Parteitag ihre Hand. Dementieren Sie die Gerüchte nicht und lassen Sie der Natur ihren Lauf. Und geben Sie eine Woche vor der Wahl bekannt, dass Sie zu Weihnachten heiraten werden.«

»Eine große oder kleine Hochzeit?«

»Riesig. Das gesellschaftliche Ereignis des Jahres in Washington.«

»Der Gedanke gefällt mir.«

»Sehen Sie zu, dass sie schnell schwanger wird. Dann können Sie kurz vor Ihrer Amtseinführung bekannt geben lassen, dass die First Lady ein Kind erwartet. Das wird eine wunderbare Geschichte für die Zeitungen. Und es wird so schön sein, endlich wieder Kinder im Weißen Haus zu sehen.«

Lake lächelte und nickte. Auch dieser Gedanke schien ihm zu gefallen. Plötzlich runzelte er die Stirn. »Wird je jemand etwas von Ricky erfahren?« fragte er.

»Nein. Er ist ausgeschaltet worden.«

»Ausgeschaltet?«

»Er wird nie wieder einen Brief schreiben, Mr. Lake. Und Sie werden so sehr damit beschäftigt sein, mit Ihren kleinen Kindern zu spielen, dass Sie keine Zeit haben werden, an Leute wie Ricky zu denken.«

»Ricky? Wer ist das?«

»So ist es recht, Lake.«

»Es tut mir sehr Leid, Mr. Maynard. Sehr Leid. Es wird nicht wieder vorkommen.«

»Natürlich nicht. Ich habe die Unterlagen, Mr. Lake. Vergessen Sie das nie.« Teddy rollte seinen Stuhl rückwärts, wie um anzudeuten, dass das Gespräch beendet sei.

»Es war ein kurzer Augenblick der Schwäche«, sagte Lake.

»Denken Sie nicht mehr daran, Lake. Kümmern Sie sich um Jayne. Kaufen Sie ihr neue Garderobe. Sie arbeitet zu viel. Sie sieht müde aus. Geben Sie ihr eine leichtere Tätigkeit. Sie wird eine wunderbare First Lady abgeben.«

»Ja, Sir.«

Teddy war an der Tür. »Und keine Überraschungen mehr, Lake.«

»Nein, Sir.«

Teddy öffnete die Tür und verschwand.

Ende November waren sie in Monte Carlo, hauptsächlich wegen des angenehmen Klimas und weil es eine so schöne Stadt war, aber auch, weil dort so viel Englisch gesprochen wurde. Und es gab Casinos, eine absolute Notwendigkeit für Spicer. Weder Beech noch Yarber wusste, ob er gewann oder verlor, doch es machte ihm definitiv Spaß. Seine Frau pflegte noch immer ihre Mutter, die keine Anstalten machte zu sterben. Das Verhältnis zwischen Joe Roy und seiner Frau war gespannt, denn er weigerte sich, nach Mississippi zu kommen, und sie weigerte sich, Mississippi zu verlassen.

445

Sie lebten in einem kleinen, aber hübschen Hotel am Stadtrand und frühstückten zweimal pro Woche gemeinsam, bevor jeder seiner Wege ging. Die Monate vergingen, und sie gewöhnten sich an ihr neues Leben und sahen sich immer seltener. Ihre Interessen unterschieden sich sehr voneinander. Spicer wollte spielen und trinken und sich mit Frauen vergnügen. Beech liebte das Meer und angelte gern. Yarber machte Ausflüge und vertiefte sich in die Geschichte Südfrankreichs und Norditaliens.

Doch jeder wusste immer, wo die anderen waren. Sollte einer von ihnen verschwinden, dann würden die anderen beiden es wissen.

In den Zeitungen hatte nichts über ihre Begnadigungen gestanden. Beech und Yarber hatten kurz nach ihrer Ankunft Stunden in einer römischen Bibliothek verbracht und amerikanische Zeitungen aus den Tagen nach ihrer Entlassung studiert, doch sie hatten nicht die kleinste Meldung darüber gefunden. Spicers Frau behauptete, sie habe niemandem erzählt, dass er nicht mehr im Gefängnis saß. Sie glaubte noch immer, er sei geflohen.

An einem Donnerstag Ende November saß Yarber in einem Straßencafé in Monte Carlo und trank einen Espresso. Es war sonnig und warm, und ihm war nur undeutlich bewusst, dass an diesem Tag in seiner Heimat das Erntedankfest gefeiert wurde. Ihm war das egal – er würde ohnehin nie mehr dorthin zurückkehren. Beech schlief in seinem Hotelzimmer. Spicer war in einem Casino, nur drei Blocks entfernt.

Plötzlich tauchte aus dem Nichts ein Gesicht auf, das Yarber entfernt bekannt vorkam. Im nächsten Augenblick hatte sich der Mann an Yarbers Tisch gesetzt und sagte: »Hallo, Finn. Erinnerst du dich an mich?«

Yarber trank bedächtig einen Schluck Espresso und musterte das Gesicht des anderen. Er kannte ihn aus Trumble.

»Wilson Argrow. Wir haben uns in Trumble kennen gelernt«, sagte der Mann, und Yarber stellte die Tasse ab, bevor er sie fallen ließ.

»Hallo, Argrow«, sagte er langsam und ruhig, obgleich es viele andere Dinge gab, die ihm auf der Zunge lagen.

»Du bist sicher überrascht, mich zu sehen.«

»Ehrlich gesagt, ja.«

»War das nicht aufregend, dieser überwältigende Sieg von Aaron Lake?«

»Vielleicht. Was kann ich für dich tun?«

»Ich wollte dir nur sagen, dass wir immer in der Nähe sind – nur für den Fall, dass ihr uns braucht.«

Yarber lachte leise und sagte: »Das ist ziemlich unwahrscheinlich.« Seit fünf Monaten waren sie nun frei. Sie waren von einem Land zum anderen gereist, von Griechenland nach Schweden, von Polen nach Portugal, und hatten sich mit dem Kommen des Herbstes langsam nach Süden vorgearbeitet. Wie hatte Argrow es geschafft, ihnen auf den Fersen zu bleiben?

Es war eigentlich unmöglich.

Argrow zog etwas aus der Innentasche seiner Jacke. »Letzte Woche bin ich auf das hier gestoßen«, sagte er. Er reichte Yarber eine Zeitschrift, die auf der Seite mit den Kleinanzeigen aufgeschlagen war. Eine der Anzeigen war mit einem roten Stift markiert.

Attr. Mann, Mitte 20, sucht Brieffreundschaft mit liebevollem, diskretem Herrn, Anf. 40 bis Ende 50

Yarber kannte die Anzeige, zuckte aber die Schultern, als hätte er sie noch nie gesehen.

»Kommt dir bekannt vor, nicht?« sagte Argrow.

»Da steht doch immer dasselbe drin«, sagte Yarber und warf die Zeitschrift auf den Tisch. Es war die europäische Ausgabe von *Out and About.*

»Die Adresse ist ein Postfach hier in Monte Carlo«, sagte Argrow. »Gerade erst gemietet, und zwar unter einem falschen Namen. Was für ein Zufall.«

»Pass auf – ich weiß nicht, für wen du arbeitest, aber ich bin ziemlich sicher, dass wir uns nicht in deinem Zuständigkeitsbereich befinden. Außerdem haben wir kein einziges Gesetz gebrochen. Warum lässt du uns nicht in Ruhe?«

»Keine Sorge. Aber reichen dir zwei Millionen Dollar nicht?«

Yarber lächelte und sah sich in dem hübschen Café um. Er nahm einen Schluck Kaffee und sagte: »Mit irgendwas muss man sich doch die Zeit vertreiben.«

»Wir sehen uns«, sagte Argrow, stand auf und verschwand.

Yarber trank seinen Espresso aus, als wäre nichts geschehen. Er sah für eine Weile den Passanten zu und ging dann, um sich mit seinen Kollegen zu beraten.